Mario Vargas Llosa
Conversación en La Catedral

·

까떼드랄 주점에서의 대화 1

창 비 세 계 문 학

79

•

까떼드랄 주점에서의 대화 1

•

마리오 바르가스 요사

엄지영 옮김

창비

'쁘띠 뚜아르가街의 보르헤스'인 루이스 로아이사와
'황태자' 아벨라르도 오껜도[1]에게,
그들의 영원한 형제이자 당돌한 싸르트르[2]로서
애정을 듬뿍 담아
이 작품을 바칩니다.

참된 소설가가 되기 위해서는
우선 사회생활의 모든 영역을 탐험해야 할 것이다.
왜냐하면 소설은 곧
민족의 사적인 역사이기 때문이다.

발자끄, 『부부 생활의 작은 고충들』[3]

1 루이스 로아이사(Luis Loayza)는 뻬루의 소설가, 아벨라르도 오껜도(Abelardo Oquendo)는 비평가다. 두 사람과 호세 미겔 오비에도(José Miguel Oviedo), 그리고 마리오 바르가스 요사는 함께 『글쓰기 노트』(*Cuadernos de Composición*)와 『문학지』(*Rivesta de literatura*)라는 잡지를 창간하는 등 활발한 활동을 펼쳤다. '쁘띠 뚜아르가의 보르헤스'(el borgiano de Petit Thouars)는 루이스 로아이사의 작품이 당시 뻬루의 신사실주의 문학 경향과는 달리 보르헤스의 문학과 유사하다고 해서 동료 문인들이 붙인 별명이다. 쁘띠 뚜아르는 뻬루의 수도 리마에 있는 대로의 명칭으로, 루이스 로아이사가 1950년대 당시 그곳에 살았다고 한다.

2 프랑스의 철학자 장 뽈 싸르트르에 심취해 있던 바르가스 요사에게 당시 동료 문인들이 붙인 별명.

3 *Petites misères de la vie conjugale.* 발자끄가 1830년부터 1846년 사이에 쓴 에세이로, 『결혼의 생리학』(*Physiologie du mariage*, 1829), 그리고 『사회생활의 병리학』(*Pathologie de la vie sociale*, 1833~39)과 더불어 '분석 연구'(Études analytiques) 삼부작을 이루는 작품이다.

서문

1948년에서 1956년 사이 뻬루는 마누엘 아뽈리나리오 오드리아 장군[4]이 이끄는 군사독재 정권하에서 신음하고 있었다. 8년이라는 세월 동안 정당은 물론이고, 일반 시민들의 활동조차 허용되지 않을 정도로 숨 막히는 분위기가 이어졌다. 감옥은 정치범으로 넘쳐났을 뿐 아니라, 해외로 망명한 이들도 수백명에 이르렀다. 그런 와중에도 내 또래의 뻬루인들은 어린아이에서 청년으로, 그리고 청년에서 장년으로 변해갔다. 그러나 독재 정권이 자행하던 각종 범죄와 인권유린보다 더 심각했던 건 사회의 해묵은 부정부패였다. 권력의 중심부에서 비롯한 부패가 사회의 모든 부문과 기관으로

---

4 Manuel Arturo Odría Amoretti(1896~1974). 뻬루의 군인이자 정치인. 1948년 군사 꾸데따로 호세 루이스 부스따만떼 이 리베로(José Luis Bustamante y Rivero) 대통령을 축출한 뒤 1956년까지 권력을 장악했다. 이 8년간의 군사독재 시기를 흔히 '오체니오'(Ochenio)라고 칭한다.

퍼져나감에 따라 우리의 삶은 나락으로 떨어지고 말았다.

　오체니오 시대, 뻬루에 팽배하던 냉소와 무관심, 그리고 체념과 도덕적 타락의 분위기가 이 소설의 주요 소재다. 다만 이 작품은 음울하던 그 시대의 정치·사회적 역사를 자유롭게 ― 이는 소설만의 특권이기도 하다 ― 재창조해낸 것이다. 나는 어둠의 시대를 겪고 10년이 지난 뒤 빠리에서 이 소설을 쓰기 시작했다. 당시 기자로 활동하던 나는 똘스또이와 발자끄, 그리고 플로베르의 작품을 읽고 있었다. 그리고 리마에서, 눈으로 덮인 풀먼시(워싱턴)[5]에서, 바예 델 깡구로의 반달 모양 골목과 런던 ― 이곳에 있는 퀸 메리스 칼리지와 킹스 칼리지에서 문학을 강의했다 ― 에서 계속 글을 써 내려갔다. 1969년, 뿌에르또리꼬에서 수차례 고치고 다듬은 끝에 결국 작품은 마무리되었다. 지금껏 글을 써오면서 이 작품을 쓸 때만큼 힘이 든 적은 없었다. 그래서인지 이 작품에 대한 애착은 남다르다. 만약 불구덩이 속에서 내 작품 중 하나만 구해야 한다면, 나는 주저 않고 이 작품을 택할 것이다.

마리오 바르가스 요사

1998년 6월, 런던

---

5 워싱턴 휘트먼카운티의 최대 도시.

차례

•

일러두기

1. 이 책은 Mario Vargas Llosa, *Conversación en La Catedral*(Punto de Lectura 2012)을 번역 저본으로 삼았다.
2. 본문 중의 각주는 옮긴이의 것이다.
3. 외국어는 되도록 현지 발음에 가깝게 표기하되, 우리말 표기가 굳어진 것은 관용을 따랐다.

하나

1

싼띠아고는 『끄로니까』[6] 신문사 현관에서 무심히 따끄나 대로를 바라보고 있다. 거리를 빠르게 지나가는 자동차들, 높이가 들쑥날쑥한 빛바랜 건물들, 뿌연 안개 속을 떠다니는 현란한 포스터의 잔해들 그리고 잿빛으로 물든 하늘. 언제부터 뻬루가 이 꼴로 변해버린 걸까? 신문팔이들은 방금 나온 석간신문을 흔들어대며 윌슨 대로의 신호등 앞에 멈춰 선 차량들 사이를 돌아다닌다. 그는 꼴메나 가를 향해 천천히 걸음을 옮기기 시작한다. 두 손을 주머니에 찔러 넣고 고개를 푹 숙인 채, 싼마르면 광장으로 향하는 행인들 틈에 파묻힌다. 뻬루나 다름없는 처지야, 싸발리따.[7] 그의 삶도 언젠가부터 엉망이 되고 말았다. 그는 생각에 잠긴다. 어디서부터 잘못

6 *La Crónica*. 1912년 뻬루의 수도 리마에서 창간된 일간지로, 항상 정권과 밀접한 관련을 맺어왔다. 경영난으로 1990년 폐간되었다.
7 주인공 싸발라 싼띠아고의 애칭.

된 것일까? 끄리욘 호텔 앞에 이르자, 개 한마리가 그에게 다가와 발을 핥으려고 한다. 이놈이, 어디 광견병을 옮기려고! 어서 저리 가지 못해? 뻬루도 썩어빠졌지만, 그는 생각한다, 까를리또스라고 나을 것도 없어. 온 나라가 죄다 개판이라고. 아무리 머리를 쥐어짜도 마땅한 해결책이 떠오르질 않는군. 그는 미라플로레스[8]의 승합 택시 정거장에 길게 늘어선 줄을 물끄러미 바라본다. 광장을 건너자 노르윈의 모습이 보인다. 아, 싸발리따, 잘 지냈어? 쎌라 바에 앉아 있던 노르윈이 그를 보자 손을 흔든다. 여기 앉아, 싸발리따. 그의 발밑에서는 구두닦이가 열심히 구두를 닦고 있다. 노르윈은 칠까노[9] 잔을 만지작거리면서 그에게 한잔하라고 권한다. 아직 취한 것 같지는 않다. 싼띠아고는 자리에 앉자마자 구두닦이에게 자기 구두도 닦아달라고 한다. 네, 손님. 금방 닦아드립죠. 조금 있으면 거울처럼 반짝반짝 광이 날 겁니다요, 손님.

"이게 얼마 만이야, 논설위원님. 이러다가 얼굴 잊어먹겠어." 노르윈이 먼저 운을 뗀다. "어때? 사설을 쓰는 게 돌아다니면서 취재하는 것보다 더 나아?"

"일이야 줄었지." 싼띠아고가 어깨를 으쓱이며 대답한다. 아마 편집국장이 그를 부른 그날부터였을 거야. 그는 웨이터에게 시원한 끄리스딸 맥주를 주문한다. 그 자리에서 편집국장은 오르감비데의 자리를 맡아줄 용의가 있는지 단도직입적으로 물었다. 싸발리따, 자넨 대학도 다녀봤으니 사설 정도는 쓸 수 있을 거 아닌가? 그래, 그때부터 일이 꼬이기 시작했어. "아침 일찍 출근하면 그날 쓸 주제를 던져주지. 코를 틀어쥔 채 두세시간 용을 쓰다보면 대충

8 리마 중심가에 있는 거리로 중상류층의 주거지가 밀집되어 있다.
9 증류주인 삐스꼬에 레몬즙과 소다수를 섞은 뻬루의 전통 칵테일.

배설물이 나오고, 마지막으로 변기 물을 내리면 끝이야."

"난 말이야, 세상의 금을 다 준다고 해도 사설 따윈 안 쓸 거야." 노르윈이 맞장구를 친다. "취재에서 너무 멀어지잖아. 싸발리따, 따지고 보면 언론의 생명은 취재 아닌가? 난 사회부 기자로 일하다 죽을 거야. 그거면 충분하지. 그건 그렇고, 까를리또스는 죽었어?"

"천만에. 아직 병원에 있기는 하지만 조만간 퇴원할 거야." 싼띠아고가 대답한다. "무슨 일이 있어도 이번만큼은 술을 끊겠다더군."

"언젠가 그 친구가 침대에서 바퀴벌레와 거미를 봤다고 하던데, 그게 사실이야?" 노르윈이 궁금하다는 듯 묻는다.

"이불을 들추니까 타란툴라하고 생쥐들 수천마리가 한꺼번에 쏟아져 나왔다지." 싼띠아고가 대답한다. "너무 놀란 나머지 비명을 지르면서 알몸으로 집에서 뛰쳐나왔다더라고."

노르윈은 재미있는지 껄껄 웃고, 싼띠아고는 지그시 눈을 감는다. 초리요스에 있는 집들은 죄다 창살 달린 네모난 상자, 혹은 지진으로 금이 간 동굴 같다. 그 안에는 온갖 잡동사니들과 하지정맥류를 앓는 탓에 슬리퍼를 질질 끌고 다니는 할머니들이 우글거린다. 사람 비슷한 작은 형체가 고함을 지르면서 상자 같은 집들 사이를 내달리고, 귀를 찢을 듯한 고함 소리가 고요한 새벽 공기를 가르며 지나간다. 그를 쫓던 개미들과 전갈들은 잔뜩 뿔이 난다. 천천히 다가오는 죽음의 그림자, 환각이라는 푸른색 악마를 물리치고 마음을 다스리기 위해 어쩔 수 없이 알코올의 힘을 빌렸으리라. 까를리또스, 그도 전엔 멀쩡했지. 누구든 여기서 살아남으려면 뻬루라는 악마로부터 스스로를 지킬 줄 알아야 해.

"누가 알아? 언제가 내게도 그런 벌레들이 몰려올지 말이야." 노르윈이 얼굴에 희미한 미소를 띤 채 칠까노 잔을 바라보며 말한다.

"그만둔다면 모를까, 기자 노릇 하면서 술을 끊을 수는 없는 법이라고. 한잔해야 생각이 떠오르니 말야. 안 그래?"

구두닦이는 노르윈의 구두를 다 닦고, 이제 싼띠아고의 구두를 닦을 채비를 한다. 뭐가 그리도 신이 나는지 줄곧 휘파람을 불고 있다. 그때 노르윈이 『울띠마 오라』[10]가 요즘 어떻게 돌아가는지, 그 날강도 같은 놈들이 뭐라고 하는지 아느냐고 묻는다. 싸발리따, 글쎄 너더러 배신자라고 손가락질을 하지 뭐야? 그러니 언제 시간 나는 대로 한번 들러 전처럼 그치들을 만나보라고. 그건 그렇고, 요즘 시간도 많을 텐데 뭐 다른 일 하는 거 있어?

"책도 읽고, 낮잠도 자지." 싼띠아고가 말한다. "법과 대학에 복학하게 될지도 몰라."

"취재 전선에서 멀어지더니, 이젠 학위가 욕심나는 모양이군." 노르윈이 서글픈 표정으로 그를 바라본다. "싸발리따, 사설은 우리처럼 기자의 길을 가는 사람들에게는 끝이나 마찬가지야. 물론 자네가 변호사 자격증을 따게 되면 기자 짓은 그만두겠지. 부르주아가 된 모습이 벌써 눈에 아른거리는군."

"나도 벌써 서른이야." 싼띠아고가 무겁게 입을 연다. "부르주아가 되기엔 너무 늦은 나이지."

"서른살? 이제 그것밖에 안됐단 말이야?" 노르윈의 표정이 사뭇 진지하다. "이것 봐, 나도 서른여섯밖에 안됐지만, 지나가는 사람들이 보면 내가 자네 아버지인 줄 알걸. 사회부 기자 생활을 하다 보면 나처럼 폭삭 늙기 마련이지."

투박한 얼굴들, 쎌라 바의 테이블을 힘없이 내려다보고 있는 호

---

10 *Última Hora*. 1950년에 창간된 뻬루의 일간지로, 미국의 신문 편집 스타일을 모방하기 위해 많은 노력을 기울였다. 1992년 폐간되었다.

리멍덩한 눈동자들, 재떨이와 맥주잔을 잡으려 뻗는 손들. 여기 사람들은 생긴 게 왜 다 저 모양이야? 언젠가 까를리또스가 푸념하듯이 불쑥 내뱉은 말이 떠오른다. 그의 말이 옳을지도 몰라. 싼띠아고는 생각에 잠긴다. 오늘따라 내가 왜 이러지? 그때 구두닦이가 혀를 길게 빼문 채 테이블 사이를 돌아다니는 개들을 쫓아버린다.

"그나저나, 『끄로니까』는 언제까지 광견병 예방 캠페인을 계속할 셈이지?" 노르윈이 말한다. "너무 오래 해서 이젠 지겨워. 오늘 아침만 해도 한면 전체에 실렸다니까."

"광견병 예방 캠페인 사설은 모두 내가 썼어." 싼띠아고가 말한다. "그런데 말이야, 꾸바나 베트남에 관해서 쓰는 것보다 그게 오히려 마음은 편하더라고. 이제 기다리는 사람도 없으니, 가서 택시나 타야겠군."

"그보다 나랑 점심 먹는 거 어때? 내가 한턱낼 테니까." 노르윈이 웃으며 말한다. "싸발리따, 아내는 잠시 잊어버리고 함께 먹으면서 좋은 시절이나 떠올려보자고."

꾸이[11] 구이와 시원한 맥주, 그리고 바호 엘 뿌엔떼의 명물인 링꼰시또 까하르마끼노 레스또랑, 누런 빛깔의 바위 사이로 미끄러지듯 흘러가는 리마끄강의 풍경과 까페 아이띠에서 즐기던 탁한 커피, 친구들과 어울려 밀턴의 집에서 노름을 하고, 노르윈의 집에서 샤워를 한 뒤 칠까노를 마시던 일, 베세리따와 함께 보냈던 황홀한 밤 — 물론 새벽이 되면 온몸에 기운이 빠지면서 씁쓸한 뒷맛만 남았지만. 그리고 밀려오는 현기증과 죄책감도. 좋은 시절이라

---

11 기니피그와 비슷한 동물로 주로 불에 구워 먹는다.

는 게 있었다면, 아마 그때였으리라.

"아나가 새우 수프를 만들어놨어. 그걸 놓칠 수는 없지." 싼띠아고가 말한다. "자네 말대로 회포를 푸는 건 다음으로 미루자고."

"아직도 아내를 무서워하는군." 노르윈이 답답한 표정을 지으며 말한다. "휴, 싸발리따, 자네도 참 어지간해."

네가 생각하는 그런 게 아니야, 노르윈. 자리에서 일어난 노르윈은 술값과 구두 닦은 비용을 자기가 내겠다고 고집을 피운다. 그들은 악수를 나누고 헤어진다. 싼띠아고는 곧장 승합 택시 정거장으로 향한다. 그가 탄 쉐보레 택시에는 라디오가 틀어져 있다. 기분이 상쾌해지려면 잉까 꼴라[12]가 단연 최고지. 그다음으로 왈츠, 강물과 계곡, 그리고 헤수스 벨라스께스[13]의 노련한 목소리를 꼽을 수 있을 거야. 이런 것들이야말로 우리 뻬루의 참된 모습이라고 할 수 있지. 시내는 여전히 혼잡했지만, 다행히 레뿌블리까와 아레끼빠 대로로는 차가 쌩쌩 달릴 수 있을 정도로 한산하다. 새로운 왈츠가 나온다. 리마 여성들은 고루한 인습에 젖어 있네. 뻬루 왈츠는 왜 하나같이 이 모양들이람? 그는 생각에 잠긴다. 오늘따라 내가 왜 이러지? 그는 가슴에 턱을 대고 눈을 가늘게 뜬다. 마치 남몰래 자기 배를 살펴보기라도 하는 것처럼. 오, 맙소사, 싸발리따! 앉을 때마다 올챙이배 같군. 맥주를 처음 마셨던 게 언제였지? 15년, 아니 20년 전이었나? 엄마하고 떼떼를 못 본 지도 벌써 한달이나 됐네. 뽀뻬예가 건축가가 될 줄 누가 알았겠어? 게다가 싸발리따, 네가 리마의 개 같은 권력자들에 맞서 사설을 쓸 줄 누가 알았겠느냐 말이야. 그는 다시 생각에 잠긴다. 이대로 가다가는 곧 배가 남산

12 청량음료의 이름. 달고 향긋한 맛이 난다.
13 뻬루를 대표하는 여가수.

만 해지겠어. 반년쯤 터키탕에 다니고 떼라사스 스포츠 클럽에서 꾸준히 테니스를 치면 뱃살이 쏙 빠지겠지. 그러면 열다섯살 때처럼 다시 호리호리해질 거야. 자, 이제 서둘러야 해. 무기력에서 벗어나 부지런히 몸을 움직여야 한다고. 그는 생각한다. 맞아, 유일한 방법은 운동뿐이야. 이제 미라플로레스 공원을 지났군. 기사님, 께브라다스와 말레꼰을 지나 베나비데스 대로 모퉁이에서 세워주세요. 택시에서 내린 그는 고개를 숙이고 주머니에 손을 찔러 넣은 채 뽀르따 거리 쪽으로 걸어간다. 오늘따라 내가 왜 이러는 걸까? 하늘엔 여전히 구름이 잔뜩 끼어 있고, 공기가 온통 뿌옇더니만 결국 가랑비가 내리기 시작한다. 모기들이 덤벼들고 살갗에 거미줄이 감기자 슬그머니 불쾌한 감정이 치솟는다. 이놈의 나라에서는 비도 참 구질구질하게 오는군. 그는 생각한다. 차라리 시원하게 쏟아지면 좋으련만. 꼴리나나 몬떼까를로, 아니면 마르사노에서는 무슨 영화를 하고 있으려나? 「리피피」 같은 범죄 영화, 아니면 「리오그란데」 같은 카우보이 영화나 하고 있다면 차라리 집에서 점심을 먹고 『연애 대위법』[14]이나 읽다가 나른한 몸으로 끈적끈적한 낮잠의 세계에 빠져드는 게 좋겠지. 아나는 신문에 나온 멜로 영화 광고에 죄다 표시를 해뒀을 거야. 오늘따라 내가 왜 이런다? 그는 생각한다. 만약 검열관들이 멕시꼬 영화를 죄다 금지시켜버린다면 아나와 싸울 일도 많이 줄어들 텐데. 베르무트를 한잔 마신 다음엔 뭘 한다? 아마 아나와 말레꼰 거리를 산책한 다음 네오꼬체아 공원의 시멘트 정자에 앉아 담배라도 피우겠지. 어둠속으로 아련히 밀려오는 파도 소리를 느끼면서 말이야. 그러곤 다정히 손을

---

14 *Point Counter Point*. 영국의 소설가이자 비평가인 올더스 헉슬리가 1928년에 발표한 소설.

잡고 요정의 집[15]으로 돌아가겠지. 우린 서로를 무척 사랑하는 것 같아. 그러다보니 많이 싸우기도 하고, 말다툼도 자주 하지. 그러다 하품을 하면서 헉슬리를 읽고 말이야. 요리를 하느라 방 두개가 올리브기름 냄새와 연기로 가득 차 있겠군. 여보, 배 많이 고프지? 시끄러운 자명종 소리, 찬물 샤워, 택시와 출근하는 직장인들을 헤치고 꼴메나가를 걸어가던 일. 사무실에 들어서자마자 들리던 편집국장의 목소리. 싸발리따, 은행 파업하고 어업 위기, 이스라엘 문제 중에서 어떤 게 좋겠어? 조금 힘들더라도 학위를 따두는 편이 좋았을지 몰라. 그는 생각에 잠긴다. 지금이라도 학교로 돌아갈까? 칙칙한 오렌지빛 담벼락과 요정들이 사는지 작고 앙증맞은 집들의 빨간 기와지붕, 그리고 검은색 창살이 달린 창문이 눈에 들어온다. 집으로 들어가는데, 뜻밖에도 문이 열려 있다. 이상하군. 보통 때 같으면 반갑다고 꼬리를 흔들고 짖으면서 달려 나왔을 바뚜께도 보이지 않는다. 중국 식품점에 갔나? 그래도 이렇게 대문을 열어놓았을 리가 없는데. 아, 아나는 집에 있다. 그런데 대체 무슨 일이 있었던 걸까? 울었는지 눈이 퉁퉁 부어오른데다 머리가 잔뜩 헝클어져 있다. 맙소사, 결국 바뚜께를 데려가고 말았군.

"우리 강아지를 빼앗아 가버렸어." 아나가 흐느끼면서 말한다. "흉측하게 생긴 깜둥이들이 말이야. 내 손에서 다짜고짜 강아지를 빼앗더니 트럭에 처넣지 뭐야? 우리 강아지를 훔쳐 갔어. 귀여운 강아지를 훔쳐 가버렸다고."

그는 아나의 이마에 입을 맞춘다. 여보, 진정해. 그는 부드러운 손길로 그녀의 얼굴을 어루만진다. 어떻게 그럴 수가 있지? 그는

15 바르가스 요사는 말레꼰 거리에 있던 자신의 집을 '요정의 집'이라 부르곤 했다.

그녀의 어깨를 감싸고 집 안으로 들어간다. 울지 마.

"아까 『끄로니까』로 전화를 몇번이나 했어. 그런데 계속 없다고 하더라고." 그녀는 여전히 울먹거리면서 말한다. "그런 도둑놈들이 어디 있대? 흉악범처럼 생긴 깜둥이들이었어. 나도 안 뺏기려고 있는 힘을 다해 목줄을 잡고 있었지. 하지만 결국 놈들이 빼앗아 트럭에 처넣어버렸다니까. 훔친 거나 마찬가지야."

"점심 먹고 동물 보호소에 가서 찾아올게." 싼띠아고는 다시 그녀에게 입을 맞춘다. "아무 일도 없을 테니까 너무 걱정하지 마."

"바뚜께도 발을 동동 구르면서 꼬리를 세차게 흔들더라고." 그녀가 앞치마로 눈물을 훔치며 땅이 꺼질 듯 한숨을 내쉰다. "무슨 일인지 눈치챈 것 같았어. 아, 가엾은 녀석. 불쌍해서 어떡해?"

"그러니까, 당신이 잡고 있는데도 낚아채 갔다는 거지?" 싼띠아고가 착잡한 표정으로 묻는다. "그런 날강도 같은 놈들이 다 있담. 당장 가서 뒤엎어버려야겠어."

그는 의자 위에 던져놓았던 외투를 입고 문을 향해 성큼성큼 걸어간다. 그러자 아나가 그를 붙잡는다. 우선 점심부터 먹어. 빨리 먹으면 되잖아? 그녀의 부드러운 목소리와 볼에 팬 보조개, 그리고 슬픈 눈동자. 오늘따라 얼굴이 유난히 창백하다.

"수프가 다 식어버렸겠네." 미소를 짓자 그녀의 입술이 파르르 떨린다. "오늘 무슨 일이 있었는지 하나도 기억이 안 나. 아, 가엾은 바뚜끼또[16]."

그들은 안마당이 내다보이는 창문 앞 식탁에 앉아 말없이 점심을 먹는다. 떼라사스 스포츠 클럽에서 테니스 코트로 사용하는 벽

---

16 바뚜께의 애칭.

돌빛 땅, 그리고 구불구불 이어진 자갈길과 양옆으로 늘어서 있는 제라늄 화분. 수프는 이미 싸늘하게 식어 있다. 기름 막이 접시 가장자리에 달라붙어 있고, 새우는 양철 조각 같다. 오전에 그녀는 식초를 사러 싼마르띤가의 중국 식품점으로 가고 있었다. 그런데 갑자기 길옆으로 트럭 한대가 끽 소리를 내며 멈춰 서더니, 강도처럼 무시무시하게 생긴 흑인 두명이 내리더란다. 둘 중 하나가 그녀를 밀치면서 쥐고 있던 개의 목줄을 낚아채는 사이, 다른 한명이 개를 짐칸의 우리 안으로 집어넣고는 유유히 사라졌다고 한다. 가여운 녀석, 불쌍해서 어쩌. 싼띠아고는 자리에서 일어선다. 당장 그 날강도 같은 놈들을 찾아가서 혼쭐을 내야겠어, 응? 그러자 잠잠하던 아나가 다시 훌쩍거린다. 그사이 강아지를 죽이지나 않았는지, 그도 내심 걱정스러운 참이다.

"아무 일도 없을 거야. 너무 걱정하지 마." 그는 아나의 뺨에 입을 맞춘다. 그러자 입에서 짭짜름한 고기 맛이 느껴진다. "지금 당장 데려올 테니까 두고 봐."

그는 잰걸음으로 뽀르따가와 싼마르띤가 사이에 있는 약국으로 들어가 『끄로니까』에 전화를 건다. 법원 담당 기자인 쏠로르사노가 전화를 받는다. 젠장, 유기견 보호소가 어디 있는지 내가 어떻게 알아, 싸발리따?

"개를 끌고 갔습니까?" 그때 약사가 걱정스러운 얼굴로 묻는다. "유기견 보호소는 뿌엔떼 델 에헤르시또에 있습니다. 빨리 가보세요. 우리 처남이 키우던 치와와도 거기 끌려가서 죽고 말았죠. 정말 귀여운 녀석이었는데."

그는 당장 라르꼬로 가서 승합 택시를 탄다. 빠세오 꼴론부터 뿌엔떼 델 에헤르시또까지 가는 데 얼마나 들까? 지갑을 열어 세어보니 180쏠[17]이 있다. 일요일이면 아나가 병원을 그만둔 게 아쉽기만 하다. 이번 주에는 극장을 가지 않는 게 낫겠어. 아, 가엾은 바뚜께. 앞으로 광견병 예방 캠페인 사설은 절대 안 쓸 거야. 빠세오 꼴론에서 내리자 볼로그네시 광장에 대기 중인 택시가 눈에 띈다. 서둘러 그쪽으로 달려가 유기견 보호소가 어디 있는지 물어보지만 택시 기사도 모른다. 그때 도스 데 마요 광장에 있던 아이스크림 장수가 그들에게 길을 알려준다. 쭉 가다보면 강가에 시립 유기견 보호소라는 표지판이 보일 거예요. 바로 거기예요. 넓은 벌판이 눈에 들어온다. 허물어져가는 똥색 — 이것이야말로, 그는 생각한다, 리마를, 아니 뻬루를 대표하는 색깔이지 — 벽돌담이 그 주변을 빙 둘러싸고 있고, 그 옆으로는 저 멀리까지 다닥다닥 붙어 있는 판잣집이 보인다. 꼭 멍석과 갈대, 기와와 함석판으로 만들어진 미로 같다. 어디선가 으르렁거리는 소리가 희미하게 들린다. 입구 옆에 지저분한 건물이 하나 서 있다. 팻말에 관리 사무소라고 쓰여 있다. 어떤 대머리 남자가 셔츠 바람에 안경을 쓴 채 서류가 산더미처럼 쌓인 책상 앞에 앉아 꾸벅꾸벅 졸고 있다. 싼띠아고는 가까이 다가가 책상을 내리치며 따지기 시작한다. 당신네 직원들이 멀쩡한 우리 강아지를 훔쳐 갔어요. 더구나 우리 집사람 손에서 낚아채 가다니, 그게 말이나 되는 소립니까? 남자는 화들짝 놀라며 잠에서 깬다. 빌어먹을, 이번에는 절대로 그냥 넘어가지 않을 겁니다.

"이렇게 남의 사무실에 불쑥 쳐들어와서 행패를 부리는 건 무슨 경우란 말입니까?" 대머리는 놀란 눈을 비비더니 못마땅한 듯 인상을 쓴다. "우선 예의나 좀 갖춰요."

---

17 뻬루의 화폐단위로 1985년까지 사용되었다. 작품의 배경이 되는 1960년대 중반 180쏠은 오늘날의 미화 약 7달러와 비슷한 가치를 지녔다.

"만약 내 개한테 무슨 일이라도 생기는 날에는 가만있지 않을 겁니다." 그는 기자증을 꺼내면서 주먹으로 책상을 내리친다. "그리고 아까 우리 집사람을 밀친 검둥이들 말이지, 그놈들 눈에서 피눈물이 나도록 해줄 테니까 알아서 해요."

"우선 진정 좀 해요." 남자가 하품을 하면서 기자증을 확인한다. 조금 전까지만 해도 불쾌한 기색이 역력했던 얼굴이 이제 피곤한 표정으로 바뀐다. "두어시간 전에 그랬다고요? 그럼 지금쯤 다른 개들이랑 트럭에 있을 겁니다."

기자 양반. 그렇게 화부터 낸다고 해결될 일이 아니지요. 더군다나 그건 누구의 잘못도 아니에요. 그의 눈만큼이나 졸리고 심드렁한 목소리다. 그의 입가에 진 주름처럼 퉁명스럽기도 하다. 한마디로 만사 귀찮다는 태도다. 길거리에서 개를 잡아 오는 애들은 마리당 돈을 받아요. 최대한 많이 잡으려다보니 무리한 행동을 할 때도 있겠죠. 그 녀석들인들 뭘 어쩌겠어요? 입에 풀칠이라도 하려면 악다구니를 쓰면서 잡을 수밖에요. 마당에서 누군가 몽둥이질을 하는지 개들이 울부짖는 소리가 코르크 벽을 타고 희미하게 들린다. 대머리는 씩 웃으며 여전히 만사 귀찮다는 태도로 자리에서 느릿느릿 일어난다. 그러곤 혼잣말을 중얼거리면서 사무실을 나간다. 둘은 황량한 마당을 가로질러 지린내가 진동하는 창고로 들어간다. 창고 양쪽에 우리가 나란히 설치되어 있다. 그곳에 갇힌 개들은 불안한지 서로 몸을 비비거나 제자리에서 폴짝폴짝 뛴다. 아니면 코를 킁킁대면서 철망 냄새를 맡거나 으르렁거린다. 싼띠아고는 몸을 잔뜩 숙인 채 우리 안을 유심히 살펴본다. 저놈은 아니고. 그는 수많은 주둥이와 등과 뻣뻣하게 흔들리는 꼬리로 뒤범벅이 된 우리 안에서 개를 찾느라 혈안이 되어 있다. 여기도 없군. 대머리는 멍한 표정으로 다리를 질질 끌며 그의 옆을 따라다닌다.

"똑똑히 보라고요. 이젠 더이상 개들을 집어넣을 데도 없잖소." 대머리가 갑자기 언성을 높이며 말한다. "그런데도 당신네 신문은 계속 우릴 공격하기만 하는데, 이게 어디 말이나 되는 소립니까? 더구나 시당국은 돈 한푼 안 주죠. 우리더러 기적이라도 일으키라는 건지, 참."

"빌어먹을." 싼띠아고가 투덜거리듯 말을 내뱉는다. "여기도 없잖아."

"찬찬히 살펴보세요." 대머리가 한숨을 내쉰다. "이런 창고가 네 개나 더 있으니까."

그들은 다시 마당으로 나간다. 헐벗은 땅과 여기저기 자란 잡초, 그리고 냄새나는 시궁창. 두번째 창고로 들어가자, 한 우리가 유난히 들썩거린다. 희고 털이 부숭부숭 난 것이 폴짝폴짝 뛰며 철망을 흔들어댄다. 우리 밖으로 튀어 나오려고 애를 쓰던 녀석은 이내 무리 속으로 사라지고 만다. 아, 잠깐, 혹시 저 녀석. 뭉뚝한 코와 짧은 꼬리, 너무 울어서 벌겋게 부어오른 눈. 그래, 맞아, 바뚜끼또야. 녀석의 목에는 여전히 줄이 매여 있다. 아무리 말 못하는 동물이라고 이럴 수는 없는 법이다. 망할 자식들. 그런데도 대머리는 아무 일 아니라는 듯 태평스럽기만 하다. 곧 꺼내드릴 테니까 진정해요. 그는 어기적대면서 어디론가 가더니, 잠시 후 파란 작업복을 입은 쌈보[18] 녀석 하나를 데려온다. 어디 보자. 빤끄라스, 저기 있는 흰 녀석 좀 꺼내 와. 문을 열고 우리 안으로 들어간 쌈보는 달려드는 개들을 헤치면서 바뚜께의 목덜미를 잡는다. 그러곤 싼띠아고에게 바

---

18 인디오와 흑인 사이에 태어난 혼혈 인종.

뚜께를 건네준다. 불쌍한 녀석, 아직 떨고 있군. 개를 놓아준 쌈보는 뒤로 물러서더니 옷을 툭툭 턴다.

"녀석들하고는. 이럴 때마다 똥을 싼다니까." 쌈보가 껄껄 웃는다. "지옥 같은 감옥에서 벗어나 기쁘다는 뜻이죠."

싼띠아고는 바뚜께 옆에 무릎을 꿇고 앉아 녀석의 머리를 쓰다듬는다. 그러자 바뚜께도 그의 손을 핥아준다. 아직도 무서운지 녀석은 온몸을 부들부들 떨면서 오줌을 지리고 술에 취한 것처럼 비틀거리지만, 밖으로 나가자 언제 그랬냐는 듯이 깡충깡충 뛰고 흙을 파헤치더니 어디론가 냅다 달리기 시작한다.

"같이 갑시다. 우리가 어떤 환경에서 일하고 있는지 눈으로 직접 확인해보라니까요." 대머리가 싼띠아고의 팔을 붙들면서 비아냥거리듯 웃는다. "보고 신문에 뭐라도 좀 써달란 말입니다. 시 정부가 우리 몫의 예산을 늘려야 한다고 말이에요."

다 허물어져가는데다 고약한 냄새가 풍기는 창고, 칙칙한 빛깔의 양철 지붕 아래 감도는 눅눅한 공기. 그들이 서 있는 곳으로부터 5미터쯤 떨어진 곳에 검은 실루엣이 어른거린다. 자세히 보니 커다란 포대 자루 옆에서 닥스훈트 한마리가 사납게 철망을 밀치고 있다. 녀석은 앙칼진 소리로 짖으며 발작하듯이 작은 몸을 비틀어댄다. 빤끄라스, 가서 어떻게 좀 해봐. 대머리의 말이 끝나기 무섭게 땅딸막한 쌈보는 우리 안으로 달려가 자루를 푼다. 그러자 다른 인부가 닥스훈트를 안에 집어넣고 끈으로 자루를 묶은 다음 바닥에 내동댕이쳐버린다. 그 모습을 보던 바뚜께가 갑자기 으르렁거리더니, 이내 낑낑거리며 목줄을 끌어당긴다. 왜 그래? 싼띠아고가 휘둥그레진 눈으로 녀석을 내려다본다. 바뚜께가 목쉰 소리로 짖어댄다. 개가 짖는 쪽을 향해 고개를 돌려보니 인부들의 손에 들려 있는 몽둥이가 눈에 들어온다. 그들은 일제히 욕설을 내뱉으며 자루를 두들겨 패기 시작한다. 그러자 자루가 마치 춤이라도 추듯이 꿈틀거린다. 안에 갇힌 닥스훈트가 미친 듯이 울부짖는다. 인부들은 아랑곳 않고 계속 욕을 하면서 몽둥이질을 해댄다. 아비규환이 따로 없다. 싼띠아고는 넋이 나간 사람처럼 멍하니 그 장면을 바라보다가 결국은 눈을 감아버린다.

"뻬루는 아직도 석기시대나 마찬가지죠." 대머리가 씁쓸하게 웃는다. "우리가 어떤 환경에서 일하고 있는지 두 눈으로 똑똑히 봐요. 이게 과연 온당한 일인지 그 잘난 입으로 한번 말해보란 말입니다."

이제 자루는 꿈쩍도 하지 않는다. 그런데도 인부들은 계속 몽둥이질을 해댄다. 이윽고 몽둥이를 바닥에 내팽개친 다음, 그들은 이마에 흘러내리는 땀을 닦고 손바닥을 비빈다.

"옛날엔 하느님이 시키시는 대로 개들을 잡았죠. 하지만 이제 돈이 없으니, 우린들 뭘 어쩌겠어요." 대머리가 푸념을 늘어놓는다. "기자 양반, 부탁인데 이곳의 실상에 대해 기사 한편만 써주시구려."

"여기서 우리가 어떻게 먹고사는지 아세요?" 이때 빤끄라스가 나서더니 다른 인부를 향해 몸을 돌린다. "네가 대신 좀 말해봐. 저 양반은 기자야. 그러니까 신문에다가 뭐라도 좀 써달라고 얘기하라고."

빤끄라스보다 더 크고 젊은 친구다. 그가 이쪽으로 몇걸음 다가온다. 마침내 그의 얼굴이 싼띠아고의 눈에 들어오는데, 맙소사! 싼띠아고가 순간적으로 목줄을 놓친 틈에 바뚜께가 사납게 짖으며 달려간다. 그는 놀라서 입을 뻐끔거린다. 맙소사!

"한마리당 1쏠 받습니다요, 나리." 쌈보 녀석이 말한다. "더군다나 이놈들을 태우려면 저기 있는 쓰레기 처리장까지 끌고 가야 되는데 1쏠밖에 안 준다고요, 나리."

설마 저 녀석은…… 아냐, 그럴 리 없어. 검둥이들은 죄다 비슷해 보이잖아. 저 녀석은 아니야. 그는 생각한다. 아니, 어쩌면 그 친구가 맞을지도 몰라. 쌈보 녀석이 몸을 구부리더니 자루를 들어 올린다. 그래, 맞아. 바로 그 녀석이야. 그는 자루를 마당 구석까지 질질 끌고 가서는 피범벅이 된 자루 더미 위로 휙 던져버린다. 그러곤 연신 이마의 땀을 닦으면서 긴 다리로 건들건들 걸어오고 있다. 맞아, 그 녀석이 틀림없어. 이보게, 친구. 빤끄라스가 팔꿈치로 그를 툭 친다. 얼른 가서 점심이나 먹자고.

"저 자식들은 여기만 오면 저렇게 투덜거립니다. 개 잡으러 트럭을 타고 나가서는 미친놈들처럼 설쳐대는 녀석들이 말이죠." 대머리가 인부들을 보며 넋두리를 늘어놓는다. "오늘 아침 일만 해도 그래요. 어쩌자고 주인이 데리고 있는 개를 잡아 온단 말입니까? 더군다나 목줄도 매고 있는데. 저러니 멍청이라는 소리를 들어도 싸죠."

그러자 쌈보가 억울하다는 표정으로 어깨를 으쓱인다. 그래, 바로 그놈이야. 나리, 오늘 아침에 우리가 트럭을 타고 나갔다고요? 우린 아니에요. 몽둥이 던지기나 하면서 시간 때우고 있었던걸요. 그는 생각한다. 맞아, 그 친구 맞아. 목소리를 보나 몸집으로 보나 틀림없이 그 녀석인데, 아무리 봐도 서른은 넘어 보이는군. 얇은 입술하며, 납작한 코, 그리고 곱슬머리까지 똑같아. 다른 점이 있다면 눈꺼풀에 난 보랏빛 물혹과 목둘레에 깊게 파인 주름, 그리고 말처럼 툭 튀어나온 이에 낀 누렇고 초록빛이 도는 치석 정도야. 그는 생각에 잠긴다. 녀석의 이도 원래는 하얬지. 그사이 저렇게 되다니. 저리도 엉망으로 변해버리다니. 전보다 훨씬 더 여위고 더러울 뿐 아니라, 폭삭 늙었잖아. 느릿느릿 거들먹거리는 듯한 걸음걸이와 핏줄이 거미줄처럼 엉켜 있는 다리. 솥뚜껑 같은 손에는 굳은살이 박여 있고, 입 가장자리를 따라 침이 허옇게 말라붙어 있다. 그들은 마당에서 사무실로 들어온다. 그들을 보자 바뚜께는 잽싸게 싼띠아고의 다리 사이로 숨는다. 그는 생각한다. 내가 누군지 모르는군. 내게 뭔가를 얘기하거나 말을 걸 기미도 없고 말이야. 하긴 싸발리따, 저 친구가 널 알아보겠어? 그때가 열여섯살, 아니 열여덟살이었던가? 나도 벌써 서른살 중늙은이가 됐으니. 그사이 대머리는 종이 두장 사이에 먹지를 끼워 남들이 알아보기 힘든 글씨로 몇줄 휘갈겨 쓴다. 쌈보는 문간에 기댄 채 입술을 핥고 있다.

"여기 서명하면 됩니다. 그리고 기자 양반, 진지하게 부탁하는데, 우리 예산이 늘어날 수 있도록 『끄로니까』에서 힘 좀 써줘요." 대머리가 쌈보를 처다본다. "점심 먹으러 안 가?"

"가불 좀 해주시면 안될까요?" 그가 한걸음 나서며 차분하게 사정을 밝힌다. "지금 돈이 한푼도 없어서 그럽니다요. 이번 한번만 좀 봐주세요, 나리."

"여기, 반 리브라[19]야." 대머리가 하품을 하면서 말한다. "나도 이것밖에 없어."

쌈보는 대머리를 처다보지도 않은 채 지폐를 주머니에 집어넣고 싼띠아고와 나란히 문을 나선다. 저 멀리 뿌엔떼 델 에헤르시또에 트럭과 버스, 그리고 승용차들이 줄지어 지나가고 있다. 이 친구, 지금 무슨 표정이지? 희뿌연 안개로 뒤덮인 프레이 마르띤 데

---

19 1898년부터 1930년까지 통용되던 화폐단위. 1리브라는 10쏠에 해당한다.

뽀레스 동네의 흙빛 판자촌이 꿈결처럼 희미하게 보인다. 혹시 도망칠 생각인가? 쌈보의 눈을 힐끗 쳐다보던 싼띠아고는 그와 눈이 마주친다.

"만약 내 개를 죽였다면, 나도 당신들을 죽였을 거요." 그러면서 싼띠아고는 웃어 보인다.

아서, 싸발리따. 저 녀석은 네가 누군지도 모르잖아. 쌈보 녀석은 그의 말을 귀담아듣는다. 그런데 녀석의 표정이 좀 복잡 미묘하다. 얼이 빠진 듯 멍한 표정인가 싶은 한편, 좀 쌀쌀맞아 보이면서도 고분고분한 기색이다. 늙은 건 그렇다 치더라도 하는 짓을 보면 짐승이나 다를 바가 없군. 그는 생각한다. 녀석의 팔자도 불쌍하긴 매한가지지.

"오늘 아침 이 녀석을 끌고 간 게 당신들이오?" 그러자 돌연 쌈보의 눈에서 빛이 번득인다. "아마 쎄스뻬데스, 그놈 짓이었을 거구면요. 눈에 뵈는 게 없는 녀석이라서. 하여간 돈이 필요하면 아무 때고 아무 집에나 들어가 자물쇠를 박살 내버린다니까요."

그들은 알폰소 우가르떼 대로로 이어지는 계단 앞에 서 있다. 바뚜께가 발을 구르면서 우중충한 하늘을 향해 짖는다.

"암브로시오?" 싼띠아고는 싱긋 웃다가 잠시 멈칫하고는, 다시 미소를 짓는다. "혹시 암브로시오 아닌가?"

그는 도망가지도, 대답하지도 않는다. 그저 깜짝 놀라 멍한 얼굴로 싼띠아고를 바라볼 뿐이다. 그러더니 갑자기 혼란스러운 듯 눈을 여러번 깜박인다.

"나 알아보겠어?" 싼띠아고는 머뭇거리다가 잠시 싱긋 웃고는 다시 멈칫한다. "나 싼띠아고일세. 페르민 씨네 아들 말이야."

그러자 그는 놀란 표정으로 커다란 두 손을 번쩍 쳐든다. 그럼 나리가 바로 싼띠아고 도련님이란 말이에요? 그러고는 온몸이 얼어붙은 듯 꼼짝도 않는다. 그의 목을 조를지, 아니면 달려가 와락 껴안을지, 갈피를 못 잡는 표정이다. 페르민 나리의 아드님이라굽쇼? 너무 놀랐는지, 아니면 가슴 벅차서인지 그의 목소리가 갈라진다. 여전히 어쩔 줄 몰라 눈만 껌벅인다. 그렇다니까. 나 못 알아보겠나? 사실 나 싼띠아고는 조금 전 마당에서 보자마자 자네인 줄 알았는데 말이야. 이게 무슨 일이래요? 죽었다 살아나기라도 한 것처럼 그의 손이 갑자기 움직이기 시작한다. 맙소사! 그는 황망하게 손으로 허공을 휘저어댄다. 하느님 맙소사! 못 뵌 사이에 이렇게 많이 자라셨구먼요. 그제야 그는 환하게 웃으며 싼띠아고의 어깨와 등을 두드린다. 도련님을 다시 만나다니요. 정말이지 꿈만 같습니다요.

"이제 어엿한 어른이 된 도련님을 만나다니 거짓말 같구먼요." 그는 대견해서 어쩔 줄 모르겠다는 듯 연신 싱글거리며 싼띠아고를 어루만진다. "도련님, 이렇게 제 눈으로 보고 있는데도 도저히 믿기지가 않네요. 이젠 알아보고말고요. 부친을 꼭 빼닮으셨구먼요. 그리고 쏘일라 마님도 좀 닮았고요."

떼떼 아가씨는요? 그의 커다란 손이 정신없이 움직인다. 너무 반가워서일까? 아니면 놀라서 저러는 걸까? 그리고 치스빠스 도련님은요? 그는 말을 하면서도 싼띠아고의 팔과 어깨와 등을 이리저리 쓰다듬느라 바쁘다. 목소리는 좀 가라앉았지만, 추억에 잠긴 듯 애잔한 눈빛이다. 우연이라 해도 참 희한하구먼요. 도련님을 이렇게 만나리라고 누가 상상이나 했겠어요? 맙소사, 그토록 오랜 세월이 흘렀는데 말입니다요.

"여기까지 오다보니 목이 타는군." 싼띠아고가 말한다. "같이 가서 목을 좀 축이자고. 혹시 이 주변에 아는 데 있나?"

"제가 자주 가는 집이 하나 있습죠." 암브로시오가 말한다. "까떼드랄이라는 곳이에요. 근데 저 같은 가난뱅이들이나 가는 데라, 괜찮을지 모르겠구먼요."

"시원한 맥주만 있으면 되니까 걱정할 것 없어." 싼띠아고가 대답한다. "그럼 같이 가지, 암브로시오."

그 어리던 도련님이 어느덧 커서 맥주를 마시다니, 참 믿지 못할 일이야. 암브로시오는 혼자 생각하면서 씩 웃는다. 누렇고 초록빛이 도는 그의 더러운 이가 드러난다. 시간 참 빨리도 흐르는군. 두 사람은 함께 계단을 올라간다. 계단 끝에 이르자 알폰소 우가르떼의 첫번째 달동네가 나타난다. 판자촌 사이에 하얀색으로 칠해놓은 포드 자동차 수리 공장이 있고, 왼편 골목 어귀로는 페인트칠이 벗겨져 잿빛으로 변해버린 페로까릴 쎈뜨랄 철도회사의 창고가 보인다. 상자를 가득 실은 트럭 한대가 까떼드랄의 입구를 가리고 있다. 안으로 들어서자, 낡은 함석지붕 아래 엉성한 테이블과 의자에 앉아 왁자지껄 떠들며 마시는 한무더기의 사람들이 눈에 들어온다. 카운터에서는 셔츠 차림의 두 중국인이 뭔가를 질겅질겅 씹고 마시느라 바쁜 손님들의 각진 구릿빛 얼굴들을 유심히 살펴보고 있다. 산골 출신의 작달막한 남자 하나는 낡아 해진 앞치마를 두른 채 김이 모락모락 나는 수프와 술병과 밥을 담은 접시를 손님들에게 나르느라 정신없이 바쁜 모습이다. 깊은 애정과 뜨거운 입맞춤, 그리고 뜨거운 사랑으로 가득한 노래가 울긋불긋한 라디오에서 끊임없이 흘러나온다. 음식과 술 냄새에 찌든 홀에는 연기가 자욱하고, 귀가 멍멍할 정도로 시끄러운 소란 속에서 파리 떼가 들끓고 있다. 그 뒤로는 구멍이 숭숭 뚫린 벽 — 그 너머로 바위들과 판

찻집들, 강줄기와 잿빛 하늘이 언뜻 보인다 ── 과 탁탁 튀는 소리를 내며 타는 불가에서 땀을 뻘뻘 흘리며 냄비와 프라이팬을 들었다 놓았다를 반복하는 펑퍼짐한 여자의 모습이 눈에 띈다. 라디오 바로 옆에 빈자리가 하나 있다. 테이블은 온통 칼로 파놓은 낙서로 도배되어 한군데도 성한 곳이 없다. 그중에서도 화살이 꽂힌 하트 모양 아래 싸뚜르니나라는 여자 이름을 새겨놓은 낙서가 가장 눈에 띈다.

"난 점심을 먹었으니 음식은 자네 것만 시키게나." 싼띠아고가 말한다.

"여기 시원한 끄리스딸 맥주 두병!" 암브로시오가 두 손을 입에 모으고 고함을 지른다. "생선 수프하고 빵, 그리고 쌀을 섞은 채소 스튜도."

싸발리따, 넌 여기 오지 말아야 했어. 더구나 저 녀석한테 말을 시키지 말아야 했다고. 싸발리따, 이건 재수가 없는 정도가 아니라, 그냥 네 정신이 나간 거라고. 그는 생각한다. 다시 악몽이 몰려오겠군. 다 네 잘못이야, 싸발리따. 아, 가엾은 아버지.

"여기 있는 이들은 대부분 택시 기사나 이 동네 작은 공장에서 일하는 노동자들이구먼요." 암브로시오가 주변을 가리키며 변명하듯 말한다. "아르헨띠나 대로에서 일부러 여기까지 오는 이들도 있긴 해요. 음식도 그런대로 먹을 만한데다 무엇보다 값이 싸거든요."

땅딸막한 산골 남자가 맥주를 가져온다. 싼띠아고는 컵에다 맥주를 따른다. 암브로시오, 자네와 자네 아내를 위해 건배하세. 정체를 알 수 없는 지독한 냄새가 풍긴다. 냄새를 맡자 갑자기 불쾌한 기분이 들면서 멍해지더니, 급기야 머릿속이 하얗게 변해버리는 것 같다.

"그런데 암브로시오, 어쩌자고 그런 고약한 일을 하는 거지? 유기견 보호소에서 일한 지 오래됐나?"

"한달쯤 됐을 겁니다요, 도련님. 저 같은 놈이 어디서 일자리를 구하겠습니까요. 그나마 광견병 덕분에 거기라도 갈 수 있었던 거예요. 그렇죠, 따지고 보면 참 고약한 일이에요. 우리 등골까지 다 빼먹는 일이죠. 그래도 개를 잡으러 트럭을 타고 나갈 때면 이상하게 마음이 편해집니다요."

땀 냄새와 고추와 양파 냄새, 거기다 오줌과 쓰레기 냄새까지, 악취가 코를 찌른다. 라디오에서 흘러나오는 노랫소리가 사람들이 왁자지껄 떠드는 소리, 그리고 시끄러운 자동차 소리와 뒤엉켜 묵직하면서도 이지러진 소음으로 귀에 들어온다. 검게 그을린 얼굴, 불거진 광대뼈, 피로에 찌들어 졸린 눈들이 테이블 사이를 어슬렁어슬렁 게으르게 돌아다니는가 하면, 카운터 주변에 몰려 있거나 입구를 막고 서 있다. 암브로시오는 싼띠아고가 건넨 담배를 받아 피우고는 꽁초를 바닥에 버린 뒤 발로 비벼 끈다. 그는 수프를 후루룩거리며 먹고 생선 토막을 뜯기 시작하더니 나중엔 뼈가 반들거릴 때까지 쪽쪽 빨아 먹는다. 그러는 와중에도 계속 뭔가를 물어보고 대답하느라 입이 쉴 틈이 없다. 그러다가 곧바로 빵을 집어삼킨 다음 목이 메는지 맥주를 쭉 들이켜고는 손으로 땀을 닦는다. 도련님, 시간이라는 게 참 무섭죠. 모르는 사이에 우리를 집어삼키고 마니까요. 내가 왜 여기서 이러고 있는 거지? 그는 생각한다. 어서 여길 떠야 하는데, 하필 맥주를 더 시키는군. 그는 술을 따른 뒤 잔을 움켜쥔다. 암브로시오가 말을 하거나 추억에 잠겨 꿈꾸듯 생각하는 동안, 싼띠아고는 컵 둘레에 동그랗게 맺힌 하얀 거품과 보글보글 올라오던 금빛 기포가 그의 손이 덥혀놓은 노란 액체

속으로 사라지는 모습을 유심히 관찰한다. 그는 눈을 뜬 채로 맥주를 마시고 트림을 한다. 이어 담배를 꺼내 피워 물고 몸을 숙여 바뚜께를 쓰다듬는다. 젠장, 이왕 이렇게 된 걸 어쩌겠어. 그는 암브로시오와 이야기를 주고받는다. 그의 눈꺼풀에 난 물혹은 퍼런빛을 띠고, 헐레벌떡 달리거나 숨이 막히기라도 한 사람처럼 말할 때마다 콧구멍이 벌름거린다. 특이하게도 그는 술을 마시고 나면 꼭 침을 뱉는다. 그러고는 아련한 눈빛으로 파리를 쳐다보다가 이야기를 들으면서 흐뭇한 미소를 짓기도 하고, 아니면 침울해지거나 심란한 표정을 짓는 것이다. 또 갑자기 화가 나서 얼굴이 붉으락푸르락하거나 놀란 표정을 짓기도 하고, 간혹 정신이 나간 사람처럼 멍해지기도 한다. 그런가 하면 숨이 끊어질 듯 기침을 할 때도 있다. 그의 곱슬머리 사이로 흰머리가 드문드문 보인다. 작업복 위로 닳아 해진 옷을 하나 걸치고 있는데, 원래는 파란색에 단추가 달려 있었던 듯하다. 그리고 그가 입고 있는 셔츠의 깃은 어찌나 높은지, 밧줄처럼 그의 목을 휘감은 모양새다. 그의 커다란 구두가 우연히 눈에 띈다. 진흙투성이인데다, 오래 신은 탓에 모양이 심하게 일그러져 있다. 그는 두려운 듯 떨리는 목소리로 더듬거리다가도 한동안 말을 잃는다. 그러곤 다시 조심스럽게 입을 열어 신중하게, 또 정중하게, 때로는 불안하거나 처량한 목소리로 말을 잇지만 줄곧 풀이 죽은 모습이다. 서른, 마흔, 아니 백살도 넘어 보이는군. 늙어 빠져 몰골도 초라하지만, 사리분별도 제대로 안되는 모양이야. 게다가 자세히 보니 폐병에 걸린 것 같군. 싸발리따, 너나 까를리또스에 비하면 저 친구 팔자가 천배는 더 기구할 거야. 싼띠아고는 자리를 뜰 생각이다. 그래, 당장 여길 나가야 해. 그런데 암브로시오가 맥주를 더 시킨다. 싸발리따, 너 이미 취했어. 당장이라도 울음을 터뜨릴 태세잖아. 도련님, 이놈의 나라에서는 살기가 너무도 힘들구먼요. 싼띠아고의 집에서 나간 이후로 그는 영화에나 나올 법한 일들을 겪었다고 한다. 암브로시오, 그건 나도 마찬가질세. 그러자 그가 맥주를 더 시킨다. 속에 있는 걸 모두 게워내고 싶은 걸까? 튀김 냄새, 그리고 발과 겨드랑이에서 나는 지독한 냄새가 푸석푸석하거나 뻣뻣한 머리 위를, 포마드를 발라 닭 볏처럼 위로 세운 머리와 짧은 목에 멋을 부린답시고 포마드를 잔뜩 발랐지만 듬성듬성 비듬이 보이는 머리들 위를 스멀스멀 기어 다닌다. 라디오에서 흘러나오던 노랫소리가 잠잠해지더니 다시 커지고, 또 잠잠해지더니만 다시 시끄러워진다. 고개를 들자 차라리 잊고 싶은 기억 속의 한 장면이, 저 뒤룩뒤룩 살찐 얼굴들과 네모난 입과 수염 없는 회색빛 뺨보다 더 강렬한, 결코 돌이킬 수 없는 장면이 눈앞에 되살아난다. 테이블 위로 넘쳐나는 맥주병들. 도련님, 이 나라는 정말 개판이죠? 뻬루라는 나라는 아무리 봐도 답이 없구먼요. 그렇지 않아요? 오드리아 당하고 아쁘라 당만 해도 그래요.[20] 서로 못 잡아먹어서 그렇게 안달을 하더니만, 이젠 언제 그랬냐는 듯이 사이좋게 지내잖아요? 도련님 부친께서 이 모습을 보시면 뭐라고 하실까요? 두 사람은 서로 말을 주고받는다. 싼띠아고는 이따금씩 따지고 들기까지 하는 암브로시오의 말을 고분고분 잘 들어준다. 그러니

----

20 오드리아 당, 즉 오드리스따 민족연합(Unión Nacional Odriísta)은 1961년 마누엘 오드리아 장군에 의해 창설되었다. 1948년부터 1956년까지 지배 권력을 장악했으나, 1968년 후안 벨라스꼬 알바라도(Juan Velasco Alvarado) 장군이 이끄는 군사 꾸데따로 역사에서 사라졌다. 반면 아쁘라 당(Partido Aprista Peruano, APRA)은 빅또르 아야 델 라 또레(Víctor Raúl Haya de la Torre)를 중심으로 중도 좌파 및 국제 사회주의자들이 결성한 정당으로, 1985년과 2006년 두차례에 걸쳐 집권했다.

까 도련님, 어서 이놈의 나라를 떠야 한다니까요. 저 안쪽, 술병이 늘어선 긴 테이블 뒤에 키가 작고 마음 약해 보이는 남자가 있다. 술에 취했는지 눈이 풀린데다 겁을 먹은 표정이다. 바뚜께가 한번 짖더니, 곧 연달아 짖어댄다. 갑자기 정신이 혼미해지면서 마음 깊은 곳으로부터 불안감이 고개를 쳐든다. 시간이 멈춘 듯 아득한 느낌, 코를 찌르는 악취. 우리가 이야기를 나누고 있는 것일까? 문득 라디오가 조용해지더니 다시 쿵쾅거리기 시작한다. 한데 뒤범벅이 된 채 거대한 강물처럼 흐르던 온갖 냄새들이 까떼드랄 안에 무겁게 떠다니는 담배와 맥주, 사람 살갗과 남은 음식 냄새의 줄기로 흩어지는 듯하다. 갑자기 그는 도저히 참기 어려울 만큼 지독한 악취 속으로 빨려들어간다. 아빠, 아빠나 나나 다 틀렸어요. 이건 패배의 냄새라고요, 아빠. 들어오는 사람들, 와자지껄 웃으며 먹는 사람들, 또 소리를 질러대는 사람들. 그리고 나가는 이들. 계산대 뒤에 꼼짝도 않고 서 있는 중국인들의 영원히 변하지 않을 듯이 창백한 옆모습. 까떼드랄 안에 있는 이들은 떠들거나 조용히 앉아 있고, 먹고 마시거나 말없이 담배를 피운다. 산골 출신의 남자가 나타나 술병이 수두룩이 쌓여 있는 테이블 위로 몸을 숙인다. 반면 다른 테이블들은 모두 깨끗하게 치워져 있고, 라디오에서 흘러나오던 시끄러운 음악소리도, 장작불 튀던 소리도 더이상 들리지 않는다. 바뚜께만 시끄럽게 짖어댄다. 싸뚜르니나. 산골 출신의 남자는 때가 타서 시꺼먼 손가락으로 뭔가를 헤아리고 있다. 그때 암브로시오가 놀란 얼굴을 그에게 바짝 들이민다. 도련님, 어디가 불편하신가요? 아니, 머리가 좀 지끈거려서 그래. 조금 있으면 괜찮아지겠지. 이게 웬 추태람. 그는 속으로 중얼거린다. 오늘 너무 많이 마셨어, 헉슬리. 바뚜께도 무사히 구해내고서는 여태 여기 앉아 미적거리고 있다니. 하지만 오래간만에 친구를 만났는데 어떡하겠어. 그는 생각에 잠긴다. 사랑이라. 이제 됐으니까 그만 마셔, 싸발리따. 암브로시오가 주머니에 손을 넣으려 하자 싼띠아고는 재빠르게 그의 팔을 잡는다. 이 사람아, 왜 이래? 내가 낼 테니까 가만히 있게나. 그가 자리에서 일어나면서 비틀거리자 암브로시오와 산골 남자가 그를 부축한다. 이거 놓으라고. 나 혼자 갈 수 있단 말이야. 괜찮으니까 걱정하지 말게. 아이고, 맙소사. 도련님, 어쩌자고 이렇게 취하셨어요? 너무 많이 드셨구먼요. 그는 까떼드랄의 축축한 바닥을 빤히 내려다보면서 빈 테이블과 기우뚱거리는 의자 사이를 조심스럽게 걸어간다. 다행이야, 이제 좀 괜찮아지는군. 머리도 서서히 맑아지고 다리에도 힘이 붙는 것 같아. 앞도 또렷이 보이고 말이야. 하지만 술집 안의 모습은 그대로다. 그의 다리가 자꾸 엉키자 조바심이 나는지 바뚜께가 짖어댄다.

"그나마 술값을 충분히 가지고 계셔서 다행이구먼요, 도련님. 정말 괜찮으세요?"

"속이 좀 울렁거리기는 하지만 취하진 않았어. 술은 먹어봐야 좋은 일이 없다네. 생각을 너무 많이 해서 그런지 머리가 빙빙 도는구먼."

"어이쿠 도련님. 벌써 4시나 됐구먼요. 이번에는 또 무슨 핑계를 대지? 도련님은 잘 모르시겠지만, 전 늦으면 일자리를 잃을 수도 있거든요. 어찌 됐든 감사하구먼요, 도련님. 이렇게 만난 덕분에 맥주하고 점심도 마음껏 먹고, 오래간만에 이야기도 실컷 나눌 수 있었어요. 언제가 다시 뵙게 되면 제가 한턱내겠습니다요."

그들이 밖으로 나가자마자, 산골 남자가 나무로 된 커다란 문을 닫아버린다. 가게 앞을 가로막고 있던 트럭도 이미 떠나고 없다.

스모그로 덮인 건물들이 온통 뿌옇게 보인다. 도시 전체를 답답하게 짓누르는 오후의 잿빛 햇살 속으로 자동차와 트럭과 버스의 행렬이 뿌엔떼 델 에헤르시또를 힘없이 지나가고 있다. 주변에는 아무도 없다. 얼굴도 없이 실루엣으로만 보이는 저 먼 곳의 행인들이 희뿌연 스모그의 장막 속으로 미끄러지듯 사라진다. 자, 이제 됐어. 이쯤에서 헤어지면 되겠지. 더이상 만날 일도 없을 테니까. 그는 생각한다. 난 저 친구를 만난 적도, 이야기를 나눈 적도 없는 거야. 빨리 집에 가서 샤워하고 낮잠이나 자야겠어.

"도련님, 정말 괜찮으신 건가요? 제가 모셔다드리지 않아도 되겠어요?"

"괜찮지 않은 건 바로 자네구먼." 싼띠아고는 입술을 거의 움직이지 않은 채 말한다. "오후 내내, 네시간 동안이나 술을 마셨는데 괜찮을 리 있겠나."

"무슨 말씀을요. 그 정도 마셔가지고는 끄떡도 없죠." 암브로시오는 큰소리를 치지만 자기도 겸연쩍은지 씩 웃는다. 그는 입을 반쯤 벌린 채 투박한 손으로 턱을 받치고 있다. 옷깃을 세우고는 싼띠아고에게서 1미터쯤 떨어진 곳에 서서 꼼짝도 않는다. 반면 바뚜께는 귀를 쫑긋 세우고 이빨을 드러낸 채 싼띠아고와 암브로시오를 번갈아 보다가 뭔가에 깜짝 놀랐는지, 아니면 겁을 먹었거나 불안한지 신경질적으로 땅을 파기 시작한다. 까떼드랄 안에서 의자 끄는 소리가 들린다. 아마 바닥 청소를 하는 모양이다.

"자네, 내가 무슨 말을 하려는지 잘 알고 있겠지." 싼띠아고가 심각한 표정을 지으며 말한다. "부탁인데, 그렇게 시치미 떼고 있지 말게나."

싸발리따, 저 친군 네 말을 알아들을 수도, 알아들을 생각도 없어. 좀 보라고. 아까부터 꼼짝도 않잖아. 게다가 숨이 턱 막힐 정도로 강렬하고 집요한 눈빛을 봐. 웬만한 일 가지고는 꿈쩍도 않을 친구란 말이야.

"제가 모셔다드리는 게 영 그러시다면," 암브로시오는 눈을 내리깔고 목소리를 낮추어 더듬더듬 입을 뗀다. "택시 타는 데까지라도 모셔다드리면 안될까요?

"『끄로니까』에 수위가 한명 필요해." 그도 역시 나직한 목소리로 말한다. "그리 편한 직장은 아니지만, 그래도 유기견 보호소보다는 낫지 않겠어? 서류 없이도 자리를 얻을 수 있게끔 내가 힘써보겠네. 자네한텐 그 일이 훨씬 더 나을 거야. 그건 그렇고, 제발 그렇게 시치미 떼고 있지 말라니까."

"알았습니다. 네, 알겠습니다요." 말은 그렇게 하지만 표정이 점점 더 일그러지면서 목소리마저 갈라지는 듯하다. "근데 도련님, 무슨 일이 있으신가요? 대체 왜 자꾸 그러시는 거죠?"

"이번 달 내 봉급을 모두 자네에게 주지." 말을 하는데 갑자기 목이 멘다. 하지만 울음은 터뜨리지 않는다. 오히려 눈을 크게 뜬 채 무표정한 얼굴로 뻣뻣이 서 있다. "모두 3500쏠이야. 이 정도면 그럭저럭 버틸 수 있겠지?"

암브로시오는 고개를 푹 숙인 채 아무 말도 하지 않는다. 마치 침묵이 경직된 반응을 일으키기라도 한 듯, 그는 몇걸음 뒤로 물러나면서 어깨를 으쓱하더니 배 높이로 두 손을 들어 올린다. 마치 자신을 방어하거나, 아니면 그를 공격이라도 할 것처럼. 바뚜께가 그 모습을 보고 으르렁거린다.

"많이 취하셨나봅니다요." 말을 꺼낸 그의 표정이 떨떠름하다. 게다가 목소리에 불쾌한 감정이 진하게 배어 있다. "도대체 왜 그러시는 겁니까요? 제게 원하시는 게 뭐죠?"

"그러니까 시치미 떼지 말라는 거야." 싼띠아고는 눈을 감고 숨을 들이마신다. "이왕 말이 난 김에, 라 무사와 아버지 얘기나 좀 해보자고. 아버지가 시켰나? 다 지난 일을 지금 와서 왈가왈부해봐야 무슨 소용이 있나 싶지만, 그래도 난 꼭 알아야겠어. 아버지가 시킨 건가?"

그의 말이 끝나기 무섭게, 암브로시오가 몸을 잔뜩 움츠리며 한 걸음 뒤로 물러선다. 긴장한 표정이 역력하다. 두려움 때문인지, 아니면 분노 때문인지 두 눈이 휘둥그레졌다. 가지 말게. 이리 와. 나 멀쩡해, 암브로시오. 자넨 바보가 아니잖아. 그는 생각한다. 이리 와. 이리 오라고. 암브로시오는 몸을 숙이더니 그를 위협하려는 건지 작별 인사를 하려는 건지 주먹을 흔들어댄다.

"계속 그러실 거면 차라리 제가 가는 편이 낫겠구먼요. 그래야 도련님이 후회할 일이 없을 테니까요." 그는 투덜거리지만, 목소리에는 짙은 슬픔이 배어 있다. "그리고 전 일자리 따위 필요 없습니다요. 돈이고 뭐고 도련님에게 신세 질 생각이 눈곱만큼도 없구먼요. 그리고 마지막으로 도련님께 한 말씀만 더 드리겠구먼요. 이왕 말이 났으니 말인데, 부친께선 도련님에게 과분한 분이라는 것만 알아두시라고요. 그러다 천벌받습니다요, 도련님."

"알았네. 다 알았으니까 이제 그만하자고." 싼띠아고가 말한다. "이리 오게. 오랜만에 만났는데 이렇게 헤어져서야 되겠나? 어서 이리 오라니까."

하지만 암브로시오는 요란한 발소리를 내며 그냥 가버린다. 바뚜께도 놀란 표정으로 그의 뒷모습을 바라본다. 판자촌의 벽에 달라붙어 멀어져가던 어두운 그림자가 불이 환하게 켜진 포드 자동차 수리 공장 앞에 이르자 다시 희미하게나마 모습을 드러냈다가 이내 계단 아래로 사라져버린다.

"정말 가버렸군." 싼띠아고가 흐느껴 울기 시작한다. 그는 몸을 숙여 바뚜께의 뻣뻣한 꼬리와 불안하게 실룩대는 코를 어루만진다. "바뚜께, 우리도 가자꾸나."

몸을 일으키자 다시 눈물이 앞을 가린다. 그는 주머니에서 손수건을 꺼내 눈물을 닦고는 까떼드랄 문에 기대선 채 몇초 동안 꼼짝도 않는다. 눈물에 젖은 그의 얼굴 위로 가랑비가 흩뿌린다. 바뚜께는 그의 발목에 몸을 비비고 구두를 핥다가 그를 올려다보며 나직하게 낑낑거린다. 그가 주머니에 손을 찔러 넣은 채 도스 데 마요 광장을 향해 천천히 걸음을 옮기자, 바뚜께도 옆에 딱 달라붙어 총총걸음으로 따라간다. 기념비 발치에 사람들이 누워 있고, 그 주변으로 담배꽁초와 과일 껍질, 신문지 따위가 어지럽게 널려 있다. 길모퉁이에서는 사람들이 고물 버스를 타려고 한꺼번에 몰려드는 바람에 어수선하다. 사람들을 가득 태운 버스는 희뿌연 먼지를 일으키며 힘겹게 빈민가 쪽으로 출발한다. 한편 저쪽에서는 경찰이 떠돌이 장사꾼과 언쟁을 벌이고 있다. 두 사람 다 불쾌하면서도 맥이 풀린 표정인데, 목소리만은 무슨 어마어마한 일로 싸우기라도 하는 양 잔뜩 격앙되어 있다. 광장을 한바퀴 돈 다음 꼴메나가로 들어서자마자 그는 택시를 잡는다. 강아지 때문에 좌석이 더러워지지는 않겠죠? 그럼요, 기사님. 절대 그럴 일은 없을 테니까 걱정하지 마세요. 미라플로레스를 거쳐 뽀르따가로 갑시다. 차에 탄 그는 바뚜께를 무릎 위에 올려놓는다. 배가 불룩하다. 테니스를 치든 수영을 하든 역기를 들든, 뭐라도 해야겠어. 아니면 까를리또스처럼 정신없이 술이나 마시다가 알코올중독이 되든지. 그는 지그시 눈을 감고 등받이에 머리를 기댄다. 손으로는 바뚜께의 등과 귀를, 그리고 차가운 주둥이와 여전히 떨리는 배를 어루만진다. 바뚜끼또, 그 생지옥 같은 곳에서 널 구했으니 얼마나 다행이니. 하지만 싸발리따, 모르긴 해도 널 구하러 올 사람은 아무도 없을 거야. 아무래도 내일은 까를리또스 문병이나 가야겠군. 가는 김에 책이라도 한 권 갖다줘야지. 헉슬리 책은 말고. 그가 탄 택시는 거리의 잡다한 소음을 뚫고 지나간다. 거리에 깔린 어둠속에서 자동차의 엔진음과 호루라기 소리, 그리고 금세 사라져버리는 사람들의 목소리가 그의 귓전을 울린다. 그건 그렇고 싸발리따, 나중에 점심이나 같이 먹자던 노르윈의 청을 물리쳐서 마음이 좀 찝찝하군. 그는 생각에 잠긴다. 암브로시오는 몽둥이로 개들을 때려죽이지만, 넌 사설로 개들을 잡고 있잖아. 그 친구가 속은 훨씬 편할 거야. 녀석은 이미 고생도 할 만치 한데다, 더 망가지려야 망가질 수도 없는 처지니까 말이야. 그는 생각한다. 가엾은 아빠. 택시가 속도를 서서히 줄이자 그는 슬며시 눈을 뜬다. 택시의 앞 유리에 갇힌 디아고날의 모습이 보인다. 비스듬하게 뻗은 거리는 은빛으로 반짝이고, 자동차가 북새통을 이루고 있다. 밤거리를 현란하게 수놓은 네온사인 불빛과 공원의 나무들을 하얗게 물들이는 밤안개 속에서 교회의 탑이 잿빛 허공으로 자취를 감춘다. 무성하게 자란 고무나무의 이파리들이 어둠속에서 살랑거린다. 여기 세워주세요. 그가 지갑에서 돈을 꺼내 기사에게 건네자 바뚜께가 사납게 짖어대기 시작한다. 싼띠아고의 품에서 벗어나자마자, 녀석은 재빨리 현관으로 뛰어 들어간다. 바뚜께가 짖는 소리가 바깥에서도 들린다. 대문 앞에서 양복과 넥타이를 매만지는데, 아나가 울부짖는 소리가 새어 나온다. 그는 잠시 그녀의 표정이 어떨지 상상하며 안마당으로 들어선다. 요정의 오두막에는 창문마다 불이 환하게 밝혀져 있다. 바뚜께를 품에 안고 이쪽으로 다가오는 아나의 모습이 보인다. 연락도 없이 어디 있다가 이제 오는 거야? 내가 얼마나 무섭고 불안했는지 알아?

"일단 안으로 들어가. 오늘은 이 녀석 때문에 동네가 좀 시끄럽겠는걸." 그는 그녀에게 살짝 입을 맞춘다. "조용히 해, 바뚜께."

그는 화장실에 가서 소변을 보고 세수를 한다. 아나의 목소리가 들려온다. 대체 어떻게 된 거야? 무슨 일 때문에 이렇게 늦은 거냐고. 그녀가 바뚜께와 장난을 치면서 말한다. 그래도 이 아이를 찾았으니 다행이지 뭐야. 짖는 소리 좀 들어봐. 저도 얼마나 좋으면 이럴까? 그는 얼굴을 닦고 밖으로 나간다. 아나는 바뚜께를 품에 꼭 안고서 거실 소파에 앉아 있다. 그는 그 옆에 앉아 말없이 그녀의 이마에 입을 맞춘다.

"한잔했나보네." 그녀가 그의 양복 소매를 당기며 말한다. 생글거리고 있기는 하지만, 약간 화난 표정이다. "맥주 냄새가 나는데. 시치미 떼지 마. 술 먹었지?"

"응, 오다가 오랜만에 어떤 친구를 만났어. 그래서 한잔했지. 너무 오래간만이라서 그냥 헤어질 수가 없더라고."

"그래도 그렇지. 난 집에서 꼼짝도 못하고 미치는 줄만 알았다고." 투덜거리기는 해도 사랑스럽게 어리광을 부리는 목소리다. "친구들하고 맥주 마신 거야 그렇다 쳐. 독일 여자 집에 전화라도 한통 해줄 수 있었잖아?"

"전화가 없더라고. 정말 형편없는 술집에 갔거든." 그는 미소 띤 얼굴로 하품을 하고 기지개를 켠다. "더구나 저 독일 여자 성깔을 건드리기도 싫고 말야. 그건 그렇고, 몸이 엉망이야. 오랜만에 맥주를 마셔서 그런지 머리가 깨질 듯 아파."

오후 내내 아나를 안절부절못하게 만들어놓았으니 당해도 싸지. 그녀는 이마에 손을 갖다 대더니 미소를 지으며 그를 본다. 그러곤 그의 귀를 꼬집으며 나직한 목소리로 속삭인다. 머리가 깨질 듯 아프다고? 고것 참 쌤통이네. 그는 그녀에게 입을 맞춘다. 잠깐 눈이라도 붙여야겠어. 아나, 커튼 좀 쳐줄래? 그래, 알았어. 그는 자리에서 일어나 잠시 서 있다가 침대로 가자마자 풀썩 쓰러진다. 그러나 아나와 바뚜께의 그림자가 그의 주변으로 부산스럽게 움직이자 정신이 든다.

"그런데 아나, 오늘 나가서 돈을 다 쓰고 말았어. 월요일까지 어떻게 버티지?"

"뭐, 하는 수 없지. 다행히 싼마르띤가에 있는 중국인은 내 말이라면 다 믿어주니 별문제 없을 거야. 아마 이 세상에서 가장 좋은 중국 사람일걸."

"그건 그렇다 쳐도, 이번 주말엔 영화도 못 보게 생겼잖아. 혹시 오늘 좋은 영화 안해?"

"꼴리나 극장에서 말런 브랜도 나오는 영화를 해." 아나의 목소리가 아득하게 들린다. 마치 물속에서 듣는 것 같다. "또 당신이 좋아하는 범죄 영화네. 보고 싶으면 말해. 내가 독일 여자한테 좀 빌려볼 테니까."

그래, 싸발리따, 오늘 바뚜께를 무사히 구해 왔으니 아나는 모든 걸 이해해주는구나. 그는 생각에 잠긴다. 지금 이 순간만큼은 행복한 모양이야.

"내가 돈 빌려 올 테니까 영화 보러 가. 그 대신 다시는 연락도 없이 친구들하고 술 마시지 않겠다고 약속이나 해." 미소를 짓는 아나의 얼굴이 점점 더 멀게만 보인다.

그는 생각한다. 물론 약속하지. 우연히 커튼 한쪽 구석이 접혀 있어서 어두운 하늘이 손바닥만큼 보인다. 그는 우울한 이슬비가 저 밖, 저 하늘 위에서 리마로, 미라플로레스로, 그리고 요정의 오 두막 위로 힘없이 떨어져 내리는 모습을 그려본다.

2

뽀뻬예 아레발로는 미라플로레스 해변에서 오전을 보냈다. 계단을 쳐다보는 게 낙인 모양이네. 그의 곁을 지나칠 때마다 동네 여자들이 비아냥거렸다. 떼떼는 안 올 거야. 그 말대로 떼떼는 그날 오전 수영하러 나오지 않았다. 잔뜩 기대를 했건만…… 실망한 그는 정오가 되기 전에 집으로 발걸음을 옮겼다. 축 처진 어깨로 께브라다 언덕을 올라가고 있는데, 떼떼의 코와 둥글게 컬이 진 머리, 그리고 예쁜 눈동자가 눈앞에 어른거렸다. 그러자 다시 가슴이 뛰었다. 넌 언제나 내 마음을 알아줄 거니? 응, 떼떼? 그는 붉은빛이 도는 머리에 아직 물기가 가시지 않은 채로 집에 도착했다. 땡볕에 너무 오래 앉아 있었는지 주근깨투성이 얼굴이 화끈거렸다. 집에서는 상원 의원이 그를 기다리고 있었다. 어서 오게, 주근깨 군. 우리 잠시 이야기나 나눌까? 서재에 들어서자, 상원 의원이 불쑥 질문을 던졌다. 아직도 건축학을 공부하고 싶어? 그럼요, 아빠. 당연히 공부하고 싶죠. 다만 입학시험이 너무 어렵고 경쟁률도 너무 높은 게 문제지만요. 하지만 열심히 공부하면 합격할 수 있을 거예요, 아빠. 사실 상원 의원은 자기 아들이 한 과목도 낙오하지 않고 고등학교를 마친 것만 해도 대견스러웠다. 지난 연말부터 그는 자상한 엄마처럼 아들을 대했다. 1월에는 용돈도 1리브라에서 2리브라로 올려주었다. 그렇지만 애초부터 뽀뻬예에게 많은 것을 기대하지는 않았다. 좋아, 주근깨 녀석아. 요즘 건축학부에 들어가기가 하늘의 별따기니까 올해는 너무 무리하지 않도록 해. 일단 예비 학교에 들어가서 열심히 공부하다보면 내년에 반드시 합격할 테니 말이다. 주근깨 네 생각은 어떠냐? 아주 멋진 생각이에요, 아빠. 뽀뻬예의 얼굴이 환하게 빛났고, 그의 눈빛은 비장한 결의로 이글거렸다. 열심히 할게요. 죽도록 공부해서 내년엔 반드시 합격할 거예요. 하지만 이제부터 해수욕은커녕 조조 영화나 파티까지 아예 포기하고 여름 내내 수학, 물리학, 화학에 매달려야 한다고 생각하니 정신이 아득해졌다. 그렇게 죽을 둥 살 둥 공부하고도 시험에 떨어지면 방학만 날려버린 셈이 될 텐데 어쩌지. 갑자기 미라플로레스와 라 에라두라 해변의 파도, 그리고 앙꼰만의 모습이 그의 눈앞에 어른거렸다. 레우로, 몬떼까를로, 꼴리나 극장의 관람석이나 떼떼와 함께 볼레로를 추던 쌀롱도 천연색 영화만큼이나 생생하고 화려하게 떠올랐다. 그럼 이제 만족하니? 상원 의원이 물었다. 물론이죠, 좋아요. 그가 대답했다. 함께 식당에 들어서면서 그는 생각했다. 아빠는 참 좋은 분이야. 상원 의원이 그를 보며 물었다. 좋아, 주근깨 군, 이번 여름이 지나갈 때까지 죽어라 공부만 하기로 약속한 거지? 그렇게 할게요, 아빠. 뽀뻬예는 확고하게 대답했다. 점심을 먹는 동안, 상원 의원은 그에게 농담을 던졌다. 싸발라의 딸이 아직도 네게 눈길 한번 안 주더냐? 그는 얼굴을 붉혔다. 지금은 좀 그래요, 아빠. 넌 너무 어린애 같아서 여자 친구 못 사귀어. 그의 엄마가 말했다. 되지도 않을 일은 아예 꿈도 꾸지 마. 다 큰 아이한테 그게 뭔 소리야? 상원 의원이 그의 엄마에게 고개를 돌리며 말했다. 떼떼가 워낙 참한 아이라 그러지. 녀석아, 사내자식이 되어가지고 여자 앞에서 팔이나 배배 꼬고 있으면 되겠어? 자고로 여자들이란 자기 앞에서 무릎 꿇고 애원하는 남자한테 마음을 빼앗기기 마련이란다. 나도 네 엄마 마음을 사로잡느라 얼마나 고생했는데. 그러자 그의 엄마는 배꼽을 잡고 웃었다. 그때 전화벨이 울리고, 곧 집사가 달려왔다. 도련님, 친구인 싼띠아고예요. 야, 주근깨, 지금 당장 보자. 그럼 말라깽이야, 3시에 라르꼬에 있는 끄림 리까에서 볼까? 좋아 주근깨, 3시 정각이다. 녀석아, 네가 자꾸 떼떼한테 치근거리면 네 처남[21]이 가만두겠니? 상원 의원이 웃으며 말했다. 오늘따라 집안 분위기가 좋은 것 같았다. 둘도 없는 단짝 친구인 싼띠아고를 두고 엄마가 왠지 눈살을 찌푸린 것만 빼면 말이다. 그 녀석은 지금도 나사 하나 풀린 것처럼 구니? 뽀뻬예는 아이스크림을 한스푼 떠먹다 말고 물었다. 누가 그래요? 그러곤 메렝게 과자를 한입 베어 물었다. 싼띠아고네 집에 가자고 꼬드기면 떼떼를 불러내 잠깐 이야기라도 나눌 수 있을지 몰라. 누가 그러긴? 쏘일라지. 지난 금요일에 모여서 카드를 쳤는데 거기서 그러더라고. 설마 제 엄마가 없는 말을 지어냈겠니? 뽀뻬예의 엄마가 말했다. 엄마의 말은 사실이었다. 최근 며칠 동안 쏘일라와 페르민은 싼띠아고 때문에 골머리를 앓고 있었다. 허구한 날 동생 떼떼와 형 치스빠스하고 싸움질을 하는 것으

---

21 뽀뻬예가 떼떼와 결혼할 경우 싼띠아고가 그의 처남이 되기 때문이다.

로도 모자라, 엄마 아빠가 뭐라고 하면 꼬박꼬박 말대꾸나 하고 대들기 일쑤였으니 그럴 만도 했다. 그래도 말라깽이는 기말시험에서 1등을 차지했다. 뽀뻬예는 이해할 수 없다는 듯이 투덜거렸다. 1등 하면 됐지, 걔네 부모님은 대체 뭘 더 바라시는 거야?

"녀석이 까똘리까 대학엔 죽어도 안 가겠다지 뭐야. 자긴 무조건 싼마르꼬스에 간다면서 말이지."[22] 쏘일라 부인의 얘기였다. "며칠 전에는 그 문제로 페르민이 화가 잔뜩 났다니까."

"내가 어떻게든 녀석을 잘 구슬려볼 테니, 쏘일라 당신은 절대 끼어들지 마, 알았지?" 페르민 씨는 그렇게 말했다. "원래 사내 녀석들은 저 나이 때 저러기 마련이야. 앞뒤 분간도 못한다고. 어쨌든 살살 달래야 돼. 괜히 윽박질렀다가는 긁어 부스럼만 만들 테니까."

"쓸데없이 점잖게 타이를 것 없이, 한대 쥐어박아봐. 그다음부터는 고분고분해질 테니까." 쏘일라 부인이 사납게 쏘아붙였다. "애를 키울 줄 모르는 사람은 바로 당신이야."

"그 아인 우리 집에 자주 드나들던 녀석이랑 결혼했지." 싼띠아고가 말한다. "뽀뻬예 아레발로. 흔히 주근깨 아레발로라고 부르던 녀석과 말이야."

"말라깽이는 아버지하고 사이가 별로 안 좋아요. 아버지와 생각이 너무 달라서 그런 모양이에요." 뽀뻬예가 말했다.

"아직 젖비린내 나는 녀석이 무슨 생각이 그리도 많다는 거지?" 상원 의원이 껄껄 웃으며 말했다.

"우선 열심히 공부해서 법학 학위를 받고 나면 자연스럽게 정계에 진출할 수 있을 거야." 페르민 씨는 말했다. "무슨 말인지 알아

---

22 싼마르꼬스가 개방적이고 진취적인 학풍을 중시하는 반면, 까똘리까 대학은 다소 보수적인 분위기를 띠고 있다.

들겠어, 말라깽이야?"

"자기 아버지가 오드리아를 도와 부스따만떼를 축출했다는 사실을 굉장히 수치스럽게 생각하고 있거든요."[23] 뽀뻬예가 말했다. "하여간 그 친구는 군부에 반대하는 입장이니까요."

"그럼 부스따만떼를 지지하는 거니?" 상원 의원이 물었다. "그래도 페르민 씨는 그놈이 집안에서 가장 뛰어나다고 여기고 있던데, 부스따만떼처럼 소심한 자를 추종한다니. 별 볼 일 없는 녀석인 모양이군."

"물론 소심하고 나약한 면도 있긴 하지. 하지만 품성이 올곧고 고상하고 품위가 있잖아. 더군다나 외교관이기도 했고." 뽀뻬예의 엄마가 한마디 거들었다. "반면에 오드리아는 교양과는 거리가 먼 군인인데다 촐로[24]란 말이지."

"여보, 내가 오드리아 당 상원 의원이라는 걸 잊었어?" 상원 의원이 껄껄 웃으며 말했다. "그러니까 오드리아더러 촐로니 뭐니 하는 말은 하지 말라고. 알았지?"

"녀석이 굳이 싼마르꼬스에 가려는 건 신부들을 좋아하지 않기 때문이에요. 그리고 다른 애들이 거길 가고 싶어 하니까 덩달아 그러는 거기도 하고요." 뽀뻬예가 설명을 곁들였다. "그런데 솔직히 말하면 녀석이 그렇게 고집을 피우는 건, 뭣보다 워낙 반항아적 기질이 강해서예요. 만약에 걔네 부모님이 싼마르꼬스에 가라고 허

---

23 부스따만떼는 뻬루 출신의 변호사이자 정치인으로 1945년부터 1948년까지 대통령을 역임했다. 뻬루 역사상 드물게 법을 준수하고 대중의 자유를 확대시키는 등 민주 발전에 크게 기여하였으나, 1948년 마누엘 오드리아 장군이 이끄는 꾸데따로 실각했다.

24 인디오와 유럽 혈통의 혼혈을 의미한다. 당시 뻬루 사회에서는 순수 유럽 혈통을 우대하는 풍조가 만연하여 이들을 차별했다.

락을 하면 까똘리까에 간다고 난리 칠 게 뻔해요.”

“쏘일라의 말이 백번 옳아. 제 고집대로 싼마르꼬스에 가면 외톨이가 될 게 분명하거든.” 뽀뻬예의 엄마가 말했다. “괜찮은 집안의 사내 녀석들이 죄다 까똘리까에 가는 것도 따지고 보면 다 이유가 있다니까.”

“엄마, 까똘리까에도 무섭게 생긴 인디오 애들이 많아요.” 뽀뻬예가 말했다.

“페르민 씨가 돈도 많이 벌어다 주겠다, 또 실세 중의 실세인 까요 베르무데스와 막역한 사이겠다, 그 애송이 녀석이 겁날 게 뭐 있겠어. 제 아버지가 저렇게 든든히 받쳐주는 이상 굳이 인맥을 쌓으려고 애쓸 필요도 없지.” 상원 의원이 말했다. “자, 주근깨 군. 이제 가서 일 보렴.”

식탁에서 일어난 뽀뻬예는 양치질을 하고 단정하게 머리를 빗은 뒤 밖으로 나섰다. 이제 2시 15분밖에 안됐군. 천천히 가도 되겠어. 싼띠아고, 너하고 내가 어디 보통 사이냐? 그러니 떼떼하고 잘되게 힘 좀 써주라. 햇빛 때문에 눈을 깜박거리면서 라르꼬 거리 쪽으로 올라가던 중, 우연히 까사 넬손의 쇼윈도에 시선이 가서 그는 걸음을 멈추었다. 와! 이 사슴 가죽 모카신에 갈색 반바지, 거기다 노란 셔츠까지 맞춰 입으면 죽이겠는걸. 싼띠아고보다 먼저 끄림 리까에 도착한 그는 거리가 훤히 내려다보이는 곳에 자리를 잡고 바닐라 밀크셰이크를 주문했다. 우선 걔네 집에 가서 음악이나 듣자고 해보고, 녀석이 정 싫다고 하면 영화를 보러 가든지 꼬꼬 베세라에 가서 카드랑 주사위 놀이나 하자고 해야겠다. 그럼 말라깽이 녀석이 뭐라고 할까? 바로 그 순간 싼띠아고가 들어왔는데, 침통한 것도 모자라 아예 얼이 빠진 듯 멍한 표정이었다. 야, 엄마 아빠가 아말리아를 쫓아냈어. 건너편에 있는 방꼬 데 끄레디또 은행 지점이 방금 문을 열었다. 뽀뻬예는 끄림 리까의 창문 너머 은행의 회전문이 길가에서 기다리던 사람들을 집어삼키는 모습을 멍하니 지켜보았다. 햇빛이 밝게 빛나고 있었다. 거리에는 사람들을 가득 채운 버스가 연신 지나다녔고, 사람들이 서로 먼저 합승 택시를 잡겠다고 차도까지 내려오는 통에 셸 거리 모퉁이 일대가 아수라장이었다. 근데 있잖아, 아무리 생각해도 이해가 안 가는 게 하나 있어. 너희 엄마 아빠는 여태 가만히 있다가 왜 이제 와서 아말리아를 내쫓은 걸까? 싼띠아고는 어깨를 으쓱이더니 무겁게 입을 열었다. 확실히는 모르겠지만, 그날밤 있었던 그 사건 때문에 쫓아낸 것처럼 보이고 싶지 않았던 거겠지. 누굴 바보로 아나. 처량한 표정도 그렇지만, 짙은 밤색 머리카락이 이마로 흘러내린 탓인지 그는 평소보다 더 말라 보였다. 웨이터가 다가오자 싼띠아고는 말없이 손가락으로 뽀뻬예의 유리잔을 가리켰다. 똑같이 바닐라로 하시겠습니까? 네. 어찌 됐든 간에 아주 나쁜 일은 아니잖아. 싼띠아고의 축 처진 모습이 보기 딱했는지 뽀뻬예가 격려했다. 조만간 다른 데서 일자리를 얻을 테니까 말이야. 요즘 하녀 구하는 집이 얼마나 많은데. 싼띠아고는 물끄러미 손톱만 내려다보고 있었다. 아말리아처럼 착한 여자는 이 세상 어디에도 없을 거야. 치스빠스하고 떼떼, 그리고 내가 기분이 나쁜 일이 있어서 애꿎게 화풀이를 해대도 엄마 아빠에게 이른 적이 단 한번도 없단 말이야. 뽀뻬예는 아무 말 없이 빨대로 밀크셰이크를 휘휘 저었다. 자, 처남, 그럼 너희 집에 가서 음악이나 듣는 게 어떨까? 말을 마치자마자 그는 거품을 들이마셨다.

"너희 엄마가 싼마르꼬스 대학 문제 때문에 우리 엄마한테 하소연을 하셨던 모양이야." 그가 말했다.

"우리 엄마는 로마 황제 앞에 가서도 그런 말을 할 분이지." 싼띠아고가 대답했다.

"부모님이 싼마르꼬스를 정 그렇게 싫어하시면 눈 딱 감고 까똘리까에 들어가. 거기나 저기나 별반 차이도 없을 것 아냐?" 뽀삐예가 말했다. "혹시 까똘리까가 더 빡빡한가?"

"우리 부모님은 그런 것 따위엔 신경도 안 써." 싼띠아고가 답답하다는 듯 한숨을 내쉬었다. "엄마 아빠가 싼마르꼬스를 싫어하는 이유는 간단해. 거기에 인디오 혼혈들이 많은데다, 정치적 활동도 활발하게 일어나기 때문이지. 단지 그것뿐이라고."

"야, 인마. 이런 걸 두고 자승자박이라고 하는 거야." 뽀삐예가 말했다. "네가 너무 유난하게 굴어서 그렇게 된 거잖아. 매사에 삐딱하니 모든 게 못마땅하지, 더군다나 무엇 하나 그냥 넘어가는 법이 없으니까 그럴 수밖에. 그러니까 말라깽이야, 별 이유도 없이 너 자신을 들볶지 말란 말이야."

"충고 따윈 집어치워." 싼띠아고가 부루퉁한 표정으로 말했다.

"너 혼자 똑똑한 척하지 마, 인마. 네가 공부 잘하는 건 좋다 쳐. 그렇다고 다른 이들이 멍청하다고 생각하지는 말란 말이야. 어젯밤 일만 해도 그래. 어떻게 꼬꼬한테 그렇게 막 대할 수가 있어? 끝까지 참은 녀석이 참 대단해 보일 정도였다고."

"미사에 가고 싶지 않다고 해서 교회 종지기한테 그 이유를 꼭 밝힐 필요는 없는 법이잖아."

"이젠 무신론자 행세까지 하는 거니?" 뽀삐예는 어이없다는 표정이었다.

"무신론자 행세가 아냐." 싼띠아고가 말했다. "신부가 마음에 안 든다고 해서 하느님을 믿지 않는 건 아니니까."

"미사에 가지 않으면 집에서 뭐라고 안해?" 뽀뻬예가 물었다. "가령 떼떼는 뭐라고 하데?"

"야, 주근깨, 기분 잡치니까 그 계집애 얘기는 꺼내지도 마." 싼띠아고가 쏘아붙이듯 말했다.

"이제 그만 좀 해. 바보처럼 그러지 말고." 뽀뻬예도 물러서지 않았다. "그건 그렇고 떼떼 말이야, 오늘 아침엔 왜 해변에 나오지 않았지?"

"오늘 친구들하고 레가따스 클럽에 갔어." 싼띠아고가 대답했다. "그녀저나, 넌 아직도 헛물을 켜고 있는 거니?"

"빨간 머리에 주근깨가 잔뜩 난 소년 말이죠?" 암브로시오가 기억을 더듬는다. "그러니까 상원 의원이던 에밀리오 아레발로 씨의 아드님. 물론 기억나고말고요. 두분이 결혼을 하셨다고요?"

"난 빨간 머리나 주근깨 난 남자가 정말 싫어." 떼떼는 얼굴을 찡그리며 말했다. "그런데 걘 그 두가지 다잖아. 웩, 구역질 나."

"아말리아가 나 때문에 쫓겨난 것 같아서 너무 괴로워." 싼띠아고가 말했다.

"그냥 치스빠스 때문에 그랬다고 말하지 그랬어." 뽀뻬에가 그를 위로했다. "사실 넌 최음제라는 게 뭔지도 몰랐잖아."

주변에서는 싼띠아고의 형을 치스빠스[25]라고 불렀다. 얼마 전, 그가 떼라사스 피트니스 클럽에서 무거운 역기를 들어 올리며 온갖 폼을 다 재던 시절에는 다들 그를 따르산 치스빠스[26]라고 부르곤 했다. 그는 해군사관학교에 들어갔지만, 몇달도 못 버티고 퇴교당하고 말았다. (자기 말에 따르면 소위를 두들겨 패는 바람에 그렇게

---

25 스페인어로 '불꽃'이라는 뜻이다.
26 '불꽃같은 타잔'이라는 뜻.

됐다고 한다.) 그러곤 한동안 빈둥거리며 도박을 하거나 술을 마시고 툭하면 싸움질이나 하는 건달 노릇을 했다. 그 시절에는 싼페르난도 광장에 나오기만 하면 험악한 얼굴로 뽀삐예나 또뇨, 아니면 꼬꼬나 랄로를 손가락으로 가리키며 싼띠아고에게 다가오곤 했다. 어이, 만물박사께서 뭔 일로 여기까지 납셨나. 나하고 한번 붙어볼 녀석 있으면 당장 나와. 그러나 무슨 일인지, 페르민 씨의 사무실에서 일하고부터는 마음 잡고 착실하게 지내기 시작했다.

"그게 뭔지는 알았지. 직접 본 적은 없지만." 싼띠아고가 말했다. "그런데 정말 그걸로 여자들을 미치게 만들 수 있는 건가?"

"치스빠스가 꾸며낸 이야기일 뿐이야." 뽀삐예가 갑자기 목소리를 죽이며 말했다. "너한테도 그렇게 이야기한 거지?"

"정말이고말고요. 몸이 달아 어쩔 줄 모른다니까요. 치스빠스 도련님, 그럴 때 여자들 몸을 살짝만 건드려보세요. 그러면 당장이라도 숨이 끊어질 듯이 온몸을 배배 꼬면서 난리를 부릴 테니까요." 암브로시오가 말했다. "근데요, 도련님, 한가지 부탁이 있구먼요. 제가 도련님한테 드린 말씀은 절대 비밀입니다요. 아시겠죠? 만약 어르신 아시는 날이면 전 끝장납니다요."

"한스푼 정도면 어떤 여자든 뿅 간다고 하지 않데?" 뽀삐예가 속삭거렸다. "다 지어낸 이야기라고."

"어쨌든 시험을 해볼 수밖에 없어." 싼띠아고가 말했다. "눈으로 확인하기 전에는 그게 사실인지 아닌지 알 수가 없으니까 말이야."

싼띠아고는 신경질적으로 웃더니 갑자기 입을 다물었다. 뽀삐예도 따라 웃었다. 그들은 팔꿈치로 서로를 쿡쿡 찔렀다. 가장 어려운 문제는 누구한테 시험하느냐는 거지. 그들은 이미 잔뜩 흥분해 있었고, 동시에 무척이나 지쳐 있었다. 그게 문제라고. 테이블과 밀크

셰이크 잔이 갑자기 부르르 떨렸다. 야, 말라깽이, 너희 형제 둘 다 미친 거 아냐? 치스빠스가 그걸 주면서 뭐라고 했기에 이러는 거야? 사실 치스빠스와 싼띠아고는 개와 고양이 같은 사이였다. 치스빠스는 틈날 때마다 싼띠아고에게 짓궂은 짓을 했고, 싼띠아고도 가만히 당하고 있지만은 않았다. 야, 말라깽이, 정신 차려. 이번에도 네 형이 함정을 파놓은 게 분명해. 아냐, 주근깨. 그날밤엔 웬일인지 신이 나서 집에 왔더라고. 오늘 경마장에 갔다가 돈을 잔뜩 땄어. 얼마나 큰돈인지 넌 아마 상상도 못할 거다. 싼띠아고가 막 자려고 하는데 치스빠스가 방에 슬쩍 들어오더니 마치 어린애에게 훈계하듯이 말했다. 야 인마, 너도 이제 그 생활에서 벗어날 때가 됐어. 다 큰 녀석이 아직도 총각 딱지를 붙이고 있다니, 부끄럽지도 않냐? 그러곤 그에게 담배 한대를 권하는 것이었다. 겁낼 것 없어, 자식아. 근데 너 여자 친구는 있냐? 싼띠아고는 자기도 모르게 있다고 거짓말을 했다. 그러자 치스빠스가 못 미더운 표정으로 말했다. 그럼 잘됐군. 지금이야말로 총각 딱지를 뗄 절호의 기회야, 말라깽이. 정말이라고.

"내가 형더러 사창가에 데려다달라고 한 적은 없을 텐데?" 싼띠아고가 말했다.

"정말 그랬다면 너야 재미를 보겠지만, 대신 난 아버지한테 맞아죽었을걸." 치스빠스는 천연덕스럽게 말을 이었다. "자고로 사나이라면 자기 능력으로 여자의 몸을 차지하는 법. 절대 돈으로 해결하지는 않지. 넌 혼자서 이 세상 모든 걸 다 아는 척하지만, 계집애들 문제에 있어서만큼은 아직 멀었어. 알았냐, 이 헛똑똑이야?"

"내가 언제 다 아는 척했다고 그래?" 싼띠아고가 발끈하고 나섰다. "누군가 시비를 걸 때만 맞받아치는 거라고. 좋아, 치스빠스 형.

그럼 날 사창가로 데려다줘."

"근데 너 요즘 무슨 일로 아버지만 보면 그렇게 으르렁대냐?" 치스빠스가 물었다. "하는 말마다 꼬박꼬박 말대꾸를 하니까 아버지가 열 안 받고 배겨?"

"아버지가 오드리아나 군바리들 편을 들 때마다 반박하다보니 그렇게 된 거야." 싼띠아고가 말했다. "그건 됐고, 치스빠스 형, 어서 가기나 하자."

"어째 넌 군인들이라면 그렇게 치를 떠니?" 치스빠스가 궁금하다는 듯 물었다. "오드리아가 너한테 무슨 죽을죄를 지은 것도 아닐 텐데 말이야."

"무력을 이용해서 권력을 탈취한 자들이니까 그러지." 싼띠아고가 대답했다. "더구나 오드리아는 아무 죄도 없는 사람들을 수도 없이 감옥에 처넣었다고."

"그거야 아쁘라 당하고 공산당 쪽만 그랬던 거지." 치스빠스가 말했다. "그래도 그 정도면 정말 신사답게 대해준 거야. 나 같았으면 모조리 총살시켜버렸을걸. 너도 알 거 아냐, 부스따만떼 시절에 이 사회가 얼마나 개판이었는지. 정말이지 정직한 사람들은 단 하루도 편안하게 살 수 없을 정도였다고."

"어차피 형은 그런 부류의 사람이 아니잖아." 싼띠아고가 말했다. "부스따만떼가 대통령일 때, 형은 건달처럼 빈둥거리고 살았으니까 말이야."

"너 지금 네 밥그릇을 네 발로 차고 있는 거다, 헛똑똑이야."

"형도 형 나름의 생각이 있는 것처럼 내게도 나만의 생각이 있거든." 싼띠아고가 말했다. "이제 그 얘긴 그만하고 어서 거기나 가자니까."

"사창가는 절대 안돼!" 돌연 치스빠스가 정색을 하고 말했다. "대신 여자한테 작업을 잘 걸 수 있도록 내가 도와주지."

"그런데 최음제는 약국에서 파니?" 뽀뻬예가 호기심 어린 눈빛으로 물었다.

"아니, 암시장에서 팔아." 싼띠아고가 소리 죽여 말했다. "판매 금지 품목이거든."

"코카콜라에 약간 타고, 그리고 핫도그에도 약간 넣으면 돼." 치스빠스가 말했다. "그러고 나서 효과가 나타날 때까지 기다려야 돼. 여자가 가만히 있지 못하고 몸을 꼬아대기 시작하면, 그때부턴 모든 게 너 하기에 달린 거야."

"그런데 형, 보통 몇살짜리 여자한테 하면 되는 거야?" 싼띠아고가 물었다.

"그런 걸 열살짜리 아이한테 먹이면 그야말로 미친놈이지." 치스빠스가 음흉하게 웃으며 말했다. "열네살 정도면 괜찮을 거야. 하지만 조금만 먹여야 돼. 그 정도 나이의 여자애가 네 앞에서 몸이 달아 어쩔 줄 몰라하면 정말 참기 힘들 거다. 아무리 그래도 너무 성급하게 다루었다간 험한 꼴을 보게 될 테니까 조심해야 해. 알았지?"

"그런 데서 믿고 사도 될까?" 뽀뻬예가 물었다. "혹시 돈만 받아 먹고 소금이나 설탕 같은 걸 파는 거 아냐?"

"내가 혀끝에 약간 묻혀 맛을 봤거든." 싼띠아고가 말했다. "가룬데 아무 냄새도 안 나더라고. 그런데 약간 톡 쏘는 느낌이 있긴 해."

거리는 이미 합승 택시와 버스를 타려는 인파들로 북적이고 있었다. 사람들은 줄도 서지 않고 차도로 밀려 내려와 그냥 지나가려는 파랗고 하얀 줄무늬 버스 앞에서 손을 흔들어댔다. 혼잡한 군중들 틈에서 갑자기 똑같은 모습을 한 두개의 작은 실루엣이, 갈색 머리를 가진 두 사람이 모습을 드러냈다. 바예리에스트라 쌍둥이 자매였다. 뽀뻬예는 커튼을 젖히고 그들을 향해 손을 흔들었다. 하지만 쌍둥이 자매는 그를 보지 못했다. 그들은 초조한 듯 구두 뒤축으로 바닥을 구르며 혈색 좋고 번들거리는 얼굴을 들어 연신 방꼬 데 끄레디또의 시계를 바라보았다. 쟤들 아마 시내에 영화 보러 가는 모양이네. 택시가 올 때마다 쌍둥이 자매는 결의에 찬 표정으로 찻길로 뛰어들었지만 번번이 사람들에게 밀리고 말았다.

"자기들끼리 가려나봐." 뽀뻬예가 창밖을 내다보며 말했다. "야, 말라깽이. 쟤네들하고 같이 가자고 해볼까?"

"조금 전까지만 해도 떼떼 없이는 못 살겠다고 생난리를 치더니. 내 말이 틀렸어? 이 배신자 자식아." 싼띠아고가 퉁명스럽게 내뱉었다.

"그럴 리가! 떼떼를 향한 내 일편단심이 변할 리 있겠어?" 뽀뻬예가 말했다. "쟤네들하고 놀러 가는 대신 너희 집에 가서 음악이나 듣자고 하면, 나야 좋지."

하지만 싼띠아고는 힘없이 고개를 저었다. 어디서 돈이 좀 생겼는데, 그걸 그녀에게 갖다줄까 생각 중이야. 저기 쑤르끼요에 살고 있거든. 그 말을 듣자 뽀뻬예의 눈이 휘둥그레졌다. 아말리아한테? 그러더니 배를 잡고 웃기 시작했다. 너희 집에서 쫓겨났다고 네 용돈을 갖다 바치겠다는 거니? 용돈이 아니야. 싼띠아고는 돼지 저금통의 배를 갈라 그동안 모아놓은 5리브라를 꺼내 온 터였다. 어이가 없는지 뽀뻬예는 손끝으로 관자놀이를 꾹꾹 눌렀다. 야, 이 자식아. 지금 당장 정신병원에나 가봐. 어쨌든 나 때문에 쫓겨난 거잖아. 싼띠아고가 들릴 듯 말 듯한 목소리로 말했다. 그래서 그녀에게 돈 좀 보태주고 싶다는 것뿐인데, 그게 그렇게 잘못된 일이니? 말라깽이야, 내 말 잘 들어. 네가 속으로 아말리아를 좋아했다손 치자. 그래도 그렇지, 5리브라면 적은 돈이 아니라고. 저기 있는 쌍둥이들을 데리고 영화관에 가고도 남을 돈이란 말이야. 그러나 바로 그 순간 쌍둥이 자매는 초록색 모리스 택시에 탔다. 뽀뻬예, 한발 늦었군. 싼띠아고는 담배를 피워 물었다.

"내 생각엔 말이야, 치스빠스가 자기 여자 친구한테 최음제를 사용했을 리 없어. 괜히 폼 잡으려고 꾸며낸 이야기겠지." 뽀뻬예가 말했다. "너 같으면 얌전한 여자아이한테 최음제를 쓰겠니?"

"내가 사랑하는 여자라면 절대 그런 짓은 안할 거야." 싼띠아고가 말했다. "그런데 말이야, 가령 돈 많은 남자를 물려고 눈이 벌건 아이들 있잖아, 그런 속물을 만나면 못할 것도 없지 않아?"

"그럼 어쩔 셈인데?" 뽀뻬예가 갑자기 목소리를 낮추며 물었다. "그 약 말이야. 누구한테 써보겠다는 거야, 아니면 그냥 버리겠다는 거야?"

그냥 버릴까 생각 중이야, 주근깨. 싼띠아고는 갑자기 홍당무처럼 얼굴이 빨개져서는 기어들어가는 목소리로 말했다. 그러곤 잠시 뭔가를 생각하더니 더듬거리며 말을 이었다. 좋은 생각이 떠올랐어. 이걸 먹이면 어떻게 되는지 한번 보기만 하는 거야. 어때?

"나 참, 기가 막혀 할 말이 없구나. 5리브라면 원하는 건 다 할 수 있을 텐데 말이야." 뽀뻬예가 한심하다는 표정으로 말했다. "어차피 네 돈이니까 알아서 해."

"야, 주근깨, 잔말 말고 나만 따라와." 싼띠아고가 불쑥 말했다. "수르끼요는 바로 코앞이라고."

"그럼 그다음엔 너희 집에 가서 음악이나 듣는 거다." 뽀뻬예가 말했다. "그리고 집에 가면 떼떼 좀 불러내주고."

"야, 주근깨, 넌 꼭 너 같은 생각만 하는구나." 싼띠아고가 못마땅한 듯 말했다.

"그런데 혹시 너희 부모님이 이 일을 아시면 어떡하지?" 뽀뻬예가 걱정스럽게 물었다. "그리고 치스빠스가 알면 또 어떻게 해?"

"엄마 아빠는 오늘 앙꼰²⁷에 갔어. 월요일이나 돼야 돌아오실 거야." 싼띠아고가 대답했다. "치스빠스도 친구네 농장에 가서 집에 없고."

"만약 아말리아가 갑자기 이상한 증세를 보이거나 기절이라도 하면, 네가 다 책임져야 돼." 뽀뻬예가 말했다.

"아주 조금만 줄 거야." 싼띠아고가 말했다. "야 인마, 제발 계집애처럼 징징거리지 좀 마."

그 순간 뽀뻬예의 눈이 반짝거렸다. 말라깽이, 너 기억나니? 우리 둘이 앙꼰에서 아말리아를 훔쳐본 거 말이야. 건물 옥상에 가면 하녀들의 목욕탕이 훤히 내려다보였잖아. 채광창으로 나란히 서 있는 두 여자의 얼굴이 보였지. 그리고 희뿌연 실루엣 아래로 검은색 수영복이 보였어. 아! 말라깽이, 그 계집애 몸매가 얼마나 풍만하던지. 옆 테이블에 앉아 있던 한쌍의 남녀가 자리에서 일어나자, 암브로시오가 여자를 가리키며 말했다. 치스빠스 도련님, 저년은 매춘부랍니다. 손님들을 잡으려고 하루 온종일 까떼드랄에 죽치고 앉아 있죠. 그들은 두 남녀가 라르꼬 거리를 따라 셀가를 건너는 모습을 지켜보고 있었다. 버스 정거장은 인적이 끊어져 삭막해 보였다. 거리를 지나다니는 버스나 합승 택시도 거의 비어 있었다. 그

---

27 리마 북부에 위치한 해변 도시로, 휴양객들이 많이 찾는다.

들은 웨이터를 불러 계산서를 가져오게 한 다음, 둘이서 돈을 나눠 냈다. 저 여자가 매춘부인 건 어떻게 알았지? 그거야 간단하지요, 도련님. 이곳 까떼드랄은 말입죠, 물론 레스또랑이고 바이기도 하지만 저런 매춘부들과 어중이떠중이들이 만나는 장소이기도 하니까요. 더구나 저 주방 뒤편에는 조그마한 방도 하나 있습죠. 한시간에 2쏠만 내면 그 방을 빌릴 수 있구먼요. 두 남녀는 상점에서 나오는 젊은 여자들과 우는 아이를 달래며 유모차를 끌고 가는 부인들을 바라보며 라르꼬 거리를 따라가고 있었다. 공원에서 뽀뻬예는 『울띠마 오라』를 샀다. 제일 먼저 가십난을 소리 내서 읽다가, 스포츠 난을 넘기면서 대충 훑어보았다. 그들이 라 띠엔데시따 블랑까 앞을 지나칠 무렵, 아는 얼굴이 곁을 지나쳤다. 안녕, 랄로. 포플러가 우거진 리까르도 빨마 거리에 이르자 그들은 신문지를 구겨 축구공처럼 발로 차면서 패스를 했다. 얼마 안 가 신문지는 낱장으로 흩어지고 찢긴 채 쑤르끼요 모퉁이에 아무렇게나 널브러졌다.

"딴 건 필요 없고, 화가 날 대로 난 아말리아가 내 면전에다 시원하게 욕이나 퍼부어줬으면 좋겠어." 쌴띠아고가 말했다.

"5리브라면 큰돈이야." 뽀뻬에가 말했다. "아마 널 왕자님처럼 대할걸."

어느덧 미라플로레스 극장 앞이었다. 극장 맞은편에는 나무로 지어 돗자리로 옆을 두르고 차일을 달아놓은 가판대가 줄지어 서 있었다. 그곳에서는 주로 꽃과 도자기와 과일을 팔았다. 총소리와 말 달리는 소리, 또 인디언들이 내지르는 함성과 꼬마들의 환호성이 거리까지 새어 나왔다. 제목이 '애리조나에서의 죽음'이래. 그들은 영화 포스터를 보려고 걸음을 멈추었다. 카우보이 그림이야.

"오늘 신경이 좀 날카롭네." 쌴띠아고가 말했다. "어젯밤에 한숨도 못 자서 그런가봐."

"너무 겁을 먹어서 날카로운 거야." 뽀뻬예가 대꾸했다. "시치미 떼봐야 소용없어. 아무 일도 없을 테니 너무 겁내지 말라고. 결정적인 순간에 물러서는 건 언제나 너잖아. 야! 기분 전환도 할 겸 우리 영화나 보자."

"겁먹어서 그런 게 아니야. 이제 괜찮으니까 걱정하지 마." 싼띠아고가 말했다. "잠깐만 기다려. 엄마 아빠가 떠나셨는지 확인해볼게."

이미 떠났는지 차는 없었다. 그들은 정원으로 들어가서 타일로 만들어진 분수대 옆을 지나쳤다. 말라깽이야, 혹시 아말리아가 잠들어 있으면 어쩌지? 그럼 깨우면 되지 뭐가 걱정이야. 싼띠아고가 문을 열고 불을 켜자, 어둠에 잠겨 있던 양탄자와 그림과 거울, 그리고 램프와 재떨이가 놓여 있는 테이블이 모습을 드러냈다. 뽀뻬예가 소파에 앉으려 하자 싼띠아고가 그를 붙잡았다. 그러지 말고 우선 내 방으로 올라가자. 안마당, 서재, 계단 옆으로 이어진 철제 난간. 싼띠아고는 뽀뻬예를 층계참에 남겨두고 곧장 그녀를 부르러 갔다. 넌 내 방에 들어가서 음악부터 틀어봐. 학교 운동부의 페넌트와 치스빠스의 사진, 첫 영성체 날 멋진 옷을 차려입고 찍은 떼떼의 사진이 벽에 나란히 걸려 있었다. 참 예쁘다니까. 뽀뻬예는 떼떼의 사진을 보면서 혼잣말로 중얼거렸다. 서랍장 위에는 귀가 크고 주둥이가 툭 튀어나온 돼지 한마리가 앉아 있었다. 저금통이 었다. 저 안에 얼마나 들어갈까? 그는 조용히 침대에 걸터앉은 채 테이블 위에 있는 라디오를 켰다. 펠리뻬 뼁글로의 왈츠. 그때 누군가의 발소리가 들렸다. 말라깽이였다. 야, 인마, 다 잘됐어. 가보니까 깨어 있더라고. 그래서 코카콜라 좀 갖다달라고 했지. 둘은 낄낄대며 웃었다. 쉿! 조용히 해. 저기 온다. 그녀가 맞아? 응, 저기 놀란 표정으로 문 앞에 서 있잖아. 의심스러운 눈빛으로 우리를 살펴보는군. 핑크색 점퍼와 단추 없는 블라우스를 입은 그녀는 문 뒤로 몸을 숨긴 채 아무 말도 하지 않았다. 아말리아가 맞긴 한데, 꼭 다른 사람 같아. 뽀뻬예는 속으로 생각했다. 어떻게 저 여자가 파란색 앞치마를 두른 채 손에 쟁반이나 먼지떨이를 들고 말라깽이네 집 구석구석을 돌아다니던 아말리아란 말인가? 그녀는 머리가 약간 헝클어져 있었다. 오셨어요, 도련님. 바닥에 남자 구두 두켤레가 나뒹구는 걸 보고 놀란 모양이었다. 안녕, 아말리아?

"엄마 말로는 집에서 나가게 됐다고 하던데 어떻게 된 거지?" 싼띠아고가 조심스럽게 물었다. "하여간 일이 그렇게 돼서 안됐어."

아말리아는 문에서 떨어지면서 뽀뻬예를 힐끗 보았다. 잘 지내셨어요, 도련님? 길가에 있던 뽀뻬예는 그녀를 향해 다정한 미소를 보냈다. 그녀는 다시 싼띠아고에게로 몸을 돌리며 말했다. 제가 원해서 나온 게 아니랍니다. 쏘일라 부인이 절 쫓아내신 거예요. 부인, 대체 뭣 때문에 이러시는 거죠? 어떻게 하든 내 마음이야, 지금 당장 짐 싸서 나가. 그녀는 슬픈 표정으로 헝클어진 머리를 매만지고 블라우스 앞섶을 여몄다. 싼띠아고는 거북한 얼굴로 그녀의 말을 들었다. 도련님, 전 나오고 싶지 않았어요. 내쫓지 말라고 부인께 무릎 꿇고 빌기까지 했답니다.

"쟁반은 테이블 위에 놔줘." 싼띠아고가 말했다. "그리고 잠깐만 기다려줄래? 지금 음악 듣는 중이니까."

아말리아는 코카콜라와 유리잔이 담긴 쟁반을 치스빠스 사진 앞의 테이블에 올려놓았다. 그러곤 어리둥절한 표정으로 서랍장 옆에 가만히 서 있었다. 그녀는 평소처럼 하얀색 옷에 굽 없는 구두를 신고 있었지만, 앞치마와 머릿수건은 보이지 않았다. 왜 그렇게 뻘쭘하게 서 있는 거야? 이리 와서 앉아. 여기 자리도 있는데. 제가 거기 어떻게 앉아요? 그녀가 살짝 웃으며 말했다. 제가 도련님들 방에 들어가는 걸 부인께서 얼마나 싫어하시는데요. 여태 그것도 모르셨어요? 바보같이 왜 그래? 지금 엄마가 어디 있다고. 싼띠아고가 갑자기 언성을 높였다. 아무도 안 일러바치니까 걱정하지 말고 당장 와서 앉아. 하지만 아말리아는 겸연쩍게 웃기만 했다. 분명히 말했어. 그렇게 열받게 하면 엄마한테 다 말해버릴 거야. 그럼 엄마도 가만있지 않을 테니 알아서 해. 말라깽이 녀석은 절대로 안 일러바쳐. 뽀뻬예가 끼어들어 거들었다. 그러니 빼지만 말고 어서 와서 앉아. 아말리아는 싼띠아고와 뽀뻬예를 번갈아 바라보다가 조용히 침대 끄트머리에 자리를 잡고 앉았다. 꽤나 걱정스러운 표정이었다. 그때 갑자기 싼띠아고가 일어나 쟁반이 있는 곳으로 다가갔다. 말라깽이 녀석아, 제발 쓸데없는 짓 그만둬. 뽀뻬예는 속으로 중얼거리며 아말리아를 힐끗 쳐다보았다. 저런 노래 좋아해? 그가 손으로 라디오를 가리키며 물었다. 정말 멋지지 않아? 물론이죠, 참 아름다운 노래예요. 그녀는 두 손을 무릎 위에 얌전히 포개어놓았다. 잔뜩 긴장한 탓에 온몸이 뻣뻣하게 굳어 있었다. 하지만 음악을 더 잘 듣고 싶은지 그녀는 실눈을 뜨고 라디오 쪽을 힐끔힐끔 보았다. 로스 뜨로바도레스 델 노르떼야, 아말리아. 싼띠아고는 아직도 컵에 코카콜라를 따르고 있었다. 마음이 놓이지 않는지 뽀뻬예는 연신 곁눈질로 그를 살폈다. 아말리아, 춤출 줄 알아? 왈츠나 볼레로, 아니면 우아라차[28] 같은 거라도 말이야. 아말리아는 그를 향해 씽긋 웃어 보이더니 금세 표정이 어두워졌다가 다시 살짝

---

28 두명이 하나가 되어 추는 앤틸리스제도의 민속춤.

미소를 지었다. 아뇨, 전 춤출 줄 몰라요. 그녀는 침대 가장자리 쪽으로 약간 몸을 옮기고는 팔짱을 꼈다. 어딘가 불편한 모양이었다. 옷이 꽉 끼었다든지, 아니면 등이 간지럽기라도 한 것처럼. 바닥에 드리워진 그녀의 그림자는 꼼짝도 않았다.

"이거 받아. 뭐라도 주고 싶어서 그래." 싼띠아고가 말했다.

"제게요?" 아말리아는 그가 내민 지폐를 그냥 바라보기만 할 뿐 받으려고 하지 않았다. "하지만 도련님, 쏘일라 부인께서 이미 한 달 치 월급을 다 주셨어요."

"거짓말하지 마. 엄마가 안 준 것 다 알고 있으니까." 싼띠아고가 말했다. "내가 선물로 주는 거라고 생각하고 어서 받아."

"그런데 도련님이 왜 제게 돈을 주려는 거죠?" 그녀는 귀밑까지 빨개져서 당황스러운 표정으로 말라깽이를 바라보았다. "아무 이유도 없이 어떻게 돈을 받아요?"

"바보처럼 굴지 마." 싼띠아고도 물러서지 않았다. "자, 아말리아, 그럼 이것부터 마셔."

싼띠아고는 먼저 시범을 보이느라 잔을 들어 쭉 들이켰다. 라디오에서는 「씨보네이」가 흘러나왔다. 뽀뻬예가 창문을 열자 아늑한 정원이 눈에 들어왔다. 그 너머로 가로수들이 가로등 불빛을 받아 어렴풋하게 윤곽을 드러내었고, 분수대에 고인 물은 바람에 가늘게 떨리고 있었다. 정원 바닥의 타일도 형형색색으로 반짝였다. 아무튼 그녀에게 아무 일도 없으면 좋으련만. 알았어요, 그럼 도련님의 건강을 위해서. 콜라를 단숨에 들이켠 아말리아는 한숨을 내쉬며 반쯤 벌린 입술에서 잔을 뗐다. 시원하고 아주 맛있네요. 그때 뽀뻬예가 침대로 다가갔다.

"아말리아, 괜찮다면 내가 춤추는 법을 알려줄게." 싼띠아고가 말했다. "지금 배워두는 게 좋을 거야. 혹시 알아? 나중에 좋아하는 남자가 생기면 같이 파티에 가서 신나게 즐길 수도 있잖아. 괜히 꿔다놓은 보릿자루처럼 있는 것보다야 천배는 더 낫지. 안 그래?"

"아무리 봐도 이미 있는 것 같은데." 뽀뻬예가 끼어들었다. "솔직하게 다 털어놔봐, 아말리아. 좋아하는 남자 있지?"

"야, 주근깨. 얘 웃는 것 좀 봐." 싼띠아고는 그녀의 팔을 덥석 잡았다. "음, 사실이로군. 아말리아, 드디어 네 비밀을 알아냈어."

"맞아, 남자가 생긴 게 분명해." 뽀뻬예가 바로 옆에 털퍼덕 앉아 아말리아의 팔을 잡았다. "웃는 것 좀 봐. 앙큼한 것 같으니."

아말리아가 웃으면서도 그들의 손을 뿌리치려고 안간힘을 썼지만, 그들은 놓아주지 않으려 했다. 도련님, 왜 이러시는 거예요? 제가 이 돈을 어떻게 받아요? 전 절대 못 받아요. 그녀는 그들의 손아귀에서 빠져나오려고 팔꿈치로 떼밀었다. 그러자 싼띠아고가 그녀의 허리를 와락 껴안았다. 뽀뻬예가 한 손으로 그녀의 무릎을 움켜쥐자 그녀는 뿌리쳤다. 도련님, 제발 이러지 말아요. 제 몸에 손대지 마세요. 하지만 뽀뻬예는 들은 척도 하지 않고 그녀에게 욕설을 퍼부어댔다. 이 여우 같은 년이 어디서 앙큼을 떨어. 춤출 줄 알면서도 모른다고 딱 잡아뗐겠다. 자, 이제 다 털어놓으라고. 알았어요, 도련님. 시키는 대로 할게요. 아말리아는 마지못해 돈을 받았다. 남에게 구차하게 구걸할 사람이 아니라는 것을 보여주려는 듯 그가 건넨 지폐를 있는 힘껏 움켜쥐고는 점퍼 주머니 속에 욱여넣었다. 하지만 그녀는 그의 돈을 받은 것이 못내 마음에 걸렸다. 가진 돈을 다 털어주었으니, 일요일 조조 영화도 못 볼 것 아녜요.

"걱정 마." 뽀뻬예가 말했다. "우리끼리 돈을 모아서 같이 가면 되니까."

"정말 좋은 친구들이네요." 아말리아는 마치 옛일을 회상하듯이 눈을 가늘게 떴다. "자, 집이 누추하지만 잠깐이라도 들어오세요."

그녀는 그들이 사양할 틈조차 주지 않고, 집 안으로 뛰어 들어갔다. 그들도 따라 들어갔다. 벽 군데군데 묻어 있는 기름때와 숯검정, 의자 몇 개, 성모마리아 그림들 그리고 망가진 침대 두개. 아말리아, 우린 약속이 있어서 오래 못 있어. 그녀는 고개를 끄덕이고 치마로 방 한가운데 놓인 테이블을 닦았다. 잠깐만요. 그 순간 그녀의 눈에서 독살스러운 빛이 번득였다. 잠시만 이야기 좀 나누고 계세요. 뭣 좀 사가지고 올 테니까요. 금방 올 거예요. 싼띠아고와 뽀뻬예는 어리둥절하면서도 기쁜 표정으로 서로의 얼굴을 바라보았다. 야, 말라깽이. 사람이 영 달라졌잖아. 정신이 어떻게 된 거 아니야? 그녀의 웃음소리가 방 안에 쩌렁쩌렁 울렸다. 얼굴은 온통 땀과 눈물 범벅이었다. 짐승처럼 돌변한 그녀의 모습에 물들었는지 침대마저 끽끽 소리를 내자 온몸에 소름이 돋았다. 이제 그녀는 음악에 맞춰 손뼉을 치기까지 했다. 물론 출 줄 알죠, 알다마다요. 언젠가 사람들이 아구아 둘세[29]에 데리고 가줬는데, 흥이 올라 악단이 연주하는 무대로 올라가 춤을 춘 적도 있다니까요. 완전히 돌았군. 뽀뻬예는 어이가 없다는 듯 혀를 끌끌 찼다. 그는 자리에서 일어나 라디오를 끄고 전축을 켠 다음 침대로 돌아왔다. 이제 춤추는 모습이나 한번 보여주지 그래? 내숭 떨지 말고 신나게 춰보라고. 자, 어서 시작해봐. 그때 싼띠아고가 자리에서 벌떡 일어났다. 이왕이면 나하고 추는 게 어때? 망할 자식. 뽀뻬예가 속으로 투덜거렸다. 아무리 자기 집 하녀라도 그렇지, 자기 멋대로만 해도 되는 거야? 그

---

29 주로 노동자들이 가는 리마의 해변. 여기서는 해변에 있는 까바레를 가리키는 것으로 보인다.

런데 혹시라도 떼떼가 나타나면 어떡하지? 갑자기 다리에 힘이 풀리면서 당장 자리를 뜨고 싶은 마음이 들었다. 망할 자식 같으니. 아말리아는 이미 자리에서 일어나 혼자서 스텝을 밟고 있었지만 움직임이 둔하고 몸이 무거워 보였다. 이리저리 움직이다 가구에 부딪치면서도 나직이 콧노래를 흥얼거리며 되는대로 몸을 돌리던 그녀는 결국 싼띠아고의 품에 안겼다. 뽀뻬예는 베개에 머리를 기대고 손을 뻗어 램프를 껐다. 암흑. 잠시 후, 방 안으로 스며든 가로 등 불빛 속으로 두개의 실루엣이 희미하게 드러났다. 뽀뻬예의 눈에는 두 그림자가 원을 그리며 공중을 떠다니는 듯 보였다. 아말리아의 날카로운 목소리가 귓전을 울렸다. 그는 주머니에 손을 찔러넣었다. 도련님, 제가 춤추는 모습 잘 보셨어요? 음악이 끝나자 싼띠아고는 침대에 털썩 앉았다. 하지만 아말리아는 그들에게 등을 돌린 채 창가에 기대서 있었다. 그녀의 얼굴에 야릇한 미소가 피어올랐다. 치스빠스 말이 맞았어. 쟤 좀 보라고. 닥쳐, 이 망할 놈아. 혼잣말을 중얼거리다가 콧노래를 부르지 않나, 또 혼자서 실실 웃기까지 하잖아. 술에 취한 것처럼 말이야. 그런데 주근깨, 너도 눈치챘겠지만 쟤 우리하고 눈도 마주치려고 하질 않아. 그냥 쉴 새 없이 눈을 굴리고 있다고. 싼띠아고가 겁먹은 듯 물었다. 혹시 저러다 기절이라도 하면 어쩌지? 헛소리 좀 작작해, 인마. 뽀뻬예가 귓속말로 속닥거렸다. 지금 쟤를 침대에 눕히자. 단호하면서도 다급한 목소리였다. 틈을 줘선 안돼. 기회가 왔을 때 잡아야 한다고. 안그래, 말라깽이? 맞는 말이야, 주근깨. 그러나 불안해서 웅얼거리는 목소리였다. 일단 쟤 옷부터 벗기고 주무르는 거야. 그런 다음에 덮치자. 말라깽이, 무슨 말인지 알겠지? 아말리아는 정원 쪽으로 몸을 반쯤 내민 채 흔들흔들 움직이면서 혼잣말로 중얼대고 있었다. 뽀뻬예는 어두운 밤하늘을 배경으로 희미하게 드러난 그녀의 실루엣을 바라보았다. 다른 레코드 틀어. 다른 레코드 좀 올리라고. 싼띠아고가 자리에서 일어나 전축에 새 레코드를 올렸다. 바이올린의 선율을 타고 레오 마리니의 감미로운 목소리가 흘러나왔다. 정말 비단결처럼 부드러운 목소리군. 뽀뻬예가 속으로 중얼거리는 순간, 창가로 다가가는 싼띠아고의 모습이 눈에 들어왔다. 두 그림자는 이내 하나로 포개졌다. 이럴 줄 알았어. 망할 자식, 재주는 곰이 부리고 돈은 되놈이 받는다더니, 네가 꼭 그 격이구나. 하여간 나중에 내게 한턱 단단히 내야 할 거다. 둘은 부둥켜안은 채 꼼짝도 않았다. 키가 워낙 작은 탓에 그녀는 말라깽이한테 매달려 있는 것처럼 보였다. 녀석, 온갖 사탕발림을 늘어놓고 있겠지. 이 상황에 뭔 말인들 못하겠어. 그는 싼띠아고가 그녀에게 뭐라고 속삭이고 있을지 상상해보았다. 피곤하지 않아? 그럼 그녀는 멍하면서도 나른한 표정으로 그를 쳐다보겠지. 아마 목 졸린 여자의 표정 같을 거야. 저기 가서 좀 누울까? 지금이야. 어서 안아서 이리로 오라고. 혹시라도 싼띠아고가 허탕을 칠까봐 뽀뻬예는 조바심을 쳤다. 두 사람은 이미 그의 바로 옆에 와 있었다. 아말리아는 몽유병자처럼 눈을 감은 채 흐느적거리며 춤을 추고, 한편 말라깽이의 손은 그녀의 몸을 위아래로 더듬대다가 마침내 그녀의 등 뒤로 사라졌다. 가까운 곳에 있었지만, 뽀뻬예는 도무지 그들의 얼굴을 분간할 수가 없었다. 싼띠아고는 그녀와 키스를 나누고 있었다. 졸지에 구경꾼으로 전락한 뽀뻬예는 못마땅한 듯 혼잣말로 중얼거렸다. 이것 참 해도 너무하는군. 어디 둘이서 실컷 놀아보라고.

"여기 빨대도 사 왔어요." 아말리아가 말했다. "도련님들은 꼭 빨대로 마시잖아요. 그렇죠?"

"뭣하러 이런 것까지 신경을 쓰고 그래?" 싼띠아고가 말했다. "이제 가려던 참인데."

그들에게 코카콜라와 빨대를 건넨 그녀는 의자를 끌어 와 그들 맞은편에 앉았다. 잘 빗은 머리는 헤어밴드로 묶고 블라우스와 점퍼의 단추를 전부 채운 모습이었다. 그녀는 그들이 콜라를 마시는 모습을 바라보기만 할 뿐, 자기는 아무것도 마시지 않았다.

"바보같이 돈을 왜 그런 데다 써?" 뽀뻬예가 나무라듯 말했다.

"그건 제 돈이 아니에요. 싼띠아고 도련님이 제게 선물해주신 거죠." 아말리아가 웃으며 말했다. "변변치는 않지만 두분을 위해서 작은 성의라도 보여드리고 싶었어요."

대문이 열려 있었다. 밖에는 이미 땅거미가 내리고, 저 멀리서 이따금씩 전차 지나가는 소리가 들렸다. 거리는 어디론가 분주하게 움직이는 사람들로 북적거렸고, 여기저기서 이야기 나누는 소리와 와자지껄한 웃음소리가 끊이지 않았다. 잠시 걸음을 멈추고 주변을 두리번대는 이들의 모습도 보였다.

"사람들이 막 공장에서 나온 모양이에요." 아말리아가 말했다. "도련님 아버님의 제약회사가 이 부근에 있으면 얼마나 좋을까요. 전 전차를 타고 아르헨띠나 대로에서 내린 다음, 거기서 또 버스로 갈아타야 해요."

"그럼 이제 아빠의 제약회사에서 일하게 된 거야?" 싼띠아고가 놀란 표정으로 물었다.

"아버님께서 말씀 안하시던가요?" 아말리아가 말했다. "네, 그렇게 하기로 했어요. 다음 월요일부터요."

짐을 싸서 집에서 나오는 길에 그녀는 우연히 페르민 씨를 만났다. 혹시 우리 회사에서 일할 수 있겠어? 그럼요, 페르민 나리. 그렇게 할게요. 나리께서 말씀하시는 곳이라면 어디든 가겠습니다. 그러자 그는 그 즉시 치스빠스에게 전화를 걸었다. 지금 당장 까리요에게 전화해서 이 아이가 일할 자리를 알아보라고 해. 또 엄청 허세를 부렸군. 뽀뻬예가 속으로 중얼거렸다.

"아! 정말 잘됐네." 쌴띠아고가 환한 표정으로 말했다. "일하기에는 제약회사가 훨씬 나을 거야."

뽀뻬예는 주머니에서 체스터필드 담배를 꺼내 쌴띠아고에게 한대 권했다. 그러곤 잠시 주저하더니 아말리아에게도 한대를 건넸다. 도련님, 전 담배 못 피워요.

"잘 피우면서 또 왜 그래. 요전에도 우릴 감쪽같이 속여놓고 말이야." 뽀뻬예가 말했다. "춤은 춰본 적도 없다고 딱 잡아떼더니만 잘만 추더군."

갑자기 그녀의 얼굴이 백짓장처럼 창백해졌다. 그, 그건 도련님, 그녀는 심하게 말을 더듬거렸다. 그러자 쌴띠아고가 의자에 앉은 채 그에게로 몸을 돌렸다. 쓸데없는 소리를 내뱉은 뽀뻬예가 못마땅한 것이었다. 아말리아는 죄지은 사람처럼 고개를 푹 숙이고 있었다.

"웃자고 한 얘기야." 뽀뻬예의 뺨이 홍당무처럼 빨개졌다. "농담한 것 가지고 그렇게 부끄러워할 게 뭐 있어? 아말리아, 도대체 왜 그러는 거야?"

그녀는 곧 혈색을 되찾았다. 목소리도 원래대로 돌아왔다. 도련님, 전 그때 일이라면 다시 떠올리기도 싫어요. 그다음 날, 기분이 정말 엉망이었어요. 온갖 생각으로 머릿속이 뒤죽박죽되는 바람에 정신을 차릴 수가 없더라고요. 그러니 일이 손에 잡힐 리도 없었고요. 그녀는 그제야 고개를 들어 수줍게 그들을 바라보았다. 그녀의 시선에는 부러움과 놀라움이 복잡하게 뒤엉켜 있었다. 도련님들은 코카콜라를 마셔도 아무렇지도 않나요? 싼띠아고와 뽀뻬예는 어리둥절한 표정으로 서로의 얼굴만 바라보다가 이내 아말리아에게로 시선을 돌렸다. 사실 전 그날밤 내내 토하느라 죽는 줄 알았어요. 앞으로 코카콜라는 절대 안 마실 거예요. 맥주도 마셔봤지만 별탈이 없었고, 빠스떼우리나[30]나 펩시도 전혀 이상이 없었거든요. 혹시 그날 마신 코카콜라가 상했던 건 아닐까요? 뽀뻬예는 입술을 깨물더니 손수건을 꺼내 코를 팽 풀었다. 손수건으로 코를 쥐고 있는데, 갑자기 속이 뒤집히는 것 같았다. 음악이 끝났군. 자, 그럼 슬슬 가봐야겠지? 그는 재빨리 주머니에서 손을 뺐다. 서서히 어둠이 내리고 있었다. 그러지 마시고 잠깐만 더 앉아 계세요. 어둠속에서 아말리아의 목소리가 들렸다. 도련님, 이제 음악도 끝났네요. 평소와는 다른, 생경한 목소리였다. 그런데 저 도련님은 왜 불을 끄셨대요? 그녀는 거의 움직이지도 않았다. 당장 불을 켜주세요. 안 그러면 전 갈 거예요. 잠이 스르르 밀려오는 듯, 아니면 물에 젖은 솜처럼 온몸이 나른해지기라도 하는 듯 그녀는 축 처져서 힘없는 목소리로 투덜거렸다. 전 어두운 게 싫어요. 어두컴컴한 데 있기 싫단 말이에요. 형체도 없이 희미한 실루엣으로만 남은 그들은 방 안에 드리워진 그림자 중 하나에 불과했다. 그런 탓인지 움직임이 테이블과 서랍장 사이에서 허우적거리는 시늉을 하는 것처럼 보였다. 그는 자리에서 일어나 더듬거리며 그들에게 다가갔다. 주근깨, 차라리 정원에 나가 있지 그래. 야, 사람 앞에 두고 너무한 것 아냐? 그 순간 뭔가에 부딪치는 바람에 발목이 무척 쓰라렸다. 안 나갈

---

30 단맛이 나는 탄산음료의 이름.

거야. 어서 침대로 데려가자니까. 도련님, 저 좀 놓아주세요. 아말리아의 목소리가 점점 높아졌다. 왜 이러세요, 도련님? 이제 더이상 참을 수가 없었던지 그녀도 거칠게 반항하기 시작했다. 그때 그녀의 어깨가 뽀뻬예의 눈에 들어왔다. 이거 봐요. 이러지 말라고요. 그는 말없이 그녀를 끌고 갔다. 이게 무슨 짓이에요! 도련님, 저한테 어떻게 이럴 수가 있죠? 그는 눈을 질끈 감고 거친 숨을 몰아쉬며 그들을 침대 위로 쓰러뜨린 뒤, 함께 뒹굴었다. 이거야, 말라깽이. 뜻밖에도 그녀는 웃고 있었다. 간질이지 말아요. 그러면서도 팔과 다리를 완강하게 휘저었다. 뽀뻬예도 쓴웃음을 지었다. 야, 주근깨, 여긴 나 혼자 있을 테니까 넌 방해하지 말고 나가라고. 하지만 그는 거부했다. 내가 왜 나가? 그러자 싼띠아고가 뽀뻬예를 세게 밀쳤다. 뽀뻬예도 지지 않고 그를 밀쳐버렸다. 난 절대 못 나가. 어둠속에서 옷가지들과 땀에 젖은 살갗이 한데 뒤엉키고 다리와 손, 팔과 담요가 어지럽게 날아다니면서 방 안은 그야말로 난장판으로 변해버렸다. 도련님, 목 좀 조르지 마세요. 숨을 쉴 수가 없잖아요. 앙큼한 년, 지금 웃음이 나와? 저리 가요. 제발 이것 좀 놓으란 말이에요. 그녀는 목이 막히는 듯 더듬더듬 말했다. 이따금씩 지친 짐승처럼 숨을 헐떡거리기도 했다. 그러던 중 누군가 쉿 하는 소리를 내더니 몸을 밀치고 숨죽여 소리를 내질렀다. 싼띠아고. 쉿! 뽀뻬예. 쉿! 저기 대문! 떼떼인가? 뽀뻬예는 갑자기 온몸이 스르르 녹아버리는 것만 같았다. 황급히 창문으로 달려가 밖을 내다본 싼띠아고는 갑자기 온몸이 굳어진 듯 꼼짝도 하지 않았다. 떼떼, 떼떼가 왔나봐.

"아말리아, 이제 가야겠어." 싼띠아고는 자리에서 일어서며 병을 테이블에 놓았다. "콜라 잘 마셨어. 고마워."

"도련님도 별말씀을 다 하세요." 아말리아가 말했다. "이렇게 찾아와주신 것도 모자라 돈까지 주셨으니, 제가 오히려 감사하죠."

"언제 시간 나면 집에 꼭 들러." 싼띠아고가 말했다.

"그럴게요, 도련님." 아말리아가 대답했다. "떼떼 아가씨께도 안부 전해주세요."

"자, 나가자. 꾸물거리지 말고 어서 일어나." 싼띠아고가 뽀뻬예를 재촉했다. "옷 좀 제대로 입어. 그리고 머리가 그게 뭐야? 대충이라도 빗으라고, 이 멍청한 놈아."

그는 전깃불을 켜고 머리를 매만졌다. 뽀뻬예는 셔츠를 바지에 집어넣고 넋이 나간 사람처럼 멍하게 싼띠아고를 바라보았다. 어서 나가, 당장 여기서 나가야 돼. 그 와중에도 아말리아는 여전히 침대에 앉아 있었다. 하는 수 없이 그들이 그녀를 번쩍 들어 내려야 했다. 그녀는 바보 같은 표정으로 비틀거리다가 테이블에 몸을 기댔다. 빨리빨리. 싼띠아고는 잽싸게 시트를 펴서 주름을 없앴고, 뽀뻬예는 전축의 코드를 뽑았다. 빨리 나가, 이 바보야. 그러나 그녀는 힘이 빠져 몸이 말을 듣지 않는지 놀라 휘둥그레진 눈으로 그들이 하는 말을 듣고만 있었다. 그녀의 몸이 그들의 손에서 미끄러지는 순간, 문이 벌컥 열렸다. 그제야 그들은 그녀를 완전히 놓아주었다. 오셨어요, 엄마? 뽀뻬예도 헐렁한 바지에 석룻빛 모자를 쓴 채 쏘일라 부인을 향해 억지웃음을 지으며 인사를 건넸다. 안녕하세요? 쏘일라 부인은 미소 띤 얼굴로 싼띠아고와 아말리아를 유심히 살피고 있었다. 그녀의 미소가 서서히 옅어지기 시작하더니, 급기야는 얼굴에서 완전히 사라져버렸다. 오셨어요, 아빠? 쏘일라 부인 뒤로 콧수염과 회색빛 구레나룻을 기른 둥그스름한 얼굴에 싱글벙글 웃음을 띤 페르민 씨의 모습이 보였다. 말라깽이, 잘 있었어? 네 엄마의 기분이 영 말이 아니란…… 아, 뽀뻬예로구나. 놀러 왔니? 칼라 없는 셔츠와 여름용 정장 차림에 모카선을 신은 페르민 씨는 집 안으로 들어서면서 뽀뻬예에게 악수를 청했다. 아버지께 서도 잘 계시지?

"너 아직도 안 자고 뭐 하는 거니?" 쏘일라 부인이 말했다. "12시 가 훨씬 넘었는데."

"배가 고파서 죽는 줄 알았어요. 그래서 샌드위치 좀 만들어달라 고 아말리아를 깨웠죠." 싼띠아고는 천연덕스럽게 거짓말을 했다. "그런데 오늘 앙꼰에서 주무시고 온다고 하지 않았나요?"

"네 엄마가 내일 점심에 손님들을 초대해놓고 깜박 잊었지 뭐 냐?" 페르민 씨가 말했다. "그래서 네 엄마 지금 폭발 직전이란다. 너도 벌써 눈치챘겠지만 말이야."

뽀뻬예는 쟁반을 들고 고개를 푹 숙인 채 나가는 아말리아의 모 습을 곁눈질로 살폈다. 휴, 그나마 다행이군.

"네 동생은 바야리노네 식구들이랑 거기 남았어." 페르민 씨가 말 했다. "이번 주말엔 푹 쉬고 싶었는데, 계획이 완전히 틀어졌구면."

"벌써 12시가 넘었어요?" 뽀뻬예가 물었다. "그럼 전 이만 가봐 야겠어요. 시간이 벌써 이렇게 됐는지 전혀 몰랐네요. 기껏해야 10시나 됐겠지 했는데."

"상원 의원께서는 요즘 어떠시니?" 페르민 씨가 물었다. "클럽 에서 만난 지도 한참 돼서 말이야."

그녀는 그들과 함께 거리로 나왔다. 싼띠아고가 어깨를 툭 치자, 뽀뻬예는 아말리아에게 작별 인사를 건넸다. 잘 있어, 아말리아. 전 차가 있는 쪽으로 걸어가던 그들은 담배를 사러 엘 뜨리운포에 들 어갔다. 안에는 술주정뱅이들과 당구 치는 이들로 발 디딜 틈도 없었다.

"괜히 허세 부리다가 5리브라만 날렸네." 뽀뻬예가 따지는 듯한 투로 말했다. "결과적으로 그 계집애 좋을 일만 시킨 꼴이잖아. 더구나 네 아버지가 번듯한 일자리까지 줬다니 말이야."

"그렇기는 하지. 하지만 우리가 개한테 몹쓸 짓을 한 건 사실이잖아." 싼띠아고가 말했다. "그러니까 5리브라가 별로 아깝다는 생각은 안 들어."

"아깝지 않다니, 완전히 정신이 나갔군." 뽀뻬예가 투덜거렸다. "우리가 개한테 무슨 천벌받을 짓이라도 했니? 쓸데없이 5리브라씩이나 쥐놓고 말이야. 그러니 후회니 뭐니 하는 생각은 이제 집어치우라고."

그들은 전차를 타고 가다가 리까르도 빨마 거리에서 내렸다. 그러곤 곧장 담배를 피워 물고서 포플러 가로수 아래로, 또 가끔은 일렬로 늘어선 차들 사이를 헤집고 걸어갔다.

"아까 개가 코카콜라 얘기할 때 웃기지 않데?" 뽀뻬예가 갑자기 웃음을 터뜨렸다. "진짜 멍청한 거니, 아니면 일부러 그런 척하는 거니? 정말 웃겨 죽겠네. 아깐 말이야, 억지로 웃음을 참느라 죽는 줄 알았다니까."

"자네한테 물어볼 게 하나 있는데," 싼띠아고가 말한다. "혹시 내가 한심한 개자식 같아 보이나?"

"너한테 물어볼 게 있어." 뽀뻬예가 말했다. "아까 그 여우가 우리를 대접한답시고 코카콜라를 사 왔잖아. 특별한 이유도 없는데 말이야. 뭔가 수상쩍지 않았어? 우리가 그날밤에 했던 짓을 또 하지 않을까 떠보려는 눈치였어."

"야, 주근깨, 넌 머릿속에 뭐가 들어앉았기에 그런 생각만 하냐?" 싼띠아고가 한마디 툭 쏘아붙였다.

"도대체 뭘 알고 싶으신 겁니까요?" 암브로시오가 말한다. "당연히 아니죠, 도련님."

"그래, 걔는 성녀고, 나는 정신이 썩어문드러진 놈이다. 됐냐?" 뽀뻬예가 볼멘소리로 대꾸했다. "알았으니까 너희 집에 가서 음악이나 듣자."

"나를 위해 그런 일을 저질렀단 말이야?" 페르민 씨가 말했다. "다 나를 위해서 그런 거라고? 아, 이 한심한 친구야, 어쩌자고 그런 정신 나간 짓을 했단 말인가?"

"맹세컨대 절대 그렇지 않습니다요, 도련님." 암브로시오가 웃으며 말한다. "혹시 절 놀리시는 건가요?"

"떼떼는 집에 없어." 싼띠아고가 말했다. "친구들하고 베르무트 마시러 갔어."

"이봐, 말라깽이, 치사하게 왜 이래." 뽀뻬예가 말했다. "너 지금 거짓말하는 거지? 나하고 약속했잖아. 안 그래?"

"암브로시오, 결국 정말로 한심한 개자식들은 겉보기엔 한심한 개자식으로 보이지 않는 모양이야." 싼띠아고가 말한다.

3

중위는 여행하는 내내 하품 한번 하지 않고, 구린 냄새가 나는
담배를 피우면서 지프를 모는 상사에게 혁명 얘기만 했다. 오드
리아가 권력을 잡은 이상 아쁘라도 이젠 어쩔 수 없을 거란 얘기
였다. 새벽에 리마를 떠난 후로 쑤르꼬에서 순찰대에게 통행 허가
증을 제시했을 때를 빼고는 단 한번도 멈추지 않았다. 그들은 7시
에 친차[31]에 도착했다. 그런데 여기에 오니 혁명의 분위기가 조금
도 느껴지지 않았다. 거리는 학생들로 시끌벅적할 뿐, 길모퉁이마
다 지키고 있어야 할 군인들의 모습은 눈에 띄지도 않았다. 중위는
지프에서 내리자마자 곧장 까페 겸 레스또랑인 미 빠뜨리아에 들
어가 라디오를 통해 이틀 내내 들었던 것과 똑같은 성명서를 들었
다. 배경음으로 군대의 행진 소리가 희미하게 들려왔다. 그는 카운

---

31 태평양에 인접한 이까주의 도시.

터에 팔꿈치를 괸 채 밀크 커피와 크림치즈 샌드위치를 주문했다. 그는 티셔츠 차림에 우울한 얼굴을 한 웨이터에게 이 동네에서 사업을 하는 까요 베르무데스라는 사람을 알고 있냐고 물었다. 그러자 남자가 주변을 두리번거리며 되물었다. 그자를 집어넣으려고요? 그 베르무데스란 자가 아쁘라 당원입니까? 그럴 리가요. 그는 정치에 발을 들여놓은 적이 없는데. 그러니까, 정치란 할 일 없는 건달들이나 하는 짓 아닙니까? 열심히 일하는 사람들이 그런 것에 신경 쓸 틈이 어디 있겠어요? 사실 난 개인적인 문제로 그를 찾고 있소. 여기 있어봐야 못 만날 겁니다. 여긴 절대 안 오니까요. 그 사람은 교회 뒤쪽에 있는 노란 집에 살아요. 이 동네에서 노란색 집은 거기밖에 없죠. 이웃집은 모두 하얀색 아니면 회색이거든요. 아, 밤색으로 칠해놓은 집도 있군요. 중위는 문을 두드리고 기다렸다. 잠시 후, 누군가의 발걸음과 목소리가 들렸다. 누구세요?

"베르무데스 씨 계십니까?" 중위가 물었다.

삐걱하는 소리와 함께 문이 열리면서 여자가 나왔다. 얼굴은 거무죽죽하고 점투성이인데다 멍청하기까지 하죠, 나리. 그 여자를 보면 다들 뭐라 할지 친차 사람들은 되게 궁금해했습니다요. 젊을 적만 해도 그런대로 봐줄만 했는데 말이죠. 자주 말씀드렸지만, 그 사이 변해도 너무 변했어요. 그녀의 머리는 헝클어져 있었고, 어깨에 걸치고 있는 양털 숄은 거칠어 보였다.

"지금 안 계시는데요." 그녀는 탐욕스러우면서도 의심스러운 눈초리로 곁눈질을 하면서 말했다. "무슨 일로 그러시죠? 전 그 사람 아내예요."

"곧 돌아오실까요?" 중위는 놀란 듯 눈을 동그랗게 뜬 채 여전히 의심 가득한 표정을 짓고 있는 여자를 자세히 살폈다. "기다려도 되겠습니까?"

그녀가 문 옆으로 비켜서자 중위는 집 안으로 들어섰다. 묵직해 보이는 가구와 텅 빈 화병, 재봉틀 그리고 그림자인지 구멍인지 파리들인지로 가득한 벽 사이를 지나면서 중위는 현기증을 느꼈다. 여자가 창문을 열자 햇빛이 기다란 혀처럼 집 안으로 밀려들었다. 낡아빠진 물건들이 거실 안을 가득 채우고 있었다. 구석에는 차곡차곡 쌓인 상자와 신문들이 보였다. 여자는 웅얼거리는 목소리로 양해를 구한 뒤 이내 어두운 복도로 자취를 감추었다. 어디선가 카나리아 지저귀는 소리가 들렸다. 그의 아내가 그런 여자였다고? 물론이죠, 그렇다니까요. 친차를 뒤흔들 정도로 큰 사건이었습죠. 어떻게 된 일이었나? 오래전, 그러니까 베르무데스 가족이 라 플로르 씨네 농장을 떠났을 때였어요. 가족이라 해봐야 부이뜨레와 독실한 신자인 척하던 까딸리나 부인, 그리고 아들인 까요 씨가 전부였는데, 당시 까요 씨는 기어 다니는 갓난아이에 불과했죠. 부이뜨레는 라 플로르 씨네 농장에서 관리인으로 일했다. 그가 친차에 왔을 때, 사람들은 그가 라 플로르 씨의 집에서 뭔가를 훔치다 쫓겨난 거라고 수군대기 시작했다. 하여간 친차에 온 뒤로 부이뜨레는 고리대금업에 손을 댔고, 돈이 급하면 누구든 그에게 달려가곤 했단다. 돈이 좀 필요해요. 담보로 뭘 맡길 겁니까? 이 반지요. 이 시계요. 그 사람이 돈을 갚지 못하면 담보는 당연히 부이뜨레의 몫이 되었다. 그런데 부이뜨레가 워낙 높은 이자를 받아서 그에게 돈을 빌린 사람은 거의 죽을 지경이 되곤 했다. 그래서 부이뜨레[32]라는 별명이 붙은 겁니다요, 도련님. 시체를 뜯어먹고 사는 놈이라고 말이죠. 하

32 꼰도르나 큰 독수리를 의미한다.

여간 그렇게 악랄하게 군 덕분에 그는 몇년도 안돼서 꽤나 많은 돈을 모을 수 있었는데, 그러던 그도 베나비데스 장군[33]이 아쁘라 당원들을 잡아들이고 국외로 추방하자 고리대금업을 깨끗이 정리했다. 당시 장관 대리로 있던 누녜스가 명령을 내리자 라스까추차 대위가 아쁘라 당원을 닥치는 대로 감옥에 집어넣고, 그 가족들을 외국으로 쫓아내기 시작한 것이다. 부이뜨레는 잽싸게 재산을 경매로 처분한 다음, 이를 가족 셋이서 나누어 가졌다. 그리고 그 돈을 이용해서 그는 주요 인물로 부각되기 시작해, 급기야는 친차 시장까지 되었다. 조국의 날[34] 기념 퍼레이드가 열리는 동안에는 아르마스 광장에 중절모를 쓰고 나타나기도 했다. 하여간 당시 그는 허영심으로 가득 차 있었다. 자기 아들에게는 언제나 구두를 신기고, 흑인들과 절대 어울리지 말라고 단단히 주의를 주었다. 하지만 아무리 타일러도 어린애다보니 친구들과 어울려 축구도 하고 과수원에 몰래 들어가 서리도 하기 마련이었다. 이를 탐탁지 않게 여기던 부이뜨레는 집에 놀러 온 암브로시오에게 눈길도 주지 않았고, 돈이 좀 생기고 난 뒤부터는 아예 집 근처에 얼씬거리지도 못하게 했다. 까요가 암브로시오와 함께 놀다가 들키기기도 하는 날이면 불벼락이 내리곤 했다. 그의 하인이었냐고요? 무슨 말씀이세요, 나리. 하인이 아니라 친구였죠. 물론 어릴 적 얘기지만 말입니다. 당시 깜둥이 여자, 그러니까 암브로시오의 엄마는 까요가 살던 거리 모퉁이에서 노점을 하고 있었는데, 까요와 암브로시오는 틈날 때마다 함

---

33 Óscar Raymundo Benavides Larrea(1876~1945). 뻬루의 야전 사령관 출신으로 두차례에 걸쳐 대통령 대행직을 수행했다. 그 공로를 인정해 의회는 1940년 그에게 '대원수'의 칭호를 하사했다. 두번째 통치 직후 아쁘라 당을 불법화하고 공산당을 탄압하는 등 강경 정책을 펼쳤다.
34 스페인으로부터의 독립을 기념하는 뻬루의 국경일.

께 어울려 다니며 그녀를 힘들게 했다. 결국 부이뜨레가 도련님과 제 사이를 갈라놓고 말았어요. 도련님, 산다는 게 다 그렇잖아요. 부이뜨레 부부는 까요를 호세 빠르도 학교에 집어넣었고, 뜨리풀시오 때문에 얼굴을 들지 못하게 된 깜둥이 여자는 암브로시오와 뻬르뻬뚜오를 데리고 말라[35]로 가버렸다. 그들이 다시 친차로 돌아왔을 때, 까요는 역시 호세 빠르도 학교 출신인 쎄라노[36]와 늘 붙어 다니고 있었다. 암브로시오는 이제 거리에서 까요와 마주쳐도 예전처럼 대하기는커녕 꼭 존댓말을 써야 했다. 호세 빠르도 학교 행사가 있을 때 까요는 시나 연설문을 낭독했고, 또 학교를 대표해서 교기를 들고 퍼레이드에 참여하기도 했다. 그때 사람들은 친차에서 신동이 났다는 둥, 장차 큰 인물이 될 거라는 둥 하면서 큰 기대를 가졌다. 그리고 사람들의 말에 따르면 부이뜨레는 아들 얘기만 나오면 입에 침이 마르도록 자랑을 했다고 하더군요. 아주 크게 될 아이라고 하면서요. 분명 그렇게 되긴 했죠. 안 그렇습니까, 나리?

"오늘 늦으실까요?" 중위가 재떨이에 담배를 비벼 끄면서 물었다. "혹시 어디 계신지 모르세요?"

"난 이미 결혼했다네." 싼띠아고가 말한다. "자네는 아직 결혼 안했나?"

"늦게 점심을 먹으러 오는 경우도 종종 있긴 해요." 여자가 웅얼거리는 목소리로 말했다. "전하실 말씀이 있으면 제게 남기세요. 나중에 제가 전해드릴 테니까요."

"도련님도 결혼하셨다고요? 이렇게 젊으신데요?" 암브로시오가 말한다.

---

35 리마 남쪽에 위치한 지역.
36 에스뻬나의 별명. '산골에서 태어난 촌놈'이라는 뜻이다.

"그럼 좀더 기다려보죠." 중위가 말했다. "너무 늦지 않으시면 좋겠는데."

까요는 졸업반이 되었고, 부이뜨레는 그를 리마로 유학 보내 거기서 돈 잘 버는 변호사로 만들 작정이었다. 사람들은 까요 도련님에게 딱 어울리는 일이라고 수군거리곤 했죠. 당시 암브로시오는 친차 끄트머리의 판자촌에서 살고 있었다. 나중에 그로시오 쁘라도 마을이 된 곳 근처예요, 나리. 그는 그 동네에서 우연히 까요 나리와 마주친 적이 있는데, 눈치를 보아하니 수업을 땡땡이친 게 분명했다. 그런데 까요 나리는 어떤 계집애를 유심히 살펴보고 있었다. 덮쳤냐고요? 아닙니다요, 나리. 정신 나간 듯이 그 계집애를 쳐다보고 있더라고요. 그러면서도 들판에 있던 돼지를 보거나, 누군가를 기다리는 척 시치미를 떼면서 말이죠. 그러다가 그는 갑자기 책을 땅바닥에 내려놓고 무릎을 꿇더니 오두막 쪽으로 눈을 돌렸다. 곁에 있던 암브로시오는 궁금증을 참지 못하고 대체 누군데 그렇게 쳐다보느냐고 물었다. 그 여자가 바로 로사였지요, 나리. 우유를 짜서 내다 팔던 뚜물라의 딸이죠. 삐쩍 마르기만 했지 뭐 특별한 게 없는 계집애였어요. 그때만 해도 인디오 같지 않고 백인 같아 보였지만요. 태어났을 땐 못난이였다가 크면서 점점 예뻐지는 경우도 있지만, 로사는 정반대였어요. 어릴 땐 그저 그랬는데 점점 더 보기 싫게 변했으니 말이죠. 처음엔 그럭저럭 봐줄만 했어요. 예쁜 건 아니지만, 그렇다고 못생겼다고 할 수도 없었으니까요. 가끔 백인 남자들이 귀엽다고 쓰다듬어주긴 해도, 한번 보고 돌아서면 금세 잊어버릴 그런 애들 중의 하나였죠. 눈에 띄는 점이라고는 살짝 튀어나온 젖꼭지랑 풋풋한 몸매 정도밖에 없었어요. 그런데 사실은 미사를 갈 때도 씻지 않을 만큼 지저분했습니다요. 그 계집애는 주로 항아리를 진 당나귀를 끌고 친차의 이 집 저 집을 돌아다니면서 우유를 팔았죠. 뚜뿔라의 딸과 부이뜨레의 아들, 이 두 사람 사이에 어떤 일이 있었는지는 나리의 상상에 맡기겠구먼요. 당시 부이뜨레는 이미 철물점과 큰 상점을 가지고 있었는데 그걸로 성이 안 찼는지 아들이 리마에서 법학 박사가 되어 돌아오기만 하면 곧 큰 부자가 될 거라고 입버릇처럼 말하곤 했다더군요. 까딸리나 부인은 교회에서 살다시피 했다. 신부와 가까워져서 가난한 이들을 위해 복권을 팔기도 하고 가톨릭 신도회 활동도 했다. 자기 아들이 우유 장수의 딸 주변을 맴돈다고 상상도 못했으리라. 하지만 일이 그렇게 됐습니다요, 나리. 아마 그 계집애의 걸음걸이 같은 걸 보고 마음이 끌린 모양이에요. 그러고 보면 동물도 순종보다 잡종을 더 좋아하는 사람이 있잖습니까. 그 계집애한테 작업을 걸어서 잠자리를 한 다음 차버리면 될 거라고 생각했을 거예요. 근데 그 계집애는 저 백인 녀석이 자기를 보며 군침을 삼키고 있다는 걸 훤히 알고 있었던 모양입니다. 적당히 유혹을 하면 못 이기는 척 몸을 허락하고, 그를 꽉 잡을 생각이었던 거죠. 결국은 그렇게 까요 나리가 넘어가고 만 겁니다요. 무슨 일이시죠? 중위는 화들짝 놀라 눈을 뜨고 자리에서 벌떡 일어났다.

"아, 죄송합니다. 제가 깜박 졸았나봅니다." 그는 손으로 얼굴을 비비며 헛기침을 했다. "베르무데스 씨인가요?"

못생긴 여자 옆에 셔츠 차림의 남자가 옆구리에 서류 가방을 낀 채 서 있었다. 깡마른 얼굴에 무뚝뚝한 표정, 40대쯤 되어 보였다. 바지통이 얼마나 넓은지 구두를 완전히 덮고 있었다. 해군 바지로군. 중위는 생각했다. 어릿광대 바지 같아.

"네, 그렇습니다." 남자는 지겹거나 못마땅한 투로 대답했다.

"기다리신 지 오래됐나요?"

"우선 짐부터 꾸리시죠." 중위가 쾌활한 목소리로 말했다. "리마로 모시겠습니다."

남자는 그 말을 듣고도 안색이 전혀 변하지 않았다. 웃지도, 놀라거나 불안해하지도 않았고, 그렇다고 기뻐하는 기색도 아니었다. 그저 변함없이 쌀쌀맞은 눈초리로 중위를 바라볼 뿐이었다.

"리마로요?" 그가 여전히 흐릿한 눈빛으로 천천히 입을 열었다. "리마에서 날 찾는 사람이 누구죠?"

"에스삐나 대령입니다." 중위가 의기양양한 목소리로 말했다. "내무성 장관 말입니다."

여자는 벌린 입을 다물지 못했다. 그러나 베르무데스는 눈 한번 깜빡이지 않고 무표정으로 일관했다. 잠시 후 그의 얼굴에 엷은 미소가 비치면서 졸리고 짜증스러운 표정이 사라지는 듯하더니, 이내 심드렁하고 지겹다는 눈빛으로 되돌아갔다. 인생의 쓴맛을 보고 만사 귀찮아진 사람의 얼굴이군. 중위는 그의 표정을 보면서 생각했다. 하긴, 저런 여자를 데리고 살려니 그럴 만도 하겠지. 베르무데스가 서류 가방을 소파로 휙 던졌다.

"아닌 게 아니라, 나도 어제 에스삐나가 군사정권의 장관으로 임명됐다는 소식은 들었습니다." 그는 주머니에서 맛없는 잉까 담배를 꺼내 중위에게 한대 권했다. "왜 날 보자고 하는지는 쎄라노가 말 안하던가요?"

"선생이 급하게 필요하다는 말씀만 하셨습니다." 쎄라노라니, 그게 누구지? 중위가 생각했다. "가슴에 권총을 들이대서라도 선생을 리마로 모시고 오라시던데요."

베르무데스는 소파에 풀썩 주저 앉더니 다리를 꼬고 담배 연기를 내뿜었다. 그의 얼굴이 뿌연 연기로 뒤덮였다. 담배 연기가 사라지자, 중위는 그가 자기를 보며 씩 웃고 있다는 걸 알아차렸다. 터무니없는 소리 좀 작작하라는 표정이군. 중위가 생각했다. 날 조롱하는 것 같아.

"오늘 당장 친차를 떠나기는 어렵습니다." 그가 힘없는 목소리로 대답했다. "근처 농장에서 마무리 지어야 할 거래가 있어서요."

"내무성 장관이 부르는데 무조건 가셔야죠." 중위가 말했다. "다시 한번 부탁드립니다, 베르무데스 씨."

"신형 트랙터 두대를 거래하는데, 수수료가 상당하죠." 베르무데스는 주변에 가득한 파리인지 구멍인지 그림자인지를 보며 설명했다. "지금은 리마로 놀러 갈 때가 아닙니다."

"트랙터라고요?" 중위의 표정이 짜증스럽게 변했다. "생각을 좀 해보세요, 네? 더이상 시간 낭비하지 말고요."

베르무데스는 휘파람 소리를 내더니 안 그래도 차가워 보이는 눈을 가늘게 뜨고 천천히 담배 연기를 내뿜었다.

"글을 보느라 지쳤다면 트랙터에 관해 생각하는 수밖에요." 베르무데스가 말했다. 중위의 말을 제대로 듣는 것 같지도, 그렇다고 그를 똑바로 보는 것 같지도 않았다. "며칠 있다가 가겠다고 쎄라노한테 전해줘요."

중위는 망연자실하면서도 재미있다는 표정으로, 그리고 당황스러운 표정으로 그를 바라보았다. 베르무데스 씨, 계속 이런 식으로 나오신다면 권총을 뽑아 선생의 가슴에 들이대는 수밖에 없겠군요. 그렇게 된다면 세상 사람들 모두가 선생을 놀려댈 겁니다. 하지만 까요는 아무 일도 아니라는 듯이 태연했어요. 그랬고말고요. 학교를 빼먹고 오두막으로 가면 마을 여자들이 손가락질을 해댔어요. 로사! 여자들은 자기들끼리 쑥덕거리면서 그를 놀리곤 했죠. 로시따[37]! 누가 왔는지 좀 봐. 뚜뿔라의 딸은 예상 외로 대담한 편이었어요, 나리. 부이뜨레의 아들이 자기를 만나러 이곳까지 왔다니, 정말 상상도 못할 일이죠. 하지만 로사는 나와서 그와 얘기를 나누기는커녕 뾰로통한 표정을 지으며 친구들이 모여 웃고 시시덕거리는 곳으로 달려가곤 했어요. 까요 나리는 그녀가 자기를 아무리 무시한다 해도 개의치 않았죠. 오히려 그런 태도에 마음이 더 달아올랐던 것 같기도 해요. 연기에 능한 여자였죠. 뚜뿔라의 딸 말입니다요, 나리. 그녀의 엄마에 대해서는 이러쿵저러쿵 말할 필요도 없어요. 하여간 그녀가 어떤 여자인지 모두들 눈치채고 있었지만, 까요 나리만 몰랐던 거죠. 그렇게 그는 모든 걸 감수하고 때가 오겠거니 기대하면서 틈날 때마다 그녀의 오두막집을 찾아갔어요. 그녀가 언젠가는 자기한테 넘어오리라 믿으면서 말입니다요. 그런데요 나리, 정작 넘어간 건 그녀가 아니라 까요 나리였습죠. 보다못해 제가 나서서 말리기도 했어요. 도련님, 지금 그녀가 도련님에게 고마워하기는커녕 콧대만 세우고 있다는 걸 모르겠어요? 그러니까 도련님, 지금 당장 그녀를 차버리라니까요. 이렇게 말이죠. 하지만 아무 소용 없었어요. 무슨 사랑의 묘약 같은 거라도 먹었는지, 밤낮 가리지 않고 그녀를 쫓아다니더라고요. 그러자 사람들도 수군거리기 시작했죠. 도저히 안되겠다 싶어 내가 까요 나리를 찾아가 지금 동네방네 소문이 쫙 퍼졌다고 말하니까 이러더라고요. 엿이나 먹으라고 해. 내 마음 내키는 대로 하는 건데 왜들 난리야. 지금은 그 계집애를 내 걸로 만들고 싶은 생각뿐

---

37 로사의 애칭.

이라고. 이러는데 누가 그를 말리겠어요? 따지고 보면 백인 남자 아이가 혼혈 계집애를 좋아해서는 안된다는 법도 없고, 또 그렇고 그런 짓을 하지 말라는 법도 없잖아요. 그러니 누가 나섭니까? 안 그런가요, 나리? 그런데 문제는 말입죠, 까요 나리가 옆에서 보기에 심각할 정도로 그 계집애를 쫓아다녔다는 겁니다요. 정신이 나가도 단단히 나간 거죠. 더 환장할 노릇은, 그럴수록 로사가 까요 나리를 쓰레기 취급했다는 점이고요. 그 계집애가 그걸 은근히 즐기는 것 같더라고요, 나리.

"차에 휘발유를 가득 채워놓았습니다. 그리고 3시 30분경에 도착할 거라고 리마에 이미 통보해두었고요." 중위가 말했다. "베르무데스 씨, 준비가 다 됐으면 가시죠."

베르무데스는 셔츠를 갈아입고 회색 정장을 걸쳤다. 손에는 가방과 구겨진 모자, 그리고 썬글라스를 들고 있었다.

"이게 전붑니까?" 중위가 물었다.

"제대로 준비하면 가방 마흔개는 더 필요할 거요." 베르무데스는 입도 벌리지 않고 투덜거렸다. "빨리 가기나 합시다. 오늘 내로 친차에 돌아오고 싶으니까."

여자는 지프의 기름을 확인하는 상사를 물끄러미 바라보았다. 그녀가 앞치마를 벗자 불거진 배와 육중한 엉덩이가 몸에 딱 달라붙는 원피스 위로 선명하게 드러났다. 잠시 남편분을 납치해 갈 테니까 양해해주십시오. 중위가 악수를 청하며 농담 삼아 말을 건넸지만, 여자는 웃지 않았다. 그녀는 지프의 뒷좌석에 올라타는 베르무데스의 모습을 바라보고 있었다. 증오하는 듯한 눈길이군, 중위는 생각했다. 아니면 다시는 안 볼 것 같은 표정이야. 중위도 지프에 탔다. 베르무데스가 그녀를 향해 손을 흔들었다. 마침내 차는 출발했다. 태양이 이글거리고, 거리에는 개미 한마리 얼씬거리지 않았다. 몹시 불쾌한 수증기가 아스팔트로부터 스멀스멀 솟아올랐다. 도로 주변에 늘어선 집들의 창문은 햇빛을 받아 반짝였다.

"리마에 가신 지도 오래되셨죠?" 중위는 어떻게든 분위기를 바꾸어보려고 애를 썼다.

"사업차 1년에 두어번 가죠." 그가 무덤덤하고 퉁명스럽게 대답했다. 매가리도 없이 기계적인 목소리는 불만으로 가득 차 있었다. "나는 여기서 농업 관련 일을 하고 있어요."

"결혼에 이르진 못했지만 좋아하던 여자는 있었습죠." 암브로시오가 말한다.

"어쩌다가 사업이 시원찮게 되어버린 겁니까?" 중위가 물었다. "이곳 지주들 모두 벼락부자들에, 목화도 아주 많은데 말이죠."

"그랬나?" 싼띠아고가 묻는다. "그런데 왜…… 그녀와 다투고 헤어진 거야?"

"예전엔 잘나갔죠." 베르무데스가 입을 열었다. 중위는 생각했다. 만만치 않은 양반이야. 뻬루에서 가장 대하기 어려운 사람은 분명 에스뻬나 대령일 테지만, 대령 다음이라면 저 사람 말고 또 누가 있겠어. "그런데 외환 관리법이 통과되고부터 대다수 목화 농가들의 수입이 예전 같지 않아요. 요즘엔 그들에게 괭이 한자루 팔기도 힘들 정도니까요."

"도련님, 그녀는 저기 뿌깔빠[38]에서 죽었습니다요. 그것도 제가 보는 앞에서요." 암브로시오가 말한다. "딸아이 하나 남기고 말입니다."

38 뻬루의 중동부에 위치한 도시.

"그래서 우리가 혁명을 일으킨 겁니다." 중위가 의기양양한 표정으로 말했다. "이제 혼돈의 시대는 끝났어요. 앞으로는 군부가 모든 것을 바로잡아나갈 겁니다. 잘 아시겠지만, 오드리아 장군이 있는 이상 이 세상도 곧 좋아질 것이 분명합니다."

"그럴까요?" 베르무데스는 하품을 하고 말을 이었다. "여기 사람들이 잘 변하는 건 사실이지만, 세상은 죽어도 안 변하잖습니까, 중위."

"요즘 바빠서 신문도 못 보신 모양이네요. 라디오라도 좀 들으시면 좋을 텐데." 중위는 미소를 지으면서도 주장을 굽히지 않았다. "이미 숙청이 시작되었습니다. 아쁘라 당원들과 불량배들, 그리고 공산당원까지 죄다 감옥에 처넣었죠. 이제 광장에는 단 한마리의 쥐새끼도 마음대로 돌아다니지 못할 겁니다."

"뿌깔빠엔 어쩌다가 가게 된 건가?" 싼띠아고가 묻는다.

"좀 있다보면 또다른 놈들이 튀어나올 겁니다." 베르무데스가 퉁명스럽게 말했다. "뻬루에서 쥐새끼들을 모두 몰아내려면 융단폭격으로 이 나라를 지구에서 완전히 사라지게 해야 할 거요."

"물론 일하러 갔습죠, 도련님." 암브로시오가 말한다. "정확히 말씀드리면 일자리를 구하러 간 겁니다요."

"진심인가요, 아니면 농담으로 하시는 말씀입니까?" 중위가 물었다.

"자네가 거기로 간 걸 우리 아버지도 알고 계셨나?" 싼띠아고가 묻는다.

"난 농담 따윈 좋아하지 않아요." 베르무데스가 말했다. "내가 하는 말은 언제나 진담이오."

지프는 계곡을 가로질렀다. 공기에서 비릿한 냄새가 묻어났다.

저 멀리 흙빛 모래언덕이 희미하게 보였다. 상사는 담배를 질겅질
겅 씹으며 운전을 했고, 중위는 모자를 푹 눌러쓰고 있었다. 야, 이
리 와. 같이 맥주나 마시자. 우리 둘은 오래간만에 친구로서 이야기
를 나누었죠, 나리. 아쉬운 소리를 하려고 저러는군. 암브로시오는
그의 속셈을 직감적으로 알아차렸다. 물론 로사 때문에 저러는 거
겠지. 까요는 이미 소형 트럭과 오두막집을 얻어둔데다 친구인 쎄
라노도 어떻게든 꼬드겨놓았다. 마지막으로, 혹시라도 말썽이 생
길 경우 암브로시오가 자기를 도와주기를 바랐던 것이다. 말썽이
라뇨? 대체 무슨 말을 하는 거죠? 혹시 그 계집애한테 아버지나 오
빠들이 있어? 아뇨, 뚜물라밖에 없어요. 있으나 마나지만 말이에
요. 암브로시오는 뭐에 홀린 듯 그를 도와주기로 했다. 그뿐이었다.
뚜물라나 동네 사람들은 까요에게 문제가 안되었다. 까요 도련님,
그럼 도련님 아버님은요? 만약 자기 아들이 그런 짓이나 하고 다
닌다는 사실을 안다면 부이뜨레가 가만히 있을 리가 없었다. 채찍
질을 해댈 게 분명했다. 그럼 암브로시오는 어떻게 되겠는가? 걱정
마, 인마. 아버진 절대 모를 테니까. 아버진 사흘 동안 리마에 가 계
실 거라고. 그리고 아버지가 돌아올 때면 로사도 자기 집에 가 있
을 테니까 문제없어. 어리석게도 전 그의 말을 그대로 믿어버리고
말았구먼요, 나리. 홀딱 넘어가 그렇게 하겠다고 했죠. 첫번째 할
일은, 밤에 몰래 그녀를 납치해서는 목적지로 끌고 와 풀어주는 것
이었구먼요. 그런 다음 그녀와 결혼하는 것이 그의 계획이었습죠,
나리. 결국 까요 나리는 제 꾀에 제가 넘어간 꼴이 된 거구먼요. 로
사하고 뚜물라만 빼고 모두 들러리가 된 셈이었죠. 오죽했으면 친
차 사람들의 입에서 그 일로 득을 본 건 우유 장수 딸내미밖에 없
다는 말까지 나왔겠어요. 당나귀에 우유를 싣고 이 집 저 집 돌아

다니던 계집애가 졸지에 부잣집 마나님이 되고 부이뜨레의 며느리가 되었으니 그럴 만도 하죠. 다른 사람들은 모두 진 셈이에요. 까요 나리와 그 부모는 물론이고, 사실 뚜물라도 예외는 아니었죠. 부지불식간에 딸을 잃었으니까요. 그러니까 그 싸움에서 결국 로사만 살아남은 꼴이라니까요. 두꺼비처럼 생긴 년이 그런 횡재를 할지 누가 상상이나 했겠습니까요? 그건 그렇고 나리, 이 암브로시오는 뭘 했느냐고요? 전 그들이 시킨 대로 9시에 광장으로 갔습죠. 거기서 기다리고 있으려니 작은 트럭 한대가 오더군요. 절 태우고는 어디론가 빙빙 돌아가더라고요. 한참을 그러다가 사람들이 잠들 무렵이 되서야 마우로 끄루스 씨 집 옆에 차를 세우더군요. 참, 마우로 끄루스는 귀머거리예요. 까요 나리가 밤 10시에 그 계집애를 만나기로 한 곳이 바로 거기였죠. 그 계집애요? 당연히 왔죠. 안나타날 이유가 없잖아요. 그녀가 오자 까요 나리가 앞장서서 가더군요. 저하고 쎄라노는 트럭에 남아 있었고요. 걸어가는 도중에 까요 나리가 그녀에게 뭐라고 했을 겁니다. 그리고 그 계집애는 머릿속으로 열심히 주판알을 튕겼겠죠. 그런데 갑자기 로사가 냅다 도망치기 시작했고, 까요도 고함을 지르면서 그녀의 뒤를 쫓아갔다. 암브로시오도 가만히 있을 수만은 없었다. 빠르게 달려간 그는 그녀를 잡아 곧바로 땅에 메다꽂은 다음 트럭으로 끌고 와 좌석에 앉혔다. 제가 로사의 음흉한 속셈을 알아차린 건 바로 그때였어요, 나리. 절대 만만히 볼 계집애가 아니라는 걸 그때 처음 알게 된 거죠. 보통 여자 같으면 소리를 치거나 비명이라도 질렀을 텐데, 그저 달리고 할퀴거나 주먹을 휘두르기만 하는 거예요. 참 이상한 일이죠. 비명을 지르기만 했어도 사람들이 우르르 쫓아 나왔을 텐데 말이에요. 마을 사람들 절반 정도가 우리한테 달려들지 않았겠어요? 그런데 말입죠, 그녀는 자기를 납치해주기를 내심 바라고 있었던 겁니다요. 자기를 어디론가 데려가주기를 간절히 원했던 거죠. 정말 앙큼한 년이에요. 안 그렇습니까요, 나리? 그런 계집애가 겁에 질릴 리도 없지만, 너무 무서워 아무 말도 못했다는 건 말도 안되는 소리예요. 물론 그에게 끌려가면서 그녀는 발길질을 해대고, 손톱으로 할퀴기도 했다. 트럭에 타서는 손으로 얼굴을 가린 채 우는 시늉을 했다. 그러나 암브로시오가 보기에 그녀는 우는 것 같지 않았다. 그 순간 쎄라노가 액셀러레이터를 꽉 밟자 트럭은 좁은 길을 따라 쏜살같이 달려가기 시작했다. 그들은 마침내 미리 정해둔 농가에 도착했다. 제일 먼저 까요가, 그다음으로 로사가 트럭에서 내렸다. 그런데 그녀를 끌고 가려고 실랑이를 벌일 필요도 없었다 이겁니다요. 차에서 내리자마자 그 계집애는 자기 발로 곧장 집 안으로 들어갔으니까요. 무슨 말인지 아시겠어요, 나리? 암브로시오는 다음 날 로사가 과연 어떤 표정을 하고 나타날지 상상하면서 자러 갔다. 그녀가 뚜뮬라에게 이 사실을 그대로 일러바칠지, 또 뚜뮬라로부터 이야기를 전해 들은 엄마가 자기를 성가시게 굴지나 않을지, 온갖 잡념이 꼬리에 꼬리를 물었다. 하지만 도련님, 그때만 해도 정말 무슨 일이 일어날지에 대해서는 아무도 예상하지 못했구먼요. 다음 날, 로사는 물론 까요 나리까지도 어디론가 종적을 감추어버린 거예요. 그다음 날도, 또 그다음 날도 마찬가지였죠. 판자촌에서는 뚜뮬라의 울음소리가, 친차에서는 까딸리나 부인의 통곡소리가 끊이지 않았다. 일이 이렇게 되자 암브로시오도 어찌할 바를 몰랐다. 사흘째 되던 날, 리마에서 돌아온 부이뜨레는 곧장 경찰에 신고했다. 뚜뮬라도 그 일을 경찰에 알렸다. 그때 사람들이 얼마나 수군거렸을지 나리도 상상이 되실 겁니다. 쎄라노와 저는 길거리에서 마주쳐도 아무 말 못하고 그냥 서로 지나칠 수밖에 없었죠. 저도 그랬지만, 그 친구도 속으로는 무척이나 불안하고 답답했을 거구먼요. 까요 나리와 로사는 그다음 주가 돼서야 돌아왔습죠, 나리. 꼭 그래야 할 이유도 없었던데다 누가 가슴에 권총을 겨누고 끌고 간 것도 아닌데, 그는 제 발로 교구신부를 찾아간 터였다. 목격자들의 말에 따르면, 두 사람은 아르마스 광장에 이르러 버스에서 내리더니 다정하게 팔짱을 끼고 부이뜨레의 집으로 들어갔다고 한다. 마치 산책을 마치고 집에 돌아가는 사람들처럼 말이다. 나리, 실종된 두 사람이 예고도 없이 갑자기 들이닥쳤다고 상상해보세요. 그것도 함께 말이죠. 더군다나 까요 나리가 무슨 증서를 보여주면서 둘이 결혼했다고 했을 때 부이뜨레의 표정이 어땠을지, 나리도 충분히 상상하실 수 있겠죠? 그게 대체 웬 난리란 말입니까!

"중위, 저기 있는 생쥐들도 소탕하고 있소?" 베르무데스는 차가운 미소를 흘리며 우니베르시따리오 공원[39]을 가리켰다. "요즘 싼마르꼬스는 어떻습니까?"

우니베르시따리오 공원 네 귀퉁이에는 바리케이드가 쳐져 있었고, 그 주변으로 철모를 착용한 군 순찰대와 시위 진압 부대, 그리고 기마경찰 등이 삼엄한 경비를 서고 있었다. 독재 타도. 싼마르꼬스 대학 벽에는 구호가 쓰인 현수막이 여기저기 걸려 있었다. 아쁘리스모[40]만이 뻬루를 구하리라. 대학의 정문은 굳게 닫혀 있었고,

<hr>

39 리마의 구시가 중심에 위치한 공원으로, 과거 아메리카 최초의 대학인 싼마르꼬스 대학이 있던 자리. 학생 시위의 중심지다.

40 1924년 아야 델 라 또레가 제기한 정치 운동으로 라틴아메리카의 정치적·경제적 통일, 정치제도의 민주화, 인디오들의 사회 통합, 그리고 농업 개혁과 경제의 다양화 등을 기치로 내걸었다. 라틴아메리카 전체의 개혁을 목표로 했지만, 아쁘라 당을 정치적 기반으로 삼았기 때문에 뻬루에서만 대중들의 호응을 받았다.

발코니에 걸어놓은 상장喪章이 바람에 흔들리고 있었다. 그리고 저 위 건물 지붕에는 군과 경찰 병력의 동태를 살피는 학생들의 머리가 자그마하게 보였다. 간간히 박수갈채가 터지는 가운데 웅성거리는 소리가 커졌다 줄어들었다 하면서 대학 건물 벽을 통해 새어 나오고 있었다.

"몇 되지도 않는 아쁘라 놈들이 10월 27일부터 저 안에 들어가 농성을 하고 있습니다." 중위가 아방까이 대로의 경비를 지휘하고 있던 장교에게 손으로 신호를 보냈다. "버펄로 놈들[41]은 도무지 반성할 줄을 모른다니까요."

"그런데 왜 발포를 하지 않는 겁니까?" 베르무데스가 물었다. "군에서 소탕 작전을 할 땐 늘 그렇게 하지 않소?"

그때 경위가 지프로 다가와 경례를 한 뒤 중위가 건넨 통행 허가증을 살펴보았다.

"불순 세력의 현황은 어떻지?" 중위가 싼마르꼬스 쪽을 가리키며 물었다.

"저기 모여 소란을 피우고 있습니다." 경위가 대답했다. "이따금씩 돌을 던지기도 하고요. 이제 가셔도 됩니다, 중위님."

경비병들이 차단기를 치우자 지프는 우니베르시따리오 공원을 가로질러 갔다. 바람에 펄럭이는 상장 위에 하얀 종이가 붙어 있었다. 근조謹弔 자유, 그리고 해골 표시가 검게 그려진 종이였다.

"제가 책임자라면 다 총으로 쏴버렸을 겁니다. 그런데 에스삐나 대령님은 놈들을 고립시켜서 항복을 받아내려고 해요." 중위가 말

---

41 아쁘라 당 지지자들, 즉 아쁘리스따스를 말한다. 1932년 7월에 일어난 뜨루히요 혁명 당시 선봉에 서서 용맹을 떨쳤던 마누엘 바레또(Manuel Barreto)의 별명(버펄로)에서 유래한 것으로 알려져 있다.

했다.

"지방은 어떻습니까?" 베르무데스가 물었다. "아무래도 북쪽은 좀 시끄러울 것 같은데. 거긴 아쁘라 놈들의 세력이 워낙 세잖소?"

"다들 조용합니다. 요즘 뻬루가 아쁘라 놈들의 수중에 들어갔다느니 어쩌니 하는 소문은 다 새빨간 거짓말입니다." 중위가 말했다. "아시겠지만, 명색이 지도자라는 놈들이 죄다 외국 대사관으로 피신하기 바쁜데요 뭐. 베르무데스 씨, 우리 역사상 이보다 더 평화로운 혁명[42]은 단 한번도 없었습니다. 상부에서 지시만 떨어지면 싼마르꼬스 사태도 단숨에 해결될 거예요."

이딸리아 광장에 철모를 착용한 군인들이 다시 나타난 것을 제외하면 시내 중심지에서 군대의 움직임은 특별히 눈에 띄지 않았다. 베르무데스는 지프에서 내려 기지개를 켜고 몇발짝 걸어갔다. 중위가 내리기를 기다리는 그의 시선은 왠지 권태로워 보였다.

"내무성에 들어가보신 적 있나요?" 중위는 분위기를 돋우기 위해 그에게 말을 건넸다. "건물은 오래됐지만 안은 꽤나 화려하답니다. 특히 대령님 사무실에는 멋진 그림들은 물론이고, 없는 게 없을 정도죠."

그들이 들어가고 이분도 채 지나지 않아서 문이 벌컥 열렸어요. 집에 무슨 지진이라도 난 줄 알았다니까요. 까요 나리와 로사가 비틀거리며 나오더군요. 그 뒤로 부이뜨레가 차마 입에 담기도 힘든 욕설을 퍼부으면서 뛰어나오고요. 황소처럼 씩씩대며 두 사람에게 달려드는 꼴이 참으로 가관이었죠, 나리. 부이뜨레가 뚜물라의 딸한테 그렇게 미친 듯이 펄펄 뛴 건 아니에요. 자기 아들만 두들겨

---
42 군부 꾸데따를 의미한다.

100

팼지, 그애는 손끝 하나 안 건드렸죠. 하여간 까요 나리를 자빠뜨려 주먹으로 마구 때리더니, 그래도 분이 풀리지 않았는지 멱살을 잡고 일으켜 세워 발길질까지 해대더라고요. 화가 머리끝까지 나서는 나리를 사정없이 패면서 아르마스 광장까지 끌고 갔다니까요. 저러다 사람 잡겠다 싶었던지 광장에 모여든 사람들이 뜯어말리기 시작했어요. 하나밖에 없는 아들이 그런 식으로 결혼하다니, 그로서는 도저히 받아들일 수가 없었겠죠. 아직 제 앞가림도 못하는 거야 그렇다 치더라도, 무엇보다 그런 여자와 결혼한다는 걸 용납할 수 없었던 모양입니다. 그 이후로 그는 까요 나리를 만나기는커녕, 단 한푼도 주지 않았어요. 하는 수 없이 까요 나리는 혼자 힘으로 로사를 먹여 살려야 했죠. 장차 큰 재목이 될 거라고 입버릇처럼 자랑하던 도련님이 고등학교도 못 마쳤으니 부이뜨레가 얼마나 속이 상했겠습니까요. 만약 그들이 신부 대신 판사 앞에서 결혼식을 했더라면 부이뜨레가 재빨리 손을 써서 없던 일로 했을 겁니다요. 하지만 하느님 앞에서 서약을 했는데, 그걸 무슨 수로 물린단 말입니까? 더군다나 까딸리나 부인은 독실한 신자가 아닙니까요? 그 일이 있고 나서 분명 두분은 신부님한테 가서 통사정을 했을 거구면요. 물론 신부님은 달리 방법이 없다고 잘라 말했겠지요. 종교는 종교라고, 죽음이 갈라놓기 전에는 억지로 두 사람을 떼어놓을 수 없는 법이라고 말이죠. 결국 부이뜨레는 체념하는 수밖에 없었어요. 항간에는 부이뜨레가 까요 나리와 로사의 혼인성사를 집전한 신부를 구타했다는 소문이 파다했지요. 사건이 심각하다고 판단한 교회는 그를 사면해주지 않으려고 했답니다. 정 사면받기를 원하면 보속補贖으로 친차에 건립 예정인 새 교회의 첨탑 비용을 헌납하라고 요구했다는 얘기도 있었어요. 그러니까 그 사건을 빌미로 교회도 한몫 차지하려고 했던 겁니다요. 어찌 됐든 간에 부이뜨레는 그후로 아들 부부를 두번 다시 보지 않았죠. 그런데 그 양반이 세상을 뜨기 직전에 손자가 있는지 물어봤다는 얘기를 들은 적이 있어요. 만일 손자가 있었으면 그 양반도 까요 나리만큼은 용서했을 거구먼요. 반면에 로사는 아무리 좋게 봐주려고 해도 요물로 보였던 모양이에요. 그러다보니 성에 찰 리가 없었겠죠. 사람들 말로는, 까요 나리가 상속을 받지 않으려고 했기 때문에 부이뜨레는 술 마시고 자선하는 데 재산을 모두 탕진하고 말았다더군요. 그리고 아직 죽을 때가 되지도 않았는데 교회 뒤에 있던 집까지 그냥 기부해버렸답니다. 한마디로 너무 서둘렀던 거죠. 그런데 아드님은 대체 무슨 이유로 아직도 그 인디오 여자를 데리고 사는 거랍니까? 사람들은 부이뜨레를 만날 때마다 그렇게 물었다고 하더군요. 철없을 때야 없으면 못 살 것 같아도, 나이가 들면 다 시들해지지 않습니까? 때가 되면 아드님도 그 여자를 뚜물라한테 보내버리고 다시 정신을 차릴 텐데요. 이런 식으로 말이에요. 하지만 까요 도련님은 그렇게 하지 않았어요. 왜 그랬는지 저도 이해가 안 갑니다요. 신앙심 때문은 아니에요. 사실 까요 나리는 교회에 일절 나가지 않았거든요. 일부러 아버지를 화나게 만들려고 그랬을까요? 하긴 까요 나리는 부이뜨레를 워낙 싫어했으니 그럴 만도 하죠. 아니면 자기에게 큰 기대를 걸었던 아버지를 실망시키려고 그랬을까요? 그러니까, 모든 기대가 물거품처럼 사라지는 모습을 아버지에게 보여주려고요? 아버지가 너무 실망한 나머지 죽게 하려고 스스로를 철저하게 파괴했던 걸까요? 나리도 그렇게 생각하시나요? 어떤 댓가를 치르든지 간에 자기 아버지를 고통스럽게 만들려고 그랬다고요? 자기 자신이 쓰레기 같은 존재로 변해버리는 것까지 감수하고요? 글쎄요, 나리는 어떻게 생각하시는지 모르지만, 전 잘 모르겠습니다요. 그렇게 이상한 눈으로 쳐다보지 마세요, 나리. 재미있는 대화를 나누는 중이잖아요. 기분이 언짢으세요? 그런데 나리께서는 부이뜨레나 까요에 대해서 일언반구도 없으시네요. 대신 나리와 싼띠아고 도련님에 관해서만 쭉 이야기하시고요. 안 그런가요, 나리? 네, 알겠습니다, 나리. 이제 입 다물게요. 그러고 보니 나리는 이제 제게 한 말씀도 안하시는군요. 저도 별말 안했습니다요, 나리. 그러니 기분 푸시고, 그렇게 보지 마세요, 나리.

"뿌깔빠는 어떤 곳인가?" 싼띠아고가 묻는다.

"볼품없는 시골 마을입죠." 암브로시오가 말한다. "도련님, 거기 안 가보셨나요?"

"여행하는 것이 내 꿈이었지만, 여태껏 반경 80킬로미터 이상을 벗어난 적이 없어." 싼띠아고가 말한다. "그래도 자네는 이곳저곳 돌아다니기라도 했으니 나보다 낫지."

"웬걸요, 도련님. 가만히 있는 편이 훨씬 낫습니다요." 암브로시오가 말한다. "저 같은 경우 뿌깔빠에 간 뒤로 불행한 일이 잇따라 닥쳤으니까요."

"그러니까 자네처럼 영리한 사람이 어쩌다 그런 신세가 되었는가 이 말일세." 에스뻬나 대령이 무겁게 입을 열었다. "다른 동창생들에 비해 사정이 너무 안 좋으니 말이야. 돈이 있는 것도 아니고, 그렇다고 촌놈 때를 벗은 것도 아니고."

"솔직히 말해 다른 친구들을 따라갈 시간조차 없었네." 베르무데스는 에스뻬나 대령을 바라보면서 차분한 목소리로 말했다. 그의 표정은 거만하지도, 그렇다고 겸손하지도 않았다. "하지만 자네는 다른 친구들을 모두 합친 것보다 더 잘됐구먼."

"자넨 우리 반에서 가장 모범생일 뿐만 아니라, 가장 똑똑하고 공부도 가장 열심히 했지." 에스삐나가 말했다. "베르무데스는 장차 대통령이 될 거야. 그리고 에스삐나는 장관이 될 재목이고. 또르도 선생님이 입버릇처럼 말씀하셨던 것 기억나나?"

"그때 자넨 장관이 되고 싶어 했지. 진심으로 말일세." 베르무데스는 쓴웃음을 지으며 말했다. "그런데 정말 소원을 이루었구먼. 어때, 기쁘지 않아?"

"난 말이야, 이 자리를 달라고 한 적도 없을뿐더러, 한자리 하려고 여기저기 찾아다닌 적도 없다네." 에스삐나 대령은 체념한 듯한 태도로 두 팔을 벌렸다. "사전에 한마디 귀띔도 없이 불쑥 떠맡기더군. 그래서 어쩔 수 없이 하기로 한 것뿐이야."

"한때 친차에서는 자네가 아쁘라 당 소속 군인이라는 소문이 돌았다네. 그래서 아야 델 라 또레가 개최한 칵테일파티에도 참석한 적이 있다고 말이야." 베르무데스는 여전히 자신 없는 미소를 짓고 있었다. "그런데 지금은 마치 쥐 잡듯이 아쁘라 놈들을 사냥하러 다니지 않는가 말이야. 나를 데리러 온 그 새파란 중위 녀석이 그렇게 말하더구먼. 그건 그렇고, 나를 친히 보자고 한 이유가 뭔지 말해줄 때가 된 것 같은데."

그때 사무실의 문이 열리더니 신중해 보이는 남자가 손에 서류를 든 채 들어와 인사를 했다. 잠깐 실례해도 되겠습니까, 장관님? 그러나 대령은 손짓으로 제지했다. 아, 알시비아데스 박사, 그 문젠 나중에 이야기하자고. 지금은 우리 둘이 긴히 할 이야기가 있어서 말일세. 네, 알겠습니다, 장관님. 남자는 다시 인사를 한 뒤 밖으로 나갔다.

"장관님이라." 베르무데스는 잠시 목을 가다듬고는 무덤덤하면서도 얼빠진 표정으로 주변을 천천히 둘러보았다. "도저히 믿기지 않는군. 내가 이 자리에 앉아 있는 것도, 그리고 우리가 벌써 마흔 줄에 들어섰다는 것도 말일세."

에스뻬나 대령은 옛 친구를 보며 다정한 미소를 지었다. 머리숱이 눈에 띄게 줄기는 했지만, 그에게는 새치가 하나도 없었다. 더구나 구릿빛 얼굴에는 여전히 활기가 넘쳤다. 대령은 베르무데스의 검게 그을린 무표정한 얼굴과 빨간색 벨벳 의자에 파묻혀 있는 그의 겉늙고 깡마른 몸을 찬찬히 살펴보았다.

"여자 한번 잘못 만나는 바람에 대가를 톡톡히 치렀구먼." 부드러우면서도 인정이 넘치는 목소리였다. "까요, 그 결혼은 아마 자네 인생 최대의 실수일 거야. 이렇게 될 거라고 내가 미리 경고했잖아."

"고작 내 결혼 얘기나 하려고 이 먼 데까지 오라고 한 거야?" 베르무데스가 따지듯이 말했지만, 분노나 격정이라곤 전혀 배어 있지 않은, 여느 때와 마찬가지로 나직한 목소리였다. "계속 그런 얘기나 할 거라면 당장 가겠네."

"예나 지금이나 욱하는 성질은 여전하구먼." 에스뻬나는 껄껄 웃었다. "그래, 로사는 어떤가? 슬하에 자식은 없다고 들었네만."

"괜찮다면 이리저리 돌려 말하지 말고 본론으로 들어가세." 무겁게 입을 연 베르무데스의 눈에는 피로의 그림자가 짙게 드리워 있었고, 조바심이 나는지 입은 잔뜩 오므린 모습이었다. 에스뻬나 뒤로 난 창문 너머 구름이 잔뜩 낀 하늘을 배경으로 지붕이며 처마 장식, 폐허 더미 같은 옥상까지, 건물들의 윤곽이 선명히 드러나고 있었다.

"자주 만나진 못했지만, 자넨 여전히 나의 가장 친한 친구일세."

갑자기 대령의 표정이 쓸쓸해졌다. "까요, 어렸을 적에 난 자넬 아주 좋아했다네. 아마 자네보다 내가 더 자네를 좋아했을 거야. 자네가 얼마나 부러웠으면 질투까지 했겠어."

베르무데스는 차가운 시선으로 대령을 빤히 바라볼 뿐이었다. 그의 손가락 사이에선 담배가 저 혼자 타들어갔고, 이따금씩 담뱃재가 양탄자 위로 떨어졌다. 연기는 춤을 추듯 피어오르다가 그의 얼굴에 부딪쳐 흩어졌다. 마치 파도가 가무스름한 바위에 부딪쳐 산산이 부서지는 것만 같았다.

"부스따만떼 정권 시절 처음 장관이 됐을 때, 동창들 중에 안 찾아온 녀석이 없었네. 자네만 빼고 말이야." 에스삐나가 말을 이었다. "그때도 상황이 좋지 않았을 텐데 왜 안 왔지? 우린 친형제처럼 허물없이 지내던 사이였잖아. 자네가 연락만 했어도 내가 충분히 도와줄 수 있었을 것 아닌가."

"동창들이 개떼처럼 몰려와서 손바닥을 핥던가? 도움을 청하거나 청탁이라도 하려고 말일세." 베르무데스가 말했다. "나만 안 찾아오니까 이놈이 돈을 왕창 벌었든지, 아니면 죽었든지 둘 중 하나라고 생각했겠구먼."

"자네가 살아 있다는 건 알고 있었어. 가난에 쪼들려 산다고들 하더군." 에스삐나가 말했다. "그리고 내 이야기가 끝날 때까지 끼어들지 좀 말게나."

"자넨 예나 지금이나 여전히 뜸을 들이는군." 베르무데스가 말했다. "호세 빠르도 학교에 다닐 때처럼 윽박질러야 속내를 털어놓겠구먼."

"난 어떻게든 자네를 돕고 싶다네." 에스삐나가 중얼거리듯 말했다. "내가 자네를 위해 해줄 일이 있다면, 어서 말해주게."

"정 그렇다면 친차로 돌아가는 차편을 제공해주게." 베르무데스가 나직한 목소리로 말했다. "지프든 버스표든, 아무거나 괜찮아. 뜬금없이 리마로 오는 바람에 꽤 괜찮은 거래를 날려버릴지도 모르게 됐어."

　"그렇다면 자넨 지금 생활에 만족한단 얘긴가? 돈 한푼 없이 촌놈으로 늙어 죽어도 괜찮다는 거야?" 에스삐나가 말했다. "까요, 그사이 야망도 없는 시시한 녀석이 되고 말았군."

　"자네가 아무리 그래도 나는 전혀 부끄럽지 않아." 베르무데스가 퉁명스럽게 대꾸했다. "더구나 난 남한테 신세를 지면서까지 살고 싶지 않다네. 자, 내게 하고 싶은 말은 다 한 건가?"

　대령은 그의 본심을 알아내려는 듯 베르무데스를 유심히 관찰했다. 문득 그의 입가에 잔잔한 미소가 피어오르더니, 이내 사라졌다. 마침내 그는 두 손 ─ 손톱이 유난히 반짝거렸다 ─ 을 맞잡으면서 베르무데스 쪽으로 몸을 숙였다.

　"좋아, 까요. 그럼 용건만 간단히 말하겠네." 갑자기 대령의 목소리가 활기를 띠었다.

　"드디어 얘기하는군." 베르무데스가 담배를 재떨이에 비벼 끄면서 말했다. "안 그래도 자네가 나한테 너무 호의를 보이는 바람에 슬슬 짜증이 나던 참이었어."

　"오드리아의 오른팔 역할을 할 사람이 필요해." 대령은 자신의 안전과 품위가 갑자기 위협받기라도 하는 양 한마디씩 띄엄띄엄 말했다. "지금 모두 우리와 뜻을 같이하는 것처럼 보여도, 실상 이 나라에서 우리를 지지하는 이는 아무도 없다네. 우리가 외환 관리법을 철폐하고 자유무역정책을 시행하려 해도, 그걸 지지하는 데라곤 『쁘렌사』[43]와 전국농업협회[44]밖에 없는 형편이야."

"당신네들이야 그들이 바라는 대로 하면 아무 문제도 없을 텐데." 베르무데스가 말했다. "안 그런가?"

"『꼬메르시오』[45]가 오드리아를 조국의 구원자라고 추켜세우는 것도 따지고 보면 아쁘라 당에 대한 증오심 때문이지." 에스삐나 대령이 말했다. "저들은 우리가 나서서 아쁘라 놈들을 죄다 감옥에 처넣어주기만을 바랄 뿐이야."

"그거야 이미 다 끝난 일이잖나." 베르무데스가 말했다. "그 역시 아무 문제도 없지 않아?"

"그런데 인떼르나시오날[46]이라든지 쎄로[47] 같은 회사들은 강한 정부가 나와서 노조들이 잠잠해지길 원하고 있거든." 에스삐나 대령은 들은 체도 않고 자기 말만 계속했다. "다들 자기 유리한 쪽으로만 돌아가길 원한다니까. 안 그래?"

"수출업자들, 반反아쁘리스따들, 양키들, 거기에다 군부까지." 베르무데스가 말했다. "모든 게 돈과 권력 덕분이지. 오드리아가 대체 뭣 때문에 불만스러워하는지 난 잘 모르겠네. 여기서 뭘 더 바라는 거야?"

"대통령은 그런 자식들의 비열한 근성을 누구보다 더 잘 알고 있다네." 에스삐나 대령이 말했다. "지금 눈앞에서야 굽실거려도, 언제 등 뒤에서 비수를 꽂을지 모르는 놈들이니까 말야."

"자네들이 부스따만떼한테 그랬던 것처럼 말이지." 베르무데스

---

43 *La Prensa.* 1903년 뻬루 리마에서 창간된 일간지.

44 뻬루의 대토지 소유자 및 농업 생산물 수출 부문의 이익을 대변하는 단체.

45 *El Comercio.* 1839년에 창간되어 20세기 초반 뻬루에서 가장 영향력 있는 일간지로 발돋움했다.

46 승객 및 화물 수송을 담당하는 뻬루의 항공사.

47 뻬루 남부의 아레끼빠에 위치한 광산회사로, 주로 구리를 생산한다.

가 씩 웃으며 말했다. 하지만 대령의 얼굴은 딱딱하게 굳어 있었다. "어떻게든 자기들의 이해관계를 지킬 수 있는 한 그자들은 현 정권을 지지할 걸세. 그러다 언젠가 다른 장군이 나타나면 자네들도 추풍낙엽 신세가 되겠지만 말이야. 뻬루에선 늘 그랬잖은가?"

"이번만큼은 절대 그리되지 않을 걸세." 에스삐나 대령이 단호한 목소리로 말했다. "우린 어떤 어려움도 헤쳐나갈 테니까."

"말 한번 잘하는구먼." 베르무데스는 하품을 참으며 말했다. "그런데 그런 게 대체 나하고 무슨 상관이 있단 말인가?"

"이미 대통령께 자네 말씀을 드렸다네." 그리고서 에스삐나 대령은 그의 반응을 살폈다. 그러나 베르무데스는 얼굴색 하나 변하지 않았다. 그는 여전히 의자 팔걸이에 팔꿈치를 얹고 턱을 괸 채가만히 대령의 말을 듣고 있었다. "얼마 전에 보안총국을 이끌 적임자를 물색하고 있는데, 갑자기 자네 이름이 입에 맴돌지 뭔가. 그래서 내친김에 자네를 천거했지. 내가 괜한 짓을 한 건가?"

말을 마친 뒤 대령은 입을 굳게 다물었다. 그러나 그의 표정에는 피로와 의심, 그리고 후회의 기색이 복잡하게 뒤엉켜 있었다. 눈을 게슴츠레 뜬 채 입술을 씰룩거리며 몇초쯤 멍한 표정으로 있던 그는 다시 베르무데스의 얼굴을 쳐다보았다. 베르무데스는 그의 입에서 무슨 말이든 나오기를 기다리며 자리에 차분히 앉아 있었다.

"외부에 잘 알려져 있지는 않지만, 정권 유지를 위해서 아주 중요한 자리라네." 마침내 대령이 다시 입을 열었다. "내가 공연한 짓을 한 것 같은가? 그 자리에 있던 이들이 내게 이런 말을 해주더군. 장관으로서 뜻을 펼치려면 분신과 같은 이를 반드시 곁에 두어야 할 거라고. 말하자면 내 오른팔 노릇을 할 사람이 있어야 한다는 거지. 바로 그 순간 자네의 이름이 입안에 맴돌았던 거야. 그래서 앞뒤 생각 없이 말해버린 걸세. 잘 알겠지만, 지금 모든 걸 숨김없이 털어놓고 얘기하는 셈이니 어서 말해보게. 내가 주제넘은 짓을 한 것 같은가?"

베르무데스는 담배 한개비를 꺼내 불을 붙였다. 그는 볼이 살짝 들어갈 정도로 담배를 빤 다음 아랫입술을 잘근 깨물었다. 그러곤 한동안 담배 끝에서 벌겋게 타들어가는 불과 연기를 응시하더니, 곧 창문으로 고개를 돌려 지저분하기 이를 데 없는 리마의 지붕과 옥상을 말없이 바라보았다.

"자네만 원한다면, 언제든 나와 같이 일할 수 있네." 에스삐나 대령이 말했다.

"오랜 세월이 흘렀는데도 옛 급우를 저버리지 않는구먼." 베르무데스가 마침내 입을 열었다. 그러나 목소리가 너무 작아서 대령은 몸을 앞으로 기울어야 했다. "나처럼 경험도 없고 성공도 못한 촌놈을 오른팔로 쓰겠다니 영광스러울 따름일세, 쎄라노."

"빈정거리지 말게." 에스삐나가 갑자기 탁자를 내리치며 말했다. "할 건지 말 건지만 말해."

"이런 중대한 일을 성급하게 결정할 수는 없네." 베르무데스가 말했다. "한번 생각해볼 테니 며칠만 말미를 주게."

"삼십분 이상은 줄 수가 없어. 지금 이 자리에서 답을 내놓게." 에스삐나가 말했다. "오늘 6시에 관저에서 대통령을 뵙기로 했네. 자네가 청을 받아들인다면 대통령께 소개할 테니 나랑 같이 가세나. 하지만 정히 생각이 없다면 지금 당장 친차로 돌아가도 좋아."

"보안총국이 뭘 하는 곳인지는 대충 짐작이 가는데," 베르무데스가 말했다. "보수가 어느정도 되는지는 전혀 모르겠군."

"기본급에다 판공비가 지급된다네. 다 더하면 대략 5000에서

6000쏠 정도 될 거야. 솔직히 대우가 그리 좋은 편은 아니지."

"아끼면서 살기에는 충분한 돈이군."베르무데스는 살짝 미소를 지었다. "나야 워낙에 검소하게 사는 편이니 그 정도면 괜찮을 듯 하네."

"그럼 더 이야기할 것도 없군."에스뻐나 대령이 말했다. "그런데 자네, 아직 내 물음에 대답하지 않았어. 내가 주제넘은 짓을 한 것 같은가?"

"그건 시간이 지나야 알 수 있을 걸세."베르무데스는 이번에도 옅은 미소를 지으며 말했다.

쎄라노가 이 암브로시오를 못 알아본 걸까요? 제가 까요 나리의 운전수로 일할 적에만 해도 그 차에 천번도 넘게 탔는데, 그러니까 제가 쎄라노를 집까지 데려다준 게 천번도 넘는데, 물론 알아봤을 수도 있겠지만 말입니다, 나리, 절대 밖으로 표를 내지 않더라고요. 그때 그는 이미 장관이었기 때문에 저같이 하찮은 놈을 안다는 사실 자체가 창피했을지도 모를 일이구먼요. 더군다나 뚜물라의 딸을 납치할 때 그 양반이 거들었다는 사실을 이 암브로시오가 잘 알고 있으니, 더더욱 절 달갑지 않게 여길 수밖에 없었을 거고요. 이 시꺼면 면상만 봐도 그때의 일이 떠오를 테니 차라리 절 기억에서 없애고 싶었을 겁니다요. 그래서인지 차를 탈 때마다 마치 처음 보는 운전수를 대하듯 하더라고요. 제가 안녕하십니까 나리, 하고 인사를 건네면 그저 짧게 대답하고 마는 식이죠. 참, 나리께 말씀드릴게 있구먼요. 사실 로사가 지금 그렇게 점투성이 얼굴에다 뚱보로 변해버렸지만요, 알고 보면 굉장히 불쌍한 여자랍니다. 안 그런가요, 나리? 어쨌든 그녀는 분명 까요 나리의 아내잖아요? 그런데도 까요 나리는 그녀를 친차에 버려두다시피 했습니다요. 나리가 중요 인사가 되면서부터 그녀는 사는 데 아무런 낙도 없었지요. 젊디 젊은 여자가 독수공방을 하느라 얼마나 힘들었겠습니까요? 까요 나리가 리마로 떠나면서 그 노란 집에 홀로 남았으니까요. 아마 지금도 거기서 혼자서 초라하게 늙어가고 있을 거구먼요. 하긴, 까요 나리가 로사를 거의 내팽개치다시피 했지만, 오르뗀시아 부인한테 한 짓에 비하면 양반이었습죠. 사실상 오르뗀시아 부인에게는 한 푼도 주지 않았거든요. 로사에게는 그래도 자기 연금을 보내주었죠. 그러면서 이 암브로시오한테 시도 때도 없이 이렇게 말했습죠. "이봐, 검둥이, 로사한테 언제 돈 보내야 되는지 잘 기억해두었다가 내게 일러줘. 알았지?" 그때 로사가 어떻게 지냈는지 누가 알겠습니까마는, 아마 매일매일 다람쥐 쳇바퀴 돌듯 살았을 겁니다요. 속마음을 털어놓을 친구가 있나, 그렇다고 믿고 의지할 피붙이가 있나 말이죠. 결혼한 바로 그날부터 한동안 그녀는 바깥출입을 일절 금했어요. 심지어는 자기 엄마인 뚜물라조차 만나지 않았으니 말 다했죠. 아마 까요 나리가 아무도 만나지 말라고 시켰을 겁니다요. 그러고도 남을 위인이죠. 그러다보니 뚜물라는 자기 딸에게 욕을 퍼부어대곤 했어요. 집에 찾아가도 문전박대를 하니 얼마나 화가 났겠습니까요? 그뿐이 아닙니다요, 나리. 로사는 친차의 사교계에도 일절 발을 들여놓지 않았다고요. 단 한번도요. 그도 그럴 것이, 제아무리 까요 나리의 아내라 해도, 그리고 아무리 멋진 구두를 신고 매일 세수를 한다 해도, 누가 우유 파는 여자의 딸내미랑 어울리려고 하겠습니까요. 얼마 전까지만 해도 매일같이 당나귀를 끌고 다니면서 사람들에게 우유를 팔던 여자한테 어느 누가 부잣집 마나님 대접을 해주겠느냐 이거예요. 더군다나 부이뜨레가 자기 눈에 흙이 들어가기 전에는 절대 며느리로 인정할 수 없다고 공공연하게 떠들고 다니는데 말이죠. 사방이 적들에게 둘러싸인 판국에 그녀인들 뭘 어떻게 했겠습니까요? 까요 나리가 싼호세 병원 뒤에 얻어준 단칸방에 처박혀 수녀처럼 사는 수밖에요. 오랫동안 거의 바깥출입을 하지 않았어요. 나가봐야 손가락질을 당하니 모멸감을 참기가 어려웠겠죠. 게다가 혹시라도 부이뜨레와 마주칠까봐 잔뜩 겁을 먹고 있었거든요. 그런데 얼마 지나면서부터는 로사도 그런 생활에 어느정도 익숙해졌는지 간간이 모습을 드러내더라고요. 저도 이따금씩 시장에서 그녀를 봤으니까요. 때로는 집 앞으로 큰 대야를 내와서는 무릎을 꿇은 채 빨래를 하는 모습도 보았습죠. 그러니 나리, 백인 청년의 마음을 사로잡느라 그렇게 재주를 부리고 수를 쓴 게 다 무슨 소용이랍니까. 물론 까요 나리와 결혼한 덕에 그 동네에서 떵떵거리던 가족의 성도 얻었고, 지위도 올라가긴 했죠. 하지만 마음을 나눌 친구는커녕 엄마조차 못 만나는데, 그게 다 무슨 소용이냐는 겁니다요. 까요 나리는 어땠냐고요? 물론 친구들과 어울려 다녔죠. 토요일마다 씨엘리또 린도 주점에서 친구들과 맥주를 마시는가 하면 하르딘 엘 빠라이소에서 싸뽀 놀이[48]를 하다가, 급기야는 사창가에 드나드는 모습까지 심심찮게 눈에 띄곤 했습니다요. 그것도 모자라 나리는 여자를 둘씩이나 데리고 방에 들어간다는 소문이 항간에 파다했어요. 로사와 외출하는 경우는 거의 없었고요. 영화관에도 혼자 갈 정도였으니 말 다했죠. 까요 도련님이 무슨 일을 했냐고요? 끄루스네 상점하고 은행, 그리고 공증 사무소 같은 곳에서 일했습죠. 그러다 나중엔 농장 주인들에게 트랙터를 팔기도 했고요. 까요 도련님은 병원 뒤의 단칸방에

서 1년 정도 살다가, 형편이 좀 나아지면서 남쪽 동네로 이사를 갔구면요. 당시 전 일 때문에 차로 지방을 다니던 터라 친차에 머무는 경우가 거의 없다시피 했죠. 그런데 언젠가 친차에 왔더니 부이뜨레가 세상을 떴다는 소식이 들리더라고요. 그리고 까요 나리랑 로사는 혼자가 된 까딸리나 부인과 함께 살게 됐다는 소문도요. 하지만 얼마 안 가 까딸리나 부인도 돌아가셨죠. 부스따만떼 정권 때였을 겁니다요. 그러다가 나리, 오드리아 정권이 들어서면서 까요 나리의 운이 트이기 시작하자 친차 사람들은 수군거렸어요. 이제 로사가 새집도 장만하고 하녀도 부릴 거라고 말이죠. 그런데 아니었어요. 대신 사람들이 로사네 집으로 벌떼처럼 밀려오기 시작하더라고요. 그때 『보스 데 친차』[49]에서 까요 나리의 사진을 대문짝만하게 싣고는 그 밑에 자랑스러운 친차인 하고 써놓았거든요. 그걸 본 사람들이 로사한테 몰려든 거죠. 남편이 놀고 있는데 취직자리 좀 알아봐달라, 아들 장학금 좀 받게 해달라, 동생이 교수로 임용될 수 있게, 아니면 부지사가 되도록 힘 좀 써달라 어쩌고저쩌고, 온갖 청탁을 하러 왔어요. 어디 그뿐인 줄 아세요? 구속된 아쁘라 당원들의 가족들이 찾아와 까요 나리께 부탁해서 자기 조카가 풀려날 수 있게, 아니면 자기 삼촌이 귀국할 수 있도록 해달라고 눈물로 호소를 하기도 했지요. 그때 뚜물라 딸내미의 복수극이 시작된 겁니다요, 나리. 그동안 그녀를 업신여기던 자들이 결국 대가를 치르게 된 셈이죠. 들리는 말에 따르면, 로사는 사람들이 찾아오면 언제나 멍한 표정으로 무덤덤하게 말했다더군요. 댁의 아들이 잡혀갔다고요? 안됐군요. 의붓아들 취직자리요? 그럼 리마로 가서 내 남

49 *La Voz de Chincha*. 이까주의 주도인 친차 알따의 석간신문으로, 1924년에 창간되었다. 역대 정권을 모두 지지하는 기회주의적 성향을 보였다.

편한테 말해보시든가요. 잘 가세요. 사실은 저도 다 남들한테 들은 얘기구먼요. 그런데 나리, 사실 그 무렵 저도 리마에 있었는데, 혹시 모르셨나요? 까요 나리를 찾아가라고 저를 설득한 사람이 누구였겠습니까요? 물론 우리 엄마죠. 이 암브로시오는 정말 가고 싶지 않았습니다요. 그래서 엄마한테 말했죠. 까요 나리께 부탁하러 간 친차 사람들치고 문전박대당하지 않은 이가 없다고 말입니다요. 그런데 말이죠, 도련님, 신기하게도 까요 나리는 이 미천한 놈을 내쫓기는커녕 기꺼이 도와주더라고요. 그땐 정말이지 까요 나리가 얼마나 고마웠는지 모릅니다요. 무슨 일이건 시키는 대로 다 할 수 있을 것 같았구먼요. 왜 그런지는 모르겠지만, 까요 나리는 친차 사람들을 굉장히 싫어하는 것 같더라고요. 안 그랬다면 친차에 대해서 그렇게 나 몰라라 했겠습니까요? 남들처럼 고향이라고 학교 하나 지어주지도 않았으니까요. 그런데 시간이 지나면서 사람들이 서서히 오드리아를 욕하기 시작하더라고요. 추방당한 아쁘라 당원들도 하나둘씩 친차로 돌아왔고요. 그 무렵 부지사란 자가 로사를 보호한답시고 노란 집 주변에 경찰관을 배치했다는 소문이 돌더구먼요. 친차 사람들이 까요 나리를 얼마나 미워했는지는 잘 아시죠? 그런데도 그런 멍청한 짓을 하다니 전 믿기지가 않았습니다요. 더구나 까요 나리가 높은 자리에 올라간 다음부터, 두 사람은 함께 사는 건 고사하고 단 한번도 만난 적이 없었거든요. 상황이 그런데 굳이 로사를 죽여서 뭐하겠습니까요? 그래봐야 까요 나리한테 타격을 주기는커녕 되레 도와주는 꼴만 될 텐데요. 까요 나리는 로사를 사랑하지 않았습니다요. 오히려 추하게 변했다고 미워하기까지 했지요.

"자네가 얼마나 융숭한 대접을 받았는지," 에스삐나 대령이 말했다. "그리고 우리 장군님이 어떤 분인지도 잘 알았을 걸세."

"생각을 정리해야겠어." 베르무데스가 중얼거렸다. "머리가 너무 복잡해서 말이야."

"일단 가서 좀 쉬게." 에스삐나가 말했다. "내일 오전에 우선 내무성 관료들부터 만나면 그들이 현안에 대해서 상세히 알려줄 거야. 그건 그렇고, 이 일에 마음이 동하는지 어떤지만 말해주게."

"아직 잘 모르겠어." 베르무데스가 말했다. "술에 취한 것처럼 정신이 하나도 없군."

"좋아, 그럼 내게 고마워한다는 뜻으로 알고 있겠네." 에스삐나가 웃으며 말했다.

"근데 난 이 손가방 하나만 달랑 가지고 리마에 왔구먼." 베르무데스가 말했다. "몇 시간이면 끝날 줄 알았지 뭔가."

"돈이 필요한가?" 에스삐나가 말했다. "좀 빌려줄 테니 너무 걱정 말게. 그리고 내일 당장 선금을 지급하도록 담당 직원에게 일러두지."

"뿌깔빠에서 험한 꼴을 당했다고 했는데, 대체 무슨 일이었지?" 쌴띠아고가 묻는다.

"난 이 부근에 있는 호텔을 찾아봐야겠군." 베르무데스가 말했다. "내일 아침 일찍 나올 테니까 그때 만나지."

"나를 위해서? 날 위해서 그랬다는 건가?" 페르민 씨가 말했다. "그게 아니라 자네 욕심 때문에 그런 짓을 저지른 거지? 자네 뜻대로 날 쥐고 흔들어대려고 말이야."

"그래도 친구라고 생각했던 녀석이 날 거기로 보냈습죠." 암브로시오가 말한다. "어느날 그놈이 나더러 이러는 거예요. 야 인마, 당장 거기로 가봐. 길거리에 온통 황금이 널린 곳이야. 가보면 눈이 뒤집힐 거라고. 근데 그게 새빨간 거짓말이었습니다요, 도련님. 희대의 사기극이었던 셈이죠. 아, 이제 와서 말해봐야 무슨 소용이 있겠습니까요."

에스삐나는 사무실 문 앞까지 그를 따라 나와 악수를 나눴다. 베르무데스는 한 손에는 가방을, 다른 손에는 모자를 든 채 사무실을 나섰다. 그는 여전히 심란하고 심각한 표정을 감추지 못했다. 마치 속으로 무언가를 골똘히 생각하는 것 같았다. 내무성 건물 현관에서 장교가 깍듯이 인사를 했지만, 그는 아무런 대꾸도 하지 않았다. 벌써 퇴근 시간이 됐나? 거리는 이미 집으로 발걸음을 옮기는 사람들과 시끄러운 소음으로 북적이고 있었다. 자기도 모르는 사이에 그는 인파 속으로 휩쓸리고 말았다. 그는 마치 소용돌이에 휘말리거나 마법에 걸린 사람처럼 좁고 혼잡한 인도를 따라 이리저리 떼밀리며 나아갔다. 그러다 가끔 담배를 피우기 위해 길모퉁이나 건물 입구, 혹은 신호등 앞에 걸음을 멈추기도 했다. 그는 마침내 아상가로 거리에 있는 까페에 들어가 레몬티를 주문했다. 천천히 차를 즐긴 뒤에는 찻값의 두배나 되는 돈을 팁으로 남겨둔 채 나왔다. 그러곤 히론 델 라 우니온 거리 안쪽에 있는 서점에 들어가 표지는 화려하지만 글씨가 작아 읽기 힘든 소설 몇권을 대충 넘기며 훑어보다가, 어느 순간 『레스보스의 비밀』이라는 책이 눈에 들어오자 냉큼 사가지고 밖으로 나갔다. 서점을 나온 뒤에도 그는 가방을 팔에 끼고 모자를 구겨 쥔 채 쉴 새 없이 담배를 피우면서 한동안 시내를 이리저리 돌아다녔다. 어둠이 깔리기 시작하고 거리가 한산해질 무렵, 그는 마우리 호텔에 들어갔다. 직원이 그에게 숙박부를 내밀었다. 그는 펜을 들고 직업란에 뭐라고 쓸지 한동안 망설이다가, 결국 공무원이라고 적었다. 그가 묵을 방은 3층으로 창문 너머 안마당이 내려다보이는 곳이었다. 그는 곧장 목욕을 한 뒤 속옷 차림으로 침대에 누워 조금 전에 산 『레스보스의 비밀』을 펼쳤다. 깨알 같은 검은 글씨를 눈으로만 좇다가 잠시 후 불을 껐다. 하지만 몇 시간이 지나도 좀처럼 잠을 이룰 수가 없었다. 그는 말똥말똥한 눈으로 침대에 누운 채 꼼짝도 않았다. 손가락 사이에서 담배가 타들어가고 있었다. 그는 천장의 어두운 그림자를 뚫어지게 쳐다보면서 불안한 듯 가쁜 숨을 내쉬었다.

4

　"그러니까 뿌깔빠에서 그 일라리오 모랄레스인가 뭔가 하는 자 때문에 그렇게 됐다는 얘기로군. 그래도 자네는 언제, 무슨 일로 망했는지 잘 알고 있으니 그나마 좀 낫지." 싼띠아고가 말한다. "난 언제부터 이 모양 이 꼴이 됐는지 전혀 모르겠어. 그걸 알 수만 있다면 무슨 일이든 할 걸세."

　그녀는 기억하고 있을까? 그녀가 그 책을 가지고 올까? 여름이 끝나가던 무렵이었지. 아직 2시도 되지 않았는데 이미 5시는 된 듯한 느낌이었어. 싼띠아고는 생각에 잠긴다. 그녀는 책을 가지고 왔어. 그러니까 제대로 기억하고 있었던 거야. 군데군데 부서진 기둥이 늘어서 있고 타일 위에 먼지가 뽀얗게 쌓인 현관으로 들어설 때 그는 들뜬 기분에 조바심까지 나서 견딜 수가 없었다. 조금만 있으면 그도, 그리고 매사 낙천적인 그녀도 어련히 안으로 들어갈 텐데. 마침내 너는 안으로 들어갔지. 그는 그 순간을 떠올린다. 그리고 그녀도 따라 들어왔어. 아, 싸발리따, 그때 넌 세상 그 무엇과도 바꿀 수 없을 만큼 행복했는데.

"도련님은 아직 젊고 건강하시잖아요. 더군다나 부인도 계시고 말입죠." 암브로시오가 말한다. "도련님이 뭐가 어떻다고 그러시는 거예요?"

혼자 왔든 여럿이 왔든, 모두가 노트에 얼굴을 파묻고 있었다. 저들 중에서 몇이나 합격하게 될까? 아, 아이다는 어디 있지? 지원자들은 마치 행진이라도 하듯이 안마당을 빙글빙글 돌고 있었다. 그러다가 여기저기 부서진 벤치에 앉아 다시 노트를 훑어보는가 하면, 때가 잔뜩 낀 벽에 기대 나직한 목소리로 서로에게 질문을 던지기도 했다. 졸로 아이들뿐이었다. 하긴 잘사는 집 아이들이 거기 있을 리는 없었으니까. 그는 다시 생각에 잠긴다. 엄마, 엄마 생각이 옳았어요.

"집을 떠나기 전, 그러니까 싼마르꼬스 대학에 들어갈 때까지만 해도 난 세상의 때가 묻지 않은 순수한 청년이었지." 싼띠아고가 말한다.

필기시험장 부근에 아는 얼굴이 몇몇 보였다. 그들과 웃으며 인사를 주고받았지만, 아직 아이다의 모습은 보이지 않았다. 그는 시험장 입구로 가서 서 있었다. 옆에 있던 아이들이 지리 교과서를 중얼중얼 읽어 내려갔고, 한 아이는 꼼짝도 않은 채 눈을 내리 깔고 기도하듯이 역대 뻬루 총독의 이름을 외우고 있었다.

"투우장에서 졸부들이 피우는 담배처럼요?"[50] 암브로시오가 씩 웃으며 말한다.

<hr />

50 스페인어 puro에는 '순수하다' 말고도 '여송연'이라는 의미가 있다.

그 순간 그녀가 시험장으로 들어오는 모습이 보였다. 여느 때와 마찬가지로 벽돌색의 일자로 된 옷에 낮은 굽 신발을 신고 있었다. 단정한 교복 차림으로 어수선한 현관에 들어선 그녀의 모습에서는 누가 봐도 모범생의 태가 났다. 갑자기 그녀는 어린애 같은 얼굴로 여기저기를 두리번거리기 시작했다. 화장기 없는 맨얼굴은 그리 밝게 빛나지도, 매력적이지도 않았다. 그녀는 어른처럼 매서운 눈초리로 뭔가를, 아니 누군가를 찾고 있었다. 그리곤 입술을 씰룩거리더니 남자같이 생긴 입을 벌리며 웃음을 머금었는데, 그러자 쌀쌀맞던 표정도 차츰 누그러지면서 환해졌다. 그녀가 다가오고 있었다. 안녕, 아이다.

"그 당시 난 돈을 경멸했어. 노예처럼 일해서 돈을 버는 것보다 더 훌륭한 일을 할 수 있을 거라고 믿었지."싼띠아고가 말한다. "그런 의미에서 순수했다는 거야."

"멜초리따[51]가 그로시오 쁘라도에서 그렇게 살았습죠. 가진 재산을 다 바치고, 평생을 기도하면서 말입니다요."암브로시오가 말한다. "그럼 도련님도 어릴 때부터 그분처럼 성인이 되고 싶었던 건가요?"

"너 주려고 『밤이 지나서』[52]를 가져왔어."싼띠아고가 말했다. "아무쪼록 마음에 들면 좋겠어."

"네가 하도 이야기를 해서 빨리 읽어보고 싶어." 아이다가 말했

51 Melchora Saravia Tasayco(1897~1951). 뻬루 친차 출생으로, 평신도였지만 프란체스코회의 계율에 따라 평생 가난한 사람들과 병든 이들을 돌보며 살았다.

52 *Out of Night*. 독일 출신의 리하르트 율리우스 헤르만 크렙스(Richard Julius Hermann Krebs)가 얀 팔틴(Jan Valtin)이라는 가명으로 1938년에 출간한 자서전. 이 작품에서 그는 자신이 소련 정보국의 비밀요원으로 활동했다고 고백했으나 나중에 거짓으로 드러났다.

다. "그리고 이건 중국 혁명에 관해 프랑스 사람이 쓴 소설이야."

"히론 뿌노에 있는 빠드레 헤로니모 거리 말입니까요?" 암브로시오가 묻는다. "거길 가면 저같이 생활이 어려운 검둥이들에게 돈을 준다굽쇼?"

"거긴 내가 싼마르꼬스에 들어가던 해에 입학시험을 치른 곳이야." 싼띠아고가 말한다. "한때 미라플로레스에 사는 여자아이들 몇명을 좋아한 적은 있었지. 하지만 내가 난생처음으로 사랑에 빠진 곳은 바로 헤로니모였다네."

"아무리 봐도 소설은 아닌 듯하고, 무슨 역사책 같은데." 아이다가 말했다.

"와, 어땠나요?" 암브로시오가 눈을 둥그렇게 뜨고 묻는다. "그럼 그녀도 도련님을 사랑했나요?"

"자서전이기는 하지만, 읽다보면 소설 같은 느낌이 들 거야." 싼띠아고가 말했다. "특히 독일 혁명 이야기를 다룬 「장검의 밤」 부분이 압권이지. 읽어보면 알겠지만 정말 멋진 장면이야."

"혁명에 관한 이야기라고?" 아이다가 책을 훑어보며 물었다. 그녀의 눈빛이나 목소리로 봐서는 여전히 내 말을 못 믿겠다는 투였다. "이 팔틴이라는 사람은 공산주의자니, 아니면 반공주의자니?"

"글쎄, 그녀가 날 사랑했는지 어땠는지는 잘 모르겠네. 사실 내 마음을 알고 있었는지조차 모르겠어." 싼띠아고가 말한다. "어떨 땐 그런 것 같기도 했고, 또 어떨 땐 아닌 것 같기도 했고."

"도련님도 모르고 그녀도 모르고, 뭔 일이 그렇게 복잡하대요? 그런 걸 모르고 대충 넘어가도 되는 겁니까요?" 암브로시오가 묻는다. "그건 그렇고, 대체 어떤 여자였습니까요?"

"미리 말해두지만 작가가 반공주의자라면 당장 돌려줄 거야."

부드럽고 나긋나긋하던 아이다의 목소리가 도전적으로 돌변했다. "난 공산주의자니까."

"네가 공산주의라고?" 싼띠아고는 놀란 표정으로 그녀를 바라보았다. "너 정말로 공산주의자니?"

그때까지는 아니었어. 그는 생각한다. 공산주의자가 되고 싶었을 뿐이지. 그는 가슴이 콩닥콩닥 뛰고 어안이 벙벙했다. 말라깽이야, 싼마르꼬스 애들은 하라는 공부는 안하고 쓸데없이 정치에만 신경 쓴다니까. 거긴 아쁘라 당 지지자들과 공산주의자들의 소굴이야. 뻬루의 불평분자들은 죄다 거기 모여 있단 말이다. 그는 생각에 잠긴다. 가엾은 아빠. 싸발리따, 그땐 아직 싼마르꼬스에 들어가기도 전이잖아. 근데 이미 네가 뭘 봤는지 생각해봐.

"사실 난 그렇기도 하고 아니기도 해." 아이다가 털어놓았다. "그건 그렇고, 여기선 어딜 가야 공산주의자들을 만날 수 있을까?"

뻬루에 공산당이 있는지 없는지도 모르면서 어떻게 공산주의자가 될 수 있단 말인가? 오드리아가 그들을 죄다 감옥에 처넣었든지, 아니면 모두 국외로 추방하거나 죽였을 터였다. 구술시험을 통과해 싼마르꼬스에 입학하면, 아이다는 학교를 다 뒤져서라도 남아 있는 공산주의자들을 찾아내겠지. 감시의 눈길을 피해 맑시즘을 공부하는 사람들과 접촉하다가 결국 공산당에 가입할 거야. 그를 보던 그녀의 도전적인 눈빛. 그때의 장면이 눈앞에 생생하게 떠오른다. 자, 나와 논쟁해보자고. 그녀의 목소리는 여전히 나긋나긋했지만, 눈빛만큼은 절대 호락호락하지 않았다. 그들은 무신론자고, 열정적인 사람들이야. 그렇게 가만있지만 말고 내 말이 틀렸으면 반박해봐. 그리고 아주 똑똑한 이들이지. 그때 넌, 그는 그 장면을 떠올린다, 그녀의 말을 듣고만 있었어. 그 저돌적인 태도에 어안이 벙벙해 눈만 둥그렇게 뜬 채로 말이야. 싸발리따, 그런 일이 있었지. 그는 생각에 잠긴다. 내가 그녀를 사랑하게 된 게 그때였을까?

"싼마르꼬스에 다니던 여자아이였지." 싼띠아고가 말한다. "그녀는 정치 이야기를 자주 했어. 혁명이 가능하다고 믿었거든."

"맙소사, 그럼 도련님은 아쁘라 당원을 사랑하셨던 거군요." 암브로시오가 끼어든다.

"아니, 아쁘라 당원은 혁명이 가능하다고 믿지 않네." 싼띠아고가 말한다. "그녀는 공산주의자였어."

"하느님 맙소사!" 암브로시오가 소리친다. "그건 또 무슨 뚱딴지 같은 소립니까요, 도련님."

빠드레 헤로니모에 도착한 수험생들이 현관과 안마당으로 속속 밀려들었다. 그러곤 곧장 명단이 붙어 있는 게시판 쪽으로 달려가, 조마조마한 마음으로 자기의 성적을 확인했다. 웅성거리는 소리가 주변을 떠돌고 있었다.

"왜 그렇게 이상한 눈으로 쳐다보는 거야? 내가 무슨 괴물처럼 보이니?" 아이다가 말했다.

"무슨 소리야? 어떤 생각이든 난 존중해. 더군다나, 네가 어떻게 생각할지 모르겠지만 나도……" 싼띠아고는 잠시 멈칫했다가 당황한 나머지 더듬더듬 말을 이었다. "나도 진보적인 생각을 가진 편이야."

"그렇구나. 그 얘길 들으니 마음이 놓인다." 아이다가 말했다. "근데 오늘 구술시험 보는 거지? 너무 오래 기다렸더니 머릿속이 온통 뒤죽박죽됐나봐. 공부한 게 하나도 기억이 안 나."

"괜찮으면 같이 한번 훑어보자." 싼띠아고가 말했다. "넌 무슨 과목이 가장 불안하니?"

"난 세계사가 제일 싫어." 아이다가 말했다. "좋아, 그럼 서로 물어보기로 하자. 대신 걸으면서 하는 게 어때? 난 앉아 있을 때보다 이리저리 걸어 다니면서 공부할 때가 머리에 더 잘 들어오더라고. 넌 안 그러니?"

그들은 포도줏빛 타일이 깔린 현관을 가로질러 걸었다. 현관 좌우로 교실이 죽 이어져 있었다. 지금은 어디 살고 있을까? 안쪽으로 계속 걸어가다보니 자그마한 안뜰이 나왔다. 다행히 사람이 거의 없었다. 그 순간 그는 눈을 감았다. 비좁지만 깨끗하고, 꼭 필요한 가구 외엔 아무것도 없는 작은 집이 눈앞에 떠올랐다. 그리고 그 주변 거리도, 잿빛 재킷과 외투를 걸치고 인도를 따라 걸어가는 사람들의 늠름하면서도 의연하며 진지하고 절제된 얼굴도 떠올랐다. 그들이 나누는 이야기도 들리는 듯했다. 그들은 서로서로 흉금을 터놓고 말을 했던가, 아니면 꼭 필요한 말만 했던가? 그도 아니면 자기들만의 비밀스러운 이야기를 나누었던가? 그때 그는 노동자들에 대해, 공산주의자들에 대해 생각했다. 그러고는 속으로 결론지었다. 난 부스따만떼 정권도, 아쁘라 당도 지지하지 않아. 난 공산주의자야. 그런데 뭐가 다른 거지? 답답했지만 그렇다고 그녀에게 물어볼 수는 없었어. 그랬다가는 나를 바보 취급했을 테니까. 시간이 걸리더라도 그녀와 이야기를 나누면서 살살 캐내는 수밖에 없었다. 그녀는 문제집에서 잠시도 눈을 떼지 않고 좁은 방을 이리저리 서성거리면서 여름을 보냈을 것이다. 빛도 거의 들어오지 않는 방이라 뭔가를 적으려면 갓이 없는 전등이나 촛불이 켜진 좁은 책상에 앉아야 했을 테고, 그렇게 앉아서는 눈을 감은 채 천천히 입술을 움직여 중얼거렸을 것이다. 그리곤 자리에서 일어나 다시

방 안을 서성거리면서 책에 나오는 이름과 날짜를 되풀이해서 외웠겠지. 늦은 밤까지 열심히 말이야. 그녀의 아빠는 노동자고, 엄마는 하녀였을까? 그는 탄식한다. 아, 한심한 싸발리따. 그들은 나직한 목소리로 서로에게 질문을 던지며 천천히 걸었다. 파라오 왕조는? 바빌로니아와 니네베에 대해서 말해봐. 그녀는 집에서 부모들이 공산주의에 대해 이야기하는 걸 들었던 걸까? 1차대전의 발발 원인은? 그의 아버지가 오드리아를 지지한다는 걸 알면 그녀는 어떻게 생각할까? 마른전투는? 싸발리따, 그녀는 더이상 널 만나려 하지도 않을 거야. 아빠, 아빠가 너무 미워요. 우린 서로에게 질문을 던지면서도 실은 아무것도 물어보지 않은 거나 마찬가지야. 그는 생각에 잠긴다. 우린 그저 친구가 되어가고 있었지. 그럼 넌 국립 고등학교를 다녔겠네? 응, 그냥 공립학교야. 넌? 난 산따마리아 학교. 아, 부잣집 아이들만 다닌다는 그 학교 말이지. 그렇지도 않아. 가지각색의 아이들이 다 있었으니까. 하여간 끔찍한 학교였어. 어쨌든 그건 내 탓이 아니야. 부모님이 억지로 집어넣은 거나 마찬가지니까. 난 차라리 구아달루뻬 고등학교에 가고 싶었는데. 그러자 아이다가 배를 잡고 웃기 시작했다. 그렇다고 얼굴까지 빨개질 건 뭐니? 네가 그 학교를 나왔다고 내가 도끼눈이라도 뜰까봐 그래? 베르됭에서 무슨 일이 일어났는지 말해봐. 그는 생각에 잠긴다. 우린 대학 생활을 엄청나게 기대하고 있었지. 나란히 당에 가입하고, 함께 인쇄소에 가거나 노동조합에 숨어들 생각이었어. 그뿐 아니라 함께 감옥에도 들어가고, 추방당할 수도 있을 것 같았어. 우리가 상상하던 대학 생활은 어떤 타협도 없는 전쟁이었어. 철부지 같으니. 나는 철없는 아이에 불과했던 반면, 그녀는 크롬웰이나 마찬가지였어. 당시만 해도 우리는 스스로에 대해 엄청나게 큰 기대를 걸고 있었지.

"싼마르꼬스에 입할 무렵에 도련님은 머리를 빡빡 밀었죠. 그래서 떼떼 아가씨와 치스빠스 도련님이 호박 같다고 놀려댔잖아요." 암브로시오가 말한다. "도련님이 입학시험에 합격했을 때 어르신께서 얼마나 기뻐하셨는지 모릅니다요."

그녀는 책에 관해서 이야기했고, 주로 치마를 입었다. 정치에 대해 많이 알고 있었지만 그녀는 남자가 아니었다. 마스꼬따나 뽀요, 아르디야 같은 아이들의 모습은 더이상 생각도 안 났지, 싸발리따. 미라플로레스에 살던 예쁘지만 멍청한 여자아이들은 기억에서 다 사라져버렸어. 뭔가 다른 여자를 발견한 거지. 그는 생각한다. 단지 잠자리를 같이하고 싶다거나, 자위를 하며 떠올리는 여자가 아니었어. 그렇다고 열렬히 사랑하고 싶은 것도 아니었고. 그는 곰곰이 생각한다. 그런 것 말고 뭔가 다른 면이 있었어. 그녀는 대학에서 교육학과 법학을 공부할 계획이었고, 그는 법학과 문학을 계속할 생각이었다.

"넌 요부로 가장한 거니, 아니면 어릿광대로 분장한 거니? 꼴이 그게 뭐야?" 싼띠아고가 말했다. "도대체 어딜 가는데 얼굴에 그렇게 떡칠을 한 거야?"

"문학부에서 뭘 전공할 거야?" 아이다가 물었다. "철학?"

"내가 어딜 가든 너하고 무슨 상관이야?" 떼떼가 말했다. "누구한테 무슨 소리를 들었는지 모르겠지만, 네가 뭔데 그딴 식으로 말하는 거지?"

"문학을 전공할 생각이야." 싼띠아고가 말했다. "근데 아직 잘 모르겠어."

"보통 문학을 택한 아이들은 모두 시인이 되고 싶어 하던데." 아이다가 물었다. "너도 그러니?"

"당장 그만두지 못해!" 쏘일라 부인이 버럭 고함을 질렀다. "너희들은 어째 만나기만 하면 서로 못 잡아먹어서 안달이야? 제발 좀 그만하렴."

"그동안 몰래 쓴 시가 노트 한권 정도 되었지." 싼띠아고가 말한다. "아무한테도 보여주지 않으려고 혼자 있을 때 몰래 쓰곤 했어. 난 그 정도로 순수한 아이였네."

"시인이 되고 싶으냐고 물은 건데, 뭘 얼굴까지 빨개지고 그러니?" 아이다가 재미있다는 듯 웃었다. "부르주아 티 좀 내지 마."

"그리고 만나는 이들마다 만물박사라고 불러서 도련님은 무척 짜증스러워했죠." 암브로시오가 말한다. "그때 도련님이 친구들하고 얼마나 많이 싸웠는지 모른다니까요."

"제발 가서 옷 좀 갈아입어. 얼굴에 덕지덕지 묻은 분도 좀 지우고." 싼띠아고가 말했다. "떼떼, 절대 그런 꼴로는 못 나갈 테니까 알아서 해."

"떼떼가 영화 보러 간다는데 네가 왜 그렇게 난리니?" 보다 못한 쏘일라 부인이 나서며 말했다. "틈만 나면 자유를 외치던 네가 언제부터 동생한테 그렇게 엄격해진 거야?"

"아니에요. 얘 영화 보러 가는 게 아니라 그 못돼먹은 뻬뻬 야녜스하고 춤추러 썬셋에 가는 거라니까요." 싼띠아고가 말했다. "오늘 아침에 그 녀석이랑 전화로 계획 짜는 거 다 들었다고요."

"뻬뻬 야녜스하고 썬셋에 간다고?" 듣고 있던 치스빠스가 끼어들었다. "아니 그 같잖은 녀석하고 놀러 간단 말이야?"

"솔직히 말하면 꼭 시인이 되고 싶은 건 아냐. 그냥 문학이 너무 좋아서 그런 거지" 싼띠아고가 말했다.

"떼떼, 너 제정신이야?" 이번에는 페르민 씨가 호통을 쳤다. "떼떼, 싼띠아고가 한 말이 사실이냐?"

"거짓말이에요. 다 거짓말이라고요." 떼떼는 온몸을 부르르 떨며 싼띠아고를 무섭게 노려보았다. "망할 자식! 등신 주제에 어딜 나서는 거야. 정말 미워 죽겠어. 당장 나가 뒈져버려!"

"그건 나도 그래." 아이다가 말했다. "그래서 교육학부에 가서도 문학과 국어 과목을 선택하려고."

"머리에 피도 안 마른 녀석이 어디서 감히 부모를 속이려 들어!" 쏘일라 부인도 화를 참지 못하고 버럭 소리를 질렀다. "그리고 오빠한테 그게 어디서 배워먹은 말버릇이야! 정신 나간 것 같으니."

"얘야, 넌 아직 나이트클럽에 드나들 나이가 아니잖니." 페르민 씨가 흥분을 가라앉히고 말했다. "오늘은 물론이고 내일도, 그리고 일요일에도 외출 금지니까 그리 알고 있어."

"뻬뻬 야네스, 이 자식이 감히 어디서. 당장 잡아서 족쳐버려야겠어." 치스빠스는 이를 부드득 갈았다. "아빠, 내 손으로 그 자식 죽여버릴 거예요."

꾹 참고 있던 떼떼는 그제야 소리를 지르며 울기 시작했다. 망할 자식! 그녀는 찻잔을 뒤집어엎으며 싼띠아고에게 악다구니를 썼다. 당장 뒈져버리라고! 그 모습을 본 쏘일라 부인은 혀를 끌끌 찼다. 정신이 나가도 단단히 나갔구나. 그래, 너 잘났다. 계집애만도 못한 주제에. 그러자 쏘일라 부인이 담담한 목소리로 말했다. 너 때문에 식탁보가 엉망이 됐구나. 네가 그렇게 잘났으면 당장 가서 계집애 같은 시나 쓸 것이지, 왜 아줌마들처럼 없는 남 얘기나 하고 난리야. 떼떼는 자리를 박차고 일어나 식당을 나가버렸다. 쿵쾅거리며 계단을 올라가더니 쾅 문을 닫는 소리가 들렸다. 싼띠아고는 착잡한 표정을 지으며 숟가락으로 빈 잔을 휘휘 저었다. 마치 잔 속에 설탕을 넣기라도 한 것처럼.

"근데 말라깽이, 떼떼 말이 사실이냐?" 페르민 씨가 의미심장한 미소를 지으며 물었다. "시를 쓴다는 것 말이다."

"쪼그마한 공책에 써서 백과사전 뒤에 몰래 숨겨놓았더라고요. 저하고 떼떼는 다 읽어봤어요." 치스빠스가 말했다. "사랑하고 잉까인들에 관한 시였어요. 어이, 만물박사, 그렇게 부끄러워할 것 없어. 어떤 시인지 아빠도 한번 읽어보세요."

"글도 제대로 모르는 형이 읽긴 뭘 읽었단 말이야." 싼띠아고가 말했다.

"이 세상에 글을 아는 사람이 어디 너뿐인 줄 아니?" 쏘일라 부인이 말했다. "잘난 척 좀 그만해."

"그렇게 잘났으면 당장 가서 계집애 같은 시나 쓰지 그래." 치스빠스가 이죽거렸다.

"너희 둘은 학교에서 대체 뭘 배운 거냐? 리마에서 제일 좋은 학교에 다니면 뭘 해!" 쏘일라 부인이 한숨을 쉬었다. "트럭 모는 녀석들처럼 부모 앞에서 서로 헐뜯기나 하는데 말이야."

"왜 시 쓴다는 얘길 안 한 거지?" 페르민 씨가 물었다. "말라깽이, 그랬으면 나한테도 보여줘야지."

"치스빠스하고 떼떼가 거짓말한 거예요." 싼띠아고가 더듬거리며 말했다. "그러니까 신경 쓰지 마세요, 아빠."

면접관은 모두 세명이었다. 안에는 무거운 정적이 흐르고 있었다. 밖에서 대기하고 있던 아이들은 세 남자가 수위를 따라 현관을 지나 시험장 안으로 사라지는 모습을 지켜보았다. 좀 들여보내주면 좋겠는데. 나도. 그러자 또다시 웅성거리는 소리가 커지기 시작

130

했다. 조금 전보다 더 시끄럽고 어수선했다. 아이다와 싼띠아고는 다시 안뜰로 나갔다.

"넌 꼭 합격할 거야. 그것도 아주 우수한 성적으로 말이야." 싼띠아고가 말했다. "어떤 문제가 나와도 척척 대답할 테니까."

"그렇지 않아. 제대로 모르는 게 워낙 많아서." 아이다가 긴장한 표정으로 대답했다. "너야말로 꼭 붙을 거야."

"지난여름 내내 열심히 한다고 하긴 했는데." 싼띠아고가 말했다. "떨어지면 죽어버릴 거야."

"자살에는 찬성할 수 없어." 아이다가 말했다. "그건 비겁한 행동일 뿐이야."

"꼭 신부님처럼 말하는구나." 싼띠아고가 말했다. "자살하려면 얼마나 많은 용기가 필요한데."

"난 신부들한테는 눈곱만큼도 관심 없어." 아이다의 작은 눈은 어디 덤벼보라고 말하는 듯했다. "신 따윈 믿지 않아. 난 무신론자라고."

"나도 무신론자야." 싼띠아고가 얼른 대꾸했다. "아무렴, 그렇고 말고."

그들은 다시 서로에게 질문을 하면서 걷기 시작했다. 그러다 잠시 딴생각이 나면 문제 대신 이야기를 나누거나 토론을 했다. 때론 생각이 같았지만, 때론 엇갈리기도 했다. 그리고 가끔은 농담을 주고받았다. 시간이 금세 지나갔다. 갑자기 어디선가 그를 부르는 소리가 들렸다. 싸발라, 싼띠아고, 어서 들어와요! 아이다가 그를 보고 미소를 지었다. 제발 쉬운 문제가 걸려야 할 텐데. 그는 두줄로 늘어서 있던 응시자들을 헤치고 시험장 안으로 들어갔다. 아, 싸발리따, 근데 전혀 기억이 나질 않네. 그때 무슨 문제를 집었는지, 면접관들이 어떻게 생겼는지, 그리고 어떻게 대답했는지도 말이야. 홀가분한 마음으로 시험장을 나온 것만 생각나는군.

"그럼 좋아했던 여자만 빼고 다 잊으셨구먼요." 암브로시오가 물었다. "그거야 당연한 일입죠, 도련님."

그날은 모든 게 마음에 들었어. 그는 생각한다. 고색창연한 건물이며, 구두약처럼 새까만 아이들과 흙처럼 거무죽죽하거나 말라리아에 걸린 것처럼 창백한 아이들, 불안감에 휩싸인 분위기, 그리고 아이다가 했던 말까지. 싸발리따, 기분 어때? 그는 생각한다. 첫 영성체 날 같았지.

"아빠 싼띠아고가 공부를 잘해서 온 거지," 떼떼가 입을 삐죽거리며 말했다. "나 때문에 온 게 아니잖아. 아빠 미워."

"얘야, 이리 온. 어린애같이 굴지 말고. 이리 와서 뺨에 뽀뽀해주렴." 페르민 씨가 말했다. "네 말마따나 말라깽이가 1등을 차지해서 온 거야. 네가 만약 좋은 성적을 받았더라면 역시 만사 제쳐두고 네 첫 영성체식에 갔을 거야. 그렇지만 내겐 너희 셋 모두 똑같이 소중하단다."

"아빠 늘 그렇게 말하지만, 사실이 아니잖아요." 치스빠스가 볼멘소리로 투덜거렸다. "제 첫 영성체 때도 안 오셔놓고."

"오늘은 말라깽이를 위한 날인데 너희들이 질투하면 되겠니? 이러다 분위기 망칠까봐 걱정이구나. 이제 쓸데없는 소리는 그만하렴." 페르민 씨가 꾸짖었다. "자, 어서 차에 타자꾸나."

"아빠, 그럼 우리 밀크셰이크하고 핫도그 먹으러 라 에라두라 해변에 가요." 싼띠아고가 말했다.

"깜뽀 데 마르떼 공원에 페리스 관람차가 생겼대요, 아빠." 치스빠스도 신이 나서 말했다.

"그래, 라 에라두라로 가자." 페르민 씨가 말했다. "오늘은 말라깽이의 첫 영성체 날이니 원하는 대로 해줘야지."

시험을 보고 나온 싼띠아고가 아이다 있는 곳으로 달려가는데, 자기 차례를 기다리던 아이들이 우르르 몰려와 물었다. 그 자리에서 점수를 알 수 있니? 어때, 문제는 길데? 아니면 짧데? 그는 질문세례를 퍼붓는 아이들을 밀치고 아이다에게 다가갔다. 아이다는 말없이 빙긋이 미소를 지으며 그를 맞이했다. 표정을 보니까 잘 본 모양이로구나. 잘됐다. 이젠 자살할 필요도 없겠네.

"문제지를 뽑기 전에 제발 쉬운 문제가 나오게 해달라고 내 영혼을 걸고 빌었어." 싼띠아고가 말했다. "만약 악마가 있다면 난 지옥에 가겠지. 하지만 목적이 어떤 수단도 정당화하기 마련이니까."

"이 세상엔 영혼도 악마도 존재하지 않아." 그녀가 다분히 도전적인 투로 말했다. "네 말대로 목적이 어떤 수단도 정당화한다면 넌 나치나 마찬가지고."

"이렇듯 그녀는 매사에 딴지를 걸었지. 더구나 자기주장이 워낙 강한 아이였어. 그러다보니 어떤 문제를 가지고 토론할 때도 싸우는 것처럼 보일 정도였다네." 싼띠아고가 말한다.

"아주 거센 계집아이였구면요. 그런 계집애들은 우리가 하얗다고 하면 검다고 부득부득 우긴다고요. 거꾸로 우리가 검다고 하면, 희다고 억지를 부릴 거구면요." 암브로시오가 말한다. "그렇게 해서 남정네들을 애태우려는 속셈이죠. 효과도 꽤나 좋다고요."

"물론 네가 끝날 때까지 기다릴게." 싼띠아고가 말했다. "괜찮다면 중요한 것만 추려서 물어봐줄까?"

페르시아의 역사, 샤를마뉴, 아즈텍족, 샤를로뜨 꼬르데, 오스트리아-헝가리제국 몰락의 외적 요인들, 그리고 당똥의 탄생과 죽음. 너도 쉬운 문제가 걸려서 합격하면 좋겠다. 그들은 다시 첫번째 안뜰로 가서 벤치에 앉았다. 그때 신문팔이 소년이 나타나 석간신문을 흔들어대며 외치고 다녔다. 그들 바로 옆에 있던 녀석이 『꼬메르시오』를 한부 샀다. 잠시 후, 그가 신문을 읽으며 혼잣말로 중얼거렸다. 빌어먹을! 이건 해도 너무하잖아. 아이다와 싼띠아고가 고개를 돌리자, 그는 헤드라인과 콧수염을 기른 남자의 사진을 보여주었다. 왜 그래? 저 사람이 감옥에 갇혔어? 아니면 외국으로 쫓겨난 거야? 그도 아니면 저 사람을 죽이기라도 했다니? 근데 쟤는 대체 누구야? 싸발리따, 앤 하꼬보란 아이야. 그는 금발에 호리호리한 몸매였지만, 파란 눈동자에서는 불꽃이 이는 듯했다. 하꼬보는 구부린 손가락으로 신문에 난 사진을 가리키며 느릿느릿한 말투로 불만을 터뜨렸다. 뻬루는 점점 개판이 되어가고 있어. 곤살레스 쁘라다[53]의 표현을 빌리자면 손만 대도 금방 고름이 톡 터질 것처럼 말이지. 새하얀 그의 얼굴을 유심히 관찰하던 중, 언젠가 미라플로레스 거리를 지나가다 마주쳤거나 멀찍이서 본 듯한 느낌이 들었다. 그의 우윳빛 얼굴에는 기이하게도 안데스 산사람의 흔적이 어른거렸다.

"그런 사람들 중 하나였군요?" 암브로시오가 말한다. "거시기, 싼마르꼬스는 원래 불순분자들의 온상이었잖아요, 도련님."

그래, 그런 녀석 중 하나였지. 그는 생각에 잠긴다. 자신의 피부색과 자신이 속한 계급은 물론, 자기 자신과, 나아가 뻬루와 맞서 싸우는 녀석 말이야. 그는 생각한다. 그는 지금도 그렇게 순수할까? 여전히 행복하게 살고 있을까?

53 José Manuel de los Reyes González de Prada y Ulloa(1844~1918). 뻬루의 진보적인 정치인이자 문인으로 지식인과 문인들에게 많은 영향을 미쳤다.

"암브로시오, 자네 생각처럼 그렇게 많지는 않았어. 첫날 그렇게 셋이서 만나게 된 건 정말 우연한 일이었지."

"그런데 도련님은 싼마르꼬스 친구들을 집에 데리고 온 적이 한번도 없잖아요." 암브로시오가 말한다. "반면에 뽀뻬예 도련님을 비롯해서 고등학교 친구들은 늘 도련님 댁에 와서 차를 마시고 노닥거렸고요."

싸발리따, 부끄러워서 그랬어? 그는 생각한다. 네가 어디 사는지, 또 어떤 사람들이랑 사는지 하꼬보와 엑또르, 그리고 쏠로르사노한테 절대 보여주지 않으려고 했던 것 말이야. 혹시라도 걔들이 네 어머니를 만나거나 아버지의 말을 들을까봐, 그리고 떼떼가 시도 때도 없이 내뱉는 허튼소리를 아이다가 들을까봐 겁이라도 났던 거니? 그는 생각한다. 아니면 네가 어떤 아이들과 어울려 다니는지 엄마 아빠가 알까봐, 그리고 촐로인데다 언청이인 마르띠네스의 모습을 떼떼나 치스빠스한테 들키기라도 할까봐 두려웠던 거야? 그들을 만난 첫날, 넌 네 엄마 아빠와 뽀뻬예를, 그리고 미라플로레스를 네 삶에서 완전히 지워버리기 시작했지. 그는 당시의 상황을 떠올려본다. 싸발리따, 그때 넌 모든 관계를 끊고 다른 세계로 뛰어들고 있었던 거야. 네가 마음의 문을 닫기 시작한 것도 바로 그 무렵이었지? 그는 생각한다. 그런데 넌 대체 무엇하고 인연을 끊겠다는 거였지? 그리고 어떤 세계로 가려고 했던 거야?

"쟤들은 내가 오드리아에 관해 말하는 걸 듣더니 금방 자리를 떠버리더라." 하꼬보가 멀어져가는 다른 아이들을 가리키며 말했다. 그는 호기심 어린 눈으로 — 하지만 절대 멸시하는 눈초리는 아니었지 — 녀석들의 뒷모습을 바라보고 있었다. "너희들도 겁나니?"

"겁나냐고?" 아이다가 별안간 자리에서 벌떡 일어섰다. "분명히 말하지만, 오드리아는 독재자일 뿐 아니라 살인자야. 난 이 자리에서, 사람들이 오가는 거리에서 당당하게 말할 수 있다고.”

　그녀는 『쿠오바디스』에 나오는 여자들만큼 순수했어. 그는 생각한다. 당장이라도 원형경기장에 나가 날카로운 사자의 발톱과 엄니를 향해 몸을 던지고 싶어 하던, 그리고 카타콤에 묻히기를 바라던 그 여인들 말이야. 하꼬보는 당황한 표정으로 그녀를 쳐다보았고, 아이다는 이제 시험 따윈 깡그리 잊어버린 듯했다. 그는 총칼로 권력을 잡은 독재자란 말이야. 그녀가 과장된 몸짓을 하며 목소리를 높이자 하꼬보도 고개를 끄덕이며 그녀의 말에 공감을 표했다. 그는 불법으로 정당을 해산시키고, 언론의 자유도 말살했어. 그것도 모자라 군대를 동원해 아레끼빠 사람들을 무참하게 학살하기까지 했지. 한번 피맛을 보더니 뵈는 게 없는지 자기에게 조금만 반대해도 닥치는 대로 감옥에 처넣거나 추방하고, 심지어는 고문까지 자행했단 말이야. 지금까지 얼마나 많은 사람들이 피해를 당했는지 아무도 몰라. 싼띠아고는 어리둥절한 얼굴로 아이다와 하꼬보를 번갈아 쳐다보았다. 그는 그때를 떠올린다. 싸발리따, 바로 그 순간 갑자기 너 자신이 고문당하고 추방되고 배신당한 듯, 전율이 온몸을 휘감았지. 그래서 넌 그녀의 말을 가로막고 소리쳤어. 오드리아는 뻬루 역사상 최악의 독재자야.

　“글쎄, 그자가 최악인지는 잘 모르겠어.” 아이다가 한숨을 돌리며 말했다. “하지만 최악의 독재자 중 하나인 것만큼은 분명해.”

　“두고 보면 알겠지만,” 싼띠아고가 단호한 목소리로 말했다. “그자는 역사상 최악의 독재자가 될 거야.”

　“프롤레타리아트 독재만 빼고 이 세상 독재는 다 똑같아.” 하꼬보가 말했다. “역사적으로 보면 말이야.”

"자네 혹시 아쁘리스모하고 공산주의가 어떤 점에서 다른지 아나?" 싼띠아고가 묻는다.

"오드리아가 역사상 최악의 독재자로 남도록 그냥 내버려둘 수는 없어." 아이다가 말했다. "그렇게 되기 전에 어서 타도해야 해."

"글쎄요. 아쁘라 당 지지자들은 굉장히 많지만, 공산주의자들은 별로 안된다는 게 차이라면 차이겠죠." 암브로시오가 말했다. "그것 말고 또다른 점이 있나요?"

"네가 오드리아를 타도하겠다고 나선다 해도 쟤들이 따를 것 같지는 않아. 아직 공부하는 아이들이니까 말이야." 싼띠아고가 말했다. "그보다는 우선 싼마르꼬스 청년들의 의식이 진보적으로 바뀌어야겠지."

그때 하꼬보가 묘한 눈으로 널 쳐다보았지. 마치 네 등에 날개가 달리기라도 한 것처럼 말이야. 그는 그때의 모습을 떠올려본다. 지금 싼마르꼬스는 예전 같지 않아. 심성은 착하지만 영 흐리멍덩한 아이 같다고나 할까. 싸발리따, 넌 기본적인 용어조차도 이해하지 못하고 있어. 우선 아쁘리스모가 뭔지, 그리고 파시즘과 공산주의가 무슨 뜻인지부터 배워야 해. 싼마르꼬스가 왜 예전 같지 않은 걸까? 그건 오드리아의 꾸데따 이후 학생운동 지도부가 저들의 악랄한 탄압에 부딪치면서 중심 세력들이 모두 와해되었기 때문이야. 더군다나 학생으로 등록한 프락찌들이 학교 안에 득실거리니 숨도 못 쉴 지경이지. 그때 싼띠아고는 순간적인 충동을 참지 못하고 그의 말을 끊었다. 하꼬보, 너 미라플로레스에 살지 않니? 거기에서 한번 본 것 같아서 물어보는 거야. 그의 말을 듣자 하꼬보는 얼굴이 빨개지더니, 내키지 않는 표정으로 고개를 끄덕였다. 아이다가 배를 잡고 웃기 시작했다. 그러니까 너희 둘 모두 미라플로레스에 사는구나? 둘 다 부잣집 도련님들이네. 그러나 하꼬보는 원래 농담을 좋아하지 않는 듯했다. 그의 파란 눈은 고지식하다 싶을 정도로 그녀를 빤히 응시하고 있었다. 그는 여전히 차분하고 부드러운 목소리로, 그리고 안데스 억양이 약간 섞인 말투로 입을 열었다. 어떻게 생각하고 어떻게 행동하느냐가 문제지, 어디 사는지가 뭐 그리 중요하겠어. 아이다 네 말이 맞아. 물론 넌 진심이 아니라 농담처럼 한 얘기지만 말이야. 그리고 싼띠아고 넌 앞으로 나처럼 맑스주의에 관한 책을 읽으면서 연구하고, 또 많이 배우게 될 거야. 아, 싸발리따. 수위가 누군가의 이름을 부르자 하꼬보가 자리에서 벌떡 일어났다. 그의 차례였다. 그는 말할 때처럼 자신감 있고 차분한 태도로 교실을 향해 천천히 걸어갔다. 똑똑한 친구지? 싼띠아고는 아이다를 쳐다보며 대답했다. 엄청 똑똑한데. 게다가 정치에 대해서도 많이 알고. 그 순간 싼띠아고는 저 녀석보다 더 많이 알아야겠다고 굳게 마음먹었다.

"근데 학생들 중에 끄나풀이 있다는 게 사실일까?" 아이다가 물었다.

"만약 우리 학년에도 그런 놈이 있으면, 잡아서 요절을 내버릴 거야." 싼띠아고가 말했다.

"넌 벌써 대학생이 된 것처럼 말하는구나. 나도 너처럼 그렇게 자신만만하면 좋겠어." 아이다가 말했다. "남은 시간 동안 조금만 더 훑어보자."

그들이 마당을 뱅뱅 돌면서 문제를 내고 대답하기 시작한 지 얼마 되지도 않았을 때였다. 왜소한 몸집에 색이 바랜 파란 상의를 걸친 하꼬보가 매가리 없이 터덜터덜 걸어 나왔다. 그는 부드러운 미소를 머금긴 했지만 다소 낙담한 표정으로 그들에게 다가왔다.

이건 시험이 아니라 완전히 애들 장난이야. 아이다, 넌 조금도 걱정할 필요 없어. 글쎄 시험 위원장이 화학자라는데 너나 나보다도 문학에 대해 모르더라니까. 아이다, 뭘 물어보든 자신 있게 대답하기만 하면 돼. 우물쭈물하는 아이들은 무조건 탈락시키는 것 같더라고. 하여간 마음에 안 들어. 하꼬보가 투덜거리던 모습이 눈에 선하군. 그때 안쪽에서 아이다를 부르는 소리가 들렸지. 우린 함께 시험장까지 아이다를 데려다준 다음, 다시 벤치로 돌아와 대화를 나누었어. 싸발리따, 그때 넌 녀석이 마음에 들었어. 그래서 조금 전까지 솟던 질투심도 깨끗하게 사라져버렸지. 그는 생각한다, 오히려 녀석의 말을 들으면서 감탄을 금치 못했어. 하꼬보는 사실 2년 전에 고등학교를 마쳤지만 장티푸스를 앓는 바람에 작년에는 싼마르꼬스에 들어올 수 없었다고 털어놓았지. 그리고 자기 의견을 말할 땐 분명하고 단호했어. 가령 그의 입에서 제국주의, 관념론과 같은 단어가 튀어나왔을 때, 넌 마치 고층 건물을 처음 구경한 미개인처럼 정신이 어질어질했잖아. 그것도 모자라 유물론, 사회의식, 비도덕 등 알 듯 모를 듯한 말이 쏟아져 나왔을 땐 당황과 혼란에 휩싸이고 말았어. 병이 다 나은 뒤, 그는 오후마다 문학부 교정을 휙 둘러본 다음 국립도서관에 가서 책을 읽었다고 했어. 그 덕분인지 모르는 게 없는 것 같았지. 어떤 주제로 얘기를 나눠도 막힌 적이 없을 정도였어. 이처럼 그는 뛰어난 지식과 언변을 가지고 있었지만, 싼띠아고는 생각한다, 단 한번도 자기 얘기를 하지 않았어. 어느 고등학교를 다녔을까? 혹시 유대계 아이가 아닐까? 형제는 있을까? 그리고 어느 골목에 살까? 우리가 어떤 질문을 해도 그는 짜증을 내는 법이 없었어. 대신 무미건조하고 냉정하게 설명을 하곤 했지. 가령 이런 식으로. 아쁘리스모는 개혁주의고, 공산주의는 혁명을 의미하는 거야. 언제 그가 널 높이 평가하고, 언제 널 싫어하게 된 거지? 그는 생각해본다. 그리고 언제 널 질투하게 된 걸까? 한때 네가 그를 질투했듯이 말이야. 대학에 들어가면 그는 법학과 역사학을 공부하겠다고 했지. 싸발리따, 넌 그가 무슨 말을 하든 마치 넋이 나간 사람처럼 듣곤 했어. 너희 둘은 언제나 함께 공부하고, 반정부 신문을 만드는 곳에 가고, 머리를 맞대어 작당을 하거나 조직에 가담하기도 하고, 그것도 모자라 혁명을 준비했지. 그때 그는 널 어떻게 생각했을까? 그는 생각에 잠긴다. 그리고 지금은 널 어떻게 생각할까? 마침내 아이다가 눈을 반짝거리며 벤치로 왔어. A 받았어. 하지만 그녀는 더이상 말할 힘조차 없을 정도로 지쳐 있었지. 싼띠아고와 하꼬보는 그녀에게 축하의 말을 건네고 담배를 피우면서 거리로 나갔다. 자동차들이 헤드라이트를 켠 채 헤로니모 거리를 쌩쌩 지나가고 있었다. 셋이서 신나게 떠들며 아상가로 거리를 지나 우니베르시따리오 공원으로 내려오고 있을 때, 어디선가 시원한 바람이 얼굴을 스치고 지나갔다. 아이다는 목이 탄다고 했고, 하꼬보는 배가 고프다고 했다. 그럼 어디 들어가서 뭣 좀 먹고 갈까? 싼띠아고가 제안했다. 그들은 그거 좋은 생각이라며 맞장구를 쳤다. 오늘은 내가 낼 테니까 어디든 들어가자. 싼띠아고의 말에 아이다가 농담으로 맞받아쳤다. 와! 역시 부르주아는 다르다니까. 하지만 꼴메나가에 있는 싸구려 음식점에 들어간 우리는 돼지고기를 넣은 빵은 본체만체하고 장차 뭘 할지에 대해 끝없이 이야기를 나누었어. 그는 그때의 모습을 떠올린다. 그리고 친구가 되기로 다짐을 하고, 목이 쉴 때까지 의견을 주고받았지. 그때처럼 기분이 들뜨고 마음 뿌듯한 적은 다시없을 거야. 그는 생각한다. 진정한 우정이 뭔지 그때 처음 느꼈지.

"점심시간하고 밤엔 여기 아예 자리가 없어." 하꼬보가 말했다. "학생들이 수업을 마치고 다들 몰려들거든."

"지금 이 자리에서 너희들한테 꼭 해야 할 말이 있어." 싼띠아고는 테이블 아래에서 주먹을 꽉 진 채 침을 꼴깍 삼켰다. "우리 아버진 정부에서 일하고 있어."

잠시 침묵이 흘렀다. 하꼬보와 아이다가 한동안 눈빛을 주고받았다. 영원히 끝날 것 같지 않은 순간이 이어졌다. 싼띠아고는 말없이 시간이 흘러가는 소리를 듣고 있었다. 그는 지그시 입술을 깨물었다. 아빠, 난 아빠가 미워요.

"네가 그 싸발라라는 사람하고 친척일지도 모르겠다는 생각은 들더라." 아이다가 마침내 입을 열었다. 그녀의 얼굴에 서글프면서도 안타까운 미소가 피어올랐다. "근데 그게 뭐 어떻다는 거니? 아버지는 아버지고, 너는 너잖아."

"가장 훌륭한 혁명가들은 부르주아계급의 한계를 벗어난 사람들이었어." 하꼬보가 차분한 목소리로 싼띠아고의 기분을 북돋아주었다. "과감하게 자신의 계급으로부터 벗어나, 스스로 노동자계급의 이념으로 무장한 이들이지."

그러고는 몇가지 사례를 들었지. 그는 그때의 모습을 떠올려본다. 그의 말을 듣고 너무 감격스럽고 고마웠던 나머지, 싼띠아고는 종교를 놓고 학교 신부들과 싸웠던 이야기며 아버지나 동네 친구들과 정치에 관해 논쟁을 벌였던 이야기들을 늘어놓았다. 하꼬보는 테이블 위에 놓여 있던 책을 훑어보기 시작했다. 『인간의 조건』[54], 좀 낭만적이기는 하지만 그래도 흥미로운 책이야. 『밤이 지

---

54 *La condition humaine*. 프랑스의 소설가 앙드레 말로가 1933년에 발표하여 공쿠르상을 수상한 작품이다.

나서』는 굳이 읽을 필요가 없어. 작가가 반공주의자거든.

"책의 결말만 그래." 싼띠아고가 이의를 제기했다. "아내를 나치로부터 구출해내야 하는데 당에서 도와주지 않으려고 하니까 그렇게 될 수밖에 없었던 거지."

"그보다 더 심각한 문제는," 하꼬보가 설명했다. "그가 변절자이자 감상주의라는 점이야."

"감상에 사로잡혀 있으면 혁명가가 될 수 없다는 말이니?" 아이다가 안타까운 표정으로 물었다.

잠시 생각에 잠겨 있던 하꼬보는 어깨를 으쓱했다. 글쎄, 경우에 따라서는 될 수도 있겠지.

"하지만 변절자는 절대로 용납할 수 없어. 아쁘라 당을 보라고." 하꼬보가 덧붙여 말을 이었다. "끝까지 혁명가로 살든지, 아니면 포기하든지, 누구든 둘 중 하나를 선택해야 돼."

"그럼 넌 공산주의자니?" 아이다가 물었다. 마치 시간이라도 묻는 듯한 표정이었다. 하꼬보는 잠시 침착성을 잃었다. 얼굴이 빨갛게 달아오르더니, 주변을 두리번거리고 기침을 하면서 시간을 벌었다.

"일종의 지지자인 셈이지." 그는 조심스럽게 말했다. "현재 공산당은 불법화된 상태라 접촉하기가 쉽지 않아. 더군다나 공산주의자가 되려면 공부도 많이 해야 하지."

"나도 공산당 지지자야." 아이다가 말했다. 그녀의 목소리에는 활기가 넘쳤다. "우리가 이렇게 만난 것도 참 행운이다."

"나도 마찬가지야." 싼띠아고가 말했다. "맑시즘에 대해서는 거의 아는 게 없지만 앞으로 더 많이 배우고 싶어. 근데 어디서, 어떻게 공부해야 할지 잘 모르겠어."

하꼬보는 날카로운 시선으로 천천히 두 사람의 눈을 번갈아 바라보았다. 그들이 진심인지 아닌지, 그리고 얼마나 신중한지 판단하려는 것 같았다. 그러곤 다시 한번 주변을 휙 둘러보더니, 그들 쪽으로 몸을 기울였다. 여기 시내에 헌책방이 하나 있어. 며칠 전에 길을 가다가 우연히 발견했지. 호기심에 들어가 이것저것 뒤져보는데, 아주 오래되고 흥미로운 잡지 몇권이 갑자기 눈에 띄더라고. 『꿀뚜라 쏘비에띠까』[55]라는 잡지였던 것 같아. 그것 말고도 각종 금서와 당국에 의해 폐간된 잡지, 그리고 일반 서점에서는 구경도 할 수 없는 팸플릿과 경찰이 도서관에서 압수한 서적들이 책장에 가득 차 있었어. 군데군데 거미줄이 쳐져 있고 까맣게 그을음이 묻은 데다 습기 때문에 좀이 슬고 어두운 벽 쪽에서는 학생들이 불온도서를 탐독하거나 토론을 하기도 하고, 또 책의 일부를 노트에 옮겨 적고 있더라고. 칠흑같이 어두운 밤에 그들은 조잡한 등불 아래 옹기종기 모여 발제를 하고, 의견을 교환하고, 가르치고, 부르주아지와 과감하게 단절한 채 노동자계급의 이념으로 무장해나가고 있는 거야.

"그 서점에 잡지가 더 있지 않을까?" 싼띠아고가 물었다.

"그럴 것 같아." 하꼬보가 대답했다. "너희들만 괜찮다면 같이 가보자. 내일 어때?"

"거기 들렀다가 미술관이나 박물관에 가도 괜찮을 것 같은데." 아이다가 말했다.

"그거 좋겠다. 난 지금까지 리마에 있는 박물관에 가본 적이 한번도 없어." 하꼬보가 맞장구쳤다.

---

55 '쏘비에뜨 문화'라는 뜻.

"나도 그래." 싼띠아고가 말했다. "개강하기 전까지는 어느정도 여유가 있을 테니까 다 가보자."

"이러면 어떨까? 오전에는 박물관에 갔다가, 오후에 헌책방을 쭉 둘러보는 거야." 하꼬보가 제안했다. "아는 곳이 좀 있거든. 가보면 좋은 것들을 많이 건질 수 있어."

"혁명과 책, 그리고 박물관." 싼띠아고가 말한다. "순수하다는 게 뭔지 이제 알겠나?"

"도련님, 지금껏 전 순수하다는 게 주색을 멀리한다는 뜻으로만 알고 있었습니다요." 암브로시오가 말한다.

"그리고 좋은 영화가 있으면 하루 정도는 오후 시간을 내서 보러 가는 것도 좋을 것 같아." 아이다가 말했다. "만약 부르주아인 싼띠아고가 한턱내겠다면 기꺼이 응해주지."

"꿈 깨. 이젠 물 한잔도 안 사줄 거니까." 싼띠아고가 말했다. "그건 그렇고, 내일은 어디서 만날까? 그리고 몇시쯤이 좋겠어?"

"참, 말라깽이." 페르민 씨가 말했다. "구술시험이 어렵지는 않았니? 합격했어?"

"싼마르띤 광장에서 10시에 만나자." 하꼬보가 말했다. "고속버스 정거장에서."

"그런 것 같아요, 아빠." 싼띠아고가 대답했다. "그러니 제가 까똘리까 대학에 들어가는 꿈일랑은 버리시는 게 좋을 거예요."

"그렇게 시건방지게 굴다가는 혼날 줄 알아." 페르민 씨가 말했다. "어쨌든 합격을 했다면 이제 어엿한 대학생이 된 셈이로구나. 말라깽이야, 이리 오렴. 내가 안아줄게."

그날밤 넌 잠을 이루지 못했지. 그는 생각한다. 아이다도 마찬가지였을 거야. 하꼬보라고 다르지 않았겠지. 그때만 해도 모든 문이 활짝 열려 있었는데. 그는 생각에 잠긴다. 어느 순간에, 무슨 이유 때문에 그 많은 문이 다 닫히기 시작한 걸까?

"그렇게 고집 부리더니 결국 싼마르꼬스에 들어가는군." 쏘일라 부인이 말했다. "뜻대로 돼서 좋겠구나."

"그럼요, 엄마. 너무 좋아서 날아갈 것 같아요." 싼띠아고가 말했다. "특히 고상한 체하는 속물들이랑 더이상 안 만나도 된다는 게 정말 좋아요. 지금 내가 얼마나 기쁜지 엄만 상상도 못하실 거예요."

"그렇게 출로가 되고 싶으면, 차라리 하인이 되는 게 어떻겠어?" 치스빠스가 말했다. "맨발로 돌아다녀도, 1년 내내 목욕 한번 안해도 누가 뭐라고 하나? 더군다나 몸에 이도 키우니 일석삼조지. 안 그래, 만물박사님?"

"무엇보다 중요한 건, 말라깽이가 대학에 들어갔다는 거야." 페르민 씨가 말했다. "굳이 따지자면 까똘리까 대학이 더 낫긴 하지만, 공부를 하고자 하는 사람은 어디에 가든 잘하기 마련이란다."

"까똘리까가 싼마르꼬스보다 좋다고요? 그렇지 않아요." 싼띠아고가 따지듯 말했다. "거긴 신부들이 운영하는 학교잖아요. 어떤 일이 있어도 신부들한테서 배우지는 않을 거예요. 전 신부들이 정말 싫다니까요."

"그러다 지옥에 떨어진다, 바보야." 떼떼가 말했다. "아빠가 오냐오냐하니까 저렇게 버르장머리 없이 굴잖아요."

"아빠가 그런 편견을 가지고 있다는 게 너무 화가 나요." 싼띠아고가 말했다.

"편견이 아니야. 사실 난 네 학교 친구들이 백인이든 흑인이든 황인종이든 전혀 개의치 않으니 말이다." 페르민 씨는 차분한 목소리로 말했다. "내가 원하는 건 단 한가지, 아무쪼록 공부에 전념해

달라는 것뿐이야. 괜한 일에 시간을 허비해서 치스빠스처럼 중간에 학교를 그만두는 일은 없도록 해주었으면 한다."

"아빠한테 대든 건 만물박사 저 녀석인데, 왜 저를 끌어들이시는 거예요?" 치스빠스가 볼멘소리로 투덜거렸다. "너무해요, 아빠."

"정치 활동을 하는 건 시간 낭비가 아니에요." 싼띠아고가 말했다. "이 나라에선 오로지 군인들만 정치를 할 수 있는 건가요?"

"예전에 사제들이 그랬던 것처럼 지금은 군인들이 꽉 잡고 있으니까. 둘은 언제나 쿵짝이 잘 맞는다니까." 치스빠스가 말했다. "만물박사, 이제 다른 얘기 좀 하자. 저마다 같은 말만 되풀이하고 있으니 대화가 되지를 않잖아."

"시간 맞춰 왔네." 아이다가 말했다. "근데 오면서 계속 혼잣말을 중얼거리더구나. 넌 보면 볼수록 참 재미있는 애야."

"그래서야 누가 너하고 잘 지낼 수 있겠니?" 페르민 씨가 말했다. "아무리 따뜻하게 대해줘도 늘 사납게 대드니 말이다."

"사실은 내가 정신이 약간 나갔거든." 싼띠아고가 말했다. "나랑 같이 있는 게 겁나지 않아?"

"알았으니까 울지 말게. 그리고 왜 아직 무릎을 꿇고 있는 건가? 됐으니까 이제 일어나도록 해. 난 자넬 믿네. 아무렴, 다 나를 위해서 한 일이겠지." 페르민 씨가 말했다. "어떻게든 날 돕고 싶어서 그랬을 테니까 말이야. 그런데 그 때문에 내가 이 세상에서 영원히 매장될 수도 있다는 생각은 안해봤나? 아이고, 이 한심한 친구야, 대체 머리는 뭐에 쓰려고 달고 다니는 건가?"

"왜 그렇게 생각해? 나는 이상한 애들이 더 좋던데." 아이다가 말했다. "법학하고 신경 의학 중에서 뭘 선택할지 결정을 못하고 갈팡질팡하는 중이야."

"사실 난 지금까지 네가 무엇을 하든 그냥 내버려두었다. 그런데 말라깽이 넌 늘 그 점을 이용했지." 페르민 씨가 말했다. "당장 네 방으로 들어가."

"이건 너무 불공평해요. 나한테 벌을 줄 땐 용돈도 한푼 안 주면서 오빠한테는 방에 들어가라고만 하잖아요." 떼떼가 투덜거렸다. "세상에 이런 게 어디 있어요, 아빠."

"그러니까 자신의 운명에 만족하는 사람은 이 세상에 단 한명도 없다는 겁니다요." 암브로시오가 말한다. "하물며 모든 걸 갖추고 있는 도련님도 그런데, 이놈의 팔자야 말해서 뭐하겠습니까요? 입만 아프죠."

"떼떼 말이 맞아요, 아빠. 저 녀석 용돈도 뺏어야 돼요." 치스빠스가 끼어들었다. "같은 자식인데 왜 차별을 하는 거예요?"

"난 네가 법학을 택했으면 좋겠는데." 싼띠아고가 말했다. "아! 저기 하꼬보 온다."

"난 지금 말라깽이하고 이야기하고 있으니 끼어들지들 마." 페르민 씨가 굳은 표정으로 말했다. "말 안 들으면 너희 두 녀석 모두 용돈이고 뭐고 없을 줄 알아."

5

그들은 그녀에게 고무장갑과 작업복을 주었다. 넌 알약 담당이야. 알약이 와르르 쏟아지기 시작하면 그걸 약병에 담고 위를 솜으로 막는 일이었다. 뚜껑을 닫는 이들은 뚜껑 담당, 그리고 병에다 상표를 붙이는 이들은 상표 담당이라고 불렸다. 테이블 끝에서는 네명의 여자들이 약병을 모아 상자 속에 가지런히 넣고 있었다. 이들은 포장 담당이었다. 그녀의 바로 옆에 있던 이는 헤르뜨루디스 라마라는 여자로, 손놀림이 놀랄 만큼 민첩했다. 아말리아는 8시에서 12시까지 일을 한 다음, 2시에 돌아와서 6시에 퇴근했다. 아말리아가 제약회사에서 일한 지 보름이 될 무렵, 쑤르끼요에 살던 이모가 리몬시요로 이사를 갔다. 그때까지는 이모 집에 가서 점심을 먹었는데, 이제 그 먼 곳까지 버스를 타고 가자니 비용도 만만치 않은데다 시간도 빠듯했다. 어느날, 그녀는 2시 15분에 회사로 돌아왔다. 그랬더니 감독관 여자가 도끼눈을 뜨고 그녀에게 쏘아붙였다. 사장 백으로 들어왔다고 이게 눈에 뵈는 게 없나? 얘, 너도 우리처럼 도시락 싸가지고 와. 곁에 있던 헤르뜨루디스가 그녀에게 말했다. 그러면 돈도 아끼고 시간도 절약할 수 있으니까 말이야. 그 때부터 아말리아는 샌드위치와 과일을 싸가지고 와서 점심때가 되면 헤르뜨루디스와 함께 아르헨띠나 대로에 면한 도랑가로 갔다. 그곳엔 떠돌이 상인들이 와서 레모네이드와 빙수를 팔기도 하고, 근처에서 일하던 직공들이 다가와 그녀들을 직접거리기도 했다. 전보다 수입이 많아졌어. 그녀는 생각했다. 일도 힘들지 않고, 좋은 친구까지 생겼으니 더할 나위 없이 좋은 직장이야. 그런데도 자기가 쓰던 방과 떼떼 아가씨가 그리울 때가 있었다. 그 고약한 녀석은 조금도 생각이 안 나지만 말이야. 그녀는 헤르뜨루디스에게 그렇게 말하곤 했다. 싼띠아고가 묻는다. 아말리아? 암브로시오가 말한다. 네, 누군지 기억나세요, 도련님?

그녀가 뜨리니다드를 만난 건 제약회사에 들어간 지 채 한달도 되지 않았을 무렵이었다. 그는 저속한 말도 아주 재미있게 하는 재주를 가지고 있었다. 아말리아는 그가 지껄이던 헛소리를 혼자 생각하면서 웃음을 터뜨리곤 했다. 좀 이상한 데가 있긴 해도 괜찮은 사람 같더라, 그렇지 않니? 어느날 헤르뜨루디스가 그녀에게 말했다. 그리고 또다른 날에는 이런 말도 했다. 너하고 그 남자가 얼마나 즐겁게 웃던지 보는 사람이 다 부럽더라니까. 그 남자를 좋아한다고 네 얼굴에 다 써 있더라고. 치, 자기가 마음에 드니까 괜히 그러네. 그러고서 아말리아는 생각에 잠겼다. 내가 그 남자를 좋아하고 있다고? 싼띠아고가 말한다. 아말리아가 자네 아내였다고? 뿌깔빠에서 세상을 떴다던 그 아내 말이야? 어느날 저녁, 그녀는 전차 정거장에서 자기를 기다리고 있는 그 남자를 보았다. 가볍게 전차에 올라탄 그는 곧장 그녀 옆에 자리를 잡더니, 앉자마자 「못된 검은 피부의 아가씨」[56]를 흥얼거리며 콧대 센 촐로 아가씨라는 둥 너스레를 떨기 시작했다. 아말리아는 애써 무뚝뚝한 표정을 지었지만 속으로는 웃겨서 죽을 것만 같았다. 그는 아말리아의 요금까지 내더니 그녀가 전차에서 내릴 때는 그녀를 향해 소리를 질렀다. 잘 가요, 내 사랑. 정신 나간 짓을 많이 하긴 했지만 그는 호리호리한 몸매와 까무잡잡한 얼굴, 그리고 짙은 밤색 머리카락을 가진 준수한 청년이었다. 평소 그는 눈동자를 이리저리 굴리는 버릇이 있었는데, 그래서인지 서로를 더 잘 알게 되었을 때 아말리아는 그가 왠지 중국인 같아 보인다고 말했다. 그러자 그는 이렇게 대꾸했다. 넌 피부가 흰 촐로 계집애고 말이야. 이래저래 우리 둘은 잘 어울리는 한쌍이야. 암브로시오가 말한다. 맞습니다, 도련님. 바로 그 여잡니다요. 언젠가 그는 그녀와 함께 전차를 타고 시내까지 갔다가 거기서 리몬시요행 합승 버스로 갈아탄 적이 있었다. 그때도 자기가 차비를 다 냈다. 덕분에 그녀는 돈을 적잖이 아낄 수 있었다. 뜨리니다드가 같이 식사라도 하고 싶어 했지만, 아말리아는 단호하게 거절했다. 그건 안돼요. 우리 같이 내리죠, 아가씨. 먼저 내려요. 우린 아직 잘 아는 사이가 아니잖아요? 그러면 정식으로 인사를 하고 갈게요. 그가 말했다. 그는 그녀에게 악수를 청하며 인사를 건넸다. 난 뜨리니다드 로뻬스라고 해요. 만나서 반가워요. 그녀도 악수를 하며 자기를 소개했다. 아말리아 쎄르다예요. 이렇게 만나게 돼서 반갑습니다. 다음 날, 뜨리니다드는 도랑가에 있던 아말리아의 곁으로 다가와 앉더니 헤르뜨루디스에게 너스레를 떨기 시작

---

56 오래된 멕시꼬 가요. 연인에 대한 사랑을 표현하는 일종의 반어법이다.

했다. 어떻게 이런 못된 친구를 뒀어요? 아말리아 때문에 매일 뜬 눈으로 밤을 지새우고 있다니까요. 헤르뜨루디스가 맞장구를 치면서 두 사람도 자연스럽게 친구가 되었다. 나중에 헤르뜨루디스는 아말리아에게 충고를 했다. 이왕 이렇게 된 이상 그 남자한테 신경 좀 써. 그러면 암브로시오도 잊을 수 있을 거야. 아말리아가 말했다. 그 사람은 이미 다 잊었어. 그러자 헤르뜨루디스가 물었다. 정말? 싼띠아고가 말한다. 그럼 그녀가 우리 집에서 일할 때부터 둘이 뭔가 있었다는 얘긴가? 아말리아는 뜨리니다드가 시도 때도 없이 내뱉는 헛소리가 늘 귀에 거슬렸지만, 그의 거침없는 말투와 직접거리지 않는 태도는 마음에 들었다. 그가 처음으로 그녀를 치근댄 것은 리몬시요행 합승 버스 안에서였다. 버스 안은 그야말로 콩나물시루처럼 사람들이 꽉 들어차 있어서 옴짝달싹도 못할 지경이었다. 그때 그녀는 그가 자기의 몸을 더듬고 있다는 걸 알았다. 그렇다고 어디로 피할 수도 없는 상황이라 모른 체하고 있을 수밖에 없었다. 진지한 표정으로 그녀를 바라보던 뜨리니다드는 천천히 그녀의 얼굴 가까이 다가오더니, 사랑해요 하는 말과 함께 그녀에게 입을 맞추었다. 누군가 그 모습을 보면서 비웃고 있을지도 모른다는 생각에 그녀는 얼굴이 화끈거렸다. 너무한 거 아니에요? 버스에서 내리자마자 그녀는 화가 나서 소리를 질렀다. 사람들 앞에서 그게 무슨 짓이에요. 치한 같으니라고. 당신은 내가 찾던 바로 그 사람이에요. 뜨리니다드가 차분한 목소리로 말했다. 당신은 이미 내 마음속에 깊이 자리 잡고 있어요. 난 남자들이 지껄이는 소리를 다 믿을 만큼 바보 같은 여자가 아니에요. 아말리아는 단호하게 대꾸했다. 당신은 여자를 호리려고 호시탐탐 기회만 노리고 있을 뿐이잖아요. 그들은 함께 집으로 걸어가고 있었다. 집에 도착하기 전,

모퉁이가 보이는 곳에 이르자 그가 다시 그녀에게 키스를 했다. 이렇게 사랑스러울 수가. 그는 그녀를 와락 껴안았다. 그의 목소리가 가늘게 떨렸다. 사랑해, 느껴봐, 당신한테 온통 사로잡힌 나처럼 당신도 그런 기분을 한번 느껴보라고. 그가 블라우스 단추를 풀고 치마를 들어 올리지 못하게끔 그녀는 그의 손을 꽉 붙잡았다. 맞아요, 그때부터 이미 사랑에 빠져 있었죠, 도련님. 하지만 그 뒤로 상황이 좀 안 좋아지기 시작했습니다요.

　뜨리니다드는 제약회사 부근에 있던 섬유 공장에서 일하고 있었다. 그는 아말리아에게 자기가 빠스까마요[57]에서 태어났고 뜨루히요[58]에 있는 자동차 수리 공장에서 일한 적이 있다고 말했다. 하지만 그러고 나서 한참 지나 둘이 아레끼빠 대로를 걸어가고 있을 때, 결국 그녀에게 여태까지 숨겨온 이야기를 털어놓았다. 사실 난 전에 아쁘라 당원으로 활동하다가 구속된 적이 있어. 두 사람은 예쁜 정원에 나무들이 우거진 저택 앞을 지나가고 있었다. 주변으로 작은 도랑이 흐르고, 순찰차와 경찰들이 돌아다녔다. 그 순간 뜨리니다드는 왼손을 번쩍 들어 올리면서 아말리아에게 귓속말로 속삭였다. 빅또르 라울이여, 인민들이 그대에게 경의를 표합니다. 아말리아가 말했다. 정신 나갔어? 왜 그래? 여긴 꼴롬비아 대사관이야. 뜨리니다드가 말했다. 이 안에 아야 델 라 또레가 몸을 숨기고 있었지. 오드리아는 그가 절대 나라 밖으로 빠져나가지 못하도록 이 주변을 경찰들로 둘러싸버렸어. 그는 갑자기 웃음을 터뜨리더니, 다시 말을 이었다. 어느날 밤 친구와 함께 이 앞을 지나가면서 경적으로 아쁘라 당의 구호를 울렸지. 그랬더니 순찰차가 곧바로 쫓아

---

57 뻬루 북부 리베르따드주에 위치한 도시.
58 해안 도시로, 리베르따드의 주도이기도 하다.

와 우릴 체포하더라. 뜨리니다드, 너 정말 아쁘라 당원이었어? 그렇다니까, 당을 위해서라면 내 한목숨 기꺼이 바칠 각오였지. 그럼 그 일로 감옥에도 갇혔었어? 응, 이런 얘기를 다 털어놓는 건, 네가 내 진심을 알아주었으면 해서야. 벌써 10년 전 일이야. 그가 말했다. 당시 뜨루히요의 자동차 공장에 있던 노동자들은 죄다 당원이었지. 그는 설명을 이어갔다. 빅또르 라울 아야 델 라 또레가 워낙 탁월한 인물이었던데다, 아쁘라 당은 뻬루에 사는 가난한 이들과 촐로들의 당이었거든. 내가 처음으로 구속된 건 뜨루히요에서였지. 골목에 페인트로 아쁘라 만세라는 구호를 쓰다가 경찰한테 걸린 거야. 경찰에서 풀려나자마자 공장에 갔는데 일자리를 주지 않더라. 그래서 그길로 짐을 싸서 리마로 떠나버렸지. 여기 와서는 당에서 알아봐준 덕분에 비따르떼에 있는 공장에 나가게 됐어. 그는 말했다. 부스따만떼 정권하에서 난 거리의 투사가 됐어. 한줌밖에 안되는 독점 세력들이 자기들의 이익을 지키려고 집회를 여는 날이면, 난 동지들과 함께 그들을 깨부수러 나가곤 했지. 물론 늘 깨지는 쪽은 우리였지만 말이야. 내가 겁쟁이라서가 아니라, 보다시피 내 몸집이 너무 왜소해서 그랬던 거야. 그러자 그녀가 말했다. 맞아, 넌 너무 말랐어. 이래봬도 난 사나이야. 두번째로 구속됐을 땐 짭새들이 내 이를 두개나 날려버렸어. 그래도 난 놈들을 고발하지 않았다고. 10월 3일 까야오 항구에서 봉기가 일어난 직후 부스따만떼가 아쁘라 당을 해산시켰지. 그때 비따르떼의 동지들이 내게 빨리 안전한 곳으로 피신하라고 했어. 하지만 난 전혀 두렵지 않았어. 잘못한 것도 없는데 도망칠 이유가 어디 있어. 나는 모른 척하고 계속 일을 했지. 그런데 10월 27일에 오드리아의 꾸데따가 일어나고 만 거야. 동지들이 또다시 걱정스러운 표정으로 묻더라. 이번에도 안 피할 셈이야? 당연히 안 피한다고 했지. 내가 굳이 몸을 숨길 이유가 없잖아? 11월 첫째주였어. 저녁에 일을 마치고 공장에서 나오는데, 어떤 놈이 슬슬 다가오더니 묻더라고. 당신이 뜨리니다드 로뻬스요? 당신 사촌이 지금 저 차에서 기다리고 있소. 난 그 말을 듣자마자 냅다 달아났어. 내겐 사촌이 없거든. 하지만 결국 놈들에게 붙잡히고 말았지. 경찰서에 가서 조사를 받는데, 놈들은 우리 조직이 어떤 테러 공격을 계획하고 있는지 알고 싶어 하는 눈치더라고. 아니, 계획이라뇨? 그리고 대체 무슨 조직을 말하는 겁니까? 그랬더니 비밀리에 유포되고 있는 『뜨리부나』를 누가 만들고 있는지, 그리고 어디서 인쇄를 하는지 불라는 거야. 내 이를 두개나 날려먹은 곳이 바로 거기였어. 아말리아가 물었다. 어떤 것 말이야? 어떤 거라니, 뭘 말하는 거지? 이가 두개나 빠졌다며. 그런데 지금은 이가 다 있잖아. 아, 그 얘기였어? 물론 이 중에서 두개는 의치야. 겉으론 표가 잘 안 날 거야. 그래가지고 경찰서며 교도소며 프론똔[59]이며 해서, 하여간 모두 여덟달을 감옥에서 썩었지. 얼마나 힘들었는지 석방될 무렵엔 몸무게가 10킬로나 빠져 있더라고. 그러고 석달 동안 빈둥거리다가 마침내 아르헨띠나 대로에 있는 공장에 들어간 거야. 그래도 이젠 숙련공이라 편하게 지내는 편이지. 꼴롬비아 대사관 앞에서 경적을 울리다가 경찰서에 끌려간 날 밤, 또다시 한동안 감옥신세를 지겠구나 하는 생각이 들더라. 그런데 하늘이 도왔는지 다음 날 바로 풀려났지. 우리가 술에 취해 주정을 부렸다고 생각했던 모양이야. 이젠 딱 두가지만 조심하면 돼, 아말리아. 첫번째는 정치야. 이미 경찰의 블랙리스트에 내 이름이 올라가 있

---

59 까야오 앞바다에 위치한 섬. 주로 정치범들을 위한 감옥으로 이용되었다.

으니까. 두번째는 여자야. 방울뱀처럼 치명적인 독을 가진 존재들이지. 그런 여자들은 내가 만든 블랙리스트에 다 올려놓았어. 정말이야? 아말리아가 그에게 물었다. 뜨리니다드는 대답했다. 근데 말이야, 네가 나타나자마자 나는 또다시 무너지고 말았어. 우리 집에서는 자네가 아말리아와 그렇고 그런 관계인지 아무도 몰랐는데. 싼띠아고가 말한다. 치스빠스나 떼떼는 물론이고, 아버지 어머니도 까맣게 모르고 있었지. 뜨리니다드가 아말리아에게 키스를 하려고 하자 그녀는 앙칼지게 쏘아붙였다. 못된 손 좀 치우지 못해! 왜 틈만 나면 치근대는 거야? 암브로시오가 말한다. 남의 눈에 띄지 않게 몰래 사귀었으니 모르실 수밖에요, 도련님. 뜨리니다드가 말했다. 사랑해, 이리 가까이 와, 널 느껴보고 싶어. 싼띠아고가 말한다. 그걸 굳이 숨길 필요가 있었나?

뜨리니다드가 감옥에 갇힌 적이 있을 뿐만 아니라 언제든 다시 구속될 수 있다는 사실을 알고 아말리아는 큰 충격을 받았다. 친자매처럼 지내던 헤르뜨루디스에게조차도 그 사실을 털어놓을 수가 없었다. 그러나 뜨리니다드가 정치보다 스포츠 — 스포츠 중에서도 단연코 축구를 제일 좋아했고, 축구팀들 중에서도 무니시빨[60]을 가장 좋아했다 — 에 더 관심이 많다는 사실도 곧 알게 되었다. 축구 경기가 열리는 날이면 그는 좋은 좌석을 차지하기 위해 일찌감치 그녀를 끌고 경기장으로 갔다. 경기가 시작되면 고래고래 고함을 질러대는 통에 목이 다 쉴 정도였다. 더구나 상대가 말라깽이 수아레스[61]를 제치고 골을 넣으면 온갖 욕설을 퍼부었다. 실제로

---

60 1935년에 창립된 뻬루의 프로 축구팀.

61 Jaime Rodríguez Suárez(1947~). 꼴롬비아 출신의 축구 선수로, '말라깽이'라는 애칭으로 불렸다.

뜨리니다드는 비따르떼에서 일할 무렵 무니시빨의 2군에서 뛴 적도 있었고, 지금은 아르헨띠나 대로 섬유 공장에 축구팀을 만들어 토요일 오후마다 경기를 했다. 너랑 운동은 내게 마약과 같은 존재야. 그는 아말리아에게 말하곤 했다. 그러면 그녀는 이렇게 대꾸했다. 맞는 말이야. 사실 넌 술도 거의 안 마시는데다, 여자들 꽁무니를 쫓아다니는 것도 아니니까. 그는 축구 외에 권투와 레슬링도 좋아했다. 틈만 나면 그녀를 데리고 루나 파크에 가서 자세하게 설명해주었다. 저기 투우사 망토를 두르고 링에 올라가는 잘생긴 선수 있지? 비센떼 가르시아라고, 스페인 선수야. 내가 엘 양끼를 응원하는 건 저 친구가 잘해서가 아니라 뻬루 출신이기 때문이지. 아말리아는 레슬링 선수 중에서 뻬따를 가장 좋아했다. 용모도 준수한 편이었지만, 시합이 한창인 도중에 심판에게 타임아웃을 요청하고는 헝클어진 머리를 매만질 정도로 멋을 아는 선수였기 때문이다. 반면에 또로는 정말 싫었다. 그자는 심판이 못 보는 틈을 타서 손가락으로 상대의 눈을 찌르거나 복부를 가격하는 등 반칙을 일삼곤 했으니까. 그런데 루나 파크에서는 여자들을 거의 찾아볼 수 없었다. 대신 술에 취해 추태를 부리거나 자기들끼리 난투극을 벌이는 남자들의 모습만 빈번했다. 링 위보다 관중석이 더 살벌할 정도였다. 네가 원하면 축구는 얼마든지 보러 갈 수 있지만, 운동경기는 그걸로 충분해. 그녀는 뜨리니다드에게 말하곤 했다. 대신 같이 영화 보러 가도 되잖아. 그는 대답했다. 그대가 원한다면 당연히 그래야지. 그러나 말만 그렇게 할 뿐, 틈이 생길 때마다 그녀를 꼬여 루나 파크로 가곤 했다. 그는 그녀에게 『끄로니까』 신문의 레슬링 광고를 보여주면서 조르기와 피닝이 어떤 것인지 설명해주었다. 오늘밤 시합에서 몽골을 꺾으면 메디꼬가 복면을 벗겠다고 했어. 어때, 대단할 것 같지 않아? 아니, 별로. 다를 게 뭐 있겠어? 똑같겠지. 하지만 그녀는 뜨리니다드에게 푹 빠져 있었기 때문에 가끔은 흔쾌히 따라가주기도 했다. 좋아, 오늘밤엔 루나 파크에 가자. 그러면 그도 흐뭇한 표정을 지었다.

어느 일요일 저녁, 두 사람이 레슬링 경기를 본 뒤 함께 커틀릿을 먹을 때였다. 문득 아말리아가 고개를 들어보니 뜨리니다드가 자기를 묘한 눈으로 바라보고 있었다. 왜 그래? 너 이모 댁에서 나오면 안되겠어? 나랑 같이 살면 되잖아. 그 말을 듣고 그녀는 화난 척하면서 그와 말다툼을 벌였다. 그런데 말이야, 그 사람이 얼마나 끈질기게 나오던지 결국 넘어가고 말았어. 나중에 그녀는 헤르뜨루디스 라마에게 사실대로 털어놓았다. 결국 그들은 뜨리니다드가 살던 미로네스로 갔다. 첫날 밤 두 사람은 대판 싸우고 말았다. 집에 도착하자마자 그는 그녀를 따뜻하게 안고서 키스도 해주고 애끓는 목소리로 사랑을 고백하며 다정하게 대해주었다. 그런데 새벽녘, 어렴풋이 잠에서 깬 그녀의 눈에 그의 창백한 얼굴과 움푹 팬 눈, 그리고 잔뜩 헝클어진 머리칼과 파르르 떨리는 입술이 언뜻 비쳤다. 아말리아, 솔직히 말해줘. 지금까지 몇명이랑 자봤어? 아말리아는 말했다. 딱 한명. (휴, 이 바보야, 그런 말을 하면 어떡해. 헤르뜨루디스 라마는 그녀에게 핀잔을 주었다.) 전에 일하던 집의 운전사야. 그 사람 말고 내 몸에 손댄 남자는 아무도 없어. 그거야 도련님의 부모님들에게 들키지 않으려고 그랬던 거죠. 암브로시아가 말한다. 제가 아말리아와 눈이 맞은 걸 아시면 기분이 좋으셨겠습니까요? 뜨리니다드는 그녀에게 욕을 해대기 시작하더니, 그런 사실도 모르고 그녀를 소중히 여겨온 자기 자신에게도 심한 욕설을 퍼부어댔다. 그러고도 화가 풀리지 않았던지 손찌검을 하는 바람에 그녀는 바닥에 쓰러지고 말았다. 바로 그 순간 누군가 밖에서 노크를 하더니 문을 살짝 열었다. 바닥에 넘어진 아말리아의 눈에 어떤 노인의 모습이 언뜻 보였다. 뜨리니다드, 대체 무슨 일인가? 하지만 뜨리니다드는 그 노인에게도 욕설을 퍼부어댔고, 그 틈을 타 그녀는 옷을 챙겨 입고 밖으로 달려 나갔다. 그날 오전, 출근한 그녀는 마음이 심란해서 도무지 일이 손에 잡히지 않았다. 알약이 손가락 사이로 자꾸 빠져나가는데 심적 고통을 그 누구에게도 털어놓을 수도 없었다. 원래 남자들은 그런 문제에 있어서 자존심이 강하다니까. 헤르뜨루디스가 그녀에게 말했다. 어떤 남자든 너한테 과거를 물어보면 무조건 잡아떼고 봐야 돼, 이 바보야. 그런 일 전혀 없다고 말이야. 하지만 너무 상심하지 마. 곧 용서할 테니까. 헤르뜨루디스가 풀이 죽은 그녀를 위로해주었다. 조만간 다시 널 찾으러 올 거야. 그녀는 말했다. 그 남자라면 이젠 꼴도 보기 싫어. 죽어도 다시 만나지 않을 거야. 하지만 얼마 지나지 않아 우린 대판 싸우기 시작했죠, 도련님. 암브로시오가 말한다. 아말리아는 어떤 일이든 자기 뜻대로 하려고 했다고요. 심지어는 다른 남자랑 애정 행각을 벌이기도 했다니까요. 싼띠아고는 말한다. 그 친구가 바로 그 아쁘라 당원이었겠군. 그렇게 싸우고 한동안은 서로 얼굴도 보지 않았습죠. 그러다 우연히, 정말 우연한 계기로 다시 만나게 됐어요. 그날 오후, 어깨가 축 처져서 리몬시요로 돌아온 그녀를 보자마자 이모는 철딱서니 없는 년이니, 못돼먹은 년이니 하면서 몰아세우기 시작했다. 친구 집에서 자고 왔다고 아무리 설명을 해도 이모는 도통 믿으려 하지 않았다. 그러다가 몸 파는 년이나 되기 십상이야. 앞으로 한번만 더 외박하면 내쫓아버릴 줄 알아. 그녀는 입맛도 떨어지고 풀이 죽은 채로 며칠을 보냈다. 자려고 누워도 몸만

뒤척이며 날밤을 새우기 일쑤였다. 그러던 어느날 오후, 퇴근을 하고 나오는데 전차 정거장에서 뜨리니다드를 만났다. 그는 아무 말 없이 그녀와 함께 전차에 올랐다. 아말리아는 그에게 눈길 한번 주지 않았지만 그의 얘기를 듣고 있자니 몸에서 열이 올랐다. 멍청하기는. 그녀는 생각했다. 아직 그를 사랑하고 있잖아. 그는 그녀에게 용서를 구했다. 그녀는 말했다. 어떤 일이 있어도 널 용서할 수 없어. 널 기쁘게 해주려고 너희 집까지 따라갔는데 어떻게 그럴 수가 있어. 그날 일은 이제 잊어버리자. 이렇게 빌 테니까 너무 화내지마. 리몬시요에 도착하자 그는 그녀를 껴안으려고 했고, 그녀는 그를 밀치며 계속 이러면 경찰에 신고하겠다고 했다. 두 사람은 계속 다투면서도 대화를 나누었다. 마침내 아말리아의 마음이 다소 누그러지기 시작했다. 그들이 늘 머물던 길모퉁이에서 그가 한숨을 지으며 말했다. 아말리아, 그날 이후로 매일 밤 술에 절어 지내다보니까 사랑이 자존심보다 더 강하다는 걸 깨닫게 됐어. 아말리아는 이모 집에 몰래 들어가 물건을 챙겨가지고 나와서는 해 질 무렵 그의 손을 잡고 미로네스로 갔다. 골목길로 들어섰을 때, 아말리아는 그날밤 방에 들어왔던 노인을 발견했다. 뜨리니다드가 노인에게 그녀를 소개했다. 아따나시오 씨, 제 직장 동료예요. 그날밤 그는 아말리아가 직장을 그만두었으면 하는 뜻을 전했다. 내가 어디 모자란 사람이라면 또 모를까, 설마 두 식구 못 먹겠어? 넌 집에서 밥 짓고 빨래나 하고, 나중에 아이도 기르면 되잖아. 축하해. 엔지니어인 까리요가 아말리아에게 말했다. 곧 결혼할 거라고 페르민 씨에게 알려드릴게. 헤르뜨루디스는 눈에 눈물이 그렁그렁해서는 아말리아를 꼭 안아주었다. 앞으로 보고 싶어서 어쩌니. 그래도 네가 이렇게 행복하게 결혼한다니 너무 기뻐. 그런데 도련님, 아말리아와 함께 살던 친구가 아쁘라 당원이라는 건 어떻게 아셨죠? 신랑이 널 아껴줄 거야. 헤르뜨루디스가 말했다. 그리고 두번 다시 널 속이지 않을 거고. 그거야 간단하지, 암브로시오. 아말리아가 아버지를 만나러 우리 집에 두번이나 찾아왔으니까. 아쁘라 당원이 구속됐는데 제발 좀 풀려나게 해달라고 말일세.

뜨리니다드는 늘 재미있고 정이 많은 남자였다. 아말리아는 전에 헤르뜨루디스가 했던 말이 점차 현실이 되어가고 있다는 생각이 들었다. 사실 그가 버는 돈만으로는 둘이 축구 경기장에 갈 생각조차 할 수 없었다. 그래서 뜨리니다드는 혼자 축구를 보러 갔고, 대신 일요일 밤에 함께 영화를 보러 다녔다. 그사이 아말리아는 같은 골목에 살던 로사리오 부인과 가까워졌다. 그녀는 자식들이 줄줄이 딸린 세탁부로, 법 없이도 살 만큼 선량한 부인이었다. 아말리아는 그녀를 도와 빨래를 묶어주곤 했다. 또 가끔은 아따나시오 씨가 찾아와 함께 이야기를 나누기도 했다. 그는 복권을 팔러 다녔는데, 늘 술에 취해 있었지만 그래도 인생에 관해, 그리고 그 동네에서 일어나는 놀라운 일에 대해 훤히 알고 있었다. 뜨리니다드는 공장 일을 마치고 보통 7시쯤 미로네스에 도착했다. 아말리아는 그 시간에 맞추어 저녁상을 차려놓았다. 어느날 그가 집에 들어오자마자 그녀가 말했다. 애가 생긴 것 같아. 맙소사, 나한테 올가미를 씌우더니 이젠 그것도 모자라 그걸로 목을 조르는구먼. 뜨리니다드는 너스레를 떨었다. 그런데 아말리아, 이왕 이렇게 된 것 사내 녀석이면 좋겠는데. 모르는 사람들은 아마 당신의 막냇동생쯤으로 여길 거야. 아니 이렇게 젊은 엄마가 있으리라고 어디 상상이나 하겠어? 임신한 동안 그녀는 뜨리니다드과 함께 본 영화라든지, 둘이서 한가롭게 거닐었던 시내나 해변이라든지, 리마끄에서 먹었던 치차론[62]이라든지, 로사리오 부인과 같이 갔던 아망까에스 축제 같은 즐거운 추억만 떠올렸다. 조만간 월급이 오를 것 같아. 뜨리니다드가 신이 나서 소리쳤다. 아이도 생기고, 돈도 더 벌고, 이제 일이 잘 풀리려나봐. 그런데 섬유 공장에 다니던 그 친구도 결국 세상을 뜨고 말았어요. 암브로시오가 말한다. 그가 죽었다고? 정말이야? 네, 정신이 반쯤 나간 채로 죽고 말았습죠. 아말리아 말로는 오드리아 정권 때 너무 맞아서 그렇게 된 거랍니다요. 젠장, 월급을 안 올려준다지 뭐야. 지금 불황이라 회사 사정이 어렵다나 뭐라나. 뜨리니다드는 언짢은 표정으로 집에 들어왔다. 그 망할 자식들은 지금 파업 운운하고 말이야. 빌어먹을 노조 놈들. 그가 갑자기 목소리를 높였다. 말이 좋아 노조지 정부한테서 뒷돈이나 받아먹고 노동자들을 팔아먹는 사꾸라들이라고. 사실 현재 노조 지도부는 프락찌들에 의해 선출된 거나 마찬가지야. 그런 놈들이 파업을 떠들고 있으니 기가 찰밖에. 앞으로 어떤 일이 일어나도 놈들은 무사할 거야. 하지만 난 경찰의 블랙리스트에 올라 있으니 무슨 일이 생기면 아쁘라인 날 주동자로 지목할 게 분명하겠지. 그의 우려가 현실로 나타나고 말았다. 공장에서 파업이 일어난 다음 날, 아따나시오 씨가 집 안으로 헐레벌떡 뛰어 들어왔다. 조금 전에 순찰차가 집 앞에 서더니만 뜨리니다드를 끌고 갔어. 아말리아는 로사리오 부인과 곧장 경찰서로 달려갔다. 저기 가서 물어봐요. 저리로 가봐요. 뜨리니다드 로뻬스? 누군지 잘 모르겠는데요. 아말리아는 로사리오 부인한테 버스비를 빌려 곧장 미라플로레스로 갔다. 그 집 앞에 도착했을 때, 그녀는 손이 떨려 초인종을 누르지도 못했다. 그가

<hr>

62 돼지 뱃살과 껍질을 튀겨 만든 요리.

문을 열어줄 테니까 말이다. 그녀는 초조한 표정으로 문 앞을 이리저리 서성거렸다. 그 순간 그의 모습이 그녀의 눈앞에 나타났다. 전혀 예상치 못한 그녀의 출현에 놀랍기도 하고 반갑기도 한 표정이었다. 하지만 그녀의 임신한 배를 보자 화가 치미는지 얼굴이 벌게졌다. 아! 그렇군! 그는 그녀의 배를 가리키며 말했다. 아! 결국 그렇게 된 거군! 너 만나러 온 거 아니야. 아말리아는 참았던 울음을 터뜨리고 말았다. 그러니까 안으로 들어가게 해줘. 섬유 공장에 다니는 놈과 눈이 맞았다는 소문이 사실이군. 암브로시오가 비아냥거리듯 말했다. 네 배 속에 있는 아이의 아버지가 그 녀석이야? 그녀는 집 안으로 들어갔다. 그녀는 암브로시오가 무슨 말을 하든 잠자코 있었다. 그녀는 정원에서 기다리면서, 한줄로 늘어선 제라늄 꽃과 타일로 장식된 분수대, 그리고 자기가 쓰던 방을 차례로 살펴보았다. 그러자 갑자기 설움이 북받쳐 다리가 후들거리고 눈앞이 뿌옇게 흐려졌다. 그때 누군가가 집에서 나오는 모습이 어렴풋하게 보였다. 아, 싼띠아고 도련님 아니세요? 그동안 잘 지내셨어요? 오랜만이야, 아말리아. 그사이 키가 훌쩍 커버렸네요. 더 남자다워졌고요. 그런데 여윈 건 예나 지금이나 똑같아요. 오늘은 어르신들께 인사드리러 왔답니다. 그런데 도련님, 머리가 왜 그렇게 된 거예요? 그가 베레모를 벗자 까까머리가 드러났다. 보기 흉한 모습이었다. 친구들이 내 머리를 이렇게 밀어버렸어. 대학에 들어가면 누구나 겪게 되는 세례식 같은 거지. 다른 애들은 괜찮은데, 내 머리만 유독 안 자라서 탈이야. 그 순간 아말리아는 다시 울음을 터뜨렸다. 페르민 나리는 워낙 좋은 분이시니 한번 더 절 도와주시겠죠? 제 남편은 아무 잘못도 없답니다. 그런데 저들이 아무 이유도 없이 그를 감옥에 집어넣었어요. 물론 하느님께서 굽어살펴주시겠죠, 도

런님. 그때 페르민 씨가 가운 차림으로 정원에 나왔다. 얘야, 울지 만 말고 무슨 일인지 말해보거라. 그녀 대신 쌴띠아고가 자초지종 을 설명하자 잠자코 있던 그녀도 용기를 내서 말했다. 페르민 나리, 그이는 절대 아쁘라 당원이 아니에요. 축구밖에 모르는 사람이 어 떻게 겁도 없이 그런 일에 끼어들겠어요? 말을 들은 페르민 씨는 껄껄 웃었다. 알았으니까 기다려보거라. 내가 한번 알아볼 테니까. 그는 전화를 걸려고 집 안으로 들어갔는데 얘기가 길어지는지 한 동안 나오지 않았다. 다시 이 집에 돌아와 암브로시오까지 만나다 니 그녀는 정말로 감개가 무량했지만, 다른 한편으로는 뜨리니다 드가 어떻게 됐는지 불안해서 견딜 수가 없었다. 다 잘 해결됐다. 페르민 씨가 집에서 나오며 말했다. 앞으로 다시는 골치 아픈 일에 말려들지 말라고 단단히 일러두어라, 알았지? 너무 고마운 나머지 아말리아는 그의 손에 입을 맞추려고 했지만, 페르민 씨가 말렸다. 아서라, 얘야. 죽는 것만 빼면 다 해결할 수가 있는 법이란다. 아말 리아는 모처럼 쏘일라 부인과 떼떼와 함께 오후 시간을 보냈다. 아 가씨, 그동안 더 예뻐지셨네요. 눈도 커다랗고요. 쏘일라 부인은 아 말리아에게 점심까지 먹여 보냈다. 헤어질 무렵, 부인은 곧 태어날 아기 옷이라도 사라면서 그녀의 손에 2리브라를 쥐여주었다.

　바로 그다음 날, 뜨리니다드가 미로네스로 돌아왔다. 하지만 그 는 머리끝까지 화가 나 있었다. 사꾸라 노조 놈들이 내게 모든 책 임을 떠넘겼다고. 온갖 욕을 다 퍼부어대면서 말이지. 아말리아, 넌 태어나서 단 한번도 그런 욕을 들어본 적이 없을 거야. 그 망할 놈 들이 내게 다 뒤집어씌웠다고. 죽일 놈들 같으니라고. 그러자 경찰 의 *끄나풀*들이 우르르 몰려들더니 다시 나를 두들겨 패기 시작하 는 거야. 사방에서 주먹질과 발길질이 날아들더군. 아는 대로 다 불라면서 말이야. 하지만 내가 열받은 건 경찰 끄나풀들이 아니라 어용 노조 놈들 때문이야. 아쁘라 당이 집권하면 노조 놈들, 오드리아에게 매수당한 그놈들이 어떻게 될지 두고 봐야지. 직원 명부에 이름이 없어서 들어갈 수 없네. 공장으로 찾아간 그에게 돌아온 말은 그것뿐이었다. 자넨 무단결근으로 해고됐어. 노조 사무실에 찾아가서 따져봐야 놈들이 나를 어디로 보낼지 뻔해. 뜨리니다드가 말했다. 그렇다고 노동성을 찾아간들 하나 마나 한 소리밖에 더 듣겠어? 노조나 욕하면서 허송세월하지 말고, 그럴 때마다 아말리아가 타이르듯 말했다, 어서 일자리나 알아보는 게 좋지 않겠어? 그는 이 공장 저 공장 돌아다니면서 일자리를 알아봤지만 돌아오는 대답은 한결같았다. 요즘은 경기가 워낙 안 좋아서 채용 계획이 없어요. 하는 수 없이 그들은 여기저기서 돈을 빌려 근근이 버텨나갔다. 그러던 중 아말리아는 요즘 들어 뜨리니다드가 부쩍 거짓말을 많이 한다는 사실을 알아차렸다. 그런데 암브로시오, 아말리아는 어쩌다가 세상을 뜬 건가? 뜨리니다드는 매일 아침 8시에 집을 나섰지만, 삼십분 만에 돌아와 침대로 풀썩 쓰러지곤 했다. 일자리를 알아보느라 하루 온종일 리마를 돌아다녔더니 힘들어 죽겠어. 아말리아는 말했다. 나가자마자 금방 돌아와놓고 무슨 소리를 하는 거야. 암브로시오가 말한다. 병원에서 수술하다 그렇게 됐습니다요, 도련님. 생각해봐. 경찰의 블랙리스트에 이름이 올라 있는 것만 해도 벅찬데, 노조 놈들이 나에 관한 자료를 모든 공장에 넘겨버렸다니까. 공장을 찾아가면 어디서든 모두 나를 벌레 보듯 한다고. 이제 일자리를 얻기는 글러먹은 것 같아. 하지만 아말리아도 순순히 물러서지 않았다. 그놈의 노조 탓 좀 그만해. 그럴 시간 있으면 당장 일자리나 알아보라고. 이러다 우리 다 굶어 죽겠어. 미안해, 아말리아, 도저히 못하겠어. 그가 힘없이 말했다. 그리고 몸도 안 좋아. 어디가 아픈데? 뜨리니다드는 갑자기 손가락을 목구멍에 집어넣었다. 그러고는 몇번 구역질을 하더니 속에 있는 것을 모두 게워냈다. 아파 죽겠는데 어떻게 일자리를 알아보란 말이야? 아말리아는 하는 수 없이 다시 미라플로레스로 가서 쏘일라 부인에게 읍소를 했다. 쏘일라 부인에게서 아말리아의 딱한 사정을 전해 들은 뻬르민 씨는 곧장 치스빠스를 불렀다. 까리요한테 연락해서 아말리아를 다시 회사에 넣어주라고 해. 아말리아가 다시 제약회사에 나가게 됐다고 하자 뜨리니다드는 멍하니 천장만 쳐다보았다. 기운 좀 내. 당신이 건강해질 때까지 내가 대신 일하겠다는데 그게 뭐 그리 대수라고 그래? 당신이 아픈데 어떡하겠어? 거기서 얼마나 받겠다고 내 자존심을 이렇게 짓밟는 거지? 내가 요 모양 요 꼴이라고 당신까지 나를 무시하는 거야? 화가 치민 뜨리니다드가 소리를 질렀다.

아말리아가 다시 회사에 나오자 가장 기뻐한 이는 헤르뜨루디스 라마였다. 하지만 감독관은 뭐가 그리도 못마땅한지 그녀를 보자마자 비꼬는 투로 내뱉었다. 백이 참 든든한가보네. 직장이 무슨 치마인 줄 알아? 마음 내키면 찾았다가 싫증 나면 당장 던져버리고 말이지. 처음 며칠 동안은 알약이 자꾸 손에서 빠져나가고 약통이 눈앞에서 굴러떨어지기도 했다. 그러나 일주일이 지날 무렵 그녀는 다시 원래 기량을 되찾았다. 당장 남편을 병원에 데리고 가봐. 로사리오 부인은 그녀를 볼 때마다 잔소리를 했다. 하루 온종일 헛소리하는 거 안 보여? 다 거짓말이에요. 밥 먹을 때하고 직장 얘기 나올 때만 그래요. 그러고 나면 다시 정상으로 돌아온다니까요. 밥을 다 먹으면 언제나 목구멍에 손가락을 집어넣어 먹은

걸 다 토해내고는 여보, 나 아파 죽겠어, 이런 식이에요. 아말리아
는 그가 아프든 말든 상관없다는 듯 아무렇지도 않게 토해낸 것을
치웠다. 그러고 나면 조금 전까지만 해도 다 죽어가던 사람이 언
제 그랬냐는 듯 태도가 돌변했다. 오늘 회사는 어땠냐고 물어보질
않나, 또 은근슬쩍 농담도 하고 아양도 떨어대기 일쑤였다. 다 잘
될 거야. 그녀는 그렇게 되기만을 간절히 기도하며 남몰래 울기도
했다. 언젠가는 예전의 모습으로 돌아오겠지. 하지만 그녀의 바람
과 달리 그는 틈만 나면 골목길로 난 문을 빠끔히 열고 지나가는
사람들에게 야, 이 사꾸라 같은 놈들아! 하고 고함을 질러대곤 했
다. 그 정도에서 그치면 말도 안해. 냅다 거리로 달려 나가서는 아
무 상관도 없는 사람들에게 태클을 걸지 않나, 헤드록을 한답시고
남의 목을 조이지를 않나. 하여간 별의별 짓을 다 하는 거야. 그런
데 그런 약골한테 당할 사람이 어디 있겠니? 조금 뒤면 온 얼굴이
피투성이가 된 채 사람들의 손에 질질 끌려오는 거지. 아말리아는
깊은 한숨을 내쉬며 헤르뜨루디스에게 말했다. 그러던 어느날 밤,
뜨리니다드는 목구멍에 손가락을 집어넣지도 않았는데 구토를 했
다. 얼굴이 백지장처럼 창백하게 변했다. 덜컥 겁이 난 아말리아는
그다음 날 해가 뜨자마자 그를 노동자 병원으로 데리고 갔다. 신
경통입니다. 담당 의사가 말했다. 앞으로 머리가 아프다고 할 때마
다 이 약을 몇스푼씩 먹이세요. 그날 이후로 뜨리니다드는 머리가
빠개질 것처럼 아프다는 말을 입에 달고 살았다. 그럴 때마다 약
을 몇스푼씩 먹었지만, 곧장 구역질이 올라왔다. 그렇게 꾀병을 부
리더니 결국 탈이 나고 말았네. 아말리아가 나무라는 투로 말했다.
다시 신경질적으로 변해버린 그는 입만 열었다 하면 욕이었고, 그
러다보니 두 사람은 정상적인 대화를 나누기가 거의 불가능한 지

경에 이르고 말았다. 왜 날 버리고 떠나지 않는 거지? 뜨리니다드는 그녀가 퇴근해서 집에 들어올 때마다 그렇게 중얼거리곤 했다. 그럼 딸아이는? 싼띠아고가 걱정스러운 표정으로 묻는다. 뜨리니다드는 아예 병상에 드러눕고 말았다. 침대에서 꼼짝도 않으니 몸이 한결 가뿐해지는군. 그는 틈나는 대로 아따나시오 씨와 대화를 나누었지만, 아말리아의 배 속에서 자라고 있는 아이에 대해선 한번도 물어보지 않았다. 아말리아가 요새 몸이 자꾸 붓는다든지, 아이가 배 속에서 움직인다든지 말을 하면, 그는 대체 무슨 얘길 하는 건지 모르겠다는 표정으로 멀뚱멀뚱 그녀를 쳐다보기만 했다. 뭘 먹기만 해도 다 토해내는지라 음식에는 손을 댈 엄두도 내지 못했다. 아말리아는 공장에서 종이봉투를 몰래 가져와 그에게 주곤 했다. 부탁인데, 올라오려고 하면 바닥에 하지 말고 여기다 토해. 그러면 그는 일부러 식탁이나 침대를 향해 입을 벌리며 짜증 섞인 목소리로 말하는 것이었다. 그렇게 역겨우면 당장 떠나면 될 것 아냐. 딸아이는 뿌깔빠에 남겨두었습니다요, 도련님. 그러면서도 그는 괜한 말로 아말리아에게 상처만 준 것 같아 무척 후회스러워했다. 미안해 아말리아, 내가 잠시 정신이 나갔었나봐. 나 죽을 때까지 조금만 더 참아줘. 그래도 두 사람은 이따금씩 함께 영화를 보러 가곤 했다. 아말리아는 어떻게든 남편의 기운을 차리게 하려고 애를 썼다. 그렇게 방에만 처박혀 있지 말고 축구장에라도 가봐. 그럴 때마다 그는 머리를 감싸쥐면서 신음하듯 말하곤 했다. 안돼, 아파 죽을 것 같은데 가긴 어딜 가. 실제로 그는 굶주린 개처럼 점점 여위어만 갔다. 얼마 전까지만 해도 지퍼도 잠기지 않던 바지가 이젠 입기만 해도 주르륵 흘러내릴 정도로 헐렁해졌다. 그는 예전처럼 아말리아에게 머리를 잘라달라고 하지도 않았다. 그런데 왜 아이를 뿌깔빠에 남겨둔 채 떠나온 거지? 너 말이야, 그 사람이 실망스럽지 않아? 처음 시련이 닥쳤는데 제대로 싸워보지도 않고 그대로 무너졌으니 말이야. 그것도 모자라 계속 정신 나간 짓을 하질 않나, 너한테 얹혀살면서 빈둥거리질 않나. 어느날 헤르뜨루디스가 그녀에게 넌지시 물었다. 아니, 오히려 그 반대야. 솔직히 말해서 초라해질 대로 초라해진 그의 모습을 보니 사랑하는 마음이 더 깊어져. 그 사람 생각이 한시도 머릿속을 떠나지 않는걸. 그가 헛소리를 할 때마다 세상이 끝장난 것만 같아. 그리고 어둠속에서 갑자기 내 옷을 벗길 때면 정말이지 눈앞이 뱅그르르 도는 것 같다고. 평소 아말리아와 친분이 두텁던 어떤 부인이 아이를 길러주겠다고 나섰거든요, 도련님. 뜨리니다드의 두통은 갑자기 나타났다가도 감쪽같이 사라지곤 했다. 그렇게 한동안 잠잠하다가 또다시 나타났다 사라지는 등 악순환이 반복되었다. 사정이 이렇다보니, 아말리아로서도 그의 병세가 사실인지 아니면 꾀병인지 도저히 분간할 길이 없었다. 더군다나 그 무렵 이 암브로시오가 어떤 사건에 휘말리는 바람에 뿌깔빠에서 쫓겨나게 되었으니 말입니다요, 도련님. 그의 구토만은 결코 사라지질 않았다. 이게 다 당신 탓이야. 삶에 시달린 아말리아는 자기도 모르게 불쑥 내뱉곤 했다. 아니야, 아말리아, 그건 저 사이비 노조 놈들 때문이라고. 당신한테 빌붙을 생각은 추호도 없었어.

그러던 어느날, 아말리아는 골목 어귀에서 로사리오 부인을 만났다. 부인은 두 손을 옆구리에 올린 채 이글거리는 눈빛으로 그녀를 노려보고 있었다. 자네 남편이 쎌레스떼를 데리고 방에 들어가더니 아예 문을 잠가버렸다고. 개한테 무슨 짓을 하려는 것 같았어. 내가 경찰을 부르겠다니까 그제야 문을 열지 뭐야. 화가 머리끝까지 치민 아말리아가 집 안으로 쫓아 들어가자, 뜨리니다드는 잔뜩 풀이 죽은 채 들릴락 말락 한 목소리로 중얼거렸다. 로사리오 부인은 왜 그렇게 의심이 많은가 몰라. 내가 꿈쩍이기만 해도 이상하게 생각한다니까. 내가 경찰에 요주의 인물로 찍혀 있는 걸 잘 알면서 신고를 하다니 그런 못된 사람이 어디 있어. 내 꼬락서니가 아무리 한심하다 해도 설마 그 어린 계집애한테 몹쓸 마음을 품겠어? 심심해하기에 그냥 잠깐 데리고 놀려고 했을 뿐이라고. 뭐 이런 뻔뻔한 인간이 다 있어! 은혜를 원수로 갚아도 유분수지! 아말리아는 참다못해 그에게 갖은 욕설을 다 퍼부었다. 자기 마누라 등이나 처먹고 사는 주제에 이젠 완전히 실성을 했네! 아말리아는 급기야 그에게 신발을 집어던지기까지 했다. 하지만 뜨리니다드는 그녀의 욕설과 손찌검을 묵묵히 받아들이고만 있었다. 그날밤, 뜨리니다드는 머리를 움켜잡은 채 바닥을 뒹굴었다. 겁이 덜컥 난 아말리아는 아따나시오 씨를 불러 그의 사지를 붙들고 골목까지 끌고 나간 뒤 간신히 택시에 태워서 병원으로 갔다. 응급실에 도착하자마자 의사들이 그에게 주사를 놓았다. 그들은 어깨를 축 늘어뜨린 채 미로네스를 향해 무거운 발걸음을 옮겼다. 두 사람 사이에서 걷던 뜨리니다드는 힘에 부치는지 길만 건너면 멈춰서 쉬곤 했다. 집에 도착하자 아말리아와 아따나시오 씨는 그를 침대에 눕혔다. 잠들기 전에 뜨리니다드가 한 말 때문에 아말리아는 결국 참았던 눈물을 터뜨리고 말았다. 아말리아, 더 늦기 전에 내 곁을 떠나. 나 같은 놈 때문에 더이상 꽃다운 청춘 망치지 말고. 그리고 당신을 진정 행복하게 해줄 남자를 찾아봐. 참, 딸아이 이름은 아말리따 오르뗀시아예요. 지금쯤 대여섯살 정도 됐을 겁니다요, 도련님.

어느날, 아말리아가 퇴근해서 집에 와보니 뜨리니다드가 좋아서 깡충깡충 뛰고 있었다. 여보, 지긋지긋한 고생도 이제 끝이야. 일자리를 얻었어. 그는 너무나 기쁜 나머지 그녀를 껴안고 볼을 꼬집기도 했다. 그토록 행복해하는 모습을 보는 것도 참 오랜만이었다. 그런데 당신 지금 아픈데 어떡하려고. 그녀는 넋이 나간 사람처럼 멍한 표정으로 입을 열었다. 아, 아픈 것 말이야? 감쪽같이 사라졌지 뭐야? 이제 다 나았어. 아까 길을 가다가 내 친구 뻬드로 플로레스를 만났어. 그가 자초지종을 설명했다. 녀석도 아쁘라인데, 프론똔 교도소에 같이 있었지. 뜨리니다드가 그간 있었던 일을 말하자 뻬드로는 당장 그를 데리고 까야오로 가서 다른 동지들에게 소개했다. 그리하여 그날 오후, 뜨리니다드는 가구 공장에 일자리를 얻게 된 것이다. 봤지, 아말리아? 우리 동지들은 다 그 정도야. 모두 뼛속까지 아쁘라들이라고. 빅또르 라울 만세! 물론 벌이가 시원치는 않을 거야. 하지만 이렇게 기운이 불끈 솟는데 까짓것 문제도 아니지. 뜨리니다드는 아침 일찍 출근해야 했지만 퇴근도 일러서 아말리아보다 일찍 집에 돌아왔다. 다시 일을 나가면서부터 예전의 유머 감각도 되살아났다. 두통도 많이 나아진 것 같아. 조금이라도 이상한 증세가 나타나면 동료들이 곧장 그를 병원으로 데려갔고, 병원의 의사는 돈도 받지 않고 그에게 주사를 놔주었다. 이제 알겠지, 아말리아? 그는 틈날 때마다 그녀에게 말하곤 했다. 동지들이 이처럼 나를 극진히 보살펴주고 있으니 얼마나 다행이야. 우린 한 가족이나 마찬가지라고. 뻬드로 플로레스는 미로네스에 있는 그의 집에 한번도 오지 않았다. 대신 뜨리니다드가 그를 만나러 밤마다 어딘가로 가곤 했다. 그런 일이 반복되자 아말리아는 은근히 의심이 생기기 시작했다. 여보, 생각해봐. 나를 살리려고 그토록 애쓴 당신을 두고 내가 어떻게 바람을 피울 수 있겠어?

뜨리니다드는 우습다는 듯 껄껄 웃었다. 다시 한번 말하지만, 내가 밤에 자주 외출하는 건 동지들과 비밀회의를 해야 하기 때문이야. 부탁인데 더이상 정치에 끼어들지 마. 아말리아가 말했다. 또 걸리면 그들 손에 죽을지도 모르잖아. 뜨리니다드는 그후로 어용노조 이야기를 꺼내지 않았지만, 구토만큼은 계속되었다. 초저녁이면 퀭한 눈으로 침대에 힘없이 널부려져 있기 일쑤였다. 기운이 없으니 여전히 음식은 입에 대지도 못했다. 어느날 밤 뜨리니다드는 여느 때와 마찬가지로 회의에 참석하기 위해 집을 나섰다. 그러고서 얼마 후, 아따나시오 씨가 집에 찾아오더니 아말리아를 골목 어귀로 데려갔다. 그곳에 뜨리니다드가 홀로 앉아 있었다. 인도 위에 걸터앉아 담배를 피우면서 말이다. 아말리아는 몸을 숨긴 채 몰래 그를 살펴보았다. 마침내 자리를 털고 일어난 뜨리니다드는 골목으로 들어다가 아말리아와 마주쳤다. 어디 갔다 오는 거야? 응, 회의에 다녀오는 길이야. 오늘 논쟁이 있어서 회의가 좀 길어졌어. 그 순간 아말리아는 그에게 뭔가 심상치 않은 일이 있음을 직감했다. 그래, 다른 여자가 생긴 거야. 하지만 그렇다면 나한테 왜 이렇게 상냥하게 구는 거지? 새로 일자리를 얻고 한달째 되는 날, 그는 아말리아가 퇴근하기만을 기다렸다. 그녀와 함께 월급봉투를 열어보고 싶어서였다. 로사리오 부인에게 선물이라도 하는 게 어떨까? 그럼 화가 좀 누그러지지 않겠어? 그들은 고민 끝에 부인에게 향수를 사주기로 결정했다. 그건 됐고, 당신은 뭘 갖고 싶어? 월세부터 내는 게 좋을 것 같은데. 아말리아는 말했다. 하지만 여보, 얼마 안되는 돈이지만 당신한테 뭐라도 꼭 사주고 싶어. 아이의 이름 중에서 아말리따는 자기 엄마의 이름에서 따온 거고요, 오르뗀시아는 아말리아가 일하던 집 마님의 이름에서 따온 거랍니다, 도

런님. 아말리아가 잘 따르던 여자였는데, 그만 죽고 말았습죠. 그런 끔찍한 일을 저질렀으니 여기 이대로 있을 수는 없겠구나, 가엾은 녀석. 페르민 씨가 말했다. 당신은 나를 구한 은인이잖아. 뜨리니다드가 그녀에게 말했다. 뭘 갖고 싶은지 어서 말해봐. 잠시 고민하던 아말리아가 마침내 입을 열었다. 그럼 우리 같이 영화 보러 가. 그들은 리베르따드 라마르께가 주연으로 나오는 영화를 봤다. 슬픈 내용이었다. 마치 그들의 이야기를 영화로 만들어놓은 것 같았다. 아말리아가 영화관을 나오면서 한숨을 짓자 뜨리니다드가 말했다. 당신은 참 다정한 사람이야. 여러모로 좋은 여자라고. 두 사람은 즐거운 농담을 나누면서 걸어갔다. 그러다 갑자기 배 속의 아기가 생각난 그녀는 자신의 배를 어루만지면서 말했다. 녀석이 참 통통한 것 같아. 그들이 선물로 건넨 향수를 보자 로사리오 부인은 울음을 터뜨리고 말았다. 그러곤 울먹이는 목소리로 뜨리니다드에게 말했다. 나 같은 여자한테 무엇하러 이런 귀한 선물을 주는 거야? 나 좀 안아줘. 다음 주 일요일이 되자 뜨리니다드는 아말리아의 이모네 집에 가자고 했다. 당신이 임신한 사실을 아시면 다시 예전처럼 잘 대해주실 거야. 그들은 함께 이모가 살던 리몬시요로 갔다. 뜨리니다드가 앞장서고, 아말리아는 그 뒤를 따라 들어갔다. 잠시 후 나온 이모는 두 팔을 벌리며 아말리아를 불렀다. 그들은 이모와 함께 식사를 했다. 아말리아는 생각에 잠겼다. 아, 이제 어려운 시절도 다 지나간 모양이구나. 모든 문제가 다 해결된 것 같아. 시간이 갈수록 그녀의 몸은 점점 더 무거워졌다. 헤르뜨루디스 라마를 비롯해 다른 직장 동료들은 곧 태어날 아기에게 주려고 옷을 만들고 있었다.

그러던 어느날, 갑자기 뜨리니다드가 사라졌다. 아말리아는 다

급한 마음에 헤르뜨루디스를 데리고 병원에 갔지만 의사도 모르기는 마찬가지였다. 늦은 시간 미로네스로 돌아온 아말리아는 혹시나 싶어 집 안으로 달려 들어갔다. 뜨리니다드는 없었다. 날이 샜는데도 그는 여전히 돌아오지 않았다. 오전 10시 무렵, 골목 어귀에 택시 한대가 서고 어떤 남자가 내리더니 아말리아를 불러냈다. 둘이서 얘기를 나눴으면 하는데요. 뻬드로 플로레스였다. 그는 아말리아를 택시에 태웠다. 아말리아는 물었다. 남편에게 무슨 일이라도 생긴 건가요? 남편은 체포되었습니다. 뻬드로가 말했다. 다 당신 때문에 이렇게 된 거예요. 아말리아가 소리를 질렀다. 뻬드로는 어이없다는 듯한 표정으로, 아니 실성한 여자를 보는 듯한 눈초리로 그녀를 바라보았다. 조용히 사는 사람을 정치판에 끌어들인 게 당신 아닌가요? 그러자 뻬드로 플로레스가 되물었다. 내가요? 정치판에요? 부인, 난 말이에요, 정치라면 이가 갈리는 사람입니다. 그런 내가 뭐가 아쉬워서 정치판에 끼어든답니까. 지금까지도 그랬지만 앞으로도 정치 활동을 할 생각일랑은 눈곱만큼도 없어요. 정치가 아니라, 어젯밤 그 친구가 갑자기 정신이 나가서는 큰 말썽을 일으키는 바람에 그렇게 된 거라고요. 그가 전날 밤에 있었던 일을 자세하게 이야기해주었다. 어제 바랑꼬[63]에서 열린 파티가 끝나고 모두 집으로 돌아가는 길이었어요. 꼴롬비아 대사관 앞을 지나는데 갑자기 뜨리니다드가 택시 기사더러 차를 세우라고 하는 겁니다. 난 저 친구가 용변이 급해서 그런가보다 하고만 생각했죠. 그런데 그게 아니었어요. 차에서 내리자마자 그가 고래고래 소리를 지르기 시작했어요. 야, 이 빌어먹을 어용 노조 놈들아! 아뻬

---

63 뻬루에서 가장 아름다운 해변으로 유명하며, 예전부터 보헤미안 예술가들이 모여드는 곳으로도 알려져 있다.

라 만세! 빅또르 라울 만세! 깜짝 놀라 차를 출발시키려는데 보니까 난데없이 경찰들이 뜨리니다드에게로 우르르 몰려들고 있더군요. 다 당신 때문이에요. 아말리아가 울부짖었다. 이게 다 아쁘라 때문이라고요. 경찰서에 끌려가서 또 두들겨 맞은 거라고요. 왜 이러는 거죠? 대체 무슨 소리를 하는 겁니까? 뻬드로 플로레스는 황당하다는 표정으로 항변했다. 난 아쁘라 당원이 아니에요. 그리고 뜨리니다드도 아쁘라를 지지한 적이 없고요. 사촌 간이라 서로 잘 알아요. 우린 어릴 적에 빅또리아에서 함께 자랐죠. 한집에서 태어났거든요, 부인. 거짓말 말아요. 그는 빠까스마요에서 태어났어요. 아말리아가 훌쩍거리며 웅얼거렸다. 대체 누가 그런 터무니없는 이야기를 해준 겁니까? 이래선 도저히 안되겠다 싶었는지 뻬드로 플로레스는 단호하게 나오기 시작했다. 뜨리니다드는 태어나서 지금까지 리마를 벗어난 적이 단 한번도 없습니다. 그리고 정치에 가담한 적도 없고요. 아! 경찰에 체포된 적은 있지요. 하지만 그건 착오로 빚어진 해프닝이었을 뿐이에요. 아니면 오드리아 혁명이 일어난 때니까 시국이 어수선해서였는지도 모르죠. 어쨌든 경찰에서 풀려난 다음부터 좀 이상해지긴 했어요. 자기가 북쪽 출신이라는 둥, 아쁘라라는 둥, 헛소리를 하기 시작하더군요. 하여간 부인께서 지금 경찰서로 가봐야 할 것 같습니다. 남편이 술에 취해 정신이 반쯤 나간 상태에서 그런 거니까 한번만 봐달라고 사정해보세요. 그럼 풀어줄 겁니다. 그는 그녀를 골목 어귀에 내려주었다. 그녀는 로사리오 부인과 함께 미라플로레스로 갔다. 페르민 씨에게 통사정이라도 해보기 위해서였다. 경찰서에는 그런 사람이 없다는데. 페르민 씨가 누군가와 통화를 한 뒤 말했다. 더 알아볼 테니까 내일 오도록 해. 다음 날 아침 어떤 꼬마 녀석이 골목 안으로 쫓아

들어오더니 아말리아에게 말했다. 부인, 뜨리니다드 로뻬스라는 분은 지금 싼후안 데 디오스[64]에 있어요. 아말리아와 로사리오 부인은 그 말을 듣자마자 황급히 병원으로 달려갔지만 그가 어디 있는지 찾을 수가 없었다. 물어본 사람마다 엉뚱한 곳을 가르쳐주는 바람에 이곳저곳을 헤매야 했다. 그러던 중 남자처럼 수염이 난 늙은 수녀를 만났다. 아! 그분 말이군요. 네, 여기 있어요. 그러더니 그녀를 붙잡고는 나직한 목소리로 달래기 시작했다. 마음 추스르세요. 댁의 남편은 하느님께서 데려가셨습니다. 그 말을 듣자 아말리아는 참았던 울음을 터뜨렸다. 수녀가 로사리오 부인에게 자초지종을 자세히 말해주었다. 수녀의 말에 따르면, 뜨리니다드는 그날 새벽 병원 문 앞에 쓰러진 채로 발견되었는데, 뇌출혈로 이미 사망한 상태였다고 했다.

하지만 아말리아는 남편의 죽음을 슬퍼할 겨를조차 없었다. 장례식이 끝난 바로 다음 날 산기가 보여 이모와 로사리오 부인이 급하게 그녀를 마떼르니다드 병원[65]으로 데리고 가야 했다. 새벽까지 계속되던 진통 끝에 그녀는 결국 아기를 낳았지만 뜨리니다드의 아들은 세상에 태어나기도 전에 이미 죽어 있었다. 그녀는 닷새간 병원 신세를 졌다. 아말리아는 쌍둥이 아들을 낳은 흑인 여자와 병상을 함께 썼는데, 그녀는 쉴 새 없이 얘기를 걸었다. 대답할 기운조차 없던 아말리아는 그냥 네, 그렇죠 뭐, 아니요라고만 했다. 로사리오 부인과 이모가 매일 먹을 것을 싸가지고 그녀를 찾아왔다. 더이상 통증도 없고 마음의 짐도 어느정도 내려놓았지만, 어쩐 일인지 아말리아는 온몸에 힘이 하나도 없었다. 입맛도

----

64 리마에 있는 종합병원.
65 리마에 있는 산부인과 병원.

전혀 없어 억지로 몇스푼 떠먹는 정도였고, 말을 하려고 입을 떼는 것조차 힘에 겨웠다. 입원한 지 나흘째 되던 날, 헤르뜨루디스가 찾아왔다. 이렇게 됐는데 왜 여태 아무 말도 안 한 거야? 까리요 씨는 네가 회사를 그만뒀다고 생각할지도 몰라. 네가 페르민 씨와 연줄이 있어서 그나마 다행이지 뭐니. 까리요든 누구든 좋을 대로 생각하라지. 그녀의 말을 들으면서 아말리아는 속으로 생각했다. 아말리아는 퇴원하자마자 곧바로 뜨리니다드의 무덤으로 향했다. 붓꽃 몇송이라도 바치고 싶어서였다. 입관하던 날 로사리오 부인이 가져온 성화와 사촌인 뻬드로 플로레스가 석고판에 연필로 쓴 편지가 무덤 옆에 놓여 있었다. 그 앞에 이르자 그녀는 온몸에 힘이 다 빠지고 정신이 아득해졌다. 돈이라도 있었다면 묘비라도 사서 금색 글자로 뜨리니다드 로뻬스라고 새겨주었을 텐데. 그는 남편의 무덤을 보고 천천히 말을 하기 시작했다. 뭐가 급하다고 그렇게 서둘러 간 거야? 어려운 시절도 다 지나가고 이제 남부럽지 않게 살려고 했는데 말이야. 그러곤 남편에게 원망을 쏟아내기 시작했다. 뭣 때문에 그딴 거짓말을 해댄 거야? 아말리아는 그동안 있었던 일을 이야기해주었다. 당신이 세상 뜨자마자 난 마떼르니다드 병원으로 실려 갔어. 당신이 그토록 바라던 아들을 낳았는데, 이미 죽어 있더라고. 곧 하늘나라에서 만나게 될 거야. 그녀는 파란색 코트를 떠올리며 미로네스로 돌아왔다. 그가 생전에 무척이나 아끼던 코트였다. 이 옷만 입으면 왠지 폼이 난단 말이야. 아니, 단추를 어떻게 달았기에 또 떨어지냐고. 집으로 돌아와보니 문에 자물쇠가 채워져 있었다. 집주인이 고물상을 데리고 와서 눈에 보이는 대로 몽땅 팔아버린 것이었다. 제발 저 아이 남편의 물건만 돌려주세요. 로사리오 부인이 그들을 붙잡고 사정을 했지만 소용

없었다. 하지만 정작 아말리아는 의외로 담담하게 말했다. 그냥 놔
두세요. 아말리아는 얼마간이라도 리몬시요의 이모 집에서 신세
를 지려고 했지만, 이모가 집에 하숙을 치고 있어서 남는 방이 없
었다. 로사리오 부인이 두개의 방 중 하나에 그녀가 머물 공간을
마련해주었다. 싼띠아고가 묻는다. 대체 어떤 일에 휘말린 건가?
왜 도망치듯이 뿌깔빠를 빠져나온 거지? 그다음 주에 헤르뜨루디
스가 미로네스로 찾아왔다. 회사에 왜 안 나오는 거니? 사람들이
언제까지고 널 기다려줄 것 같아? 하지만 아말리아는 회사로 돌아
갈 생각이 눈곱만큼도 없었다. 그럼 어쩌려고 그래? 내가 할 수 있
는 건 아무것도 없어. 쫓겨날 때까지 여기 빌붙어 살아야지 뭐. 그
러자 로사리오 부인이 그녀를 나무랐다. 무슨 뚱딴지같은 소리야.
널 쫓아내는 일은 절대 없을 테니까 그런 걱정일랑은 하지 말라
고. 그런데 회사에 안 나오려는 이유가 대체 뭐야? 나도 몰라. 어
쨌든 가기 싫다니까. 아말리아가 얼마나 고집을 부리는지 헤르뜨
루디스도 더이상 물어볼 수가 없었다. 골치 아픈 일이었습죠. 트럭
과 관련된 사건 때문에 도망칠 수밖에 없었습니다요, 도련님. 그때
의 일이라면 지금도 몸서리가 나고 치가 떨린다니까요. 로사리오
부인은 그녀가 한끼라도 거르지 않도록 억지로 밥을 먹였다. 그리
고 한시라도 빨리 잊도록 틈날 때마다 타일렀다. 아말리아는 쎌레
스떼와 헤수스 틈에 끼어 잤다. 얼마 지나지 않아 로사리오 부인
의 막내딸이 투덜거리기 시작했다. 저 아줌만 밤만 되면 뜨리니다
드 아저씨하고 죽은 아이한테 말을 해. 무서워 죽겠어, 엄마. 아말
리아는 로사리오 부인을 도와 빨래를 해서 줄에 널거나, 다리미에
갈탄을 넣어 뜨겁게 달구곤 했다. 하지만 아무 생각도 없이 기계
적으로 움직일 뿐이었다. 얼빠진 사람처럼 멍한 표정에, 힘 빠진

손은 마치 엿가락처럼 흐느적거렸다. 해가 지고 밤이 되면 얼마 안 있다가 다시 해가 떴고, 오후가 되면 이따금씩 헤르뜨루디스와 이모가 찾아왔다. 아말리아는 그들이 하는 말을 잠자코 듣고 있다가 뭔가 물어보면 네 하고 짧게 대답할 뿐이었다. 그들이 뭐라도 들고 와도 고맙다는 말만 할 뿐 좋아하는 기색이 아니었다. 넌 자나 깨나 뜨리니다드 생각뿐이구나? 로사리오 부인은 매일 같은 질문을 던지곤 했다. 그때마다 아말리아도 똑같은 대답만 했다. 네, 그리고 우리 아기 생각도 해요. 아말리아, 넌 뜨리니다드하고 비슷한 면이 참 많아. 로사리오 부인은 이렇게 말했다. 늘 고개를 숙이고 다니고, 누구랑 다투는 일도 없으니 말이야. 아말리아, 불행한 과거는 이제 잊도록 해. 넌 아직 젊으니까 새롭게 출발할 수 있어. 하지만 아말리아는 미로네스 밖으로 일체 나가지 않았다. 하루 종일 집에 처박혀 바느질만 했다. 머리 손질은커녕 좀처럼 씻지도 않았다. 어느날은 문득 거울에 비친 자신의 모습을 보곤 생각했다. 뜨리니다드가 이처럼 초라한 꼴을 본다면 정나미가 뚝 떨어질 거야. 저녁 무렵 아따나시오 씨가 돌아오면 그의 방에 가서 이야기를 나누는 게 그녀의 유일한 낙이었다. 그가 사는 집은 천장이 너무 낮아 아말리아는 항상 꾸부정하게 몸을 숙여야 했다. 그뿐 아니라 방바닥에는 군데군데 속이 삐져나온 매트리스가 깔려 있었고, 그 주변은 온갖 잡동사니들로 어지러웠다. 그녀와 이야기를 나누는 동안, 아따나시오 씨는 주머니에서 작은 술병을 꺼내 마시곤 했다. 아저씨, 정말 경찰 끄나풀들이 뜨리니다드를 때렸을까요? 때리다 죽을 것 같으니까 겁이 나서 싼후안 데 디오스 병원 앞에 몰래 버리고 간 걸까요? 아따나시오 씨가 무겁게 입을 열었다. 어쩌면 그럴 수도 있겠지. 그게 아니면 그 친구가 몸이 안 좋아져서 혼자 병원에 가려고 하다가 그렇게 되었을 수도 있고. 근데 아말리아, 이제 와서 그런 생각을 해봐야 무슨 소용이 있겠어? 그 친군 이미 저세상 사람이야. 힘들겠지만 남편 생각일랑은 잠시 잊고 앞으로 어떻게 살지 궁리를 해야지.

6

　막상 대학에 들어가서 그곳이 기대했던 천국은커녕 소란스러운 사창가나 다름없다는 걸 알게 된 게 1학년 때였나? 근데 도련님, 뭐가 그렇게 마음에 안 드셨습니까요? 4월이 아니라 6월에 학기가 시작된다는 거나, 그는 생각한다, 교수들이라고 전부 노인네들이라는 건 그렇다치더라도, 주위 학생들의 태도만큼은 정말이지 이해하기가 어려웠어. 가령 책에 관한 이야기만 나오면 따분해하고 정치에는 아예 무관심한 표정으로 일관하는 모습들 말이지. 암브로시오, 그 점에 있어서는 촐로들도 우리 주변에 있는 부잣집 도련님들과 크게 다를 바가 없더라고. 그리고 말이 좋아 교수지, 월급이 형편없는 모양이야. 아이다가 말했다. 그러다보니까 정부 부처에서 일하는 교수도 있고, 또 사립학교에서 강의를 하는 이도 있나봐. 사정이 그런데 교수들만 욕할 수는 없잖아? 일단 학생들이 현실에 대해 저토록 무관심해진 이유를 먼저 파악해야 돼. 하꼬보가 말했다. 따지고 보면 학생들이 저렇게 된 것은 모두 체제에 길들여졌기 때문이야. 그러니까 그들을 선동해서 교육을 시키고 조직화해야 해. 그럼 공산주의자들은 어디 있었나요? 아쁘라들은 대체 어디 있었기에 학교가 그 모양이었단 말입니까요? 모두 다 잡혀간 겁니까요? 아니면 모조리 외국으로 쫓겨났거나요. 지금 와서 생각해보니 그렇다는 얘기야, 암브로시오. 그 당시 난 아무것도 모르는 철부지에 불과했지. 사실 싼마르꼬스 대학이 싫었던 것도 아니고.『레비스따 데 옥시덴떼』지에서 펴낸『논리 연구 종합』[66]의 두 장章을 1년 내내 꼼꼼히 파헤치던 그 교수는 어떻게 됐을까? 리마의 망나니 같은 자들이 저질러놓은 심각한 상황을 현상학적으로 판단중지 시키고 ── 후설이라면 이렇게 말했겠지 ── 이를 괄호 안에 집어넣으려고 했던 분이잖아. 그 사실을 알면 학장은 어떤 표정을 지을까? 매번 철자법 훈련이나 시키고, 시험에 프로이트의 오류에 대해서 쓰라고 하는 교수는 또 뭐라고 할지 궁금하군.

"그건 아냐. 나는 역사를 잘 이해하지 못하는 몽매한 이들의 글도 읽어야 된다고 생각해." 싼띠아고가 말했다.

"그런 책들은 원어로 읽는 게 좋을 것 같아." 아이다가 말했다. "난 프랑스어와 영어는 물론이고, 독일어도 배우고 싶어."

"그래 다 읽어보자고. 하지만 단 한순간이라도 비판적 관점을 잃어서는 안돼." 하꼬보가 말했다. "그런데 싼띠아고, 네 머릿속엔 진보주의자들은 늘 별로고 데까당들은 언제나 좋다는 인식이 깔려 있어. 내가 비판하고자 하는 건 바로 그 점이야."

"내 말은 그런 뜻이 아니야.『강철은 어떻게 단련되었는가』[67]는

---

66 에드문트 후설의『논리 연구』(*Logische Untersuchungen*)를 가리키는 것으로 보인다.
67 러시아 소설가 니꼴라이 오스뜨롭스끼의 작품으로, 미하일 숄로호프의『고요

지루한 느낌이었던 반면에 『성』[68]은 재미있게 읽었다는 얘기일 뿐이라고." 싼띠아고가 따지듯 말했다. "일반화하려고 했던 건 절대 아니야."

"카프카의 작품과는 달리 오스뜨롭스끼 작품의 번역본에 문제가 있는 걸 수도 있잖아. 자, 이제 말싸움은 그만하자." 아이다가 끼어들었다.

또 역사 자료를 가지고 강의하던 그분은 어떻게 됐을까? 배가 불룩 나온데다 백발을 길게 기른 자그마한 노인네 말이야. 정말 훌륭한 분이야. 그분 강의를 들을 때마다 심리학 대신에 역사학을 공부하고 싶은 마음이 들 정도라니까. 아이다가 말했다. 맞아, 그런 분이 인디헤니스따[69]가 아니라 이스빠니스따[70]가 된 게 너무 아쉬울 뿐이야. 개강하고 처음 며칠 동안 학생들로 북적거리던 강의실도 9월에 이르자 반쯤 비기 시작해, 그 덕에 자리를 찾기가 예전보다 수월했다. 그런 거야 크게 실망스럽진 않았다. 교수들이 제대로 아는 게 없고, 가르치고자 하는 의욕도 없는 것 또한 그는 그러려니 했다. 학생들 역시 배울 생각이 별로 없었으니까. 그건 학생들이 워낙 가난해서 일을 해야 하기 때문이야. 아이다가 말했다. 그게 아

....
한 돈강』, 알렉세이 똘스또이의 『고난의 길』과 함께 3대 혁명 소설로 불린다.
68 카프카의 소설로 1926년에 출간되었다.
69 백인과 끄리오요에 의해 차별받아온 인디오와 메스티소의 사회·정치적 지위 회복을 목표로 하는 라틴아메리카의 정치·문화 운동을 인디헤니스모(indigenismo)라 하며, 이를 지지하거나 연구하는 사람을 인디헤니스따라고 부른다. 뻬루에서 인디헤니스모 운동은 해외 자본의 국유화와 인디오들에 대한 차별의 종식을 내세운 아쁘라주의로 나타났다.
70 스페인과 라틴아메리카 등 스페인어를 사용하는 지역의 문화와 문학에 대한 연구를 총칭하여 이스빠니스모(hispanismo)라 하며, 이스빠니스따는 그 분야의 연구자들을 의미한다.

니면, 부르주아적 허식에 물들어 있어서 그런 거지. 개네들이 원하는 건 딱 한가지, 학위밖에 없다고. 이번에는 하꼬보였다. 사실 학위만 받을 거라면 꼬박꼬박 수업에 들어와서 힘들게 공부할 필요가 없잖아. 그냥 기다리기만 하면 될 일이지. 어이, 말라깽이, 싼마르꼬스에 들어가보니 마음에 들던? 거기서 교편을 잡고 있는 사람들은 뻬루에서 내로라하는 석학들이지. 안 그러니, 말라깽이? 근데 너 요즘 눈에 띄게 말수가 줄어들은 것 같아. 나한테 숨기는 거라도 있는 거냐? 아니에요, 아빠. 대학도 마음에 들고, 교수님들도 다 훌륭한 분들이에요. 아빠한테 숨기는 건 없으니까 걱정하지 마세요. 아냐, 싸발리따. 네가 집에 들어오고 나가는 모습을 보면 꼭 유령 같다니까. 하루 종일 방에 처박혀서 우리한텐 얼굴도 내밀지 않잖니. 요즘 네가 하는 짓을 보면 꼭 곰 같아. 쏘일라 부인이 거들었다. 그리고 치스빠스, 그렇게 책을 많이 읽다간 언젠가 사팔뜨기가 될지도 몰라. 떼떼 너는 요즘 뽀뻬예하고 데이트 안하니? 하꼬보와 아이다는 자기들끼리만 있어도 충분했어. 그는 그 시절을 떠올려본다. 그 둘은 마음이 맞지 않는 이들과 절대 어울리지 않았지. 그럴수록 그들의 우정은 더 두터워져서 다른 모든 것을 대신할 정도가 되었어. 빌어먹을! 그런 철저한 우정의 틈바구니 속에서 나만 완전히 등신이 된 건 아닐까?

그들 셋은 언제나 같은 과목을 수강했고, 늘 같은 벤치에 나란히 앉아 이야기를 나누었을 뿐만 아니라, 싼마르꼬스 도서관이나 국립도서관에 갈 때도 꼭 만나서 함께 갔다. 잠자는 시간만 제외하고는 거의 같이 있었다고 해도 과언이 아니다. 그들은 같은 책을 읽었고, 같은 영화를 봤고, 같은 신문을 보면서 분노를 터뜨렸다. 강의가 없는 정오나 오후면 꼴메나가의 빨레르모에 가서 오랫동안 대화를 나누거나, 아상가로에 있는 로스 우에르파노스 제과점에서 토론을 벌이는가 하면, 법무성 건물 뒤편에 있는 당구 클럽에서 뻬루의 정치 현실에 대해 시간 가는 줄 모르고 이야기를 나누었다. 때로는 영화관에 슬쩍 들어가거나 서점을 돌아다니기도 했고, 또 어떨 땐 모험 삼아 그냥 시내를 쭉 걸어 다녔다. 성별 구분 없이 오로지 우애로만 다져진 그들의 우정은 그렇게 영원히 계속될 것만 같았다.

"우리 셋은 똑같은 문제에 관심을 가졌고, 똑같은 일에 대해 분노했지. 하지만 어떤 일에 대해서도 서로 의견이 일치한 적은 없었어." 싼띠아고가 말한다. "그것 역시 대단한 일이었지."

"근데 그땐 왜 그렇게 괴로워하셨죠?" 암브로시오가 묻는다. "혹시 그 여자분 때문인가요?"

"그건 아냐. 어차피 그녀와 단둘이 만난 일도 없었으니까." 싼띠아고가 말한다. "그리고 딱히 괴로워할 만한 일도 없었고. 이따금씩 배 속의 벌레 때문에 고생한 것밖에 없어."

"아니에요. 도련님은 그녀를 사랑하고 싶었던 겁니다요. 그런데 다른 친구가 있으니 도련님 마음 가는 대로 할 수가 없었던 거죠." 암브로시오는 다 안다는 듯 씩 웃는다. "좋아하는 여자가 가까이 있는데도 속으로만 끙끙 앓는 남자의 마음이라면 제가 잘 알고 있습죠."

"듣자 하니, 자네도 아말리아 때문에 속 좀 썩었던 모양이지?" 싼띠아고가 묻는다.

"그냥, 전에 그런 내용의 영화를 본 적이 있어서 압니다요." 암브로시오가 말한다.

대학을 보면 그 나라가 어떤 수준인지 대충 알 수 있어. 하꼬보가 말했다. 스무해 전만 하더라도 대학교수들은 대부분 진보주의자들에 책도 많이 읽었지. 그런데 그후로는 연구 외에 다른 일까지 해야 했고, 또 여러가지 주변 상황 때문에 교수들도 점점 더 평범한 부르주아로 변해갔어. 목구멍이 포도청이니 얼마 안 가 그들도 어쩔 수 없이 작은 벌레가 되고 만 거지. 교수들이 그렇게 된 데에는 학생들의 잘못도 크다고. 아이다가 말했다. 사회를 바꿔야 할 학생들이 오히려 이런 체제를 옹호하니 말이야. 네 말처럼 학생들과 교수들 모두 잘못이 있다면, 결국 우리도 체제에 순응할 수밖에 없다는 논리 아니야? 싼띠아고가 물었다. 하꼬보가 말했다. 지금의 상황을 해결하려면 우선 대학을 개혁해야 돼. 한창 대화가 오가는데 안에서 작은 덩어리 같은 것이 올라오는 듯 속이 쓰렸다. 그리고 그들과 열띤 토론을 벌이는 중인데도 갑자기 기분이 울적하고 서글퍼지면서 자꾸 딴생각이 나는 바람에 도무지 정신을 집중할 수가 없었다. 해결 방안으로는 강좌 선택 제도, 학교 공동 운영, 대중들을 위한 개방 대학 등이 있어. 하꼬보가 말했다. 그러려면 우선 능력이 있는 사람들이 가르칠 수 있어야 해. 그리고 학생들이 실력 없는 교수들의 강의를 거부할 수 있도록 제도를 만들어야 될 거야. 민중들이 대학에 올 수 없는 상황이라면, 대학이 먼저 민중들에게 다가가야 한다고 생각해. 그녀에게 좋아한다는 말은커녕 이처럼 뜬구름 잡는 이야기만 늘어놓다보니 기분이 울적해진 걸까? 아니면 그녀와 단둘이 산책을 하는 공상에 빠진 탓에 서글퍼진 걸까? 네 말대로 대학이 그 나라의 수준이 어느정도인지 보여준다면, 나라 꼴이 엉망인 한 싼마르꼬스가 좋아질 리는 없겠군. 싼띠아고가 중얼거렸다. 아이다가 말했다. 사회적 모순을 뿌리째 뽑으려면 대학 개혁이 아니라 혁명을 논해야 해. 하지만 우린 학생이고, 우리의 활동 영역은 대학이야. 하꼬보가 말했다. 그러니까 우리 입장에서는 대학을 개혁하는 것이 혁명에 복무하는 길이지. 단계적으로 나아감으로써 비관주의에 빠지지 않도록 노력해야만 해.

"결국 도련님은 친구분을 질투하셨던 겁니다요."암브로시오가 말한다. "이 세상에 질투만큼 해로운 것도 없습죠."

"하꼬보도 나와 다르지 않았을 걸세."싼띠아고가 말한다. "다만 우리 둘 모두 안 그런 척 시치미를 떼고 있었을 뿐이지."

"그분도 마법의 눈빛으로 도련님을 사라지게 만들고 싶었을 겁니다요. 그 여학생과 단둘이 있고 싶어서 말이죠."암브로시오가 웃는다.

"그래도 그는 나의 가장 친한 친구였다네."싼띠아고가 말한다. "녀석이 미웠던 건 사실이야. 하지만 내심 나는 그를 아끼고 좋아했을 뿐만 아니라, 흠모하기까지 했다네."

"너무 회의적으로 생각하지 않았으면 좋겠어."하꼬보가 말했다. "전부 아니면 아무것도 아니라는 식으로 접근하는 것이야말로 가장 부르주아적인 태도니까."

"난 회의주의자가 아니야."싼띠아고가 항변했다. "어쨌건 우린 계속 논의를 해왔기 때문에 지금 이 자리에 함께 있는 거잖아."

"맞아. 하지만 이제껏 이론의 수준을 넘어서지 못했지."아이다가 말했다. "대화를 나누는 것도 필요하지만 이젠 그 이상의 뭔가를 해야 한다고."

"우리들의 힘만으로는 어림도 없어."하꼬보가 심각한 표정으로 말했다. "우선 대학 내에 흩어져 있는 진보주의자들과 접촉하는 것이 급선무야."

"두달 전에도 시도해봤지만 아무도 찾지 못했잖아."싼띠아고가 말했다. "그래서 하는 말인데, 내 생각에 그런 학생들은 이제 교내에 없는 것 같아."

"지금 같은 상황에서는 일단 몸을 사려야 할 테니 당연히 못 찾을밖에." 하꼬보가 말했다. "하지만 조금만 더 기다리다보면 조만간 다시 나타날 거야."

실제로 그들은 남의 눈에 띄지 않고 조심스럽게 하나씩 둘씩 모습을 드러내기 시작했다. 마치 몰래 숨어 있던 그림자처럼. 아마 문학부 1학년생들이었지? 쉬는 시간이면 그들은 교내 정원의 벤치에서 모이곤 했다. 언뜻 보니 수감 중인 학생들에게 매트리스를 사 보내기 위한 모금 활동을 하거나 법과대학 분수대 주변을 맴도는 것 같았다. 그러면서 다른 학부나 다른 학년의 학생들을 만나 지금도 교도소의 찬 바닥에서 새우잠을 자고 있을 동료들에 관해 이야기를 나누는 것이었다. 가슴속 깊이 불신을 숨긴 채 짧은 대화를 이어나가던 그들은 서로에 대한 의심을 풀고 서서히 마음을 열기 시작했다. 혹시 모금 활동에 대해 들어본 적 있어? 그들도 상대방이 자기네 생각을 넌지시 떠보고 있다는 사실을 눈치챈 것 같았다. 어떤 정치적인 목적이 있었던 것은 아니다. 단지 상대방이 어떤 생각을 하는지 조심스럽게 알아보려는 의도, 아니면 인도주의적 입장에서 비롯한 행동이었을 뿐이다. 앞으로 그들에게 닥칠 어떤 일에 대비하라는 어렴풋한 암시일 수도 있었다. 또는 정말 기독교적인 자선활동일 뿐이거나, 아니면 서로 믿고 신뢰할 수 있다는 것을 자기들만의 방식으로 보여달라는 은밀한 호소였을 수도. 혹시 1쏠이라도 기부할 수 있어요? 그들은 그렇게 조용히 싼마르꼬스 교정에 나타나 자기들끼리 뭔지 알 수 없는 얘기를 잠시 나누다가 또다시 며칠 동안 사라지곤 했다. 그러다 곧 똑같은 인디오들과 촐로

들, 그리고 중국인들과 흑인들이 조심스러운 미소를 지으며 조용히 나타나는 것이었다. 그들은 예나 다름없이 닳아 해진 옷차림에 낡아빠진 구두를 신고, 이따금씩 잡지나 신문을 팔에 낀 채, 사투리로 알 듯 모를 듯한 이야기를 나누곤 했다. 그들은 대체 어디 출신이고, 뭘 공부하는 이들일까? 이름은 뭐고, 어디에 살고 있을까? 이런 상황에서, 마치 잔뜩 찌푸린 하늘의 번개처럼 그가 나타났다. 그는 오드리아 혁명이 일어났을 당시 싼마르꼬스에 숨어 있던 법대 학생들 중 하나였다. 그동안 겉도는 대화를 나누던 이들은 그가 나타나자 갑자기 서로 간의 믿음을 되찾고 속마음을 털어놓기 시작했다. 수감 중에 목숨을 건 단식투쟁을 하기도 했던 그의 등장과 함께 학생들의 대화는 다시 활기를 띠었고, 곳곳에서 격렬한 토론이 이어졌다. 석방된 지 불과 한달 만에 마치 혜성같이 돌아온 그의 존재에 —— 대학생 연합과 연합 지도부가 와해되기 전에 그는 경제 위원장이었다 —— 학생들은 흥분과 기대를 감추지 못했다. 그러나 경찰은 곧 지도부를 전원 구속하면서 학생운동 조직을 와해시켰다. 그 무자비한 탄압이 모처럼 피어오르던 학생들의 열망에 찬물을 끼었고 말았다.

"우리하고 같이 안 먹으려고 일부러 늦게 온 거지? 그리고, 엄마 아빠 앞에서 그렇게 입을 꽉 다물고 있어도 되는 거냐?" 쏘일라 부인이 말했다. "싼마르꼬스에서 혀라도 잘렸어?"

"그는 오드리아와 공산주의자들에 대해 비판적으로 얘기하더군." 하꼬보가 말했다. "그런 걸 보면 아쁘라가 아닌가 싶지 않아?"

"괜히 관심 끌고 싶어서 저렇게 점잔 빼고 있는 거라고요." 치스빠스가 끼어들었다. "원래 천재들은 무식쟁이들하고 노닥거릴 시간이 없거든요. 만물박사님, 안 그래?"

"떼떼 아가씬 슬하에 자녀가 몇이죠?" 암브로시오가 묻는다. "그리고 도련님은요?"

"아냐, 레친[71]에 대해서 좋게 말하는 걸 보면 뜨로쯔끼주의자가 분명해." 아이다가 말했다. "레친은 철저한 뜨로쯔끼주의자잖아."

"떼떼는 둘이고, 나는 아이가 없네." 싼띠아고가 말한다. "별로 낳고 싶지 않았거든. 하긴 모르지, 어느날 갑자기 마음이 변해서 아이를 갖게 될지도 말이야. 하지만 지금 같아서는 아이가 있으나 없으나 별 차이를 못 느끼겠어."

"어디 그뿐인 줄 아세요? 오빤 항상 잠이 덜 깬 사람처럼 돌아다닌다니까요. 꼭 도살장에서 목 잘린 양의 눈 같아서 보고 있으면 얼마나 섬뜩한지 몰라." 떼떼가 거들고 나섰다. "오빠, 혹시 싼마르꼬스에 짝사랑하는 여자라도 생긴 거 아냐?"

"내가 늦게 돌아온 날에도 네 방엔 항상 불이 켜져 있더구나." 페르민 씨가 말했다. "책을 많이 읽는 거야 좋은 일이다만, 너도 이제 대학생이 됐으니 친구하고 좀 어울리는 게 좋지 않겠니?"

"그래, 맞아. 내가 좋아하는 여자애는 늘 맨발에 께추아[72] 말밖에 하지 못하지." 싼띠아고가 비아냥거리듯이 말했다. "이제 됐니?"

"도련님, 깜둥이 노파가 늘 이런 말을 하곤 했습니다요. 아이는 자기 먹을 것을 갖고 이 세상에 태어난다고 말입죠." 암브로시오가 말한다. "그럴 때마다 난 그 노파에게 한번이라도 배불리 먹어봤으면 소원이 없겠다고 대꾸하곤 했어요. 그 노파가 누구냐고요? 바로

우리 엄마예요. 벌써 저세상에 가셨구먼요."

"아빠, 그게 아니고 집에 오면 좀 피곤해서 얼른 방에 들어가 쉬고 싶은 마음뿐이라 그래요." 싼띠아고가 말했다. "내가 미치지 않고서야 어떻게 엄마 아빠한테 말을 안하려고 하겠어요?"

"오빠하고 말할 때 내 기분이 그래. 벽을 보고 이야기하는 기분이라고. 오빤 정말 말 안 듣는 망아지 같다니까." 떼떼가 말했다.

"물론 미친 건 아니지. 넌 좀 특이할 뿐이야." 페르민 씨가 말했다. "말라깽이, 이제 너하고 나 둘뿐이니까 좀 솔직하게 털어놔보렴. 너 무슨 문제라도 있는 거니?"

"그 사람 말이야, 당에 소속되어 있을지도 몰라." 하꼬보가 조심스럽게 말했다. "그가 볼리비아의 현 정세에 대해 이야기하는 걸 들은 적이 있는데, 맑스주의자가 분명하더라고."

"아니에요, 아빠." 싼띠아고가 말했다. "아무 일도 없어요. 정말이에요, 아빠."

"오래전의 일입니다만, 빤끄라스가 우아초에서 아들을 하나 낳았었죠. 그러고서 얼마 지나지 않아 아내가 아들을 데리고 도망을 가고 말았어요. 그후로 그는 다시는 아내를 보지 못했습니다요." 암브로시오가 말한다. "그때부터 아들을 찾으려고 백방으로 뛰어다니고 있어요. 그런데 그 친구가 자기 아들을 찾는 이유가 가관이에요. 글쎄 자기 아들도 자기처럼 못생겼는지 알기 전에는 절대로 눈을 감을 수 없다는 겁니다요."

"그 사람 말이야, 너하고 있으면 또 모를까 우리와 쉽게 만나려고 하지 않을 것 같아. 우리를 확실히 믿기 전까지는 말이야." 싼띠아고가 말했다. "그래도 너한테는 말을 잘하던데. 살살 웃으면서 말이지. 아이다, 그렇게 쉽게 그 사람의 마음을 사로잡다니 보통 재주가 아닌데?"

"무슨 말을 그렇게 하는 거야. 너 정말 음흉한 부르주아구나!" 아이다가 앙칼지게 쏘아붙였다.

"그 친구 마음이 어땠는지 충분히 이해가 갑니다요. 저도 아말리 따 오르뗀시아 생각만 하면서 몇날 며칠을 보냈으니까요." 암브로시오가 말한다. "어떤 아이일까, 또 누굴 닮았을까 혼자 상상하면서 말입죠."

"부르주아들만 그런 생각을 하는 줄 아니?" 싼띠아고도 물러서지 않았다. "혁명가들은 여자 생각 따윈 안할 것 같아?"

"그만두자. 내가 부르주아라고 해서 화났구나." 아이다가 말했다. "너무 예민하게 굴지 마. 그리고 앞으로 그런 생각은 안했으면 좋겠어. 휴, 또 쓸데없는 말을 했네."

"이제 그만들 하고 밀크 커피나 마시러 가자." 하꼬보가 끼어들었다. "자, 커피값은 모스끄바의 금[73]으로 내면 될 테니까 말이야."

그들은 독자적으로 체제에 저항하는 이들, 즉 자주파들이었을까, 아니면 어떤 비밀 조직에서 활동하고 있었던 걸까? 혹시 그들 중에 프락찌가 있었던 건 아닐까? 그들은 절대로 함께 돌아다니지

73 '모스끄바의 금'(oro de Moscú)은 스페인 내전에서 비롯한 표현이다. 프랑꼬의 꾸데따로 내전이 발발하자 급박해진 당시 제2공화국 정부는 재무성 장관인 후안 네그린의 주도로 스페인 중앙은행에 보관 중이던 510톤의 금(전체의 72.6퍼센트에 해당)을 쏘비에뜨연방으로 이전시키고 그중 일부를 매각하기로 결정했다. 나머지 193톤은 프랑스에서 매각해서 현금화했다. 이 사건은 '프롤레타리아트에 의한 전 세계의 공산주의화'라는 기치를 내건 쏘비에뜨연방의 외교정책과 맞물려 큰 파장을 낳았다. 그러나 이후 쏘비에뜨 공화국에 이전한 금이 다시 환수되었는지 여부는 지금도 오리무중의 상태로 남아 많은 학자들의 연구와 논쟁의 대상이 되고 있다. 당시 '모스끄바의 금'은 쏘비에뜨에로부터 경제적 지원을 받던 서구의 노동조합이나 공산당을 비하하려는 의도로 사용되었다.

않았고 동시에 나타나는 경우도 거의 없다시피 했다. 더구나 그들끼리 서로 잘 아는 사이도 아니었다. 어쩌면 의도적으로 그렇게 보이려고 했던 건지도 모르지만, 가끔 그들은 뭔가 중요한 사실을 폭로하려는 듯 상기된 표정으로 나타나기도 했다. 하지만 늘 뭔가를 말하려는 순간 입을 다물었다. 암시하듯 넌지시 던지는 말투와 닳아 해진 옷, 그리고 철저히 계산된 행동 때문에 학생들은 그들에 대해 약간의 불안감과 의구심, 그리고 ── 선망과 두려움에 억눌려 있긴 했지만 ── 존경심마저 느끼고 있었다. 그리고 우연의 일치였는지 모르겠지만, 그들은 싼띠아고와 아이다와 하꼬보가 수업이 끝난 뒤 들르곤 하던 까페에 모습을 드러내기 시작했다. 혹시 그 사람은 대학의 상황이 어떤지 염탐하러 온 게 아닐까? 허름한 차림을 한 그들은 세 사람이 차지하고 있던 테이블에 앉았다. 그럼 말이야, 우리가 먼저 입장을 밝히는 게 어떨까? 솔직히 말해서 난 저들을 굳이 모른 척할 이유가 없다고 생각해. 그리고 싼마르꼬스에 말이야, 우리 학년에만 끄나풀이 둘이나 있대. 아이다가 말했다. 그럼 무조건 피할 게 아니라 저 사람들이 정말 끄나풀인지 아닌지 우리가 밝혀내면 될 것 아냐. 그러면 저들도 더이상 발뺌하진 못할 거라고. 하꼬보가 말했다. 대화가 점점 엉뚱한 방향으로 흘러가는군. 너희 말대로 설령 저들이 끄나풀로 밝혀진다 해도 요리조리 둘러대며 빠져나갈 게 뻔해. 자기들은 나중에 변호사로 출세할 거라는 둥, 말도 안되는 소리를 하겠지. 싼띠아고가 말했다. 어쩌다가 정치적인 목소리를 낼 수는 있어도, 멍청이들이라면 거짓말은 절대 못한다고. 아이다가 반박했다. 늘 그렇듯이 그들과의 대화도 사소한 이야기에서부터 시작되었다. 농담이나 남의 이야기를 하다가, 아니면 뭔가를 조사하는 과정에서 자신의 정체를 드러내는 이들은 그리 위험하지 않아. 워싱턴이 먼저 운을 뗐다. 우리가 정말로 조심해야 하는 인물들은 경찰 직원 명부에도 오르지 않은 잔챙이 *끄나풀들*이지. 이어서 그들은 다소 조심스럽게 질문을 던지기 시작했다. 요즘 1학년 학생들 분위기는 어때? 학교가 좀 술렁거리는 것 같지 않아? 학생들이 현실 문제에 대해 관심이 많은 편인가? 연합 지도부를 재건하는 데 관심을 가진 학생들은 많아? 그들의 질문은 갈수록 더 알쏭달쏭해졌다. 도대체 무슨 의도로 물어보는 건지 세 사람은 짐작조차 할 수 없었다. 볼리비아 혁명에 대해 어떻게 생각하지? 그리고 과떼말라의 정세에 대해선 어떻게 생각해? 미처 깨닫기도 전에 대화는 국제 정세로 흘러가 있었다. 싼띠아고와 아이다와 하꼬보는 한껏 들떠서 평소 생각하던 바를 털어놓았다. 주변의 *끄나풀들*더러 다 들으라는 듯, 그리고 잡아갈 테면 언제든 잡아가라는 듯이 큰 목소리로 말이다. 셋 중에서도 가장 흥분한 것은 아이다였다. 그녀가 그들과의 대화에 가장 열중했던 것 같아. 싼띠아고는 당시를 돌이켜본다. 어떤 면에서 아이다는 자신의 감정에 완전히 취해 있었어. 그래서인지 위험하다 싶을 정도로 대담한 발언도 서슴지 않았지. 볼리비아와 과떼말라의 정세에 관해 대화를 나누던 중, 처음으로 삐루의 현실을 입 밖에 꺼낸 것도 그녀였다. 우린 군사독재 체제하에서 신음하고 있어. 짙은 어둠속에서도 그녀의 눈만큼은 반짝거렸다. 물론 볼리비아 혁명이 자유주의 혁명이라는 근본적 한계를 가지고 있는 건 분명해. 그녀의 콧날도 평소보다 더 날카롭게 보였다. 그리고 과떼말라의 경우엔 아직 부르주아 민주주의 혁명 단계에도 이르지 못했지, 말을 할 때마다 관자놀이의 혈관이 팔딱팔딱 뛰는 게 눈에 보일 정도였다. 그래도 그들이 삐루보단 훨씬 나아. 이마에 드리운 머리칼이 춤을 추듯 흔들거렸

다. 지금 우리나라는 군바리들의 군홧발에 짓밟히고 있으니까. 그
녀가 말을 할 때마다 머리칼이 이마를 때렸다. 한줌도 안되는 도적
떼의 발에 말이야. 그녀는 울분을 참지 못하고 작은 주먹으로 테이
블을 내려쳤다. 그 순간 수상쩍으면서도 불안한 그림자가 그들 위
로 드리운 듯한 느낌에 아이다는 급히 말을 멈췄다. 그들은 이내
대화를 주제를 바꾸었고, 곧 자리를 떴다.

"어르신께서 늘 말씀하셨죠. 도련님이 싼마르꼬스에 들어가면
안 좋게 변할 거라고 말입니다요." 암브로시오가 말한다. "도련님
이 어르신을 멀리하게 된 것도 따지고 보면 다 그 대학 때문 아닌
가요?"

"네가 그런 말을 하니까 워싱턴이 어쩔 줄 몰라하더라." 하꼬보
가 말했다. "정말로 그가 당원이라면 지금으로선 몸을 사릴 수밖에
없잖아. 워싱턴이 있을 땐 오드리아에 관해서 너무 강경하게 말하
지 말라고. 자칫하면 그 친구 신변이 위태로워질 수도 있으니까 말
이야."

"내가 아버지를 멀리했다고? 아버지가 정말 그렇게 말하시던
가?" 싼띠아고가 묻는다.

"그러니까 워싱턴이 나 때문에 가버렸다 이 말이니?" 아이다가
따지듯이 물었다.

"사실 어르신께서 가장 신경 쓰셨던 문제가 바로 그겁니다요."
암브로시오가 말한다. "대체 무슨 이유로 도련님이 당신을 멀리하
는 걸까, 그걸 알고 싶으셨던 거죠."

그는 법대 3학년에 재학 중인 학생이었다. 안데스 출신의 백인
인 그는 밝고 쾌활한 성격에, 말할 때도 다른 학생들이 그러듯 거
드름을 피우거나 심원한 그 무언가를 마음속에 품고 있는 듯 무게

를 잡는 일이 없었다. 워싱턴, 그는 그들 중 싼띠아고와 아이다와 하꼬보에게 자기 이름을 알려준 첫번째 사람이었다. 늘 밝은 회색 옷에 즐거운 듯 흰 이를 드러내고 다니던 그는 빨레르모나 당구 클럽, 혹은 경제학부 정원에서 이야기를 나눌 때마다 특유의 유머와 농담으로 듣는 이들을 사로잡곤 했다. 늘 판에 박힌 말만 하거나 아무리 들어도 무슨 소리인지 알 수 없는 이야기만 늘어놓는 사람들과 달리 워싱턴은 자기만의 분위기를 가지고 있었다. 이처럼 주변 학생들과 마음을 열고 이야기를 나누던 워싱턴이었지만, 또한 중요한 문제에 있어서는 속내를 감출 줄도 알았다. 하여간 늘 몸을 숨긴 채 주변을 맴돌던 그림자 같은 존재에서 살아 있는 인간으로 탈바꿈한 첫번째 사람이 바로 그였다. 그렇게 그는 나와 아는 사이가 되었지. 싼띠아고는 그때를 떠올려본다. 결국엔 친구가 되었고.

"왜 그런 생각을 하셨을까?" 싼띠아고가 묻는다. "아버지가 나에 대해서 또 어떤 말씀을 하시던가?"

"그럼 우리 함께 스터디 그룹을 만들어보면 어떨까?" 워싱턴이 대수롭지 않은 투로 제안했다. 그들은 숨을 멈추고 그를 응시했다.

"스터디 그룹?" 아이다가 아주 느릿하게 되물었다. "뭘 공부할 건데?"

"저한테 직접 그런 말씀을 하신 적은 없으셨구먼요, 도련님." 암브로시오가 말한다. "다 사모님이나 치스빠스 도련님하고 떼떼 아가씨, 그리고 친구분들한테 하시는 말씀을 얻어듣고 안 겁니다요. 어르신의 차를 운전하다가 들었죠."

"맑스주의를 공부할 거야." 워싱턴이 솔직하게 털어놓았다. "학교에서는 가르치지 않으니까 우리끼리라도 공부해야지. 공부해두면 일반교양만큼 쓸모가 있을 거라고."

"그래도 아버지에 관해서라면 자네가 나보다 더 많이 알고 있을 걸세." 싼띠아고가 말한다. "혹시 아버지가 나에 관해 하신 말씀 중 기억나는 것이 있으면 다 말해보게나."

"그것 참 흥미로운데." 하꼬보가 말했다. "그럼 지금 당장 시작할까?"

"제가 어르신에 관해 도련님보다 어찌 더 많이 알겠습니까요." 암브로시오가 말한다. "도련님도 참 별말씀을 다하십니다요."

"그런데 책을 구하는 게 제일 큰 문제야." 아이다가 말했다. "헌 책방에 가봐야 『꿀뚜라 소비에띠까』 과월 호 몇권 정도밖에 구할 수 없을 테니까."

"아버지가 자네한테 나에 관해 이런저런 말씀을 하신 걸로 알고 있어." 싼띠아고가 말한다. "하지만 괜찮네, 자네가 싫으면 말하지 않아도 되니 마음 쓰지 말게."

"그나마 구할 수 있다 하더라도, 정말 조심해야 돼." 워싱턴이 말했다. "맑스주의를 공부하면 공산주의자로 낙인찍힐 위험이 크니까. 물론 그 점에 관해서라면 다들 나보다 더 잘 알겠지만 말이야."

그렇게 해서 마침내 맑스주의 그룹이 탄생했다. 그렇게 해서 그들은 자기들도 모르게 혁명운동에 가담하게 되었고, 그토록 간절히 바라던 지하조직에 몸담게 되었다. 그렇게 해서 그들은 히론 초따 거리의 누추하기 짝이 없는 서점과 항상 썬글라스에 허연 수염을 기르고 있던 스페인 노인을 알게 되었다. 특히 스페인 노인은 가게 골방에 라우따로와 씨글로 베인떼[74]에서 나온 책들을 잔뜩 숨

---

74 모두 1940년대 부에노스아이레스의 공산주의자 및 사회주의자들이 운영하던 출판사로, 혁명 사상을 알리는데 큰 기여를 했다.

겨놓고 있었다. 그렇게 해서 그들은 그런 책을 사자마자 미친 듯이 읽고는 몇주 동안이나 열띤 토론과 논쟁을 벌이곤 했다. 그리고 그들이 궁금해하던 모든 문제에 해답을 준 『철학의 기본 원리』도 구해서 열심히 읽었다. 싼띠아고는 그 책과 조르주 뽈리체르[75]를 떠올린다. 그렇게 해서 당시까지만 해도 또다른 그림자에 불과하던 엑또르도 알게 되었다. 기린처럼 비쩍 마른 몸에 무뚝뚝한 성격인 엑또르는 경제학과에 재학 중이었고, 라디오 아나운서로 학비를 벌고 있었다. 그들은 매주 두번씩 만나기로 했다. 문제는 장소였다. 오랜 시간 동안 논의한 끝에 헤수스 마리아 거리에 있는 엑또르의 하숙집에서 모이기로 결정되었다. 그때부터 그들은 매주 목요일과 토요일 오후에 거기로 갔는데, 그때마다 누군가 몰래 뒤를 밟는 듯한 느낌이 들어서 집 안으로 들어가기 전에는 항상 샅샅이 주변을 둘러보는 버릇이 생겼다. 그들은 오후 3시경에 모였다. 하숙집 2층에 있는 엑또르의 방은 낡았지만 꽤 넓은데다 커다란 창문 두개가 거리 쪽으로 나 있었다. 귀가 어두운 하숙집 주인 여자가 이따금씩 올라와서 차라도 줄까요? 하고 고함치듯이 물어보곤 했다. 싼띠아고의 눈앞으로 방 안의 풍경이 선연히 떠오른다. 아이다는 침대 위에 걸터앉은 채 부정의 부정 법칙에 관해서 이야기했고, 바닥에 주저앉은 엑또르는 양의 질로의 전환 혹은 비약이라는 법칙에 대해, 또 싼띠아고는 하나뿐인 의자에 앉아 대립물의 통일 법칙에 대해, 그리고 창가에 있던 하꼬보는 헤겔이 물구나무세워놓은 변증법을

---

75 Georges Politzer(1903~42). 헝가리 태생의 프랑스 철학자이자 맑스주의 이론가. 그의 대표적인 저서 중 하나인 『철학의 기본 원리』(*Principes élémentaires de philosophie*)는 1935년에서 1936년 사이 노동자 대학에서 했던 강의를 정리해 출간한 것이다.

맑스가 바로 세우는 과정에 대해 설명했다. 반면 워싱턴은 언제나 같은 자리에 서 있었는데, 왜 앉지 않고 서 있냐고 물어보면, 혹시 키가 클지 몰라서라며 너스레를 떨곤 했다. 매주 한 사람씩 돌아가며 뽈리체르 책의 한 장을 읽고 요약·발제한 다음 토론을 했다. 보통 두세시간이면 끝났지만, 네시간까지 이어지는 경우도 종종 있었다. 모임이 끝나면 방 안에 담배연기와 후끈한 열기만을 남긴 채 둘씩 짝을 지어 나갔다. 하지만 쌴띠아고와 아이다와 하꼬보, 이 세 사람은 나중에 공원이나 거리나 까페 같은 곳에서 따로 모이곤 했다. 워싱턴이 정말로 당원일까? 아이다가 운을 떼자 또다시 이야기가 이어졌다. 그렇다면 엑또르는? 이번에는 하꼬보가 말했다. 그런데 말이야, 당이라는 게 있는 정말 있기는 한 걸까? 쌴띠아고가 의심스러운 표정을 지으며 말했다. 근데 자아비판은 어떻게 하는 거지? 누군가의 질문에 열띤 토론이 이어졌다. 그렇게 그들은 대학 1학년을 마치고 여름을 보냈다. 그 무렵엔 해변 근처에도 가지 않았지. 쌴띠아고는 생각한다. 그렇게 그들은 2학년이 되었다.

맑시즘을 공부하는 것만으로는 충분치 않고 그걸 철저히 믿어야겠다고 생각했던 게 바로 2학년 때였지? 싸발리따, 당시 넌 믿음이 부족하다는 문제로 괴로워했던 것 같아. 하느님에 대한 믿음이 부족했다는 겁니까, 도련님? 아니, 뭔가를 철저히 믿어야 하는데 그게 잘 안되더라는 얘기야, 암브로시오. 신, 특히 우주를 창조한 '순수한 정신'으로서의 신이라는 관념은 아무런 의미가 없어. 뽈리체르가 책에서 그렇게 말했지. 신이 시간과 공간 밖에 있다고 한다면, 결국 어떤 신도 존재할 수 없는 무엇이라고. 쌴띠아고, 너 표정이 평소 같지 않은데 무슨 일이라도 있는 거니? 시간 밖에 존재하는, 즉 어떤 순간에도 존재하지 않는 신을 믿으려면, 그리고 공간

밖에 존재하는, 다시 말해서 어디에도 존재하지 않는 신을 믿으려면 우선 관념론적 신비주의를 받아들임으로써 이를 과학적으로 검증하거나 확인하려는 어떤 시도도 인정해서는 안된다. 이것이 뽈리체르의 주장이었다. 어떤 경우든 의심하는 건 좋지 않다네, 암브로시오. 눈 딱 감고 신은 존재한다고 하거나, 아니면 존재하지 않지만 그래도 신의 존재를 믿는다고 말할 수 있다면 그 편이 가장 좋겠지. 싼띠아고는 스터디 그룹 내에서 가끔 자신이 스스로의 속내를 숨기고 있다는 사실을 깨달았다. 아이다, 그가 말했다, 지금은 분명히 믿고 충분히 공감해. 사실 전에는 그만큼 확신이 없었지. 뽈리체르는 또 이렇게 말했다. 수학자들은 과학적 결론에 기초해서 물질이 공간과 특정한 순간(시간) 속에서만 존재한다고 주장한다고. 두 주먹을 꼭 쥐고 이를 악물고 말일세, 암브로시오. 아쁘라가 해답이야. 종교와 공산주의도 마찬가지로 해결책이고. 철저히 믿어야 해. 그러면 우리의 삶도 알아서 잘 굴러갈 테고, 더이상 허무하지도 않을 걸세. 알겠나, 암브로시오? 그런데 어렸을 때부터 신부님들을 따르지도, 미사에 가지도 않던 도련님이 종교와 하느님을 믿는다니까 참 신기하구먼요. 도련님, 근데 꼭 무언가를 믿어야 되는 겁니까? 결과적으로 우주가 창조되었을 가능성은 전혀 없다고 뽈리체르는 결론지었다. 왜냐하면 시간이라고 할 수 없는 한 순간(신에게 시간은 존재하지 않으니)에 이 세계를 창조하려면 우선 신이 필요했을 테고, 또한 세계가 무에서 나와야 했을 테니까. 싼발리따, 그게 그렇게 중요한 문제니? 아이다가 물었다. 그러자 하꼬보가 대꾸했다. 어쨌든 애초에 꼭 뭔가를 믿어야 한다면, 신이 존재한다고 믿는 것보단 존재하지 않는다고 믿는 편이 낫겠지. 그러자 아이다가 맞장구를 쳤다. 싼띠아고 너도 결국 그쪽을 택할 거야.

하꼬보가 말을 이었다. 싸발리따, 너는 뽈리체르의 말이 옳다고 확신하고 싶은 거야. 아이다도 말했다. 넌 조금이라도 의심이 생기면 견디질 못해. 하꼬보가 맞장구를 쳤다. 맞아, 뭐든 확신이 서지 않으면 용납을 못하는 거지. 싸발리따, 넌 쁘띠부르주아적인 불가지론에 빠진 거야. 그건 위장된 관념론이나 마찬가지라고. 그러자 싸발리따가 발끈해서 맞받아쳤다. 그럼 아이다, 넌 아무 의심도 들지 않는다는 거니? 그리고 하꼬보, 넌 뽈리체르의 말을 액면 그대로 믿는다는 거야? 싸발리따, 의심은 치명적인 독이 될 수도 있어. 아이다가 말했다. 너처럼 의심에 사로잡히면 점점 더 무기력해질 거고, 결국엔 아무것도 할 수 없게 돼. 하꼬보도 가세했다. 그럼 넌 평생 이게 확실한 걸까? 하고 의심이나 하면서 살 거니? 행동에 나서기는커녕, 혹시 거짓이 아닐까? 하고 늘 괴로워하면서 살 거냐고. 싸발리따, 네가 그런다고 세상이 바뀔 것 같아? 결코 그런 일은 없을 거야. 행동하려면 우선 뭔가를 믿어야 돼. 아이다가 힘주어 말했다. 하지만 신을 믿는 건 아무런 도움이 되지 않아. 지금껏 신을 믿어왔지만 변한 게 뭐가 있니? 아이다의 말이 끝나자마자 하꼬보가 다시 나섰다. 싸발리따, 세상을 바꾸려면 차라리 맑스주의를 믿는 편이 좋을 거야. 모든 걸 철저히 의심하는 태도를 갖도록 노동자들을 교육하는 것이 필요해. 워싱턴은 말했다. 그리고 농민들에게는 이성 원칙이라는 네겹의 뿌리를 심어주는 것이 어떨까? 엑또르가 말했다. 싼띠아고는 그때를 떠올리며 생각에 잠긴다. 하지만 싸발리따, 넌 그렇게 생각하지 않았지. 눈을 질끈 감아, 맑스주의는 과학에 기초하고 있어. 두 주먹을 꼭 쥐어, 종교는 무지에서 싹트는 거야. 힘차게 발을 디뎌, 신은 존재하지 않아. 이를 악물어, 계급투쟁은 역사 발전의 동력이야. 온몸에 힘을 주고, 부르주아의 착취에서 해방될 때, 크게 심호흡을 해, 프롤레타리아트는 모든 인류를 해방시키리라. 공격하라, 계급 없는 사회를 이룩하라. 하지만 싸발리따, 넌 도저히 그런 생각을 받아들일 수가 없었어. 그는 생각에 잠긴다. 넌 예나 지금이나 쁘띠부르주아였고, 앞으로도 쁘띠부르주아로 살다가 죽을 거야. 그렇다면 엄마의 젖병과 학교와 가족과 이웃이라는 게 그렇게 강하단 말인가? 그는 생각한다. 넌 금요일마다 미사에 참석하면서 고해성사는 물론 영성체도 했어. 하지만 그때도 기도하면서 다 거짓말이라는 생각이 들곤 했지. 지금도 마찬가지고. 그래도 넌 귀가 어두운 여자의 하숙집에 한번도 빠지지 않고 갔어. 질적인 변화. 뭐든지 축적되면 질적인 변화가 일어나기 마련이야. 그래, 넌 그렇게 믿었어. 맑스 이전에 가장 위대한 유물론자가 있었다면 그건 바로 디드로야. 그래, 맞아. 그러자 그 순간 갑자기 배 속의 벌레가 떠올랐지. 그래, 다 터무니없는 거짓말이야. 지금도 난 그렇게 생각해.

"아무도 그걸 눈치채지 못하는 것 같더군. 아주 중요한 것이었는데도 말이야." 싼띠아고가 말한다. "나는 시를 쓰지 않아, 나는 신을 믿어, 사실 나는 신을 믿지 않아. 이처럼 난 늘 거짓말이나 하면서 내 생각을 일체 드러내지 않았지."

"도련님, 이제 술은 그만 마시는 게 좋겠구먼요." 암브로시오가 말한다.

"학교나 집에서, 동네에서도 마찬가지였어. 스터디 그룹이나 당, 그리고 『끄로니까』에 있을 때도 크게 다를 바가 없었네." 싼띠아고가 말한다. "난 말일세, 뭐 하나 제대로 믿지 않고 지금껏 살아왔다네. 진심을 숨긴 채 언제나 다른 사람들의 입맛에 맞춰 산 셈이지."

"아빠가 집에 있던 공산주의 책을 다 갖다 버리니까 속이 다 시원하네, 히히." 떼떼가 낄낄대며 말했다.

"뭔가를 믿으려고 버둥거리면서 평생을 보낸 셈이야." 싼띠아고가 말한다. "평생 마음에도 없는 말만 하고 살았어. 솔직히 말해서 난 아무것도 믿지 않거든."

싸발리따, 과연 믿음이 부족했던 걸까? 혹시 성격이 너무 우유부단해서 그랬던 건 아닐까? 창고에 지난 신문을 모아두는 상자가 있었는데, 뽈리체르의 새 책 밑에 여러권의 책들이 담겨 있었다.『무엇을 할 것인가?』[76]가 가장 먼저 떠오르는군. 그리고 스터디 그룹에서 읽었던 책들도 많았지.『가족, 사회, 국가의 기원』[77]도 생각나고. 깨알만 한 글씨에 겉장이 너덜너덜해진 책들도 있었어. 책장을 넘길 때마다 글자가 손가락에 묻어나던『프랑스에서의 계급투쟁』[78]도 있었지. 얼마 뒤, 우리 그룹에 가담하는 학생들이 하나둘씩 늘기 시작했어. 먼저 기술 공학을 전공하던 촐로 마르띠네스가 들어왔고, 그 뒤를 이어 의대생이던 쏠로르사노와 아베라는 별명으로 불리던 어떤 여학생 — 언뜻 보면 알비노로 착각할 정도로 살빛이 하얀 아이였다 — 이 우리와 뜻을 함께하기로 했지. 물론 이들이 원한다고 그냥 받아들였던 것은 아니다. 한참 전부터 멀리서 관찰하고 철저히 조사해본 다음 가입 여부를 투표에 부치는 등, 그들 나름대로 만전을 기했다. 이들이 들어오자 그 넓던 엑또르의 방도 비

---

76 블라디미르 레닌이 1902년에 펴낸 팸플릿.

77 프리드리히 엥겔스의 저서로 인류 역사의 최초의 발전 단계에 대하여 과학적으로 분석한 책. 소설 원문에는『가족, 사회, 국가의 기원』으로 되어 있지만 원래 제목은『가족, 사유재산, 국가의 기원』이다.

78 카를 맑스의 저서로, 혁명의 시기를 넷으로 구분하여 프랑스 국내뿐 아니라 유럽 전체의 정치·경제·사회적 상황을 통해 1848년 이후의 프랑스혁명을 상세히 분석한 책이다.

좁아졌다. 더군다나 많은 학생들이 수시로 몰려들자 귀 어두운 여자의 표정에 경계하는 빛이 짙어졌다. 그들은 집집마다 돌아가면서 모이기로 했다. 아이다가 자기 집에서 모여도 괜찮다고 했고, 아베도 기꺼이 자기 집을 내주었다. 그렇게 그들은 헤수스 마리아 거리에 있는 엑또르의 하숙집과 리마끄강가의 빨간 벽돌집, 그리고 붓꽃 무늬 벽지로 장식된 쁘띠 뚜아르가의 아파트에서 돌아가며 만나곤 했다. 아이다의 집에 처음 갔을 때, 덩치 큰 백발의 남자가 열정적으로 우리를 맞이해주었지. 우리 아빠야. 그런데 악수를 하는 동안, 무슨 이유에서인지 그는 우울한 눈빛으로 우리를 바라보았어. 우리 아빠 예전에 인쇄 노동자였는데 노조를 이끌기도 했어. 그러다 싼체스 쎄로[79] 시대에 구속되고 말았지. 그때 하마터면 심장마비로 돌아가실 뻔했어. 이제 정치 활동은 안하셔. 대신 낮에는 인쇄소에서 일을 하고, 밤에는 『꼬메르시오』지 교정을 보시지. 그럼 네 아빠 우리가 맑스주의를 공부하는 걸 알고 있다는 거니? 그럼, 알고 계시지. 그런데도 뭐라고 하지 않으셔? 전혀. 오히려 좋아하시는걸.

"아빠하고 친구처럼 지내다니, 생각만 해도 근사한데." 싼띠아고가 말했다.

"따지고 보면 가엾은 우리 아빠는 내 친구이기도 하고 엄마이기도 해." 아이다가 말했다. "친엄마가 돌아가신 후로 말이야."

"난 말이야, 아빠하고 잘 지내려면 내 생각을 무조건 숨겨야 해." 싼띠아고가 말했다. "내가 무슨 말을 해도 수긍을 안하시거든."

"부르주아 나리신데 어련하시겠어?" 아이다가 비꼬듯 말했다.

---

79 Luis Miguel Sánchez Cerro(1889~1933). 고위 장교 출신으로 꾸데따를 일으켜 뻬루의 대통령 자리에 올랐다.

인원이 늘어나며 ── 당시를 돌이켜보는 쌘띠아고의 뇌리에 양적 축적에서 질적 비약으로의 이행이라는 생각이 스치고 지나간다 ── 스터디 그룹은 공부를 위한 모임에서 정치적 토론의 장으로 변해갔다. 마리아떼기[80]의 글을 분석함과 동시에 『쁘렌사』의 사설을 비판하는가 하면, 역사적 유물론부터 까요 베르무데스에 의해 자행되던 인권유린에 이르기까지 폭넓은 문제를 다루었다. 그리고 점차 부르주아화 되어가는 아쁘라주의를 비판하면서도 그들의 교묘한 적, 즉 뜨로쯔끼주의자들에 대해 독설을 날리는 일도 잊지 않았다. 그들은 주변에서 세명의 뜨로쯔끼주의자들을 찾아냈다. 그리고 몇시간, 몇주, 심지어는 몇달에 걸쳐 누가 뜨로쯔끼주의자인지 짐작하면서 몰래 뒤를 캐보는가 하면, 속으로 욕을 퍼부으며 그들을 감시하기도 했다. 한마디로 기분 나쁜 먹물들이라니까. 늘 남이 한 말이나 읊어대고, 선동이나 하면서 쌘마르꼬스 교정을 어슬렁거리지. 하여간 음험한 이단아들 같아. 그럼 여기도 많이 있을까? 그리 많지는 않을 거야. 하지만 대단히 위험한 친구들이지. 워싱턴이 말했다. 걔들이 경찰의 끄나풀이라는 거야? 쏠로르사노가 물었다. 어쩌면 그럴지도 모르지. 어느 경우든 결과적으로 같은 얘기야. 엑또르가 대답했다. 사람들을 분열시키고, 혼란을 초래하면서 대오를 흐트러뜨리고, 조작된 정보를 퍼뜨리는 건 경찰에 밀고하는 것보다 더 나쁜 짓이니까 말이야. 이번에는 하꼬보가 말했다. 뜨로쯔끼주의자들을 따돌리고 프락찌들을 피하기 위해, 그들은 학교에서는 모이지 않기로 했다. 설령 복도에서 마주치더라도 모른 체하고 지나가기로. 당시 우린 같은 길을 가고 있다는 생각으

---

80 José Carlos Mariátegui(1894~1930). 뻬루 출신의 맑스주의자. 20세기 라틴아메리카에 가장 큰 영향력을 미친 사상가로 평가받는다.

로 하나가 되었지. 서로 끈끈한 연대감마저 느끼고 있었어. 쌘띠아고는 생각한다. 최소한 우리 셋의 우정은 갈수록 두터워졌어. 그들이 만든 작은 바위섬, 이 똘똘 뭉친 삼총사 때문에 혹시 다른 이들이 거부감을 느끼진 않았을까? 수업에 들어가든, 도서관이나 까페에 가든, 교정을 거닐든, 또 모임이 끝나고 난 뒤에도 셋은 늘 그림자처럼 붙어다녔다. 서로 이야기를 나누거나 토론을 하고, 함께 걷고, 영화관에도 같이 갔다. 그들이 함께 본 영화 중에서는 「밀라노의 기적」[81]이 단연 으뜸이었다. 마지막 장면에서 하늘을 나는 하얀 비둘기는 평화를 상징하는 비둘기야. 그리고 「인터내셔널가」가 배경음악으로 흘러나오는 걸 보면 비또리오 데 시까 감독은 공산주의자임이 분명해. 언젠가 동네 영화관에서 소련 영화를 상영한다는 소문을 듣자마자, 그들은 잔뜩 기대를 품고서 한걸음에 달려갔다. 물론 지루한 구닥다리 발레 영화라는 걸 뻔히 알면서도 말이다.

"도련님, 지금 떨고 계시는 거예요?" 암브로시오가 놀란 눈을 하고 묻는다. "아니면 위경련이라도 난 건가요?"

"어릴 때부터 그랬다네. 밤마다 말이야." 쌘띠아고가 말한다. "한밤중에 너무 아파서 깨곤 했지. 이런, 아파 죽겠군. 하여간 그땐 불을 켜거나 소리를 지르는 건 고사하고 손가락 하나 까딱할 힘조차 없었어. 그냥 온몸을 잔뜩 웅크린 채 덜덜 떨면서 땀만 뻘뻘 흘렸지."

"경제학과 학생 한명이 더 들어올 수도 있어." 워싱턴이 말했다. "그런데 지금 우리 그룹에 사람이 너무 많다는 게 문제야."

---

[81] Miracolo a Milano. 이딸리아의 비또리오 데 시까 감독의 1951년 작품. 2차대전 직후 밀라노의 가난한 사람들의 삶을 따뜻한 시선으로 담은 네오리얼리즘의 명작이다.

"근데 도련님, 대체 뭣 때문에 그런 겁니까요?" 암브로시오가 걱정스러운 표정으로 묻는다.

아주 작고 차가운, 그리고 끈적끈적한 무언가가 바로 그곳에 나타났다. 그것이 위의 입구 부분을 아주 미묘하게 뒤틀면서 액체를 분비하자 손바닥에 땀이 났다. 그러면서 심장박동이 빨라지기 시작하더니, 갑자기 온몸에 오한이 나면서 그것이 사라졌다.

"맞아, 그토록 많은 사람들이 계속 모인다는 건 결코 바람직하지 않아." 엑또르가 말했다. "하여간 지금으로서는 스터디 그룹을 둘로 나누는 것이 최선의 방법일 것 같아."

"그래, 둘로 나누는 게 좋겠어. 엑또르의 말이 끝나기가 무섭게 내가 나서서 말했지. 왜 그런 생각을 못했을까 싶더군." 싼띠아고가 말한다. "그런데 몇주 지나고부터 바보처럼 자꾸 헛소리를 하면서 잠에서 깨곤 했다네. 그건 안돼, 그럴 순 없어 하면서 말이야."

"그럼 어떤 기준으로 나누면 될까?" 촐로 마르띠네스가 말했다. "빨리 결정해야 돼. 머뭇거릴 시간이 없다고."

"저 친구는 잉여가치 이론을 칼같이 지키느라 저렇게 서두르는 거야." 워싱턴이 껄껄 웃으며 말했다.

"제비뽑기로 정하는 게 어때?" 엑또르가 말했다.

"그런 걸 운에 맡긴다는 건 좀 비합리적이야." 하꼬보가 나섰다. "내 생각엔 알파벳순으로 나누는 게 좋을 것 같은데."

"맞아, 그러는 편이 훨씬 더 합리적이고 쉬울 것 같아." 아베가 말했다. "그럼 우선 네명으로 한 그룹을 만들고 나머지는 따로 모이면 되겠다."

이번에는 가슴이 두근거리지도 않았고, 뱃속에서 작은 벌레가 스멀스멀 기어 나오지도 않았어. 다만 놀랍고 얼떨떨할 뿐이었지.

그는 그때를 돌이켜본다. 그러더니 갑자기 모든 게 혐오스러워졌어. 그건 아니야. 잘못된 생각이라고. 그건 아니라니까. 그는 생각에 잠긴다. 그런데 그게 정말로 잘못된 생각이었을까?

"하꼬보의 의견에 동의하는 사람은 손을 들어봐." 워싱턴이 말했다.

그러자 점점 더 불쾌해지고 머리가 멍해지더니, 겁이 더럭 나면서 혀가 굳어버렸다. 주변을 둘러보니 다른 이들이 모두 손을 들고 있었다. 그제야 그는 마지못해 손을 들었다.

"좋아, 그럼 모두 동의한 거지?" 워싱턴이 말했다. "하꼬보, 아이다, 엑또르, 그리고 마르띠네스가 한조를 이루고, 우리 넷은 다른 조가 되는 거야."

여전히 얼이 빠져 있던 탓에 그는 다른 조로 가게 된 아이다와 하꼬보를 쳐다보지도 않았다. 그저 한창 시간을 들여 담배에 불을 붙이고 엥겔스의 책을 뒤적거리다가 잠깐 고개를 들어 쏠로르사노를 보면서 미소를 보냈을 뿐이었다.

"자, 마르띠네스. 이제 한번 멋지게 발표해보라고." 워싱턴이 말했다. "잉여가치라는 게 뭐지?"

혁명만 그런 게 아니야. 그는 다시 생각에 잠긴다. 그 순간에도 나는 소극적인 태도로 일관했을 뿐만 아니라, 속마음을 꼭꼭 숨기면서도 머릿속으로는 긴장을 늦추지 않은 채 무언가를 빠르게 계산하고 있었어. 혹시 하꼬보가 미리 계획하고 말했던 걸까? 그는 생각한다. 아니면 갑자기 그런 생각이 들었던 걸까? 혁명과 우정, 질투와 부러움, 이 모든 게 뒤죽박죽 뒤섞이는 바람에 말이야. 싸발리따, 하꼬보의 삶도 너처럼 오욕의 진창으로 이루어져 있었을지 몰라. 안 그래, 싸발리따?

"세상에 순수한 사람은 없었지." 싼띠아고가 말한다. "암, 그렇고말고."

"그럼 그 여학생을 더이상 만나지 않을 생각이었나요?" 암브로시오가 조심스럽게 물어본다.

"차라리 잘됐다 싶었어. 그래서 될 수 있으면 그녀를 만나지 않으려고 했다네. 그랬더니 하꼬보가 뭐라고 했는지 아나? 자기도 일주일에 딱 두번만 볼 생각이었다는 거야." 싼띠아고가 말한다. "그런데 말이야, 그의 그 치사함이 내 가슴을 후벼놓더군. 돌이켜 생각해보면 그건 도덕적인 이유 때문이 아니라 질투심 때문이었던 것 같아. 당시 난 너무 소심해서 감히 접근할 용기조차 없었으니까."

"그러니까 그 친구가 잔머리를 더 잘 굴렸다는 거구면요." 암브로시오가 웃으며 말한다. "그래서 도련님은 농간을 부린 그 친구를 지금껏 용서하지 못하는 거고요."

촐로 마르띠네스는 태도와 말투만 보면 마치 학교 선생님 같았다. 간단히 말해서, 그것은 노동자에게 임금으로 지불되지 않은 노동이야. 하지만 같은 말을 반복해서 듣고 있으려니 지루했다. 다시 말해, 자본을 증식시키는 노동자로부터 탈취해 간 생산품의 비율을 의미하는 거지. 싼띠아고는 그 둥근 구릿빛 얼굴에 시선을 고정한 채 선생처럼 카랑카랑한 그의 목소리를 계속 듣고 있었다. 그러다 담배를 입으로 갖다 대며 이글거리는 벌건 불빛 속에서 주변을 둘러보았다. 그렇게 비좁은 공간에서 살을 맞대고 있어도 고독하고 공허한 느낌을 지울 수가 없었다. 작은 벌레가 다시 나타나 그의 배 속에서 느릿느릿 몸을 뒤틀기 시작했다.

"난 말이지, 위험이 닥치면 자기를 밟고 지나가거나 목을 따주기를 기다리면서 몸을 웅크린 채 꼼짝도 않고 있는 쪼그마한 벌레나 마찬가지야." 싼띠아고가 말한다. "뚜렷한 신념도 없는데다 소심하기까지 하니 매독과 문둥병을 한꺼번에 앓는 인간이나 다름이 없다는 거지."

"아이고 도련님, 왜 그렇게 자학을 하고 그러세요?" 암브로시오가 걱정스러운 표정을 지으며 말한다. "만약 어떤 놈이 도련님한테 그런 말을 지껄이면, 이놈이 가만히 안 둘 겁니다요."

영원해 보이던 무언가가 갑자기 사라지기라도 했던 걸까? 그는 생각에 잠긴다. 그때 그토록 힘들고 괴로웠던 게 그녀 때문이었을까, 하꼬보 때문이었을까, 아니면 그냥 나 자신 때문이었을까? 하지만 싸발리따, 넌 줄곧 아무렇지도 않은 듯 시치미를 뚝 떼고 있었지. 그리고 모임이 끝나자 하꼬보와 아이다와 함께 쉴 새 없이 떠들어대면서 시내로 걸어갔어. 엥겔스니 잉여가치니 하면서 말이야. 실제로 그는 친구들에게 대답할 시간도 주지 않고 뿔리체르와 아베, 맑스 등등에 대해 쉴 틈 없이 수다스럽게 떠들어댔다. 다른 두 사람은 입도 벙긋하지 못하게 말을 가로채는가 하면, 누군가 어떤 화제를 입에 올리면 곧바로 뭉개버리고는 이내 그럴싸하게 포장해서 다시 꺼냈다. 입만 열면 누가 채가기라도 할까봐 허겁지겁 이 말 저 말 다 하다가 결국엔 뒤범벅이 되어버렸다. 그런데도 그는 긴 독백이 끝나지 않도록 없는 이야기를 꾸며내고, 과장하고, 적당히 거짓말도 보태느라 무진 애를 썼다. 그가 그렇게까지 했던 것은 모임에서 하꼬보가 던진 제안과 그주 토요일부터 하꼬보와 아이다는 쁘띠 뚜아르가에서, 그는 리마끄강가에서 따로 모임을 가지게 된 사실이 일절 입 밖으로 나오지 않게 하고 싶었기 때문이었다. 그 일로 인해 세 사람이 처음으로 흩어지게 되었을 뿐만 아니라, 전처럼 숨소리가 들릴 정도로 가까이에서 이야기를 나누거나 서로 머리를 맞댄 채 무언가를 궁리할 수도 없다는 사실이 못내 아쉬웠다. 그래서였을까? 아르마스 광장을 가로질러 가는 동안, 부자연스럽고 진실되지 못한 무언가가 세 사람의 사이를 갈라놓고 있었다. 어쩌다 아버지와 이야기를 나눌 때와 비슷한 기분이었어. 그는 당시를 돌아보며 생각에 잠긴다. 그때부터 그들은 서로를 오해하고 적대시하기 시작했다. 히론 델 라 우니온 거리로 내려오는 동안에도, 그가 떠들어대는 말을 나머지 둘은 잠자코 듣고만 있었다. 그들은 서로의 얼굴을 단 한번도 쳐다보지 않았다. 아이다도 서로 헤어져야 한다는 사실이 아쉬웠을까? 혹시 하꼬보와 둘이서 그 제안을 생각해냈던 건 아닐까? 싼마르띤 광장에 이르렀을 땐 이미 날이 어두워져 있었다. 시계를 힐끗 본 싼띠아고는 말없이 그들에게 악수를 청한 뒤 버스 정거장으로 뛰어갔다. 다음 날 몇시에, 어디에서 만날지도 정하지도 않은 채 달려갔지. 그는 그때 상황을 떠올려본다. 그들을 만난 이후로 그런 일은 처음이었어.

그때가 아마 2학년 마지막 주였지, 싸발리따? 종강하고 기말시험을 앞두고 있었을 때였을 거야. 그 무렵 그는 눈만 뜨면 책을 읽었고, 스터디 그룹에도 열심히 참여하면서 맑시즘을 열렬히 추종하게 되었다. 그러는 사이 몸은 눈에 띄게 야위어갔다. 삶은 달걀도 억지로 먹어, 쏘일라 부인은 그를 볼 때마다 핀잔을 주곤 했다, 오렌지주스도 마지못해 마셔, 그렇다고 콘플레이크라도 맛있게 먹나, 그러니까 그렇게 비쩍 마를 수밖에. 이제 바람만 불어도 날아갈 것 같구나. 먹는 것도 우리 만물박사님 이념에는 맞지 않지, 안 그래? 치스빠스도 틈만 나면 거들고 나섰다. 그럴 때마다 너도 물러서지 않고 맞받아치곤 했어. 형 얼굴만 보면 밥맛이 다 떨어져서 안 먹는 거야. 알았어? 그러면 치스빠스도 발끈했지. 만물박사, 너

그러다 맞는 수가 있어. 한번만 더 까불면 죽을 줄 알아. 세 친구는 그후로도 계속 만났다. 하지만 싼띠아고가 강의실에 들어가 그들 옆에 앉고 나면 어김없이 그 벌레가 작은 머리를 쳐들고는 복잡하게 얽혀 있는 내장의 조직과 힘줄 사이를 꿈틀거리면서 기어 다니곤 했다. 그뿐 아니라 친구들과 함께 커피를 마시려고 빨레르모에 갈 때도 혈관과 하얀 뼈 사이를 비집고 나타났다. 또 로스 우에르파노스 제과점에서 치차 모라다[82]를 마실 때나 당구 클럽에서 부띠파라[83]를 먹을 때도, 어김없이 그 벌레는 작은 머리 뒤로 산성의 몸뚱이를 질질 끌고 나타났다. 그들은 수업과 코앞으로 닥쳐온 기말시험에 대해서, 그리고 대학생 연합 지도부의 차기 집행부 선거 준비에 대해서 대화를 나누곤 했다. 또 자기가 속한 스터디 그룹에서 무슨 공부를 하는지, 오드리아 독재 정권하에서 구속된 민주인사들과 과떼말라, 볼리비아의 정세에 대해서도 이야기를 나누었다. 그때 우리가 함께 만난 건 싼마르꼬스 대학과 정치가 우리 셋을 하나로 묶어주었기 때문이야. 그는 당시를 돌이켜보며 생각한다. 하지만 길을 가다 우연히 마주치기도 했고, 또 싫어도 억지로 만난 경우도 있었지. 그들은 스터디 그룹이 끝난 뒤 단둘이 만났을까? 그리고 예전처럼 함께 산책을 하거나, 박물관이나 서점, 아니면 영화관에 갔을까? 서로 다른 그룹에 속한 뒤, 하꼬보와 아이다는 싼띠아고를 보고 싶어 했을까? 아니면 적어도 그를 생각하면서 이야기라도 나누었을까?

"어떤 계집애한테 전화 왔어." 떼떼가 말했다. "온통 비밀투성이구나. 대체 저 계집앤 누구야?"

---

82 붉은 옥수수를 발효시켜 만든 알코올음료.
83 햄 조각과 약간의 쎌러드가 들어 있는 샌드위치.

"전화 엿들으면 혼날 줄 알아." 싼띠아고가 말했다.

"우리 집에 잠깐 와줄 수 있어?" 아이다가 말했다. "특별히 바쁜 일이 없으면 말이야. 혹시 내가 귀찮게 하는 건 아니니?"

"무슨 일인데 그래? 하여간 곧장 갈게." 싼띠아고가 말했다. "삼십분 정도 걸릴 거야. 아니, 좀더 걸릴지도 모르겠어."

그가 라르꼬 거리와 호세 곤살레스 거리 사이에서 승합 택시를 기다리는 동안 기어이 그놈이 나타났다. 택시가 아레끼빠 대로로 올라가는 동안 놈은 그의 배 속에서 점점 더 부풀어오르는 듯했다. 마치 얼음에 기대어 있기라도 한 양 등에 한기가 들어 택시 한 구석에서 몸을 웅크리자 끈적끈적하고 큼지막하게 변한 놈이 배 속에 똬리를 틀고 앉았다. 조금씩 어둠이 내릴 무렵, 그의 마음속에서는 추위와 두려움, 그리고 희망이 눈덩이처럼 불어나기 시작했다. 무슨 일이라도 생긴 걸까? 아니면 무슨 일이라도 일어나려나? 바로 그때 우리가 싼마르꼬스에서 잠깐 만나고 못 본 지 한달이나 되었다는 생각이 문득 들었지. 그는 그때를 돌이켜본다. 그때껏 아이다는 내게 전화를 한 적이 없었어. 단 한번도 말이야. 그는 생각한다. 쁘띠 뚜아르가의 길모퉁이를 돌아서는 순간 집 앞에서 그를 기다리고 있는 그녀의 모습이 보였다. 서서히 저물어가는 태양과 더불어 자그마한 그녀의 형체도 아스라이 사라져가고 있었다. 그를 보자 그녀는 손을 흔들었다. 그녀의 파리한 얼굴과 늘 입는 파란색 옷, 그리고 심각한 표정, 파란색 점퍼, 꽉 다문 입과 낡아빠진 검은색 학생화가 눈에 들어왔다. 그는 그녀의 손이 가늘게 떨리고 있음을 직감적으로 알아차렸다.

"바쁜데 전화해서 미안해. 너하고 얘기할 게 있어서." 그녀의 목소리는 믿기 어려울 정도로 심하게 떨리고 있었다. 맞아 그랬지. 게

다가 평소와 달리 잔뜩 겁을 집어먹은 목소리였어. "괜찮으면 좀 걸어도 될까?"

"하꼬보랑 있는 거 아니었어?" 싼띠아고가 조심스레 물었다. "그건 그렇고, 무슨 일이야?"

"오늘 맥주를 무진장 많이 마시네요. 근데 술값은 있으신가요, 도련님?" 암브로시오가 묻는다.

"기어이 올 것이 온 거야." 싼띠아고가 말한다. "이미 문제가 터졌다는 걸, 우려하던 일이 일어나고야 말았다는 걸 난 직감했지."

오전 내내 하꼬보와 함께 있었어. 작은 벌레는 여전히 코브라처럼 똬리를 틀고 있었다. 하지만 수업에 들어가진 않았어. 하꼬보가 단둘이 이야기할 것이 있다고 해서 말이야. 코브라 녀석은 날카로운 나이프만큼이나 서슬이 퍼렜다. 둘은 레뿌블리까 대로를 따라 걸었다. 놈은 날이 열개나 달린 나이프 같았다. 엑스뽀시시온 공원에 이르자 싼띠아고와 아이다는 작은 연못가의 벤치에 앉았다. 아레끼빠 대로로 이어진 차선을 따라 차들이 쌩쌩 지나가고 있었다. 나이프처럼 날카로운 놈이 꿈틀거리며 천천히 배 속으로 들어오고, 곧이어 또다른 놈이 나타나 들어왔다. 둘은 자리에서 일어나 인적 없는 어두운 가로수 길을 따라 걷기 시작했다. 또다른 놈이 마치 얇은 껍질에 속이 꽉 찬 빵 속으로 들어가듯이 그의 심장 속으로 꾸물꾸물 들어갔다. 그 순간 그녀가 갑자기 입을 닫아버렸다.

"그 친구가 너하고 단둘이 무슨 말을 하려고 한 거지?" 그는 그때를 떠올려본다. 그때 넌 그녀에게 얼굴을 돌리지도 않은 채 들릴락 말락한 목소리로 말했지. "내 얘기? 아니면 내게 뭐 못마땅한 거라도 있는 거야?"

"응, 네 얘기는 아니니까 걱정하지 마. 사실 내 문제 때문이었어." 그녀의 목소리는 마치 새끼 고양이의 울음소리 같았다. 그녀의 목소리가 지금 그의 귓전에 울리는 듯하다. "하꼬보가 그러는 바람에 얼마나 놀랐는지, 무슨 말을 해야 할지 모르겠더라고."

"걔가 뭐라고 했는데?" 싼띠아고가 중얼거리듯 물었다.

"나를 사랑한다는 거야." 바뚜께가 어릴 때 칭얼거리는 듯한 목소리였지.

"거긴 아레끼빠 대로 10번 구역이었어. 12월, 저녁 7시쯤이었지." 싼띠아고가 말한다. "맞아, 암브로시오. 바로 거기였어."

싼띠아고는 주머니에서 손을 꺼내 입에 갖다 대고는 입김을 불어 넣었다. 그런 뒤 어떻게든 웃어보려고 애를 썼다. 아이다는 팔짱을 풀고 걸음을 멈추더니, 잠시 머뭇거리면서 주변에 벤치가 있는지 두리번거렸다. 그녀는 근처에 있던 벤치에 털썩 주저앉았다.

"그럼 넌 정말 아무것도 몰랐다는 거니?" 싼띠아고가 말했다. "녀석이 왜 갑자기 스터디 그룹을 둘로 나누자고 한 것 같아?"

"난 정말 몰랐어. 만약 그랬다면 그룹 내에 파벌을 만드는 나쁜 선례를 남기기밖에 더 됐겠어? 더구나 그 사실을 다른 사람들이 알았으면 가만히 있었겠어? 그래서 하꼬보를 철석같이 믿었던 거야." 그때 그녀의 목소리가 가늘게 떨렸지. "그리고 그룹을 둘로 나눈다고 해서 크게 달라질 건 없을 거라고 생각했어. 따로 만나더라도 우린 예전처럼 삼총사로 지낼 테니까 말이야. 난 그렇게 믿었다고."

"하꼬보는 너와 단둘이 있고 싶었던 거야." 싼띠아고가 말했다. "하긴 녀석의 입장이라면 누구라도 그랬겠지."

"하지만 넌 그 일 때문에 화가 나서 우리한테 연락도 안했잖아." 어쩔 줄 몰라하면서도 양심의 가책으로 괴로워하던 그녀의 표정이 지금도 눈에 선하다. "그 이후로 단 한번도 따로 만난 적이 없어. 우리 사이가 어쩌다 이렇게 된 거지?"

"화가 났다니, 그게 무슨 소리야? 절대 그렇지 않아. 그리고 달라진 건 전혀 없으니까 걱정하지 마." 싼띠아고가 말했다. "다만 하꼬보가 너랑 단둘이 있고 싶어 한다는 건 진작 알고 있었어. 사실 녀석의 입장에서는 내가 얼마나 거치적거렸겠니? 하지만 우리의 우정은 조금도 변함없으니까 걱정 마."

그때 아이다에게 말을 한 건 네가 아니라 다른 사람이었어. 그는 그때의 상황을 떠올리며 생각에 잠긴다. 평소 너답지 않게 단호한 목소리에, 더 자연스러웠지, 싸발리따. 그건 분명 싼띠아고가 아니었어. 싼띠아고라면 절대로 그렇게 말했을 리가 없어. 그는 중립적인 입장에서 모든 걸 이해하고 설명했을 뿐 아니라 조언까지 건네며, 지금 이게 정말 나인가 생각했다. 사실 난 여기저기서 구박을 받았던 탓에 기가 잔뜩 죽어 있었어. 그래서 늘 움츠린 채 기어들어가는 목소리로 어물거리고, 가능하면 사람들을 피하거나 달아나기 일쑤였지. 하지만 잘난 자존심 때문에, 사람들에게 꽁해 있거나 모욕감을 느꼈기 때문에 그랬던 건 아니야. 그는 돌이켜본다. 그렇다고 질투심 때문에 그랬던 건 더더욱 아니고. 그는 생각한다. 그건 다 내 소심한 성격 때문이었어. 그녀는 꼼짝도 않고 그의 말을 듣고 있었다. 그러면서 도저히 알 수 없는, 아니 알고 싶지 않은 그런 표정으로 그를 빤히 쳐다보았다. 다음 순간 그녀는 갑자기 자리를 박차고 일어나더니, 한마디 말도 없이 반 블록쯤 걸어갔다. 그러는 사이 놈들은 날카로운 나이프처럼 소리 없이 계속 속을 후벼 파고 있었다.

"이제 어떻게 해야 될지 모르겠어. 너무 혼란스럽고 아무것도 믿기지 않아." 오랜 침묵을 깨고 마침내 아이다가 입을 열었다. "그래서 너한테 전화한 거야. 너라면 나를 도와줄 수 있을 것 같아서."

"그래서 난 정치에 관해 얘기하기 시작했다네." 싼띠아고가 말한다. "무슨 말인지 알겠나?"

"물론이지." 페르민 씨가 말했다. "집을, 그러니까 리마를 떠나 어디론가 몸을 숨기라는 거야. 내 앞날을 걱정해서가 아니라, 가엾은 자네가 행여 봉변이라도 당할까봐 그러는 거니 이해하게나."

"무슨 뜻으로 하는 말이야?" 지금 생각해보면, 그녀는 놀라고 당황해서 어쩔 줄 모르는 것 같았어.

"그러니까 누구든 사랑에 빠지면 개인주의적으로 변하게 된다는 뜻이야." 싼띠아고가 말했다. "그러다 보면 그 어떤 것보다 사랑이 더 중요해지기 마련이거든. 물론 혁명이라고 예외는 아니지."

"하지만 싸발리따, 넌 그 두가지가 결코 양립 불가능한 게 아니라고 말하곤 했잖아." 그는 그때를 떠올려본다. 그녀는 한음절씩 끊어서 속삭이듯 말했지. "그런데 이제는 그렇게 생각한다는 거니? 더구나 네가 앞으로 사랑에 빠지지 않을 거라고 장담할 수도 없잖아."

"당시 난 아무것도 믿지 않았네. 물론 아는 것도 없었지만 말이야." 싼띠아고가 말한다. "그저 사람들의 눈을 피해 어디론가 달아나고 싶은 마음뿐이었지."

"하지만 나리, 저더러 대체 어디로 가라는 겁니까?" 암브로시오가 울상을 지으며 물었다. "나리는 제 말을 믿지 않으시는 거예요. 그래서 절 내쫓으려는 것 아닙니까?"

"아무것도 믿기지 않는다고 했지? 하지만 그 말은 사실이 아니야. 그리고 한가지 분명한 건, 너도 그를 사랑하고 있다는 거야." 싼띠아고가 말했다. "너와 하꼬보의 경우엔 그 두가지가 양립할 수도 있겠지. 게다가 하꼬보는 참 좋은 녀석이잖아."

"하꼬보가 좋은 친구라는 건 나도 잘 알아." 아이다가 말했다. "하지만 내가 그를 사랑하고 있는지, 그건 잘 모르겠어."

"넌 그 친굴 사랑하고 있어. 나는 벌써부터 눈치채고 있었다니까." 싼띠아고가 말했다. "나만 그런 게 아니라 스터디 그룹의 모두가 알고 있었어. 아이다, 그러니까 사실을 인정하는 게 좋을 거야."

싸발리따, 넌 하꼬보가 참 좋은 녀석이라고 우겨댔지. 그리고 싸발리따, 넌 아이다가 그를 사랑하고 있다며 집요하게 몰아붙였어. 그뿐 아니라 둘이 무척이나 잘 어울린다는 말도 수없이 되풀이했지. 하지만 그녀는 자기 집 대문 앞에서 팔짱을 낀 채 잠자코 듣고만 있었다. 싼띠아고가 얼마나 어리석은지 생각하고 있었던 걸까? 그녀는 고개를 숙이고 있었다. 싼띠아고가 얼마나 비겁한 인간인지 따져보고 있었던 걸까? 그녀는 두 발을 가지런히 모으고 있었다. 그녀는 정말 싼띠아고한테서 조언을 듣고 싶었던 걸까? 그는 그 장면을 떠올리며 생각에 잠긴다. 혹시 싸발리따 네가 자기를 사랑하고 있다는 걸 눈치챈 건 아닐까? 그래서 네가 큰마음 먹고 그 감정을 고백하는지 확인하고 싶었던 건 아닐까? 만약 고백했다면 그녀는 뭐라고 했을까? 그는 조용히 생각에 잠긴다. 만약 그녀가 진심을 털어놓았다면 난 또 뭐라고 했을까? 그는 생각한다. 아, 싸발리따.

워싱턴이 셋이서 그토록 찾던 비밀 연락책이라는 사실을 알게 된 게 아이다와 하꼬보가 꼴메나 거리에서 손을 잡고 다니는 걸 본 다음 날, 아니면 그보다 한주 뒤, 그도 아니면 한달 뒤쯤이었던가? 스터디 그룹 내에서는 아무도 아이다와 하꼬보의 관계를 입에 올리지 않았다. 워싱턴이 농담조로 한마디 던진 것이 다였다. 그러는 사이 다른 모임에서 또 한쌍의 커플이 탄생했다. 소리 소문도 없이 참 잘도 사귀는군. 아베가 지나가는 말로 한마디 했다. 그건 그렇고 잘 어울리는 한쌍이야. 하지만 이제 다른 일에 신경 쓸 틈이 없었다. 대학 내 선거가 코앞에 닥치자 그들은 매일 만나서 이번 대학생 연합 지도부 선거에 누구를 내세울지, 어떤 세력과 연대를 하고 후보자들 중 누구를 지지할지, 그리고 선전 벽보나 포스터를 어떻게 만들지에 대해 의견을 나누었다. 그러던 어느날, 워싱턴이 두 그룹을 모두 아베의 집으로 불러 모았다. 그는 만면에 미소를 띤 채 리마끄강가에 있는 아베네 집 거실로 들어왔다. 너희들이 깜짝 놀랄 만한 소식을 가져왔어. 까우이데[84]. 그는 생각한다. 뻬루 공산당 산하 조직. 안 그래도 좁은 거실에 학생들이 가득 들어차는 바람에 발 디딜 틈조차 없었다. 등사한 유인물을 나눠주었지만 방 안에 꽉 찬 담배연기 때문에 뿌옇게 보였다. 눈이 따가웠다. 까우이데. 모두들 유인물을 열심히 읽었다. 뻬루 공산당. 읽고 또 읽었다. 산하 조직. 그들은 고개를 들어 양털 모자에 뽄초를 두르고 샌들을 신은 인디오의 강인한 얼굴과 불끈 쥐어 하늘로 치켜든 주먹을 쳐다보았다. 그러곤 다시 유인물의 제목 아래 그려진 낫과 망치를 뚫어지게 바라보았다. 그들은 유인물을 큰 소리로 읽은 뒤 각자의 의견을 밝히며 토론을 벌이고, 워싱턴에게 질문을 퍼부었다. 그런 뒤 모두 유인물을 집으로 가져갔다. 아베의 집을 나서는 순간, 싼띠아고의

---

84 Cahuide. 뻬루의 변호사이자 공산주의 운동의 지도자인 이삭 우말라 누녜스(Isaac Humala Núñez, 1931~)가 내부 분열과 오드리아 독재 정권의 탄압으로 와해 위기에 처한 뻬루 공산당을 재건하기 위해 만든 지하조직. 여기서는 조직에서 발행하던 유인물의 제목 또한 동시에 가리킨다. 우말라 누녜스는 특히 까우이데를 통해 싼마르꼬스 대학생의 의식화 교육을 강화하고자 했는데, 바르가스 요사도 조직의 일원으로 그에게서 맑스-레닌주의를 배웠다.

마음속에 남아 있던 감정의 앙금과 소심함, 그리고 좌절과 질투 따위는 모두 사라지고 없었다. 워싱턴은 입에서 입으로 떠도는 전설적 인물이 아니었고, 폭압적인 독재 정권에 의해 사라질 인물도 아니었다. 그는 분명히 존재하고 있었다. 오드리아가 독재 정권의 서슬이 제아무리 시퍼렇다 해도, 이 남자와 여자 들은, 까요 베르무데스 같은 자들이 제아무리 독사 같은 눈초리로 감시한다 해도, 비밀리에 모여 세포조직을 결성하고, 경찰의 끄나풀들이 아무리 득실거리고 추방의 위협이 곳곳에 도사리고 있다 해도, 까우이데를 인쇄하면서, 설사 감옥과 고문이 그들을 기다리고 있다 해도, 혁명을 준비하고 있었다. 워싱턴은 그들이 누구인지, 그들이 어떻게 행동하는지, 그리고 그들이 어디 있는지 죄다 알고 있었다. 그가 분명 나를 이 조직에 가입시킬 거야, 난 그렇게 생각했지. 그는 생각에 잠긴다. 나를 끌어들이려고 할 게 분명해. 그날밤 침대 머리맡의 전등을 끄자, 고결하면서도 위험스럽고 불안한 무언가가 어둠속에서 타오르기 시작했다. 그것은 사라지지 않고 꿈속에서도 계속 타오르고 있었다. 정말 꿈속에서까지 그랬던가?

7

"제 아버지가 구속되었던 건 강도죄나 살인죄 때문이었습니다
요. 딴 놈이 한 짓까지 혼자 뒤집어쓴 거죠, 다." 암브로시오가 말했
다. "차라리 감옥에서 뒈졌으면 좋겠다고, 악에 받친 엄마는 종종
악담을 퍼붓기도 했어요. 하지만 아버지는 얼마 안 가 풀려났습니
다요. 그때 전 딱 한번 아버지를 만났습죠. 아버지란 사람을 태어나
서 처음 만난 셈입니다요, 나리."

"놈들에게서 자백을 받아냈나?" 까요 베르무데스가 물었다. "모
두 아쁘라 당원들인가? 그중 전과가 있는 놈은 몇명이지?"

"정신 차려! 여기로 오고 있다고." 뜨리풀시오가 숨을 죽이며 말
했다. "잘 봐! 이리로 내려오잖아."

정오 무렵, 따가운 햇살이 모래 위로 강하게 쏟아지고 있었다.
눈에 핏발이 선 검은 깃털의 꼰도르 한마리가 잠잠한 모래언덕 위
를 날다가, 갑자기 날개를 접고 원을 그리며 아래로 빠른 속도로

220

하강하기 시작했다. 그 순간 황량한 모래밭이 번쩍이면서 가볍게 떨렸다.

"모두 열다섯명입니다." 경찰국장이 대답했다. "그중 아홉명은 아쁘라 당원들이고, 세명은 공산주의자들, 세명은 미상입니다. 그리고 나머지 열한명은 전과가 없습니다. 아직 자백은 받아내지 못한 상태입니다, 까요 님."

이구아나인가? 뭔가가 뒤로 뽀얀 먼지구름을 일으키며 부리나케 도망치기 시작했다. 작은 두 발이 안 보일 정도로 빠르게 달아났다. 사납게 쏟아지는 햇빛에 반사될 때마다 먼지가 보이지 않는 화살처럼 번쩍거렸다. 꼰도르는 우아하게 날갯짓을 하면서 지면 가까이로 내려오더니 도망치던 녀석을 덥석 물고는, 맑고 무더운 여름 하늘 위로 올라가기도 전에 태양이 쏘아대던 금빛 창을 피하느라 두 눈을 질끈 감은 채 모두 먹어치웠다.

"지금 당장 자백을 받아내도록 해." 까요 베르무데스가 단호하게 말했다. "다친 놈들은 좀 괜찮아졌나?"

"아버지와 얘기를 나누는데 그렇게 서먹할 수가 없더라고요. 초면이라 하고 싶은 말도 못하는 그런 분위기였습죠." 암브로시오가 말한다. "그날밤 친차에서 만났으니까, 벌써 오래전의 일입니다요. 그후로는 아버지 소식을 전혀 못 들었구먼요, 도련님."

"대학생 두명은 상태가 심각해서 경찰병원에 입원시켰습니다, 까요 님." 경찰국장이 말했다. "반면 경찰은 경미한 타박상을 제외하면 피해가 전혀 없습니다."

꼰도르는 먹이를 삭이면서 계속 위로 날아올랐다. 그러다 눈부신 햇빛 속으로 사라지기 직전, 갑자기 날개를 활짝 펴더니 장엄한 자태를 뽐내며 큰 곡선을 그렸다. 이젠 형체도 희미한 그림자로, 아니 자그마한 점으로 변한 꼰도르는 제자리를 지키고 있는 하얀 모래 위를, 그리고 노란 모래 위를 유유히 활공하고 있었다. 그 주변으로 돌과 담벼락과 지붕이, 그리고 반쯤 벗은 채 꼼짝도 않는 사람들이, 처마 끝에서 파르르 떨리는 함석 차양 그늘 아래 누워 있는 몇몇 사람들이, 또 지프와 여기저기 박혀 있는 말뚝과 야자나무와 졸졸 흐르는 개울물과 큰 소리를 내며 흘러가는 강물이, 오두막과 집이, 자동차가, 나무들이 늘어선 광장이 보였다.

"싼마르꼬스 대학 내에 한개 중대의 경찰 병력을 배치했습니다. 지금은 탱크가 진입하면서 무너진 정문을 수리하는 중이고요." 경찰국장이 말했다. "또한 의과대학에도 한개 소대를 배치했습니다. 하지만 현재까지 학생 시위대는 별다른 움직임을 보이지 않고 있습니다, 까요 님."

"이따 장관님께 보고해야 되니까 그 파일 좀 놓고 가게." 까요 베르무데스가 말했다.

꼰도르는 검은빛이 도는 날개를 우아하게 펴고 몸을 약간 기울이며 장엄하게 선회하더니, 다시 줄지어 선 나무들과 도도히 흘러가는 강물과 제자리를 지키고 있는 모래밭 위를 날아갔다. 햇빛을 받아 반짝거리는 함석 차양 위로 천천히 원을 그리던 새는 그곳에서 시선을 떼지 않은 채 조금 아래로 내려왔다. 하지만 벽과 철창에 둘러싸인 좁은 사각형의 공간 속에서 일어나는 모든 일, 나직하게 속삭이거나 저 잘난 맛에 큰 소리로 떠들어대는 이들, 그리고 상대방의 눈치만 살피며 입을 굳게 다물고 있는 자들에게는 눈길 한번 주지 않았다. 그저 자신에게 눈부신 햇빛을 되비쳐주는 울퉁불퉁한 함석 차양만 주시하면서 아래로 내려오고 있었다. 저 새는 화려한 빛의 향연에 매료된 것일까? 눈부신 빛에 취하기라도 한 것일까?

"싼마르꼬스를 접수하라는 명령을 내린 게 자넨가?" 에스삐나 대령이 물었다. "어떻게 그런 일을 내게 일언반구의 상의도 없이 독단적으로 처리할 수가 있어?"

"머리는 하얀데 덩치가 어마어마하게 큰 검둥이 한명이 고릴라처럼 뒤뚱거리며 내게로 걸어왔습죠." 암브로시오가 말했다. "그러곤 친차에 여자들이 있냐고 묻더니만, 내게서 돈을 빼앗아 가더군요. 나리, 사실 전 그 인간에 대해 별로 좋은 기억이 없습니다요."

"싼마르꼬스보다 자네 출장 얘기부터 하는 게 어때?" 베르무데스가 말했다. "북쪽 지역의 사정은 어떻던가?"

꼰도르는 조심스럽게 잿빛의 발을 쭉 늘였다. 혹시 공기의 저항이나 온도를 알아보려고, 아니면 함석 차양이 무엇인지 확인하려고 저러는 걸까? 새는 날개를 접으며 차양 위로 사뿐히 내려앉은 뒤 주변을 살펴보았다. 하지만 이미 너무 늦었다. 돌멩이들이 녀석의 깃털 속으로 박히면서 뼈가 바스라지고 부리도 산산조각이 나고 말았다. 금속성의 소리와 함께, 돌멩이들이 함석 차양을 타고 마당으로 떨어져 내렸다.

"거긴 다 잘 해결됐네. 그건 그렇고, 자네 정말 정신이 나간 것 아닌가?" 에스삐나 대령이 화가 난 목소리로 말했다. "출장 가 있는 동안 긴급 보고가 쏟아졌어. 대령님, 군이 대학을 접수했답니다, 대령님, 경비대가 싼마르꼬스에 주둔하고 있답니다, 어쩌고저쩌고. 그런데 정작 주무 장관인 나는 그런 일이 일어난 것도 까맣게 모르고 있었다 이 말이야. 까요, 자네 미쳤나?"

고통스럽게 몸을 뒤틀던 새는 함석 차양을 검붉은빛으로 물들이며 서서히 아래로 미끄러지다가 결국 처마 끝에서 떨어지고 말왔다. 그러자 이를 기다리던 굶주린 손들이 서로 먼저 새를 차지하기 위해 우르르 몰려들었다. 그들이 새의 깃털을 뽑으며 웃고 욕설을 내뱉는 사이, 흙벽가에 있던 장작불이 탁탁 소리를 내며 타올랐다.

"혹시 나리 눈이 어떻게 된 것 아닙니까요?" 뜨리풀시오가 말했다. "아는 사람은 다 알고 있으니, 누가 어떤 일로 날 의심하는지 한번 두고 보시라니까요."

"솔직히 말해 싼마르꼬스는 우리 사회의 부스럼과 같은 존재가 아닌가? 그래서 두어시간 만에 고름을 짜낸 걸세. 물론 단 한명의 희생자도 내지 않고서 말이야." 베르무데스가 의기양양하게 말했다. "고마워해도 모자랄 판에 나더러 미쳤다니? 어떻게 그런 말을 할 수 있나, 쎄라노?"

"우리 엄마도 그날밤 이후로 다시는 아버지를 못 봤습죠." 암브로시오가 말한다. "엄마는 입버릇처럼 말했어요. 아버진 천성이 글러먹은 인간이라고 말입니다요."

"이제 곧 외국에서 항의와 비난이 빗발칠 걸세. 그렇게 되면 우리 정부의 입장만 난처해질 뿐이야." 에스뻬나 대령이 말했다. "그래서 대통령께서도 웬만하면 쓸데없는 일을 일으키지 말라고 누차 강조하신 걸세. 여태 그것도 몰랐나?"

"리마 한복판에서 암약하는 불순분자들이 우리 체제를 심각하고 위협하고 있어서 그랬던 거야." 베르무데스가 대꾸했다. "잘하면 며칠 내로 경찰 병력을 철수하고, 싼마르꼬스도 다시 문을 열수 있을 걸세. 그렇게 되면 모든 게 정상으로 돌아가겠지."

그는 맨주먹으로 고기를 집어 열심히 뜯어 먹었다. 그의 손과 팔에는 군데군데 불에 덴 자국이 있었고, 어디에 긁혔는지 안 그래도 검은 피부가 벌겋게 부어올라 있었다. 잡은 새를 굽던 화톳불에서는 여전히 연기가 피어올랐다. 그는 함석 차양 밑 그늘 한구석에 웅크리고 앉았다. 뙤약볕 때문에 눈이 부셔서인지, 아니면 그을린 살점에 붙어 있던 깃털이 턱에서 입천장을 지나 혀와 목으로 넘어가면서 퍼져나가는 기쁨을 만끽하기 위해서인지, 지그시 눈을 감은 채였다.

"잘라 말하자면 자네에겐 그럴 권한이 없어. 그런 결정은 자네가 아니라 장관인 내가 내리는 거란 말일세." 에스삐나 대령이 말했다. "자네도 알겠지만 지금 우리 정부를 인정하는 나라가 그리 많지 않아. 그런 형국에 이런 일까지 저질렀으니 대통령께서 얼마나 격노하시겠나."

"봐, 저들이 오고 있어." 뜨리풀시오가 말했다. "저기 오고 있잖아."

"하지만 미국은 우릴 인정하고 있잖아. 그 점이 중요한 걸세." 베르무데스가 말했다. "대통령이라면 전혀 걱정할 것 없네, 쎄라노. 어젯밤 대통령을 만나 보고드린 뒤 조치를 취한 거니까."

다른 이들은 세상을 온전히 불살라버릴 듯 뜨거운 햇살을 받으며 터덜터덜 걷고 있었다. 조금 전까지만 해도 만신창이가 된 채 바닥에 떨어진 새를 먼저 차지하려고 욕하면서 밀치던 자들이 이젠 모든 걸 깨끗이 잊고 체념한 표정이었다. 어떤 이들은 벽 옆에 더러운 몰골로 너부러진 채 곯아떨어져 있었다. 맨발에, 입은 헤벌리고, 팔로 눈을 가린 채였지만, 지루함과 허기와 더위로 잔뜩 사나워진 표정이었다.

"대체 누굴 찾아온 거지?" 뜨리풀시오가 물었다. "누구한테 해코지를 하려는 걸까?"

"하지만 아버지가 내게 무슨 몹쓸 짓을 한 것 같지는 않구먼요."

암브로시오가 입을 열었다. "적어도 그날밤까진 말입죠. 사실 전 아버지에게 앙심을 품을 만한 일도 딱히 없었어요, 나리. 물론 좋아한 것도 아니지만 말입니다요. 그런데 그날 보니 왠지 영 마음이 짠하더라고요."

"사망자가 발생하지 않도록 하겠다고 대통령께 약속드렸다네. 그 약속대로 이루어진 셈이지." 베르무데스가 말했다. "그리고 이 건 체포한 열다섯명에 대한 기록일세. 일단 시작한 이상 싼마르꼬스에서 불순분자들을 다 쓸어버릴 생각이네. 그러고 나면 수업을 재개할 수 있을 거야. 이제 됐나, 쎄라노?"

"감옥에 갇혀 있어서 불쌍했다는 게 아닙니다요. 무슨 말인지 아시겠죠, 도련님?" 암브로시오가 말한다. "그게 아니라 행색이 어찌나 초라하던지 꼭 거지 같아서 그랬습요. 신발도 없는데다, 발톱은 또 이만치나 길어져 있더라고요. 더구나 팔과 얼굴에는 군데군데 부스럼 딱지 같은 것이 눌어붙어 있는데, 자세히 보니까 딱지가 아니라 때 아니겠습니까요. 있는 그대로 다 말씀드리는 겁니다요, 도련님."

"그런데 요즘 자네를 보고 있자면 내가 안중에도 없는 듯하네." 에스삐나 대령이 말했다. "왜 나한테는 일언반구의 의논도 없었지?"

멜끼아데스 씨가 두명의 경비병을 대동하고 복도로 걸어왔다. 그 뒤로 어느 키 큰 남자가 따라오고 있었는데, 때마침 불어온 뜨거운 바람에 그가 쓰고 있던 맥고모자가 가볍게 떨렸다. 특히 모자 윗부분과 챙은 마치 얇은 종이로 만든 것처럼 부드럽게 하늘거렸다. 남자는 하얀색 정장에 파란 넥타이 차림이었다. 안 그래도 새하얀 셔츠가 강한 햇빛을 받아 눈부시게 빛났다. 그들이 걸음을 멈춘 뒤, 멜끼아데스 씨는 낯선 남자에게 무언가를 말하더니 손으로 안

마당 어딘가를 가리켰다.

"위험해서 그랬던 거니 이해해주게나." 베르무데스가 말했다. "놈들은 마음만 먹으면 언제든지 무장할 수도 있고, 총을 쏠 수도 있다네. 난 말일세, 피가 자네 머리 위로 떨어져 내리는 걸 원치 않았을 뿐이야, 쎄라노."

아무리 봐도 변호사 같지는 않았다. 악덕 변호사 주제에 저렇게 잘 차려입을 리는 없을 테니까. 그렇다고 법무성 관리 같지도 않았다. 그랬다면 보통 검열 나올 때처럼 재소자들에게 평소 구경도 못하던 야채수프를 주었거나, 감방과 화장실을 철저하게 청소하도록 시켰을 터였다. 변호사도 아니고 관리도 아니라면, 과연 그의 정체는 무엇이란 말인가?

"섣불리 나섰다가는 자네 정치생명에 큰 타격이 갈 수도 있을 거라고 대통령께 말씀을 드렸네." 베르무데스가 말했다. "아무리 생각해도 내가 총대를 메는 편이 나을 것 같더군. 만약 결과가 좋지 못할 땐 내가 모든 책임을 지고 사임하면 그만이니까. 쎄라노, 그러니 어떤 경우라도 자네한테 불똥이 튀는 일은 없을 걸세."

얼마나 갉아 먹었는지, 솥뚜껑 같은 손에 들린 뼛조각에서 반질반질 윤이 났다. 다 먹은 뒤 무표정한 얼굴로 고개를 약간 숙이고 있던 그는 우연히 복도 쪽으로 시선을 돌리다가 깜짝 놀랐다. 멜끼아데스 씨가 그를 향해 줄곧 손짓을 하고 있었다.

"하지만 잘 마무리됐으니, 모든 게 자네 공로가 됐군." 에스삐나 대령이 말했다. "대통령께서도 내가 천거한 인물이 나보다 더 배짱 두둑하다는 걸 곧 아시게 되겠어."

"어이, 뜨리풀시오!" 멜끼아데스 씨가 소리를 질렀다. "내가 부르는 거 안 보여? 뭘 기다리기에 그렇게 넋 놓고 앉아 있는 거야?"

"자네 덕분에 내가 이 자리에 오르게 됐다는 건 그분도 다 알고 계시네." 베르무데스가 말했다. "그리고 자네가 인상만 한번 써도 나는 작별을 고하고 시골로 내려가 트랙터나 팔아야 한다는 것도 말이지."

"야, 너!" 이번엔 그의 경비병들이 손을 흔들며 소리를 질렀다. "야, 인마, 너 말이야!"

"사실 그렇게 대단한 성과는 없었네. 잭나이프 세개랑 화염병 몇개밖에 안 나왔으니까." 베르무데스가 말했다. "그래서 기자회견 때 발표하려고 권총 몇자루하고 잭나이프, 브라스 너클도 몇개 더 끼워 넣었지."

그는 벌떡 일어나 흙먼지를 일으키며 마당을 가로질러 달려가서는 멜끼아데스 씨 바로 앞에서 멈추었다. 함께 있던 녀석들이 목을 빼고 말없이 그쪽을 바라보고 있었다. 주변을 어슬렁거리며 돌아다니던 이들은 제자리에 멈춰 섰고, 잠을 자던 이들은 몸을 웅크린 채 그 모습을 지켜보았다. 햇볕이 뜨거운 쇳물처럼 녹아내리고 있었다.

"그럼 기자들도 불렀단 얘긴가?" 에스뻬나 대령이 물었다. "공식 성명은 장관의 결재를 거쳐야 한다는 거 모르나? 그리고 기자회견이라면, 당연히 장관이 해야 되는 것 아닌가?"

"뜨리뿔시오, 그 통 좀 들어 올려봐. 에밀리오 아레발로 씨가 직접 보고 싶어 하시니까 말이야." 멜끼아데스 씨가 말했다. "할 수 있다고 큰소리쳤으니 내 꼴 우습게 만들지 말게."

"자네가 회견을 하는 걸로 기자들에게 일러두었네." 베르무데스가 말했다. "여기 관련 보고서와 각종 기록, 그리고 사진에 나올 무기들이야. 그리고 쎄라노, 자네를 염두에 두고 그들을 불렀다는 점만 알아주게."

"나리, 전 아무 짓도 안했습니다요." 뜨리풀시오는 눈을 껌벅이면서 소리를 질렀다. 그러고는 잠시 멈칫하더니 다시 소리를 지르기 시작했다. "나리, 절대 아닙니다요. 맹세코 전 아닙니다요, 멜끼아데스 나리."

"알았네, 그 얘긴 이쯤에서 끝내도록 하지." 에스삐나 대령이 말했다. "하지만 애당초 나는 노동조합 문제가 해결된 다음에 싼마르꼬스 건을 깨끗하게 마무리할 생각이었다는 점을 알아두게나."

검고 둥근 통이 베란다 아래쪽에 놓여 있고, 멜끼아데스 씨와 경비병들, 그리고 흰 양복 차림의 낯선 남자가 위에서 내려다보고 있었다. 주변에 둘러서 있던 이들은 무관심하거나 흥미로운 표정으로, 혹은 다소 안심한 듯한 얼굴로 통과 뜨리풀시오를 번갈아 쳐다보거나 시시덕거리며 장난을 치고 있었다.

"싼마르꼬스 건은 아직 마무리되지 않았어. 이제 본격적으로 소탕 작전을 벌여야 하네." 베르무데스가 말했다. "검거된 스물여섯 명은 모두 선봉대 소속이고, 우두머리들은 대부분 달아나버렸어. 더 늦기 전에 일망타진해야 돼."

"쓸데없는 소리 그만하고 어서 통이나 들어." 멜끼아데스 씨가 말했다. "네놈이 아무 짓도 안했다는 건 다 알고 있어. 그러니 안심하고 어서 통이나 들어봐. 아레발로 씨가 두 눈으로 똑똑히 보도록 말이야."

"하지만 싼마르꼬스보다 노조 쪽이 더 급해. 먼저 그쪽부터 쓸어버려야 한다고." 에스삐나 대령이 말했다. "노조 측은 아직 어떤 공식 입장도 밝히지 않고 있지만 노동자들 사이에서 아쁘라 세력이 상상 이상으로 강하다네. 자칫 방심하다가는 대규모 소요 사태로 번질 수도 있어."

"제가 일부러 감옥에다 똥을 싼 건 아닙니다요. 아파서 어쩔 수가 없었다고요." 뜨리풀시오가 우는소리를 했다. "도저히 참을 수가 없었다니까요. 멜끼아데스 나리, 참말입니다요."

"당연히 그렇게 해야겠지." 베르무데스가 말했다. "필요하다면 모조리 쓸어버릴 걸세, 쎄라노."

처음 보는 남자가 웃음을 터뜨리자 멜끼아데스 씨도 따라 웃었다. 일순 마당에 웃음꽃이 피었다. 낯선 남자는 베란다에 몸을 기대더니 주머니에 손을 집어넣고 반짝이는 무언가를 꺼내 뜨리풀시오에게 보여주었다.

"지하에서 발간되는『뜨리부나』혹시 읽어봤나?" 에스삐나 대령이 물었다. "군부와 나에 대해 저주를 퍼붓고 있더군. 그런 구질구질한 종잇조각이 유포되지 않도록 막아야 할 걸세."

"저 통을 들어 올리면 1쏠을 주시겠다는 겁니까요, 나리?" 눈을 껌벅껌벅하던 뜨리풀시오가 갑자기 웃기 시작했다. "그러시다면야 당연히 해야죠, 나리. 물론 하고말고요."

"당연히 친차에서는 아버지에 관해 이러쿵저러쿵 말들이 많았습니다요, 나리." 암브로시오가 말했다. "강도질은 물론이고 어린 여자아이를 강간했다는 둥, 싸움질하다가 사람을 죽였다는 둥 말입니다요. 흉악한 짓을 얼마나 저질렀는지 헤아릴 수도 없을 정도라고요. 한가지 확실한 건, 감옥에 갇혀 있는 동안에만 나쁜 짓을 저지르지 않았다는 얘기였죠."

"자네 쪽 군인들은 여전히 아쁘라를 20년 전과 똑같이 생각하고 있더군." 베르무데스가 말했다. "그 우두머리들은 이미 늙고 타락했다네. 어떻게든 연명하려는 생각뿐이지. 자네가 우려하듯이 갑자기 소요 사태로 번지거나 혁명이 일어나지는 않을 거야. 그리고 그 종잇조각은 곧 사라질 걸세. 그것만큼은 분명히 약속하지."

그는 갑자기 두 손을 얼굴(그의 눈가와 목덜미에는, 그리고 흰 곱슬머리가 엉켜 있는 구레나룻에도 잔주름이 자글자글 잡혀 있었다)로 들어 올리더니 두어번 침을 뱉어 손을 싹싹 비비고는 통 쪽으로 다가섰다. 그는 손으로 통을 만져도 보고, 흔들어보기도 했다. 그러다 긴 다리와 불룩 튀어나온 배, 그리고 넓은 가슴을 차례로 통에 갖다 대더니, 엄청나게 긴 팔로 통을 —— 마치 사랑하는 여인을 안듯이 —— 꽉 끌어안았다.

"그후론 아버지를 단 한번도 못 봤습니다요. 언젠가 사람들이 제 아버지에 대해 하는 말을 들은 적은 있지만 말이죠." 암브로시오가 말한다. "사람들 말로는 1950년 선거 기간에 상원 의원인 아레발로 씨의 선거운동을 하면서 마을을 돌아다니더라고 하더군요. 선거 벽보도 붙이고, 행인들에게 전단지를 나눠주면서 말입니다요. 도련님 부친의 친구인 에밀리오 아레발로 씨의 선거를 도와주기 위해서요."

"그럴 줄 알고 미리 명단을 준비해두었습니다, 까요 국장님. 부스따만떼가 임명했던 지사 세명과 부지사 여덟명이 이미 사임했습니다." 알시비아데스 박사가 말했다. "열두명의 지사와 열다섯명의 부지사들이 장군에게 대통령 취임 축하 전문을 보냈고요. 나머지는 조용합니다. 자신들을 재신임해주기를 바라는 눈치인데, 감히 말을 못 꺼내는 모양입니다."

그는 지그시 눈을 감았다. 통을 들어 올리는 동안 그의 이마와 목덜미의 핏줄이 굵게 부풀어올랐고, 거칠어진 얼굴은 땀으로 번질거렸다. 두꺼운 입술은 자줏빛으로 변했다. 그는 몸을 잔뜩 구부려 온몸으로 통의 무게를 감당하고 있었다. 솥뚜껑 같은 손이 통의 옆구리 쪽으로 내려오는 순간, 통이 조금씩 올라가기 시작했다. 그는 그 무거운 통을 품에 안은 채 술 취한 사람처럼 비틀거리며 두 걸음을 뗐다. 그러곤 의기양양한 표정으로 베란다 쪽을 쳐다보더니, 통을 바닥에 던지듯 내려놓았다.

"쎄라노는 그들이 일괄 사퇴를 하리라 내다봤네. 지사와 부지사를 자기 입맛에 맞는 사람들로 채워넣으려고 했던 거지." 까요 베르무데스가 말했다. "박사도 알겠지만, 대령은 뻬루인들이 어떤 사람들인지 잘 몰라."

"듣던 대로 힘이 장사로군. 멜끼아데스, 자네 말이 사실이었구먼. 저 나이에 어디서 저런 엄청난 힘이 나오는지 도무지 믿을 수가 없네." 흰 양복의 남자가 동전을 던지자 뜨리풀시오는 잽싸게 그것을 낚아챘다. "이봐, 자네 대체 몇살인가?"

"대령님은 사람들이 모두 자기처럼 명예를 중시한다고 생각하시는 것 같습니다." 알시비아데스 박사가 말했다. "하지만 까요 국장님, 지사들과 부지사들이 부스따만떼에게 계속 충성을 바칠 이유가 뭐란 말입니까? 이제 고개도 못 들고 다닐 가엾은 노인한테 말입니다."

"나도 잘 모릅니다요." 뜨리풀시오는 껄껄 웃으면서 대답했다. 여전히 숨이 차는지 헐떡거리며 이마의 땀을 훔쳤다. "이래 봬도 나이는 먹을 만큼 먹었구먼요. 아마 나리보다 더 많을 겁니다요."

"그럼 장군에게 지지 전문을 보낸 이들과 가만히 눈치만 보고 있는 이들이 누군지 직책별로 확인해서 보고해주게나. 그사이 우린 조용히 물갈이를 할 테니." 베르무데스가 말했다. "그리고 이미 사임한 이들에게는 그동안의 노고를 치하해주고, 로사노에게 그들의 명단을 별도로 작성하라고 일러주게."

"이쁠리또, 이리 와봐. 자네가 좋아할 만한 놈이 와 있어." 루도비꼬가 말했다. "우리를 위해 로사노 나리께서 특별히 보내주신 친구야."

"리마에 여전히 역겨운 지하신문 쪼가리들이 넘쳐나고 있더군." 에스뻬나 대령이 불쾌한 표정을 지으며 말했다. "이게 대체 어찌 된 일인가, 까요?"

"안 그래도 『뜨리부나』를 어디서 어떤 놈들이 그렇게 감쪽같이 찍어내는지 궁금하던 차였는데 마침 잘됐군." 이쁠리또가 말했다. "게다가 넌 내가 참 좋아하는 스타일이야."

"반체제 종이 쪼가리 따윈 조만간 쥐도 새도 모르게 사라지게 될 거야." 베르무데스가 자신만만하게 말했다. "무슨 말인지 알겠나, 로사노?"

"어이 깜둥이, 준비 다 됐나?" 멜끼아데스 씨가 물었다. "지금 아주 몸이 근질근질하겠구먼. 안 그런가, 뜨리풀시오?"

"어떤 놈들이 어디서 그걸 찍어내는지 모른다 이 말이야?" 루도비꼬가 물었다. "그럼 비따르떼에서 붙잡혔을 때, 네놈 주머니에 있던 『뜨리부나』는 대체 어디서 난 거지?"

"준비요?" 웃기는 했지만 불안한 표정이 뜨리풀시오의 얼굴을 스치고 지나갔다. "멜끼아데스 나리, 준비라뇨?"

"리마에 온 뒤로 엄마에게 돈을 조금씩 보냈습니다요. 그리고 틈나는 대로 찾아가려고 벼르고 있었죠." 암브로시오가 말했다. "그런데 다 소용없었습니다요. 얼마 지나지 않아 엄마가 돌아가셨거든요. 그 생각만 하면 지금도 억장이 무너집니다요, 나리."

"뭐야? 누군가가 너도 모르는 사이에 그걸 주머니에 집어넣었다니?" 이뽈리또가 으름장을 놓았다. "그럼 그사이 정신 나간 사람처럼 멍하게 있었다는 거네. 그런 얘기야, 아저씨? 그런데 멋은 되게 부리는 모양이구먼. 딱 달라붙는 바지에, 머리는 기름으로 떡칠을 했잖아. 아무튼 그러니까 결론적으로 넌 아쁘라와 아무 상관도 없고, 『뜨리부나』를 어떤 놈들이 찍어내는지도 전혀 모른다 이 말이지?"

"오늘이 출소 날인데 잊었어?" 멜끼아데스 씨가 말했다. "아니면 여기에 너무 정이 들어서 생각이 바뀐 거야?"

"아닙니다요, 나리. 잊지 않았습니다요, 나리." 뜨리풀시오는 발을 동동 구르고 손을 비비며 대답했다. "그럴 리가 있겠습니까요, 멜끼아데스 나리."

"이뽈리또가 열받으면 어떻게 되는지 똑똑히 봤지? 그러니까 사실대로 부는 게 신상에 좋을 거야." 루도비꼬가 으름장을 놓았다. "저 친구가 너희 같은 놈들을 아주 좋아한다는 사실을 잘 기억해두라고.

"놈들은 진술을 거부하거나 허위 자백을 하기도 하고, 겁이 나서 서로에게 책임을 떠넘기기도 합니다." 로사노가 말했다. "하지만 우리도 밤을 세워가면서 애쓰고 있습니다, 까요 나리. 밤새 잠시도 눈을 붙이지 않을 정도니까요. 어떤 일이 있어도 더이상 거리에 유인물이 나돌지 않도록 하겠습니다."

"손 내놔봐. 그래, 그렇지. 그럼 거기다 X 표시를 해." 멜끼아데스 씨가 말했다. "이제 다 됐어. 뜨리풀시오, 넌 다시 자유의 몸이 된 거야. 이게 꿈인가 생시인가 싶겠구먼, 안 그래?"

"이건 문명국가가 아냐. 야만과 무지가 판치는 세상이지." 베르무데스가 말했다. "그렇게 앉아 머리만 굴리고 있지 말고 당장 나가서 필요한 정보를 알아 오라고.”

“근데 너 이 자식, 엄청 말랐네.” 이뽈리또가 말했다. “외투와 셔츠를 입고 있어서 몰랐는데, 벗겨놓으니 갈비뼈가 훤히 드러나는구먼.”

“아레발로 씨 기억나나? 베란다에서 네놈한테 1쏠을 던져준 그분 말이야.” 멜끼아데스 씨가 말했다. “이 지역에서 아주 영향력 있는 농장주라고. 그분 농장에서 일할 생각 있어?”

“누가 어디서 그런 쓰레기를 찍어내는지 당장 불어.” 루도비꼬가 험악한 표정으로 협박했다. “밤새도록 이러고 있을 거야? 너, 이뽈리또가 또 열받으면 어떻게 되는지 알지?”

“물론입죠, 멜끼아데스 나리.” 뜨리풀시오는 간절한 눈빛으로 연방 손을 비비고 고개를 끄덕였다. “지금 당장이라도 가겠습니다요. 아니면 나리께서 날짜를 정해주시면 좋겠구먼요.”

“그렇게 버티다가는 몸이 금세 축날 텐데. 정말 그렇게 되면 안쓰러워서 견딜 수가 없잖아.” 이뽈리또가 말했다. “아저씨는 보면 볼수록 내 마음에 쏙 드는데, 안타깝구먼.”

“선거운동을 도울 사람이 필요하다더군. 그 사람은 오드리아와 친한 사이라, 조만간 상원 의원이 될 거야.” 멜끼아데스 씨가 말했다. “보수는 두둑이 줄 걸세. 그러니 이번 기회를 놓치지 말라고, 뜨리풀시오.”

“그러고 보니 아직 이름도 안 밝혔네.” 루도비꼬가 말했다. “혹시 자기 이름도 모르는 건 아니겠지? 아니면 그사이에 잊어먹기라도 한 거야?”

“특별한 날이니까 나가서 취하도록 마시고 가족들도 만나봐. 그리고 오래간만에 여자 맛도 좀 봐야지.” 멜끼아데스 씨가 말했다.

"월요일에 그분 농장으로 찾아가라고. 이까[85] 어귀에 있는데, 거기서 아무나 붙잡고 물어보면 잘 알려줄 거야."

"근데 불알이 원래 이렇게 조그만 거야? 아니면 쫄아서 이렇게 오그라든 거야?" 이뽈리또가 물었다. "그리고 자지는 또 얼마나 작은지 잘 보이지도 않네. 그것도 쫄아서 그런 거야?"

"분부대로 하겠습니다요. 나리, 이놈은 더이상 바랄 게 없구먼요." 뜨리풀시오가 말했다. "더군다나 이 못난 놈을 그런 분에게 소개까지 해주시니 몸 둘 바를 모르겠습니다요."

"그냥 놔둬, 이뽈리또. 원 참, 좋게 얘기할 때 알아들어야지." 루도비꼬가 말했다. "이뽈리또, 놈은 여기 내버려두고 로사노 나리 사무실에나 가보자."

경비병이 뜨리풀시오의 등을 두드려주었다. 자, 뜨리풀시오. 그러곤 대문을 닫아버렸다. 언제 다시 만날지는 모르겠지만, 잘 가게나, 뜨리풀시오. 그는 낯익은 흙먼지를 가로지르며 앞으로 성큼성큼 걸어갔다. 모범수 감방에서 희미하게 보이던 바로 그 먼지바람이었다. 얼마 지나지 않아 평소 훤히 꿰고 있던 숲에 도착한 그는 또다시 흙먼지를 뒤집어쓰면서 이제 변두리 판자촌을 향해 발길을 재촉했다. 그는 걸음을 멈추기는커녕 거의 뛰다시피 하면서 오두막집과 사람들 사이를 가로질러 갔다. 사람들은 놀라거나 심드렁한 표정으로, 아니면 겁에 질린 눈빛으로 그를 바라보았다.

"그렇다고 엄마 살아생전에 제가 불효를 저질렀거나 엄마에 대해 애정이 없었던 건 아닙니다요. 하여간 우리 엄마는 천국에 가시고도 남을 분이에요. 나리처럼 말이죠." 암브로시오가 말했다. "저

---

85 뻬루 남부에 위치한 도시.

를 키우고 먹여 살리느라 허리가 끊어질 지경이었으니까요. 근데 삶이라는 게 도대체 사람한테 시간을 내주질 않는가 봅니다요. 평생 고생만 하신 그분을 생각할 틈조차 없으니 말입니다요."

"이뽈리또가 약간 겁을 줬더니 놈이 갑자기 헛소리를 하면서 까무러치지 뭡니까요? 그래서 그냥 내버려두고 왔습니다요, 로사노 나리." 루도비꼬가 말했다. "그런데 아무리 봐도 뜨리니다드 로뻬스란 저놈은 아쁘라 당원이 아닌 것 같습니다요. 자기가 지금 어디 있는지도 모르던데요, 원. 원하시면 당장 깨워서 계속 조사하겠습니다요."

그는 쉬지 않고 앞으로 나아갔다. 갈수록 걸음이 빨라지면서 점점 더 엉뚱한 길로 빠지고 있었다. 돌로 포장된 길을 맨발로 미친 듯이 걸어가던 그는 여러 갈래로 뻗은 거리 한복판에서 방향을 잃고 과거에 봤던 것보다 훨씬 더 길고 넓을 뿐만 아니라 많이도 변한 마을 속으로 점점 더 깊이 빨려들어갔고, 그렇게 터덜터덜 돌아다니다가 마침내 광장의 야자나무 그늘 아래 놓인 벤치에 털썩 주저앉고 말았다. 광장 구석에는 가게가 하나 있었고, 여자들이 아이들을 데리고 그 앞을 지나다녔다. 장난꾸러기 녀석들이 가로등에 돌을 던지자 개들이 짖어댔다. 그는 자기도 모르게 천천히, 소리 죽여 흐느끼기 시작했다.

"대위, 당신 숙부께서 연락을 해서 만나보는 게 어떻겠냐고 하시더군요. 안 그래도 한번 만나보고 싶었습니다." 까요 베르무데스가 말했다. "우린 동지나 마찬가지예요. 안 그렇습니까? 언젠가 우린 함께 일하게 될 겁니다."

"엄마는 참 좋은 분이셨구먼요, 도렴님. 가족을 위해서라면 궂은 일도 마다하지 않았습니다요. 게다가 미사에 단 한번도 빠지지 않앉을 정도로 신앙심이 깊었고요." 암브로시오가 말한다. "하지만 성격은 불같았죠. 가령 제가 뭔가 잘못하면 보통 엄마들처럼 살짝 손찌검을 하는 게 아니라, 아예 몽둥이로 두들겨 팼을 정도니까요. 그럴 때마다 네 아비처럼 되면 어쩌려고 그러냐고 고래고래 소리를 지르셨구먼요."

"베르무데스 님의 성함은 익히 들어 잘 알고 있었습니다." 빠레데스 대위가 말했다. "제 숙부와 에스삐나 대령님은 베르무데스 님을 아주 높이 평가하고 계시죠. 그나마 세상이 이 정도로 돌아가는 것도 다 베르무데스 님 덕분이라고 하시더군요."

그는 자리에서 일어나 광장 분수대로 가서 세수를 했다. 그러곤 부근에 있던 두 남자에게 다가가 친차로 가려면 어디서 버스를 타야 하는지, 또 버스비는 얼마나 드는지 물어보았다. 그사이 변해도 너무 변한 세상과 여자들을 보느라 이따금씩 걸음을 멈춰가며, 그는 차량들로 가득한 거리를 따라 다른 광장으로 걸음을 옮겼다. 그러곤 아무나 붙잡고 이것저것 물어보거나 흥정을 하고 돈을 구걸하기도 하면서 두시간이나 미적거린 끝에 마침내 트럭에 올라탔다.

"사람 너무 띄우지 말아요. 공로로 따지면 대위가 나보다 한수 위일 텐데요." 까요 베르무데스가 말했다. "대위가 지난 거사 때 아주 중요한 역할을 했다고 들었어요. 장교들을 규합하고, 또 보안을 철저히 유지하는 데 큰 공을 세웠다고 말입니다. 모두 대위의 숙부로부터 들은 얘기니까 겸손해할 필요 없어요."

간신히 트럭을 얻어 타기는 했지만 내내 서서 가야 했다. 그는 트럭 손잡이를 꽉 붙든 채 모래땅과 하늘을, 그리고 모래언덕 사이로 나타났다가 사라지는 바다를 바라보았다. 트럭이 마침내 친차로 들어왔을 때, 그는 눈을 둥그렇게 뜨고 주변을 두리번거렸다. 그 사이 그토록 변해버린 친차의 모습이 너무도 낯설어 한동안 어안이 벙벙했다. 해는 나지 않았고 어디선가 시원한 바람이 불어왔다. 광장의 야자나무 아래를 걸어가자 나뭇잎들이 바람에 하늘거리면서 나직한 목소리로 뭔가를 속삭이는 듯했다. 하지만 그는 눈앞이 어질어질하고, 여전히 무엇에 쫓기는 듯 마음이 불안했다.

"제가 이번 거사에 적극 가담한 건 분명한 사실이니 겸손을 떨이유는 없겠지요." 빠레데스 대위가 말했다. "하지만 군사 보안 관련한 일은 몰리나 대령이 주도한 겁니다, 베르무데스 님. 전 거기에 미력이나마 보탠 것밖에 없고요."

판자촌으로 가는 길은 유난히도 길고 구불구불했다. 그는 희미한 기억을 더듬어가며, 매번 지나가는 사람을 붙잡고 그로시오 쁘라도로 가는 길이 어딘지 물어봐야만 했다. 사방에 어둠이 깔리고 등잔불이 하나둘 켜질 무렵에야 그는 빈민촌에 도착했다. 그 옛날 판잣집들이 다닥다닥 붙어 있던 자리에는 근사한 집들이 들어서 있었다. 대신 마을 어귀에 있던 목화밭이 온데간데없이 사라지고 그 자리에 새로운 판잣집들이 빼곡히 들어찬 모습이었다. 다행히 그가 찾던 판잣집은 예전 그대로였다. 열린 문 틈으로 안을 들여다보자 또마사가 눈에 띄었다. 전과 다름없이 뚱뚱하고 시꺼먼 또마사는 다른 여자 옆에 앉아 뭔가를 먹고 있었다.

"그 일을 주도한 사람이 몰리나 대령이라는 건 나도 잘 알고 있어요. 하지만 그와 관련한 모든 실무를 담당한 건 대위라는 것도 익히 들어 알고 있습니다." 베르무데스가 말했다. "모두 대위의 당숙으로부터 들은 얘기지요."

"복권에 당첨되는 게 엄마의 유일한 소원이었습죠, 나리." 암브로시오가 말했다. "한번은 친차의 얼음 장수가 복권에 당첨됐답니다. 그 소식을 듣고 엄마는 하느님이 자기한테도 은혜를 베푸실 거라고 생각한 모양이에요. 그래서 없는 돈을 긁어모아 복권 쪼가리를 사가지고 성모마리아 앞에 가서 촛불을 켜고 빌었답니다요. 물론 본전도 못 건졌지만 말입니다, 나리."

"부스따만떼 정권이 계속됐다면 내무성이 어떤 꼴일지 궁금할 때가 있습니다. 도처에 아쁘라 당원들이 쫙 깔려 있을 테고, 그것도 모자라 사흘이 멀다 하고 태업이 일어났겠지요." 빠레데스 대위가 말했다. "하긴 제놈들이 아무리 날뛰어봐야 결국은 별수 없었지만 말입니다."

단숨에 집 안으로 뛰어든 그는 두 여자 사이에 서서 가슴을 치고 소리를 질러댔다. 그를 처음 본 여자는 놀라 비명을 지르며 연신 성호를 그었다. 한편 바닥에 웅크린 채 그의 모습을 지켜보던 또마사의 얼굴에는 갑자기 두려움이 스치고 지나갔다. 그녀는 일어서지도 않은 채 아무 말 없이 손가락 하나로 문을 가리켰다. 하지만 뜨리뿔시오는 나가지 않았다. 오히려 배를 잡고 웃으며 바닥을 데굴데굴 구르더니 급기야는 자기 겨드랑이를 박박 긁기 시작했다.

"하지만 그 덕분에 놈들은 어떤 흔적도 남기지 않을 수 있었던 겁니다. 지금 우리 보안총국에 남아 있는 문서들은 다 쓸모없는 것뿐이에요." 베르무데스가 말했다. "기밀문서는 아쁘라 놈들이 하나도 남기지 않고 모두 파기해버리는 바람에 지금 전부 다시 만들고 있는 중입니다. 오늘 대위를 만나자고 한 것도 그 문제를 논의하기 위해섭니다. 군 보안 관계자들이 도와만 준다면 더 바랄 게 없을 테니까요."

"그러니까 자네가 베르무데스 나리의 운전사라는 거야?" 루도비꼬가 물었다. "이거 참 반갑구먼, 암브로시오. 그렇잖아도 그 판자촌 문제 때문에 골치가 아픈데 자네가 우릴 좀 도와줄 수 있겠네?"

"걱정 마십시오. 그런 문제라면 당연히 협조해야지요." 빠레데스 대위가 말했다. "필요한 정보가 있으면 언제든 말씀하십시오. 저희가 즉각 제공하겠습니다, 베르무데스 님."

"여긴 뭐 하러 온 거야? 누가 여기 오라고 했어? 누가 오라고 했냐고!" 또마사가 악다구니를 썼다. "지금 당신 꼬락서니가 어떤 줄이나 알아? 영락없는 탈옥수야. 조금 전에 내 친구가 당신을 보자마자 걸음아 날 살려라 하고 도망치는 것 못 봤어? 그래, 언제 석방된 거야?"

"한가지 더 있어요, 대위." 베르무데스가 말했다. "혹시 군 보안사령부에 있는 정치 동향 문건들을 좀 볼 수 있을까요? 나도 복사본을 하나 가지고 있으면 하는데."

"이뽈리또라는 친구가 있는데, 우리 직원들 중에서 가장 멍청한 놈이지." 루도비꼬가 말했다. "이리로 곧 올 거야. 오면 내가 소개해줄게. 사실 녀석은 정식 공무원도 아니야. 물론 앞으로 그렇게 될 리도 없고. 하지만 난 언젠가 정식 공무원이 될 거라고. 약간 운만 따라주면 말이지. 이봐, 암브로시오. 자넨 공무원 맞지?"

"저희 서고에 있는 문서는 군사기밀이라 외부로 유출할 수 없습니다." 빠레데스 대위가 단호하게 말했다. "일단 몰리나 대령님께 말씀을 드려보겠습니다만, 그분이 단독으로 처리할 수 있는 사안이 아닐 겁니다. 현재로서 제일 좋은 방법은, 내무성 장관이 국방성 장관 앞으로 협조 요청 공문을 보내는 겁니다."

"당신 친구 말이야, 마치 귀신이라도 본 것처럼 혼비백산해서 달아나더구먼." 뜨리풀시오가 재미있다는 듯이 웃으며 말했다. "이 봐, 또마사. 이것 좀 먹을게. 배고파 죽겠어."

"우리가 지금 피해야 할 것이 있다면 바로 그겁니다, 대위." 베르무데스가 말했다. "기밀문서 복사본을 몰리나 대령이나 국방성 모르게 보안총국으로 옮겨야 한다는 것, 그게 바로 문제죠. 무슨 뜻인지 알겠습니까?"

"암브로시오, 정말이지 이건 사람이 할 짓이 아냐." 루도비꼬가 인상을 찌푸리며 말했다. "여러시간 계속해서 일을 하다보면 목도 쉬고 온몸에 힘이 다 빠진다고. 그러다가 새파란 놈이 나타나서는 우릴 함부로 다루지. 꼴에 정식 직원이라고 우리를 얕잡아보는 거야. 하도 억울해서 로사노 나리에게 가서 따지면 안 그래도 쥐꼬리만 한 월급마저 깎아버리겠다고 대뜸 을러대기부터 한다니까. 하여간 모두 죽을 맛인데 이뽈리또 한 놈만 멀쩡해. 왜 그런지 말해줄까?"

"하지만 상관 모르게 특급 기밀문서 사본을 넘겨드릴 수는 없습니다." 빠레데스 대위가 말했다. "아시다시피 거기엔 모든 군 장교 및 관료들과 수천에 이르는 민간인들의 생활상이 아주 상세하게 기재되어 있으니까요. 그건 마치 중앙은행에 있는 금과 같습니다, 베르무데스 님."

"듣고 보니 자네 어서 몸을 피해야겠구먼. 하지만 일단 한잔하면서 진정하게나." 페르민 씨가 말했다. "이제 그만 좀 울고, 어떻게 된 일인지 말해보게."

"물론이죠, 대위. 그 문건들이 금이나 마찬가지로 중요하다는 건 나도 잘 알고 있습니다." 베르무데스가 말했다. "그 점은 대위의 당숙도 잘 알고 있어요. 그래서 이 문제는 보안 책임자들끼리만 알고 있어야 한다는 겁니다. 아, 물론 우리 일에서 몰리나 대령을 배제하려는 건 아니니까 오해하진 마세요."

"이뽈리또 그놈은 말이야, 어떤 놈이든 삼십분 정도 두들겨 패고 나면 갑자기 신이 나서 날뛰기 시작한다고." 루도비꼬가 말했다. "보통은 힘이 빠지면 매사에 진저리가 나기 마련이잖아. 그런데 이 놈은 정반대야. 오히려 흥분을 해서 미쳐 날뛰니까 말이지. 이제 만나면 어떤 녀석인지 금방 알게 될 거야."

"오히려 이 기회를 이용해 그를 진급시키려는 겁니다." 베르무데스가 말했다. "그에게 부대 지휘권을 주자는 얘기예요. 그에게 파견대 지휘를 맡기고, 공석이 된 보안 책임자 자리로 대위가 가는 거죠. 그렇게 해도 뭐라 할 사람은 아무도 없을 겁니다. 그러고 나면 우리끼리 긴밀하게 협조할 수 있을 거고요. 어때요, 대위?"

"단 하룻밤도, 단 한시간도 안돼." 또마사가 소리를 질렀다. "아니, 단 일분도 못 있어. 그러니까 뜨리풀시오, 당장 여기서 나가."

"지난 반년 사이 제 숙부의 마음을 완전히 사로잡으셨군요." 빠레데스 대위가 말했다. "숙부가 저보다 베르무데스 님을 더 신뢰하는 걸 보면 말입니다. 아, 그냥 웃자고 한 얘기예요, 까요. 그럼 지금부터 서로 말을 놓는 게 어떨까요? 친구처럼 말이죠."

"암브로시오, 그놈들은 용감해서가 아니라, 오히려 겁이 나서 거짓말을 하는 거야." 루도비꼬가 말했다. "앞으로 기회가 되면 그들이 어떤 자들인지 알게 될 거야. 누가 시켰는지 불어! 아무개예요. 모씨예요. 언제 아쁘라에 들어갔지? 난 아쁘라 당원이 아니라고요. 그럼 아무개하고 모씨가 시켰다는 건 무슨 소리야? 그냥 아무 이름이나 댄 거예요. 매일 이런 짓이나 해야 하니 우리도 죽을 지경이라니까."

"좋아. 그럼 말을 놓도록 하지. 자네 숙부는 보안을 얼마나 잘 유지하느냐에 현 정권의 사활이 걸려 있다고 믿고 있네." 베르무데스가 말했다. "지금은 모든 이들이 박수를 치지만, 조금만 있으면 경쟁 관계에 있는 세력들이 주도권을 놓고 싸움을 벌이기 시작할 걸세. 따라서 현 정권의 성패는 보안 당국이 차기 대권을 노리는 자들과 현 정권에 불만을 가진 이들의 기선을 효과적으로 제압할 수 있느냐에 달려 있다는 얘기지."

"여기 머물 생각은 눈곱만치도 없으니까 걱정하지 말라고. 지나가는 길에 잠깐 들렀을 뿐이야." 뜨리풀시오가 말했다. "아레발로라고 이까에서 으뜸가는 갑부가 있는데, 그 사람하고 일하기로 했어. 정말이야, 또마사."

"그 문제라면 나도 잘 알고 있다네." 빠레데스 대위가 말했다. "아쁘라들이 자취를 감추면, 대통령 각하의 정적은 정권 내부에서 등장하겠지."

"말해. 공산주의자야, 아니면 아쁘라야? 전 공산주의자도, 아쁘라도 아닙니다." 루도비꼬가 말했다. "다들 어째 하는 짓이 계집애 같아. 손끝 하나 대지 않았는데 벌써 거짓말을 늘어놓는다니까. 그렇게 몇시간, 아니 며칠씩이나 보내야 한다네, 암브로시오. 그러다 보니 이뽈리또 그 녀석이 그렇게 미쳐 날뛰게 된 거지. 이뽈리또가 어떤 놈인지는 곧 보게 될 거야."

"그러니까 장기적인 안목으로 대책을 세워야 한다는 걸세." 베르무데스가 말했다. "지금 가장 위험한 건 민간 부문이지만, 앞으로는 군부가 될 게 분명해. 자넨 그 문건들을 왜 그렇게 철저하게 숨겨놓는지 알고 있나?"

"당신이란 인간은 뻬르뻬뚜오가 어디에 묻혀 있는지, 암브로시오가 살아 있기나 한지 관심도 없군." 또마사가 말했다. "당신 새끼들마저 잊어먹은 거야?"

"엄마는 원래 성격이 밝고 쾌활해서 삶 자체를 즐기는 분이었습니다요, 나리." 암브로시오가 말했다. "가엾은 엄마는 자기 자식을 위해 뭐든 견뎌냈죠. 만약 엄마가 아버지만 만나지 않았더라도, 제가 이 세상에 태어나는 일은 없었을 거구먼요. 차라리 그랬더라면 더 좋았을 텐데 말입니다요."

"우선 집을 하나 장만하게, 까요. 그렇게 호텔에서 계속 살 수는 없는 일 아닌가." 에스삐나 대령이 말했다. "그리고 보안총국장에게 어울릴 법한 차를 받아 타고 다녀야지, 안 그러면 사람들이 손가락질한다네."

"죽은 애한테는 아무 관심 없어." 뜨리풀시오가 말했다. "물론 암브로시오라면 이야기가 다르지. 한번 보고 싶구먼. 걔랑 같이 살아?"

"사실 그동안은 차가 딱히 필요 없었네. 택시도 편하거든." 베르무데스가 말했다. "그런데 듣고 보니 자네 말에도 일리가 있군. 알았네 쎄라노, 차를 받아 이용하도록 하지. 좀 있으면 망가질 만한 것으로 내주게."

"암브로시오는 내일 리마로 가. 어디 일자리가 생겼나보더라고." 또마사가 말했다. "근데 걘 왜 보고 싶다는 거야?"

"나도 이뽈리또가 그 정도일 줄은 상상도 못했는데, 진짜 그런 놈이었어, 암브로시오." 루도비꼬가 말했다. "누가 해준 얘기가 아니라 내 두 눈으로 똑똑히 봤다 이 말이야."

"그렇게 겸손하게 굴 것 없어. 이왕이면 자네가 가진 특권을 맘껏 누리는 게 좋지 않겠어?" 에스삐나 대령이 말했다. "게다가 자넨 하루에 열다섯시간이나 사무실에 처박혀 있더군. 일이 삶의 전부는 아닐세. 좀 느긋하게 즐길 줄도 알아야 하지 않겠나, 까요?"

"녀석이 어떻게 자랐는지 궁금해서." 뜨리풀시오가 말했다. "암브로시오만 보고 곧장 떠날 테니까 걱정 말라고, 또마사."

"상부에서 비따르떼 출신 녀석을 우리 둘한테 넘기더군. 이뽈리또와 내가 처음 맡은 일이 바로 그거였지." 루도비꼬가 말했다. "무엇보다 우리한테 떽떽거리는 놈들이 없으니까 너무 좋은 거야. 당시엔 직원이 턱없이 부족해서 우리 일에 끼어들 수가 없었거든. 녀석을 만난 게 바로 그때였어."

"알았어. 여유를 갖도록 해보겠네, 쎄라노. 하지만 우선 벌여놓은 일부터 마무리를 지어야 마음이 한결 홀가분해질 걸세." 베르무데스가 말했다. "지금 일만 끝내고 나면 당장 집을 알아볼 참이야. 그땐 두발 뻗고 잘 수 있겠지."

"얼마 전까지 암브로시오는 이 동네에서 일을 했어. 이 동네 저 동네 다니는 버스 운전사로 말이야." 또마사가 말했다. "그런데 리마에 좋은 일자리가 났다기에 당장 가라고 했지."

"까요, 대통령 각하께서는 자네의 업무 능력에 대해 대단히 만족해하고 계시네." 에스뼈나 대령이 말했다. "내가 혁명 거사 때 각하를 도운 것보다 자네를 천거한 걸 더 고마워하실 정도니 말이야."

"이뽈리또가 그를 정신없이 두들겨 팼지. 온몸에서 굵은 땀줄기가 흘러내릴 정도로 말이야. 하여간 얼마나 심하게 팼는지, 그놈이 갑자기 헛소리를 하기 시작하더라니까." 루도비꼬가 말했다. "그 순간 이상한 느낌이 들어 보니까 이뽈리또의 바지 지퍼 부분이 풍선처럼 부풀어 있는 거야. 정말이야, 암브로시오."

"저기 덩치 큰 녀석이 오는구먼." 뜨리풀시오가 말했다. "쟤가 암브로시오야?"

"'이봐, 이미 정신이 반쯤 나간 놈을 왜 계속 패는 거야? 완전히 떡이 된 놈을 그렇게 모질게 패는 이유가 뭐냐고?' 이렇게 몇번 호소도 해봤지." 루도비꼬가 말했다. "그런데도 녀석은 눈 하나 꿈쩍하지 않는 거야. 오히려 발정 난 소처럼 아랫도리가 툭 불거져가지고 충혈된 눈을 희번덕거리더군. 난 있는 그대로 얘기한 거야. 정말이라고. 이뽈리또가 어떤 놈인지 곧 알게 될 테니까 두고 봐."

　"우리는 여러분들이 이 난국을 타개해주리라 기대하고 있습니다." 페르민 씨가 말했다.

　"암브로시오, 너로구나. 금방 알아보겠어." 뜨리풀시오가 말했다. "이리 와서 나 좀 안아다오. 아이고 내 새끼, 어디 얼굴 한번 보자꾸나."

　"그럼 우리가 위기에 처해 있기라도 하다는 겁니까?" 에스삐나 대령이 반문했다. "페르민 씨, 지금 농담하는 거요? 우리의 혁명 사업은 아주 순조롭게 진행되고 있습니다. 우리 말고 누가 이런 큰일을 해낼 수 있단 말이오?"

　"이럴 줄 알았으면 마중을 나갈걸 그랬나봐요." 암브로시오가 말했다. "하지만 전 아버지가 출소하신 줄 까맣게 몰랐어요."

　"대령님, 페르민 씨의 말에도 일리가 있습니다." 에밀리오 아레발로가 말했다. "무엇보다 하루속히 선거를 열어 오드리아 장군이 뻬루인들의 축복 속에서 정권에 복귀하는 것이 시급합니다. 그렇게 될 때까진 많은 어려움이 따를 거고요."

　"그래도 넌 네 엄마처럼 날 내쫓지 않으니 다행이로구나." 뜨리풀시오가 말했다. "아직 어린애인 줄로만 알았는데…… 벌써 시커먼 이 아비만큼이나 나이가 들어 뵈는구나."

　"대령님이 원하신다면, 선거는 형식적 요건만 갖춰도 됩니다."

페르민 씨가 말했다. "하지만 필요한 절차는 반드시 따라야겠죠."

"이제 봤으니까 어서 가." 또마사가 말했다. "암브로시오도 내일 떠날 채비를 해야 된다니까."

"하지만 선거를 실시하기 전에 우선 어수선한 정국부터 수습해야 합니다. 다시 말해, 아쁘라들을 모두 소탕해야 한다는 거죠." 페로 박사가 말했다. "그러지 않으면 도리어 우리가 큰 화를 입게 될 겁니다."

"암브로시오, 우리 어디 가서 한잔만 하자꾸나." 뜨리풀시오가 말했다. "잠깐 이야기하고 와서 짐 싸도 늦지 않잖아?"

"한데 베르무데스 씨는 오늘따라 유난히 말이 없군요." 에밀리오 아레발로가 말했다. "정치 이야기만 하니 따분한가 봅니다."

"당신 하나도 모자라 이제는 애새끼까지 손가락질당하게 만들려고 그래?" 또마사가 말했다. "정말 그러려고 쟤를 데리고 나가겠다는 거야?"

"그런 건 아니지만, 솔직히 좀 지루하네요." 베르무데스가 말했다. "게다가 난 정치에 문외한입니다. 아, 그렇게 웃지 마세요. 사실이니까요. 그래서 여러분들의 말을 듣고 있는 편이 더 좋습니다."

거리엔 이미 어둠이 짙게 깔려 있었다. 두 사람은 구불구불하고 가파른 골목길을 따라 초가집과 드문드문 서 있는 벽돌집 사이를 가로질러 걸어갔다. 촛불이나 전깃불이 환히 켜진 창문 너머 이야기꽃을 피우며 오붓하게 저녁을 먹고 있는 가족들의 모습이 희미하게 보였다. 골목길에서 흙과 똥의 냄새, 그리고 시큼한 포도 냄새가 코를 찔렀다.

"정치에 대해 문외한이라는 분이 보안총국을 어찌 그리 잘 이끄십니까?" 페르민 씨가 웃으며 물었다. "까요 씨, 한잔 더 하시겠습니까?"

당나귀 한마리가 길 한복판에 벌러덩 누워 있었다. 어디선가 개들이 그들을 향해 사납게 짖어대기 시작했다. 키가 엇비슷한 두 사람은 입을 꾹 다문 채 걸음을 재촉했다. 하늘은 맑고 바람 한점 없이 무더운 날씨였다. 그들이 텅 빈 주점에 들어서자 흔들의자에서 쉬고 있던 남자가 벌떡 일어나 맥주 한병을 갖다준 뒤 다시 의자에 앉았다. 그들은 여전히 아무 말도 하지 않았다. 잔 부딪치는 소리가 어둠속으로 울려 퍼졌다.

"무엇보다 이 두가지가 가장 중요하다고 봅니다." 페로 박사가 입을 열었다. "첫번째로, 어떤 일이 있어도 집권 세력 내부에 분열이 일어나서는 안됩니다. 두번째로, 이 기회에 불순분자들을 깨끗하게 쓸어버려야 해요. 특히 대학과 노동조합, 그리고 행정부가 그 주요 대상이 되겠죠. 그런 다음 선거를 치르고, 나라를 위해 열심히 일하는 겁니다."

"그런데 도련님, 저같이 천한 놈이 살면서 바라는 게 뭐였겠습니까요?" 암브로시오가 말한다. "물론 벼락부자가 되고 싶었죠."

"그러니까 내일 리마로 간다고?" 뜨리풀시오가 물었다. "거기 가서 뭘 하려는 거지?"

"그렇게만 된다면 도련님이라도 기쁘지 않겠습니까요?" 암브로시오가 말한다. "당연히 저도 그렇습죠. 따지고 보면 돈과 행복은 한가지나 마찬가지니까요."

"모든 게 차관과 신용의 문제죠." 페르민 씨가 말했다. "미국은 보수 정권을 적극 지지할 준비가 되어 있습니다. 그들이 우리의 혁명을 지지했던 것도 바로 그런 이유에서죠. 지금 그들은 우리나라에서 하루속히 선거가 실시되기를 바라고 있습니다. 그러니 일단은 그들의 입맛에 맞춰줘야 합니다."

"일자리를 알아보려고요." 암브로시오가 대답했다. "아무래도 수도니까, 열심히만 일하면 여기서보다야 더 많이 벌 거구먼요."

"양키들은 형식적 절차를 대단히 중시하죠. 앞으로도 계속 미국의 지지를 얻으려면 우선 그들이 뭘 원하는지 알아야 합니다." 에밀리오 아레발로가 말했다. "그들은 장군님에 대해 불만이 없어요. 대신 민주적 절차만 지켜달라는 겁니다. 만약 선거에서 오드리아가 당선되면 그들은 환영의 뜻을 표할 겁니다. 그리고 우리에게 필요한 차관도 제공하겠죠."

"그럼 운전사로 일한 지는 얼마나 됐지?" 뜨리풀시오가 물었다.

"하지만 그보다는 민족애국전선이나 체제 복원 운동 단체를 적극 육성하는 것이 우선입니다." 페로 박사가 말했다. "그러려면 정책 강령이 기본이 되어야 해요. 내가 평소 강령의 필요성을 그토록 강조한 이유도 바로 그겁니다."

"2년 됐어요." 암브로시오가 말했다. "처음엔 조수로 시작했죠. 그러면서 틈이 날 때마다 운전대를 잡기도 했구먼요. 그후로 트럭을 몰다가, 이 동네에서 버스 운전을 했어요."

"우리와 뜻이 맞는 세력이라면 모두 규합할 수 있는 애국적 민족주의 강령이 필요하겠죠." 에밀리오 아레발로가 말을 이었다. "간단하지만 효율적인 사상에 입각해서 산업과 상업, 그리고 노동계와 농업 등 모든 부문을 포섭해야 해요."

"못 본 사이에 듬직한 사나이가 됐구나. 일도 열심히 하고 말이야." 뜨리풀시오가 말했다. "네 엄마는 말이지, 네가 나하고 있다가 사람들 눈에라도 띌까봐 걱정하더구나. 하긴 그럴 만도 하지. 그런데 리마에 가면 일자리는 얻을 수 있는 거야?"

"베나비데스 원수가 제시했던 탁월한 방책 같은 것이 필요합니다."페로 박사가 말했다. "질서, 평화, 그리고 노동이죠. 하지만 내 개인적인 생각으로는 건강, 교육, 노동이 좋지 않을까 하는데, 어떻습니까?"

"우유를 내다 팔던 뚜물라라는 여자 아시죠? 딸이 하나 있었잖아요."암브로시오가 말했다. "그런데 그 딸애가 부이뜨레의 아들과 결혼했어요. 참, 부이뜨레가 누군지는 기억나세요? 그 아들이 뚜물라의 딸을 납치해서 달아났는데, 내가 좀 거들었구먼요."

"당연히 장군의 출마 선언이 빛을 발하도록 치밀한 전략을 짜야겠죠."에밀리오 아레발로가 말했다. "그러기 위해서는 먼저 사회 각계각층에서 장군의 출마를 강력하게 요구해야 합니다. 그것도 아주 자연스러운 방식으로 말이죠."

"부이뜨레라면, 시장을 하던 그 사채업자 말이냐?"뜨리풀시오가 물었다. "암, 기억나다마다."

"그렇게 될 겁니다, 에밀리오 씨."에스삐나 대령이 말했다. "장군의 지지도가 나날이 높아지고 있으니까요. 몇달 후면 사람들은 안정된 세상이 어떤 것인지 눈으로 직접 보게 될 겁니다. 그러면 아쁘라 당원들과 공산당 놈들이 거리로 우르르 쏟아져 나와 사회를 혼란에 빠뜨리던 때와 분명한 차이를 느끼겠죠."

"지금 부이뜨레의 아들이 정부에서 일하고 있구먼요. 굉장히 높은 자리에 올라간 모양이에요."암브로시오가 말했다. "리마에 가서 그를 찾아가면 일자리를 얻도록 도와줄 거구먼요."

"까요 씨, 우리 둘이 어디 가서 한잔할까요?"페르민 씨가 말을 건넸다. "페로의 말을 듣고 있으면 머리가 아프지 않습니까? 저 친구가 말할 때마다 나는 속이 울렁거려서 견딜 수가 없어요."

"그렇게 높은 사람이 됐는데, 너하고 만나고 싶겠냐?" 뜨리풀시오가 걱정스러운 표정으로 말했다. "아마 봐도 모른 체하고 지나갈 거야."

"그러죠, 싸발라 씨." 베르무데스가 말했다. "싸발라 씨 말마따나 페로 박사가 말이 좀 많은 편이죠. 하지만 경험이 워낙 풍부하니까요."

"조그마한 기념품이라도 갖고 가봐." 뜨리풀시오가 말했다. "보면 고향 생각이 나서 잠시라도 감회에 젖을 수 있는 걸로 말이야."

"경험에 있어서야 페로 박사를 따라올 자가 없죠. 벌써 스무해가 넘도록 역대 모든 정권에서 일해왔으니까 말입니다." 페르민 씨가 웃으며 말했다. "자, 그럼 우린 갑시다. 내 차가 이 앞에 있어요."

"와인 몇병 사서 들고 가면 되겠네요." 암브로시오가 말했다. "그럼 아버진 이제 어떡하실 거예요? 집으로 가실 건가요?"

"전 뭐든 괜찮습니다." 베르무데스가 말했다. "그렇게 하죠, 싸발라 씨. 위스키 좋죠."

"아니다, 아까 네 엄마가 나한테 어떻게 하는지 잘 봤잖아." 뜨리풀시오가 말했다. "그렇다고 네 엄마가 나쁜 여자란 건 아니야."

"난 도무지 정치가 뭔지 이해가 안돼요. 개인적으로 정치라는 걸 워낙 싫어해서 그런가봅니다." 베르무데스가 말했다. "이 나이 먹고 어쩔 수 없이 정치판에 끼어들긴 했지만 말입니다."

"근데 엄마 말로는 아버지가 가족들 다 내팽개치고 집을 나가신 적이 셀 수도 없다고 하던데요." 암브로시오가 말했다. "그러다가 돈이 떨어지면 집으로 돌아와서, 그동안 엄마가 죽도록 일해 모은 돈을 다 가져가셨다고요."

"정치가 싫기는 나도 마찬가지예요. 하지만 이제 와서 어쩌겠습니까?" 페르민 씨가 말했다. "일할 사람들이 나 몰라라 하고 죄다 정치인들에게만 맡겨버리면 나라 꼴이 엉망이 될 텐데요."

"원래 여자들이 과장이 심해. 어쨌든 간에 네 엄마도 여자니까." 뜨리풀시오가 쓴웃음을 지으며 말했다. "난 일하러 이까로 가야 돼. 하지만 언젠가 네 엄마를 보러 다시 올 거야."

"정말로 여기 한번도 와본 적이 없다고요?" 페르민 씨가 눈을 휘둥그레 뜨고 물었다. "그동안 에스삐나가 지독히도 혹사시킨 모양입니다, 까요 씨. 곧 알게 되겠지만, 여기 쇼가 아주 볼만하답니다. 이런 말을 한다고 나를 밤 문화나 즐기는 사람이라고 여기지는 마세요. 어쩌다 한번씩 올 뿐이니까요."

"그런데 여긴 어떠냐?" 뜨리풀시오가 물었다. "넌 잘 알 것 아니냐. 원래 네 나이쯤 되면 계집들이나 매음굴이 어떤지 빠삭하게 아는 법이거든. 이곳 매음굴은 어떻지?"

그녀는 몸에 딱 달라붙는 이브닝드레스를 입고 있었다. 은은하게 빛나는 옷이 몸의 곡선을 선명하게 드러내는데다 그녀의 피부색과 같은 빛깔이라, 마치 아무것도 입지 않은 듯 보였다. 치렁치렁한 밑단이 땅에 질질 끌리는 바람에 그녀는 종종걸음을 치다가 이따금씩 메뚜기처럼 폴짝폴짝 뛰어야 했다.

"두군데는 비싸고요, 다른 두곳은 싸요." 암브로시오가 말했다. "비싼 데는 1리브라 정도고, 싼 데는 3쏠 정도면 돼요. 싼 게 비지떡이지만요."

부드러운 곡선을 그리는 그녀의 고운 어깨는 백옥처럼 희었고, 역시 새하얀 얼굴은 등 뒤로 흘러내린 짙은 빛깔의 머리와 대비를 이루면서 강렬한 인상을 풍겼다. 그녀는 은도금된 소형 마이크를 깨물기라도 하려는 양 욕심 사나운 입을 빼물었다. 커다란 두 눈이 반짝거리면서 테이블을 한두차례 쓱 훑었다.

"라 무사라고 하는데, 참 예쁘죠?"페르민 씨가 말했다. "적어도 조금 전에 나왔던 삐쩍 마른 여자애들보다야 훨씬 낫죠. 그런데 목소리가 별로예요."

"너를 데려가고 싶진 않구나. 네가 따라오는 것도 싫고. 가급적이면 너랑 함께 다니는 모습을 사람들한테 보이지 않는 게 좋을 것 같아."뜨리풀시오가 말했다. "어쨌든 저쪽으로 한번 둘러보고 싶어. 그냥 구경 삼아 말이지. 그건 그렇고, 싼 데가 어디라고?"

"그렇군요. 아주 아름다워요. 몸매도 좋고, 얼굴도 예쁘고 말입니다."베르무데스가 말했다. "그런데 목소리도 썩 나쁘진 않은 것 같은데요."

"요 근처예요."암브로시오가 말했다. "그 주변으로 항상 경찰이 깔려 있으니까 조심하세요. 매일같이 쌈질이 벌어지거든요."

"재미있는 얘기 하나 해드릴까요? 저 여자 말입니다, 더없이 여자다워 보이지만 실제로는 그렇지도 않아요."페르민 씨가 말했다. "여자들을 좋아하거든요."

"그런 거라면 신경 쓸 것도 없어. 이래 봬도 짭새들이나 쌈질에는 이골이 났으니 말이다."뜨리풀시오가 웃으며 말했다. "자, 그럼 술값이나 내. 어서 가봐야겠다."

"아, 그래요?"베르무데스가 말했다. "저렇게 예쁜 여자가 말입니까?"

"제가 모셔다드려야 되는데, 리마행 버스가 아침 6시에 출발이라……"암브로시오가 말했다. "그리고 아직 짐도 못 꾸렸구먼요."

"까요 씨는 슬하에 자녀가 없다고 하셨죠?"페르민 씨가 조심스럽게 물었다. "그렇다면 아무 걱정도 없겠군요. 나는 자식이 셋이나 됩니다. 녀석들 때문에 벌써부터 집사람이랑 골머리를 앓고 있지요."

"그럼 문 앞에서 헤어져야겠구나. 넌 집으로 곧장 가." 뜨리풀시오가 말했다. "하지만 너만 괜찮다면 사람 없는 데로 같이 좀 걸어도 좋고."

"아드님 둘에 따님 하나라고 하셨죠?" 베르무데스가 물었다. "다 큰 아이들입니까?"

그들은 술집을 나와 다시 거리로 나섰다. 구름 한점 없이 맑은 저녁이었다. 그날따라 유난히도 밝은 달빛 덕분에 길에 파인 구덩이와 도랑, 그리고 여기저기 흩어진 돌덩어리들까지 훤히 드러났다. 두 사람은 인적이 끊긴 좁은 골목길을 따라 걸어갔다. 그 와중에도 뜨리풀시오는 무엇이 그리 궁금한지 목을 빼고 사방을 두리번거렸고, 반면 암브로시오는 주머니에 손을 찔러 넣은 채 길가에 널린 돌멩이를 걷어차곤 했다.

"사내 녀석이 해군에 들어가봐야 뭐 좋을 게 있겠습니까?" 페르민 씨가 말했다. "아무짝에도 쓸모가 없어요. 그런데도 치스빠스 이 녀석은 생떼를 쓰는 겁니다. 하지만 자식 이기는 부모 없다지 않습니까? 하는 수 없이 손을 써서 녀석 원대로 넣어주었더니만 얼마 안 가 퇴교를 당하고 말았어요. 하긴, 공부를 열심히 하기나 하나, 그렇다고 고분고분하기라도 하나, 그런 녀석이 어디가 예쁘다고 봐주겠습니까? 그뒤로는 특별히 하는 일도 없이 빈둥거리고 있어요. 그야말로 최악이죠. 물론 마음만 먹으면 어떻게든 손을 써서 다시 집어넣을 수도 있었겠지만 그러기는 싫었어요. 아무리 못나도 명색이 장남인데, 해군으로 만들고 싶지는 않았으니까요. 그러느니 차라리 내 곁에 두고 일을 가르쳐볼까 합니다."

"그게 다야, 암브로시오?" 뜨리풀시오가 물었다. "2리브라밖에 없다고? 운전사라는 놈이 2리브라밖에 없단 말이냐?"

"그러면 차라리 외국으로 유학을 보내시지 그래요?" 베르무데스가 말했다. "분위기를 바꾸면 마음잡고 새 출발을 할 수 있을 듯 싶은데요."

"제 수중에 더 있으면 왜 안 드리겠어요?" 암브로시오는 억울한 표정을 지으며 말했다. "아버지가 달라고 하셔서 드렸잖아요. 그런데 단도는 왜 꺼내시는 거예요? 그러실 필요 없다니까요. 그럼 아버지, 필요한 만큼 더 드릴 테니까 저랑 같이 집에 가세요. 제발 그 칼 좀 치우시고요. 집에 가서 5리브라 더 드릴 테니까요, 예? 협박 좀 하지 마세요. 아버지를 도와드리고 돈도 듬뿍 드릴 수만 있다면 저도 얼마나 좋겠어요. 자, 같이 집으로 가요."

"그렇게는 안될 겁니다. 그랬다가는 집사람이 제 명에 못 살 거예요." 페르민 씨가 말했다. "치스빠스 녀석 혼자 외국에 보낸다고요? 쏘일라가 있는 한 꿈도 못 꿔요. 따지고 보면 녀석이 망나니가 된 것도 다 집사람 때문이죠. 항상 녀석을 끼고 도니 버릇이 나빠질 수밖에요."

"가긴 어딜 간단 말이냐. 난 안 간다." 뜨리풀시오가 말했다. "이제 됐어. 그리고 이건 어디까지나 네게 빌린 거니까 나중에 모두 갚도록 하마. 이까에 일자리가 생겼으니 2리브라 정도는 충분히 갚을 수 있겠지. 그건 그렇고, 내가 단도를 꺼내서 놀랐냐? 그래도 내 아들인데 내가 너한테 무슨 해코지를 하겠어. 이 돈은 꼭 갚으마. 약속할게."

"작은아들도 애를 먹입니까?" 베르무데스가 물었다.

"안 갚으셔도 괜찮아요. 제가 드리는 거니까요." 암브로시오가 말했다. "그리고 놀라지는 않았어요. 정말이에요. 아버지가 굳이 칼을 꺼낼 상황은 아니었으니까요. 아버지가 돈을 달라고 하셔서 전 드린 거라고요. 아버지, 함께 집에 가요. 집에 가면 5리브라 더 드릴 수 있다니까요."

"그렇진 않아요. 말라깽이 녀석은 치스빠스와는 정반대죠." 페르민 씨가 대답했다. "우등생인데다, 학교에서 주는 상이란 상은 모두 휩쓸어 오는 녀석이죠. 가만히 내버려두면 하루 종일 방에서 공부만 하는 녀석이에요. 그래서 가끔 바람이라도 쐬라고 방에서 끌어내야 할 정도랍니다. 하여간 사내 녀석답지 않게 생각이 너무 많아서, 그게 걱정입니다, 까요 씨."

"아마 네 눈엔 내가 아주 고약한 인간으로 비칠 게다. 네 엄마가 말한 것보다 훨씬 더 말이지." 뜨리풀시오가 말했다. "하지만 단도는 그냥 한번 꺼내본 거야. 정말이야. 설령 네가 1쏠만 내놓았대도 너한테 아무 짓 안했을 거야. 그리고 이 돈은 꼭 갚으마. 무슨 일이 있어도 이 2리브라만큼은 꼭 갚을 테니까 걱정 마, 암브로시오."

"보아하니 작은 아드님을 더 아끼시는군요." 베르무데스가 말했다. "그 아드님은 뭘 하고 싶어 하나요?"

"알았어요. 정 그러시다면 나중에 갚으세요." 암브로시오가 말했다. "방금 일은 다 잊으시고요. 전 이미 다 잊어먹은걸요. 하여간, 정말 집에 안 가실래요? 5리브라 더 드릴 수 있는데. 정말이에요."

"아직 고등학교 졸업반이라 제 녀석도 잘 모르는 것 같아요." 페르민 씨가 대답했다. "그리고 내가 둘째를 딱히 편애하는 건 아니에요. 세 녀석 다 똑같이 사랑하고 있으니까 말이죠. 열 손가락 깨물어 안 아픈 손가락이 어디 있겠습니까? 하지만 싼띠아고를 보고 있으면 마음이 뿌듯한 건 사실입니다. 하여간 내 마음을 잘 아시는군요."

"아마 내가 개새끼로 보이겠지. 자식 새끼한테 돈을 뜯어내질 않나, 그것도 모자라 칼을 꺼내 협박을 하질 않나." 뜨리풀시오가 말했다. "다시 한번 말해두는데, 이건 네게서 뜯어낸 게 아니라 빌린 돈이야."

"싸발라 씨의 말을 듣고 있으려니 좀 부럽다는 생각이 들기도 합니다." 베르무데스가 웃으며 말했다. "물론 자식들 때문에 속 썩는 일도 많겠지만, 그만큼 보람도 있을 테니까요."

"알았으니까 이제 그만하세요. 칼은 심심해서 그냥 꺼내본 거고, 돈은 나중에 갚으실 거라는 말씀이잖아요." 암브로시오가 말했다. "다 알았으니까 이제 그만 좀 하시라고요, 제발요."

"혹시 마우리 호텔에 묵고 계세요?" 페르민 씨가 물었다. "그러면 가시죠. 제가 모셔다드리지요."

"이런 못난 아비 때문에 창피해 죽겠지?" 뜨리풀시오가 물었다. "솔직하게 말해봐, 녀석아."

"고맙습니다만 혼자 가겠습니다. 좀 걷고 싶어서요. 더구나 마우리 호텔은 요 근방인걸요." 베르무데스가 대답했다. "하여간 뵙게 돼서 반가웠습니다, 싸발라 씨."

"대체 뭣 때문에 그런 쓸데없는 생각을 하시는 거예요? 제가 아버지 때문에 창피하다니요?" 암브로시오가 말했다. "그러지 말고 계집애들한테 같이 가요. 아버지만 괜찮으시면요."

"자네가 여기 웬일인가?" 베르무데스가 물었다. "여기서 뭘 하는 거지?"

"아냐, 됐다. 넌 어서 가서 내일 떠날 채비를 해야 할 것 아니냐. 더구나 나랑 돌아다니다가 사람들 눈에 띄어봐야 좋을 게 뭐 있겠니?"뜨리풀시오가 말했다. "그래도 넌 나하고 달라서 마음씨가 참 곱구나. 부디 리마에 가서도 건강하게 잘 살기 바란다. 그리고 이 돈은 꼭 갚으마, 암브로시오."

"무슨 일이긴요? 나리를 만나 뵈러 왔습죠. 그런데 어디 계신지 물어보니까 이리 가라 저리 가라 하는 통에 아주 혼이 났습니다요. 그러다 가까스로 찾았구먼요. 벌써 몇시간째 여기서 기다리고 있었습니다요, 까요 나리." 암브로시오가 말했다. "아무래도 만나 뵙기는 틀린 것 같아서 다시 친차로 돌아가려던 참이었습죠."

"까요 국장님, 일반적으로 보안총국장의 운전사는 경찰청 출신이 맡고 있습니다." 알시비아데스 박사가 말했다. "보안 문제 때문이죠. 하지만 국장님께서 굳이 바라신다면야."

"일자리가 있나 알아보러 온 겁니다요, 까요 나리." 암브로시오가 말했다. "그따위 고물 버스 모는 것도 이제 지긋지긋해졌어요. 나리라면 제 일자리를 구해주실 있을 수 같아서 이렇게 염치 불고하고 찾아왔구먼요."

"가능하다면 그렇게 해주게, 박사." 베르무데스가 말했다. "워낙 오래전부터 알고 지내던 사이라 녀석에 관해서는 모르는 게 없을 정도거든. 그러니 아무래도 경찰청 출신보다는 믿음이 더 가는 친구지. 안 그래도 지금 문 앞에서 기다리고 있네. 괜찮겠지, 박사?"

"운전이라면 그 누구보다도 자신이 있구먼요. 그리고 리마의 지리 정도는 운전하다보면 금방 익숙해질 겁니다요, 까요 나리." 암브로시오가 말했다. "나리도 운전사가 필요하실 게 아닙니까? 제가 나리의 차를 몰 수만 있다면 얼마나 좋을까요."

"알겠습니다. 그렇게 하지요." 알시비아데스 박사가 말했다. "우선 그를 부서 직원 명부에 올리든지, 아니면 그에 준하는 자격을 부여하겠습니다. 그리고 오늘부로 관용차를 지급하도록 하고요."

"좋아, 그럼 내 운전사로 일하도록 하게나." 베르무데스가 말했다. "암브로시오, 자넨 정말 운이 좋구먼. 때맞춰 내 앞에 나타나다니 말일세."

"건배하세나." 싼띠아고가 말한다.

8

서점은 발코니가 딸린 어떤 집 안쪽에 있었다. 전등이 불안하게 껌벅이는 입구를 가로질러 가면 건물 저 구석에 문이 굳게 닫혀 있는 썰렁한 서점이 나타났다. 9시 전에 도착한 쌴띠아고는 입구에 있는 책장을 쭉 훑어보았다. 그러곤 오래되어 너덜너덜해진 책과 누렇게 변색된 잡지 몇권을 꺼내 뒤적거렸다. 베레모를 쓰고 잿빛 구레나룻을 기른 노인 한명이 무관심하게 그를 보고 있었다. 그분이 바로 마띠아스 영감이었지. 그는 그때를 떠올리며 생각에 잠긴다. 잠시 후 노인은 곁눈질로 그를 힐끔힐끔 관찰하기 시작하더니, 마침내 그에게 다가왔다. 찾는 책이라도 있나? 프랑스혁명에 관한 책요. 아! 그래. 노인은 해맑은 미소를 지으며 말했다. 이쪽으로 오게나. 앙리 바르뷔스 씨 있나요? 아니면 브루노 바우어 씨 있어요? 하고 물으면 된다네. 또 어떨 땐 정해진 방식대로 초인종을 누르면 되고. 그러다보니 가끔 웃지 못할 촌극이 벌어지기도 했지, 싸발리따. 노인은 어떤 방으로 그를 데리고 갔다. 오래된 신문들이 가득하고, 은빛 거미줄이 얽혀 있는 검은색 벽 앞쪽에는 여러종류의 책들이 천장에 닿을 정도로 쌓여 있는 방이었다. 안에 들어서자 노인은 흔들의자를 손가락으로 가리키며 앉으라고 했다. 그의 말투에서 희미한 스페인식 억양이 느껴졌고, 작은 눈으로는 풍부한 표정이 드러났다. 희디흰 수염은 아래쪽을 향해 삼각형을 이루고 있었다. 혹시 오는 길에 누가 따라오지 않던가? 하여간 조심하게나. 앞으로 이 세상의 운명은 자네 같은 청년들의 손에 달려 있으니 말이야.

"연세가 일흔이나 됐는데도 아주 순수한 분이었어, 까를리또스." 쌴띠아고가 말했다. "내가 아는 사람들 중 유일한 노인이었지."

노인은 그에게 익살맞은 표정으로 눈을 찡긋해 보이더니 안마당으로 갔다. 쌴띠아고는 오래전 리마에서 간행된 잡지를 꼼꼼히 살펴보았다. 『바리에다데스』와 『문디알』이었지. 그의 눈앞으로 그 잡지들의 모습이 스치고 지나간다. 그는 마리아떼기나 바예호의 글을 실린 몇권을 따로 빼두었다.

"그래, 당시 뻬루 사람들은 신문에 실린 바예호나 마리아떼기의 글을 읽었지." 까를리또스가 말했다. "하지만 이젠 그들이 우리의 글을 읽는다니, 퇴보도 이런 퇴보는 없어."

몇분이 지나자 하꼬보와 아이다가 손을 잡고 서점 안으로 들어왔다. 어디엔가 깊이 박혀 자취를 감추는 것은 작은 벌레도, 뱀도, 칼도 아닌 일종의 쐐기였다. 쌴띠아고는 낡은 책장 옆에서 둘이 다정하게 소곤거리는 모습을 보았다. 아무런 근심 없이 즐거워하는 하꼬보의 얼굴을, 또 마띠아스 영감이 다가오는 기척이 들리자 황급히 떨어지는 두 사람의 모습을 그는 지켜보았다. 얼굴에서 순식간에 웃음을 지우고, 미간을 찌푸린 채 진지하게 독서에 열중하는 하꼬보의 모습. 몇달 전부터 사람들을 만날 때마다 그가 짓는 표정이었다. 또 그는 언젠가부터 늘 커피색 양복에 구겨진 셔츠를 입고, 넥타이를 느슨하게 풀고 다녔다. 프롤레타리아처럼 보이려고 저러는 거야. 하꼬보를 볼 때마다 워싱턴은 농담을 하곤 했다. 그는 그때를 떠올려본다. 게다가 하꼬보는 면도도 일주일에 딱 한번만 하고, 구두도 거의 닦지 않았다. 저러다가 조만간 아이다한테 차이는 거 아냐? 쏠로르사노가 웃으며 말했지.

"우리가 장난 같은 짓은 그만두기로 한 것이 바로 그날이었다는 게 참 신기해." 싼띠아고가 말했다. "까를리또스, 정말로 일이 일어날 참이었던 모양이야."

3학년이 시작될 무렵, 까우이데를 처음 알게 된 날부터 그날 사이 언제쯤이었을 거야, 싸발리따. 등사판 유인물을 읽고 토론한 날부터 대학 내에 살포하기까지, 귀가 어두운 여자 하숙집에서 리마끄강가의 빨간 벽돌집을 거쳐 마띠아스 영감의 서점까지 가기까지, 위험한 장난에서 정말 위험한 일, 그날의 일에 뛰어들기까지. 그날 이후로 우리 두 그룹은 다시 모인 적이 없었지. 가끔 싼마르꼬스에서 하꼬보와 아이다만 봤을 뿐이야. 물론 대학 내의 다른 그룹들은 여전히 활동을 이어가는 듯했지만, 누가 무엇을 하고 있는지 속속들이 알 수는 없었어. 틈날 때마다 워싱턴에게 물어보아도 그는 입을 굳게 다문 채 싱긋 웃기만 할 뿐이었지. 어느날 아침 싼띠아고는 그들을 불렀다. 모시 모처에서 만났는데, 늘 그렇듯 제때 온 사람은 세명뿐이었다. 그들은 까우이데에 소속된 이를 만나서 평소 궁금하고 의문스럽던 점을 물어보기로 했다. 너무 설렌 탓인지 전날 밤은 결국 뜬눈으로 새우고 말았지. 그는 당시를 떠올린다. 안마당에 있던 마띠아스 영감이 이따금씩 고개를 들어 그들을 보며 미소를 지었다. 그들은 안쪽 방에 모여 담배를 피우면서 잡지를 뒤적거리거나, 현관과 거리 쪽을 힐끔힐끔 살폈다.

"9시에 만나기로 했는데 벌써 삼십분이 지났어." 하꼬보가 힘없는 목소리로 말했다. "아마 안 올 건가봐."

"아이다는 하꼬보와 사귀고 나서 참 많이 변했어." 싼띠아고가 말했다. "농담도 하고, 여간 즐거워 보이지 않더군. 반대로 하꼬보는 전보다 훨씬 더 진지해졌어. 예전처럼 머리에 신경을 쓰거나 옷을 자주 갈아입지도 않고 말이지. 그리고 누군가 보고 있을 땐 아이다하고 같이 있어도 전혀 웃지를 않았어. 그뿐 아니라, 우리하고 함께 있을 때도 아이다한테 말을 건넨 적이 한번도 없었지. 자기만 행복하니까 괜히 미안해서 그랬나봐. 무슨 말인지 알겠나, 까를리또스?"

"공산주의자라고 해서 뻬루인이 아닌 건 아니니까." 아이다가 웃으며 말했다. "10시쯤 오겠지 뭐. 조금만 더 기다려보자."

10시 십오분 전이었다. 얼굴이 누렇고 길쯤한 사람 하나가 가벼운 발걸음으로 들어섰다. 걸을 때마다 춤을 추듯 흔들거리는 헐렁한 양복에 자주색 넥타이를 매고 있었다. 그 사람이 말을 건네자, 마띠아스는 주변을 휘휘 둘러보며 천천히 그에게 다가갔다. 마침내 그 사람은 환한 미소를 지으며 방 안으로 들어섰다. 그러곤 여윈 손을 연신 저어대며 미안하다고, 버스가 갑자기 고장이 나는 바람에 늦었다고 했다. 그들은 한동안 멋쩍은 표정으로 서로의 눈치를 살폈다.

"하여간 기다려줘서 고마워요." 그의 목소리도 얼굴과 손만큼이나 가늘었다. 지금도 그 목소리가 귓전에 들리는 것 같아. "동지들, 까우이데를 대표해서 여러분들에게 환영의 인사를 드리고 싶습니다."

"까를리또스, 난생처음 동지라는 말을 들었을 때 어린 싸발리따의 마음이 어땠을지는 자네도 상상할 수 있겠지." 싼띠아고가 말했다. "나는 그의 가명만 알고 있었어. 야께라고. 그리고 몇차례 정도밖에 못 만났지. 그는 까우이데 노동자 연합에 소속되어 있었던 반면 나는 대학생 연합 회원에 지나지 않았으니까. 하지만 자네도 알다시피, 당시엔 무척 순수한 단체 중의 하나였지."

오드리아 혁명 당시 그가 법대생이었다는 걸 그날 아침까지 우리는 전혀 모르고 있었어. 그는 당시의 모습을 떠올려본다. 경찰 병력이 싼마르꼬스를 급습한 날 그가 체포된 것도, 그리고 경찰에 끌려가 심한 고문을 당한 후 볼리비아로 추방돼 라빠스에서 6개월째 복역하던 중 몰래 뻬루로 돌아왔다는 사실도 전혀 모르고 있었지. 다만 가녀린 목소리로 공산당의 역사를 간단히 설명하는 동안 마치 손에 쥐라도 난 듯 누렇고 가느다란 손을 한 방향으로 빙글빙글 돌리면서 곁눈질로 안마당과 거리 쪽을 살피던 그의 모습이 왠지 새를 닮았다는 생각만 하고 있었어. 그의 말에 따르면 공산당은 호세 까를로스 마리아떼기에 의해 건설되었고, 활동을 시작하자마자 빠르게 세를 확장하면서 틀을 갖추었다고 했다. 그리고 노동자계급의 여러 부문을 포섭하는 데 성공을 거두었다고도 했다. 돌이켜보면 당시 그는 우리를 믿고 있다는 점을 분명하게 보여주려고 했던 것 같아. 물론 공산당이 아쁘라 당에 비해 아직 규모도 작을뿐더러 열세에 놓여 있다는 점을 애써 숨기려 하지 않았지만, 그래도 당시 공산당이 역사상 황금기를 구가하고 있던 것은 사실이었지. 『아마우따』[86]와 『라보르』[87]지가 창간되었을 뿐 아니라 부문별 노동조합이 활발하게 결성되고 인디오들과의 연대를 위해 대학생들을 시골 공동체로 파견하는 등, 변혁 운동이 절정기를 맞이하던 때였으니까 말이야. 그런데 1930년 마리아떼기가 세상을 뜨면서 당은 모험주의자와 기회주의자들의 수중에 들어가고 말았다. 게다가 마띠아스 노인이 세상을 떠나면서 초따 거리의 서점이 철거된 자리에는 창문이 여러개 달린 성냥갑처럼 생긴 건물이 들어섰다. 그 창문들 때문에 건물은 너무도 낯설게만 보였지. 마치 아쁘라 당 세력의 영향권에 들어가 있던 대중들로부터 엉거주춤하게 물러서는 듯한 모습 같았달까. 싸발리따, 그런데 야께 동지는 어떻게 됐을까? 라비네스[88]같이 제국주의 첩자로 변신했다가, 나중엔 오드리아를 도와 부스따만떼 정권을 타도하는 데 앞장선 모험주의자들처럼 당을 배신했을까? 아니면 힘들고 숨 막히는 투쟁 생활을 청산하고 결혼해서 가족들과 함께 편안하게 살았을까? 그도 아니면 과거를 깨끗이 잊고 정부에서 일을 했을까? 광신자가 되어 1년 내내 자주색 승복을 입고 기적의 주님 축제 행렬 때면 커다란 십자가를 끌고 다니던 떼레로스 같은 기회주의자들처럼 감옥에 있거나, 학생들에게 둘러싸여 새같이 가느다란 목소리로 계속 설교를 늘어놓았을까? 배반과 부당한 탄압이 당을 거의 벼랑 끝으로 몰고 갔다. 만약 그가 계속 당에 남아 있었다면 친소련파가 되었을까, 친중국파가 되었을까? 게릴라전에서 목숨을 잃은

---

86 *Amauta*. 1926년 마리아떼기에 의해 창간된 잡지로, 당시 뻬루 사상계에 혁명을 일으킨 정치적·예술적 전위주의 세대의 작가들이 대거 참여했다.

87 *Labor*. 1928년 마리아떼기가 창간한 공산주의 계열의 신문.

88 Eudocio Ravines(1897~1979). 뻬루의 언론인이자 정치가로 잠시 아쁘라 당에 몸담은 이후 뻬루 공산당의 지도자로 변신했지만 곧 공산주의에 환멸을 느끼고 우익에 가담해서 자유주의 경제체제를 알리는데 앞장섰고, 결국은 뻬루의 거의 모든 정권을 격렬하게 비판함으로써 평생 탄압을 받았다.

수많은 까스트로주의자들 중 하나가 되었을까, 아니면 뜨로쯔끼주의자로 전향했을까? 1945년, 부스따만떼가 정권을 잡고 합법화된 공산당은 곧장 구조 개편에 착수함과 동시에 노동자계급 내에 만연해 있던 아쁘라 당의 개량주의와 맞서 싸우기 시작했다. 그는 모스끄바, 베이징, 아바나 중 어디로 갔을까? 하지만 오드리아의 꾸데따 후, 공산당은 또다시 해산되고 말았다. 그런데 누구 때문에 당이 무너져버린 것일까? 스딸린주의자들일까? 아니면 수정주의자들? 혹은 모험주의자들? 중앙위원회 전원과 수십 명에 달하는 지도자들과 투쟁가들, 그리고 옹호자들이 투옥되거나 추방되었고, 심지어 그들 중 몇몇은 살해되기까지 했다. 그는 싸발리따 널 기억할까? 마띠아스 서점에서 만났던 그날 아침과 모고욘 호텔에서 함께 보낸 그날밤을 말이야. 궤멸 직전의 상태에서 살아남은 몇몇 소조직이 오랜 시간을 들여 힘겹게 까우이데 조직을 결성해서, 각종 선전 유인물을 제작하고 대학생 연합과 노동자 연합으로 나뉘어 활동하고 있어요, 동지들.

"그런데 까우이데에는 사실상 대학생과 노동자들이 별로 없잖아요." 아이다가 말했다.

"열악한 조건이지만 모두들 열심히 노력하고 있습니다. 물론 어떤 동지가 체포되거나 빠져버려서 몇달의 노력이 물거품이 되는 경우도 종종 있어요." 그는 엄지와 검지의 손톱으로 담배를 꽉 잡으며 희미한 미소를 지었다. "저들의 탄압이 이어지고 있기는 하지만 우리도 계속 발전하고 있습니다."

"싸발리따, 물론 자네는 그의 얘기에 수긍했겠군." 까를리또스가 말했다.

"그가 우리한테 해준 이야기에 대해서는 충분히 납득할 수 있었지." 싼띠아고가 대답했다. "더구나 그는 자기가 하는 일에 상당한 애착을 가지고 있더군."

"다른 비합법 조직과의 행동 통일에 대한 당의 공식적 입장은 뭐죠?" 하꼬보가 물었다. "가령 아쁘라라든지 뜨로쯔끼주의자 그룹에 대한 입장 말입니다."

"그는 눈곱만큼도 흔들리지 않았어. 확고한 믿음이 있었던 거지." 싼띠아고가 말했다. "까를리또스, 솔직히 말해 당시 나는 무언가에 대해 맹목적인 믿음을 가진 이들이 부러웠어."

"우리 당은 독재 정권을 타도하기 위해서라면 아쁘라와도 손을 잡을 용의가 있습니다." 야께가 말했다. "하지만 아쁘라들은 우파들이 자기들을 극단주의자로 몰아붙일까봐 두려워하고 있어요. 그래서 어떤 경우든 반공주의를 철저히 내세우려 하는 겁니다. 그리고 뜨로쯔끼주의자들은 다 모아도 열명이 채 되지 않을 거예요. 게다가 대부분 경찰의 끄나풀들임이 확실하고요."

"암브로시오, 그보다 더 좋은 게 어디 있겠나." 싼띠아고가 말한다. "자기가 진심으로 믿는 바를 말하고, 자기가 정말로 원하는 행동을 하는 것 말일세."

"그런데 친제국주의적 태도로 돌아선 아쁘라가 왜 여전히 대중들로부터 지지를 받는 걸까요?" 아이다가 물었다.

"그건 일종의 관성 때문일 거예요. 그리고 그들의 능수능란한 선전 선동과 아쁘라를 위해 희생한 이들 때문이기도 하고요." 야께가 대답했다. "하지만 무엇보다 뻬루 우익들의 영향이 가장 크다고 봐야겠죠. 우익들은 아쁘라가 자신의 적이 아니라 동맹이라는 걸 잘 몰라요. 뒤를 졸졸 쫓아다니면서 자기네들의 위상을 높여주고 있는데도 말입니다."

"그건 맞는 얘기야. 우익들이 멍청했던 탓에 아쁘라가 졸지에 거대 정당으로 둔갑해버렸지." 까를리또스가 말했다. "뻬루 좌파가 일종의 친목 단체를 넘어서지 못한 것도, 아쁘라 당 때문이 아니라 당내에 그만큼 유능한 인물이 없었던 탓일 거야."

"하긴, 자네와 나처럼 역량 있는 사람들은 거기 끼어들지 않았으니까." 싼띠아고가 말했다. "우리는 그저 그런 일에 휘말린 무능한 인간들을 비판하는 데 만족할 뿐이잖아. 까를리또스, 안 그런가?"

"난 아니야. 그래서 가급적이면 정치에 대해 언급을 피하려는 거지." 까를리또스가 말했다. "그런데 싸발리따, 자네는 매일 밤 그 역겨운 마조히즘적 취향으로 나를 괴롭히는군."

"동지들, 이젠 내가 여러분들에게 질문을 할 차례군요." 야께가 수줍은 미소를 지으며 말했다. "여러분들은 까우이데에 들어올 생각입니까? 지지자로 일할 수도 있으니, 굳이 입당까지 할 필요는 없어요."

"나는 지금 당장 입당하고 싶어요." 아이다가 나서며 말했다.

"서두르지 않아도 돼요. 아직 생각할 시간은 충분하니까요." 야께가 말했다.

"그 문제라면 우리 그룹 내에서 이미 충분히 논의를 거쳤습니다." 하꼬보가 말했다. "나도 입당하고 싶어요."

"나는 그냥 지지자로 머물 생각입니다." 싼띠아고의 배 속에 도사리고 있던 작은 벌레가, 날카로운 나이프가, 아니 뱀이 불쑥 말을 꺼냈다. "아직은 확신이 없어서요. 입당하기 전에 공부를 좀더 해야 할 것 같아요."

"좋아요, 동지는 확신이 생길 때까지 입당하지 마세요." 야께가 말했다. "지지자로서도 충분히 중요한 일을 할 수 있으니까요."

"암브로시오, 그게 결국 당시 내가 전혀 순수하지 않았다는 사실을 여실히 보여주는 셈이야." 싼띠아고가 말한다. "하꼬보와 아이다가 나보다 훨씬 더 순진했던 거지."

　그런데 싸발리따, 만약 그날 입당했더라면 어떻게 됐을까? 그는 생각에 잠긴다. 투쟁의 의지를 불태우며 모든 일에 앞장서서 싸웠을까? 그리고 마음속에 품고 있던 모든 회의를 떨쳐버린 채 몇달, 아니면 몇년 만에 확고한 신념을 가진 인간, 낙관주의자, 혹은 베일에 가려져 있지만 영웅적인 풍모를 지닌 또따른 순수한 인간이 되었을까? 싸발리따, 그랬더라면 하꼬보와 아이다처럼 고생이 심했을 거야. 그는 생각한다. 감옥에도 여러번 들어갔을 테고, 지저분한 공장에 갔다가 쫓겨나기도 했겠지. 그리고 어느정도 경제적 여유도 있고 경찰의 제지만 없었다면, 『끄로니까』에 미친개에 대해 사설을 쓰는 대신 사회주의 조국의 과학적 발전에 대해, 또 혁명 노선을 취하고 있던 루린 지구의 제빵사 노동조합이 친기업적인 아쁘라 당의 패배주의에 맞서 거둔 승리에 대해 인쇄 상태가 조악하기 이를 데 없는 『우니다드』에 글을 썼을 테지. 아니면 쏘비에뜨의 수정주의와 『우니다드』의 배신자들에 맞서 인쇄 상태가 최악인 『반데라 로하』[89]에 글을 썼을지도 몰라. 그는 생각한다. 아니면 더 숭고한 마음을 먹고 무장투쟁 운동에 뛰어들어 꿈을 꾸면서 게릴라 활동을 하다 결국 실패하고 지금쯤 감옥에 갇혀 있겠지. 엑또르처럼 말이야. 그는 생각한다. 그도 아니면 촐로 마르띠네스처럼 싸우다 죽어 밀림에서 썩어가고 있을지도 모를 일이고. 또 비밀리

---

89 뻬루 공산당-붉은깃발(El Partido Comunista Peruano-Bandera Roja, PCP-BR)의 기관지. 붉은깃발은 1964년 친소련 성향의 뻬루 공산당에서 갈라져 나온 마오주의 계열의 공산당이다.

에 청년 회의 참석차 어딘가 해외로 가 있을 수도 있겠지. 가령 모스끄바로 말이야. 언론인 회의에 동지로서 인사말을 전하러 부다페스트에 가거나 군사훈련을 받으러 아바나나 베이징으로 갔을지도 모르고. 그는 생각한다. 반대로 만약 무사히 대학을 졸업해서 변호사 자격증을 얻은 뒤 결혼해서 노동조합 법률 자문이 되고 나중에 하원 의원이 되었다면, 지금보다 더 불행해졌을까? 그냥 똑같을까? 아니면 더 행복했을까? 그는 생각한다. 맙소사, 싸발리따, 대체 무슨 생각을 하는 거야?

"도그마에 대한 두려움 때문이 아니야. 그건 단지 지령 따윈 받기 싫어하는 유치한 아나키스트 꼬마의 반발심과 다를 게 없어." 까를리또스가 말했다. "사실 자넨 잘 먹고 잘 입는 이들, 그리고 몸에서 좋은 향기가 나는 사람들과 헤어지는 게 내심 두려웠던 거라고."

"하지만 나는 그런 자들을 증오했어. 지금도 그렇고 말이야." 싼띠아고가 말했다. "까를리또스, 내가 분명하게 말할 수 있는 건 그것뿐이야."

"일종의 반항심이었겠지. 그저 싸움꾼 기질로 그랬던 거야." 까를리또스가 말했다. "싸발리따, 아무리 봐도 자네는 혁명에 어울리지 않아. 그냥 문학에 전념하는 편이 나았을 텐데."

"만약 모든 이들이 책상 앞에 앉아 머리만 쓰고 의심만 한다면, 뻬루는 영원히 혼란에서 벗어나지 못할 것 같았어." 싼띠아고가 말했다. "까를리또스, 그래서 나는 교조주의자들이 있어야 한다고 생각했던 거야."

"교조주의자들이 있든 지식인들이 있든, 뻬루는 앞으로도 계속 혼란스러울 걸세." 까를리또스가 말했다. "이 나라는 엉망으로 시작해서 결국 엉망으로 끝날 거야. 우리처럼 말이지."

"우리라니? 자본주의자들 말인가?" 싼띠아고가 물었다.

"우리 같은 멍청이들을 말하는 거야." 까를리또스가 말했다. "우리는 언젠가 모두 입에 거품을 물고 배가 터져 죽을 거야. 베세리따처럼 말이야. 자, 싸발리따, 자네의 건강을 위해."

"몇달, 아니 몇년 동안이나 공산당에 입당하는 꿈을 꾸면서도, 정작 기회가 오면 발을 빼게 된다고." 싼띠아고가 말했다. "까를리또스, 나도 내가 왜 그러는지 도저히 이해가 안돼."

"아이고 박사님, 내 몸속에도 계속 오르락내리락하는 것이 있지만 그게 뭔지는 도통 알 수가 없지." 까를리또스가 말했다. "그건 정신 나간 방귀 같은 거야. 방귀라는 놈이 몸속에서 이렇게 중얼거리지. 부인, 당신의 얼굴은 꼭 엉덩이같이 생겼네요. 하지만 그러면서도 가엾은 이 방귀라는 놈은 어디로 나갈지 몰라 이리저리 헤매고 다니는 거야. 싸발리따, 자네를 괴롭히는 건 정신 나간 방귀나 마찬가지라고."

그럼 사회주의와 노동자계급을 위해 모든 걸 바치기로 맹세하는 건가요? 야께가 묻자 아이다와 하꼬보는 그렇게 하기로 굳게 맹세했지만, 싼띠아고는 그냥 지켜보기만 했다. 그러고 나서 그들은 각자 가명을 정했다.

"괜찮으니까 괜히 움츠러들지 말아요." 야께가 싼띠아고에게 말했다. "우리 대학생 연합에서는 지지자나 활동가나 모두 동등하게 대하니까."

야께는 그들과 일일이 악수를 한 뒤 말했다. 그럼 잘 가요, 동지들. 내가 떠나고 십분 뒤에 나오도록 하고요. 그들이 마띠아스의 서점을 나섰을 때, 오전 하늘은 잔뜩 찌푸려 있었고 습했다. 그들은 커피라도 한잔 하러 꼴메나가에 있는 브란사 까페로 갔다.

"한가지 물어봐도 되니?" 아이다가 불쑥 말했다. "왜 입당하지 않은 거야? 아직도 이 문제에 대해 의문을 품고 있는 거니?"

"전에도 말했지만," 쌴띠아고가 말했다. "몇가지 점에 있어서 여전히 확신이 들지 않아. 난 그저……"

"각자의 결정에 대해 왈가왈부할 필요 없어." 하꼬보가 끼어들었다. "시간을 두고 생각하도록 내버려두는 게 좋을 거야."

"그걸 가지고 뭐라고 하는 게 아니야. 다만 이 한가지만큼은 꼭 얘기해야겠어." 아이다가 웃으며 말했다. "넌 끝내 입당하지 않을 거야. 그리고 쌴마르꼬스를 졸업하자마자 혁명 따윈 까맣게 잊은 채 인터내셔널 페트롤리엄[90]의 변호사나 끌룹 나시오날[91]의 회원이 될 거라고."

"그나마 그녀의 예언이 보기 좋게 빗나가서 다행이군." 까를리또스가 말했다. "싸발리따, 자네는 변호사나 끌룹 나시오날의 회원도 아니고, 그렇다고 프롤레타리아도 부르주아도 아니잖아. 그저 둘 사이에 어중간하게 끼어 있는 한심한 친구에 불과하지."

"그런데 그 하꼬보랑 아이다라는 그 사람들은 어떻게 되었습니까?" 암브로시오가 묻는다.

"둘이 결혼했지. 아마 아이들도 있을 거야. 워낙 오랫동안 못 만나서 잘 모르겠지만 말일세." 쌴띠아고가 말했다. "언젠가 하꼬보가 경찰에 체포됐다가 결국 풀려났다는 소식을 신문에서 본 적이 있긴 해."

"자넨 아직도 그 친구가 부러운가보군." 까를리또스가 말했다.

<hr/>

90 미국 스탠더드 오일의 자회사.
91 El Club Nacional. 1855년 1월 뻬루의 역사 지구에 세워진 민간단체로, 19세기부터 뻬루 귀족 가문들의 사교 모임으로 이용되었다.

"그 얘기라면 이제 내 앞에서 입도 뻥끗하지 마. 그래봐야 자네한 테 해만 될 뿐이니까. 내가 술 때문에 몸이 상하는 것보다 자네 그러는 게 더 심각하다고. 싸발리따, 그건 일종의 병이야. 그 하꼬보니 아이다니 하는 이들 말야."

"오늘 아침에 나온 『쁘렌사』에 나온 기사는 정말이지 너무 끔찍하더구나." 쏘일라 부인이 말했다. "그런 기사를 애당초 왜 내는지 몰라."

아이다 때문에 질투라도 난 건가? 이젠 아니야. 그는 생각한다. 그렇다면 싸발리따, 다른 것 때문이야? 그를 만나야 해. 그와 이야기를 나눠보고, 그렇게 자신의 모든 것을 바쳐서 더 좋아졌는지, 아니면 더 힘들어졌는지 알아내야 해. 그렇게 해서 그의 마음이 더 편안해졌는지 알아내야 해.

"엄마는 만날 범죄가 많이 일어난다고 투덜대면서도 그런 기사만 나오면 제일 먼저 보잖아요." 떼떼가 말했다. "엄마를 보면 정말 웃겨 죽겠어요."

적어도 외롭다는 생각이 들지는 않았지. 그는 생각한다. 늘 사람들에게 둘러싸여 있었고, 모두와 어울려 다니면서 이래저래 신세를 지곤 했으니까. 각종 모임과 세포조직, 그리고 소조직에서 토론을 할 때마다 들곤 하던, 좀 미적지근하면서도 끈끈한 그 느낌. 그는 생각한다.

"또 어떤 몹쓸 놈이 아이를 유괴해서 강간하기라도 했어?" 페르민 씨가 물었다.

"그날 이후로 우리는 예전처럼 자주 만나지 못했어." 싼띠아고가 말했다. "모임이 세포조직으로 분할되는 바람에 계속 떨어져 지냈으니까. 그리고 소조직 회의에 가도 워낙 많은 사람들에게 둘러싸여 있어서 만나기가 어려웠지."

"당신이 기자들보다 더 나빠." 쏘일라 부인이 쏘아붙였다. "제발 떼떼 듣는 데서 그런 말 좀 하지 말라니까."

"그런데 거긴 몇명이나 있었지? 그리고 대체 뭘 한 거야?" 까를리또스가 물었다. "오드리아 정권 당시에 까우이데가 있다는 얘기는 못 들어봤거든."

"엄만 지금도 내가 열살짜리 어린애인 줄 알아요?" 떼떼가 따지듯 말했다.

"당시 몇명이나 있었는지는 나도 몰라." 싼띠아고가 말했다. "어쨌든 우리는 오드리아에 대항해서 반정부 투쟁을 했지. 적어도 캠퍼스 내에서는 말이야."

"무슨 사건이 그렇게 끔찍한지 말도 안해주면서 어쩌라는 거야?" 페르민 씨가 말했다.

"자네가 거기 가담한 것을 집에서도 알고 있었나?" 까를리또스가 물었다.

"자기 아이들을 팔아먹었대!" 쏘일라 부인이 소리쳤다. "그것보다 더 끔찍한 소식이 어디 있겠어?"

"웬만하면 가족들과 안 부딪치려고 피해 다녔지." 싼띠아고가 말했다. "부모님과의 관계가 점점 악화되고 있었거든."

뿌노[92]에는 며칠, 아니 몇주 동안 비 한방울 내리지 않았다. 심한 가뭄으로 인해 밭의 곡식이 바짝바짝 타들어갔다. 가축들은 말라죽고, 마을은 텅 비어버렸다. 말라비틀어진 풍경을 배경으로 어디론가 떠나는 인디오들의 모습이 자주 보였다. 인디오 여자들은 등

---

92 뻬루 남동부에 위치한 뿌노주의 주도.

에 어린아이를 업은 채 갈라진 고랑 사이로 터덜터덜 걸음을 옮기고, 짐승들은 눈을 뜬 채 죽어갔다. 당시 신문 기사의 제목과 부제마다 의문부호가 뒤따랐다.

"엄마, 그들도 사람인 이상 감정이 없을 리가 없죠. 하지만 무엇보다 그들은 배가 고프단 말이에요." 싼띠아고가 말했다. "그들이 자식을 팔았다면, 굶어죽지 않기 위해서 그런 것뿐이라고요."

뿌노와 훌리아까[93] 사이에 노예 매매가 성행한 것도 가뭄의 영향이었을까?

"신문 사설에 대해 토론하고 맑스주의 서적을 읽은 것 말고 또 뭘 했지?" 까를리또스가 물었다.

정말 인디오 여성들은 자기 자식들을 관광객에게 팔았을까?

"그들은 자식이, 그리고 가족이 뭔지도 모르는 가엾은 짐승에 불과해." 쏘일라 부인이 대답했다. "먹을 게 없으면 애당초 아이를 낳지 말았어야지."

"우린 대학생 연합과 연합 지도부를 재건했어." 싼띠아고가 대답했다. "하꼬보와 내가 대의원으로 선출되었지."

"가뭄이 들었다고 해서 정부를 비난해서는 안돼." 페르민 씨가 말했다. "오드리아 대통령은 가난한 이들을 기꺼이 도울 거야. 더구나 미국도 많은 원조를 제공했잖니. 이제 곧 피해 지역 주민들에게 옷가지와 식량을 보낼 계획이야."

"우리 소조직은 선거에서 대성공을 거두었지." 싼띠아고가 말했다. "문학부, 법학부, 경제학부에서 까우이데 출신 대의원이 여덟 명이나 선출되었으니까. 물론 숫자상으로는 아쁘라 당원들이 우세

---

93 뿌노주의 도시.

했지만, 표가 분산되지만 않았더라도 우리가 연합 지도부를 장악할 수 있었을 거야. 정치에 무관심한 이들은 조직화되지 않은 상태라 우리가 쉽게 분열시킬 수 있었지."

"미국이 구호물자를 보내봤자 오드리아 패거리들의 배만 채울 거라는 말을 하고 싶겠지. 하지만 이번만큼은 달라." 페르민 씨가 단호하게 말을 이었다. "오드리아가 내게 구호물자를 공정하게 배급할 수 있도록 위원회를 이끌어달라고 신신당부했으니 말이다."

"하지만 우리와 아쁘라 당원들은 무슨 합의를 할 때마다 심한 언쟁과 다툼을 벌여야 했어." 싼띠아고가 말했다. "사실 그때 나는 연합 지도부니 소조직이니 아쁘라들과의 비밀 회동이니 하는 이런저런 회의만 하느라 1년을 다 보냈다네."

"하지만 쟤는 아빠도 거기서 한몫 챙길 거라고 할걸요." 치스빠스가 나서며 말했다. "우리 만물박사한테 뻬루의 훌륭한 사람은 죄다 착취자나 도둑놈으로 보이니까요."

"엄마, 오늘『쁘렌사』에 엄마가 좋아할 만한 기사가 또 하나 있어요." 떼떼가 말했다. "꾸스꼬 감옥에서 두 사람이 죽어 부검을 했는데, 배 속에서 구두끈과 신발 밑창이 나왔다네요."

"그런데 그 두 사람과의 우정을 잃었다고 해서 그렇게 마음 아파할 것까지는 없지 않아?" 까를리또스가 물었다. "까우이데에 다른 친구들은 없었나?"

"엄마, 그들이 바보라서 구두 밑창을 먹었을 것 같아요?" 싼띠아고가 물었다.

"여보, 이 시건방진 녀석이 속으로 나를 멍청하다고 비웃고 있잖아. 저 눈빛 좀 보라니까. 여차하면 나를 두들겨 팰 기세야." 쏘일라 부인이 분을 참지 못하고 소리쳤다.

"나는 모두의 친구였어. 하지만 그건 동료 관계였을 뿐이지." 싼띠아고가 말했다. "당시 누구와 속을 터놓고 이야기한 적도 없으니까. 반면 아이다와 하꼬보와의 우정은 아주 각별했다네."

"넌 신문에 나오는 건 죄다 새빨간 거짓말이라고 하지 않았니?" 페르민 씨가 말했다. "신문에 나오는 정부 추진 계획은 다 거짓말인데, 왜 저런 끔찍한 사건은 진실이라는 거지?"

"하여간 점심 저녁 때마다 너 때문에 분위기를 망친다니까." 떼떼가 투덜거렸다. "만물박사 오빠, 그냥 좀 넘어가면 안돼?"

"하지만 자네한테 꼭 하고 싶은 말이 있네." 싼띠아고가 말한다. "난 까똘리까 대신 싼마르꼬스 대학에 들어간 걸 후회하지 않아."

"이것 좀 봐. 『쁘렌사』에서 스크랩한 거야." 아이다가 말했다. "한번 읽어봐. 먹은 것이 다 올라올걸."

"왜냐하면 싼마르꼬스에 들어간 덕분에 모범생은커녕 효자도, 성공한 변호사도 되지 못했기 때문이지, 암브로시오." 싼띠아고가 말한다.

"가뭄 때문에 지금 남부 지방은 폭발 직전의 상황인가봐." 아이다가 말했다. "선동가들이 움직이기 딱 좋은 조건이 마련된 셈이지. 계속 읽어보면 알겠지만, 상황이 엄청 심각해."

"그리고 암브로시오, 수도원보다 사창가에 있어야 현실을 더 가까이 볼 수 있는 법이거든." 싼띠아고가 말한다.

"곧 군부대에 비상경계령이 내리고, 피해 농민들을 철저히 감시하라는 명령이 떨어지겠지." 아이다가 말했다. "저들은 인디오들이 굶어 죽든 말든 관심도 없어. 다만 저들이 가뭄을 우려하는 건 봉기가 일어날 수도 있기 때문이라고. 이런 경우를 본 적 있어?"

"또 싼마르꼬스에 들어간 덕분에 내가 엉망이 되었기 때문이야." 싼띠아고가 말한다. "이 나라에서 엉망이 되지 않은 자는 결국 다른 이들을 엉망으로 만들게 되거든. 그래서 난 후회하지 않는 거라네, 암브로시오."

"그나마 저 쓰레기 같은 자들 덕분에 이런 신문이 자극제 역할을 해주는군." 하꼬보가 말했다. "앞으로 깊은 절망감이 들 때마다 신문을 한번 펼쳐보라고. 그러면 뻬루의 부르주아지에 대한 분노와 증오가 다시 타오를 테니까."

"그러니까, 우리 같은 사람들이 쓴 어설픈 글을 읽고 열여섯살짜리 소년들이 반군에 가담하고 있다는 얘기구먼." 까를리또스가 말했다. "너무 자책하지는 마, 싸발리따. 어떤 면에서 자네는 여전히 옛 동지들을 돕고 있는 셈이니 말이야."

"자네야 농담으로 한 말이겠지만, 정말 그럴지도 모르지." 싼띠아고가 말했다. "구역질 나는 일에 대해 써야 할 때가 있잖아. 그럴 때마다, 나는 최대한 혐오스럽게 글을 써. 다음 날 아침, 어떤 청년은 그걸 읽고는 속이 울컥하겠지. 그러면 무슨 일이라도 일어나는 거야."

문에는 워싱턴이 말한 그 팻말이 붙어 있었다. 손으로 엉성하게 쓴 '당구 클럽'이라는 글씨 위로 먼지가 뽀얗게 앉아 있었다. 그러나 당구대와 큐, 그리고 세개의 공이 그려진 그림은 꽤나 선명했고, 안에서는 당구공 부딪치는 소리가 흘러나왔다. 바로 거기였다.

"이로써 오드리아가 귀족 가문 출신이라는 건 분명히 밝혀진 셈이군." 페르민 씨가 웃으며 말했다. "『꼬메르시오』는 다들 읽어봤겠지? 그는 남작의 후손이야. 본인이 원하기만 하면 언제든 작위를 되살릴 수 있다고."

싼띠아고는 문을 열고 안으로 들어갔다. 안에는 당구대 여섯대가 놓여 있었다. 당구대의 초록색 천과 대들보가 훤히 드러난 천장 사이에는 사람들의 얼굴을 분간할 수 없을 정도로 담배 연기가 자욱했다. 당구대 위에는 철사로 엮은 주판이 걸려 있었는데, 사람들은 공을 친 다음 큐로 거기에 점수를 표시했다.

"전차 노동자들의 파업이 자네가 집을 뛰쳐나온 것과 무슨 관련이 있었다는 거지?" 까를리또스가 물었다.

그는 당구대 사이를 지나 테이블 하나가 덩그러니 놓인 다른 방으로 들어갔다. 그러곤 버려진 깡통이 수북이 쌓인 안마당으로 나가 안쪽 무화과나무 옆으로 난 작은 문으로 다가갔다. 거기서 그는 문을 두번 두드리고 잠시 기다렸다가 다시 두번 두드리자 문이 열렸다.

"오드리아는 뭘 모르는 모양이야. 계속 그런 아부꾼들에 둘러싸여 있다가는 언젠가 리마의 조롱거리로 전락할 텐데." 쏘일라 부인이 말했다. "만일 그가 귀족이라면, 우린 뭐가 되는 거지?"

"아쁘라들은 아직 안 왔어." 엑또르가 말했다. "들어와. 우리 동지들은 다 와 있으니까."

"그때까지만 해도 우리는 학생운동의 차원을 벗어나지 않았어." 쌴띠아고가 말했다. "수감된 동료들을 위해 모금을 하거나, 연합 지도부에서 논쟁을 하고, 각종 유인물과 까우이데 선전물을 배포하는 정도였지. 그러다 전차 노동자들의 파업을 거치면서 좀더 넓은 세계로 나아가게 된 거야."

그가 안으로 들어가자 엑또르가 뒤에서 문을 걸어 잠갔다. 그 방은 당구대가 있던 곳보다 더 낡고 더러웠다. 공간을 넓히느라 네대의 당구대를 벽 쪽에 붙여놓았다. 까우이데의 대의원들이 방 안 여기저기에 흩어져 있었다.

"누군가 오드리아의 가문이 귀족이라고 기사에 쓴 게 오드리아의 잘못이야?" 페르민 씨가 화난 듯 말했다. "돈만 벌 수 있다면 무슨 일인들 못하겠냐고. 남의 집안 족보를 위조하는 것쯤이야 일도 아니지!"

워싱턴과 쫄로 마르띠네스는 문가에 서서 이야기를 나누고 있었고, 아이다와 하꼬보는 구석에 처박혀 눈에 띄지도 않았다. 아베는 바닥에 앉아 있었고, 엑또르는 문틈으로 안마당을 엿보았다.

"사실 전차 노동자들은 정치적인 목적이라기보다 임금 인상을 쟁취하기 위해 파업을 벌였지." 싼띠아고가 말했다. "그들은 학생들의 지지를 호소하기 위해 싼마르꼬스 대학 연합 지도부에 서한을 보냈어. 우리 소조직에서는 그때를 절호의 기회라고 생각했지."

"아쁘라들에게 한명씩 오면 좋겠다는 뜻을 분명히 전했지만 애초에 보안 문제 따위는 안중에도 없는 친구들이라서." 워싱턴이 말했다. "늘 그랬듯이 이번에도 우르르 몰려오겠지."

"그럼 기사 쓴 이를 불러서 우리가 어떤 가문인지도 알아봐달라고 하든가." 쏘일라 부인이 말했다. "오드리아도 귀족인데, 우리라고 빠질 수는 없잖아."

워싱턴이 우려하던 대로 몇분 후 스무명쯤 되는 아쁘라 대의원들 중 다섯이 한꺼번에 도착했다. 싼또스 비베로, 아레발로, 오초아, 우아만 그리고 쌀디바르였다. 그들은 안으로 들어오자마자 까우이데 대의원들과 섞여 앉더니, 투표도 거치지 않고 쌀디바르가 회의를 진행하도록 결정했다. 여윈 얼굴에 앙상한 손, 그리고 허연 머리 때문인지 책임감이 있어 보이는 친구였다. 언제나처럼 그들은 회의를 시작하기에 앞서 농담과 비꼬는 말을 주고받았다.

"우리 소조직은 싼마르꼬스에서 전차 노동자들과의 연대 파업을 주도하기로 결의했습니다." 싼띠아고가 말했다.

"왜 그토록 보안 문제에 신경 쓰는지 이제야 알겠군." 싼또스 비베로가 워싱턴을 보며 말했다. "너희들은 이 나라에 남은 유일한 라바니또[94]들이니 혹시라도 경찰이 들이닥쳐 우리를 모조리 잡아가면 뻬루에서 공산주의는 씨가 마르겠지. 반면 우리 다섯명은 뻬루의 아쁘라주의라는 넓은 바다의 물 한방울에 불과하거든."

"누구든 그 바다에 떨어지면 빠져 죽는 대신 속물이 되고 말지." 워싱턴이 비꼬듯 응수했다.

엑또르는 여전히 문가에 서서 망을 보고 있었다. 모두들 나직한 목소리로 이야기해서 중얼거리는 소리만 웅웅대던 중, 워싱턴의 응수에 갑자기 웃음과 탄식이 터져 나왔다.

"우리 소조직 대의원들만으로는 파업을 결정할 수가 없었어. 다 합해야 대학생 연합 중 여덟표밖에 되지 않았으니 말이야." 싼띠아고가 말했다. "하지만 아쁘라 당원들이 동조해주기만 하면 충분히 가능한 일이었지. 그래서 그들과 만났던 거라네. 그 당구 클럽에서 말이야. 거기서 모든 일이 시작되었지, 까를리또스."

"아무리 봐도 저들이 파업을 지지할 것 같지는 않아." 아이다가 싼띠아고에게 귓속말로 소곤거렸다. "자기들끼리도 의견이 갈리고 있어. 찬반 여부는 싼또스 비베로의 손에 달려 있는 것 같아. 만약 그가 찬성하면 나머지는 다 따라올 거야. 우두머리가 무슨 말을 하든지 간에 무조건 따르는 순한 양들 같다고."

"까우이데에서 처음으로 격렬한 논쟁이 벌어진 것도 그 일 때문이었지." 싼띠아고가 말했다. "나는 연대 파업에 반대하는 입장이

<hr>

94 스페인어로 '빨간 무'를 의미하는데, 여기서는 빨갱이라는 뜻으로 쓰였다.

었던 반면, 하꼬보는 앞장서서 찬성을 주도하고 있었거든."

"자, 동지들," 쌀디바르가 손바닥을 두번 치면서 말했다. "회의를 시작할 테니 가까이들 오세요."

"내가 하꼬보에게 무슨 억하심정이 있어서 그랬던 건 아니야." 쌘띠아고가 말했다. "도저히 학생들의 지지를 얻을 가망이 없어 보였거든. 실패할 것이 불 보듯 뻔했지. 어쨌든 나는 소수파였고, 결국 안건은 통과되었어."

"앞으로 우리는 동지들이 되는 겁니다." 워싱턴이 웃으며 말했다. "하지만 쌀디바르, 이렇게 한자리에 모여 있다고 해서 우리를 너희 패에 끌어들일 생각은 하지 말았으면 해."

"아쁘라들과의 만남은 친선 축구 경기 같았지." 쌘띠아고가 말했다. "만날 때는 늘 껴안고 난리를 쳐도, 헤어질 무렵에는 주먹다짐까지 벌이곤 했으니까 말이야."

"자, 동지들, 그러면……" 쌀디바르가 입을 열었다. "다들 가까이 모여주세요. 내 말을 따르지 않으면, 난 그냥 영화관에나 가버릴 테니까 알아서 해요."

모두 그 주변으로 원을 그리며 앉자 웃고 수군거리던 소리도 잦아들었다. 쌀디바르는 갑자기 마치 장례식이라도 거행하는 양 엄숙한 표정을 지으며 회의를 소집한 이유에 대해 간략히 설명하기 시작했다. 오늘밤, 우리는 전차 노동자들의 파업에 대한 지지 요청 건을 대학생 연합 차원에서 논의하기 위해 이 자리에 모였습니다. 우선 이 안건을 발의할 수 있는지 여부를 결정해야 합니다. 그의 말이 끝나기가 무섭게 하꼬보가 손을 들었다.

"우리 소조직에서는 무용극 리허설을 하듯이 그 회의를 준비했지." 쌘띠아고가 말했다. "번갈아 서로 다른 주장을 펴고, 상반된 의견이 제시되면 끝까지 반론을 제시하는 식으로 말이야.”

그의 넥타이는 느슨하게 풀려 있었고, 머리는 잔뜩 헝클어져 있었다. 그가 조용히 발언하기 시작했다. 파업은 학생들의 의식을 각성시킬 절호의 기회입니다. 그는 두 손을 몸에 딱 붙인 채 말을 이었다. 학생들과 노동자들의 연대를 한층 강화하기 위해서 말이지요. 그는 진지한 얼굴로 쌀디바르를 쳐다보았다. 그리고 구속 학생들의 석방과 정치적 사면 등을 요구하는 운동으로 확대해나가기 위한 더없이 좋은 기회입니다. 그의 말이 끝나자, 이번에는 우아만이 손을 들었다.

“솔직히 말하자면 내가 연대 파업을 반대한 이유도 아쁘라인 우아만이 밝힌 것과 다르지 않았어.” 쌘띠아고가 말했다. “하지만 우리 소조직은 이미 파업을 결정한 상태였기 때문에, 나로서도 어쩔 도리가 없었지. 오히려 우아만의 견해를 반박하고 파업의 정당성을 입증하는 것이 내 몫이었어. 까를리또스, 그게 바로 민주집중제라는 거야.”

우아만은 왜소한 몸집에 나약해 보였다. 학생운동에 대한 탄압이 시작된 후, 우리가 쌘마르꼬스 대학생 연합과 연합 지도부를 재건하는 데 3년이라는 세월이 걸렸습니다. 그의 표정이나 몸짓은 상당히 신중한 편이었다. 우리가 어떻게 학교 외부 문제로 파업에 들어갈 수 있겠습니까? 자칫 우리의 지지 기반마저 등을 돌릴 위험이 있는데 말입니다. 그는 한 손을 옷깃에 댄 채 다른 손을 나비처럼 가볍게 흔들었다. 만일 지지 세력이 파업을 거부하면, 우리는 학생들 모두의 신뢰를 잃을 수도 있어요. 그는 연설하듯 현란하게 말을 이어갔지만 이따금씩 목소리가 가늘게 떨리기도 했다. 더구나 다시 탄압이 강화될 테고, 그러면 대학생 연합과 연합 지도부는 제대로 활동도 못해보고 와해될 것이 분명합니다.

"당내 규율이 그럴 수밖에 없다는 건 나도 잘 알고 있어." 싼띠아고가 말했다. "그렇지 않으면 당은 일대 혼란에 빠지고 말 테니까. 이런 말로 나 자신을 변명하는 건 아니니 오해하지는 말게, 까를리또스."

"오초아, 토론할 때는 이리저리 빙빙 에두르지 마." 쌀디바르가 끼어들었다. "요점만 말하라고."

"알았어. 안 그래도 그럴 생각이었어." 오초아가 말했다. "그럼 여러분에게 하나만 묻겠습니다. 지금 싼마르꼬스의 대학생 연합이 독재 정권에 정면으로 맞설 만큼 강하다고 봅니까?"

"하고 싶은 말이 뭐죠? 시간이 없으니 요점만 말해요." 엑또르가 말했다.

"제대로 준비도 안 된 상황에서 파업에 뛰어든다면 어떻게 될까요?" 오초아가 말했다. "이 문제에 대해 대학생 연합이 어떤 입장을 갖고 있는지 궁금하다는 겁니다."

"차라리 2만쏠 상금을 내건 꼴리노스 프로그램[95]을 연출하는 게 어때요?" 워싱턴이 말했다.

"지금 나를 비웃는 겁니까?" 오초아는 차분하게 대응했다. "나는 여러분에게 질문을 던지고 건설적으로 대답할 생각입니다. 당연히 그렇게 할 거예요. 그런데 이게 뭐죠? 남의 말에 빈정대기나 하고."

"그런데 회의 도중에, 나는 절대 혁명가가 될 수 없다는 걸, 진정한 투사가 될 수 없다는 걸 깨달았지." 싼띠아고가 말했다. "갑자기

---

95 당시 라디오 프로그램으로 진행되던 퀴즈 쇼.

마음이 불안해지고 현기증이 나더라고. 그러곤 시간을 낭비하고 있다는 생각이 들더군."

"원래 낭만주의적인 청년은 논쟁을 좋아하지 않는 법이거든." 까를리또스가 말했다. "영웅적인 행동이나 폭탄, 총격 아니면 병영 습격 같은 거라면 몰라도. 하지만 그런 건 모두 소설에서나 나올 법한 이야기들이야, 싸발리따."

"물론 네 입장에서 파업을 지지하는 발언을 해야 한다는 게 얼마나 힘든 일인지는 잘 알아." 아이다가 말했다. "하지만 안심해. 알다시피 아쁘라들이 모두 반대하고 있으니 말이야. 설령 그들이 아니라도, 대학생 연합에서 우리의 제안을 허용할 리 없고."

"의심을 없애주는 알약이나 좌약 같은 것이 있으면 얼마나 좋을까, 암브로시오." 싼띠아고가 말한다. "그러면 얼마나 세상이 멋지게 변할지 한번 생각해보게. 그걸 삼키거나 몸에 넣기만 하면 사는 게 참 편해지겠지."

그는 천천히 손을 들었다. 쌀디바르가 발언권을 주기도 전에 그는 자신의 주장을 펴기 시작했다. 파업을 하면 연합 지도부가 강화되고, 대의원들의 투쟁 의식 또한 고취될 겁니다. 이와 더불어 지지 기반도 더 확대될 테고요. 학생들도 대의원들을 선출함으로써 그들에 대한 신뢰를 표현한 셈이잖아요? 그는 두 손을 주머니에 넣은 채 발언을 이어갔다. 하지만 주먹을 있는 힘껏 쥐는 바람에 손톱이 살을 파고드는 듯했다.

"마치 고해성사를 하기 전 목요일마다 양심 성찰을 할 때 같았어." 싼띠아고가 말했다. "벌거벗은 여자들이 꿈에 나타난 건 그런 것들을 꿈꾸고 싶었거나 나를 유혹한 악마를 막을 수 없었기 때문이 아닐까? 거기 어둠속에 웅크리고 있던 벌거벗은 여자들은 침입자였을까, 아니면 초대받은 손님이었을까?"

"그건 잘못된 생각이야. 자네는 투사의 역할을 잘 해냈네." 까를리또스가 말했다. "만약 나더러 내 뜻과 다른 생각을 변호하라고 했으면, 난 당나귀 울음소리나 꿀꿀거리는 소리, 아니면 쩍쩍거리는 소리만 냈을 거야."

"그런데『끄로니까』에서 자네가 하는 일이 뭐지?" 싼띠아고가 물었다. "까를리또스, 우리는 매일 무슨 일을 하고 있는 걸까?"

다소 불안한 표정으로 그들의 말을 듣고 있던 싼또스 비베로가 손을 들었다. 하지만 선뜻 입이 떨어지지 않는지, 그는 눈을 감고 헛기침을 했다.

"그러다 마지막 순간에 상황이 극적으로 뒤집혔어." 싼띠아고가 말했다. "그 직전까지만 해도 아쁘라 당원들은 끝까지 반대할 태세였어. 파업은 사실상 물 건너간 셈이나 마찬가지였지. 만약 그렇게 되었더라면 모든 게 완전히 달라졌을 거고, 내가『끄로니까』에 들어오는 일도 없었겠지, 까를리또스."

그가 마침내 입을 열었다. 동지 여러분, 나는 현 상황에서 가장 중요한 문제는 대학 개혁이 아니라 반독재 투쟁이라고 봅니다. 동지들, 시민의 자유와 양심수 석방, 망명자들의 귀국 그리고 진보 정당의 합법화를 쟁취하려면 노동자-학생의 동맹을, 어떤 위대한 철학자의 말을 빌리자면 육체노동자와 정신노동자 간의 연대를 강화시키는 것이 가장 효과적입니다.

"아야 델 라 또레를 인용할 생각이라면 내가『공산당 선언』을 읽어줄게요." 워싱턴이 말했다. "여기 있으니까 잠깐만 기다려봐요."

"싸발리따, 자네가 젊은 시절을 회상할 때 보면 꼭 늙은 매춘부 같아." 까를리또스가 말했다. "그런 점에서 우리는 많이 다르지. 나는 말이야, 어렸을 때 일은 하나도 기억이 나지 않거든. 가장 중요한 일은 내일 일어나는 법이니까 말이야. 그런데 자네는 꼭 열여덟 살 때 삶이 멈추어버린 것 같다고.”

“말 끊지 마. 그러다 마음이 바뀌면 어쩌려고 그래?” 엑또르가 귓속말로 소곤거렸다. “지금 저 친구는 파업을 지지하고 있잖아. 듣고도 모르겠어?”

그렇습니다. 지금은 절호의 기회예요. 전차 노동자 동지들이 대단한 용기와 투쟁성을 보여주고 있을 뿐만 아니라, 노조 또한 회색분자들에 장악되지 않았으니 말입니다. 현 상황에서 대의원들이 자신들의 지지 세력만 맹목적으로 따라서는 안됩니다. 오히려 그들에게 새로운 노선을 분명하게 제시해야 해요. 이 자리에 모인 동료, 동지들, 우리가 그들의 의식을 깨워 행동에 나서도록 합시다.

“싼또스 비베로가 말을 마친 뒤, 아쁘라들과 우리들은 차례로 발언을 이어나갔지.” 싼띠아고가 말했다. “우리는 의견을 모은 다음 당구 클럽에서 나왔어. 그날밤, 대학생 연합은 전차 노동자들과 함께 무기한 연대 파업에 들어가기로 의결했지. 그리고 그로부터 정확히 열흘 뒤, 나는 결국 경찰에 체포되고 말았던 거야, 까를리또스.”

“자네에게 내려진 첫번째 불의 세례[96]였군.” 까를리또스가 웃으며 말했다. “그보다는 사망증서라고 하는 편이 낫겠지만 말이야, 싸발리따.”

---

96 원래 영적 세례를 뜻하는 기독교의 용어지만, 여기서는 최초의 시련이나 고난을 의미한다.

9

　"뿌깔빠에 가는 대신, 자네는 차라리 고향에 있는 편이 나을 뻔했군." 싼띠아고가 말한다.

　"그러게 말입니다. 그게 훨씬 나을 뻔했습죠." 암브로시오가 말한다. "하지만 일이 그렇게 될 줄 누가 알았겠습니까요, 도련님."

　참말이지, 말 한번 멋들어지게 하는구먼. 뜨리풀시오가 소리쳤다. 광장 여기저기서 박수 소리와 함성이 터져 나왔고 가끔 만세 소리가 들리기도 했다. 뜨리풀시오는 연단 계단에 서서 비바람 속의 바다처럼 넘실거리는 군중의 물결을 지켜보았다. 손이 얼얼했지만 그래도 그는 연신 박수를 쳐댔다.

　"첫째, 꼴롬비아 대사관에서 아쁘라 당 만세를 외치도록 너를 보낸 자가 누구지?" 루도비꼬가 물었다. "둘째, 너와 같이 움직인 놈들은 누구야? 그리고 셋째, 그놈들은 지금 어디 있지? 뜨리니다드 로뻬스, 순순히 부는 게 신상에 좋을 거야."

"그건 그렇고," 싼띠아고가 말한다. "자넨 대체 무슨 이유로 우리 집을 나간 건가?"

"자리에 앉아요, 란다 씨. 테 데움[97] 때 내내 서 있었잖아요." 페르민 씨가 말했다. "에밀리오 씨도 자리에 앉으시고요.

"남의 밑에서 일하기가 지긋지긋해서 그랬구먼요." 암브로시오가 대답한다. "뭐를 하든 내 힘으로 해보자 싶었거든요, 도련님."

그는 가끔 에밀리오-아레발로-나리-만세를 외치다가도, 오드리아-장군-만세, 혹은 오드리아-아레발로를 연호하기도 했다. 그러면 연단에 있던 이들이 나직한 목소리로 욕을 퍼부으면서 연설하는 동안에는 끼어들지 말라고 눈치를 주었지만, 그러거나 말거나 뜨리풀시오는 앞장서서 박수를 치고, 주변이 조용해질 때까지 박수를 쳤다.

"와이셔츠는 입을 때마다 목이 졸리는 느낌이 들어서 영 싫더군요." 란다 상원 의원이 말했다. "역시 나는 정장 체질이 아닌 모양입니다. 하기야 촌사람이 어디 가겠소."

"이제 그만 불지 그래, 뜨리니다드 로뻬스." 이뽈리또가 말했다. "널 보낸 자가 누군지, 그리고 네 동료들이 누구고, 지금 어디 있는지 말이야. 어서."

"난 아버지가 자네를 해고한 줄 알고 있었네." 싼띠아고가 말한다.

"페르민 씨, 오드리아가 제안한 리마의 상원 의원 자리를 당신이 왜 마다했는지 알겠어요." 상원 의원인 아레발로가 말했다. "연미복과 실크해트 차림으로 다니는 게 싫어서죠."

"무슨 말씀이세요, 도련님. 완전히 정반대였습니다요." 암브로

---

97 Te Deum. 가톨릭에서 하느님께 감사를 드리기 위해 부르는 찬미가.

시오가 말한다. "나리께서는 그만두지 말라고 몇번이나 말씀하셨다고요. 하지만 제가 떠나겠다고 끝내 고집을 부렸죠. 그건 도련님이 잘못 알고 계셨던 거구먼요."

그는 이따금씩 연단 난간으로 올라가 광장에 운집한 군중을 내려다보기도 했다. 그러곤 두 손을 높이 쳐들고는 군중들을 따라 에밀리오 아레발로 만세!를 세번이나 외쳤다. 이어 혼자서 만세!를 외치더니, 오드리아 장군 만세!를 세번 외쳤다. 마지막으로 우렁찬 목소리로 만세, 만세, 만만세! 소리쳤다.

"의회라는 게 원래 특별히 할 일이 없는 분들한테 어울리는 곳이 아닙니까." 페르민 씨가 말했다. "여러분 같은 대지주들에게 말이죠."

"뜨리니다드 로뻬스, 이 자식 사람 열받게 만드네." 이뽈리또가 으르렁거렸다. "뜨리니다드, 나 정말 열받았어."

"내가 이 수렁에 빠진 건 모두 대통령 때문이에요. 치끌라요[98] 비례 의원 명부에 내 이름을 올려놓으라고 하도 종용하는 바람에 그만." 란다 상원 의원이 말했다. "그때 거절을 못한 것이 못내 후회스럽군요. 당분간 올라베 농장은 제대로 보살피지도 못할 텐데, 그게 제일 걱정입니다. 게다가 이 망할 놈의 와이셔츠 때문에 답답해서 견딜 수가 없어요."

"그럼 우리 아버지가 돌아가신 걸 어떻게 알았나?" 싼띠아고가 묻는다.

"또 쓸데없는 소리를 하시는구려. 의원 나리가 되고 10년은 젊어 보이는데 뭔 불만이 그렇게도 많소." 페르민 씨가 말했다. "이런 선

....
98 뻬루 북서부 람바예께의 주도.

거라면 다들 못 나가서 안달인데, 괜히 엄살 부리지 말아요."

"신문을 보고 알았습죠, 도련님." 암브로시오가 말한다. "그때 얼마나 마음이 아팠는지 모릅니다요. 나리는 정말 훌륭한 분이였으니까요."

광장은 노랫소리와 웅성임, 그리고 환호로 들끓고 있었다. 하지만 에밀리오 아레발로의 목소리가 마이크를 타고 흘러나오기 시작하자 금세 잠잠해졌다. 그의 목소리는 시청 건물 지붕과 종탑에서, 그리고 야자나무와 정자에서 광장으로 쏟아져 내렸다. 뜨리풀시오가 시복자의 교회 꼭대기에도 확성기를 설치해둔 터였다.

"그 정도는 아무것도 아니에요. 란다 씨야 단독으로 출마했으니 딱히 힘든 일은 없었을 것 아닙니까." 아레발로 상원 의원이 나섰다. "우리 선거구엔 후보자 명부가 둘이나 있었죠. 농담처럼 들리겠지만, 선거에서 이기려고 50만 쏠이나 썼답니다."

"봤지? 이뽈리또 저 친구는 열받으면 무슨 짓을 할지 모른다니까." 루도비꼬가 말했다. "누가 널 보냈어? 그리고 네 동료들이 누구고, 어디 있는지 어서 불란 말이야. 이뽈리또가 다시 돌아버리기 전에 어서, 뜨리니다드."

"치끌라요 선거구 명부에도 다른 아쁘라 당 후보자들이 있기는 했죠. 그게 내게 불리하게 작용하지는 않았지만요." 란다 상원 의원이 웃으며 말했다. "선거관리위원회에서 전부 무효화시켰거든요."

깃발은 다 어디로 간 거야? 갑자기 뜨리풀시오가 눈이 휘둥그레져서는 말했다. 그는 깃발을 셔츠에 매달고 다녔다. 마치 꽃을 달고 다니듯 말이다. 그는 별안간 깃발을 손으로 떼어내더니, 도전적인 자세로 군중을 향해 그것을 펼쳐 보였다. 그러자 맥고모자와 햇빛을 가리느라 신문을 접어 만든 모자 위로 몇개의 깃발이 올라오기 시작했다. 나머지 깃발은 어디로 갔지? 그걸 무엇에 쓰는지 알고나 있는 거야? 왜 꺼내지 않는 거지? 야, 인마, 조용히 해. 명령을 내리는 자가 말했다. 모든 게 준비한 대로 착착 진행되고 있으니까 말이야. 뜨리풀시오: 저 자식들, 술만 얻어먹고 깃발 드는 걸 잊었다고요, 나리. 명령을 내리는 자: 그냥 놔둬. 다 잘되어가고 있으니까. 다시 뜨리풀시오: 저런 배은망덕한 자들이 어디 있습니까요, 나리. 열불이 나서 도저히 못 참겠구먼요.

"그런데 도련님, 나리께서는 왜 돌아가신 겁니까요?" 암브로시오가 묻는다.

"이번에 시끌벅적한 선거를 치르면서 란다 씨는 젊어진 모양지만, 나는 선거 때문에 머리가 하얗게 세고 말았어요." 아레발로 상원 의원이 말했다. "이젠 선거 얘긴 그만합시다. 오늘밤에는 여자랑 다섯번은 해야겠어요."

"심장병으로 돌아가셨네." 싼띠아고가 말한다. "아니면 나 때문에 화병으로 돌아가신 건지도 모르지."

"다섯번이나요?" 란다 상원 의원이 웃으며 물었다. "그러면 그게 남아나지 않을 텐데요, 에밀리오 씨."

"이뽈리또가 단단히 뿔이 났는걸." 루도비꼬가 말했다. "맙소사, 뜨리니다드, 이제 네놈한테 화가 닥칠 것 같은데, 어쩌면 좋을까?"

"도련님, 당치도 않은 소리 마세요." 암브로시오가 말한다. "페르민 나리께서 도련님을 얼마나 아끼셨는데요. 자식들 중에서도 말라깽이를 가장 아낀다고 늘 입버릇처럼 말씀하셨다고요."

광장 위를 떠다니던 에밀리오 아레발로의 엄숙하면서도 호방한 목소리가 거리를 따라 퍼져나가다가 밭에 이르러 자취를 감추었다. 그가 셔츠 차림으로 열심히 팔을 흔들어대자 뜨리풀시오의 얼굴 옆에서 그의 반지가 반짝거렸다. 그가 갑자기 목소리를 높였다. 화가 나서 이러시나? 뜨리풀시오는 군중을 찬찬히 살펴보았다. 모두들 무표정한 얼굴이었고, 낮술을 먹은 탓에 눈이 벌겋게 충혈되어 있었다. 게다가 더워서인지 지루해서인지, 다들 하품을 하거나 입에서 담배 연기를 내뿜고 있었다. 저들이 연설을 제대로 듣고 있지 않아 화가 나신 걸까?

"선거운동 기간 내내 그 천한 것들과 살을 맞대고 지내서 그런지 그자들의 말투에 물드신 모양입니다." 아레발로 상원 의원이 말했다. "란다 씨, 상원에서 연설할 때는 그런 농담일랑 절대 하지 마세요."

"도련님이 집을 나간 후에 나리께서 얼마나 괴로워하셨는지 모른답니다요. 그만큼 도련님을 사랑하셨죠." 암브로시오가 말한다.

"그 미국인이 나를 만난 자리에서 항의의 뜻을 전달했어요. 바로 그 문제 때문이에요." 페르민 씨가 말했다. "선거도 끝났는데 야당 대통령 후보를 계속 감옥에 가두어둠으로써 자국 정부에 좋지 못한 인상을 심어주고 있다는 겁니다. 다들 알다시피 양키들은 형식적인 절차와 격식을 중시하니까 그럴 만도 하지요."

"나리는 매일같이 도련님의 삼촌 되는 끌로도미로 님을 찾아가곤 했습죠. 도련님의 안부가 궁금해서 견딜 수가 없었던 거예요." 암브로시오가 말한다. "혹시 말라깽이에 관해서 들은 거 있어? 말라깽이가 어떻게 지내는지 알아? 찾아가면 그분께 늘 같은 질문만 했습니다요."

그런데 에밀리오 씨가 돌연 목소리를 낮추고 흐뭇한 미소를 짓기 시작했다. 입가에 옅은 미소가 나타나는가 싶더니 목소리 또한 한층 부드러워졌다. 손의 움직임도 자연스러워서 마치 투우사가 망토를 흔들어대는 듯, 그러자 성난 소가 그의 몸을 스치고 지나가는 듯 보였다. 그제야 연단에 있던 이들의 얼굴에도 미소가 피어나기 시작했다. 뜨리풀시오도 안도의 한숨을 내쉬며 미소를 지었다.

"그를 계속 잡아둘 이유도 없으니, 때가 되면 알아서 풀어주겠지요." 아레발로 상원 의원이 말했다. "페르민 씨, 미국 대사에게 그렇게 전했습니까?"

"저런, 드디어 입을 열기 시작했군." 루도비꼬가 말했다. "이뽈리또한테 주먹질보다 사랑의 손길을 더 받고 싶은 모양이지. 그건 그렇고, 방금 뭐라고 했나, 뜨리니다드?"

"어디 그뿐인 줄 아세요? 틈나는 대로 도련님이 살던 바랑꼬의 하숙집도 찾아가셨구먼요." 암브로시오가 말한다. "내 아들은 요즘 뭘 하고 지내죠? 내 아이 잘 지내고 있어요? 여주인을 붙잡고 계속 물어봤습죠."

"그 빌어먹을 양키 놈들 속은 알다가도 모르겠어요." 란다 상원 의원이 말했다. "선거 전에 몬따그네⁹⁹를 구속할 땐 가만히 있더니만 왜 이제 와서 그 난리를 치는지, 원. 게다가 우리나라에는 꼭 서커스 단원들 같은 대사들만 보낸다니까요."

"나를 찾으러 하숙집에 왔었다고?" 싼띠아고가 묻는다.

"물론 전했지요. 그런데 말입니다, 어젯밤에 에스삐나와 이야기를 나누었는데, 고민이 많은가보더라고요." 페르민 씨가 말했다. "일단은 좀 기다려봐야 할 것 같다고 하더군요. 지금 당장 몬따그네를 풀어주면, 사람들은 오드리아가 대통령 선거에서 이기기 위

---

99 에르네스또 몬따그네 마르꼴스(Ernesto Montagne Markholz, 1885~1954). 뻬루의 군인이자 정치인, 외교관으로 루이스 산체스 쎄로 정권 당시 외무성 장관을, 오스까르 베나비데스 정권 때는 법무성, 교육성 등의 장관을 역임했다.

해 그를 구속했을 뿐만 아니라 내란 음모죄도 새빨간 거짓말이었다고 믿게 될 거라고 말입니다."

"그러니까 네가 아야 델 라 또레의 오른팔이라고?" 루도비꼬가 물었다. "아니, 실은 네가 아쁘라의 실질적 지도자고, 아야 델 라 또레는 네 따까리라는 거야, 뜨리니다드?"

"그렇고말고요, 도련님. 아주 자주 가셨어요." 암브로시오가 말한다. "얘기가 끝나면 나리는 언제나 여주인에게 돈을 쥐여주곤 했어요. 자기가 거기 왔다는 말을 도련님에게 절대 하지 말라고 당부하면서 말이죠."

"에스삐나는 보면 볼수록 멍청해요. 구제불능이라고요." 란다 상원 의원이 말했다. "그자는 내란 음모죄를 액면 그대로 믿는 사람이 있다고 여기는 게 분명해요. 오드리아가 수월하게 당선되도록 몬따그네를 구속시켰다는 건 우리 집 하녀도 알고 있는데 말이죠."

"이봐, 그딴 식으로 대충 넘어갈 생각 마." 이뽈리또가 말했다. "뜨리니다드, 내 거시기를 네 입안에 넣어줄까? 응?"

"나리께서는 도련님이 그 사실을 알면 화낼 거라고 생각하셨던 것 같아요." 암브로시오가 말한다.

"솔직히 말해, 몬따그네를 체포한 건 실수였죠." 아레발로 상원 의원이 말했다. "마지막 순간에 갑자기 계획을 바꿔 야당 후보를 붙잡을 거라면, 애당초 왜 그가 출마하도록 내버려두었는지 이해가 안돼요. 일이 이렇게 꼬인 건 모두 무능한 정무 보좌관들 탓이라고요. 아르벨라에스와 멍청이 페로, 그리고 당신, 페르민 씨도 포함해서 말입니다."

"나리께서는 도련님을 얼마나 사랑하셨는지 몰라요." 암브로시오가 말한다.

"일이 계획한 대로 진행되지 않아서 그런 겁니다, 에밀리오 씨." 페르민 씨가 말했다. "사실 우리도 몬따그네 건으로 엄청난 타격을 입을 수 있었죠. 더군다나 나는 그를 구속하는 데 찬성하지도 않았고요. 어찌 됐든 간에 이제는 힘을 모아 사태를 봉합해야 합니다."

이제 그는 큰 소리로 말하며, 두 손을 마치 풍차 날개처럼 격렬하게 움직이기 시작했다. 점점 더 높이 올라가던 그의 목소리는 산산이 부서지는 거대한 파도처럼 사방으로 울려 퍼졌다. 뻬루-만세! 그러자 연단은 물론 광장에서도 우레와 같은 박수갈채와 환호가 쏟아져 나왔다. 뜨리풀시오도 깃발을 흔들어대면서 목청껏 소리쳤다. 에밀리오-아레발로-나리-만세! 그의 선창이 울려 퍼지자 여기저기서 깃발이 휘날리기 시작했다. 오드리아-장군-만세! 이번에는 군중들도 따라 움직였다. 잠시 스피커에서 지지직거리는 소리가 나더니, 이내 광장 전체에 국가가 울려 퍼졌다.

"그때 에스삐나가 내란 음모죄로 엮어 몬따그네를 체포하겠다고 그러기에, 내 의견을 전했죠." 페르민 씨가 말했다. "그걸 믿을 사람은 아무도 없을 거다, 더군다나 그렇게 하면 우리 장군님께도 해가 될 거다, 하고 말이죠. 그리고 선거관리위원회와 투표소에 우리가 믿을 만한 사람이 있지 않겠느냐고 했어요. 하지만 에스삐나 그자가 어찌나 우둔한지 도무지 말이 먹혀들지 않더군요. 그렇다고 정치적 감각이 있는 것도 아니고 말이죠."

"명색이 최고 지도자니, 천여명의 아쁘라 당원 동지들이 네놈을 구하기 위해 우리 본부를 습격하러 오겠군." 루도비꼬가 말했다. "넌 일부러 미친 척해서 우리를 속이려는 속셈이야, 뜨리니다드."

"이런 말을 한다고 오지랖 넓은 놈으로 여기진 마세요. 그런데 도련님, 그때 집에서 나간 이유가 뭔가요?" 암브로시오가 묻는다.

"혹시 부모님 댁에서 편치가 않아 그랬던 건가요?"

에밀리오 아레발로 씨는 땀을 뻘뻘 흘리고 있었다. 사방에서 다가오는 이들과 일일이 악수를 나누고, 이마의 땀을 닦으면서도 미소를 잃지 않은 채 연단에 있던 이들을 얼싸안았다. 에밀리오 씨가 계단 쪽으로 다가가자 나무로 만든 연단이 흔들거렸다. 이제 네 차례야, 뜨리풀시오.

"아니, 너무 편해서 탈이었지. 그래서 나간 거야." 싼띠아고가 말한다. "그때 나는 정말 순수했다네. 온실 속의 화초처럼 곱게 자란 도련님이 되는 게 너무 싫었지."

"처음에는 몬따그네를 구속시킨다는 게 쎄라노 생각인 줄 알았죠. 그런데 알고 보니 쎄라노의 머리에서 나온 게 아니더군요." 페르민 씨가 말했다. "그렇다고 아르벨라에스나 페로의 생각도 아니에요. 그를 구속해야 한다고 집요하게 이들을 설득한 사람은 바로 베르무데스였습니다."

"세상 물정을 몰라도 너무 모르는 숙맥이었기 때문에 험난한 세상사를 헤쳐나가다보면 남자가 될 줄 알았다네, 암브로시오." 싼띠아고가 말한다.

"모든 게 그 하찮은 보안총국장의 작품이었다니 당최 믿을 수가 없군." 란다 상원 의원이 말했다. "일이 꼬이면 남에게 책임을 떠넘기려고 쎄라노 에스삐나가 그런 말을 꾸며낸 건 아니고요?"

뜨리풀시오는 계단 밑에서 팔꿈치로 사람들을 밀어내며 자리를 지키고 있었다. 그는 다른 이들 틈에 섞여 다가오는 에밀리오 씨의 발을 뚫어지게 바라보며 손바닥에 침을 뱉었다. 두 발을 땅바닥에 단단히 디딘 그의 온몸이 긴장으로 딱딱하게 굳었다. 드디어, 그, 바로 그가 나설 차례였다.

"다 사실이니 믿으세요." 페르민 씨가 말했다. "아무리 마땅치 않아도 그자를 쓰레기 취급하면 안됩니다. 비록 하찮은 자리에 있지만 장군의 신임을 받고 있으니까."

"이뽈리또, 저기 있네. 이제 저놈을 자네한테 넘길 테니 알아서 해." 루도비꼬가 말했다. "자기가 최고 지도자라고 헛소리를 하는군. 당장 정신이 번쩍 들게 만들어주라고."

"그러니까 부친과 정치적 견해가 달라서 나간 게 아니라는 말씀이죠?" 암브로시오가 묻는다.

"장군은 그를 철석같이 믿고 있어요. 그가 틀린 말을 할 리 없다는 거죠." 페르민 씨가 말했다. "베르무데스가 한마디 하면 페로, 아르벨라에스, 에스삐나는 물론이고 나도 마치 꾸어다놓은 보릿자루 신세가 되고 말아요. 있으나 마나 한 존재에 불과한 셈이죠. 몬따그네 문제가 불거졌을 때 그의 존재감이 분명하게 드러나더군요."

"아버지한테는 그 어떤 정치적 견해도 없었다네." 싼띠아고가 말한다. "단지 정치적 이해관계만 있었지, 암브로시오."

그 순간, 뜨리풀시오가 풀쩍 뛰어 마지막 계단으로 올라섰다. 그러곤 다시 한번 몸을 밀어젖히면서 두번째 계단에 올라서더니 몸을 웅크린 채 그를 번쩍 들어 올리려는 자세를 취했다. 아니, 이 친구야, 이러지 말게. 깜짝 놀란 에밀리오 씨는 만면에 미소를 띤 채 겸허하게 말했다. 이렇게까지 신경을 써주다니 정말 고마우이. 뜨리풀시오는 일단 그를 내려놓았지만, 어리둥절한 표정으로 눈을 껌벅거리면서 뒤로 물러났다. 하지만 나리. 어리둥절한 표정을 하고 있기는 에밀리오 씨도 마찬가지였다. 그를 둘러싸고 있던 이들이 서로 옆구리를 찌르며 수군거리기 시작했다.

"사실 그의 생각이 다 옳은 건 아니더라도, 배짱 하나 두둑한 건 사실이지요." 아레발로 상원 의원이 말했다. "그가 1년 반 사이 아쁘라들은 물론 공산주의자들까지 지도에서 완전히 사라지게 만든 덕분에 우리도 선거를 실시할 수 있었으니까요."

"이봐, 아저씨, 계속 아쁘라의 최고 지도자라고 헛소리를 할 작정이야?" 루도비꼬가 물었다. "좋아. 이뽈리또, 어서 시작해."

"몬따그네 사건은 이렇게 된 거예요." 페르민 씨가 말했다. "어느 날, 베르무데스가 리마에서 사라졌다가 보름 만에 돌아와서는 장군께 이런 말을 하더군요. 장군님, 전국을 절반쯤 돌아다니면서 민심의 동향을 살펴봤습니다. 만일 몬따그네가 대통령 선거에 출마한다면, 장군님께서는 낙선할 것이 분명합니다."

야, 이 자식아! 뭘 꾸물대고 있어? 명령을 내리는 자가 말했다. 뜨리풀시오가 불안한 표정으로 에밀리오 씨를 쳐다보자, 그는 눈짓으로 어서 서두르라는 신호를 보냈다. 뜨리풀시오는 잽싸게 고개를 숙이고 에밀리오 씨의 가랑이 사이로 들어가서는 그를 번쩍 들어 올렸다.

"그런 헛소리가 어디 있어요?" 란다 상원 의원이 말했다. "그때 몬따그네가 선거에 출마했어도 당선될 확률은 전혀 없었다고요. 선거운동을 할 돈도 없는데 어떻게 이긴단 말입니까. 더군다나 선거 관계 기관을 우리 쪽에서 확실하게 장악하고 있기도 했고요."

"그런데 자네는 왜 우리 아버지가 그렇게 훌륭한 분이라고 생각하는 거지?" 싼띠아고가 묻는다.

"그렇긴 하지만 반정부 인사들은 물론이고 아쁘라들도 몬따그네한테 표를 던지려던 참이었으니, 아주 틀린 말은 아니었죠." 페르민 씨가 말했다. "하여간 장군은 결국 베르무데스의 주장을 받아들였어요. 현 상황에서 선거를 하면 내가 질 것이 분명해. 결국 일이 그렇게 된 겁니다. 그래서 그를 감옥에 처넣은 거죠."

"도련님, 그건 왜냐하면요, 나리께서는 말입니다요," 암브로시오가 말한다. "워낙 현명하신데다 신사다운 분이였으니까요. 한마디로 모든 걸 다 갖춘 분이었어요."

떼예스와 우론도, 그리고 농장 관리인과 명령을 내리는 자에게 둘러싸인 채 에밀리오 씨를 어깨에 태우고 앞으로 나아가는 동안, 뜨리풀시오는 박수갈채와 환호성을 들었다. 뜨리풀시오는 에밀리오 씨의 다리를 단단히 붙잡고 차분하면서도 확신에 찬 목소리로 아레발로-오드리아를 연호했다. 그사이 에밀리오 씨는 한 손으로 그의 머리카락을 움켜잡고서 다른 손을 흔들며 환호에 답하거나, 자기에게 내미는 손을 일일이 잡아주기도 했다.

"이쁠리또, 이제 그만해." 루도비꼬가 말했다. "기절해버렸잖아. 딱 보면 몰라?"

"내가 볼 때 아버지는 훌륭한 게 아니라 교활한 분이네." 싼띠아고가 말한다. "그래서 아버지를 증오했던 거야."

"지금 이 자식 쇼하는 거라고." 이쁠리또가 말했다. "내 말이 옳다는 걸 보여줄 테니까 잠깐만 기다려봐."

그들이 광장을 한바퀴 돌 때쯤 국가 연주가 끝났다. 갑자기 북소리가 둥둥 울리더니 사방이 조용해졌고, 이어 곧바로 마리네라[100] 연주가 시작되었다. 운집한 군중들의 머리와 음식 가판대 사이로 춤을 추는 커플들의 모습이 뜨리풀시오의 눈에 들어왔다. 자, 이제 나리를 저기 있는 검은색 트럭으로 모시고 가. 저 트럭으로요? 알겠습니다요, 나리.

---

100 칠레, 에꽈도르, 뻬루의 민속춤.

"지금으로서는 우리가 나서서 그와 이야기를 해보는 것이 최선일 듯싶습니다." 아레발로 상원 의원이 말했다. "우선 페르민 씨는 그를 만나 미국 대사와 나눈 이야기를 전해주도록 하세요. 우리는 선거도 다 끝난 마당에 불쌍한 몬따그네가 더이상 위협이 될 리도 없으니 그를 풀어주는 게 좋겠다는 뜻을 그에게 전할 테니까요. 그러면 그도 우리의 뜻에 공감할 겁니다. 오드리아 장군도 그렇게 설득을 해야 하겠고요."

"아이고 도련님," 암브로시오가 말한다. "나리에 대해 어떻게 그런 말씀을 하실 수가 있습니까?"

"과연 의원님은 촌뜨기의 심리를 잘 모르시는군요."란다 상원 의원이 말했다.

"저놈이 부러 저러는 건 아닌 것 같군." 루도비꼬가 말했다. "이제 그만 풀어주자고."

"내가 아버지를 미워하는 건 아니야. 더군다나 이미 돌아가신 마당에 그럴 이유가 뭐 있겠나." 싼띠아고가 말한다. "물론 전에는 그랬지. 하지만 철없었을 때 멋모르고 그랬을 뿐이야. 어쨌든 이 나라에는 비열한 인간들이 차고 넘치니 아버지는 그런 인간들에게 휩쓸려 지낸 댓가를 치른 것뿐이지, 암브로시오."

이제 그만 내려드려. 명령을 내리는 자가 말했다. 뜨리풀시오는 당장 몸을 숙였다. 발이 바닥에 닿자마자 에밀리오 씨가 손으로 바지를 터는 모습이 보였다. 그가 트럭에 타자 뗴예스와 우론도, 농장 관리인도 그 뒤를 따랐다. 뜨리풀시오는 트럭 앞좌석에 앉았다. 거기에 모여 있던 남자와 여자들이 입을 헤벌린 채 트럭을 바라보았다. 뜨리풀시오는 씩 웃으며 창밖으로 머리를 내민 채 외쳤다. 에밀리오 아레발로 나리 만세!

"베르무데스가 대통령궁에서 그렇게 막강한 영향력을 행사하는 줄은 전혀 몰랐어요." 란다 상원 의원이 말했다. "그런데 그가 발레리나인가 뭔가 하는 정부를 두고 있다는 게 정말인가요?"

"루도비꼬, 괜찮으니까 방정 좀 떨지 말라고." 이뽈리또가 말했다. "자, 녀석을 놔줬잖아."

"쌘미겔[101]의 작은 집에 살림까지 차려주었죠." 페르민 씨가 웃으며 말했다. "한때 무에예의 정부였던 여자를 위해 말입니다."

"그럼 우리 아버지의 운전사로 일하기 전에 자네가 모시던 분도 훌륭한 분이었나?" 쌘띠아고가 묻는다.

"라 무사 말입니까?" 란다 상원 의원이 눈이 휘둥그레져 물었다. "맙소사! 그녀가 얼마나 잘나가는 여잔데요. 그런 그녀가 베르무데스의 정부라뇨? 워낙 콧대 높은 여자라 새장 안에 고이 모셔두려면 주머니가 여간 두둑해서는 안될 텐데요."

"빌어먹을, 자네가 저놈을 어떻게 했나 싶어서 겁이 덜컥 났다고." 루도비꼬가 말했다. "그렇게 서 있지만 말고, 물이라도 좀 끼얹든지 어떻게 좀 해봐."

"워낙 콧대가 세서 결국 무에예마저 무덤으로 보내고 말았죠." 페르민 씨가 웃으며 말했다. "그 여자는 레즈비언인데다, 마약까지 한답니다."

"까요 나리 말입니까요?" 암브로시오가 말한다. "그럴 리가요. 그분은 나리의 발끝에도 못 미칩니다요."

"안 죽었다니까. 멀쩡히 살아 있는데 왜 그렇게 겁을 내고 난리야?" 이뽈리또가 말했다. "내가 이 자식 몸에 손톱자국을 남기길

---

101 뻬루 리마에 속한 구(區)의 이름.

했나, 아니면 멍이 들게 했나. 그냥 무서워서 잠시 정신을 잃은 것뿐이라고, 루도비꼬."

"요즘 리마에서 동성애자 아닌 사람이나 마약을 하지 않는 사람이 있나요?"란다 상원 의원이 말했다. "그렇게 점점 문명화되는 거죠. 안 그렇습니까?"

"그런 개자식 밑에서 일하면서 부끄러운 생각이 들지는 않던가?" 싼띠아고가 말한다.

"자, 일단 그렇게 하기로 하고, 내일 오드리아 장군부터 만나기로 합시다." 아레발로 상원 의원이 말했다. "오늘 오드리아 장군에 대한 현장懸章 수여식이 있었어요. 거울을 보면서 실컷 즐길 수 있게끔 오늘만큼은 그냥 내버려두도록 하지요."

"부끄럽고 뭐고 할 것도 없었구먼요." 암브로시오가 대답한다. "그 사람이 도련님 부친께 그렇게 막돼먹은 행동을 할 줄은 꿈에도 몰랐으니까요. 그땐 두분이 그저 좋은 친구 사이인 줄로만 알았거든요."

농장 집에 도착해 차에서 내린 뜨리풀시오는 배를 채우러 부엌으로 가는 대신에 곧장 개울로 가 머리와 얼굴과 팔에 물을 축였다. 그런 뒤 뒷마당으로 돌아가서는 조면기[102]가 드리운 그늘 아래에 다리를 쭉 뻗고 누웠다. 하도 고함을 지르고 박수를 쳐댄 탓에 손바닥이 얼얼하고 목이 아렸다. 온몸이 파김치가 되었지만, 마음만큼은 뿌듯했다. 그는 졸음을 이기지 못하고 금세 곯아떨어졌다.

"로사노 나리, 바로 저놈입니다. 뜨리니다드 로뻬스라고요." 루도비꼬가 말했다. "글쎄 저놈이 우리를 보자마자 미친 척을 하더라

---

102 면화에서 면섬유를 분리시키는 기계.

고요."

"길 가다가 그 여자를 만났다고?" 께따가 물었다. "볼라 데 오로[103] 댁에서 하녀로 일하던 그애? 너하고 잠자리를 가졌던, 그러니까 네가 좋아 죽던 그 여자 말이야?"

"까요 씨, 몬따그네를 풀어줘서 얼마나 다행인지 모릅니다." 페르민 씨가 말했다. "안 그래도 정적들이 그 문제를 빌미 삼아 이번 선거가 사기입네 하고 떠들어대는 통에 불안했거든요."

"무슨 소린가? 미친 척을 하다니." 로사노가 말했다. "말을 하던가? 아니면 아예 말도 못하는 건가?"

"이번 선거에서 속임수를 쓴 건 사실이죠. 적어도 나와 페르민 씨, 우리 둘은 그 점을 인정할 수밖에 없고요." 까요 베르무데스가 말했다. "물론 하나밖에 없는 상대 후보를 체포하는 것이 썩 좋은 수는 아니었습니다만, 달리 방법이 없었어요. 어떻게 해서라도 장군님을 당선시키는 것이 급선무였으니까 말입니다."

"너한테 자기 남편도, 그리고 아들도 죽었다고 했다고?" 께따가 말했다. "그러면서 일자리를 찾고 있다고 했다는 거야?"

그는 농장 관리인과 우론도와 떼예스의 목소리를 듣고 잠에서 깼다. 세 사람은 그의 옆에 앉더니 담배를 권하면서 말을 걸었다. 그로시오 쁘라도에서 열린 집회가 꽤나 성공적이었다지? 네, 아주 성공적이었죠. 그런데 친차 집회에는 사람들이 더 많이 모였다면서? 그럼요, 훨씬 더 많이 모였습죠. 에밀리오 씨가 선거에서 이길 것 같던가? 당연히 이길 겁니다요. 뜨리풀시오: 그런데 만약 에밀리오 씨가 상원 의원이 돼서 리마로 가면, 나는 쫓겨나게 될까요?

---

103 '황금의 공'이라는 뜻으로, 페르민 싸발라의 별명이다.

이 사람이 무슨 소리 하는 거야? 당연히 자네를 데리고 있을 걸세. 농장 관리인이 말했다. 우론도: 두고 보면 알겠지만, 우리와 함께 있게 될 테니까 걱정할 것 없어. 여전히 푹푹 찌는 날씨였다. 서산으로 뉘엿뉘엿 기우는 해가 목화밭과 농장 집, 그리고 바위를 붉게 물들이고 있었다.

"말을 하기는 하는데, 헛소리만 합니다, 로사노 나리." 루도비꼬가 말했다. "자기가 두번째 최고 지도자라고 했다가, 또 나중에는 최고 지도자라고 하더군요. 그리고 나중에는 아쁘라 동지들이 대포를 들고 자기를 구출하러 올 거라고도 했습니다. 실성한 게 분명합니다, 나리."

"그래서 싼미겔에 하녀를 찾고 있는 집이 있다고 그녀한테 말했다고?" 께따가 물었다. "그리고 그 여자를 오르뗸시아가 있는 곳으로 데려갔다는 거야?"

"만약 몬따그네가 선거에 출마했다면, 정말 오드리아 장군이 낙선했을 거라고 보십니까?" 페르민 씨가 물었다.

"아마 저자가 자네들을 가지고 논 것일 테지." 로사노가 말했다. "둘이 있어봐야 아무짝에도 쓸모가 없구먼. 멍청한 놈들 같으니."

"그러니까 그녀가 아말리아라는 말이잖아. 지난 월요일부터 일하기 시작한 그 여자 말이야." 께따가 말했다. "너 참 보기보다 더 멍청하네. 그러면 아무도 모를 것 같아?"

"몬따그네든 누구든 그 선거에 나왔다면 무조건 당선됐을 겁니다." 까요 베르무데스가 말했다. "페르민 씨, 뻬루 국민들이 어떤 사람들인지 모르세요? 머릿속 깊이 뿌리박혀 있는 열등감 때문에 언제나 약자의 편에 서기를 좋아하죠. 그러니까 권력을 가지지 못한 쪽 말입니다."

"그건 절대 그렇지 않아요, 로사노 나리." 이뽈리또가 말했다. "저흰 그렇게 쓸모없는 놈들도, 그렇다고 멍청이들도 아니라고요. 이리 오셔서 그놈이 어떻게 하고 있나 한번 보세요. 그러면 우리가 절대 그런 놈들이 아니라는 걸 아실 테니까요."

"그러니까 네가 그 사실을 알려준 장본인이라는 걸 오르뗀시아 한테는 절대 말하지 말라고 시켰다는 거잖아?" 께따가 말했다. "만일 그녀와 네가 아는 사이라는 걸 눈치채는 날에는 까요 망나니가 당장 내쫓을 거라고 으름장을 놓으면서 말이야."

그 순간 농장 집 문이 열리더니 명령을 내리는 자가 나왔다. 그는 뒷마당을 가로질러 와 그들 앞에 멈춰 서서는 손가락으로 뜨리풀시오를 가리켰다. 이런 개자식 같으니. 당장 에밀리오 씨 지갑 이리 내놔.

"그건 그렇고, 페르민 씨가 상원 의원직을 수락하지 않으셔서 참으로 유감천만입니다." 까요 베르무데스가 말했다. "대통령께서는 페르민 씨가 의회 다수당의 대변인이 되기를 바라고 계셨거든요."

"지갑이라뇨? 제가 나리의 지갑을 꺼냈다굽쇼?" 뜨리풀시오는 자리에서 벌떡 일어나더니 주먹으로 가슴을 치며 말했다. "제가요, 나리? 제가 말입니까요?"

"이런 한심한 놈들 같으니라고." 로사노가 말했다. "멍청한 자식들아, 이놈을 왜 의무실로 옮기지 않은 거야?"

"너 같은 놈에게 은혜를 베푸신 나리의 물건을 훔쳐?" 명령을 내리는 자가 소리쳤다. "천하가 다 아는 도둑놈한테 일자리를 주신 것만 해도 감지덕지해야 할 판에, 감히 나리의 물건을 훔쳐? 그러고도 네가 인간이야?"

"너는 여자를 몰라도 한참 몰라." 께따가 말했다. "그 여자는 언제가 오르뗀시아에게 다 털어놓을 거라고. 너와 아는 사이일 뿐만 아니라, 자기를 싼미겔에 데려다준 사람이 바로 너라는 걸 말이야. 그러면 오르뗀시아도 언젠가 까요 망나니에게, 그리고 볼라 데 오로에게 모든 걸 다 털어놓고 말겠지. 암브로시오, 바로 그날이 네 제삿날이 될 테니까 두고 봐."

뜨리풀시오는 무릎을 꿇은 채 흐느껴 울면서 억울함을 호소하기 시작했다. 하지만 명령을 내리는 자는 눈썹 하나 까딱하지 않았다. 널 다시 감옥에 처넣을 거야. 불량배에다 범죄자인 놈을 불쌍하다고 거둬줬더니, 또 지갑을 훔쳐? 그 순간, 다시 농장 집의 문이 스르르 열리면서 에밀리오 씨가 나왔다. 무슨 일이야?

"물론 갔었죠. 하지만 로사노 나리, 거기서 받아주질 않는데 어쩌겠습니까요." 루도비꼬가 말했다. "나리께서 서면으로 명령을 내리지 않는 한 자기들은 받을 수 없다고 하더라고요."

"까요 씨, 그 문제에 대해서라면 이미 충분히 이야기를 나누었잖습니까." 페르민 씨가 말했다. "대통령을 모실 수만 있다면 마다할 이유가 없죠. 하지만 상원은 그것보다 정치에 모든 걸 쏟아부어야 하는 자리니 왠지 망설여지더군요."

"이제부터 너한테는 아무 말도 안할 거야. 할 말도 없고." 께따가 말했다. "나랑 전혀 상관도 없는 일이니까. 넌 이제 끝장날 거야. 그래도 날 원망하지는 마."

"그럼 대사직도 안 받아들이실 겁니까?" 까요 베르무데스가 물었다. "장군님은 선거 내내 물심양면으로 도와주신 페르민 씨의 노고에 어떻게든 감사를 표하고 싶어 하십니다. 페르민 씨, 대사직에 전혀 관심이 없으세요?"

"에밀리오 나리, 이분이 나를 도둑놈으로 몰고 있구먼요." 뜨리풀시오가 말했다. "나한테 모든 걸 뒤집어씌우려고 한다고요. 에밀리오 나리, 이놈이 하도 억울해서 이렇게 울고 있습니다요."

"전혀 생각 없습니다." 페르민 씨가 말했다. "까요 씨, 나는 의원이나 외교관과는 전혀 어울리지 않는 사람입니다."

"나리, 제가 그런 게 아니에요." 이뽈리또가 말했다. "저 혼자 헛소리를 늘어놓더니 갑자기 앞으로 푹 고꾸라졌다고요. 우린 저놈을 건드리지도 않았어요. 제 말 믿어주세요, 로사노 나리."

"이보게, 그만하게. 이 녀석이 그런 게 아니야." 에밀리오 씨가 말했다. "집회 현장에 있던 못된 놈의 짓이겠지. 자네가 아무리 막돼먹어도 내 물건에 손을 댈 리는 없겠지, 뜨리풀시오?"

"페르민 씨, 그렇게 계속 고사하면 장군님이 섭섭해하실 겁니다." 까요 베르무데스가 말했다.

"에밀리오 나리, 만약 제가 지갑을 훔쳤다면 다들 보는 앞에서 제 손모가지를 자르겠습니다요." 뜨리풀시오가 말했다.

"너희 둘 때문에 일이 복잡하게 되고 말았잖아." 로사노가 말했다. "너희가 일으킨 문제니까 둘이서 당장 해결하라고. 이런 망할 놈들 같으니."

"고사라니요? 그건 오해입니다." 페르민 씨가 말했다. "내가 정말 수고한 일이 있다면 언젠가 오드리아 장군님께 보답받을 날이 오겠죠. 이것 참, 까요 씨가 언제나 마음을 터놓고 나를 대하니, 나도 까요 씨를 만날 때마다 솔직하게 모든 걸 털어놓게 되는군요."

"우선 저놈을 조용히 끌고 나가. 남의 눈에 띄지 않게 데리고 나가서 아무 데나 버리고 오란 말이야." 로사노가 말했다. "만약 어설프게 처리하다 누구한테 걸리기라도 날에는 너희 둘 다 내 손에 뒈질 줄 알아. 알겠어?"

허허, 이 깜둥이 건달 놈하고는. 그러고서 에밀리오 씨는 명령을 내리던 자와 함께 농장 집으로 걸어갔다. 잠시 후 우론도와 농장 관리인도 그 뒤를 따랐다. 괜히 욕만 바가지로 얻어먹었구먼, 뜨리풀시오. 옆에 있던 떼예스가 껄껄 웃으며 말했다.

"만날 때마다 식사를 대접해주셨으니, 기회가 되면 나도 보답을 하고 싶습니다." 까요 베르무데스가 말했다. "며칠 뒤 우리 집에서 식사 대접을 하고 싶은데요, 페르민 씨."

"내게 욕을 퍼부은 저놈은 이제 뒤통수 조심해야 할 거야." 뜨리풀시오가 말했다.

"시키신 대로 했습니다요, 나리." 루도비꼬가 말했다. "조용히 끌고 나가서 버리고 왔어요. 아무도 못 봤고요."

"자네 정말 나리의 지갑을 훔쳤나?" 떼예스가 물었다. "날 속일 생각은 하지 마, 뜨리풀시오."

"언제든 날짜만 잡으시죠." 페르민 씨가 말했다. "기꺼이 초대에 응하겠습니다, 까요 씨."

"슬쩍했는데, 전혀 눈치를 못 채더군." 뜨리풀시오가 말했다. "오늘밤에 마을에 가서 진탕 놀아볼까?"

"쌘후안 데 디오스 병원 문 앞에 버리고 왔어요." 이뽈리또가 말했다. "아무도 우리를 못 봤습니다."

"쌘미겔 베르똘로또 호텔 근처에 작은 집 한채를 얻었습니다." 까요 베르무데스가 말했다. "이미 소문을 들으셨는지도 모르겠네요, 페르민 씨."

"무슨 말을 하는 거야?" 로사노가 말했다. "설마 아직도 그 일을 머릿속에서 안 지워버린 건가? 망할 자식들 같으니."

"지갑에 얼마나 들어 있던가, 뜨리풀시오?" 떼예스가 궁금한 듯 물었다.

"그럼요, 이미 들어서 알고 있습니다." 페르민 씨가 대답했다. "리마 사람들이 얼마나 수다스러운지 알고 계시잖습니까, 까요 씨."

"꼬치꼬치 캐묻지 마." 뜨리풀시오가 말했다. "오늘은 내가 한턱 낼 테니까 그걸로 만족하라고."

"아, 물론입죠. 아무 걱정 마십시오." 루도비꼬가 말했다. "우린 아무도 죽이지 않았고, 아무 짓도 하지 않았습니다. 우린 이미 모든 걸 깨끗이 잊었으니까요, 나리."

"아시다시피 나는 촌사람입니다. 리마에 온 지 1년 반이 넘었지만, 아직도 이곳의 생활에 완전히 익숙해지지가 않았어요." 까요 베르무데스가 말했다. "솔직히 말해 조금 전엔 얘기를 꺼내기가 좀 망설여지더군요. 혹시라도 페르민 씨가 내 초대를 거절하면 어쩌나 마음이 조마조마했거든요."

"저도 마찬가집니다, 로사노 나리. 맹세코 조금 전의 일은 다 잊었습니다." 이뽈리또가 말했다. "뜨리니다드 로뻬스가 누구예요? 나는 그런 사람을 본 적도, 그런 이가 존재하지도 모릅니다요. 보셨죠, 나리? 다 깨끗이 잊었잖아요."

떼예스와 우론도는 이미 거나하게 취해서는 술집 나무 의자에 앉아 꾸벅꾸벅 졸고 있었다. 푹푹 찌는 무더위 속에서 맥주를 들입다 퍼부었음에도 불구하고 뜨리풀시오만은 여전히 정신이 말짱했다. 벽에 난 구멍 너머 햇빛 속에서 하얗게 빛나는 작은 모래 광장과 사람들이 투표를 하는 작은 막사가 보였다. 뜨리풀시오는 투표소 앞을 지키고 있는 경찰들을 쳐다보았다. 오전에 두어번 술집에 들어와 맥주를 마셨던 그들은 이제 초록색 군복을 입고 저 앞에 서 있었다. 우론도와 떼예스의 머리 위로 해변의 모래톱과 햇빛을 받아 반짝이는 해초를 싣고 둥둥 떠다니는 바다의 모습이 언뜻 보였다. 술집에 들어온 후, 그들은 작은 배가 점점 더 작아지면서 저 멀리 수평선 뒤로 사라지는 모습을 지켜보았다. 그리고 익힌 감자를 얹은 신선한 쎄비체[104]와 생선 튀김을 먹고, 맥주를 ─ 그것도 엄청나게 많이 ─ 마셨다.

"무슨 말씀을! 내가 무슨 수도사라도 되는 줄 아셨어요?" 페르민 씨가 웃으며 말했다. "까요 씨, 나는 당신이 정말 대단한 일을 이루었다고 봅니다. 식사에 초대한다면야 나로서는 대환영이지요. 언제든지 말입니다."

멍하니 밖을 바라보던 뜨리풀시오의 눈에 뽀얀 먼지를 일으키며 지나가는 빨간 트럭 한대가 들어왔다. 사납게 짖어대는 개들 사이를 지나 광장으로 들어선 그 트럭은 술집 앞에 멈춰 섰다. 트럭에서 명령을 내리는 자가 내렸다. 투표를 많이 한 모양이군. 네, 아주 많이 했습니다요. 오전 내내 사람들이 계속 들락날락했으니까요. 그는 승마용 바지와 단추 없는 셔츠 차림에 장화를 신고 있었다. 나리께서 자네들 취한 꼴은 보고 싶어 하지 않으시니까 이제 그만들 마시라고 해. 뜨리풀시오가 물었다. 그런데 저기 경찰 두명이 있는뎁쇼? 그런 건 신경 쓸 필요 없어. 명령을 내리는 자가 말했다. 다시 트럭에 올라탄 그는 광장의 개들이 짖는 소리와 뽀얀 먼지구름을 뚫고 사라졌다.

"어쨌든 일이 이렇게 된 데는 페르민 씨한테도 부분적으로 책임이 있습니다." 까요 베르무데스가 말했다. "그날밤 대사관 클럽에 갔던 일 생각나세요?"

---

104 다진 양파, 소금 및 고추와 함께 생선이나 조개류를 날로 썰어 레몬즙이나 오렌지즙을 얹은 요리로, 뻬루에서 즐겨 먹는다.

투표를 마친 사람들이 술집으로 다가오자 여주인이 문 앞에서 그들을 가로막았다. 오늘은 선거 날이라 손님 안 받아요. 그럼 안에 있는 사람들은 뭐예요? 노파는 아무런 해명도 하지 않고 고함을 질렀다. 당장 꺼져, 안 그러면 경찰을 부를 테니까. 남자들은 투덜거리면서 발걸음을 돌렸다.

"아, 그날요? 물론 기억하고말고요." 페르민 씨가 웃으며 말했다. "까요 씨가 라 무사를 보고 한눈에 반할 줄은 꿈에도 몰랐지만 말입니다."

자그마한 광장에는 이제 투표소의 그림자가 햇살보다 더 길게 늘어져 있었다. 바로 그때, 사람들을 가득 태운 빨간 트럭이 다시 광장에 도착했다. 뜨리풀시오는 투표소를 힐끗 쳐다보았다. 투표를 하러 온 사람들은 어리둥절한 표정이었고, 투표소를 지키던 경찰들도 놀란 듯이 트럭을 쳐다보았다. 자, 가자. 명령을 내리는 자가 재촉하자 남자들이 트럭에서 우르르 내리기 시작했다. 조금 있으면 투표가 끝날 모양이로군. 그러면 저들은 투표함을 봉인할 테지.

"난 자네가 왜 그랬는지 아네." 페르민 씨가 말했다. "그녀가 내게서 돈을 뜯어내려 해서고 아니고, 나를 협박해서도 아니야."

뜨리풀시오와 떼예스, 그리고 우론도는 서둘러 술집을 빠져나와 트럭에서 내린 남자들 앞에 섰다. 열다섯명이 좀 안됐는데, 모두 뜨리풀시오가 잘 아는 사람들이었다. 조면기를 만지는 이들과 잡일꾼들, 농장 집에서 일하는 하인 두명이었다. 다들 일요일에만 신는 구두와 면바지 차림에 커다란 맥고모자를 쓰고 있었다. 그들의 눈은 벌겋게 타올랐고, 입에서는 술 냄새가 확 풍겼다.

"까요라는 이 친구 말입니다," 에스삐나 대령이 말했다. "밤낮으로 일만 하는 줄만 알았는데, 그가 무슨 일을 했는지 한번 봐요. 정말 예쁜 여자 아닌가요, 페르민 씨?"

그들이 무리를 지어 광장으로 걸어가자 투표소 앞에 모여 있던 이들은 서로 옆구리를 찌르며 길을 비켜주기 시작했다. 두 명의 경찰이 그들 앞쪽으로 다가왔다.

"그녀가 내게 익명의 쪽지를 보내 자네 아내의 과거를 알려서 그런 것 아닌가." 페르민 씨가 말했다. "그러니까 나를 대신해서 복수한 게 아니라, 자네가 당한 모욕을 앙갚음하기 위해서였지. 안 그런가? 가엾은 친구 같으니."

"여기서 부정투표가 자행되고 있다는 정보를 입수했습니다." 경찰들이 다가오자 명령을 내리는 자가 불쑥 말했다. "그래서 항의하러 온 겁니다."

"그 얘기를 듣고 정말 놀랐지요." 에스삐나 대령이 말했다. "젠장! 얌전한 까요가 저렇게 늘씬한 여자와 엮이다니. 정말이지 믿기지가 않아요. 안 그런가요, 페르민 씨?"

"우린 부정선거를 절대 용납할 수 없소이다." 떼예스가 나서며 소리쳤다. "오드리아 장군님 만세! 에밀리오 아레발로 나리 만세!"

"우리는 질서를 유지하기 위해 여기에 있는 겁니다." 경찰들 중 한 명이 나서며 말했다. "선거와는 아무런 관련이 없어요. 항의를 하려거든 저 안의 선거관리위원회 사람들한테나 하라고요."

"만세!" 그 앞에 모인 자들이 한꺼번에 소리쳤다. "아레발로-오드리아 만세!"

"더 웃긴 건, 내가 그런 친구에게 충고를 했다는 겁니다." 에스삐나 대령이 말했다. "너무 무리하지 말라는 둥, 조금이라도 삶을 즐기라는 둥 말이죠. 그런데 그가 지금 어떤 여자와 나타났는지 보세요, 페르민 씨."

주변에 있던 사람들도 그들 틈에 섞여 천천히 투표소 쪽으로 다가가기 시작했다. 그들은 농장에서 온 이들을, 그러곤 경찰들을 번갈아 바라보며 낄낄 웃었다. 바로 그 순간, 투표소에서 땅딸막한 남자가 나와 자기를 노려보자 뜨리풀시오는 깜짝 놀랐다. 왜 이렇게 소란스러운 거지? 그는 어엿한 양복에 넥타이를 매고 안경까지 쓰고 있었다. 땀에 젖은 콧수염이 보였다.

"자, 이제 그만 집으로 돌아가요. 물러가라고요." 남자가 초조한 목소리로 말했다. "투표는 이미 끝났습니다. 벌써 6시예요. 경찰, 이 사람들 해산시켜."

"그런데 자네는 말이야, 내가 자네를 쫓아내려는 줄 알고 있었지. 그 쪽지 때문에 내가 자네와 자네 아내에 대해 속속들이 알게 됐으니 말이야." 페르민 씨가 말했다. "만약 그렇게 되면 내 목을 쥐고 흔들 생각이었을 거야. 심지어는 협박할 생각도 했을 거고, 딱한 사람 같으니."

"그런데 나리, 저들이 자꾸 부정선거가 있었다고 아우성을 치는데요." 한 경찰관이 말했다.

"박사님, 부정선거에 항의하러 왔답니다." 다른 경찰관이 말했다.

"그래서 그에게 물어봤어요. 언제쯤 친차에서 부인을 데려올 거냐고 말이죠." 에스삐나 대령이 말했다. "그런데 그럴 필요가 없다고 하더군요. 아내는 계속 친차에 머물 거라고요. 그뿐이었죠. 페르민 씨, 까요 저 촌놈이 요즘 들어 얼마나 활기가 넘치는지 한번 보십시오."

"분명 부정선거를 자행하려는 거야." 어떤 남자가 투표소에서 나오며 말했다. "에밀리오 아레발로 씨에게서 선거를 도둑질하려는 거라고."

"이봐요, 대체 왜 그러는 거요?" 땅딸막한 남자가 눈을 휘둥그렇게 뜨고 말했다. "아레발로 씨 측을 대표해서 투표소 참관인으로 참여한 사람이 바로 당신 아닙니까? 더구나 아직 개표도 안했는데, 무슨 놈의 부정선거란 말이오?"

"이제 됐네." 페르민 씨가 말했다. "됐으니까 그만 울라고. 사실이 그렇잖은가? 자넨 그런 생각을 했고, 그 때문에 그런 짓을 저지른 것 아닌가?"

"우린 절대 용납할 수 없소." 명령을 내리는 자가 말했다. "자, 안으로 들어가자!"

"어쨌든 간에 그 친구도 인생을 즐길 권리는 있으니까요." 에스뻬나 대령이 말했다. "저렇게 보란 듯이 정부와 애정 행각을 벌이다가 장군님 귀에라도 들어가면 어쩌나 싶군요. 아무쪼록 저런 일로 장군님의 눈 밖에 나는 일이 없으면 좋겠는데."

뜨리풀시오는 땅딸막한 남자의 옷깃을 잡고서 조용히 문밖으로 끌어냈다. 그러자 그의 얼굴이 대번에 백지장처럼 창백해지더니 사시나무 떨듯 온몸을 부들부들 떨기 시작했다. 이어 뜨리풀시오는 떼예스와 우론도와 명령을 내리는 자의 뒤를 따라 투표소 안으로 들어갔다. 작업복을 입은 청년이 자리에서 일어서면서 소리 질렀다. 여기에 들어오면 안됩니다. 경찰, 경찰! 떼예스가 밀치자 그는 경찰, 경찰! 소리치면서 바닥에 나동그라졌다. 뜨리풀시오가 그를 일으켜 의자에 앉혔다. 괜히 악쓰지 말고, 진정하라고. 그사이 떼예스와 우론도는 투표함을 들고 밖으로 나갔다. 땅딸막한 남자는 여전히 겁에 질린 표정으로 뜨리풀시오를 쳐다보고 있었다. 이건 중대한 범죄예요. 이러다 당신들 모두 감옥에 가게 될 겁니다. 그러다가 그의 목소리는 잦아들었다.

316

"입 닥쳐. 멘디사발한테 돈 받아먹은 주제에 떠들기는." 떼예스가 말했다.

"조용히 하지 않으면 우리가 그 입을 다물게 해주지." 우론도가 말했다.

"우린 부정선거를 절대 좌시하지 않을 거요." 명령을 내리는 자가 경고하듯 말했다. "저 투표함은 우리가 투표구 선거관리위원회로 가져갈 테니 그리 아시오."

"물론 저런다고 장군님의 눈 밖에 날 일은 없을 겁니다. 까요가 어떤 일을 해도 장군님은 흡족해하시니 말이죠." 에스삐나 대령이 말했다. "장군께서는 이런 말씀을 자주 하세요. 제가 조국에 가장 크게 기여한 바는 시골에서 썩고 있던 까요를 발굴해서 함께 일하도록 한 것이라고 말이죠. 페르민 씨, 까요가 대체 어떻게 한 건지는 몰라도, 장군님은 그저 저 친구가 하자는 대로 한답니다."

"자, 이제 됐어." 페르민 씨가 말했다. "그만 울게나, 이 불쌍한 사람아."

뜨리뿔시오는 트럭의 앞자리에 앉았다. 창밖을 내다보니 땅딸막한 남자와 작업복을 입은 청년이 투표소 앞에서 경찰들과 언쟁을 벌이고 있었다. 사람들은 그들이 싸우는 모습을 구경하고, 몇몇은 손가락으로 트럭을 가리키기도 했다. 왁자지껄 웃어대는 이들도 있었다.

"그래그래, 자네가 나를 협박하려던 게 아니라 도와주려고 그랬다는 거 알아." 페르민 씨가 말했다. "그러니까 이제부터 내가 하는 말 잘 듣게. 내가 시키는 대로 하란 말이야. 이제 됐으니까 그만 좀 울고."

"이거 하겠다고 그렇게 오랫동안 기다린 건가?" 뜨리뿔시오가 물었다. "아까 거기에 멘디사발의 부하는 두명밖에 없던데. 나머지는 다 구경꾼들이고."

"나는 자네를 업신여긴 적이 없다네. 물론 미워할 리도 없지." 페르민 씨가 말했다. "이제 됐어. 자네는 평소 나를 존경했지. 나를 지키기 위해서 그런 짓을 저질렀던 걸세. 내가 더이상 고통받지 않게끔 말이야. 자네는 절대 끔찍한 인간이 아닐세. 암, 그렇고말고."

"멘디사발은 늘 자신만만했지." 우론도가 말했다. "여기가 전부자기 영역이다보니까, 선거를 하면 자기가 표를 다 싹쓸이할 거라고 생각한 거야. 까불다가 결국 큰코다친 셈이지."

"자, 이제 됐으니까 아무 걱정 말게." 페르민 씨가 말했다.

10

경찰은 싼마르꼬스 대학 벽에 붙어 있던 대자보를 모두 철거하고, 파업 만세! 오드리아에 죽음을! 구호도 깨끗이 지웠다. 학생들의 모습은 온데간데없이 쓸쓸한 교정만 덩그러니 남았다. 독립 영웅들을 위한 예배당 앞에는 경찰이 무리지어 있었고, 아상가로 거리 모퉁이에는 순찰차 두대가 서 있었다. 인근의 공터에서는 기동타격대가 주둔 중었다. 싼띠아고는 꼴메나가를 따라 싼마르띤 광장으로 걸어갔다. 히론 델 라 우니온 거리를 따라 20미터마다 경찰들이 배치되어 있었는데, 그들은 자동소총을 팔에 끼고 방독면은 등에, 또 최루탄은 허리춤에 찬 채 지나가는 행인들을 무표정한 얼굴로 바라보고 있었다. 사무실에서 나온 사람들과 하는 일 없이 거리를 배회하는 이들, 그리고 건달들은 경찰들을 무관심하게 쳐다보거나 신기한 듯, 하지만 두려워하는 기색 없이 힐끔거렸다. 아르마스 광장에도 어김없이 순찰차들이 늘어서 있었고, 검고 붉은 제복을 입은 초병들 말고도 철모를 쓴 군인들이 대통령궁 정문을 지키고 있었다. 하지만 리마끄강을 가로지르는 다리 건너에는 교통경찰관조차 눈에 띄지 않았다. 다리를 건너자, 깡패처럼 험상궂은 이들과 폐병쟁이처럼 핼쑥한 이들이 프란시스꼬 삐사로 대로의 오래된 가로등 밑에서 담배를 피우는 모습이 보였다. 싼띠아고는 주점에서 술에 취해 비틀거리며 나오는 이들과 거지들, 그리고 누더기를 걸친 아이들과 주인 없이 떠돌아다니는 개들 사이를 지나쳐 갔다. 모고욘 호텔은 그곳으로 진입하는 비포장도로만큼이나 폭이 좁고 길쭉한 건물이었다. 안으로 들어가니 안내 데스크로 보이는 곳에는 아무도 없었고 좁은 복도와 계단은 어둠에 잠겨 있었다. 2층 객실 문의 네 귀퉁이는 금빛 테두리로 장식되어 있었는데, 희한하게 문이 문틀에 비해 너무 작아 보였다. 미리 약속한 대로 그는 세번 두드린 뒤 문을 열었다. 워싱턴의 얼굴과 담요로 덮인 간이침대, 베갯잇이 없는 베개며 요강 따위가 눈에 들어왔다.

"시내에 경찰들이 쫙 깔렸어." 싼띠아고가 말했다. "오늘밤 기습 시위를 예상하고 대비하는 모양이야."

"나쁜 소식이 있어. 촐로 마르띠네스가 공학부 건물을 나서다가 경찰에 끌려갔어." 워싱턴이 말했다. 그는 몰라보게 수척해진데다 눈까지 퉁퉁 부어 있었다. 더구나 심각한 표정 탓인지 완전히 다른 사람처럼 보였다. "소식을 듣고 가족이 경찰 본부로 갔는데, 면회도 못하게 하더래."

천장 여기저기에 거미줄이 쳐져 있었고, 하나밖에 없는 전구는 너무 높이 달려서 불빛이 흐릿했다.

"이젠 아쁘라들도 자기들만 당한다고 말 못하겠군." 싼띠아고가 말했다. 겉으로는 태연하게 웃고 있었지만, 속마음은 어수선하기

이를 데 없었다.

"아무래도 우리 거점을 옮겨야 할 것 같아." 워싱턴이 말했다. "오늘밤에 예정대로 회의를 여는 건 너무 위험해."

"저들이 구타하고 고문한다고 그가 입을 열까?" 그들은 그를 의자에 묶어놓았다. 키가 작고 단단한 몸집의 남자가 몸을 풀더니 그를 무자비하게 때리기 시작했다. 촐로의 얼굴이 고통으로 일그러졌고, 입에서는 비명이 터져 나왔다.

"그거야 알 수 없지." 워싱턴은 어깨를 으쓱이며 대답하고선 잠시 고개를 숙인 채 생각에 잠겼다. "더구나 호텔 직원이라는 자도 믿기가 어려워. 아까 오후에 나더러 또 신분증을 보여달라고 하더라고. 조금 있으면 야께가 올 텐데, 야께는 마르띠네스 소식을 아직 몰라."

"그럼 얼른 결정을 내리고 여기서 나가는 게 좋겠네." 싼띠아고는 담배 한개비를 꺼내 불을 붙이며 말했다. 몇모금 빤 뒤, 그는 다시 담뱃갑을 꺼내 워싱턴에게 권했다. "대학생 연합은 예정대로 오늘밤에 모이려나?"

"대의원들 중 무사한 이들만 모이겠지. 벌써 열두명이나 잡혀갔으니까." 워싱턴이 말했다. "원칙적으로는 밤 10시 의대에서 만나기로 되어 있어."

"어떤 식으로든 우리를 덮칠 텐데."

"그러진 않을 거야. 오늘밤에 파업이 끝나는 걸 정부도 알고 있으니까 우리 회의는 그냥 내버려둘 가능성이 높아." 워싱턴이 말했다. "자주파들도 겁을 먹고 한발 물러서려는 눈치야. 그건 아쁘라들도 마찬가지인 것 같고."

"그럼 우리는 어떻게 하는 게 좋을까?" 싼띠아고가 물었다.

"지금 결정해야겠지." 워싱턴이 말했다. "여기, 꾸스꼬와 아레끼빠에 관한 소식이 있으니까 한번 봐. 거기는 이곳보다 상황이 훨씬 심각한 모양이야."

싼띠아고는 간이침대로 가서 두통의 편지를 집어 들었다. 한통은 꾸스꼬에서 온 것인데, 굵직하고 반듯한 글씨로 보아 여성이 쓴 듯했다. 서명은 마름모꼴로 갈겨쓴 글씨였다. 우리 세포조직들은 예전부터 연대 파업 문제를 논의하기 위해 아쁘라 당원들과 접촉하고 있었습니다. 그런데 동지들, 경찰이 한발 앞서 대학을 점령하고 말았습니다. 대학생 연합은 이미 해산된 상태고, 최소한 스무명의 동지들이 경찰에 체포되었습니다. 대학생 대중들은 현 상황에 대해 무관심하지만 탄압을 피한 우리 동지들은 일시적인 좌절에도 불구하고 여전히 사기충천해 있습니다. 뜨거운 동지애를 나누며. 반면 아레끼빠에서 온 편지는 타자기로 작성되어 있었는데 묘하게도 글자가 검은색이나 파란색이 아닌 보랏빛을 띠었다. 서명과 수신인은 보이지 않았다. 우리는 각 대학별로 투쟁을 잘 이끌어가고 있습니다. 이곳의 분위기 또한 싼마르꼬스의 연대 파업을 지지하는 듯 보입니다. 그런데 동지 여러분, 경찰이 대학 내로 진입해서 모두 여덟명의 학생을 체포했습니다. 조만간 더 좋은 소식을 전할 수 있게 되기를 바라며, 동지 여러분의 건투를 빕니다.

"뜨루히요에서는 투쟁 조직이 완전히 와해됐어." 워싱턴이 말했다. "우리 동지들이 가서 그들을 설득한 끝에 간신히 지지 선언만 얻어냈대. 아무 의미도 없는 선언만 말이야."

"싼마르꼬스를 지지하는 대학은 단 한군데도 없군. 전차 노동자들을 지지하는 노조도 없고." 싼띠아고가 힘없이 말했다. "지금 상황으로 봐서는 파업을 철회하는 것 외에 달리 방법이 없을 것 같은데."

"어쨌든 이 정도면 충분히 성과를 거둔 셈이야." 워싱턴이 말했다. "더구나 동지들이 다수 구속된 상황이니, 그걸 빌미로 언제라도 다시 투쟁의 기치를 올릴 수 있겠지."

누군가가 방문을 세번 두드렸다. 들어와. 워싱턴이 말했다. 회색 옷을 입은 엑또르가 땀을 뻘뻘 흘리며 들어왔다.

"늦은 줄 알았는데, 그래도 일찍 온 편이군." 엑또르는 의자에 앉으며 손수건으로 이마를 닦았다. 그는 마치 담배를 피우듯이 깊은 숨을 내쉬었다. "전차 노동자들 중에서 연락이 닿는 사람이 아무도 없어. 아쁘라 당원 두명과 노조 사무실에 갔는데, 이미 경찰이 점거했더라고. 당원들도 파업 지도부와 연락이 끊긴 상태야."

"촐로가 공학부 건물을 나서다가 경찰에 잡혔어." 워싱턴이 소식을 전해주었다.

엑또르는 손수건을 입에 갖다 댄 채 넋 나간 사람처럼 멍한 표정으로 그를 바라보았다.

"아무쪼록 못 알아볼 만큼 무자비하게 두들겨 패지만 않으면 좋으련만……" 그의 목소리와 함께 억지로 짓고 있던 미소마저 희미해지더니 이내 사라졌다. 그는 깊은 숨을 훅 들이마시면서 손수건을 주머니에 집어넣었다. 그의 표정이 금세 어두워졌다. "그러면 오늘밤 회의는 취소해야겠군."

"야께가 곧 올 텐데, 그에겐 소식을 알리지 못했어." 워싱턴이 말했다. "더구나 대학생 연합은 앞으로 한시간 반 뒤에 모일 테니, 우리끼리 의견을 모으고 결정을 내릴 시간이 없다는 얘기야."

"무슨 결정 말이야?" 엑또르가 물었다. "자주파들과 아쁘라들은 당장 파업을 철회하길 원해. 따지고 보면 그게 맞는 얘기지. 지금 모든 게 무너지고 있어. 우선은 학생운동 조직을 최대한 지켜내는 것이 급선무라고."

다시 방문을 세번 두드리는 소리가 났다. 동지들, 잘 지냈나? 문이 열리면서 빨간 넥타이를 맨 야께가 새처럼 경쾌한 목소리로 인사를 건넸다. 이윽고 그는 눈이 휘둥그레져서 주변을 둘러보았다.

"8시에 모이기로 하지 않았어? 나머지는 아직 안 온 거야?"

"마르띠네스가 오늘 오전에 잡혀갔어." 워싱턴이 무거운 목소리로 말했다. "오늘 회의를 취소하고 당장 여기를 빠져나가야 할 것 같은데, 어떻게 생각해?"

하지만 그는 얼굴을 찌푸리지도, 놀란 표정을 짓지도 않았다. 그 친구는 그런 소식에 익숙했던 거야. 그는 생각한다. 늘 두려움에 떨면서 숨어 지내는 것도 만성이 되어 있었지. 엑또르는 시계를 보면서, 무언가 생각에 잠긴 듯 잠시 아무 말도 하지 않았다.

"오늘 아침에 잡혀갔다면, 위험할 건 없어." 그는 쑥스러운 듯 어색한 미소를 지으며 말했다. "저들은 오늘밤, 아니면 내일 오전이나 되어야 조사를 시작할 거야. 그러니까 아직 시간적 여유가 있다고, 동지들."

"그래도 야께는 자리를 피하는 게 좋을 것 같은데." 엑또르가 말했다. "우리 중에서 가장 위험한 상황이잖아."

"좀 조용조용히 얘기해. 계단에서도 너희들 목소리가 다 들리더라." 쏠로르사노가 문지방을 넘어서며 말했다. "촐로가 잡혀갔다면서. 젠장, 우리들 중에서 첫번째 희생자가 나오고 말았군."

"세번 노크하기로 한 것 잊었어?" 워싱턴이 말했다.

"문이 열려 있었어." 쏠로르사노가 말했다. "그리고 너희들은 큰소리로 이야기하고 있었고."

"이제 곧 8시 30분이야." 야께가 말했다. "다른 동지들은 어떻게 된 거지?"

"하꼬보는 섬유 노동자들을 만나기로 되어 있고, 아이다는 교육학부 대의원이랑 까똘리까 대학으로 가기로 했잖아." 워싱턴이 말했다. "곧 도착할 거야. 우리끼리 먼저 시작하자."

엑또르와 워싱턴은 간이침대에, 쌘띠아고와 야께는 의자에 자리를 잡았고, 쏠로르사노는 바닥에 앉았다. 자, 모두 기다리고 있어, 홀리안 동지. 쌘띠아고는 그 이름을 듣고 화들짝 놀랐다. 싸발리따, 넌 늘 네 가명을 잊곤 했지. 그뿐 아니라, 네가 서기 담당이고 지난 회의 의사록을 요약해 보고해야 한다는 것도 늘 잊었어. 그는 자리에 앉은 채 나직한 목소리로 지난 회의에 대해 빠르게 이야기했다.

"그럼 각자 맡은 바를 보고하도록 하지." 워싱턴이 말했다. "가급적 간결하게 요점만 말해줬으면 해."

"우선 두 사람이 어떻게 됐는지 확인해보는 게 좋을 것 같아." 쌘띠아고가 말했다. "내가 전화를 해볼게."

"이 호텔에는 전화가 없는걸." 워싱턴이 말했다. "전화를 하려면 약국을 찾아야 할 텐데, 지금 상황에서 밖으로 나가는 건 적절치가 않아. 늦어도 삼십분이면 오겠지."

보고라고 해봐야 주체와 객체, 사실과 해석, 해석과 진부한 표현 등이 제대로 구분조차 되지 않는 긴 독백에 불과했지. 그는 생각한다. 하지만 그날밤에는 모두들 요점만 간추려 짧게 이야기했다. 쏠로르사노: 농학부 학생회는 지나치게 정치적이라는 이유로 연대 파업 제안을 거부했어. 쌘마르꼬스 대학생들이 무슨 이유로 전차 노동자들의 파업에 가담하느냐는 거지. 워싱턴: 사범대학 학생회 장단이 그러는데, 만약 이 안건을 표결에 부치면 반대가 90퍼센트 정도 나올 거라더군. 그래서 지금 당장은 자기들로서도 어찌할 도리가 없다고 했어. 우리의 뜻을 지지하겠다는 뜻만 밝혔을 뿐이야.
엑또르: 경찰이 노조 사무실을 점거하는 바람에 전차 노동자 파업 지도부와의 연락도 끊기고 말았어.

"결국 농학부 제외, 공학부 제외, 사범대학도 제외. 반면 까똘리까 대학은 아직 미정인 셈이고." 워싱턴이 말했다. "꾸스꼬와 아레끼빠의 대학들은 이미 저들에게 점거된 상태고, 뜨루히요 대학은 일단 한발 물러선 입장을 보이고 있어. 간단히 말해서 지금 우리가 처한 상황은 이래. 오늘밤에 열릴 대학생 연합 총회에서는 파업 철회 안건이 제기될 것이 거의 확실해. 그러니까 남은 한시간 동안 우리의 입장만이라도 분명하게 정해야 해."

분위기로 보아 토론은 더이상 의미가 없을 것 같았지. 그는 생각한다. 모두들 같은 생각인 듯했어. 엑또르: 일단 우리의 선도적인 투쟁 덕분에 학생들 사이에서 정치의식이 상당히 고취된 건 사실이야. 그러니 이제는 대학생 연합이 와해되기 전에 한발 물러서는 것이 최선의 방법이라고 생각해. 쏠로르사노: 파업을 철회하는 건 좋아. 하지만 그 즉시 새로운 투쟁, 그러니까 더 강력하고 잘 조직된 투쟁을 준비하는 조건으로 철회해야 해. 싼띠아고: 맞아, 지금 당장 구속 학생 석방 운동을 전개하는 게 좋을 것 같아. 워싱턴: 최근 우리가 투쟁 활동을 통해서 얻은 경험과 교훈으로 비추어볼 때, 우리 까우이데 대학 소조직도 적지 않은 시련과 고난을 겪었지. 따라서 우리가 다시 세력을 규합하려면 일단 파업을 철회하는 것이 바람직하다고 봐.

"동지들, 나도 한마디 할게." 야께가 나서며 말했다. 가느다란 목소리였지만 주저하는 기색은 전혀 없었다. "소조직이 전차 노동자들의 파업을 지지하기로 의결했을 때, 우리는 이미 모든 걸 알고 있었어."

우리가 알고 있었던 것이 무엇일까? 노동조합이 기회주의적이라는 것, 왜냐하면 진정한 노조 지도자들은 이미 죽거나 잡혀갔고, 아니면 해외로 추방되어버렸으니까. 그리고 파업을 하면 반드시 무자비한 탄압과 대대적인 검거령이 따라오기 마련이라는 것, 또 다른 대학들이 모두 쏸마르꼬스에 등을 돌리리라는 것. 그럼 우리가 몰랐던 것, 미처 예상하지 못했던 것은 무엇일까, 동지들? 그게 무엇일까? 그의 자그마한 손이 네 얼굴 옆에서 올라갔다 내려왔다 하고 있었지, 싸발리따. 목소리는 나지막했지만, 무언가를 되풀이해 주장하며 동지들을 설득하고 있었어. 정부가 가면을 벗어던지고 백주에 저런 폭거를 저지르는 건 파업이 어느정도 성공을 거두었음을 의미해. 그런데도 정세가 점점 악화되어가고 있다고? 세 대학이 점거되고, 적어도 쉰명의 학생들과 노조 지도자들이 검거됐는데 상황이 불리해지고 있다는 거야? 히론 델 라 우니온 거리에서 기습 시위가 벌어지고, 부르주아 언론들도 어쩔 수 없이 탄압의 실상을 보도하기 시작했는데, 정세가 불리해졌다고? 동지들, 오드리아 정권에 대한 전반적인 저항운동이 전개된 것도, 일인 독재 체제에 균열이 생긴 것도 이번이 처음이라고. 그런데도 정세가 악화되고 불리해졌다는 거야? 이런 시국에 뒤로 물러서다니, 이런 어처구니없는 일이 어디 있냐고. 오히려 투쟁을 좀더 확산시키고 급진적으로 전개하려는 것이 옳지 않을까? 개량주의적인 관점이 아니라, 동지들, 혁명적인 관점에서 상황을 판단한다면 말이야. 그가 말을 마치자 모두들 그를 바라보았다. 그러곤 서로를 쳐다보았지만, 다들 당황한 기색이 역력했다.

"하지만 만일 아쁘라들과 자주파들이 파업을 철회하기로 뜻을 모았다면, 우리로서도 어쩔 수 없잖아." 마침내 쏠로르사노가 입을 열었다.

"이럴 때일수록 적극적으로 나서야 한다고, 동지. 우린 싸울 수 있어." 야께가 말했다.

바로 그때였지. 그는 생각한다. 문이 열리더니 그들이 들어왔어. 아이다는 방의 한복판으로 성큼성큼 걸어왔지만 하꼬보는 뒤에 선 채 그녀를 멀뚱히 바라보고 있었다.

"이제야 오다니." 워싱턴이 말했다. "너희들 때문에 우리가 얼마나 걱정했는지 알아?"

"하꼬보가 붙잡고 놓아주지 않아서 그랬어. 나보고 까똘리까로 가지 말라는 거야." 그녀는 단숨에 말했지. 그는 생각한다. 마치 자기가 할 말을 달달 외워두기라도 한 것처럼 말이야. "더구나 하꼬보는 섬유 노동자들을 만나러 가지도 않았어. 우리 소조직에서 맡긴 임무를 특별한 이유도 없이 거부했다고. 나는 하꼬보를 당장 축출해야 한다고 생각해."

"자네가 왜 그토록 오랫동안 그녀를 잊지 못했는지, 이제야 알 것 같군, 싸발리따." 까를리또스가 말했다.

그녀는 의자 사이에 선 채 전구의 희미한 불빛을 받으며 꿈쩍도 않았다. 두 주먹을 꽉 쥐고 두 눈을 부릅뜬 채 입술을 바르르 떨고 있었다. 방 안의 분위기가 일순 무거워지자 모두들 가슴이 죄이는 듯 답답해졌다. 그들은 꼼짝도 않고 그녀를 바라면서 침을 꼴깍 삼켰다. 엑또르의 이마에서는 진땀이 흐르고 있었다. 싸발리따, 네 앞에서 아이다가 거친 숨을 내쉬고 바닥에는 그녀의 그림자가 흔들리고 있었어. 넌 목이 바짝 말라붙어 입술을 깨물었어. 두근거리는 심장을 가라앉힐 수가 없었지.

"자, 동지, 진정하라고." 워싱턴이 어색한 침묵을 깨고 입을 열었다. "우리는 여기서……"

"그뿐 아니라, 이러면 내가 더이상 함께할 수 없다고 하니까 하꼬보는 자살하겠다고 했어." 그는 그때의 상황을 떠올린다. 아이다는 분을 참지 못해 눈을 부릅뜨고는 마치 혀를 데인 듯 속사포처럼 말을 쏟아냈다. "나를 잡고 놓아주지 않아서 할 수 없이 그를 속여 여기 온 거야. 다시 한번 말하지만, 그를 축출해야 한다고 생각해."

"마침내 땅이 갈라진 셈이었지." 싼띠아고가 말했다. "아이다가 다 모인 자리에서 모든 걸 들추어냈기 때문이 아니었어. 그보다는 그런 싸움, 그러니까 까를리또스, 그런 좁은 방에 모여 자살 위협이니 뭐니 하면서 벌인 싸움 때문이었지."

"더 할 말 없어?" 마침내 워싱턴이 물었다.

"자네는 그때까지 그 두 사람이 잠자리를 했을 거라고는 전혀 생각을 못했겠지." 까를리또스가 웃으며 말했다. "만나면 손을 잡고 서로의 눈을 쳐다보면서 마야꼽스끼나 나짐 히크메트[105]의 시를 읊었으리라 여겼을 거야. 안 그런가, 싸발리따?"

이제 모두들 안정을 찾아가고 있었다. 엑또르는 손수건으로 얼굴의 땀을 닦아냈고, 쏠로르사노는 천장을 살펴보았다. 그런데 넌 왜 나서서 아무 말이라도 하지 않았지? 아무 말도 없이 뒤에서 대체 무엇을 하고 있었지? 아이다는 계속 네 앞에 서 있었는데 말이

---

105 블라지미르 블라지미로비치 마야꼽스끼(Vladimir Vladimirovich Mayakovsky, 1893~1930)는 러시아의 볼셰비끼 혁명 당시 활동한 전위주의 시인이며, 나짐 히크메트 란(Nâzım Hikmet Ran, 1902~63)은 터키 출신의 문인으로 낭만주의적 공산당원, 혹은 낭만주의적 혁명가로 불렸다. 그는 정치적 이유로 대부분의 삶을 감옥과 해외에서 보냈다.

야, 싸발리따. 그녀도 이젠 꽉 쥐고 있던 주먹을 편 채였어. 새끼손가락에서 그녀 이름의 머리글자가 새겨진 은반지와 남자처럼 자른 손톱이 언뜻 보였지. 그때 싼띠아고가 손을 들었고, 워싱턴이 손으로 그를 가리키며 발언을 허락했다.

"대학생 연합의 총회까지 한시간밖에 안 남았는데, 우린 아직 아무런 결정도 내리지 못하고 있어." 그때는 너무도 경악스러운 나머지 입이 잘 떨어지지 않았어. 그는 생각한다. "그런데 이렇게 개인적인 문제로 다투면서 시간을 낭비해도 되는 거야?"

싼띠아고는 말을 마치고 담배에 불을 붙였다. 성냥이 불붙은 채 바닥으로 굴러다니자, 그는 발로 밟아 껐다. 고개를 들어보니 잠시 얼떨떨한 표정으로 서로를 멀뚱히 쳐다보던 그들도 원래의 모습으로 돌아오기 시작했고, 일부는 몹시 화가 치미는 듯 얼굴이 붉으락푸르락했다. 하지만 아이다만은 여전히 분을 삭이지 못하고 거친 숨을 식식거리며 그 자리에 서 있었다.

"물론 여기서 개인적인 문제에 대해 왈가왈부하는 걸 좋아할 사람은 없어." 워싱턴은 중얼거리듯 말했지만 그 목소리에는 짜증이 역력히 배어 있었다. "그렇지만 조금 전에 아이다가 제기한 문제는 아주 심각한 거야."

그러자 방 안에 어색한 침묵이 흘렀지. 그는 그때를 떠올린다. 갑자기 몸에서 열이 오르면서 정신이 혼미해지고 숨이 턱턱 막히는 것 같았어.

"저 두 동지가 싸우든, 서로를 가두어두든, 아니면 자살을 하든, 난 관심 없어." 엑또르는 손수건으로 입을 닦으면서 말했다. "난 그저 섬유 노동자들과 만난 일이랑 까똘리까 대학에 간 일이 어떻게 되었는지 알고 싶었을 뿐이라고. 만일 저 동지들이 소임을 다하지 않았다면, 그 이유를 듣고 싶군."

"방금 전에 동지가 다 설명했잖아." 야께가 여전히 새 같은 목소리로 속삭이듯 말했다. "그럼 하꼬보 동지가 직접 자신의 입장을 밝히고 이 문제를 마무리 짓도록 하지."

모두의 시선이 일제히 문 쪽으로 쏠리자, 하꼬보가 천천히 앞으로 걸어 나왔다. 아이다 곁으로 그의 실루엣이 드러났다. 구겨진 하늘색 양복, 반쯤 삐져나온 셔츠 자락, 단추가 없는 재킷, 그리고 축 늘어진 넥타이.

"아이다가 한 말은 전부 사실이야. 아까는 하도 화가 나서 그만……" 그는 한마디 꺼낼 때마다 목이 메어서 말을 맺지 못했지. 그는 생각한다. 더구나 술에 취한 사람처럼 비틀거리기까지 했어. "그땐 너무 혼란스러웠어. 심각한 상황이었고 정신이 오락가락했으니까 말이야. 어쩌면 요 며칠 잠을 못 자서 그런지도 모르겠어. 그러니까 동지들, 우리 소조직에서 어떤 처분을 내리더라도 달게 받겠어."

"그럼 정말 아이다가 까똘리까 대학으로 못 가게 막았다는 거야?" 쏠로르사노가 물었다. "그러니까 동지는 섬유 노동자들을 만나러 가지도 않았고, 심지어 아이다가 우리 회의에 참석하지도 못하게 했다는 얘기군. 그게 정말이야?"

"내가 왜 그랬는지 모르겠어. 나도 왜 그랬는지 모르겠다니까." 그는 잔뜩 겁먹은 눈으로 주위를 두리번거렸지. 그는 그 장면을 떠올린다. 그리고 괴로운 듯 허우적거리며 알아들을 수 없는 말을 웅얼거리는데, 마치 실성한 사람 같았어. "지금이라도 모두에게 용서를 구하고 싶어. 나도 이런 꼴을 보여주기 싫단 말이야. 동지들, 나를 좀 도와줘. 내가 잘 이겨낼 수 있도록 좀 도와달라고. 아이다 동

지가 방금 한 말은 모두 사실이야. 동지들이 어떤 결정을 내리더라
도 다 받아들이겠어."

그는 말을 마친 뒤 다시 문 쪽으로 물러섰다. 쌴띠아고는 더이상
그를 쳐다보지 않았다. 방 한가운데에는 다시 아이다만 홀로 서 있
었다. 다시 주먹을 꽉 쥔 탓에 그녀의 손은 자줏빛으로 변해 있었
다. 그때 쏠로르사노가 인상을 찌푸리며 자리에서 일어섰다.

"일이 이렇게 된 이상 내 생각을 솔직하게 말할게." 그의 얼굴이
일순 묘하게 일그러졌지. 분노와 실망이 착잡하게 뒤얽힌 표정이
었고, 목소리도 힘이 없었어. 그는 생각한다. "내가 파업에 찬성표
를 던진 건, 하꼬보의 주장을 듣고 확신을 얻었기 때문이야. 하꼬
보는 그 누구보다 열정적으로 자기주장을 폈고, 그래서 우리는 그
를 대학생 연합 대의원과 파업 지도부로 선출했지. 하지만 그런 하
꼬보 동지가 자기 멋대로 행동하는 사이에 마르띠네스가 잡혀갔다
는 점을 주목해야 한다고 봐. 따라서 하꼬보 동지가 저지른 과오에
대해서는 절대 묵과할 수 없다고 생각해. 어쨌든 현 상황에서 섬유
노동자들, 까똘리까 대학과의 접촉을 일방적으로 파기했다는 건
말이야…… 다들 알고 있는 것을 내가 굳이 말로 할 필요는 없겠
지. 동지들, 이건 절대 있을 수 없는 일이라고."

"물론 아주 심각한 일이야. 그리고 하꼬보 동지가 중대한 실수를
저지른 것도 사실이고." 엑또르가 말했다. "하지만 아직 시간이 있
어, 쏠로르사노. 대학생 연합 총회가 열리려면 아직 삼십분이나 남
았다고."

"동지들, 이런 식으로 시간을 허비하는 것은 정신 나간 짓이야."
초조해서 어찌 할 바를 모르는 듯 야께가 작은 손을 들며 새 같은
목소리로 말했다. "그 문제는 급하지 않으니 나중에 처리하기로 하

고, 일단 원래의 안건부터 다루는 게 좋을 것 같아."

"동감이야. 그 문제는 다음 회의 때까지 유보하기로 하지." 싼띠아고가 말했다.

"아무한테도 무안 주고 싶지는 않지만, 하꼬보는 지금 이 회의에 참석하지 않는 편이 좋겠어." 워싱턴이 말했다. 그러고는 잠시 머뭇거리더니 이렇게 덧붙였다. "여기 모인 이들의 신뢰를 잃었으니까 말이야."

"내가 낸 안건을 어서 투표에 붙여." 싼띠아고가 나서서 말했다. "워싱턴, 너 지금 우리의 시간을 허비하고 있어. 하꼬보 문제로 밤을 새워 떠드느라 파업이니 대학생 연합 총회 문제니 하는 건 영영 잊어버릴 셈이야?"

"이러다 시간 다 가겠네." 야께가 애원하듯 말했다. "동지들, 내 말 좀 흘려듣지 말고 명심해달라고."

"좋아, 그럼 투표하자." 워싱턴이 말했다. "하꼬보, 더이상 할 말 없지?"

그의 실루엣이 몇발짝 움직였다. 그는 주머니에서 두 손을 빼내 비벼대기 시작했다. 금발 머리가 그의 귀를 덮고 있었지. 그는 그 장면을 떠올린다. 하꼬보는 예전에 토론할 때 그랬던 것처럼 자신감에 차 있지도, 냉소적인 표정을 짓지도 않았어. 왠지 패배 의식과 굴욕감에 찌든 모습이었지.

"그동안 나는 하꼬보의 마음속에 오직 소조직과 혁명만 존재한다고 생각하고 있었어." 싼띠아고가 말했다. "그런데 갑자기 그 모든 게 환상으로 드러난 거지, 까를리또스. 그 친구도 나나 자네처럼 인간이었던 거야."

"동지들이 왜 나를 의심하는지, 그리고 왜 나를 더이상 신뢰하지 못하는지 충분히 이해해." 그가 더듬거리며 말했다. "언제라도 자아비판을 할 용의가 있어. 그리고 어떤 결정도 달게 받아들일 거야. 하지만 동지들, 여러분에게 내 입장을 밝힐 기회만 준다면 더는 바랄 게 없겠어."

"우리가 투표하는 동안 밖에 나가 있어." 워싱턴이 말했다.

싼띠아고는 그가 문을 여는 소리를 듣지 못했다. 전구가 흔들리며 벽에 드리운 그림자가 움직이는 걸 보고서야 그가 나간 것을 알았다. 그제야 그는 자리에서 일어나 아이다의 팔을 잡고 손으로 의자를 가리켰다. 잠시 망설이던 그녀는 마침내 자리에 앉았다. 두 손을 가지런히 무릎에 얹어놓았지. 그는 생각한다. 검은 속눈썹은 촉촉하게 젖어 있고, 머리카락은 목덜미 뒤에서 헝클어진 채였어. 그리고 귀는 추운 듯이 붉어져 있었지. 네가 손을 내밀어 그녀의 목을 부드럽게 어루만지고, 그녀의 고운 머리를 쓰다듬다가 머리카락이 손가락과 뒤엉키면 천천히 당기면서 풀어주고, 또 당기고 했다면…… 아, 싸발리따!

"먼저 아이다가 제기한 청원을 표결에 붙이도록 하지." 워싱턴이 말했다. "하꼬보를 우리 소조직에서 추방하자는 의견에 동의하는 사람은 손을 들도록."

"내가 선결 동의를 구했어." 싼띠아고가 이의를 제기했다. "그러니 내가 발의한 안건부터 먼저 처리해야 돼."

하지만 워싱턴과 쏠로르사노가 이미 손을 든 상태였다. 모두들 아이다에게로 고개를 돌렸다. 그녀는 두 손을 무릎 위에 올린 채 고개를 숙이고 있었다.

"네가 청원을 제기해놓고 찬성하지 않는 거야?" 쏠로르사노가 거의 고함치듯이 물었다.

"생각이 변했어." 아이다가 흐느끼며 말했다. "야께 동지의 말이 옳아. 이 문제는 나중에 처리하자."

"정말 놀랍군." 야께가 새 같은 목소리로 말했다. "도대체 무슨 일이야? 이게 뭐냐고!"

"너 지금 우리를 가지고 노는 거니?" 쏠로르사노가 따지듯 말했다. "아이다, 너 대체 뭐 하는 거야?"

"그냥 생각이 변했다고." 아이다는 여전히 고개를 숙인 채 흐느끼며 말했다.

"이런 빌어먹을!" 야께가 말했다. "여기 모여서 이게 다 무슨 장난이야?"

"자, 이제 장난을 끝내자." 워싱턴이 말했다. "이 문제에 대한 논의를 연기하는 데 찬성하는 사람?"

야께, 엑또르, 싼띠아고가 손을 들었다. 아이다도 잠시 망설이다 결국 손을 들었다. 엑또르는 웃음을 터뜨렸고, 쏠로르사노는 속에 있는 것이 다 올라오기라도 하는 양 배를 움켜잡았다. 대체 뭐 하는 거야? 야께가 새 같은 목소리로 다시 소리를 질렀다.

"여자들은 참 대단해." 까를리또스가 말했다. "매춘부들, 여성 공산주의자들과 부르주아들, 그리고 여자 졸로들까지, 모두 우리에게 없는 것을 가지고 있잖아. 싸발리따, 우리도 차라리 호모가 되는 편이 낫지 않을까? 이상하기 짝이 없는 동물들보다는 서로 잘 아는 자들과 엮이는 게 낫잖아."

"쇼는 다 끝났으니 하꼬보더러 들어오라고 해." 워싱턴이 말했다. "그 문제에 대해 다시 진지하게 논의해보자."

싼띠아고가 고개를 돌리자, 문이 열렸다. 하꼬보는 난처한지 어쩔 줄 몰라하면서 방 안으로 들어왔다.

"문 앞에 순찰차 세대가 서 있어." 그가 싼띠아고의 팔을 붙잡으며 속삭였다. "경찰관 한놈이 나와 있고, 그 주변으로 사복형사들이 쫙 깔려 있더라고."

"빌어먹을! 어서 문 닫아!" 야께가 새 같은 목소리로 소리쳤다.

갑자기 모두 얼어붙은 듯 제자리에 붙박였다. 하꼬보가 문을 닫고는 몸으로 앞을 막아섰다.

"아무도 못 들어오게 문 잘 막아!" 워싱턴이 다급한 목소리로 말했다. 그는 평소와 달리 허둥거리며 모두를 바라보았다. "서류하고 편지! 문 단단히 붙잡고 있어. 잠금장치도 없으니까 말이야."

엑또르와 쏠로르사노와 야께가 문을 잡고 있던 하꼬보와 싼띠아고를 도우러 왔다. 그들은 모두 주머니를 샅샅이 뒤졌다. 워싱턴은 침대밑 테이블 위로 몸을 구부린 채 종이를 찢어 요강 속에 집어넣었다. 아이다는 다른 이들이 건네준 공책과 종이쪽지 등을 그에게 넘겨주느라 까치발을 하고 문과 침대 사이를 계속 오갔다. 요강에서는 불이 활활 타오르고 있었다. 모두들 문에 귀를 바싹 대고 있었지만, 밖에서는 아무 소리도 들리지 않았다. 그러던 중, 야께가 빠져나와 전등의 스위치를 내렸다. 어둠속에서 싼띠아고는 쏠로르사노의 목소리를 들었다. 아무 일도 아닌데 괜히 난리 친 것 아니야? 그렇지만 워싱턴은 여전히 고개를 숙인 채 요강에 입김을 후후 불고 있었다. 그럴 때마다 요강에서는 불길이 치솟다가 그가 얼굴을 떼면 다시 가라앉았다. 누군가가 콜록콜록 기침을 하자 야께가 새 같은 목소리로 조용히 하라고 중얼거렸다. 그러자 이번에는 둘이 동시에 기침을 하기 시작했다.

"방 안에 연기가 가득해." 엑또르가 속삭이듯 말했다. "창문을 좀 열어야 할까봐."

누군가의 실루엣이 문 앞에서 빠져나가더니 발돋움을 해서 채광창으로 손을 길게 뻗었다. 그의 손은 닿을락 말락 한 위치에 있는 창문을 열려고 애를 쓰고 있었다. 워싱턴이 그의 허리춤을 잡고 위로 번쩍 들어 올렸다. 가까스로 채광창을 열자, 방 안으로 시원한 공기가 밀려들었다. 요강의 불꽃은 이미 꺼져 있었다. 아이다는 요강을 하꼬보에게 건네주었고, 워싱턴이 다시 들어 올리자 그는 요강을 채광창 밖으로 내놓았다. 워싱턴이 다시 전깃불을 켰다. 얼마나 초조했던지 모두들 움푹 들어간 눈만 껌벅거리고 있었다. 침이 말라 쉽사리 입이 떨어지지 않았다. 야께가 다들 문에서 떨어지라고 손짓했다. 긴장했던 마음이 가라앉았는지 그는 자기도 모르게 반쯤 맥이 풀린 웃음기를 입가에 흘리고 있었다. 순식간에 폭삭 늙어버린 것 같았다.

"아직도 방 안에 연기가 가득 배어 있어." 야께가 힘없이 말했다. "다들 담배를 피우라고. 어서 담배 피워."

"아무것도 아닌 일에 괜히 난리를 쳤어." 쏠로르사노가 볼멘소리를 했다. "아무 소리도 안 들리잖아."

싼띠아고와 엑또르가 담배를 나누어주었다. 평소 담배를 피우지 않던 아이다도 한대 피워 물었다. 워싱턴은 문 옆에 앉아 열쇠 구멍으로 밖을 살피고 있었다.

"모일 때는 언제나 학교 교재를 들고 와야 한다는 거 잊었어?" 야께가 작은 손을 신경질적으로 흔들어대며 말했다. "그러니까, 우린 학교 수업 때문에 모였을 뿐이라고. 우리는 정치인도 아니고, 정치에 관심도 없어. 더구나 까우이데나 소조직 같은 건 존재하지도 않지. 우린 그런 것들을 아예 모른다고."

"저기 올라오는데." 워싱턴이 문에서 떨어지며 말했다.

문밖에서 잠시 중얼거리는 소리가 들리다가 이내 고요해졌다. 그러곤 다시 중얼거리는 소리가 들리더니, 누군가가 문을 두번 두드렸다.

"여기 어떤 분들이 손님을 찾으러 왔는데요." 문밖에 선 이가 걸걸한 목소리로 말했다. "급한 일이랍니다."

아이다와 하꼬보는 나란히 서 있었지. 그는 그때의 장면을 떠올린다. 하꼬보는 아이다의 어깨 위에 손을 얹고 있었어. 워싱턴이 천천히 문 쪽으로 걸어갔다. 하지만 그전에 갑자기 문이 벌컥 열리더니, 한 무리의 사람들이 전광석화 같은 동작으로 쏟아져 들어오면서 그의 앞을 가로막고 섰다. 한 사람이 무언가에 부딪쳐 비틀거렸지만 다른 이들은 고함을 지르면서 안으로 뛰어들어 그들에게 권총을 겨누었다. 마구 욕설을 퍼붓는 이들도 있었고, 숨을 헐떡이는 이들도 있었다.

"무슨 일입니까?" 워싱턴이 물었다. "도대체 왜 이렇게 난리를……?"

"무기 소지한 것 있으면 당장 바닥에 내려놔." 모자와 파란 넥타이를 착용하고 있던 땅딸막한 남자가 소리쳤다. "모두 손 머리 위로 올려. 어서 몸을 수색해."

"우린 학생들이에요." 워싱턴이 말했다. "우리는……"

하지만 한 경찰이 밀치자 그는 이내 조용해졌다. 경찰들은 그들의 몸을 머리끝에서 발끝까지 샅샅이 수색하고는 손을 든 채 일렬로 나가도록 했다. 거리에는 자동소총을 든 두명의 경찰관과 구경꾼들이 모여 있었다. 밖으로 나오자마자, 그들은 두 부류로 나뉘어 순찰차에 태워졌다. 싼띠아고는 엑또르, 그리고 쏠로르사노와 같은 차에 탔다. 2인용 좌석에 세 사람이 꽉 끼어 앉아 불편한데다 겨드랑이 냄새까지 심하게 풍겼다. 운전석에 앉은 이가 작은 무전기에 대고 뭐라 말을 하고 있었다. 차가 출발했다. 그들이 탄 차는 뿌엔떼 데 삐에드라교橋와 따끄나, 윌슨, 에스빠냐 대로를 지나갔다. 차는 경찰청 철문 앞에서 멈춰 섰다. 사복형사가 보초를 서고 있던 경찰들에게 뭐라고 속삭이자, 이들은 싼띠아고 일행에게 곧장 차에서 내리라고 명령했다. 양편으로 작은 문이 열려 있는 복도를 지나가는 동안 책상들과 경찰들, 평복을 입은 직원들, 셔츠 바람으로 일하던 이들이 언뜻 보였다. 이윽고 계단을 오르니 타일이 깔린 복도와 문이 열려 있는 한 사무실이 나타났다. 자, 이리로 들어가. 그들 뒤에서 문이 닫히고 철커덕 열쇠 돌아가는 소리가 들렸다. 방은 변호사 사무소의 대기실처럼 작았고, 작은 장의자 하나가 벽에 붙어 있었다. 그들은 아무 말 없이 갈라진 벽과 반짝거리는 바닥, 그리고 형광등 불빛을 조심스럽게 살펴보았다.

"10시야." 싼띠아고가 말했다. "지금쯤 대학생 연합 총회가 열리고 있겠군."

"다른 대의원들이 여기로 붙잡혀 오지만 않았다면 그렇겠지." 엑또르가 대답했다.

내일 아침 뉴스에 나올까? 아버지는 신문을 보고 알게 될까? 싸발리따, 그때 너는 집에서 밤잠을 설칠 가족들과 울고불고 난리가 났을 엄마, 불이 나는 전화통과 시도 때도 없이 몰려들 손님들, 또 동네방네 떠들고 다닐 떼떼와 이 기회를 놓치지 않고 한마디 거들 치스빠스를 떠올렸지. 맞아요, 그날밤 집에서는 난리가 났었구먼요. 다들 제정신이 아니었다고요, 도련님. 암브로시오가 말한다. 까를리또스: 그때 자넨 마치 레닌이 된 기분이었겠군. 그런데 갑자기 땅딸막한 메스띠소가 나타나더니 냅다 발길질을 하더군. 그땐 정말 무서웠네, 까를리또스. 이어 그는 담배를 꺼내 셋에게 나눠주었다. 그들은 아무 말 없이 담배를 물어 동시에 연기를 들이마시고 내뱉었다. 그런 뒤 담배를 발로 비벼 끄는 순간, 열쇠 돌리는 소리가 들렸다.

"싼띠아고 싸발라가 누구야?" 처음 보는 사람이 문 앞에 서서 물었다. 싼띠아고가 자리에서 일어섰다. "알았어. 앉아 있어."

그의 얼굴이 어둠속으로 사라지더니 다시 열쇠 돌리는 소리가 들렸다.

"네 이름이 리스트에 올라 있다는 얘기야." 엑또르가 중얼거렸다.

"내 생각에는 풀어주려는 것 같은데." 이번에는 쏠로르사노가 중얼거렸다. "풀려나면 제일 먼저 대학생 연합에 가서 다 알리라고. 어쨌거나 그들이 들고일어나야 할 텐데. 야께와 워싱턴을 위해서라도 말이야. 지금 봐서는 그 두 친구가 제일 심하게 당할 것 같아."

"무슨 정신 나간 소리야?" 싼띠아고가 말했다. "저들이 왜 나를 풀어준다는 거지?"

"네 가족들 때문이겠지." 쏠로르사노는 알 듯 모를 듯한 미소를 지었다. "어쨌거나 그들이 당장이라도 들고일어나면 좋겠는데."

"우리 집 식구들은 눈 하나 깜박하지 않을걸." 싼띠아고가 말했다. "내가 이런 일에 연루되어 있다는 사실을 알면 아마……"

"넌 아무 일에도 연루되어 있지 않아." 엑또르가 말했다. "그 점을 잊지 말라고."

"일제 검거령이 떨어진 마당이니 이제 다른 대학들도 슬슬 움직일 때가 된 것 같은데." 쏠로르사노가 말했다.

그들은 장의자에 나란히 앉아 정면의 벽이나 천장을 쳐다보면서 이야기를 나누었다. 갑자기 엑또르가 자리에서 일어나 방 안을

이리저리 서성거리기 시작했다. 오래 앉아 있었더니 다리가 저리
네. 그가 말했다. 쏠로르사노는 옷깃을 올리고 두 손을 주머니에 넣
었다. 좀 춥지 않아?

"아이다도 이리로 끌려왔을까?" 싼띠아고가 말했다.

"아마 초리요스로 데려갔을 거야. 여성 전용 감옥은 거기 있으니
까." 쏠로르사노가 대답했다. "거긴 새 형무소인데, 독방으로 되어
있다고 하더라고."

"두 사람 사랑싸움에 괜히 시간만 허비한 꼴이잖아." 엑또르가
말했다. "생각할수록 기가 막히는군."

"눈물이 날 정도로 슬프기도 하던데." 이번엔 쏠로르사노가 말
했다. "그 둘이라면 라디오 연속극에 출연시키거나 멕시꼬 영화계
로 보내도 되겠더라고. 널 못 가게 할 거라는 둥, 자살해버리겠다는
둥 말이야. 어디 그뿐이야? 그녀석을 소조직에서 쫓아내야 된다고
빡빡 우기더니만, 갑자기 그러지 말라고 애원하질 않나. 그런 부르
주아 어린애들은 바지를 까고 볼기짝을 때려줘야 정신을 차린다니
까, 젠장."

"그래도 그동안은 잘 지내는 것 같았는데 말이야." 엑또르가 말
했다. "둘이 싸웠다는 얘기 들어봤어?"

"난 잘 몰라." 싼띠아고가 말했다. "최근 들어서는 두 사람을 거
의 못 봤으니까."

"저 여자는 매일 나한테 투정이나 부린다고. 파업이고 당이고 이
제 다 귀찮아. 난 죽어버릴 거야." 쏠로르사노가 하꼬보의 목소리
를 흉내 내며 말했다. "염병할! 둘이 짝짜꿍해서 라디오 연속극이
라도 만들지?"

"두 동지들이 서로 좋아해서 그런 건데, 뭘 그렇게까지 화를 내?"

엑또르가 웃으며 말했다.

"어쩌면 마르띠네스에게서 자백을 받아냈는지도 몰라." 싼띠아고가 말했다. "엄청나게 두들겨 패서 말이야……"

"아무리 무서워도 내색하지 말라고." 쏠로르사노가 말했다. "네가 겁먹은 걸 알면 저들이 하이에나처럼 달려들 테니까."

"무서워하는 건 너겠지." 싼띠아고가 되받아쳤다.

"물론 나도 겁은 나지." 쏠로르사노가 대답했다. "하지만 나는 얼굴이 하얗게 질리거나 하지는 않잖아."

"하긴, 너야 겁을 먹어도 겉으로는 표가 안 나니까." 싼띠아고가 말했다.

"이게 바로 촐로만이 지닌 장점이지." 쏠로르사노가 웃으며 말했다. "괜히 열내지 말라고, 친구."

엑또르가 자리에 앉았다. 셋은 엑또르가 가지고 있던 담배 한개비를 나누어 한모금씩 피웠다.

"그런데 내 이름은 어떻게 알았을까." 싼띠아고가 말했다. "그리고 아까 그 사람은 무엇 때문에 온 건지 모르겠네."

"네가 부잣집 도련님이니까, 와인에 절인 콩팥 요리라도 해주려나보지. 여기 분위기가 너무 낯설까봐 말이야." 쏠로르사노가 하품을 하며 말했다. "그건 그렇고, 갑자기 피로가 몰려오네."

그러곤 곧바로 벽에 기대 몸을 웅크리고는 눈을 감았다. 건장한 체격에 잿빛 피부, 펑퍼짐한 코. 그는 그의 모습을 떠올린다. 그리고 억센 머리카락. 쏠로르사노가 경찰에 체포된 건 그때가 처음이었어.

"우리를 일반 범죄자들이랑 한곳에 집어넣을까?" 싼띠아고가 물었다.

"제발 그렇게 되지만 않으면 좋을 텐데." 엑또르가 말했다. "난 그런 도둑놈들한테 당하기 싫단 말이야. 쏠로르사노 동지 자는 모습 좀 봐. 저 친구 생각이 옳아. 우리도 마음 편히 먹고 좀 쉬도록 하자."

그들은 벽에 머리를 기대고 눈을 감았다. 잠시 후 복도에서 발걸음 소리가 들리자 싼띠아고는 문 쪽을 쳐다보았다. 엑또르도 자세를 고쳐 앉았다. 문이 열리는 소리와 함께 조금 전에 왔던 남자의 얼굴이 보였다.

"싸발라, 따라와. 그래, 자네만 말이야."

땅딸막한 남자가 그를 데리고 나갔다. 방을 나설 때, 쏠로르사노가 게슴츠레 눈을 떴다. 그의 눈이 벌겋게 충혈되어 있었다. 양편으로 문과 계단이 늘어선 복도를 따라 타일이 깔린 나선형 통로를 오르락내리락하다가, 마침내 그들은 유리창 앞에서 소총을 든 경비병과 마주쳤다. 땅딸막한 남자는 싼띠아고의 옆에서 주머니에 손을 넣은 채 걷고 있었다. 금속 명찰이 달려 있었지만 이름은 잘 보이지 않았다. 안으로 들어가. 그가 말했다. 크고 어두컴컴한 방 안에는 아무도 없었다. 책상 위에 갓 없는 전등이 하나 놓여 있었고, 맨벽에는 대통령 현장으로 덮인 오드리아의 사진만 덩그러니 걸려 있었다. 오드리아가 꼭 기저귀를 찬 아가처럼 보였다. 그는 흠칫 뒤로 물러서면서 손목에 찬 시계를 보았다. 12시 30분. 그는 한걸음 내디뎠지만, 다리가 풀려 있었다. 갑자기 소변이 마려웠다. 잠시 후 문이 열렸다. 싼띠아고 싸발라? 문에서 묻는 목소리만 들렸다. 네, 여깁니다. 그러곤 발소리와 수런거리는 소리가 들리더니, 이내 페르민 씨가 어둠을 뚫고 램프의 불빛 속으로 모습을 드러냈다. 그는 두 팔을 벌리면서 아들에게로 다가왔다. 아버지가 내 얼굴에 대고 얼굴을 비벼댔지. 그는 그 장면을 떠올린다.

"말라깽이, 괜찮아? 여기 와서 아무 일도 없었던 거야, 말라깽이?"

"괜찮아요, 아빠. 아무 짓도 안했는데, 나를 왜 끌고 왔는지 모르겠어요."

아들의 눈을 빤히 바라보던 페르민 씨는 다시 그를 와락 껴안았다. 잠시 후, 그를 놓아준 페르민 씨는 희미한 미소를 지으며 책상 쪽으로 몸을 돌렸다. 어느새 거기에는 다른 이가 와서 앉아 있었다.

"자, 보셨죠, 페르민 씨." 방이 너무 어두워서 그의 얼굴은 제대로 볼 수가 없었어, 까를리또스. 그냥 비굴하면서도 왠지 탐탁지 않아 하는 듯한 목소리만 들렸지. "바로 여기 상속자께서 아무 탈 없이 서 계시지 않습니까."

"이 녀석 때문에 내내 골치가 아프군요." 가엾은 아빠는 애써 태연한 척하려 했지만, 왠지 과장되고 우스꽝스럽기까지 한 모습이었어, 까를리또스. "무자식이 상팔자라고, 정말이지 까요 씨가 너무 부럽습니다."

"누구든 나이가 들수록⋯⋯" 맞아, 까를리또스. 그는 까요 베르무데스였다네. "이 세상을 떠난 후에 자신을 대신해줄 수 있는 이를 갖고 싶어 하기 마련이지요."

그 말에 페르민 씨는 순간적으로 언짢은 듯했지만 내색하지 않고 그저 웃어 보이며 책상 귀퉁이에 걸터앉았다. 까요 베르무데스가 자리에서 일어났다. 바로 그, 그가 거기 있었어. 그의 얼굴은 수척하고, 무표정하고, 쌀쌀맞아 보였지. 페르민 씨, 저기 편히 앉으시죠. 아뇨, 까요 씨. 여기도 괜찮습니다.

"이보게 젊은이, 자네가 어떤 일에 휘말렸는지 잘 생각해보게." 아주 나긋나긋한 목소리로 말하더군, 까를리또스. 정말 안타까워 어쩔 줄 모르겠다는 투였어. "앞날이 창창한 사람이 학업은 내팽개치고 정치에나 매달리다니."

"정치에 매달린 적 없습니다." 싼띠아고가 말했다. "그냥 학교 동료들과 같이 있었을 뿐, 아무 짓도 하지 않았어요."

하지만 베르무데스는 대답 없이 페르민 씨에게 담배를 권했다. 페르민 씨는 거짓 웃음을 지어 보이며 그가 건넨 잉까 담뱃갑에서 한 개비를 꺼냈다. 사실 우리 아버지는 따바꼬 네그로를 워낙 싫어하는 양반이라 체스터필드만 피웠거든, 까를리또스. 하여간 담배를 피워 물고 한 모금 깊게 빨더니 이내 기침을 해대더군. 속으로는 마땅치 않았겠지만, 그래도 무언가를 함으로써 당황한 기색을 감출 수 있다는 걸 다행스러워하는 눈치였지, 까를리또스. 피어오르는 담배 연기를 따분하다는 듯이 쳐다보던 베르무데스가 갑자기 싼띠아고에게로 눈길을 돌리며 말했다.

"젊은이라면 자기가 옳다고 생각한 것을 끝까지 밀고 나갈 줄도 알아야지. 남들이 반대하더라도 말이야." 마치 사교 모임에 나가서 헛소리라도 지껄이는 것 같더라니까. 자기가 무슨 말을 하는지 별로 신경도 쓰지 않는 것 같더라고. "하지만 공산주의자들과 작당하는 건 완전히 다른 문제야. 공산주의가 우리나라에서 불법화된 것은 알고 있나? 자네한테 국가보안법이 적용되면 어떻게 될지 한번 생각해보게."

"까요 씨, 국가보안법은 자기들이 무슨 짓을 하는지도 모르는 이런 코흘리개들을 위해 만든 법이 아니잖습니까." 아버지는 치미는 분노를 간신히 억누르면서 말했어, 까를리또스. 당장이라도 그의 면전에서 이 개자식아, 촌무지렁이 주제에 어딜 감히!라고 소리를 지르고 싶었겠지만, 내 문제가 걸려 있으니 화를 참았던 거지.

"아, 페르민 씨," 농담 삼아 한 말에 왜 정색을 하냐는 듯 어이없는 표정을 지으며 그가 말하더군. "물론 코흘리개들을 위한 법도 아닐뿐더러, 페르민 씨 같은 우리 정권 측 인사들의 자제들을 위해 만든 법은 더더욱 아니지요."

"싼띠아고가 다루기 까다로운 아이인 건 사실입니다. 내가 그 점을 누구보다 잘 알지요." 웃고 있기는 했지만, 아버지의 얼굴이 점점 굳어지더군. 한마디 한마디 할 때마다 목소리가 달라지는 거야. "하지만 까요 씨, 과장하지는 마세요. 내 아들은 음모 따위를 꾸밀 아이가 아니라고요. 하물며 공산주의자들과 그런 짓을 하다니요."

"페르민 씨, 정 그러시다면 아드님의 이야기를 직접 들어보도록 하죠." 베르무데스가 아주 상냥하면서도 정중하게 말하더군, 까를리또스. "리마끄강가 호텔에서 친구들과 무엇을 했는지, 그리고 소조직과 까우이데가 무엇인지 말입니다. 그런 것들에 관해 아드님이 직접 해명할 수 있는 기회를 줍시다."

그는 담배 연기를 길게 내뿜더니 소용돌이치며 올라가는 연기를 쓸쓸하게 쳐다보았다.

"우리나라에 공산주의자들은 발도 붙일 수 없어요, 까요 씨." 아버지는 분노와 기침을 삼키며 말하더군. 그러곤 바닥에 내버린 담배에 분풀이라도 하듯 발로 지근지근 밟아버렸지.

"그렇게 많지는 않지요. 그런데 몇 되지도 않는 것들이 그렇게 애를 먹인단 말입니다." 베르무데스는 마치 내가 나간 것처럼, 아니 애당초 내가 그 자리에 없었던 것처럼 태연하게 말을 하더군, 까를리또스. "그들은 『까우이데』라고, 등사판 신문을 발행하고 있어요. 미국이나 대통령 각하, 심지어 나에 관해 온갖 악담을 다 퍼붓고 있지요. 그 신문이라면 하나도 빼놓지 않고 다 모아놓았으니까, 기회가 되면 보여드리겠습니다."

"나는 그것과 아무 관련도 없어요." 싼띠아고가 말했다. "싼마르꼬스에서 공산주의자를 만난 적도 없고요."

"그들이 혁명 놀이를 하든 뭘 하든, 우리는 그냥 내버려둡니다. 선을 넘지만 않는다면 말이에요." 자기가 하는 말이 지긋지긋하다는 투였다네, 까를리또스. "하지만 전차 노동자들을 지지하는 정치적 파업은 말이죠…… 싼마르꼬스 대학이 대체 전차 노동자들과 무슨 관계가 있는지 생각해보십시오. 더이상은 묵인하기 어렵습니다."

"이번 파업은 정치적인 게 아니에요." 싼띠아고가 항변했다. "대학생 연합이 지시를 내렸고, 그에 따라 모든 학생들이……"

"이 친구는 학년 대표이자 대학생 연합의 대의원입니다. 게다가 파업 지도부 위원이기도 하고요." 그는 내 말을 들으려고도, 나를 보려고도 하지 않았어, 까를리또스. 마치 농담하듯이 아버지만 쳐다보면서 히죽히죽 웃으며 말하는 거야. "그리고 까우이데에도 속해 있지요. 까우이데는 오래전부터 활동해온 공산주의 조직입니다. 이 청년과 함께 체포된 다른 두 친구에 관한 기록 파일은 아주 두꺼워요. 워낙 유명한 테러리스트들이다보니까 말이죠. 페르민씨, 사정이 이렇다보니 달리 방법이 없었습니다."

"내 아들을 계속 붙잡아둘 수는 없어요. 저 아이는 범죄자가 아니란 말입니다." 참고 참던 분노가 마침내 폭발하고 말았지. 아버지는 주먹으로 책상을 내리치며 고함을 질러대기 시작했어. "나도 이 정권 측 사람이에요. 그것도 하루 이틀이 아니라 정권 출범 당시부터 쭉 말입니다. 내가 이 정권을 세우는 데 얼마나 큰 공헌을 했는지 알아요? 지금 당장 대통령께 가서 말씀드려야겠어요."

"페르민 씨, 진정하십시오." 그런데 까를리또스, 그가 갑자기 가장 친한 친구에게 배신이라도 당한 사람처럼 풀죽은 목소리로 말을 잇더군. "오늘 페르민 씨를 오시라고 한 것은, 우리 둘이서 이 문제를 조용히 해결하기 위해섭니다. 페르민 씨가 이 정부의 든든한 후원자라는 점이야 내가 누구보다 더 잘 알죠. 나는 단지 이 청년이 무슨 일을 꾸미고 다니는지 알려드리고자 했을 뿐입니다. 물론 아드님이 구속되는 일은 없을 테니까 걱정 마세요. 자, 페르민 씨, 이제 아드님을 데리고 가셔도 좋습니다."

"까요 씨, 뭐라고 감사를 표해야 할지 모르겠군요." 아버지는 다시 당혹스러운 표정으로 간신히 말을 이었지. 그러곤 손수건으로 입을 닦으며 억지웃음을 지으려고 했어. "앞으로 싼띠아고 때문에 걱정하실 일은 없을 겁니다. 녀석이 잘못된 길로 빠지지 않도록 내가 책임지고 단속할 테니까요. 괜찮으시다면, 당장 아이를 데리고 나가겠습니다. 지금 이 아이의 엄마가 어떤 상태일지 상상이 가실 거예요."

"물론이죠. 어서 가셔서 진정시켜드리세요." 베르무데스가 갑자기 안타까운 표정을 지으면서 말하더군, 까를리또스. 자기 딴에는 그 틈을 타서 자신의 행동을 정당화하고 아버지의 환심을 사려던 모양이야. "아! 그리고 아드님의 이름은 어디에도 나오지 않을 테니 아무 걱정 마세요. 아드님에 대한 경찰 기록도 당연히 없을 거고요. 한마디로, 이번 사건은 그 어디에도 흔적이 남지 않을 겁니다."

"그렇게만 된다면야 더 바랄 게 없지요. 자칫 아이의 미래를 망칠 수도 있는 일이니 말입니다." 아버지는 만면에 미소를 짓고 연신 고개를 끄덕였다네, 까를리또스. 이미 서로 간에 오해는 다 풀렸다는 듯이 말이야. "까요 씨, 고맙습니다, 정말 고마워요."

그들은 밖으로 나갔다. 페르민 씨와 유난히 작고 왜소한 베르무데스가 앞장서서 걷고 있었다. 회색 줄무늬 양복을 입은 베르무데스는 특유의 종종걸음으로 걸었다. 그는 경비병들의 경례와 사복형사들의 인사도 무시한 채, 그냥 걷기만 했다. 세 사람은 안마당을 따라 경찰청 정면을 지나쳐 철문으로 나왔다. 곧이어 상쾌한 공기가 그들의 코로 스며들었고 대로가 눈앞에 펼쳐졌다. 계단 아래 차가 세워져 있었다. 그들이 나오는 모습을 보자, 암브로시오는 모자를 벗고 싼띠아고에게 미소를 지으며 차문을 열었다. 고생 많으셨죠, 도련님. 베르무데스가 고개를 까딱여 보인 뒤 이내 정문 뒤로 사라지자 페르민 씨는 차에 올랐다. 암브로시오, 어서 집으로 가세. 곧장 출발한 차는 윌슨 대로를 달리다가 아레끼빠 거리를 돌아갔다. 길모퉁이를 돌 때마다 차의 속도가 점점 더 빨라졌다. 그때 창문으로 시원한 바람이 들어왔지, 싸발리따. 그제야 막혔던 숨통이 트이는 것 같았고, 잠시라도 잡념을 떨쳐버릴 수 있었어.

"저런 개자식이 있나. 언젠가 네놈한테 당한 만큼 똑같이 갚아줄 테다." 그때 아빠의 얼굴은 분노로 타오르고 있었어. 그는 생각한다. 피곤해서 벌게진 눈으로 정면을 응시하고 있었지. "보잘것없는 촐로 주제에 감히 나를 능멸해? 그럴 순 없지. 놈에게 한번 따끔하게 본때를 보여줘야겠어."

"아버지가 악담을 퍼붓는 건 그때 처음 봤다네, 까를리또스." 싼띠아고가 말했다. "그때까지는 누구한테 그렇게 심한 말을 하는 걸 한번도 본 적이 없었지."

"아빠, 저 때문에 이렇게 돼서 정말 죄송해요. 맹세하는데 저는……" 그때 아빠가 재빨리 고개를 돌려 날 바라봤어. 그는 생각한다. 그러고는 내 입을 강하게 후려갈겼지.

"아버지가 내게 손찌검을 한 건 그때가 처음이자 마지막이었어." 싼띠아고가 말한다. "암브로시오, 기억나나?"

"코흘리개, 너도 이 빚을 갚아야 돼. 알았어?" 아빠의 목소리는 사납게 변해 있었지. 그는 그 장면을 떠올린다. "적어도 무슨 일을 꾸미려면 민첩하고 빈틈이 없어야 한다는 것쯤은 알고 있어야지. 기껏 집에서 전화로 작당이나 하다니, 그런 멍청한 짓이 어디 있어? 경찰이 네 이야기를 엿들을 수 있다는 생각도 안해본 거야? 이 멍청한 녀석아, 전화는 언제든지 도청이 가능하단 말이다."

"내가 까우이데 사람들과 나눈 전화 통화 중에서 그들이 녹음해둔 게 최소한 열개는 되더군, 까를리또스." 싼띠아고가 말했다. "베르무데스는 자기 사무실에 앉아 우리가 전화로 나누는 이야기를 다 듣고 있었던 거야. 물론 굴욕감을 느꼈을 테고, 자기 딴에는 울분이 치솟았겠지."

차가 라이몬디 학교 앞에 이르자, 무슨 일인지 길이 꽉 막혀 있었다. 암브로시오는 아레날레스 대로 쪽으로 차를 틀었다. 그들은 하비에르 쁘라도 대로의 교차로에 다다를 때까지 한마디도 하지 않았다.

"꼭 너 때문에 이렇게 된 건 아니야." 어느새 아빠의 목소리는 풀이 죽고 근심에 차 있었지. 그는 생각한다. 그리고 잔뜩 쉬어 있었어. "저자는 줄곧 나를 감시하고 있었어. 그러니 이번 기회를 이용해 내게 경고를 한 셈이지. 단도직입적으로 말하지 않고 말이야."

"사창가에서의 그 일을 빼면, 그렇게 마음이 착잡한 적은 없었어." 싼띠아고가 말했다. "사실 그들 모두 나 때문에, 그리고 하꼬보와 아이다의 일로 인해 잡혀간 거나 마찬가지였으니까. 더군다나 아버지가 힘을 써준 덕에 나는 먼저 풀려나고, 정작 아무 잘못도 없는 그들은 여전히 갇혀 있다니. 하여간 나로서는 도저히 용납할 수 없는 일이었지."

다시 아레끼빠 대로로 접어들었다. 빠르게 지나치는 자동차 불빛과 야자나무, 그리고 어둠에 싸인 정원과 집들만 눈에 들어올 뿐, 거리는 거의 텅 비어 있었다.

"그러니까 네가 공산주의자라는 거지? 넌 공부가 아니라, 정치를 하려고 싼마르꼬스에 들어간 거야. 내 그럴 줄 알았다." 아빠는 쓸쓸하고 언짢은 투로, 그리고 비아냥거리듯 말했어. 그는 그때를 떠올린다. "하는 일 없이 늘 불평불만만 늘어놓는 어중이떠중이들과 어울려 지낸 거지."

"아빠, 그래도 시험은 다 통과했어요. 그것도 늘 우수한 성적으로요."

"네가 공산주의든 아쁘라든 아나키스트든 실존주의자든, 그건 내 알 바 아니다." 아빠는 다시 노기 띤 목소리로 말했지. 그는 생각한다. 내게는 눈길 한번 주지 않은 채, 손으로 무릎을 치면서 말이야. "네가 폭탄을 던지든 강도짓을 하든 사람을 죽이든 말이야. 하지만 스물한살 먹을 때까지, 적어도 그때까지 넌 공부만, 오로지 공부만 해야 돼. 내 말을 들어. 내 말 좀 들으란 말이야."

그는 생각한다. 싸발리따, 그때 너 때문에 엄마가 미쳐버릴지도 모른다는 생각은 들지 않았어? 그런 생각은 하지 않은 것 같아. 그럼 네 문제로 인해 아빠가 곤경에 빠질지도 모른다는 생각은? 그래, 싸발리따. 넌 그런 일에 대해서 생각조차 한 일이 없어. 앙가모스, 디아고날, 께브라다 대로를 지나가는 동안, 암브로시오는 운전대 앞에서 몸을 웅크리고 있었다. 너는 그런 생각을 하지 않았어. 그런 생각이 떠오르지도 않았지. 당시에는 무엇 하나 부족한 것 없이 편하게 살았으니 그랬던 게 아닐까? 아빠가 먹을 것과 입을 것은 물론 학비와 용돈까지 주는데 무슨 걱정이 있었겠어? 그러니 너는 한가하게 공산주의 놀음이나 하고, 아빠를 잘 먹고 잘살게 만들어준 사람들을 타도하겠다고 음모나 꾸몄던 거지. 빌어먹을! 그런 게 아니었어요, 아빠. 아빠가 날 때려서가 아니었다고요. 그는 생각한다. 내 마음이 아팠던 건 바로 그 때문이었어요. 7월 28일 대로, 길 양편으로 늘어선 가로수, 라르꼬 대로, 작은 벌레와 뱀, 그리고 나이프.

"네가 직장을 얻고 스스로 자립하면, 더이상 이 아빠에게 손 벌릴 필요가 없게 되면, 그땐 네 마음대로 해도 돼." 그때 아빠의 목소리는 부드러웠지. 그는 생각한다. 하지만 그 한마디 한마디가 바늘 끝처럼 내 가슴을 찌르는 것 같았어. "공산주의자든 아나키스트든 폭탄이든, 네가 무엇을 하든 간에 전혀 상관하지 않으마. 하지만 공부하는 동안만큼은 내 말을 따랐으면 해."

그는 생각한다. 아빠, 바로 그래서 난 아빠를 도저히 용서할 수 없었던 거예요. 집의 차고와 불빛 환한 창문, 유리창을 내다보던 떼떼의 모습. 엄마, 만물박사가 왔어요!

"자네가 까우이데하고 동지들과의 관계를 청산한 것이 바로 그때였군." 까를리또스가 말했다.

"말라깽이, 너 먼저 집으로 들어가라. 나는 우선 그 녀석에게 진 빚을 갚아야겠어." 아빠의 얼굴에는 회한의 빛이 역력했어. 그는 생각한다. 그래서 애써 나를 살갑게 대했던 거야. "들어가서 목욕부터 해. 경찰서에서 이가 옮았을지도 모르니까."

"그리고 법학부와 가족, 그리고 미라플로레스와도 작별한 셈이지, 까를리또스."

정원, 그의 엄마, 눈물로 흠뻑 젖은 그 얼굴. 그는 자기가 무슨 짓을 저질렀는지, 그리고 그 때문에 자신에게 무슨 일이 일어났는지조차 몰랐던 걸까? 그 자리에는 요리사와 하녀까지 나와 있었다. 조금 뒤에는 떼떼의 들뜬 목소리가 귓전을 때렸다. 드디어 탕아가 돌아왔네. 까를리또스, 만약 내가 몇시간이 아니라 하루 뒤에 돌아왔다면 아마 악단까지 동원해서 나를 맞이했을 거야. 그때 치스빠스가 계단을 뛰어 내려오면서 소리쳤다. 야! 너 때문에 얼마나 놀랐는지 알아? 그들은 그를 거실에 앉힌 다음 주변을 둘러쌌다. 쏘일라 부인은 너무 기쁜 나머지 그의 머리카락을 마구 헝클어뜨리곤 이마에 연신 입을 맞추었다. 반면 치스빠스와 떼떼는 궁금해 죽겠다는 눈치였다. 너 감옥, 아니 경찰서에 가서 도둑놈들하고 살인범들 봤어? 네 소식을 듣자마자 아빠가 대통령궁에 연락을 했는데, 하필 대통령이 자고 있더라고, 말라깽이야. 그래서 아빠 경찰국장에게 전화를 걸어 노발대발하면서 호통을 쳤다고, 만물박사. 달걀 프라이 좀 해. 쏘일라 부인이 요리사를 쳐다보며 말했다. 아, 그리고 초콜릿 우유하고 레몬 케이크 남은 것 있으면 가져오고. 아무일도 없었어요, 엄마. 그리고 난 그저 실수로 끌려갔던 거예요.

"어쨌든 거기 들어갔을 땐 기분이 괜찮았겠는데. 무슨 영웅이라도 된 것처럼 말이야." 떼떼가 말했다. "이젠 더 못 견디게 잘난 척을 하겠군."

"내일이면 『꼬메르시오』에 네 사진이 나오겠구나." 치스빠스가 말했다. "죄수 번호가 적힌 상반신 사진 말이야."

"오빠, 감옥에 갇혀 있으니까 어때? 그리고 거기 있는 동안 그 사람들이 오빠한테 어떻게 했어?" 떼떼가 궁금한 듯 물었다.

"우선 옷을 벗기고 줄무늬가 그려진 죄수복을 입히지. 그런 다음

발에 족쇄를 채워." 싼띠아고가 말했다. "감옥 안에는 빛이 하나도 안 들어오고, 쥐들이 우글거려."

"거짓말하지 마!" 떼떼가 말했다. "말해줘, 어떤지 어서 말해달라고."

"애야, 너도 이제 정신 차려야지. 싼마르꼬스에 간다고 그렇게 떼를 쓰더니만, 결국 이게 뭐니?" 쏘일라 부인이 말했다. "내년에 까똘리까 대학으로 옮기겠다고 약속할 수 있니? 다시 정치에 뛰어들지 않겠다고 약속할 수 있겠어?"

약속할게요, 엄마. 다시는 정치에 뛰어들지 않을게요, 엄마. 그들은 새벽 2시가 되어서야 잠자리에 들었다. 방으로 올라간 싼띠아고는 옷을 벗고 잠옷으로 갈아입은 다음 불을 껐다. 감각이 무뎌진 것 같았고, 온몸에서 열이 났다.

"그럼 그후로 까우이데 쪽 사람들하고는 한번도 연락을 안한 건가?" 까를리또스가 물었다.

그는 침대 시트를 턱까지 끌어 올렸지만 잠은 달아난 뒤였다. 갑자기 피로가 등으로 밀려들었다. 열려 있던 창문 너머 밤하늘에서 크고 작은 별들이 반짝이고 있었다.

"야께는 6년형을 받았고, 워싱턴은 볼리비아로 추방되고 말았어." 싼띠아고가 말했다. "나머지는 보름쯤 지나 다 풀려났고."

마치 어둠속을 어슬렁거리는 도둑처럼 불안감에 휩싸였지. 그는 생각한다. 후회와 질투, 그리고 수치심에도. 아빠, 난 아빠가 밉다고요. 하꼬보도 밉고, 아이다도 싫어. 갑자기 담배를 피우고 싶은 마음이 들었지만, 담배가 한개비도 없었다.

"그들로서는 자네가 겁을 먹었다고 생각했겠군." 까를리또스가 말했다. "게다가 자기들을 배신했다고 생각했을지도 모르지, 싸발리따."

아이다와 하꼬보, 워싱턴과 쏠로르사노, 엑또르, 그리고 다시 아이다의 얼굴이 떠올랐다. 그는 생각한다. 다시 어릴 때로 돌아가고 싶다는, 아니 아예 다시 태어나면 얼마나 좋을까 하는 마음뿐이었지. 하지만 당장은 담배를 피우고 싶었어. 그렇다고 치스빠스한테 가서 담배를 달라고 하자니 붙잡혀서 이런저런 이야기를 나누어야 할 게 뻔했지.

"어떤 면에서 겁을 먹은 건 사실이야. 까를리또스." 싼띠아고가 말했다. "또 어떤 면에서 그들을 배신한 것도 사실이고."

그는 침대에 걸터앉은 채 겉옷 주머니를 뒤졌다. 이어 몸을 일으켜 옷장에 있던 양복의 주머니까지 다 뒤졌다. 결국 그는 가운은커녕 슬리퍼도 신지 않고 곧장 첫번째 층계참으로 내려가 치스빠스의 방에 들어갔다. 다행히 담배 한갑과 성냥이 침대맡 테이블에 놓여 있었다. 치스빠스는 베개에 얼굴을 묻은 채 깊이 잠들어 있었다. 그는 조용히 담배를 집어 들고 자기 방으로 돌아왔다. 어서 담배를 피우고 싶은 마음에 서둘러 창가에 앉았다. 오랜만에 피우는 담배가 맛있어 흡족한 표정으로 정원에 재를 털었다. 잠시 후, 차 한대가 문 앞에 멈추었다. 페르민 씨가 집안으로 들어왔고, 그 뒤를 이어 암브로시오가 구석에 있는 자기 방으로 들어갔다. 지금쯤이면 서재의 문이 열리고 불이 켜졌겠지. 그는 어둠속에서 손을 더듬어 슬리퍼와 가운을 찾자마자 방을 나섰다. 계단에서 보니 예상대로 서재에 불이 켜져 있었다. 그는 내려가서 서재의 유리문 옆에 멈춰 섰다. 페르민 씨는 손에 위스키 잔을 든 채 초록색 안락의자에 앉아 있었다. 잠을 못 잔 탓에 눈이 무척 피곤해 보였고, 관자놀이에는 드문드문 흰머리가 보였다. 집에 있는 날 밤이면 늘 그랬듯이 아빠는 플로어 스탠드만 켜놓은 채 신문을 읽고 있었지. 그는 생각한다. 그가 노크하자, 페르민 씨가 다가와 문을 열었다.

"아빠, 잠깐 드릴 말씀이 있어요."

"들어오너라. 거기 있으면 춥잖니." 아빠는 이미 화가 다 풀린 것 같았어, 싸발리따. 네 모습을 보자 기분이 좋은 듯 흐뭇한 표정이었지. "오늘은 날씨가 무척 습하구나, 말라깽이야."

그러고서 그는 곧장 아들의 팔을 잡고 안으로 들어갔다. 그가 안락의자로 가자, 싼띠아고는 바로 맞은편에 앉았다.

"지금까지 깨어 있었던 거니?" 싸발리따, 아빠는 이미 너를 다 용서했다는 투로, 아니면 애당초 네게 화난 적이 없다는 투로 말했어. "치스빠스는 내일 출근을 안해도 될 변명거리가 생겼구나. 안 그래도 이리저리 요령 피울 궁리만 하던 차에 이게 웬 떡이냐 싶을 거다."

"모두들 조금 전에 잠들었어요, 아빠. 나도 자려고 침대에 누웠는데, 잠이 안 오더라고요."

"만감이 교차할 텐데 쉬 잠이 오겠니." 아빠는 사랑이 가득한 눈길로 너를 바라보았어, 싸발리따. "그거야 어찌 보면 당연한 일이지. 그건 그렇고, 이제 나한테 아무것도 숨기지 말고 솔직히 털어놓으렴. 정말 너를 잘 대해주더냐?"

"네, 아빠. 정말이에요. 조사도 안 받았는데요 뭐."

"그렇다면 다행이로구나." 그때 아빠의 표정에서는 자부심마저 느껴졌어, 싸발리따. "그런데 말라깽이, 나한테 할 얘기가 뭐지?"

"오늘 아빠가 한 말씀에 대해 찬찬히 생각해봤어요. 다 옳은 말씀이에요, 아빠." 싸발리따, 그때 너는 입안이 갑자기 바싹 마르는 것 같았지. "일단 집을 나가서 일자리를 찾아보고 싶어요. 내가 내 힘으로 학업을 계속할 수 있도록 말이에요."

페르민 씨는 그의 말을 듣고도 조롱하거나 웃지 않았다. 대신 술잔을 들고 단숨에 비우더니, 입을 닦았다.

"아까 나한테 손찌검을 당한 것 때문에 아직 화가 안 풀린 모양이로구나." 아빠는 몸을 구부려 네 무릎 위에 손을 올려놓았어, 싸발리따. 그러곤 말없이 너를 바라보았지. 이제 그만 잊고, 예전처럼 잘 지내보자꾸나, 이렇게 하소연하는 눈빛으로 말이야. "네가 어느새 이만큼이나 커서 경찰에 쫓기는 혁명가가 되었다니."

그는 다시 자세를 고쳐 앉으며 주머니에서 체스터필드 담뱃갑과 라이터를 꺼냈다.

"아빠한테 화나지 않았어요. 그게 아니라, 더이상 현실의 삶과 동떨어진 생각을 하면서 살 수가 없기 때문이에요. 아빠, 제발 제 마음을 이해해주세요."

"더이상 어떻게 살 수 없다고?" 아빠는 마음의 상처를 입었어, 싸발리따. 갑자기 기분이 언짢아지고 피로가 밀려온 것 같았지. "이 집에서 네 생각과 맞지 않는 게 대체 뭐지?"

"그저 아빠의 용돈에 의존하면서 살기가 싫다는 뜻이에요." 싸발리따, 그 순간 네 손이 떨렸지. 그리고 목소리도. "내가 어떤 일을 하든지 아빠한테 피해를 주고 싶지 않아요. 이제부터는 내 힘으로 살고 싶어요."

"그러니까 자본가한테 얹혀살고 싶지 않다는 거구나." 아빠는 서글픈 웃음을 지으며 말했지, 싸발리따. 침통한 표정이었지만, 널 원망하는 눈치는 아니었어. "네 아버지가 정부와 관련된 일을 하기 때문에 함께 살기 싫은 거니? 그래서 이러는 거야?"

"화내지 마세요, 아빠. 내가 어떻게 그런 생각을 하겠어요."

"넌 이제 다 컸어. 널 보고 있으면 든든하단다. 어떻게 안 그렇겠니?" 아빠는 네 얼굴을 향해 손을 내밀었어, 싸발리따. 그러곤 얼굴을 부드럽게 쓰다듬었지. "내가 아까 왜 그렇게 화를 냈는지 설명해주마. 요 며칠 사이 어떤 일이 마무리되려던 참이었어. 군인들과 상원 의원들, 그리고 영향력 있는 인사들이 포함된 아주 중요한 일이었지. 사실 그들이 전화를 도청한 건 네가 아니라 나 때문이란다. 그런데 어떻게 그 정보가 새어 나간 모양이야. 그래서 베르무데스, 그 촐로 자식이 너를 빙자해서 내게 경고를 한 거야. 무언가 냄새를 맡았으니까, 다 알고 있으니까, 알아서 행동하라 이거지. 지금 당장으로서는 모든 계획을 중단하고 원점에서부터 다시 시작할 수밖에 없게 되었구나. 잘 알겠지만, 네 아빠는 오드리아의 하수인이 아니란다. 그건 절대 아니야. 우리는 우선 그를 물러나게 한 다음 선거를 요구할 계획이었어. 지금 내가 한 말은 절대 비밀이야, 알겠지? 만약 치스빠스가 이 자리에 있었다면 이런 얘기는 입 밖에 내지도 않았을 거다. 말라깽이야, 알다시피 너는 다 큰 어른이니 하는 말이야."

"에스뻬냐 장군의 음모 사건 말이야?" 까를리또스가 놀라 물었다. "자네 아버지도 거기에 가담했다는 건가? 그건 전혀 몰랐군."

"너는 네가 이 악마 같은 아버지 덕분에 풀려나는 줄 알았겠지." 그때 아빠의 눈빛은 이제 다 지난 일이니 덮어두자고, 너를 사랑한다고 말하고 있었어. "이제 너도 눈치챘겠지만, 나와 오드리아는 그다지 원만한 관계가 아니야. 그러니까 네가 양심의 가책을 느낄 이유는 전혀 없단다."

"그래서 이러는 게 아니에요, 아빠. 내가 정치에 관심이 있는지, 정말로 내가 공산주의자인지는 나도 잘 몰라요. 다만 내가 앞으로 무엇을 하려고 하는지, 내가 어떤 사람이 되고 싶은지 제대로 결정하고 싶을 뿐이에요."

"차 안에서 곰곰이 생각해봤는데," 아빠는 네게 생각할 시간을 주려는 듯 천천히 말을 꺼냈지, 싸발리따. 여전히 미소를 지으면서 말이야. "잠시 외국에 나가 있으면 어떻겠니? 가령 멕시꼬라든지 말이다. 일단 시험을 보고 1월쯤 멕시꼬로 떠나는 거지. 한 1~2년쯤. 물론 네 엄마를 어떻게든 설득해야겠지만 말이다. 어떻게 생각하니, 말라깽이야?"

"아직 잘 모르겠어요, 아빠. 그런 생각은 한번도 해본 적이 없어서요." 싸발리따, 넌 그때 아빠가 돈으로 문제를 해결하려 한다고 생각했지. 시간을 벌기 위해 즉흥적으로 그런 방법을 떠올렸다고 말이야. "생각 좀 해봐야겠어요, 아빠."

"1월까지는 아직 시간이 남았으니 천천히 생각해보렴." 아빠는 말을 마치고 자리에서 일어나 다시 네 뺨을 부드럽게 쓰다듬었지, 싸발리따. "다른 곳에서 지내다보면 더 많은 걸 깨닫게 될 거야. 그리고 싼마르꼬스라는 좁은 세계가 전부는 아니라는 것도 말이야. 알겠니, 말라깽이야? 벌써 4시구나. 우리도 자러 가자꾸나."

그는 마지막 남은 술을 들이켜고 불을 껐다. 그러곤 아들과 함께 계단을 올라갔다. 방 앞에 이르자, 페르민 씨는 고개를 숙여 아들의 뺨에 입을 맞추었다. 말라깽이야, 부디 이 아빠를 믿어다오. 네가 무엇이든 간에, 네가 어떤 일을 하든 간에, 넌 내가 가장 아끼고 사랑하는 아이라는 것을 말이다. 싼띠아고는 방으로 들어가 침대에 몸을 던졌다. 그러고는 동이 틀 때까지 창문 너머 하늘을 쳐다보았다. 방 안으로 햇볕이 들어오자, 그는 침대에서 일어나 옷장으로 갔다. 철사가 지난번 숨겨두었던 자리에 그대로 있었다.

"내가 내 물건을 훔치는 것도 정말 오랜만이었지, 까를리또스."
싼띠아고가 말했다.

뚱뚱하고 툭 튀어나온 주둥이에 돌돌 말린 꼬리까지 달린 돼지 저금통이 고등학교 페넌트 옆, 치스빠스와 떼떼의 사진 사이에 놓여 있었다. 그가 거기서 지폐를 꺼내는 동안 우유 배달부와 빵 장수가 다녀갔다. 암브로시오는 차고에서 차를 닦고 있었다.

"그럼 『끄로니까』에는 언제 들어간 거지?" 까를리또스가 물었다.

"그로부터 보름 후였다네, 암브로시오." 싼띠아고가 말한다.

둘

1

그래도 여기가 쏘일라 부인 댁보다 훨씬 나은 것 같아, 아말리아는 그렇게 생각하곤 했다. 그리고 제약회사보다도. 그녀는 일주일 동안 뜨리니다드의 꿈을 꾸지 않았다. 싼미겔의 이 작은 집에 있으면 왜 이렇게 마음이 편한 걸까? 쏘일라 부인 댁보다 훨씬 작은데도 말이야. 이층집도 근사하지만, 정원 또한 정성스럽게 가꾸어놓았다. 정말 그랬다. 정원사가 일주일에 한번씩 와서 잔디에 물을 주고, 제라늄과 월계수, 그리고 한 무리의 거미처럼 집 정면을 타고 올라오는 덩굴나무도 예쁘게 다듬어주었다. 현관에 들어오면 붙박이 거울과 다리가 긴 테이블, 그 위에 놓인 중국 도자기가 제일 먼저 눈에 띄었다. 그리고 에메랄드빛 러그가 깔린 아담한 거실에는 호박색 의자가 놓여 있고, 쿠션이 바닥 여기저기 흩어져 있었다. 아말리아는 특히 바가 마음에 들었다. 거기에는 색색의 상표가 붙은 술병과 도자기로 만든 동물들, 셀로판지로 포장된 컬런 상자 따위가 가득했다. 벽에는 그림도 걸려 있었다. 베일로 얼굴을 가린 채 아초 투우장[106]을 바라보는 여인의 모습과 꼴리세오[107]에서 열린 투계(鬪鷄) 장면이 담긴 그림이었다. 식탁은 반은 둥글고 반은 네모난 희한한 모양새를 하고 있었고, 의자는 등받이가 높아서 마치 고해소의 의자처럼 보였다. 그리고 진열장 안에는 큰 접시나 은 식기류, 테이블보, 찻잔 세트, 또 크고 작은, 그리고 길고 납작한 유리잔들과 와인 잔 등 온갖 것들이 즐비했다. 구석 테이블에 놓인 화병에는 언제나 싱싱한 꽃들이 꽂혀 있어서 — 장미를 바꾸는 것은 아말리아의 몫이지만 오늘은 까를로따가 글라디올러스를 사 와서 아말리아는 담기만 했다 — 향긋한 냄새가 집 안에 퍼졌다. 찬장은 방금 페인트칠을 마친 듯 새하얬다. 통조림은 울긋불긋한 뚜껑에 도널드 덕이나 슈퍼맨, 아니면 미키마우스의 그림이 그려져 있어서 보기만 해도 재미있었다. 찬장 안에는 모든 것이 다 있었다. 비스킷, 건포도, 감자 칩, 미끈미끈한 젤리, 맥주 캔 그리고 광천수까지. 커다란 냉장고에는 갖가지 채소와 고급 우유가 들어 있었다. 바닥이 흑백 타일로 된 주방에서부터 마당까지 빨랫줄이 이어져 있었다. 거기에 아말리아와 까를로따와 그리고 씨물라가 자는 방이 있었고, 거기에 변기와 샤워 시설과 세면대가 갖춰진 그들의 욕실이 있었다.

바늘이 머리를 찌르고, 망치가 관자놀이를 때리는 것 같았다. 겨우 눈을 뜬 그는 손을 더듬어 자명종을 눌러 껐다. 고문이 끝났다.

---

106 리마의 리마끄 역사 지구 옆에 위치한 투우장으로 1766년에 지어졌다. 아메리카 대륙에서 가장 오래된 투우장이기도 하다.
107 원래 명칭은 꼴리세오 아마우따(Coliseo Amauta). 리마 지구 남쪽에 위치한 복합 실내경기장이다.

그는 꼼짝도 않은 채 환하게 밝아오는 하늘을 멍하니 바라보았다. 벌써 7시 30분이었다. 그는 입구와 연결된 인터폰으로 8시까지 차를 준비해놓으라고 일렀다. 그러곤 곧장 욕실로 가서 이십분 동안 샤워와 면도를 하고 옷을 차려입었다. 찬물로 샤워를 한 탓인지 머릿속에 남아 있던 불쾌감이 더 심해졌다. 게다가 쓴맛이 도는 입안에 달짝지근한 치약이 닿자 속이 몹시 메스꺼웠다. 토해버리는 게 나으려나? 지그시 눈을 감으니 장기를 모조리 집어삼키는 푸르스름한 불꽃과 살갗 아래로 쉴 새 없이 흐르는 피가 보이는 듯했다. 온몸의 근육이 뻣뻣하게 굳은 것 같았고, 귀에서는 계속 윙윙 소리가 들렸다. 그는 다시 눈을 떴다. 잠이 부족한 탓이야. 식당으로 내려간 그는 삶은 달걀과 토스트를 옆으로 치우고 블랙커피만 억지로 마셨다. 물이 반쯤 든 컵에 알카-셀처[108] 두알을 집어넣었다. 거품이 올라오는 물을 쭉 들이켜자마자 트림이 나왔다. 그는 책상에 앉아 서류 가방을 챙기면서 두대의 담배를 피웠다. 밖으로 나가자 근무 중이던 경비원이 모자챙에 손을 갖다 붙이며 경례를 했다. 구름 한점 없이 맑은 아침이었다. 차끌라까요의 지붕들 위로 밝은 햇빛이 골고루 내리비쳤고, 정원과 강가의 덤불도 그날따라 더 푸르게 보였다. 암브로시오가 차고에서 차를 꺼내 올 때까지 그는 담배를 피우며 기다렸다.

  싼띠아고는 뜨거운 엠빠나다[109] 두개와 코카콜라를 산 뒤 가게 밖으로 나왔다. 히론 까라바야 거리는 이미 무더위로 푹푹 찌고 있었다. 리마와 싼미겔을 오가는 전차의 차창에서 네온사인 광고가

---

108 발포성 소화제.
109 만두의 일종으로, 고기와 생선, 채소 등을 밀가루 반죽에 채워 찐 음식.

계속 돌아가고, 하늘은 벌건빛을 띠었다. 마치 리마 전체가 진짜 지옥으로 변해버린 것만 같았다. 그는 생각한다. 안 그래도 지옥 같던 곳이 진짜 지옥으로 변하고 있었지. 보도에는 미끈한 모양의 개미들이 들끓고, 사람들은 차로로 뛰어들어 자동차 사이를 지나다녔다. 퇴근 시간만 되면 시내가 난리라니까. 차가 움직이지도 않으니 말이야. 쏘일라 부인은 쇼핑을 마치고 집에 돌아올 때마다 지친 목소리로 푸념하곤 했다. 갑자기 속이 울렁거리기 시작했다. 벌써 일주일이나 지났어. 그는 낡은 입구 안으로 들어섰다. 널찍한 출입구를 지나자 신문 용지 롤이 시꺼멓게 그은 벽 앞에 산더미처럼 쌓여 있었다. 잉크와 오랜 세월의 냄새가 콧속으로 스며들었다. 기분을 편안하게 만들어주는 냄새였다. 쇠창살로 된 문 안쪽에서 파란 작업복을 입은 경비원이 다가왔다. 바예호 씨를 만나러 왔는데요. 2층 끝 쪽으로 가면 편집국이라고 쓰여 있을 거예요. 거기로 가면 돼요. 그는 불안한 마음으로 널찍한 계단을 올라갔다. 발을 디딜 때마다, 아득한 옛날부터 쥐와 나방이 갉아 먹은 듯 계단에서 삐걱대는 소리가 났다. 한번도 비질을 안 한 것 같았다. 루시아 부인한테 양복을 다려달라거나 1쏠이나 들여 구두를 닦을 필요도 없었는데 돈만 낭비한 셈이었다. 저긴가 보군. 문이 열려 있는데, 안에는 아무도 없었다. 그는 걸음을 멈추고 탐욕스러우면서도 순수한 눈빛으로 사무실 안을 둘러보았다. 빈 사무실의 테이블과 타자기들, 버들가지로 엮은 쓰레기통과 책상들, 벽에 붙어 있는 몇 장의 사진들. 주로 밤에 일하고 낮에는 자는 모양이네. 그는 생각했다. 조금은 보헤미안적이고 낭만적인 직업이야. 그는 천천히 손을 들어 조심스럽게 문을 두드렸다.

거실에서 2층으로 올라가는 계단에는 빨간 카펫이 깔리고 그 양쪽 끝은 황금색 꺾쇠로 고정되어 있었다. 벽에는 께나[110]를 불면서 라마 떼를 모는 인디오 아이들의 사진이 걸려 있었다. 화장실은 사면이 모두 번쩍거리는 타일로 장식되었고, 세면대와 욕조는 핑크색이었다. 아말리아는 거울에 비친 자신의 모습을 바라보곤 했다. 하지만 그 집에서 가장 근사한 곳은 여주인의 침실이었다. 그 집에 들어오고 나서 며칠 동안, 그녀는 온갖 핑계를 만들어가며 부인의 방에 올라와 넋을 잃은 채 한참을 바라보았다. 아무리 봐도 질리지 않는 방이었다. 바닥에는 발코니의 커튼과 마찬가지로 코발트색 카펫이 깔려 있었는데, 무엇보다 그녀의 마음을 사로잡은 것은 바로 침대였다. 폭은 넓지만 납작한 침대에는 악어 모양 다리가 달려 있고, 불을 뿜는 노란 용이 그려진 검은색 시트가 덮여 있었다. 그런데 거울은 또 왜 이렇게 많이 달려 있는 걸까? 아말리아는 그 방을 청소할 때마다 사방에 가득한 자신의 모습에 기겁한 적이 한두 번이 아니었다. 병풍에 걸린 거울 속 모습이 화장대의 거울로 반사되고, 또 천장에 쓸데없이 매달아놓은 거울 — 마치 시트의 용이 우리 안에 갇힌 듯 보였다 — 에서 벽장(그 안에는 온갖 종류의 드레스며 블라우스며 바지와 모자, 구두 따위가 가득 들어 있었다)의 거울로 반사되면서, 똑같은 자기 모습이 무한하게 늘어나니 그럴 만도 했다. 벽에는 그림이 딱 한점 걸려 있었는데, 그걸 처음 본 순간 아말리아는 얼굴이 빨개지면서 어쩔 줄을 몰랐다. 쏘일라 부인이라면 여인이 실오라기 하나 걸치지 않은 채 자신의 가슴을 움켜잡고 있는 그림을 저렇게 뻔뻔스럽게 침실에 걸어두었을 리 만무

110 남아메리카 안데스산맥 고산지대의 인디오들이 사용하는 피리로, 갈대나 뼈 혹은 진흙 등으로 만든다.

한데. 하지만 여기는 돈 쓰는 것부터 시작해서 모든 것이 대담하기 이를 데 없어. 먹을 사람도 그리 많지 않건만 왜 그렇게 많이 사다 놓는 걸까? 그건 부인이 파티를 자주 여니까 그런 거야. 언젠가 까를로따가 그녀의 궁금증을 풀어주었다. 더군다나 주인 나리의 친구들은 죄다 높으신 분들이잖아. 그런 분들이 여기 오다보니까 접대를 소홀히 할 수 없는 거라고. 아무리 봐도 여주인은 대단한 갑부인가봐. 돈 걱정하는 걸 한번도 본 적이 없으니까 말이야. 언젠가 씨물라가 꺼내 온 지폐를 보았을 때 아말리아는 수치스러워 견딜 수가 없었다. 씨물라는 이따금씩 살림에 쓸 돈을 무작정 훔치곤 했고, 그것이 아무렇지도 않은 모양이었다. 그 많은 돈을 벌써 다 쓴 거예요? 당연하지. 게다가 그녀는 잔돈을 받으면 헤아리지도 않고 그대로 자기 주머니에 넣곤 했다.

차가 쎈뜨랄 고속도로를 달리는 동안, 그는 서류를 읽으면서 몇 군데에 밑줄을 치는가 하면 여백에 메모를 남기기도 했다. 비따르떼에 이르렀을 무렵에도 아직 해는 뜨기 전이었다. 리마에 가까워질수록 잿빛 대기가 점점 더 차가워졌다. 이딸리아 광장에 도착한 시각은 8시 30분. 암브로시오가 차에서 내리자마자 달려가 뒷문을 열었다. 4시 30분에 까하마르까 클럽에 있을 거야, 암브로시오. 그러고서 그는 정부 청사 안으로 들어갔다. 책상에는 아무도 없었고, 비서실도 텅 비어 있었다. 알시비아데스 박사만 자기 책상에 앉아 손에 빨간 펜을 든 채 일간지를 검토하고 있었다. 그가 자리에서 일어나며 인사를 건넸다. 안녕하십니까, 까요 국장님? 까요 씨는 그에게 한 뭉치의 서류를 건넸다. 박사, 이 전보문들은 지금 당장 처리하게. 그러곤 손으로 비서실을 가리켰다. 저 여자들은 8시 30분까지 출근해야 된다는 걸 모르는 모양이지? 알시비아데스 박사는 벽시계를 힐끗 쳐다보았다. 이제 막 8시 30분인걸요, 까요 국장님. 하지만 그는 말을 다 듣지도 않고 가버렸다. 그는 사무실로 들어가 상의를 벗고 넥타이의 매듭을 약간 풀어 느슨하게 했다. 각종 통신문들이 압지 위에 놓여 있었다. 왼쪽은 경찰 보고서, 가운데는 보고서와 성명서, 오른쪽은 각종 편지와 탄원서였다. 그는 발을 뻗어 쓰레기통을 옆으로 끌어온 뒤 보고서들을 하나씩 읽기 시작했다. 그것들을 읽으면서 메모를 하거나, 따로 떼어놓기도 하고, 어떤 것은 다 읽기도 전에 찢어버리기도 했다. 서류 검토를 모두 마쳤을 때 전화벨이 울렸다. 까요 국장님, 에스삐나 장군입니다. 전화 받으시겠습니까? 그럼. 물론이지, 박사. 전화를 돌려주게.

　백발의 신사가 인자한 미소를 지으며 그에게 의자를 권했다. 그러니까 젊은이 이름이 싸발라지요? 끌로도미로한테 얘기 들었습니다. 그는 모든 걸 다 알고 있다는 눈빛으로 친절하고 상냥하게 악수를 건넸다. 그의 책상은 먼지 하나 없이 깨끗했다. 그럼요, 끌로도미로와 학교 다닐 때부터 친구 사이였으니까요. 반면 당신의 부친, 성함이 페르민 씨였던가요? 그분에 대해서는 전혀 모릅니다. 우리보다야 훨씬 젊은 연배일 테니까 말이죠. 말을 마친 그는 다시 미소를 지어 보였다. 그러니까 집안에 무슨 문제가 생긴 거죠? 괜찮아요, 끌로도미로한테 다 들어서 알고 있어요. 뭐, 지금 세상이 그러니까요. 요즘 젊은이들은 모두 집에서 독립하고 싶어 하죠.
　"그래서 일자리가 필요합니다." 싼띠아고가 말했다. "끌로도미로 삼촌이 선생님을 찾아가면 혹시 좋은 기회가 생길지도 모른다고 하셔서요."

"그렇다면 운이 좋군요." 바예호 씨는 고개를 끄덕였다. "마침 지역 뉴스 담당 부서에 손이 부족해서 사람을 찾는 중이었거든요."

"경험은 없지만, 기회만 주신다면 최대한 빨리 배워보겠습니다." 싼띠아고가 말했다. "만일 『끄로니까』에 일자리를 얻게 된다면, 법학부 수업을 계속 들을 수 있지 않을까 해서요."

"내가 여기 온 이후로, 기자들 중에서 학업을 계속 이어간 사람은 거의 못 봤죠." 바예호 씨가 말했다. "노파심에서 하는 말이지만, 한가지 미리 다짐해둘 게 있어요. 언론 분야는 우리나라에서 가장 돈을 못 버는 직업이에요. 그러다보니 세상의 쓴맛을 다 보게 되기도 하고요."

"제가 기자가 되고 싶었던 게 바로 그 때문입니다, 선생님." 싼띠아고가 말했다. "우리의 삶을 가장 가까이에서 접할 수 있다고 생각했어요."

"좋아요." 바예호 씨는 손으로 흰머리를 쓸어 넘기며 고개를 끄덕이고는 인자한 미소를 띤 채 그를 바라보았다. "신문사에서 일해본 적이 없다고 했으니, 앞으로 어떻게 될는지는 두고 보도록 합시다. 어쨌든 당신 능력과 소양이 어느정도인지 한번 알아보고 싶군요." 그가 갑자기 진지한 얼굴을 하더니 짐짓 꾸민 듯한 목소리로 말했다. "까사 비에세에서 화재 발생. 사망자 두명, 재산 피해액은 500만. 소방관들은 밤 내내 진화 작업을 벌였다. 현재 경찰은 이번 화재가 단순한 사고인지, 방화인지 조사 중이다. 이상의 내용을 기사로 작성하되, 두쪽을 넘겨서는 안됩니다. 편집국에 타자기들이 많이 있으니 아무거나 골라 쓰도록 해요."

싼띠아고는 고개를 끄덕였다. 그는 자리에서 일어나 편집국으로 갔다. 첫번째 책상에 앉았지만, 벌써 손에 땀이 나기 시작했다. 그나마 사무실에 아무도 없는 게 다행이었지. 글쎄 앞에 놓인 레밍턴 타자기가 작은 관처럼 보이더라니까, 까를리또스. 맞아, 바로 그런 느낌이지, 싸발리따.

  부인의 방 옆에는 서재가 있었다. 아담한 안락의자 세개와 전등, 그리고 책장이 전부였다. 바깥주인은 싼미겔의 작은 집을 찾을 때마다 온종일 서재에 틀어박혀 지냈다. 혹시 손님이라도 데리고 오면 달그락거리는 소리 한번 내지 않도록 모두 조심을 해야 했다. 그런 날에는 오르뗀시아 부인조차도 거실로 내려와 라디오를 껐고, 전화가 오더라도 그에게 바꿔주지 않았다. 집안사람들이 다 저렇게 설설 기는 걸 보면 주인 나리 성격이 고약한가봐. 처음 그런 모습을 봤을 때 아말리아는 놀라 질겁했다. 주인 나리가 자주 오는 것도 아닌데 무엇 때문에 부인은 하녀를 셋이나 두는 걸까? 흑인인 씨물라는 뚱뚱하고 흰머리가 많고 말수가 없었다. 하여간 아말리아는 그녀가 마음에 들지 않았다. 하지만 씨물라의 딸인 까를로따와는 금방 친해졌다. 까를로따는 제 엄마와 완전히 딴판이었다. 늘씬한 몸매에 작은 가슴과 곱슬머리를 가진 까를로따는 워낙 붙임성이 좋아 둘은 만나자마자 친구가 되었다. 사실 부인한테 하녀가 셋씩이나 필요할 리는 없어. 그냥 데리고 있는 거야. 언젠가 까를로따가 아말리아에게 알려주었다. 주인 나리가 주는 돈이 남아도니까 그러는 거라고. 부자냐고? 까를로따가 갑자기 눈을 동그랗게 떴다. 엄청난 부자지. 더구나 주인 나리는 정부에서 일하고 계셔. 아주 높은 분이라더라고. 그래서인지 까요 씨가 그 집에 자러 오는 날이면 경찰 두명이 길모퉁이를 지키고 운전사와 다른 한명은 차에 탄 채 밤새 문 앞에서 대기했다. 그토록 젊고 아름다운 여인이 어떻게 저런 볼품없는 남자와 살림을 차릴 수가 있을까? 사실 부인 하이힐을 신으면 그 남자는 그녀의 귀에 닿을까 말까 할 정도로 키가 작았다. 남자는 그녀의 아버지뻘쯤 될 만큼 나이도 많았지만, 무엇보다 외모는 물론 옷차림도 꾀죄죄한 게 마음에 드는 구석이 전혀 없었다. 까를로따, 넌 부인이 주인 나리를 정말 사랑한다고 생각해? 부인이 어떻게 저런 남자를 좋아하겠어? 그냥 돈이 좋아서 그러는 거지. 그녀에게 살림을 차려준 것도 모자라 저 많은 옷과 구두는 물론 패물까지 사준 걸 보면 정말 돈이 많기는 많은 모양이야. 저렇게 아름답고 멋진 부인한테 어떤 남자가 안 넘어오겠어? 하지만 오르뗀시아 부인은 결혼에 그다지 관심이 없는 것 같았다. 오히려 지금처럼 사는 것이 더 만족스러운 눈치였다. 그러다보니 남자가 오기만을 손꼽아 기다리지도 않았다. 물론 그가 싼미겔로 찾아오면 그녀는 그를 보살피느라 눈코 뜰 새 없이 바빴다. 그리고 그가 친구들을 저녁 식사에 초대라도 하는 날이면, 씨물라에게 일을 시키고 아말리아와 까를로따가 집을 깨끗하게 청소하는지 지켜보느라 하루를 다 보내곤 했다. 그렇지만 일단 남자가 떠난 다음에는 그에 대해서는 결코 입도 뻥긋 않았을 뿐 아니라, 그에게 전화를 거는 일도 일절 없었다. 더구나 그와 함께 있을 것보다 오히려 자기 친구들과 어울려 놀 때가 훨씬 더 편안하고 즐거워 보였다. 그래서 아말리아는 부인이 주인 나리에 대해 마음속으로 깊은 정을 품고 있지 않은 거라고 생각했다. 모든 면에서 남자는 페르민 씨와 정반대였다. 페르민 씨의 경우, 누구든 한번 보기만 해도 그가 부자일 뿐 아니라 점잖고 고매한 인품의 소유자라는 것을 쉽게 알 수 있었으니까 말이다. 반면 까요 씨는 체격도 왜소할뿐더러 얼굴도 거무죽죽한 빛깔이었다. 머리카락은 오래된 담배처럼 누런색에, 움푹 들어간 눈은 늘 무언가를 차갑게 쏘아보는 듯했다. 목에는 주름이 깊게 패어 있었고, 입술은 거의 보이지도 않을 정도로 얇았다. 또한 언제나 손에 담배를 들고 있을 정도로 골초라, 그의 이는 담뱃진으로 누렇게 변해 있었다. 게다가 그는 배와 등이 거의 붙어 있다고 해도 과언이 아닐 정도로 비쩍 말랐다. 그래서 씨물라가 주변에 없으면 아말리아와 까를로따는 그 틈을 타 자기들끼리 바깥 주인을 놀리면서 깔깔 웃어대곤 했다. 주인 나리가 벌거벗은 모습을 생각해봐. 뼈만 앙상할 것 아냐. 팔하고 다리는 또 얼마나 짧니! 그는 양복을 갈아입는 일이 거의 없을 뿐만 아니라 넥타이가 늘 삐뚤름했고, 손톱 밑에는 때가 잔뜩 끼어 있었다. 그리고 하녀들을 만나거나 헤어질 때도 절대 인사를 건네는 법이 없었다. 어쩌다 그들이 인사를 해도, 그는 쳐다보지도 않은 채 웅얼거리는 소리로 대답하곤 했다. 언제나 아주 바쁘거나 무슨 걱정이 있는 사람 같았다. 그렇지 않으면 허둥대기 일쑤였다. 거의 끝까지 타들어간 꽁초로 새로 꺼낸 담배에 불을 붙였고, 누군가와 전화 통화를 할 때면 언제나 네, 아니요, 내일, 알았습니다 하는 말만 반복했다. 어쩌다 부인이 농담을 던지면 기껏 볼만 씰룩거릴 뿐이었다. 아닌 게 아니라 그게 그가 웃는 방식이었다. 주인 나리도 결혼했을까? 밖에서는 어떤 모습일까? 아말리아는 그가 늘 검은 옷만 입는 독실한 노파와 함께 사는 모습을 떠올리곤 했다.

"여보세요? 여보세요?" 에스삐나 장군이 반복해 불렀다. "여보세요? 알시비아데스?"

"네?" 그는 부드럽게 물었다. "쎄라노인가?"

"까요? 맙소사! 드디어 연락이 됐군." 에스삐나가 잔뜩 흥분한 목소리로 말했다. "그저께부터 자네한테 계속 전화를 했다네. 그런데 어디 통화가 돼야지. 장관실은 물론 자네 집에 전화해도 연락이 닿지 않더군. 혹시 일부러 내 전화를 안 받은 건 아니겠지, 까요?"

"나한테 전화를 했다고?" 그는 오른손에 들고 있던 연필로 동그라미를 그리면서 물었다. "그런 말은 금시초문인데, 쎄라노."

"열번도 넘게 했다고, 까요. 열번이 뭔가. 적어도 열다섯번을 했을 걸세."

"그런데 왜 아무도 내게 전화 왔다는 얘길 안했지? 나중에 확인해보겠네." 그는 첫번째 동그라미와 나란하게 두번째 동그라미를 그렸다. "무슨 용건인지 어서 말해보게."

무거운 침묵, 한번의 헛기침, 그리고 간간히 들려오는 에스삐나의 숨소리.

"우리 집 앞에 서 있는 저 사복형사는 대체 뭔가, 까요?" 불쾌한 감정을 숨기기 위해 일부러 천천히 말을 꺼내는 듯싶더니만, 갑자기 걷잡을 수 없이 울분이 치미는 모양이었다. "나를 보호하려는 건가, 아니면 대놓고 감시하겠다는 건가? 대체 뭐 하자는 짓이야!"

"전직 장관 예우 차원에서 정부가 마땅히 경비원을 보내줘야 하지 않겠나, 쎄라노." 그는 세번째 동그라미를 그린 뒤 잠시 말을 멈추었다가 목소리를 바꾸어 다시 입을 열었다. "나는 그 일에 대해 아는 바가 없네. 어쩌면 자네를 더이상 보호하지 않아도 된다는 걸 담당자들이 깜박했는지도 모르지. 혹시 그자의 존재가 거슬린다면, 당장 철수하도록 지시를 내리겠네."

"거슬리는 것이 아니라, 너무 당황스럽다 이 말일세." 에스삐나가 냉랭하게 말했다. "이제 모든 게 명확해졌군, 까요. 그러니까 우리 집 앞에 저놈을 보냈다는 건, 정부가 더이상 나를 믿지 않는다는 뜻이겠지?"

"쓸데없는 소리 말게, 쎄라노. 정부가 자네를 믿지 못하면 대체 누굴 믿겠나."

"내 말이 바로 그 말이네. 그러니까 하는 말이라고." 에스삐나는 천천히 말을 잇다가 갑자기 허둥대더니, 또다시 속도를 늦추었다. "까요, 내가 어찌 안 놀라고 배기겠는가. 자네, 내가 너무 늙어서 이젠 사복형사도 못 알아볼 거라고 생각했나보군."

"별거 아닌 일로 괜히 난리 치지 말게나." 그는 다섯번째 동그라미를 그렸다. 여태까지 그린 것들보다 작고 약간 찌그러지진 동그라미였다. "우리가 자네한테 사복형사를 붙였다고 생각하는 건가? 내 생각에 그자는 자네 집 하녀와 사랑에 빠진 돈 후안이 분명해."

"그렇다면 당장 여기서 꺼지는 편이 놈의 신상에 좋겠군. 자네도 잘 알겠지만, 내 성질이 워낙 고약해서 말이야." 그는 더이상 화를 참을 수 없다는 듯 씩씩거리며 말했다. "이러다 갑자기 내 눈이 뒤집히면 저놈은 내 총에 맞아 죽는 거야. 혹시라도 자네가 나중에 놀라지 않도록 미리 알려주는 걸세."

"칠면조 잡겠다고 총알을 낭비하면 쓰나." 그는 동그라미를 고치며 말했다. 원을 더 크게 만들고, 이지러진 곳이 없도록 세밀하게 다듬었다. 완성한 동그라미는 전에 그린 것들과 같은 크기가 되었다. "그 문제는 지금 당장 알아보도록 하겠네. 어쩌면 로사노가 자네와 잘 지내고 싶어서 형사를 보낸 건지도 몰라. 자네 집을 안전하게 지켜주기 위해서 말이야. 그자를 당장 철수시키라고 지시할 테니 이제 그만 화 풀게, 쎄라노."

"알았네. 그리고 조금 전에 놈을 쏴 죽이겠다고 한 건 홧김에 내뱉은 말이니 너무 신경 쓸 것 없네." 다소 마음이 가라앉은 에스삐나가 농담조로 말을 건넸다. "하지만 그 일로 내가 얼마나 불쾌했을지는, 까요 자네도 충분히 이해하겠지."

"쎄라노, 자네는 촌사람치고 의심도 많고 고마워할 줄도 모르는군." 까요가 말했다. "요즘 길거리에 좀도둑들이 하도 많아서 자네 집을 지켜주려고 그랬던 것 같은데, 뭘 더 바라는 건가. 그럼 이제 그 일은 잊어버리도록 하세나. 가족들은 다 잘 계신가? 못 본 지도 한참 됐으니, 겸사겸사 점심이나 같이하는 게 어떨까?"

"자네 편한 시간에 만나도록 하지. 나야 요즘 남는 게 시간이니까." 조금 전에 역정을 낸 것이 부끄러웠는지, 그는 잠시 망설이다가 잦아드는 목소리로 말했다. "어쨌든 바쁜 건 자네 아닌가. 내가 장관직에서 물러난 이후로 자넨 나를 단 한번도 찾지 않았지. 벌써 석달이 다 되어가는군."

"쎄라노, 그건 자네 말이 옳아. 하지만 여기가 어떤 곳인지 누구보다 자네가 잘 알고 있잖은가." 그는 여덟번째 동그라미를 그렸다. 다섯개는 나란히, 나머지 세 개는 아래쪽에 그려져 있었다. 이어 그는 조심스럽게 아홉번째 동그라미를 그리기 시작했다. "사실 자네한테 여러번 전화하려고 했었네. 그럼 다음 주에 만나지. 어떤 일이 있더라도 말이야. 잘 있게, 쎄라노."

그는 에스삐나가 작별 인사를 건네기도 전에 전화를 끊었다. 그는 아홉번째 동그라미를 힐끗 보더니, 종이를 갈기갈기 찢어 모두 쓰레기통에 던져버렸다.

"글을 쓰는 데 한시간이나 걸렸지." 싼띠아고가 말했다. "두쪽을 네다섯번이나 다시 쓰고, 바예호 씨가 지켜보는 앞에서 손으로 일일이 구두점을 고쳤어."

바예호는 씨는 종이 위에 연필을 댄 채 그의 글을 꼼꼼히 읽기 시작했다. 그러다 고개를 끄덕이더니 어떤 부분에 X 표시를 하고, 입술을 씰룩이면서 다시 X 표시를 했다. 좋아요, 아주 잘 썼어요. 언어가 간결하면서도 정확하군요. 그는 인자한 눈빛으로 그를 안심시켰다. 이미 상당한 실력을 갖추었어요. 다만……

"만일 그때 통과하지 못했더라면, 자넨 다시 우리 안에 갇히고 말았겠지. 그리고 지금쯤 모범적인 미라플로레스 사람이 되어 있을 테고." 까를리또스가 웃으며 말했다. "게다가 자네 형처럼 신문의 사교계 소식에 왕왕 등장했을지 누가 알겠어?"

"좀 긴장했던 것 같습니다, 선생님." 싼띠아고가 말했다. "다시 써볼까요?"

"나는 베세리따한테 시험을 봤지." 까를리또스가 말했다. "그때 사회부 경찰서 출입 기자 자리가 하나 비어 있었거든. 그날은 아마 영원히 못 잊을 거야."

"그럴 필요 없어요. 상당히 잘 쓴 글인걸요." 바예호 씨는 인자한 눈빛으로 그를 바라보면서 백발의 머리를 가로저었다. "다만, 앞으로 우리와 함께 일할 생각이라면 업무를 하나하나 배워나가야 할 겁니다."

"어떤 미친놈이 섬망 상태로 우아띠까의 사창가에 난입해서 윤락 여성 네명과 여주인, 그리고 호모 두명을 칼로 찔렀다." 베세리따가 퉁명스럽게 내뱉었다. "결국 매춘부 한명이 목숨을 잃었음. 이상의 내용을 두쪽의 기사로 작성해요. 시간은 십오분."

"정말 감사합니다, 바예호 선생님." 싼띠아고가 말했다. "뭐라고 감사의 말씀을 드려야 할지 모르겠어요."

"그가 내 얼굴에 오줌을 갈기는 기분이었다니까." 까를리또스가 말했다. "아, 베세리따."

"문제는 중요성에 따라 사실을 배치하고, 단어를 경제적으로 활용하기만 하면 되는 거예요." 바예호 씨는 몇 문장에 번호를 매긴 뒤 종이를 그에게 돌려주었다. "여기서 일하려면 언제나 죽은 사람에서부터 시작해야 해요, 젊은이."

"사실 베세리따에 대해 좋게 말하는 사람은 아무도 없었어. 다들 그를 싫어했지." 싼띠아고가 말했다. "하지만 지금은 모두 그 사람 이야기뿐이야. 그를 우러러볼 뿐만 아니라, 할 수만 있다면 그를 되살려내고 싶어 한다고. 이런 어이없는 일이 또 어디 있겠나."

"가장 눈길을 끌고, 사람들의 마음을 사로잡는 건 바로 그런 내용이죠." 바예호 씨가 덧붙여 말했다. "그런 기사만 나오면, 독자들은 금세 관심을 갖고 보거든요. 어쩌면 우리 모두 언젠가 죽어야 하기 때문인지도 몰라요."

"그분이야말로 리마에서 가장 참된 언론인이셨어." 까를리또스가 말했다. "한계와 오점을 극복하고 가장 높은 경지에 도달한 인간의 대표적인 사례이자 상징과도 같은 분이지. 어떤 면에서는 우리 언론의 역사에 큰 획을 그은 분이기도 하고. 그분을 흠모하지 않을 사람이 누가 있겠나. 안 그런가, 싸발리따?"

"그런데 나는 죽은 사람들 얘기를 제일 마지막에 썼다네. 지금 생각하면 너무 어리석었어." 싼띠아고가 말했다.

"혹시 이 세줄이 무엇인지 아나요?" 바예호 씨가 짓궂은 표정으로 그를 바라보며 물었다. "미국인들이, 그러니까 세계에서 가장 예리한 언론으로 평가받는 미국에서 리드[111]라고 부르는 겁니다.

이건 반드시 알아둬야 해요."

"그래도 그분은 자네한테 차근차근 가르쳐주기나 하셨지." 까를리또스가 말했다. "베세리따는 자세히 알려주기는커녕, 으름장만 놓았어. 이걸 글이라고…… 발로 써도 이것보단 낫겠군. 아무튼 너무 피곤해서 지금은 더 볼 수가 없으니, 좀 기다리도록 해요."

"기사로 쓸 내용 중에서 가장 중요한 사실을 맨 앞의 세줄, 즉 리드에 압축·요약해놓아야 해요." 바예호 씨가 다정하게 말을 이었다. "그러니까 이런 식으로 쓰는 거죠. 어젯밤 리마 시내 중심부 까사 비에세에서 발생한 화재로 건물의 상당 부분이 불탔으며, 그로인해 두명이 사망하고 500만이 넘는 재산 피해가 난 것으로 잠정 집계됐다. 화재가 일어난 직후, 도착한 소방관들은 여덟시간에 걸쳐 진화 작업을 벌였다. 이제 알겠어요?"

"머릿속에 공식을 집어넣고 시를 쓰라는 거나 마찬가지군." 까를리또스가 말했다. "그러니까 문학에 애정을 품은 사람이 신문사에서 일한다는 건, 한마디로 정신 나간 짓이라고, 싸발리따."

"그런 다음, 글에 살을 붙이면 돼요." 바예호 씨가 말했다. "화재의 원인, 그 안에 갇혀 있던 이들의 절박한 상황, 목격자의 증언 같은 걸로 말이죠."

"여동생이 나를 놀린 다음부터 문학에 정나미가 떨어졌어." 싼띠아고가 말했다. "『끄로니까』에 들어온 것이 나로서는 참 다행스러운 일이야, 까를리또스."

한편 오르뗀시아 부인은 그와 달라도 너무 달랐다. 볼품없고 못

---

111 신문 기사를 쓸 때 맨 앞부분에 압축해서 내세우는 핵심적인 한두 문장을 가리킨다.

생긴 그에 비해 그녀는 너무나 아름다웠다. 그는 늘 심각하고 딱딱했지만 그녀는 언제나 즐겁고 명랑했다. 그렇다고 쏘일라 부인처럼 도도한 것도 아니었다. 쏘일라 부인은 자기가 무슨 여왕이라도 되는 양 늘 무게를 잡고 말했다. 반면에 오르뗀시아 부인은 언성을 높일 때조차 아랫사람 대하는 느낌을 주지 않았고, 그녀에게 말을 걸 때도 마치 께따 양과 얘기하는 것처럼 친구에게 하듯이 했다. 이처럼 그녀는 누구에게나 스스럼없이 대했다. 그리고 어떤 경우에는 체면 따윈 아예 무시해버리기도 했다. 내 유일한 악덕은 술과 수면제야. 언젠가 그녀는 이렇게 말했다. 하지만 아말리아가 보기에 그녀의 문제는 결벽증이었다. 카펫에 작은 부스러기라도 떨어져 있으면 큰일이라도 난 것처럼 수선을 떨었다. 아말리아, 이것 좀 치워! 그리고 재떨이에 꽁초가 남아 있으면 마치 쥐라도 본 양 기겁을 하면서 소리치곤 했다. 까를로따, 지저분하게 이게 뭐야! 그녀는 매일 아침 눈을 뜨자마자, 그리고 잠자리에 들기 전에 늘 목욕을 했다. 그래서인지 그녀는 ── 이게 가장 견디기 힘들었는데 ── 자기와 마찬가지로 하녀들도 물속에서 평생을 보내기를 원하는 눈치였다. 싼미겔의 작은 집에 들어온 다음 날, 아말리아가 아침 식사를 침실로 가져가자 부인은 그녀를 위아래로 훑어보면서 물었다. 너 목욕했니? 아뇨, 부인. 아말리아는 뜻밖의 물음에 놀라 머뭇거리며 대답했다. 그러자 그녀는 속이 메스꺼운 듯 어린애처럼 오만상을 하고는 소리치는 것이었다. 당장 욕실로 가서 샤워부터 하고 와! 여기 들어온 이상 매일 목욕을 해야 한다고. 그로부터 삼십분 뒤, 아말리아는 오들오들 떨면서 샤워 물줄기를 맞고 있었다. 얼마나 추운지 이가 덜덜 떨렸다. 그런데 바로 그 순간, 욕실의 문이 벌컥 열리더니 가운을 걸친 부인이 손에 비누를 들고 나타났다. 아말리아는 너무나 수치스러워 온몸이 화끈거렸다. 간신히 수도꼭지를 잠근 그녀는 옷을 걸칠 생각도 못하고 고개만 푹 숙인 채 제자리에 서 있었다. 저도 모르게 얼굴이 찌푸려졌다. 나한테 알몸을 보여서 부끄럽니? 부인이 웃으며 물었다. 아뇨. 그녀가 더듬거리며 대답하자 부인은 다시 웃었다. 예상한대로 비누칠도 안하고 있었구나. 자, 이걸로 비누칠을 해. 그녀가 온몸을 비누로 문지르는 동안에도 ── 그사이 비누가 손에서 세번이나 빠져나갔고, 몸을 어찌나 세게 문질렀는지 살갗이 아렸다 ── 부인은 그 자리에 그대로 선 채 구두 뒤축으로 바닥을 치면서 그녀의 수치심을 즐기고 있었다. 귀도 닦아야지. 그래, 이젠 다리. 부인은 무엇이 그리 즐거운지 얼굴에 미소를 띤 채 일일이 명령을 내리면서 그녀의 몸을 빤히 쳐다보았다. 좋았어, 이제 배웠으니 매일 그렇게 비누칠하고 목욕을 하라고. 마침내 그녀가 문을 열었다. 하지만 그녀는 나가는 동안에도 아말리아에게 계속 이상 야릇한 눈빛을 보냈다. 그렇게 부끄러워할 이유가 없는데 왜 그래? 좀 마르기는 했지만 전체적으로는 괜찮은 몸매라고. 그러고서 그녀는 밖으로 나가자마자 크게 웃기 시작했다.

쏘일라 부인이라면 저렇게 했을까? 아말리아는 갑자기 얼굴이 화끈거리면서 속이 메스꺼웠다. 제복의 제일 위쪽 단추까지 채우고 다녀, 그렇게 짧은 치마는 입지 말고. 쏘일라 부인은 그렇게 말하곤 했다. 나중에 거실 청소를 마친 뒤, 아말리아는 아까 있었던 일을 까를로따에게 얘기했다. 그러자 까를로따는 주변을 두리번거리며 일러주었다. 부인은 원래 그런 분이야. 넉살이 좋은 건지 뭔지 모르겠지만, 하여간 부끄러운 걸 모른다니까. 내가 샤워를 하는 동안에도 불쑥불쑥 들어와 비누칠을 제대로 하는지 확인한다고. 어디 그뿐인 줄 알아? 목욕을 마치면, 부인이 내 겨드랑이에 땀이 차지 않도록 직접 파우더를 뿌려주기도 한다니까. 매일 아침 부인은 잠이 덜 깬 듯 눈을 감고 기지개를 켜면서 침실에서 나오지. 그러고는 아침 인사 대신, 너 샤워했어? 탈취제는 뿌렸어? 하고 물어본다고. 아무하고나 허물없이 지내는 만큼, 그녀는 하녀들이 자기를 보든 말든 전혀 상관하지 않았다. 어느날 아침에는 아말리아가 침실로 들어갔는데 침대는 텅 비어 있고 욕실에서 물 흐르는 소리만 들렸다. 아침 식사는 침대맡 테이블에 올려놓을까요, 부인? 아니, 이리 갖다줘. 아말리아가 안으로 들어가보니 그녀는 욕조에 몸을 담그고 머리를 받침대에 기댄 채 두 눈을 지그시 감고 있었다. 김이 뿌옇게 서린 욕실은 후텁지근했다. 아말리아는 물속에 잠겨 있는 그녀의 희디흰 몸을 호기심과 두려움이 뒤섞인 마음으로 바라보면서 문 앞에 꼼짝 않고 서 있었다. 그때 부인이 눈을 떴다. 아이, 배고파. 이리 가져와. 그녀는 천천히 몸을 일으키며 쟁반 쪽으로 손을 뻗었다. 자욱한 수증기 속에서 아말리아는 물방울이 송골송골 맺혀 있는 부인의 젖가슴과 거무스름한 젖꼭지를 보았다. 순간 그녀는 시선을 어디에 두어야 할지, 무엇을 해야 할지 당황스럽기만 했다. 부인(즐거운 표정을 지으며 과일 주스를 마시고 빵에 버터를 바르고 있었다)은 그제야 욕조 옆에 꼼짝 않고 선 아말리아를 쳐다보았다. 거기서 입 헤벌리고 뭐 하는 거야? 그러곤 장난기 섞인 목소리로 물었다. 왜, 내 몸이 마음에 안 드니? 부인, 저는 그저. 아말리아는 뒷걸음질 치며 기어들어가는 목소리로 웅얼거렸다. 그러자 오르뗀시아 부인은 재미있다는 듯 까르르 웃어댔다. 자, 쟁반은 나중에 가져가도록 해. 쏘일라 부인이라면 자기가 목욕하는 중에 저렇게 들어오라고 했을까? 달라도 너무 달랐다. 어쩌면 저리도 부끄

러운 걸 모를까? 그런데도 어쩌면 저렇게 늘 즐겁고 재미있게 살
수 있을까? 쌘미겔의 작은 집에 들어와 처음 맞이한 일요일, 아말
리아는 부인에게 잘 보이고 싶어 이렇게 물었다. 부인, 잠시 미사에
다녀와도 될까요? 부인은 대답 대신 갑자기 웃음을 터뜨렸다. 어이
쿠, 여기 독실한 신자 나셨군. 그래, 다녀와. 신부한테 겁탈당하지
않도록 조심하고. 부인은 미사에 절대 안 나가. 나중에 까를로따가
그녀에게 귀띔해주었다. 그리고 요즘에는 우리도 안 가. 쌘미겔의
작은 집에 단 하나의 예수성심상이나 리마의 로사 성녀[112]상이 없는
것도 바로 그 때문이었다. 얼마 안 가 아말리아도 더는 미사에 나
가지 않았다.

노크 소리가 나자 그는 안으로 들어오라고 했다. 알시비아데스
박사가 들어왔다.

"박사, 시간이 별로 없으니 용건부터 말하게." 그는 알시비아데
스가 가져온 한무더기의 신문 스크랩을 가리키며 말했다. "뭐 특별
한 거라도 났나?"

"부에노스아이레스발 기사입니다, 까요 국장님. 모든 신문에 다
나왔어요."

그는 신문 스크랩을 하나씩 넘겨보기 시작했다. 알시비아데스는
관련 기사 제목에 빨간 펜으로 표시를 하고 ──『끄로니까』는 「부에
노스아이레스, 반反뻬루 정부 소요 사태」, 그리고 『꼬메르시오』는
「아쁘라 당 지지자들, 아르헨띠나 주재 뻬루 대사관에 투석投石」이
라고 제목을 뽑았다 ── 기사가 끝나는 곳에 화살표로 표시를 해두

----

112 리마의 로사 성녀는 뻬루의 수호성인이다.

었다.

"모두 안사 통신[113] 보도를 실었군." 그가 하품을 하며 말했다.

"UPI, AP, 그리고 다른 통신사들은 모두 우리가 요청한 대로 해당 기사를 삭제했습니다." 알시비아데스가 말했다. "그런데 안사 통신이 특종을 터뜨리는 바람에 입장이 난처하게 됐어요. 다른 통신사들이 가만히 있지 않을 테니까요. 사실 안사 통신 쪽에는 아무런 요청도 하지 않았습니다. 그건 국장님께서……"

"알았네." 그가 말했다. "참, 안사 통신의 그 친구 이름이 뭐였지? 딸리오라고 했던가? 지금 당장 이리 오라고 하게."

"네, 국장님." 알시비아데스 박사가 말했다. "그리고 로사노 씨가 밖에서 기다리고 있습니다."

"들어오라고 해. 이야기 나누는 동안 아무도 들여보내지 말고." 그가 말했다. "장관님한테 전화가 오면 내가 3시까지 사무실로 찾아뵙겠다고 전하게. 참, 서류 결재는 나중에 하지. 이상이네, 박사."

밖으로 나온 알시비아데스는 책상의 첫번째 서랍을 열어 작은 병을 꺼냈다. 그는 한동안 언짢은 표정으로 병을 바라보다가, 거기서 알약 하나를 꺼내 입안에서 침으로 적혀 삼켰다.

"선생님은 언론계에 몸담으신 지 오래됐나요?" 싼띠아고가 물었다.

"벌써 30년이 다 되어가는구면." 지나온 시절이 아련한 듯 바예호 씨는 감회 어린 표정을 지었다. 말을 이어가는 동안 손이 가볍게 떨렸다. "처음 여기 들어왔을 때는 편집국에서 작성한 기사를

---

113 이딸리아의 서른여섯개 언론사들이 비영리 협동조합 형태로 세운 통신사.

인쇄소로 나르는 일부터 했지요. 하지만 불만은 없었어요. 어차피 우리가 하는 일이 그런 거니까. 오히려 그런 일을 한다는 게 만족스러웠죠."

"그들이 바예호 씨에게 준 가장 큰 보상은 그를 해직시켰다는 거지." 까를리또스가 말했다. "바예호 씨 같은 분이 기자였다는 사실이 놀라울 따름이야. 온화한 성품에 어린아이처럼 순진하면서도 대쪽 같은 분이셨으니까. 애당초 불가능한 일이었어. 결국 안 좋게 끝이 나고 말았지."

"공식적으로는 1일부터 근무하는 걸로 합시다." 바예호 씨는 벽에 걸린 에소 석유회사의 달력을 보면서 말했다. "그러니까 다음주 화요일부터가 되겠군요. 여기가 어떻게 돌아가는지 알고 싶으면, 오늘밤 편집국을 한번 둘러보도록 해요."

"그러니까 기자가 되려면 리드가 무엇인지부터 배워야 하는 게 아니라는 건가?" 싼띠아고가 물었다.

"우리나라에서 기자가 되려면 우선 비열해지는 법부터 배워야지. 아니면 적어도 그렇게 구는 척이라도 하든지 말이야." 까를리또스가 껄껄 웃으며 말했다. "나는 더이상 배울 게 없어. 하지만 싸발리따, 자네는 좀더 분발해야 할 거야."

"초봉은 500쏠인데, 그리 많은 편은 아니지요." 바예호 씨가 말했다. "수습 기자 시절 동안은 그래요. 물론 나중에는 오를 겁니다."

『끄로니까』를 나서는 길에, 그는 현관에서 짧은 콧수염에 울긋불긋한 넥타이를 맨 남자와 마주쳤다. 헤드라인 기사를 쓰는 에르난데스였지, 그는 생각한다. 그러다가 싼마르면 광장에 이르렀을 무렵, 그의 머릿속에서 바예호 씨와의 면접은 까맣게 사라져 있었다. 혹시 나를 찾으러 오진 않았을까? 아니면 쪽지라도 남겨두었을까? 그도 아니면, 지금도 나를 기다리고 있는 건 아닐까? 서둘러 하숙집에 들어갔지만 그의 예상은 모두 빗나갔다. 루시아 부인은 나를 보자 건성으로 인사만 건넸지. 나는 어두운 현관으로 내려가 끌로도미로 삼촌에게 전화를 걸었어.

"삼촌 덕분에 일이 잘 풀렸어요. 1일부터 일하기로 했고요. 바예호 씨는 참 좋은 분이더라고요."

"와! 정말 잘됐구나, 말라깽이야." 끌로도미로 삼촌이 말했다. "네가 이렇게 기뻐하는 건 처음이네."

"그럼요, 삼촌. 얼마나 기쁜지 몰라요. 이제 삼촌한테 빌린 돈도 갚을 수 있게 됐어요."

"그건 그렇게 급한 일이 아니야." 끌로도미로 삼촌은 잠시 머뭇거렸다. "우선 네 아버지 어머니께 전화를 드리는 게 낫지 않겠어? 전에도 말한 적이 있다만, 네가 정 싫다면 다시 집에 들어오라고 채근하시지는 않을 게다. 아무리 그래도 지금처럼 아예 연락을 끊고 사는 건 좀 그렇구나."

"조만간 전화드리도록 할게요, 삼촌. 며칠 있다가요. 게다가 삼촌이 이미 내 안부를 전하셨으니 엄마 아빠도 많이 걱정하지는 않으실 거예요."

"그런데 자네는 늘 아버지 이야기만 하지, 어머니에 관해서는 도통 말이 없더군." 까를리또스가 말했다. "자네가 집에서 나가는 바람에 경기라도 일으키셨나?"

"정말 울기도 많이 우셨을 거야. 하지만 엄마는 나를 찾으러 다니지도 않았어." 쌘띠아고가 말했다. "엄마 입장에서야 자기가 피해자가 될 구실이 생겼는데, 그걸 놓칠 리가 없었지."

"아직도 어머니를 미워하는군." 까를리또스가 말했다. "난 이미 다 지난 일인 줄 알았는데."

"나도 그런 줄 알았어." 싼띠아고가 말했다. "그러다가도 불현듯 그게 아니라는 생각이 드는 거야. 결국 나는 아직 엄마를 미워하고 있는 거지."

2

오르뗀시아 부인의 삶은 남들과 달라도 너무 달랐다. 무절제한 생활 습관은 이루 말할 수 없을 정도였다. 그녀는 해가 중천에 떠서야 잠에서 깼다. 매일 10시, 아말리아는 아침 식사와 더불어 골목 가판대에서 산 신문과 잡지를 모아서 그녀의 침실로 올라갔다. 하지만 그녀는 과일 주스와 커피, 그리고 토스트를 먹고 난 뒤에도 이불 속에 누운 채 신문을 읽거나 게으름을 피우다가, 정오가 다 될 무렵에야 거실로 내려왔다. 씨뮬라가 전날 쓰고 남은 돈을 갖다주면 부인은 술과 땅콩, 감자 칩을 준비해서 거실로 갔다. 그러곤 레코드를 틀어놓고 여기저기 전화를 돌리기 시작했다. 절대 아니야, 그렇다니까. 떼떼 아가씨가 친구들과 전화로 수다를 떨 때와 다를 게 없었다. 께띠따[114], 너 그 칠레 여자가 대사관 클럽에서 일

---

114 께따의 애칭.

할 거라는 소식 들었니? 『울띠마 오라』에 나왔는데, 룰라의 체중이 20킬로나 불었다지 뭐니, 께띠따. 치나가 봉고 치는 남자를 가지고 놀았대. 그래서 사람들이 욕을 하고 난리더라고, 께띠따. 그녀는 주로 께따 양과 통화를 했다. 전화로 저속한 농담은 물론 다른 사람들에 대해 험담을 쏟아놓기 일쑤였다. 무슨 말을 저렇게 하는 걸까? 쌴미겔의 작은 집에 들어온 첫날, 아말리아는 꿈을 꾸는 기분이었다. 그런데 뽀야는 정말 그 게이 자식이랑 결혼한다니, 께띠따? 빠께따 그 등신은 아마 머리가 다 벗어질 거야, 께띠따. 그런 험한 말을 퍼부어대고도 부인은 아무렇지 않게 웃곤 했다. 그런 악담이 종종 주방으로 흘러들면 씨물라는 문을 닫아버렸다. 처음 그런 말을 들었을 때 아말리아는 놀라 어쩔 줄을 몰랐지만, 나중에는 우스워 죽겠다는 듯이 부엌으로 쪼르르 달려가 부인이 께따 양이나 까르미나 양, 아니면 루시 양이나 이본 부인에게 험담하는 소리를 엿들었다. 점심 식사를 하러 식탁에 앉을 때쯤 부인은 이미 술을 두어잔 마신 터라 얼굴이 불콰했지만, 늘 기분이 들떠서 두 눈이 장난기로 반득댔다. 까를로따, 너 아직 처녀니? 그러면 까를로따는 얼이 빠져 입을 헤벌린 채 머뭇대기 일쑤였다. 아말리아, 넌 애인 있어? 무슨 말씀이세요, 부인? 하나도 없어요. 그러면 부인은 무릎을 치고 웃으며 말했다. 하나가 없으면 둘이겠구나, 아말리아.

그는 무엇 때문에 그렇게 기분이 상한 걸까? 개기름으로 번들거리는 얼굴 때문일까? 아니면 돼지처럼 생긴 작은 눈? 그도 아니면 비굴한 웃음일까? 그에게서 풍기는 사복형사나 밀고자 같은 분위기? 아니면 사창가나 겨드랑이, 혹은 성병 냄새 때문에? 아니. 절대 그런 것 때문이 아니다. 그렇다면 대체 뭐란 말인가? 로사노는 가

죽 소파에 앉아 테이블 위에 흩어진 각종 서류와 공책을 세심하게 정리하고 있었다. 그가 연필과 담배를 집어 들고 와 다른 의자에 앉았다.

"루도비꼬는 잘하고 있습니까?" 로사노는 미소를 지으며 몸을 앞으로 기울였다. "까요 나리, 어떻습니까? 그 친구 하는 일이 마음에 드시는지요?"

"로사노, 그런데 시간이 별로 없네." 그의 목소리였다. "부탁인데, 본론만 빨리 말하게."

"물론입죠, 나리." 로사노가 늙은 매춘부나 은퇴한 포주 같은 목소리로 말했다. "무슨 말씀부터 드릴까요, 나리?"

"우선 건설 노동자 얘기부터 해보지." 열심히 서류를 뒤적이는 그의 토실토실한 손을 바라보면서, 까요는 담배에 불을 붙였다. "그리고 선거가 어떻게 됐는지도."

"에스삐노사가 압도적 다수의 표를 받아 당선되었습니다. 별다른 사고는 없었고요." 로사노가 함박웃음을 지으며 말했다. "그리고 빠라 상원 의원은 새 노조 결성 대회에 참석했는데, 거기서 기립박수를 받았습니다, 까요 나리."

"라바니또들은 몇 표나 얻었지?"

"24대 200쯤 됩니다." 로사노는 경멸의 손짓을 써가면서 불쾌하다는 듯 입을 앙다물었다. "하여간 상대도 안되는 것들이."

"아무튼 에스삐노사에게 맞섰던 자들을 모두 가둬놓지는 말게."

"일단 열두명 정도만 가두어놓았습니다, 까요 나리. 라바니또들과 아쁘라들 중에서 요주의 인물들만 미리 추려두었거든요. 모두 브라보의 선거운동을 지원했던 자들입니다. 물론 위험한 놈들은 아니지만요."

"며칠 있다 모두 풀어주도록 하게." 그가 말했다. "우선 라바니 또들부터 풀어주고, 그다음에 아쁘라 당원들을 내보내. 그렇게 해서 둘 사이를 더 틀어지게 해야 한다네."

"네, 잘 알겠습니다, 까요 나리." 로사노가 말했다. 그러고서 잠시 후, 그는 의기양양한 표정으로 말을 이었다. "이미 다 보셨겠지만, 이번 선거가 그 어느 때보다 공정하고 평화롭게 치러졌다고 신문마다 난립니다. 그리고 기성 정치인이 아닌 후보들이 민주적 절차에 따라 압승을 거두었다고 연일 대서특필하고 있지요."

저는 거기서 정식 직원으로 일한 적이 없습니다요, 나리. 그냥 일이 있을 때만 잠깐씩 갔습죠. 가령 까요 나리가 멀리 출장을 가면 저를 로사노 나리에게 보내 일을 시키는 식이었어요. 그런데 대체 어떤 일입니까요, 로사노 나리? 별것 아니고, 그냥 이런저런 일이라네. 처음은 빈민촌과 관련된 일이었다. 이 사람은 루도비꼬라고 하네, 로사노가 말했다. 그리고 이 친군 암브로시오일세. 둘은 그렇게 알게 되었다. 두 사람이 악수를 나누자 로사노가 그들에게 모든 일을 설명해주었다. 설명을 다 들은 다음, 루도비꼬와 암브로시오는 만난 기념으로 한잔하려고 볼리비아 대로의 주점에 갔다. 골치 아픈 일인가? 아니야. 실제로 루도비꼬는 쉽게 해결되리라 믿고 있었다. 암브로시오, 자넨 여기가 처음이지, 안 그런가? 그래, 여기로 가라고 해서 온 것뿐일세. 운전사니까 시키는 대로 해야지.

"그럼 자네가 베르무데스 나리의 운전사란 말인가?" 루도비꼬는 놀라 눈이 휘둥그레졌다. "안아줄 테니까 이리 와보게. 아무튼 축하하네."

일은 그럭저럭 잘 풀렸습니다요, 나리. 루도비꼬가 이뽈리또—

삼인조 중 하나로 성도착자였다 ─ 에 관해 들려주자 암브로시오는 재미있다는 듯 낄낄 웃었다. 지금은 루도비꼬가 까요 나리의 운전사 노릇을 하고 있구먼요, 나리. 그리고 이뽈리또는 그의 조수고요. 날이 어두워지자, 두 사람은 소형 트럭에 올랐다. 암브로시오가 차를 몰고 빈민촌으로 향했다. 하지만 빈민촌이 온통 진창으로 변해버린 탓에 멀찍한 곳에 차를 세웠다. 그들은 손으로 파리를 쫓고 진흙탕에 빠지면서 걸어 올라가 지나가는 사람들에게 물어물어 결국 그의 집을 찾아냈다. 중국 사람처럼 생긴 뚱뚱한 여인이 문을 열어주더니, 의심 가득한 눈빛으로 한참 그들을 노려보았다. 깔란차 씨와 잠깐 이야기를 나눌 수 있을까요? 그 순간 어둠속에서 남자가 나타났다. 그는 뚱뚱한 편이었고, 맨발에 셔츠만 입고 있었다.

"혹시 이곳 대표세요?" 루도비꼬가 물었다.

"여긴 더이상 들어올 자리가 없는데." 남자가 안쓰럽다는 듯이 우리를 쳐다보더라고요, 도련님. "이미 포화 상태라고요."

"급히 드릴 말씀이 있어서 온 겁니다." 암브로시오가 말했다. "동네나 한바퀴 돌면서 이야기를 나누는 게 어떨까 싶은데요."

남자는 아무 대답 없이 그들을 물끄러미 바라보았다. 마침내 그가 입을 열었다. 들어오시오. 여기서 이야기해요. 그건 안됩니다. 우리끼리 조용히 할 얘기라서 말이죠. 좋아요, 그럼 그렇게 합시다. 그들은 바람을 맞으며 걸었다. 깔란차 양옆으로 암브로시오와 루도비꼬가 섰다.

"요즘 당신이 너무 주제넘게 나서는 것 같아서 경고하러 왔습니다." 루도비꼬가 말했다. "다 당신을 위해 하는 말이니 너무 고깝게 듣지 마쇼."

"대체 무슨 소릴 하는 겁니까?" 남자가 힘없는 목소리로 물었다.

루도비꼬는 주머니에서 타원형으로 생긴 궐련을 꺼내 남자에게 권한 뒤 불을 붙여주었다.

"요즘 만나는 사람마다 붙잡고 10월 27일 아르마스 광장에서 열리는 행사에 나가지 말라는 소리를 하고 다닌다던데, 대체 이유가 뭐죠, 선생?" 암브로시오가 물었다.

"게다가 오드리아 장군님에 대해 온갖 악담을 퍼붓는다면서." 루도비꼬도 거들었다.

"누가 그런 터무니없는 말을 합디까?" 찔리는 데라도 있는지 흠칫하는 눈치였습니다요, 나리. 그러더니 갑자기 사근사근하게 굴더라고요. "그럼 경찰 나리들이신가요? 이렇게 만나 뵙게 돼서 영광입니다."

"우리가 경찰이라면 이처럼 점잖게 대할 리가 없겠지." 루도비꼬가 말했다.

"내가 정부를, 더군다나 대통령을 비방하고 다닌다니요. 설마 그럴 리가 있겠습니까." 깔란차는 딱 잡아뗐다. "이 동네 사람들이 10월 27일 축하 행사에 초대받는다면 더할 나위 없는 영광입죠. 그걸 제가 무슨 이유로 반대하겠습니까."

"그런데 왜 사람들한테 행사에 나가지 말라고 한 거요?" 암브로시오가 물었다.

"이런 좁은 동네일수록 소문이 금세 퍼지기 마련이지." 루도비꼬가 말했다. "이제 경찰도 당신을 불온 분자로 보고 예의 주시할 거요."

"절대 그렇지 않습니다. 다 새빨간 거짓말이라고요." 그 친구, 연기 하나는 기가 막히게 잘하더라고요, 나리. "나리들, 제가 자초지종을 설명해드릴 테니 일단 들어보세요."

"좋아, 어서 말해보시지. 생각이 있는 사람들이라면 이야기를 통해 서로를 이해할 수 있을 테니까."

눈물 없이 들을 수 없는 슬픈 사연이옵니다요, 나리. 여기 사는 사람들 대부분은 산에서 내려온 지 얼마 안된 터라 스페인어도 제대로 못한답니다. 하지만 좁은 땅에 정착해서 남에게 조금도 해를 끼치지 않고 열심히 살아왔습죠. 그러다가 오드리아 혁명이 일어나자 정부에서 기념으로 저들이 사는 곳에 10월 27일[115]이라는 명칭을 붙였어요. 다들 경찰에 끌려가는 불상사는 없었으니, 아무튼 저들로서는 쫓겨나지 않은 것만 해도 감지덕지였죠. 그래서 저들은 모두 오드리아를 고맙게 여기고 있답니다. 나리들과는 달리 아주 불쌍한 이들이에요 ── 그가 갑자기 우리를 추켜세우더라고요, 나리 ── 물론 저하고도 다르고요. 저들은 그저 가난하고 못 배운 사람들입니다. 저들이 나를 동네 대표로 뽑은 것도, 제가 글을 읽을 줄 아는데다 해안 지방 출신이기 때문이었죠.

"그게 지금 이 문제랑 무슨 상관이란 말이지?" 루도비꼬가 말했다. "당신 지금 동정 얻으려는 수작 아니야? 깔란차, 그래봐야 아무 소용도 없을 테니까 괜히 헛물켜지 말라고."

"만약 우리가 정치 문제에 관여한다면, 오드리아 퇴임 후에 등장할 사람들이 우리를 가만히 두겠어요? 당장 경찰을 보내 다 쫓아낼 텐데요." 깔란차가 설명했다. "그렇지 않습니까?"

"오드리아 퇴임 후에 등장할 사람들이라…… 거참 상당히 불온하게 들리는구먼." 루도비꼬가 거드름을 피우며 말했다. "암브로

---

115 오드리아 집권기인 1950년, 정부는 법령을 통해 리마 북부 지역에 '10월 27일 산업 노동자 지구'(Distrito Obrero Industrial 27 de Octubre)라는 명칭을 붙였다. 1956년부터 '프라이 마르면 데 뽀레스'(Fray Martín de Porres)로 개명되었다.

시오, 자네 듣기엔 안 그런가?"

그 말을 듣자 남자는 화들짝 놀라 입에서 담배를 떨어뜨리고 말 았다. 그가 그것을 주우려고 몸을 숙이자, 암브로시오가 말했다. 그 냥 둬요. 새것을 줄 테니 이걸 피워요.

"그런 일이 일어나지 않기를 저도 바랄 뿐입니다. 저도 오드리아 대통령께서 앞으로 영원히 그 자리에 계셨으면 하는 바람이에요." 그렇게 말하면서 손가락에 입을 맞추더라고요, 나리. "하지만 오드 리아 대통령도 인간이니까 언젠가 죽을 테고, 그러면 그의 정적이 권좌에 오를 것 아닙니까. 저기 10월 27일 동네 작자들 말이야, 매 년 행사에 나갔다잖아 하면서 손가락질하겠죠. 그러고는 경찰을 보내 우리를 모두 내쫓아버릴 겁니다, 나리."

"앞으로 올 일은 잊어버리고, 지금 어떻게 하는 게 좋을지만 생 각해야 할 거야." 루도비꼬가 말했다. "하여간 동네 사람들 전원이 10월 27일 행사에 참석할 수 있도록 만전을 기하쇼."

루도비꼬는 친구한테 하듯이 그의 어깨를 툭 치고는 팔을 잡으 며 말했다. 오늘 대화는 참 즐거웠소, 깔란차. 네, 나리. 물론입죠, 나리.

"6시에 버스가 사람들을 태우러 올 거요." 루도비꼬가 말했다. "그러면 모두 가는 거요. 노인이든 어린애든, 남자든 여자든 한명 도 빠짐없이 말이오. 행사가 끝나면 다시 버스로 데려다줄 테니까 걱정하지 말고. 원한다면 여기 도착한 뒤에 잔치를 열어도 돼요. 술 은 공짜로 줄 테니까. 됐소, 깔란차?"

그럼요, 나리, 물론이고말고요. 그러자 루도비꼬는 그의 손에 20쏠을 쥐여주었다. 우리 때문에 소화가 안됐을 테니, 그 댓가로 주 는 거요, 깔란차. 그러자 그는 고맙다면서 연신 허리를 굽실거리더라고요, 나리.

아침 식사를 마치고 나면 거의 매일 께따 양이 찾아왔다. 부인의
가장 친한 친구인 그녀 역시 예쁘기는 했지만 오르뗀시아 부인의
미모에는 결코 미치지 못했다. 그녀는 늘 바지와 목깃이 달린 블
라우스 차림에 울긋불긋한 모자를 쓰고 나타났다. 이따금씩 부인
은 께따 양의 하얀색 차를 타고 나갔다가 늦은 저녁이 돼서야 집에
돌아오곤 했다. 외출하지 않고 집에 있는 날이면 그들은 오후 내내
어디론가 전화를 걸어대며 늘 똑같은 농담과 험담을 늘어놓았다.
아무튼 부인과 께따 양은 온 집 안을 경박한 분위기로 몰아넣기 일
쑤였다. 두 여인의 웃음소리가 주방까지 들이치면, 아말리아와 까
를로따는 무슨 이야기를 하는지 엿들으려고 부엌으로 달려가곤 했
다. 무슨 꿍꿍이인지 그녀들은 가끔 손수건을 입에 갖다 대고 목소
리를 바꿔서 통화를 하기도 했다. 만약 남자가 받으면: 당신은 아
주 멋진 분이에요. 당신이 마음에 든다고요. 나는 당신한테 반했는
데, 당신은 나를 거들떠보지도 않는군요. 혹시 오늘밤 우리 집에 와
줄 수 있나요? 여자가 받으면: 남편이 당신 여동생과 불륜을 저지
르고 있어요. 당신 남편이 나 없으면 못 살겠다고 하는군요. 하지만
걱정 말아요. 남편을 빼앗지는 않을 테니까. 등에 종기가 너무 많아
서 징그럽거든요. 오늘 5시 로스 끌라벨레스에서 당신 남편이 어떤
여자와 바람을 피울 거예요. 상대가 누군지는 아시죠? 이런 식이
었다. 처음 그들의 시답잖은 농담을 들었을 때만 해도 아말리아는
너무 당황해서 어쩔 줄 몰라했지만 얼마 지나고부터는 배꼽을 쥐
고 웃었다. 부인의 친구들은 모두 연예계 사람들이야. 언젠가 까를
로따가 그녀에게 귀띔해주었다. 모두 라디오나 까바레에서 일하고

있지. 다들 얼마나 화려한지 몰라. 루시 양의 육감적인 몸매 좀 봐. 또 까르민차 양은 굽이 엄청 높은 하이힐만 신고 다닌다고. 그리고 치나라는 아가씨가 있는데, 그녀는 빔-밤-붐의 멤버야. 언젠가 부인이 갑자기 목소리를 낮추면서 이러더라고. 너한테 비밀 하나 알려줄까? 부인이 그러는데, 자기도 왕년에 가수였다는 거야. 게다가 까를로따가 언젠가 부인의 방을 청소하다가 우연히 앨범을 발견했는데, 거기에 그녀의 섹시한 매력을 한껏 과시하는 사진이 한가득 들어 있더라는 것이었다. 그 말을 듣고 아말리아도 사진을 보려고 그녀의 침대맡 테이블과 옷장, 화장대를 다 뒤져봤지만 헛수고였다. 어쨌거나 까를로따의 말은 사실이 틀림없었다. 사실 부인은 외모도 아름답지만 목소리도 고와서 가수가 되기에 어느 것 하나 부족한 점이 없었으니까 말이다. 아말리아와 까를로따는 부인이 목욕할 때 부르는 노래를 즐겨 들었다. 부인의 기분이 좋아 보이면 그녀들은 졸라대곤 했다. 부인, 「좁은 길」이나 「사랑이 넘치는 밤」, 아니면 「그대에게 바치는 빨간 장미」 좀 불러주세요, 네? 그러면 그녀는 흔쾌히 그들의 청을 들어주었다. 집에서 파티라도 열리는 날에는 굳이 그녀에게 노래를 청할 필요도 없었다. 흥이 나면, 그녀는 전축에 레코드를 올려놓은 다음 유리컵이나 선반에 있던 인형을 마이크 삼아 거실 한복판에서 열창을 하곤 했다. 노래가 끝나면 손님들은 그녀에게 열렬한 박수를 보냈다. 거봐, 내 말이 맞지? 그럴 때마다 까를로따는 아말리아의 귀에 대고 소곤거렸다.

"섬유산업 노사가," 그가 말했다. "어제 임금 인상안을 놓고 단체교섭을 벌였지만 결국 결렬되고 말았다더군. 그래서 어젯밤 경영자들이 노동성 장관을 찾아가 노동자 파업 가능성이 높다고 알려주었다네. 더구나 이번 파업은 다분히 정치적 성격을 띠고 있다고 말이야."

"죄송합니다만 까요 나리, 그런 일은 없습니다." 로사노가 말했다. "아시다시피 섬유 부문은 오래전부터 아쁘라 놈들의 거점이었죠. 그래서 그곳에 대대적인 소탕 작전을 벌여 놈들을 일망타진 했습니다. 그 덕분에 섬유 노조는 정말 믿을 만합니다. 아시겠지만, 노조 위원장인 뻬레이라는 우리에게 적극 협조하고 있으니까요."

"오늘 당장 그 뻬레이라한테 말해두게." 그가 로사노의 말을 끊었다. "파업 위협은 위협으로 그쳐야 한다고 말이야. 지금은 파업을 할 상황이 아니잖은가. 그리고 노동성의 중재안을 수용하라고 해."

"여기 모든 것이 다 설명되어 있습니다, 까요 나리. 제가 한번 보여드리겠습니다." 로사노는 허리를 숙이며 책상 위에 수북이 쌓여 있던 서류 더미에서 하나를 재빨리 꺼냈다. "이번 건은 단순한 위협에 불과합니다. 사용자들을 위협하기보다 노조원들 앞에서 자신의 권위를 회복하기 위한 일종의 정치적인 노림수일 뿐이죠. 현 노조 지도부에 대한 거부감과 비난이 만만치 않은 상황이라, 자칫 서두르다가는 노동자들이 다시……"

"노동성에서 적절한 임금 인상안을 제시했으니까," 그가 말했다. "뻬레이라한테 노조원들을 잘 설득하라고 해. 그 정도 했으면 단체교섭도 끝날 때가 됐잖아. 이대로 두었다가는 양측 간의 긴장만 고조될 뿐이고 자칫 소요 사태가 일어날 가능성이 크단 말이야."

"뻬레이라 생각으로는 노동성에서 노동자 측 요구안 중 제2항만 수용해준다면 언제든지……"

"당장 뻬레이라한테 설명해. 시키는 대로 하라고 월급을 주는 거지, 그 돈 받고 쓸데없는 생각이나 하라는 건 아니라고 말일세." 그가 단호하게 말했다. "문제를 원만하게 해결하라고 그 자리에 앉혀 놨는데, 생각이나 하면서 일을 더 꼬이게 만들면 쓰나. 노동성이 이 미 사용자 측으로부터 일정 정도의 양보를 얻어냈으니까, 이젠 노 조가 중재안을 받아들여야 할 차례야. 어떤 일이 있어도 마흔여덟 시간 안에 이번 문제를 매듭지으라고 뻬레이라에게 전하게."

"네, 알겠습니다, 까요 나리." 로사노가 말했다. "분부대로 하겠 습니다, 까요 나리."

하지만 이틀 뒤, 로사노는 화가 나서 펄펄 뛰었습죠, 나리. 깔란 차 그 멍청이가 위원회에 나오지 않았을뿐더러, 그후로도 일절 얼 굴을 내밀지 않았거든요. 10월 27일까지 사흘밖에 안 남았는데 큰 일이었죠. 만일 빈민촌 사람들이 아르마스 광장으로 우르르 몰려 가 자리를 채워주지 못한다면…… 생각만 해도 끔찍했습니다요. 깔란차도 명색이 사낸데, 저희가 너무 쉽게 본 거죠. 설득을 하든 협박을 하든, 적어도 500쏠 정도는 쥐여줬어야 했는데 말입니다요. 그러니까 그자가 우릴 속인 겁니다, 나리. 앞뒤가 다른 위선자였다 니까요. 우리는 트럭을 타고 그의 집으로 쳐들어갔습죠. 도착해서 문도 두드리지 않았어요. 루도비꼬가 주먹으로 양철 문을 부숴버 리고 들어갔지요. 안에는 촛불 하나 달랑 켜져 있더라고요. 깔란차 와 중국인처럼 생긴 아내가 밥을 먹고 있고, 그들 주변으로 열명의 아이들이 배고프다며 울고 있었어요.

"같이 나갑시다." 암브로시오가 나직한 목소리로 말했다. "얘기 좀 해야겠구먼요."

그런데 우리를 보고 여인이 몽둥이를 집어 드는 겁니다요. 그러 자 루도비꼬가 껄껄 웃기 시작했습죠. 깔란차가 욕을 하면서 그녀의 손에서 몽둥이를 빼앗더군요. 용서해주세요. 이 여자가 아무것도 모르고 한 짓이니 부디 용서해주십시오. 그 친구, 정말이지 연기 하나는 기가 막히게 잘하더라고요, 나리. 사실 우리가 노크도 안하고 불쑥 들어갔으니 놀랄 만도 했지요. 결국 깔란차는 우리와 함께 밖으로 나왔어요. 그날밤 그는 바지만 입고 있었고, 입에서는 술 냄새가 확확 풍기더라고요. 집 밖으로 나가자마자, 루도비꼬가 그의 뺨을 살짝 치더군요. 옆에 있던 저도 그의 뺨을 때렸습니다요. 그냥 가볍게 쳤구먼요. 그자의 기를 꺾으려고 그런 거죠. 그런데 그자가 생난리를 치더라니까요, 나리. 갑자기 바닥에 나동그라지더니 살려달라고 아우성을 치지 뭡니까요. 우리가 뭔가를 크게 오해하고 있는 거라면서 말입죠.

"치사한 자식 같으니." 루도비꼬가 으르렁대듯이 말했다. "오해라고? 오해 따윈 너나 해라, 이놈아."

"왜 약속을 지키지 않은 거예요?" 암브로시오가 물었다.

"버스 대절 문제를 매듭지으려고 이뽈리또까지 왔었는데, 왜 위원회에 안 나온 거지?" 이번에는 루도비꼬가 물었다.

"제 얼굴을 한번 보세요. 여길 한번 보시라니까요. 누렇게 뜨지 않았습니까?" 깔란차가 울면서 말했다. "가끔 병이 발작하면 쓰러져 정신을 잃어버린다고요. 요 며칠 너무 아파 일어나지도 못했어요. 내일 회의에는 꼭 나갈 겁니다. 다 잘될 테니까 걱정하지 마세요."

"만일 이 동네 사람들이 행사에 나가지 않는다면, 당신이 모든 책임을 져야 할 거예요." 암브로시오가 말했다.

"그런 불상사가 일어나면 넌 곧장 체포될 테니까 알아서 해." 루도비꼬가 말했다. "그것도 정치범으로 말이야. 어이쿠, 정말 그리되면 어쩌나."

그는 그들에게 꼭 나가겠다고 약속했다. 어머니의 이름을 걸고 맹세한다고 했다. 루도비꼬가 다시 뺨을 때렸고, 암브로시오도 따라 했다. 이번에는 좀 세게 쳤다.

"넌 바보 같은 짓이라고 여길지 모르겠지만, 다 너를 위해서 이러는 거야." 루도비꼬가 말했다. "우리도 네가 감옥에 갇히는 건 바라지 않아. 알겠어, 깔란차?"

"이번이 마지막 기회니까 알아서 하시구려." 암브로시오도 나서며 한마디 보탰다.

무슨 일이 있어도 이번만큼은 약속을 지키겠습니다. 어머니의 이름을 걸고 맹세할 테니까 제발 때리지 마세요, 나리.

"만일 이 동네 사람들이 한명도 빠짐없이 광장에 나가고 모든 일이 계획한 대로 착착 진행된다면, 그 보답으로 자네한테 300쏠을 더 주겠네, 깔란차." 루도비꼬가 말했다.

"더 안 주서도 됩니다. 전 돈을 원하는 게 아니니까요." 정말 교활하기 이를 데 없는 자였어요, 나리. "그저 오드리아 장군을 위해 그 일을 하려는 것뿐이지, 딴 이유는 없습니다요."

계속 약속하고 맹세하는 깔란차를 앞에 내버려둔 채 그들은 자리를 떠났다. 저 겁쟁이가 약속을 지킬까, 암브로시오? 꼭 지킬 거야. 그다음 날, 이뿔리또가 깃발을 갖다주려고 갔을 때 깔란차는 위원회 앞에서 그를 맞이했다. 그러고는 이뿔리또가 보는 앞에서 사람들을 모아놓고 연설을 한 뒤, 그에게 최대한 협조하겠다고 다짐했다.

부인은 아말리아보다 훨씬 더 컸지만 께따 양에 비하면 작은 편이었다. 검은 머리에 한번도 햇볕에 나간 적이 없는 것처럼 새하얀 피부, 그리고 초록빛 눈동자와 추파를 던지듯 언제나 고르게 난 이로 물고 다니는 빨간 입술이 얼마나 돋보이는지 몰랐다. 부인은 몇 살이나 되었을까? 서른은 넘었을 거야, 까를로따는 그 정도 될 거라고 추측했다. 반면 아말리아는 스물다섯살 정도로 보았다. 허리 위쪽 몸매는 그저 그랬지만, 굴곡진 하체는 정말이지 아름다웠다. 어깨는 약간 뒤로 젖혀진 편이었고 봉긋한 가슴에 허리는 어린 여자아이만큼이나 가느다란 반면, 엉덩이의 선은 양옆으로 풍만하게 벌어지다가 아래에서 하나로 모이며 하트 모양을 이루었다. 다리는 아래로 갈수록 서서히 가늘어졌고, 가는 발목과 발은 떼떼 아가씨하고 비슷했다. 앙증맞은 손에 길게 기른 손톱은 언제나 입술과 똑같은 색깔로 칠해져 있었다. 특히 바지와 블라우스를 입으면 몸맵시가 잘 드러났다. 또 우아한 드레스를 입을 때면 네크라인 위로 어깨가 훤히 드러났을 뿐 아니라, 등과 가슴 또한 절반가량 드러났다. 그녀는 언제나 다리를 꼬고 앉는 버릇이 있어서 그럴 때마다 치마가 무릎 위로 올라갔다. 아말리아와 까를로따는 찬장 뒤에 숨어 그녀의 다리와 네크라인을 힐끔거리는 남자 손님들을 구경하며 신이 나 수다를 떨곤 했다. 뚱뚱하고 머리가 희끗희끗한 노인네들이 그녀의 몸매를 조금이라도 더 가까이 보려고 테이블에서 위스키 잔을 들어 올리거나 담뱃재를 터는 척 몸을 구부리는 등 갖은 수단을 다 동원하는 것이었다. 그런데도 그녀는 화를 내기는커녕 오히려 요염한 자태로 그들을 더 자극했다. 주인 나리는 질투도 안 날까? 아말리아가 까를로따에게 물었다. 외간 남자들이 자기 부인한테 저렇게 음흉한 마음을 품는 걸 알면 보통은 난리가 날 텐데 말이야. 그러자 까를로따가 말했다. 주인 나리가 무엇 때문에 부인을 질투하겠어? 이미 자기 정부로 삼았는데. 그래도 그녀들로서는 이해가 안 가는 대목이 있었다. 주인이 나이도 많고 못생기긴 했지만, 결코 둔하거나 미련해 보이지는 않았다. 그런데도 남자 손님들이 자기 여자한테 저렇게 막 대하고 저속한 농담을 늘어놓는 게 아무렇지 않다니, 어떻게 그럴 수 있을까? 가령 저들은 춤을 추다가 그녀의 목에 입을 맞추거나 그녀의 등을 주무르기도 하고, 어떨 땐 꽉 껴안기도 했다. 그래도 부인은 살짝 웃으면서 뻔뻔스러운 자의 뺨을 살짝 치거나 아니면 장난스럽게 의자로 밀어버릴 뿐이었다. 또 아무 일도 아니라는 듯 계속 춤을 추거나 무례한 짓을 해도 가만히 내버려두는 경우도 많았다. 반면 까요 씨는 일절 춤을 추지 않았다. 그저 의자에 앉아 술잔을 손에 든 채 손님들과 대화를 나누거나 남자들 앞에서 추파를 던지는 그녀를 지친 얼굴로 바라볼 뿐이었다. 그러던 어느날, 술에 취해 얼굴이 불콰한 남자가 그에게 소리를 질렀다. 이봐 까요 씨, 매력적인 이 부인과 빠라까스에서 이번 주말을 함께 보내고 싶은데 좀 빌려주면 안되겠소? 그러자 까요 씨가 대답했다. 기꺼이 빌려드리지요, 장군님. 눈치 빠른 그녀도 가만히 있지 않았다. 잘됐네요. 빠라까스에 데려가주세요. 난 당신 거니까요. 아말리아와 까를로따는 그런 객쩍은 농담을 듣고 엉큼한 행동을 보면서 배를 잡고 웃었다. 하지만 씨물라는 가만히 보고만 있지 않았다. 그들이 낄낄거리고 있으면 당장 부엌으로 와서 문을 닫아버렸다. 어떨 땐 부인이 발그스레해진 얼굴에 눈을 반짝이면서 나타나 그들을 방에 들여보내기도 했다. 그러나 침대에 누워 있어도 여전히 음악과 웃음소리, 그리고 누군가의 고함 소리와 잔 부딪치는 소리가 들려왔다. 아말리아는 몸을 웅크린 채 이불을 뒤집어썼지만, 눈만 말똥말똥하니 도무지 잠이 오질 않았다. 왠지 마음이 조마조마하면서도 이따금씩 피식 웃음이 나오는 것이었다. 파티가 열린 다음 날 아침이면 아말리아와 까를로 따는 평소보다 세배나 많은 일을 해야만 했다. 담배꽁초와 빈 술병이 산더미처럼 쌓여 있고, 가구는 죄다 벽에 붙여놓은데다, 발밑에는 깨진 유리 조각이 여기저기 흩어져 있었다. 그들은 서둘러 바닥을 쓸고 여기저기 나뒹구는 술병과 깨진 유리 조각을 주웠다. 그러곤 가구들을 원래 있던 곳으로 옮겨놓았다. 그러지 않으면 부인이 내려와 아, 더러워라! 지저분하게 이게 뭐야! 하고 잔소리를 해댈 게 뻔했다. 파티가 있는 날이면 주인은 이곳에서 잤다. 아말리아는 주인이 초췌하고 누렇게 뜬 얼굴을 하고 정원을 가로질러 밤 내내 차에서 대기하고 있던 두 남자를 깨우는 것을 지켜보았다. 저렇게 밤샘 근무를 시키면 얼마나 줄까? 차가 출발하면 골목을 서성이던 경호원들도 자리를 떴다. 그 시기에 부인은 늘 늦잠을 잤다. 씨물라는 부인을 위해 양파와 고추 소스를 얹은 굴 요리와 차가운 맥주 한잔을 준비하곤 했다. 그러면 부인은 가운 차림으로 내려와 아침을 먹었는데, 퉁퉁 부은 두 눈에는 벌겋게 핏발이 서 있었다. 아침 식사가 끝나면 그녀는 다시 침실로 올라가 누웠다. 그런 뒤 오후에는 어김없이 벨이 울렸다. 아말리아더러 광천수와 알카-셀처 몇알을 가지고 올라오라는 신호였다.

"올라베 농장 건 말인데." 그가 담배 연기를 내뿜으며 말했다. "치끌라요에 보낸 일꾼들은 다 돌아왔나?"

"오늘 오전에 다 돌아왔습니다, 까요 나리." 로사노가 고개를 끄덕였다. "모두 처리되었습니다. 그리고 이건 주지사 보고서고, 이건 경찰 보고서 사본입니다. 주동자 세놈은 치끌라요 유치장에 갇혀 있고요."

"아쁘라 놈들인가?"그는 다시 담배를 한모금 마시고 내뿜으면서, 재채기를 억지로 참고 있는 로사노를 보았다.

"란사라는 자만 그렇습니다. 늙은 아쁘라 당 간부죠. 나머지는 젊은 놈들로, 전과 기록은 없습니다."

"그럼 그들을 리마로 압송해서 자백을 받아내도록 하게. 죽을죄든 가벼운 죄든 모두 말이야. 올라베 농장에서 일어난 그런 파업은 우발적으로 발생한 게 아닐세. 전문가들이 오랜 시간에 걸쳐 준비한 것이 틀림없어. 농장은 다시 정상적으로 돌아가고 있나?"

"오늘 오전에 작업을 재개했습니다, 까요 나리." 로사노가 말했다. "주지사가 전화로 통보해주었습니다. 만일의 사태에 대비해서 올라베에 소규모 병력을 배치해두었습니다. 물론 주지사는 그럴 필요 없다고……"

"싼마르꼬스는?"

로사노는 입을 다물고 재빨리 테이블 위로 손을 뻗어 쌓여 있던 서류 중에서 서너개를 골라 집어 들었다. 그는 시선을 다른 곳으로 돌리며 그것을 의자 팔걸이 위에 올려놓았다.

"이번 주엔 별다른 활동이 없습니다, 까요 나리. 물론 소수의 학생들이 모이는 일은 있지만, 아쁘라 당원 놈들은 그 어느 때보다 지리멸렬한 상태입니다. 반면 라바니또들은 좀더 활발한 움직임을 보이고 있고요. 아 참, 최근 뜨로쯔끼주의 단체가 새로 결성됐다는 첩보를 입수했습니다. 그래서 그들의 동태를 감시했지만, 모여서 대화를 나누는 것 외에는 별다른 특이 사항이 발견되지 않았습니다. 그리고 다음 주에는 의과대학 선거가 있을 예정입니다. 지금 추세라면 아쁘라 후보가 당선될 것이 분명해 보입니다."

"다른 대학들은 어떤가?"그가 담배 연기를 뿜어내자 로사노가 재채기를 했다.

"거기도 마찬가지입니다, 까요 나리. 소규모 단체들이 회의를 열어 자기들끼리 싸우고 있을 뿐, 특별한 점은 없습니다. 아! 그리고 뜨루히요 대학에 심어놓은 정보원이 드디어 활동을 시작했습니다. 이게 바로 3호 메모입니다. 우리는 거기 두명의……"

"메모뿐이라고?" 그가 물었다. "이번 주에는 전단이나 유인물, 등사판 호외도 안 나왔다는 건가?"

"물론 있지요, 까요 나리." 로사노는 갑자기 서류 가방을 들어 열더니, 의기양양한 표정으로 두툼한 봉투 하나를 꺼냈다. "여기 전단과 유인물, 심지어는 타자기로 작성된 연합 지도부의 공식 성명서까지, 없는 게 없습니다, 까요 나리."

"대통령 순시 건 말인데." 그가 말했다. "까하마르까 쪽과는 이야기가 다 끝났나?"

"네, 지금 준비 작업이 한창입니다." 로사노가 말했다. "제가 월요일에 출발하니까, 늦어도 수요일 오전까지는 상세한 보고서를 올리겠습니다. 괜찮으시다면 나리께서는 목요일쯤 현장의 보안 상태를 점검하실 수 있을 겁니다."

"자네 부하들은 육로로 이동하는 걸로 결정을 내렸네. 목요일에 버스로 출발하면, 금요일에 도착할 걸세. 만에 하나 비행기로 가다 추락이라도 하면 어떡하겠나. 인력을 대체할 시간도 없고 말이야."

"버스를 타고 산길로 가는 게 오히려 비행기보다 더 위험할지도 모르겠는데요." 로사노는 웃으며 능청을 떨다가 갑자기 정색하며 말했다. "아주 좋은 생각입니다, 까요 나리."

"그 서류들을 모두 놓고 가게." 그가 자리에서 일어나자 로사노도 따라 일어났다. "검토하고 내일 돌려줄 테니까."

"바쁘신데 제가 시간을 너무 빼앗았네요, 까요 나리." 로사노는 커다란 서류 가방을 옆구리에 낀 채 그의 뒤를 따라 책상으로 갔다.

"잠깐만, 로사노." 그는 담배에 불을 붙이고 잠시 눈을 감았다. 로사노는 그의 앞에 서서 미소 띤 얼굴로 기다렸다. "늙은 이본한테서 더이상 돈을 옭아내지 말게."

"뭐라고 하셨나요, 까요 나리?" 로사노가 당황한 표정으로 눈을 껌벅거렸다. 그의 얼굴에서 핏기가 사라졌다.

"자네가 리마의 매춘부들한테 몇쏠씩 받아내든 말든 나야 상관없어." 그는 웃으며 다정한 목소리로 말했다. "하지만 이본은 가만히 내버려두라고. 만약 그녀한테 무슨 문제라도 생기면 발 벗고 도와주고. 그녀는 좋은 사람이야, 알겠나?"

로사노의 살찐 얼굴은 땀으로 번들거렸고, 돼지처럼 작은 눈은 억지로 웃느라 안간힘을 쓰고 있었다. 그는 문을 연 뒤 로사노의 어깨를 두드리며 말했다. 잘 가게, 로사노. 다시 책상으로 돌아온 그는 전화기를 들었다. 박사, 란다 상원 의원 좀 연결해주게나. 그는 로사노가 놓고 간 서류를 집어 가방 안에 넣었다. 잠시 후 전화벨이 울렸다.

"안녕하십니까, 까요 씨?" 란다 의원의 유쾌한 목소리가 수화기에서 흘러나왔다. "안 그래도 연락하려던 참이었습니다."

"아, 그러셨나요? 아무래도 상원 의원님하고는 텔레파시가 통하는 모양입니다." 그가 말했다. "좋은 소식이 있습니다."

"아, 그거 말이죠. 나도 알고 있어요, 까요 씨." 좋기도 하겠다, 망할 자식. "오늘 오전부터 올라베 농장이 다시 정상적으로 가동되고 있다고요. 이번 사태에 관심을 가져주셔서 얼마나 감사한지 모르겠습니다."

"주동자를 모두 체포했습니다." 그가 말했다. "한동안 놈들 때문에 속 썩을 일은 없을 겁니다."

"수확 작업이 지연되었더라면 주 전체가 엄청난 피해를 입었을 거예요." 란다 상원 의원이 말했다. "참, 까요 씨, 오늘 시간 어떠신가요? 혹시 저녁에 약속이 있나요?"

"싼미겔로 오시죠. 저녁 식사라도 하게요." 그가 말했다. "의원님을 좋아하는 여인들이 항상 안부를 묻고 있으니 말입니다."

"듣던 중 반가운 소리군요. 그럼 오늘 9시쯤 괜찮겠습니까?" 란다 상원 의원이 웃으며 말했다. "좋아요. 그럼 그때 뵙도록 하죠, 까요 씨."

그는 전화를 끊고 다시 어딘가로 전화를 걸었다. 벨이 두번, 세번, 네번 울린 다음에야 상대는 전화를 받았다. 수화기로 잠이 덜 깬 목소리가 흘러나왔다. 여보세요?

"오늘 저녁에 란다를 초대했어." 그가 말했다. "께따한테도 연락해. 그리고 이제 아무도 이본한테서 돈을 뜯어내지 않을 테니까 걱정하지 말라고 전해. 어서 전화 끊고 계속 자라고."

10월 27일 아침, 그는 이뽈리또, 루도비꼬와 함께 버스와 트럭을 가지러 갔다. 자꾸 걱정이 되는군. 가는 도중 루도비꼬가 말하자 이뽈리또가 대꾸했다. 괜찮을 거야. 저 멀리 판자촌 사람들이 한데 모여 우리를 기다리고 있는데, 얼마나 많던지 판잣집들이 보이지 않을 정도였습죠, 나리. 그들은 그곳에서 쓰레기를 태우고 있었다. 재와 벌레들이 주변을 날아다녔다. 동네 위원회 사람들이 그들을 맞이하러 나왔다. 깔란차가 앞으로 나서며 부드러운 목소리로 인사를 건넸다. 제가 뭐라고 했습니까? 그는 그들에게 손을 내밀어 악수를 청하고는 주변에 있던 사람들을 차례대로 소개했다. 그들은 모자를 벗고 포옹을 나누며 인사를 했다. 지붕과 대문마다 오드리아의 사진이 붙어 있었고, 다들 손에 깃발을 하나씩 든 모습이었다. 부흥 공화국 만세, 오드리아와 함께하는 달동네, 건강, 교육, 노동 등의 구호가 커다랗게 쓰인 깃발들이었다. 동네 사람들은 그들을 쳐다보고 있었고, 아이들은 그들의 바짓가랑이에 매달렸다.

"다들 우거지상을 해가지고 어떻게 아르마스 광장에 가겠어." 루도비꼬는 혀를 끌끌 차며 눈살을 찌푸렸죠.

"때가 되면 분위기가 살아날 겁니다." 깔란차가 간사한 표정을 지으며 그러더라고요, 나리.

그들은 동네 사람들을 버스와 트럭에 태웠다. 온갖 종류의 인간들이 다 있었는데, 그중에서도 여자들과 산에서 내려온 사람들이 생각보다 많아 광장까지 여러번 왔다 갔다 해야 했다. 자발적으로 나온 시민들은 물론 다른 빈민촌과 주변 농장에서 동원된 사람들로 광장은 이미 북적거렸다. 대성당에서 내려다보니 인산인해를 이룬 모습 위로 포스터와 사진, 깃발 등이 파도처럼 일렁이고 있었다. 그들은 로사노가 미리 말해둔 곳으로 판자촌 사람들을 데려갔다. 시청 건물과 상점, 그리고 끌룹 델 라 우니온[116]의 창문에는 수많은 남자들과 여자들이 달라붙어 그 광경을 지켜보고 있었다. 페르민 나리께서도 그 자리에 계셨겠죠? 그렇죠, 나리? 그때 암브로시오가 갑자기 어딘가로 고개를 돌렸다. 저 발코니에 베르무데스 나리가 계셔. 저기 못생긴 게이 자식들 좀 봐, 부둥켜안고 난리구먼. 이뽈리또가 웃으며 분수대를 가리키자 루도비꼬가 쏘아붙였

<hr />

116 1868년 10월 10일에 설립된 비영리 민간 협회로, 리마 구시가인 역사 지구 중심에 위치해 있다.

다. 어이구, 어째 꼭 저 같은 소리만 할까. 누가 게이 새끼 아니랄까
봐. 사람들은 늘 그런 식으로 이뽈리또를 놀렸지만, 그는 한번도 화
를 낸 적이 없었어요, 나리. 그들은 사람들의 흥을 돋우며 만세를
부르고 뿔피리를 불게 했다. 사람들이 떠들썩하게 웃고 머리를 흔
들어대기 시작했다. 자, 다들 힘내라고. 루도비꼬가 말했다. 이뽈리
또는 생쥐처럼 군중 사이를 돌아다니며 소리를 질러댔다. 좀더 즐
겁게. 좀더 크게. 그때, 악단이 도착해서 왈츠와 마리네라를 연주했
다. 마침내 대통령궁의 발코니 문이 열리더니 대통령이 많은 신사
들, 그리고 군인들과 함께 모습을 드러냈다. 광장에 모인 군중들이
일제히 환호성을 질렀다. 잠시 후 대통령이 혁명과 뻬루에 관해 연
설하자 흥분은 극에 달했다. 그들은 누가 시키지도 않았는데 알아
서 만세를 불렀다. 연설이 끝나자 우레와 같은 박수갈채가 터졌다.
제가 약속을 지켰습니까, 안 지켰습니까? 해 질 녘 판자촌에 도착
한 뒤, 깔란차는 그들에게 몇번이나 물었다. 그들은 수고했으니까
다들 모여 한잔씩 하라고 그에게 300쏠을 주고 동네 사람들에게는
술과 담배를 돌렸다. 얼마 지나지 않아 술에 취한 이들이 이리저리
돌아다니기 시작했다. 세 사람은 깔란차와 함께 뻬스꼬를 마셨다.
그러다 루도비꼬와 암브로시오는 이뽈리또만 남겨놓고 슬쩍 자리
를 떴다.

"이 정도면 베르무데스 나리도 만족해하시겠지, 암브로시오?"

"물론 그러시겠지, 루도비꼬."

"그건 그렇고, 이노스뜨라사 대신 내가 자네하고 운전할 수 있게
끔 힘 좀 써줄 수 있겠어?"

"글쎄, 까요 나리를 모시는 게 이만저만 힘들지가 않아, 루도비
꼬. 이노스뜨라사도 잠을 제대로 못 자서 결국 반쯤 정신이 나간

상태라니까."

"하지만 500쏠이나 더 받잖아, 암브로시오. 더군다나 어엿한 정식 직원이 되는 거니까 지금처럼 어정쩡하지도 않을 거고. 그리고 암브로시오, 자네와 함께 일할 수 있어서 더 좋잖아."

결국 이 암브로시오가 까요 나리한테 가서 말씀을 드렸습니다요, 나리. 이노스뜨라사 대신 루도비꼬를 써달라고 말이죠. 그랬더니 까요 나리가 껄껄 웃으며 말씀하시더라고요. 아이고, 깜둥이 많이 컸네. 네놈이 사람을 다 추천하고 말이야.

3

파티가 있던 다음 날, 아말리아는 기겁을 하고 말았다. 그녀는 아래층에서 일하다 주인이 계단으로 내려오는 소리를 들었다. 주인은 거실로 가더니 블라인드를 조금 젖히고 대기하던 차와 골목을 지키던 경찰이 떠나는 것을 지켜보았다. 그때 그녀는 2층으로 올라가 조심스럽게 문을 두드렸다. 부인, 바닥 광택기 좀 가져가도 될까요? 그녀는 조용히 문을 연 뒤 까치발을 하고 들어갔다. 광택기는 저기 화장대 바로 옆에 있었다. 창문을 통해 희미한 빛이 스며들기는 했지만 침대의 악어 다리와 병풍, 그리고 벽장만 어렴풋이 보일 뿐, 나머지는 어둠에 잠겨 있었다. 방 안에는 미지근한 수증기가 떠다녔다. 화장대로 가면서 그녀는 침대 쪽으로 고개를 돌리지 않으려 애썼다. 그런데 광택기를 가지고 나오려고 몸을 돌리는 순간, 아말리아는 얼어붙은 듯 그 자리에서 꼼짝할 수 없었다. 침대에 께따양이 누워 있었기 때문이다. 발로 걷어찼는지 시트와 담요가 카펫 위로 떨어져 있었다. 께따 양은 부인 쪽으로 돌아누운 채 잠들어 있었는데, 한 손은 부인의 허벅지 위에 놓이고 다른 손은 침대 가장자리에서 대롱거렸다. 더 놀라운 것은 그녀가 실오라기 하나 걸치지 않은 알몸이라는 사실이었다. 까무잡잡한 등 너머로 부인의 새하얀 어깨와 팔, 그리고 새까만 머리카락이 보였다. 그나마 부인은 시트를 덮고 있었다. 아말리아는 살며시 문으로 걸어갔다. 마치 가시밭길을 걷는 기분이었다. 하지만 방을 나서기 전에, 호기심을 참지 못하고 다시 뒤를 돌아보았다. 어둠속에 잠겨 있는 실루엣이 보였다. 하얗고 짙은 빛을 띤 두 여인의 실루엣은 미동도 하지 않았다. 그럼에도, 그 순간 무언가 낯설고 위험한 것이 침대에서 스멀스멀 기어나오는 듯했고, 천장의 거울에서는 용이 튀어나오는 것 같았다. 둘 중 누군가가 꿈을 꾸는지 중얼거리며 잠꼬대하는 소리가 들려 그녀는 화들짝 놀랐다. 아말리아는 숨을 헐떡이면서 문을 닫았다. 그러나 계단을 내려오면서 참았던 웃음이 터지고 말았다. 그녀는 입을 막은 채 주방으로 뛰어 들어갔다. 까를로따, 까를로따, 부인이 께따 양과 한 침대에서 자고 있어. 그녀는 목소리를 낮추고 마당 쪽을 둘러보았다. 둘이 벌거벗고 누워 있더라니까. 실오라기 하나 걸치지 않고 말이야. 무슨 소리야? 원래 파티가 있는 날이면 께따 양은 언제나 여기서 자고 가잖아. 그러더니 까를로따는 하품을 하다 말고 돌연 목소리를 죽였다. 둘이 벌거벗고 누워 있다고? 아무것도 안 입고서? 그날 오전 방을 치우고 꽃병의 물을 갈아준 다음 카펫의 먼지를 터는 동안, 그들은 내내 서로의 옆구리를 찌르며 수군거렸다. 그럼 주인 나리는 소파에서, 그러니까 서재에서 주무셨겠지? 그들은 터져 나오려는 웃음을 가까스로 참았다. 아니면 침대 밑에서? 이제 도저히 못 참겠다는 듯 한명의 눈에는 눈물이 그렁그렁 맺혔고 다른 하나는 손바닥으로 상대의 등짝을 때리기까지 했다. 이게 웬일이람? 둘이서 대체 뭘 했을까나? 아니, 일이 어떻게 되는 거지? 안 그래도 큰 까를로따의 눈이 왕방울만 해지고, 아말리아는 터지는 웃음을 참느라 자기 손을 깨물었다. 시장에서 돌아온 씨물라가 그 모습을 보고 소리를 질렀다. 뭐가 그렇게 우습다고 난리야? 아무것도 아니에요. 라디오에서 하도 웃긴 얘기를 해서 그만. 부인과 께따 양은 정오가 되어서야 하품을 하면서 내려왔다. 두 사람은 고추 소스를 섞은 굴 요리와 차가운 맥주를 먹었다. 께따 양은 부인의 가운을 빌려 입었지만 키 차이 때문에 너무 짧았다. 그들은 평소처럼 전화를 거는 대신 레코드를 들으며 대화를 나누었다. 께따 양은 저녁이 다 되어서야 집으로 돌아갔다.

까요 국장님, 딸리오 씨가 와 있습니다. 들어오라고 할까요? 그러게, 박사. 잠시 후 문이 열렸다. 금발 곱슬머리에 수염이 없고 발그스레한 얼굴을 한 청년이 사뿐사뿐 걸어 들어왔다. 익숙한 모습이었다. 아무리 봐도 오페라 가수같이 생겼어. 그는 생각했다. 아니면 게이일지도 모르지. 하여간 계집애 같아.

"만나서 반갑습니다, 베르무데스 씨." 그는 미소를 지으며 손을 내밀었다. 기분이 좋은 모양인데, 얼마나 오래가나 보자고. "저를 기억하실지 모르겠군요. 작년에……"

"기억하다마다요. 바로 이 자리에서 대화를 나누었으니까요. 그렇죠?" 그는 로사노가 앉았던 자리로 그를 안내하고는 그 맞은편에 앉았다. "담배 피우시겠습니까?"

딸리오 씨는 담배를 받아 들자마자 몸을 숙여 라이터를 꺼냈다.

"안 그래도 일간 찾아뵈려고 했습니다, 베르무데스 씨." 의자에 벌레라도 기어 다니기는 양 그는 안절부절못하고 몸을 이리저리 움직였다. "그래서 말씀인데, 마치……"

"텔레파시가 통하기라도 한 것 같군요." 그가 미소를 지으며 말했다. 딸리오가 고개를 끄덕이며 입을 열려고 했지만 그는 말할 틈을 주지 않고 신문 스크랩 한무더기를 건네주었다. 딸리오는 깜짝 놀라며 그것을 받아 들더니 심각한 표정으로 한장씩 넘겨보며 고개를 끄덕였다. 그래, 좋아. 어서 읽어보라고. 이 망할 이딸리아 놈아, 잘 읽어보란 말이야.

"아, 알겠습니다. 부에노스아이레스에서 일어난 일 때문에 그러시는 거죠?" 그가 고개를 들고 말했다. 더이상 안절부절못하지도, 몸을 뒤틀지도 않았다. "혹시 정부에서 이번 사태에 대한 공식 성명을 발표했습니까? 만약 나왔으면 지금 당장 송고해야 해서요."

"안사 통신이 타전한 소식이 모든 신문에 나왔습니다. 다른 통신사들을 모두 제치고 특종을 터뜨린 셈이죠."

그가 미소를 짓자 딸리오도 말없이 웃었다. 하지만 마뜩잖은 표정이야. 체면상 웃고 있을 뿐이지. 계집애 같은 놈. 뺨은 여전히 발그스레한 게 참하군. 너를 로베르띠또한테 바쳐야겠어.

"단도직입적으로 말하자면, 그 뉴스는 신문사에 보내지 말았어야 했습니다." 그가 말했다. "아무리 아쁘라 놈들이라 해도 자기 나라 대사관에 돌을 던지다니, 정말 믿을 수가 없군요. 그런 창피한 사건을 무엇하러 기사화한단 말입니까?"

"안사의 외신 보도에만 나온 걸 보고 저도 깜짝 놀랐습니다." 그는 어깨를 으쓱이며 검지를 들어 올렸다. "우리가 그 뉴스를 속보에 포함시킨 건, 그 건에 대해 아무런 사전 통보를 받지 못했기 때문입니다. 보도국에서 그 뉴스를 받았어요, 베르무데스 씨. 아무튼 그 과정에 어떤 착오도 없었기를 바랄 뿐입니다."

"모든 통신사들이 그 기사를 삭제했죠. 안사만 빼고 말입니다." 그가 씁쓸한 표정을 지으며 말했다. "여태껏 안사 통신과 참 우호적인 관계를 맺어왔는데 안타깝군요, 딸리오 씨."

"그 뉴스도 다른 기사와 함께 이곳을 거쳐 내려온 겁니다, 베르무데스 씨." 정말 놀랐는지 그의 얼굴이 벌게져 있었다. 여유 만만하던 모습도 싹 사라지고 없었다. "하지만 우리는 통지는커녕, 쪽지 한장 받지 못했다고요. 알시비아데스 박사를 불러서 직접 물어보십시오. 지금 이 자리에서 모든 걸 분명하게 밝히고 싶군요."

"보도국 데스크에서는 기사의 좋고 나쁨을 구분하지 않는 모양이죠." 그는 담배를 끄고, 조용히 새 담배를 피워 물었다. "그저 송고된 기사를 받았다는 확인만 해주면 된다 이거군요, 딸리오 씨."

"알시비아데스 박사가 요청만 했다면, 분명히 그 기사를 삭제했을 겁니다. 늘 그랬던 것처럼 말이죠." 그는 어쩔 줄 모르며 조바심을 쳤다. "우리 안사 통신은 정부를 불편하게 만드는 어떤 사실도 유포할 생각이 없으니까 말입니다. 하지만 베르무데스 씨, 입장을 바꾸어놓고 생각해보세요. 우리가 무슨 점쟁이도 아니고, 그런 걸 어떻게 다 알아낸단 말입니까?"

"우리 쪽에서는 어떤 지시도 내리지 않습니다." 그는 묘한 모양을 이루며 피어오르는 담배 연기와 딸리오의 넥타이에 그려진 하얀 물방울무늬를 유심히 쳐다보았다. "그저 아주 호의적으로 권할 뿐이에요. 우리나라에 이롭지 않은 뉴스는 보도하지 않는 게 어떠냐 하고 말이죠. 물론 그런 경우도 거의 없지만 말입니다."

"물론이죠. 그런 거라면 저도 잘 알고 있습니다, 베르무데스 씨." 로베르띠도, 녀석을 자네한테 넘겨줄 테니 조금만 기다려봐. "저는 지금까지 알시비아데스 박사의 권고를 충실히 따라왔습니다. 하지만 이번에는 아무런 통고도, 권고도 없었다고요. 그래서 드리는 말씀인데……”

“언론에 대한 검열을 하지 않는 것이 우리 정부의 방침입니다. 어떤 일이 있어도 언론기관을 탄압할 수는 없지요.” 그가 말했다.

“알시비아데스 박사를 부르지 않으면 이 문제는 명확하게 밝혀지지 않을 겁니다, 베르무데스 씨.” 로베르띠도, 바셀린이나 준비해두고 있으라고. “그를 불러서 저와 베르무데스 씨 앞에서 사실을 분명하게 밝히도록 해야 합니다. 제발 제 부탁 좀 들어주세요, 네? 이게 무슨 일인지 도무지 이해가 안 가네요, 베르무데스 씨.”

“한잔씩 더 주문하겠네.” 까를리또스가 말하고는 웨이터를 불렀다. 독일 맥주 두개요. 캔 맥주로요.

그는 『뉴요커』의 표지로 도배한 벽에 몸을 기댔다. 환한 불빛 아래 곱슬머리와 퀭한 눈, 이틀 동안 면도를 하지 못해 시커멓게 자란 수염과 빨개진 코끝이 두드러져 보였다. 꼬락서니가 영락없는 주정뱅이였지. 그는 생각한다. 감기에 걸려 맥을 못 추는 그런 모습 말이야.

“그런 맥주는 비싸지 않아?” 싼띠아고가 물었다. “오늘 주머니 사정이 좋지 않아서 말이야.”

“오늘은 내가 낼 테니까 걱정 마. 방금 그 개자식들한테서 가불 받았으니까.” 까를리또스가 말했다. “나하고 여기 온 이상 자네가 얌전한 청년이라는 소문도 오늘밤으로 끝장이라고, 싸발리따.”

벽에 붙여놓은 잡지의 표지는 다양한 색깔로 멋지고 화려하면서도 유머러스했다. 테이블 대부분이 비어 있었지만 술집을 둘로 갈라놓은 철망 저쪽에서 웅얼거리는 소리가 들려왔다. 바에서는 셔츠 차림의 남자가 혼자서 맥주를 마시고 있었다. 그리고 어두워서 잘 보이지 않았지만, 누군가가 구석에서 피아노를 치고 있었다.

"난 한달 치 봉급을 여기다 전부 갖다 바치지." 까를리또스가 말했다. "이상하게 이 소굴에만 들어오면 마음이 편안해진다니까."

"난 네그로-네그로가 처음이야." 싼띠아고가 말했다. "여기 화가하고 작가들이 많이 온다면서?"

"절망의 늪에서 허우적거리는 화가들과 작가들이지." 까를리또스가 말했다. "애송이 시절에는 마치 신앙심 돈독한 노파들이 교회에 가는 심정으로 여길 드나들었어. 저 구석에 앉아 그들을 몰래 살펴보고 그들이 하는 말을 귀담아들었지. 어쩌다 내가 아는 작가라도 나타나면 가슴이 설레기까지 했다고. 어떻게든 그 천재들과 가까이 지내고 싶었어. 그들의 영감을 조금이라도 받고 싶었으니까."

"자네가 작가라는 건 예전부터 알고 있었어." 싼띠아고가 말했다. "시집을 냈다는 것도 말이야."

"작가가 되려고 했었지. 시집도 내려고 했고." 까를리또스가 말했다. "하지만 『끄로니까』에 들어오면서 모든 게 바뀌었어."

"그럼 이제 문학보다 언론이 더 좋은 거야?" 싼띠아고가 물었다.

"나는 술이 제일 좋아." 까를리또스가 껄껄 웃었다. "언론은 천직으로 삼기가 어려워. 사람을 좌절시키기만 하거든 자네도 곧 알게 되겠지만."

그는 어깨를 으쓱했다. 그의 머리 뒤로 여러가지 그림이며 캐리커처, 영어로 된 제목 따위가 어지럽게 붙어 있었다. 그때 그의 얼굴은 고통으로 심하게 일그러져 있었어, 싸발리따. 두 손은 뒤틀리며 경련을 일으켰고. 싼띠아고는 그의 팔을 잡았다. 왜, 어디 아파?

까를리또스는 가까스로 몸을 세우더니 벽에 머리를 기댔다.

"위궤양이 도진 것 같아." 그의 두 어깨가 축 늘어져 있었다. "아니면 알코올이 떨어져서 그렇든지. 내가 취한 것 같아? 아냐. 하루 종일 술을 마신 것도 아닌데 취했을 리가 있나."

결국 네게 남은 유일한 친구는 지금 병원 신세를 지고 있지, 싸발리따. 그것도 진전 섬망증[117] 상태로 말이야. 내일은 무슨 일이 있어도 꼭 그를 찾아가보자. 아, 까를리또스. 이왕이면 책도 한 권 갖다주고 말이야.

"나는 여기 올 때마다 빠리에 온 것 같았어." 까를리또스가 말했다. "언젠가 빠리에 갈 거라고 생각했지. 어느날 거짓말처럼 홀연히 이곳을 떠날 거라고. 그런데 결국 가지 못했네, 싸발리따. 그 대신 자네와 함께 여기 있잖은가. 진통이 온 임산부처럼 배를 움켜잡고 말이야. 그건 그렇고, 자네『끄로니까』에 발을 담그기 전에는 뭐가 되려고 했지?"

"변호사." 싼띠아고가 말했다. "아니, 그보단 혁명가. 공산주의자."

"공산주의자와 기자는 어느정도 어울리는데, 시인과 기자는 영⋯⋯" 까를리또스가 웃으며 말했다. "공산주의자? 나도 공산주의자라는 이유로 전에 다니던 직장에서 쫓겨났지. 그 일만 없었더라도 신문사에 들어오는 일은 없었을 텐데. 그리고 지금쯤 시를 쓰고 있을 테고 말이야."

"자네 혹시 진전 섬망증이 뭔지 아나?" 싼띠아고가 묻는다. "뭔가를 알고 싶어 하지만 않으면, 아무한테도 뒤지는 법이 없지, 암브로시오."

----

117 원문에는 '파란 악마'(diablos azules)라고 나오는데, 이는 알코올중독으로 인해 강한 흥분과 섬망을 일으키는 진전 섬망증을 뜻한다.

"도대체 뭣 하러 공산주의자가 되려고 했을까." 까를리또스가 푸념하듯 말했다. "가장 웃긴 건 말이야, 내가 왜 그 직장에서 쫓겨 났는지 전혀 몰랐다는 점이야. 어쨌든 그들은 나를 쫓아냈고, 그래 서 지금 자네와 함께 여기 있는 거지. 위궤양에 시달리는 술꾼이 돼 서 말이야. 우리 얌전한 청년을 위해 건배! 싸발리따를 위해 건배!"

께따 양은 부인의 가장 친한 친구였기 때문에 쌘미겔의 작은 집 을 가장 자주 찾았을 뿐 아니라 파티에도 빠진 적이 없었다. 큰 키 에 늘씬하고 긴 다리, 빨간 머리 — 물론 까를로따의 말대로 염색 한 것이기는 하지만 — 와 황갈색 피부. 한마디로 그녀의 몸매는 오르뗀시아 부인보다도 매력적이었다. 더하여 그녀만의 독특한 옷 맵시와 말투, 그리고 술을 마실 때마다 보여주던 자유분방한 행동 까지. 파티가 열리는 날이면 활개를 치며 대담한 춤도 마다하지 않 던 이가 바로 그녀였다. 그녀는 손님들의 요구를 기꺼이 들어주었 을 뿐만 아니라 그들의 욕망을 끊임없이 자극했다. 가령 남자들의 등 뒤로 슬그머니 다가가 머리를 헝클어뜨리거나 귀를 잡아당기 는 것은 예사고, 아무렇지 않게 그들의 무릎 위에 앉는 등 온갖 대 담무쌍한 행동도 서슴지 않았다. 하지만 그녀의 그런 어처구니없 는 행동이 파티의 분위기를 띄웠다. 아말리아를 처음 만나던 날, 께 따 양은 알쏭달쏭한 미소를 지으며 한동안 그녀를 바라보았다. 아 말리아를 요모조모 뜯어보던 그녀는 잠시 생각에 잠겼다. 아말리 아는 두근거리고 불안한 마음으로 물었다. 무슨 일 있으세요? 제가 무슨 잘못이라도 했나요? 네가 그 유명한 아말리아로구나. 안 그 래도 누구인지 궁금했는데 결국 만나게 되었네. 아가씨, 제가 유명 하다니요? 그게 무슨 뜻이죠? 뭇 남자들의 마음을 훔친, 그들의 사족을 못 쓰게 만드는 여자. 께따 양이 조용히 웃으며 말했다. 아말리아, 넌 신데렐라야. 가끔 엉뚱한 행동을 하는 바람에 당황스러운적도 있었지만, 마음만은 따뜻한 여인이었다. 부인과 함께 장난 전화를 하지 않을 때면 그녀는 언제나 농담을 늘어놓았고, 늘 장난기가득한 눈으로 집에 들어서곤 했다. 애, 오늘 재미난 이야기 한보따리 갖고 왔어. 그런 날이면 아말리아는 부엌에서 그녀가 늘어놓는험담이나 객쩍은 농담, 조롱 가득한 이야기에 즐겁게 귀를 기울였다. 가끔 그녀는 까를로따와 아말리아를 불러 장난을 치기도 했는데, 그럴 때마다 그들은 얼굴이 벌게진 채 어쩔 줄 몰라 쩔쩔매기일쑤였다. 어쨌거나 그녀는 참 좋은 여인이었다. 중국인 가게에 가서 뭘 사 오라고 심부름을 보내면 수고비로 꼭 1쏠이나 2쏠씩 주었다. 그리고 외출하는 날에는 아말리아를 자기의 하얀색 차에 태우고 전차 정거장까지 데려다주었다.

"알시비아데스가 직접 당신 사무실로 전화를 했답니다. 그 기사만큼은 신문사에 보내지 말아달라고 사정하면서 말이죠." 그는 희미한 미소를 지으며 한숨을 내쉬었다. "딸리오 씨, 내가 미리 알아보지도 않고 굳이 바쁜 사람을 붙잡아 이러쿵저러쿵할 리는 없잖습니까."

"아닙니다. 그럴 리가요." 안 그래도 발그스레한 얼굴이 당혹감으로 붉게 달아올랐다. 게다가 갑자기 혀까지 꼬였다. "제 사무실로요, 베르무데스 씨? 하지만 전화 온 게 있으면 비서가 다 알려…… 그리고 알시비아데스 박사가 직접 전화했다고요? 이게 무슨 영문인지……"

"그럼 아무 전갈도 못 받은 거군요?" 그는 비꼬는 기색 없이 맞장구를 쳐주었다. "어쩐지 좀 이상하더라니. 알시비아데스가 편집국 직원과 이야기를 나누었다고 했던 것 같은데요."

"편집국 직원이라고요?" 조금 전까지만 해도 미소를 머금은 채여유를 부리던 그의 얼굴이 이젠 사색이 되어 있었다. "그럴 리가 없습니다, 베르무데스 씨. 전 아직 뭐가 뭔지 하나도 모르겠어요. 정말 그랬다면 큰 실수를 저지른 셈이군요. 혹시 어떤 직원인지 기억하실까요? 직원이라고 해야 둘밖에 없는데…… 하여간 앞으로 다시는 이런 일이 없을 겁니다. 약속드릴게요."

"그럴 줄 알았습니다. 그동안 안사 통신과는 아무 문제 없이 잘지냈는데 갑자기 그런 일이 생겨서 사실 나도 좀 놀랐거든요." 그가 말했다. "국영 라디오방송국과 국영 통신에서 당신네 기사를 통째로 사지 않습니까. 알다시피 그 돈은 정부에서 부담하는 거고요."

"물론이죠, 베르무데스 씨." 그래, 분발해, 오페라 가수, 어서 네 녀석 십팔번을 불러젖히라고. "전화 좀 써도 되겠습니까? 누가 알시비아데스 박사의 전화를 받았는지 지금 당장 확인해봐야겠어요. 누구 잘못인지 금세 밝혀질 겁니다, 베르무데스 씨."

"그건 이제 걱정 말고 여기 앉으세요." 그는 미소를 지으며 딸리오에게 담배 한대를 권하고 불을 붙여주었다. "요즘 우리의 적들이 도처에 깔려 있습니다. 당신 회사에도 우리를 싫어하는 자가 분명 있을 거예요. 너무 조급하게 생각하지 말고 천천히 알아보도록 하세요, 딸리오 씨."

"하지만 편집국에서 일하는 두 청년들은……" 속이 상한 그는 웃어야 할지 울어야 할지 참으로 난감한 표정이었다. "어쨌든 오늘 안에 모든 걸 분명하게 밝히겠습니다. 그리고 앞으로 전화할 일이 있으면 꼭 저와 통화하라고 알시비아데스 박사에게 전해주십시오."

"그래요, 그러면 되겠군요." 그가 말했다. 딸리오의 손에서 춤을 추는 신문 스크랩을 바라보며 그는 잠시 생각에 잠겼다가 입을 열었다. "그런데 안타깝게도, 그 일로 인해 내게 문제가 좀 생겼습니다. 아마 대통령과 주무장관이 우리를 괴롭히는 통신사의 기사를 왜 사주는 거냐고 물어볼 거예요. 잘 알겠지만, 안사 통신과 계약을 체결하는 건 내 책임이니까 말입니다."

"베르무데스 씨, 나도 바로 그 점 때문에 여간 곤혹스럽지 않습니다." 그렇겠지. 지금 나하고 마주 앉아 있는 자리가 아주 가시방석일 거야. "박사와 통화한 사람이 확인되면 곧바로 해고 조치를 내리겠습니다."

"사실 이런 일이 일어나면 우리 체제가 큰 타격을 입게 됩니다." 그는 깊은 생각에 잠긴 듯 수심 어린 표정으로 말했다. "언론에 그런 기사가 나오면 적들이 기회를 놓칠 리가 없거든요. 더구나 그들은 이미 여러 면에서 우리 속을 끓이고 있어요. 그런데 우리의 친구까지 그에 가세한다면 옳지 않은 일이겠죠. 안 그렇습니까?"

"베르무데스 씨, 앞으로 다시는 이런 일이 없을 겁니다." 그는 하늘색 손수건을 꺼내 손을 벅벅 문질렀다. "그 점에 대해서는 저를 믿으셔도 됩니다. 이제 안심하세요, 베르무데스 씨."

"나는 인간쓰레기들을 볼 때마다 감탄을 금할 수가 없다네." 까를리또스는 마치 한대 얻어맞은 듯이 다시 배를 움켜잡고 몸을 비틀었다. "취재하려고 경찰서에 출입하다보니 사람이 영 못쓰게 됐다고. 보다시피 말이야."

"이제 그만 마시게." 싼띠아고가 말했다. "그만 여기서 나가는 게 좋겠어."

하지만 까를리또스는 다시 자세를 고쳐 앉으며 미소 지었다.

"두잔째 맥주를 마시면 찌르는 듯한 통증도 가시고 다시 힘이 날 거야. 자넨 아직 나를 몰라. 우리가 같이 술을 마시는 건 이번이 처음이지? 안 그런가?" 맞아, 까를리또스. 그는 생각한다. 그때가 처음이었지. "싸발리따, 자넨 우리에 비해 너무 건실해. 일이 끝나면 늘 집에 가기 바쁘더군. 길 잃고 헤매는 우리와 술 한잔 하러 온 적도 없고 말이야. 혹시 우리한테 물들기 싫어서 그러는 거야?"

"월급으로 살기가 빠듯해서 그래." 싼띠아고가 말했다. "만약 선배 기자들과 어울려 사창가라도 가는 날에는 월세를 내기조차 어려울 거야."

"그럼 혼자 사는 거야?" 까를리또스가 눈이 휘둥그레져서 물었다. "나는 자네가 부잣집 도련님인 줄 알았지. 친척도 없어? 자네 나이가 어떻게 되지? 아직 풋내기 아냐?"

"한꺼번에 참 많이도 묻는군." 싼띠아고가 말했다. "물론은 가족은 있지만 지금은 혼자 살고 있어. 이봐, 자네나 다른 직원들 말이야, 지금 받는 월급으로 어떻게 매일같이 취할 때까지 마시고 사창가에 가는 거지? 나로서는 도무지 이해가 가질 않아."

"우리만의 비밀이지." 까를리또스가 말했다. "계속 빚을 내면서도 안 갚고 버티는 기술이랄까. 그건 그렇고, 자넨 왜 사창가에 안 가는 거야? 사귀는 여자라도 있어?"

"수음을 하면서 참고 사는지까지 물어보지 그래?" 싼띠아고가 말했다.

"여자도 없고 매춘부들한테도 안 간다면, 자위나 하면서 산다고 생각할 수밖에." 까를리또스가 말했다. "게이가 아니라면 말이야."

그는 말을 하다 말고 다시 배를 움켜잡았다. 잠시 후, 몸을 곧추세웠을 때 그의 얼굴은 심한 고통으로 일그러져 있었다. 그는 간신히 곱슬머리를 잡지 표지에 기대고는 한동안 눈을 감고 있다가 여전히 눈을 감은 채 주머니를 뒤져 무언가를 꺼내서는 코에 대고 깊이 들이마신 뒤 취한 표정으로 입을 반쯤 벌리고 조용히 고개를 뒤로 젖혔다. 마침내 눈을 뜬 그는 비웃는 듯한 눈초리로 싼띠아고를 쳐다보았다.

"이렇게 하면 위의 통증이 좀 가라앉거든. 뭘 그렇게 당황하고 그래? 이상한 짓 하는 거 아니니까 걱정 말라고."

"나를 놀라게 하려는 거였어?" 싼띠아고가 말했다. "그런 거라면 시간 낭비야. 자네가 주정뱅이에 마약중독자라는 건 예전부터 알고 있었으니까. 편집국 직원들이 다 말해줬거든. 하지만 난 그런 일 가지고 누군가를 비난하고 싶지는 않아."

까를리또스는 다정하게 그를 바라보면서 담배를 권했다.

"솔직히 말해 나는 자네를 안 좋게 생각했었어. 자네가 누군가의 추천으로 들어왔다고 들었거든. 그래서 우리하고 안 어울리는 거라고 생각했지. 내가 여태 잘못 생각했던 것 같아. 오늘 얘기를 나누어보니 참 마음에 드는 친구로군, 싸발리따."

그는 느릿느릿하게 말했다. 다행히 그의 표정은 서서히 평온을 되찾았고, 태도나 몸가짐도 여유롭고 꼿꼿한 상태로 돌아왔다.

"나도 코카인을 복용한 적이 딱 한번 있는데, 죽는 줄 알았어." 까를리또스, 그건 거짓말이었어. "토하고, 속이 뒤집히고 난리도 아니었다니까."

"자네는 아직 가슴 아픈 경험을 못했지.『끄로니까』에 들어온 지

석달쯤 됐나?" 까를리또스가 말했다. 마치 기도를 하는 듯 온 정신을 집중한 모습이었다.

"정확히 석달 반 됐어." 싼띠아고가 대답했다. "이제 막 수습을 뗐으니까. 이번 월요일에 정식으로 계약했지."

"가엾은 친구." 까를리또스가 말했다. "이제 자네는 평생 기자로 남을 수도 있어. 내 말 잘 들어. 그리고 다른 사람들이 들으면 안되니까 이리 가까이 좀 와봐. 엄청난 비밀을 알려줄 테니까. 싸발리따, 이 세상에서 가장 위대한 건 시詩라고."

그날 께따 양은 정오쯤 싼미겔의 작은 집에 도착했다. 아말리아가 문을 열자마자 께따 양이 쏜살같이 안으로 들어와 그녀의 볼을 살짝 꼬집으면서 지나갔다. 아말리아는 그녀가 대낮부터 잔뜩 취했구나 싶었다. 계단에 모습을 드러낸 오르뗀시아 부인이 그녀에게 손으로 키스를 보냈다. 잠깐 쉬러 왔어. 이본 할망구가 나를 찾으러 다닌다는데, 일이고 뭐고 졸려 죽겠단 말이야. 찾는 사람도 많고 인기가 대단하구나. 부인이 웃으며 말했다. 이리 올라와. 그들은 함께 침실로 들어갔다. 잠시 후 부인이 소리를 질렀다. 차가운 맥주 하나 가져와. 아말리아는 맥주를 쟁반에 받쳐 위로 올라갔다. 문을 열자 속옷만 걸치고 침대 위에 누워 있는 께따 양이 보였다. 그녀의 옷과 스타킹, 구두 따위가 바닥 여기저기에 나뒹굴었다. 그녀는 웃고 노래를 부르면서 혼잣말을 중얼거리고 있었다. 께따 양 덕에 흥이 났는지, 부인도 화장대 의자에 앉아 웃고 노래 부르면서 께따 양을 즐겁게 해주었다. 그날 아침에는 술을 한모금도 마시지 않았는데 말이다. 께따 양은 온통 빨간 머리카락에 뒤덮인 얼굴로 베개를 내리치면서 체조를 했다. 거울에 비친 그녀의 긴 다리가 마치 거대한 지네의 다리처럼 보였다. 그녀는 쟁반 위의 맥주를 보더니 침대에 걸터앉았다. 아, 목말라. 단숨에 잔이 반쯤 비었다. 아, 시원해. 그러더니 그녀가 갑자기 아말리아의 손목을 잡았다. 이리 온, 이리 와. 그녀를 바라보는 눈에 음탕한 빛이 가득했다. 가지 마, 부탁이야. 아말리아는 너무 당황한 나머지 부인 쪽으로 황급히 시선을 돌렸지만, 부인은 장난기 어린 표정으로 왜 저러냐는 듯이 께따 양을 보더니 이내 웃음을 터뜨렸다. 얘, 넌 참 재주도 좋다. 쓸 만한 여자애들을 어떻게 그렇게 잘 찾아내는 거니? 그러자 께따 양이 짐짓 부인을 향해 눈을 부라리며 을러대는 시늉을 했다. 너, 날 배신하고 이 아이와 놀아날 생각이지? 그 말을 듣고 부인은 폭소를 터뜨렸다. 그래, 너 몰래 쟤랑 바람피웠다. 아, 그래? 그래도 너 그건 모를걸? 요 엉큼한 계집애가 너 안 보는 사이에 또 누구랑 놀아나는지 말이야. 그러면서 이번에는 께따 양이 큰소리로 웃는 것이었다. 그때 아말리아의 귀가 윙윙거리기 시작했다. 당황해서 어쩔 줄 모르는 아말리아의 팔을 뿌리치더니 께따 양은 노래를 부르기 시작했다. 눈에는 눈, 이에는 이. 그러곤 아말리아를 빤히 쳐다보았다. 장난치는 걸까, 아니면 진심으로 저러는 걸까? 아말리아, 대답해봐. 너 말이야, 주인 나리가 떠난 다음 날 아침에 오르뗀시아를 달래주러 여기 올라오니? 화를 내야 할지 웃어야 할지, 아말리아는 도무지 알 수가 없었다. 그냥, 가끔요. 아말리아가 더듬거리며 대답했다. 그녀가 무슨 어처구니없는 소리라도 한 모양이었다. 께따 양이 짐짓 화가 난 듯 부인을 노려보며 소리를 질렀다. 아, 이 도둑년 같으니. 그러자 부인은 우스워 죽겠다는 듯이 박장대소를 했다. 저 아이를 네게 줄 테니까 나를 봐서라도 잘해줘. 그러자 께따 양이 갑자기 아말리아를 잡아당겨 침대에 앉혔다. 다행히 부인이 일어나 웃으면서 달려오더니 께따 양과 몸싸움을 벌였다. 께따 양은 결국 그녀를 놓아주었다. 빨리 나가, 아말리아. 여기 계속 있다가는 너까지 물들겠다. 아말리아는 등 뒤에서 계속 들리는 두 여인의 웃음소리에 떠밀리듯 방을 나왔다. 그녀 역시 자기도 모르게 웃으면서 계단을 내려왔지만 내내 다리가 후들거렸다. 주방에 들어서자 갑자기 제정신이 들면서 화가 치밀었다. 씨물라는 콧노래를 흥얼거리며 싱크대를 청소하고 있었다. 무슨일이야? 아무것도 아니에요. 두분이 술에 취해서…… 나를 희롱했어요.

"하필 안사 통신과의 계약이 만료되는 시점에 이런 일어나다니 유감이군요." 그는 뿌연 담배 연기 사이로 딸리오의 눈을 바라보았다. "지금 상황에서 계약을 갱신해야 한다고 장관을 설득하기가 얼마나 어려울지는 당신도 잘 알 겁니다."

"그렇다면 제가 장관님을 직접 만나 뵙고 설명을 드리겠습니다." 그들은 마주 앉아 있었다. 침착한 표정으로, 그리고 침통하고 불안한 표정으로. "안 그래도 계약 연장 문제에 대해 말씀드리려던 참이었습니다. 그런데 이런 말도 안되는 일이 터지는 바람에…… 베르무데스 씨, 이왕 이렇게 되었으니 제가 직접 장관님을 찾아뵙고 충분히 설명드리도록 하겠습니다."

"장관의 화가 가라앉을 때까지는 안 만나는 게 좋을 것 같은데요." 그는 미소를 지으며 자리에서 벌떡 일어났다. "어떻게 되든 간에 이 문제가 원만히 해결되도록 나서보겠습니다."

그러자 핏기 없던 그의 얼굴에 발그레 화색이 돌고, 다시 말문이 열린 듯 입에서 이야기가 술술 흘러나왔다. 딸리오는 흥에 겨워 춤을 추듯이 그를 따라 문으로 갔다.

"알시비아데스 박사와 통화한 편집국 직원은 오늘 당장 내보낼 겁니다." 미소를 지으며 부드러운 목소리로 이야기를 꺼내는 그의 눈에서 빛이 반짝였다. "아시겠지만, 우리 안사 통신으로서는 계약 연장이 죽느냐 사느냐 하는 문제랍니다. 베풀어주신 은혜에 어떻게 감사를 표해야 할지 모르겠군요, 베르무데스 씨."

"다음 주에 계약이 만료되죠? 그럼 알시비아데스한테 연락해서 약속을 잡아놓으세요. 나는 장관한테서 가능한 한 빨리 사인을 받도록 할 테니까요."

그는 손잡이 쪽으로 손을 뻗었지만 문을 열지는 않았다. 딸리오는 우물쭈물하면서 다시 얼굴을 붉히기 시작했다. 그는 딸리오에게서 눈을 떼지 않은 채, 그가 용기를 내 입을 열기를 기다렸다.

"계약 건 말인데요, 베르무데스 씨." 한심한 놈 같으니, 똥 마려운 강아지처럼 안절부절못하는군. "계약 조건이 작년과 같은가요? 그러니까 제 말씀은……"

"내 몫 말인가요?" 그가 말했다. 딸리오는 억지웃음을 지어 보이려 했지만, 당황스럽고 불안한 기색이 역력했다. 그는 턱을 쓰다듬으면서 조심스럽게 말했다. "딸리오 씨, 이제 10퍼센트 가지고는 안될 것 같군요. 이번에는 20퍼센트로 합시다."

뜻밖의 말에 놀란 듯 딸리오의 입이 헤벌어졌다. 이어 잠시 이마에 주름을 잡고 뭔가를 깊이 생각하던 그는 곧 웃음기가 싹 가신 얼굴로 넋 나간 사람처럼 멍하게 고개를 끄덕였다.

"뉴욕에 있는 은행에서 현금을 인출할 수 있도록 수표를 끊어 다음 월요일에 갖고 와요." 머릿속으로 주판알을 튀기고 있군, 까루소[118]. "잘 알겠지만, 정부 서류가 처리되는 데 시간이 꽤 걸리죠.

보름 안에 처리할 수 있을지 한번 기다려봅시다."

그가 문을 열었지만, 딸리오는 괴로운 듯 얼굴을 찌푸리며 쭈뼛 거렸다. 그는 다시 문을 닫고서 회심의 미소를 머금은 채 딸리오의 말을 기다렸다.

"좋습니다. 보름 안에 처리된다면 더 바랄 게 없죠." 그의 쉰 목소리에는 슬픔이 배어 있었다. "그런데 아까 말씀하신 것 있잖습니까. 그러니까 20퍼센트로 올리셨는데, 좀 지나치지 않나요?"

"지나치다고요?" 그는 이해가 가지 않는다는 듯이 눈을 둥그렇게 뜨며 정색했다가, 이내 표정을 풀고 부드러운 목소리로 말했다. "지금까지 했던 이야기는 모두 없던 걸로 합시다. 그럼 이만 실례하겠습니다. 처리할 업무가 많아서요."

그가 문을 열자 타자기 소리가 들렸다. 안쪽 책상에 앉아 일하고 있는 알시비아데스의 실루엣이 보였다.

"천만에요. 말씀하신 대로 하겠습니다." 딸리오가 황급하게 손을 흔들어대며 말했다. "아무 문제 없어요, 베르무데스 씨. 월요일 10시쯤 어떠십니까?"

"좋아요." 그는 말하며 딸리오를 거의 밀어내다시피 했다. "그럼 월요일에 봅시다."

문을 닫자마자 그의 얼굴에서 웃음기가 싹 가셨다. 그는 곧장 책상으로 가서 의자에 앉아 오른쪽 서랍을 열어 작은 약병을 꺼냈다. 그러곤 입안에 침을 한가득 머금고서 알약 하나를 혀끝에 올려 삼킨 뒤 두 손으로 서류 더미를 누른 채 한동안 눈을 감고 있었다. 잠시 후 알시비아데스가 들어왔다.

---

118 세계적으로 명성을 떨친 이딸리아 출신의 테너 엔리꼬 까루소(Enrico Caruso)의 이름으로, 같은 이딸리아 사람인 딸리오를 가리키는 것이다.

"이딸리아 놈이 똥 씹은 표정을 하고 나가더군요. 아무쪼록 그 직원이 그날 11시에 편집국 사무실에 있었으면 좋겠는데 말입니다. 제가 11시에 전화했다고 했거든요."

"있었건 없었건 간에 누구라도 해고하겠지." 그가 말했다. "성명서에 서명을 한 놈이 버젓이 통신사에 근무한다는 자체가 말이 안되는 소리니까. 참, 얘기했던 건 장관님께 전해드렸나?"

"3시에 뵙자고 하셨습니다." 알시비아데스 박사가 말했다.

"알았어. 그리고 빠레데스 소령한테 내가 곧 찾아갈 거라고 일러두게, 박사. 이십분 후면 도착할 거라고 말이야."

"내가 무슨 대단한 열정을 품고 『끄로니까』에 들어온 건 아냐. 그저 먹고살 돈이 필요해서였지." 싼띠아고가 말했다. "그래도 지금 생각해보면 내가 할 수 있는 일 중에서 이게 가장 덜 나쁜 것 같아."

"석달 반이나 지났는데, 아직 실망하지 않았단 말이야?" 까를리또스가 물었다. "그 정도면 서커스단 우리에 갇힌 채 전시되어왔다고 느끼기에 충분한 시간일 텐데, 싸발리따."

아냐, 싸발리따, 네가 기자라는 직업에 환멸을 느낀 적은 결코 없었어. 그날 오전, 에르난두 드 마갈량이스 브라질 신임 대사가 신임장을 제출했지. 나는 우리나라 관광산업의 미래가 밝다고 봅니다. 어젯밤 열린 기자회견에서 관광청장은 이렇게 말했고, 앙트르 누Entre Nous 협회의 창립 기념일을 맞아 수많은 하객들이 참석한 가운데 성대한 축하 행사가 열렸어. 싸발리따, 넌 그런 쓸데없는 일들을 좋아했지. 그저 타자기 앞에 앉아 만족하고 살았어. 그는 생각한다. 어느 순간부터 짤막한 기사라도 정성을 다해 쓰거나, 아리스뻬한테 넘기기 전에 네 철저한 원칙에 따라 글을 고치고 또 고치는 일도, 찢어버리고 아예 처음부터 다시 쓰는 일도 더이상 없었지.

"그럼 자넨 언제부터 언론에 환멸을 느끼기 시작했지?" 싼띠아고가 물었다.

네가 열심히 찾아서 쓴 짤막한 기사나 작은 박스 기사가 다음 날 아침에 『끄로니까』에 실리면, 너는 하숙집 옆에 있던 바랑꼬 신문 가판대에서 그걸 사가지고 루시아 부인한테 자랑스럽게 보여주곤 했지. 부인, 이거 내가 쓴 기사예요.

"『끄로니까』에 들어오고 일주일쯤 지나니까 모든 게 지겨워지기 시작하더군." 까를리또스가 말했다. "전에 다니던 통신사에서는 기자로 일했다고 보기 어려워. 그보다는 오히려 타자수에 가까웠지. 출근하면 오후 2시까지는 눈코 뜰 새 없이 바빴고, 그나마 2시에 퇴근을 하고 나면 좀 여유가 생겼지. 그래서 오후에는 책을 읽고, 밤에는 글을 썼어. 만약 내가 그 회사에서 쫓겨나지만 않았더라도 우리 문학계가 훌륭한 시인을 잃어버리는 안타까운 일은 없었을 텐데 말이야, 싸발리따."

원래 출근 시간은 5시였지만, 너는 훨씬 더 일찍 도착했지. 3시 30분이면 하숙집에서 시계만 바라보고 있었어. 전차를 타러 나갈 때를 기다리면서 말이야. 그러면서 속으로 늘 기대를 품었지. 오늘은 취재하러, 아니면 인터뷰하러 밖으로 나가게 될까? 사무실에 도착하면 책상에 앉아 아리스뻬가 부르기를 기다렸어. 싸발리따, 여기 이 내용을 열줄로 작성해 와. 그후로 다시는 그런 열정을 느끼지 못했지. 그는 생각한다. 무언가를 이루고 싶은 욕망 말이야. 무슨 일이 있어도 꼭 특종을 터뜨리고 말 거야, 그러면 사람들이 나를 축하하겠지 하는 생각. 그런 꿈을 다시는 품지 못했어. 그들이 나를 승진시켜주리라는 생각도. 도대체 뭐가 잘못된 걸까? 그는 돌이켜본다. 언제부터였을까? 무엇 때문이었을까?

"그때 나로서는 이유를 전혀 몰랐어. 어느날 아침, 그 망할 놈이 출근하더니 다짜고짜 나더러 싸보따주를 했다는 거야. 공산주의자니까 충분히 그럴 수 있다는 거지." 까를리또스는 느릿느릿 웃었다. "장난해요?"

"젠장! 지금 장난하는 것처럼 보여?" 딸리오가 씩씩거리며 말했다. "네놈이 싸보따주를 하는 바람에 내가 얼마나 큰 손해를 본 줄 알아?"

"다시 나를 모욕하거나 목소리를 높이면 나도 가만히 있지 않을 거요." 그 말을 하는 순간, 까를리또스의 얼굴은 행복감으로 밝게 빛났다. "퇴직금 한푼 못 받고 쫓겨났지. 그런 뒤 곧장 『끄로니까』에 들어갔고, 거기가 시의 무덤이라는 걸 알게 된 거야, 싸발리따."

"그렇다면 차라리 기자 생활을 그만두는 게 나았을 텐데. 피치 못할 사정이라도 있었던 거야?" 싼띠아고가 물었다. "다른 일을 할 수도 있었잖아."

"여기는 한번 들어오면 나갈 수가 없는 곳이야. 모래 늪 비슷하지." 점점 멀어지는 듯, 아니면 잠에 빠져드는 듯 까를리또스의 목소리가 아득하게 들렸다. "발버둥을 치면 칠수록 점점 더 깊이 빠져들거든. 점점 더 깊이 말이야. 아무리 애를 써도 벗어날 수가 없어. 그러지 않으려고 해도, 특종을 잡을 수만 있다면 어떤 일도 마다하지 않게 되는 거야. 며칠씩 밤을 새우는 것은 예사고, 평소 같으면 상상도 않을 곳에 불쑥 뛰어들기도 하지. 싸발리따, 이건 정말이지 못할 짓이야."

"난 정말 모든 게 지긋지긋했어. 어쨌든 부모님도 나를 말리려 하지 않았지. 왜 그런지 아나?" 싼띠아고가 묻는다. "결국은 내가 법과 대학을 졸업하리라고 생각하셨던 걸세."

"원해서 경찰서 출입 기자가 된 건 아니야. 사실은 아리스뻬가 사회부에서 나를 내쫓는 바람에 그렇게 된 거라네. 외신부의 말도 나도도 마찬가지였고." 까를리또스의 목소리가 점점 더 아련하게 들려왔다. "나를 받아준 이는 베세리따뿐이었다네. 그래서 경찰서에 드나들게 되었지. 최악 중의 최악이야. 하지만 나도 은근히 그 일을 즐긴다고. 인간쓰레기들, 내 체질에 딱 맞는 자들이지, 싸발리따."

그는 금세 조용해지더니 꼼짝도 않고 흐뭇한 표정으로 허공을 바라보다가, 싼띠아고가 웨이터를 부르는 소리에 그제야 정신을 차린 듯 술값을 냈다. 두 사람은 자리에서 일어섰다. 하지만 그러고도 테이블과 벽에 자꾸 부딪치는 바람에 싼띠아고가 그를 부축해야만 했다. 엘 뽀르딸 아케이드는 텅 비어 있었다. 푸르스름한 빛이 싼마르띤 광장 주변 건물 위로 희미하게 퍼져나가기 시작했다.

"노르윈이 나타나지 않다니, 참 이상한 일도 다 있군." 까를리또스가 다정하면서도 나직한 목소리로 말했다. "그래도 길을 잃고 헤매는 친구들 중에서는 그가 최고라네. 아주 훌륭한 쓰레기지. 싸발리따, 기회가 되면 자네한테 소개해줄게."

그는 엘 뽀르딸 아케이드의 기둥에 몸을 기댄 채 휘청댔다. 면도를 하지 않아 지저분한 얼굴에 술독이 올라 빨개진 코, 어딘지 비장해 보이면서도 행복한 눈빛. 내일 꼭 보세, 까를리또스.

4

    그녀는 약국에서 두루마리 화장지 두개를 사가지고 돌아오다 대문 앞에서 암브로시오와 마주쳤다. 그렇게 인상 찌푸리지 말라고. 그가 말했다. 너 보러 온 거 아니니까. 그녀가 대꾸했다. 나를 왜 보러 왔겠어? 이젠 아무 사이도 아닌데. 차 못 봤어? 암브로시오가 물었다. 저 위에 페르민 나리가 까요 나리와 함께 있다고. 페르민 나리가 계시다고? 까요 나리도? 아말리아가 말했다. 그래, 왜 그렇게 놀라는 거야? 왜 그런지 모르지만 그녀는 너무 놀라 눈이 휘둥그레졌다. 그녀가 보기에 두 사람은 달라도 너무 달랐다. 그녀는 페르민 씨가 파티에 참석한 모습을 떠올려보려고 애를 썼지만, 전혀 상상이 되지 않았다.

    "나리의 눈에 띄지 않는 게 좋을 거야." 암브로시오가 말했다. "그랬다가는 네가 자기 집에서 쫓겨난 얘기며, 제약회사에서 도망친 얘기가 나와서 오르뗀시아 부인마저 너를 내보낼지 몰라."

"나를 여기로 보낸 사람이 너라는 걸 까요 나리가 눈치챌까봐 그러는 거잖아." 아말리아가 말했다.

"음, 그것도 맞는 말이지." 암브로시오가 말했다. "하지만 나 때문이 아니라, 다 너를 위해서 그러는 거야. 전에 말했다시피 까요 나리는 나를 지독히도 미워한다니까. 내가 일을 그만두고 페르민 나리한테 갔을 때부터 그러더라고. 만약 까요 나리가 우리 사이를 알게 되면 너도 끝장이야."

"참, 네가 웬일이래?" 아말리아가 말했다. "내 걱정을 다 해주고 말이야."

대문 앞에서 그렇게 대화를 나누는 동안, 아말리아는 혹시 씨물라나 까를로따가 오는가 싶어 계속 주변을 두리번거렸다. 페르민 나리와 까요 나리의 관계가 전 같지 않다는 것도 그녀에게 말해주었냐고요? 그랬죠, 까요 나리가 싼띠아고 도련님을 잡아갔을 때부터 둘 사이가 갈라지기 시작했다고 했어요. 그러나 여전히 두분 사이에는 이해관계가 얽혀 있었어요. 그날 페르민 나리가 싼미겔에 온 것도 바로 그런 이해관계 때문이었고요. 아말리아가 거기서 행복했냐고요? 그녀는 그곳 생활을 무척 만족스러워했죠. 예전처럼 일도 고되지 않은데다, 부인이 워낙 잘해주었기 때문에 불만을 가질 이유가 없었어요. 그런데 아말리아, 내게 빚진 게 있잖아. 암브로시오가 능글능글 웃으며 말했다. 그러자 아말리아가 굳은 얼굴로 그의 말을 가로막았다. 그건 이미 오래전에 다 갚았을 텐데. 설마 잊은 건 아니겠지? 그러곤 곧바로 화제를 돌렸다. 미라플로레스에는 다들 잘 계셔? 쏘일라 부인은 여전하시지. 그리고 치스빠스 도련님은 여자 친구가 생겼는데, 예전에 미스 뻬루에 나갔던 여자래. 떼떼 아가씨는 어엿한 숙녀가 되었지. 하지만 싼띠아고 도련님은 집을 나간 후 아직 돌아오지 않았어. 쏘일라 부인 앞에서는 도 련님 이름도 못 꺼낸다니까. 그랬다가는 당장 눈물부터 터뜨리시 니 말이야. 그러더니 갑자기 그녀를 바라보며 말했다. 그나저나 넌 쌴미겔로 잘 온 것 같네. 얼굴도 아주 예뻐지고 말이야. 아말리아는 웃기는커녕 성난 표정으로 그를 노려보았다.

"일요일이 외출하는 날이지?" 그가 물었다. "2시에 저기, 전차 정거장에서 기다리고 있을게. 나올 거지?"

"꿈도 꾸지 마." 아말리아가 단호하게 말했다. "우리가 같이 외 출할 사이는 아니잖아?"

주방에서 무슨 소리가 들리자 그녀는 암브로시오에게 작별 인 사도 건네지 않고 곧장 집 안으로 뛰어 들어갔다. 그러곤 찬장 뒤 에 몸을 숨긴 채 무슨 일인지 엿보기 시작했다. 거실에서 페르민 씨가 까요 씨와 작별 인사를 나누고 있었다. 큰 키에 백발이 성성 한 페르민 씨는 여전히 기품이 넘쳤다. 문득 미라플로레스를 나올 무렵 일어났던 모든 일과 뜨리니다드며, 미로네스의 골목길이며, 산부인과 병원 따위가 주마등처럼 스쳐 지나가면서 그녀의 눈에는 눈물이 그렁그렁 맺히기 시작했다. 그녀는 세수를 하려고 욕실로 갔다. 암브로시오 때문에 부아가 치밀었다. 사실 그보다는 그와 멀 쩡하게 이야기를 나눈 자신 때문에 더 화가 났다. 아직 그에게 미 련이 남아 있는 건가? 속 시원하게 말해버렸어야 했는데. 이 집에 서 하녀 구한다는 소식을 알려준 것 가지고 유세 떠는 거야? 나는 다 잊었어. 그리고 설마 내가 널 용서했다고 생각하는 건 아니겠 지? 그런 생각이나 하고 살 거면 차라리 나가 죽어. 이렇게 말이야. 생각할수록 분통이 터졌다.

그는 넥타이를 매고 양복을 입은 다음 가방을 들고 사무실을 나와 멍한 표정으로 앉아 있는 비서들 곁을 지나쳤다. 차는 정문 바로 앞에 주차되어 있었다. 국방성으로 가게, 암브로시오. 시내를 통과하는 데 십오분이 걸렸다. 그는 암브로시오가 문을 열어주기도 전에 차에서 내렸다. 여기서 기다리고 있어. 그가 들어서자 정문을 지키던 군인들이 경례를 했다. 복도, 계단, 그리고 그를 보며 미소 짓는 장교. 정보참모부 응접실에서는 콧수염을 기른 대위가 그를 기다리고 있었다. 베르무데스 씨, 소령님은 사무실에 계십니다. 안으로 들어가시죠. 그가 들어가자 빠레데스가 자리에서 벌떡 일어났다. 그의 책상 위에는 전화기 세대와 작은 깃발, 초록색 장부가 놓여 있었다. 벽에는 지도와 시내 도로 지도, 그리고 오드리아의 사진과 달력이 걸려 있었다.

"에스뻬냐가 나한테 전화해서 따지더군." 빠레데스 소령이 말했다. "문 앞에 있는 놈을 보내지 않으면 자기가 당장 쏴 죽이겠다면서 노발대발하더라고."

"사복형사는 철수시키라고 이미 지시를 내렸네." 그는 넥타이의 매듭을 살짝 느슨하게 풀면서 말했다. "자기가 감시당하고 있다는 걸 눈치챈 거지."

"다시 말하지만, 그래봐야 시간 낭비에 불과하다니까." 빠레데스 소령이 말했다. "철수시키기 전에 그 형사는 승진시켰어. 그런데 그가 무슨 이유로 음모를 꾸미기 시작한 거지?"

"그거야 장관직에서 물러나면서 자존심이 상했던 거지." 그가 말했다. "하지만 그는 절대 혼자서 음모를 꾸밀 위인이 못돼. 그런 일을 벌일 만큼 똑똑한 인물은 못된다고. 어떤 놈들한테 이용당했을 가능성이 커. 쎄라노 같은 친구는 이용해먹기가 참 쉽다네."

빠레데스 소령은 못 믿겠다는 표정으로 어깨를 으쓱이고는 벽장을 열어 봉투 하나를 꺼내 그에게 건네주었다. 그는 서류와 사진을 건성으로 훑어보았다.

"그의 이동 경로와 전화 통화 내용이 모두 기록되어 있네." 빠레데스 소령이 말했다. "특별히 의심할 만한 점은 없어. 알다시피, 틈날 때마다 바지 속에 손을 넣고 자위하면서 마음을 달래는 모양이야. 브레냐에 사는 정부 말고도 싼따베아뜨리스에서 또다른 여자를 건졌나 보던데."

그는 웃으며 혼잣말로 무어라 중얼거리고는 한동안 사진 속의 여인들을 바라보았다. 둘 다 뚱뚱하고 살집이 두둑한데다 젖꼭지는 아래로 축 늘어져 있었다. 그는 음흉한 눈빛으로 사진을 한장씩 넘겨보다가 서류와 사진을 다시 봉투에 넣어 책상에 올려놓았다.

"정부 둘, 군 장교 클럽의 주사위 놀이, 그리고 일주일에 한두번은 취할 때까지 술을 마신다는군. 요즘 그렇게 살고 있다네." 빠레데스 소령이 말했다. "이제 쎄라노도 끝장이야. 확실하다고."

"하지만 군 내부에는 아직 그의 편이 많아. 그에게 신세를 진 장교들만 해도 수십명은 될걸." 그가 말했다. "내가 냄새 하나는 귀신같이 맡거든. 하여간 이번 한번은 내 말을 믿고 시간을 조금만 더 주게."

"알았어. 정히 그렇다면 며칠 더 그를 감시하도록 지시하겠네." 빠레데스 소령이 말했다. "하지만 그래봐야 별거 없을 거야."

"퇴역한 신세에다 좀 멍청하다고는 하지만, 장군은 장군일세." 그가 말했다. "그러니까 그는 아쁘라주의자들과 라바니또들을 합친 것보다 더 위험하다, 이 말이야."

이뽈리또는 아주 짐승 같은 자였습죠, 나리. 하지만 그래도 정은 깊은 놈이었습니다요. 루도비꼬와 암브로시오는 그날 엘 뽀르베니르에서 우연히 그를 만났다. 아직 시간도 남았던 터라 둘이 한잔하러 가고 있을 때였다. 어디선가 이뽈리또가 불쑥 나타나 그들 팔을 붙잡았다. 내가 낼 테니까 한잔하지. 셋은 볼리비아 대로에 있는 싸구려 술집에 들어갔다. 이뽈리또는 세잔을 주문한 뒤 둥그스름하게 생긴 담배를 꺼냈다. 성냥불로 불을 붙이는 손이 떨리고 있었다. 그가 불안해하고 있다는 것을 한눈에 알 수 있었죠, 나리. 속마음을 감추고 억지로 웃으면서, 목마른 동물처럼 자꾸 입맛을 다시더라고요. 그러곤 눈동자를 불안스럽게 굴리면서 주위를 두리번거리는 거예요. 수상한 낌새를 눈치챈 루도비꼬와 암브로시오는 왜 저럴까 하는 표정으로 서로를 물끄러미 바라보았다.

"이뽈리또, 자네 무슨 문제라도 생긴 모양이구먼." 암브로시오가 말했다.

"혹시 사창가 갔다가 성병이라도 옮았나?" 루도비꼬가 물었다.

하지만 이뽈리또는 말없이 고개를 저으며 술잔을 비우더니 인디오 웨이터에게 한잔씩 더 주문했다. 그럼 대체 무슨 일이야, 이뽈리또? 그는 말없이 두 사람을 빤히 쳐다보며 그들의 얼굴에 담배 연기를 뿜어냈다. 그런 다음 또 한참 뜸을 들이고서야 마침내 속사정을 털어놓더라고요, 나리. 엘 뽀르베니르에서 난동을 부렸는데, 그 일로 기분이 단단히 상해 있었어요. 그의 말을 듣고 암브로시오와 루도비꼬는 어이가 없다는 듯 껄껄 웃었다. 아무 일도 아니구먼, 이뽈리또. 그런 동네에서라면 흔한 일이잖아. 휘파람 소리 한번 나자마자 사나운 할매들이 우르르 뛰어나왔을 텐데. 이뽈리또는 두 번째 잔을 쭉 들이켜더니, 금방이라도 튀어나올 듯 두 눈을 부라렸다. 결코 겁을 먹어서가 아니었다. 권투 선수 출신인 그는 두려움을 모르는 사람이었다.

"젠장할. 그따위 난동 부린 얘기라면 더 꺼내지도 말라니까." 루도비꼬가 말했다.

"내 개인적인 문제 때문에 그래." 이뽈리또가 괴로운 표정으로 말했다.

이번에는 루도비꼬가 술을 한잔씩 돌렸다. 다들 급하게 마셔대자 웨이터는 아예 바 위에 술병을 올려놓았다. 어젯밤 술집에서 벌어진 싸움 때문에 잠을 한숨도 못 잤다고. 어떻게 된 일인지 모르겠어? 암브로시오와 루도비꼬는 저놈 완전 머리가 돈 거 아냐? 하는 표정으로 서로의 얼굴을 쳐다보았다. 이뽈리또, 감질나게 뜸 들이지 말고 무슨 일인지 속 시원하게 말해봐. 친구 좋다는 게 뭔가? 그랬더니 그가 기침을 하고 무슨 말을 하려는 듯하더니, 금세 또 입을 다물어버리더라고요, 나리. 마침내 말을 꺼내려던 찰나, 이번에는 갑자기 목이 메어 말을 못하는 거예요. 그렇게 잠시 입을 다물고 있던 그가 결국은 사정을 털어놓았죠. 가족 문제였습니다요. 그의 말마따나 개인적인 문제였습죠. 정말이지 눈물 없이는 들을 수 없는 이야기였어요, 나리. 그의 어머니는 돗자리를 만들어 라 빠라다 시장에 내다 팔았고, 그래서 그는 엘 뽀르베니르에서 어린 시절을 보내며 살았다. 그것도 사는 거라고 할 수 있다면 말이지만. 어린 시절 그는 푼돈이라도 벌기 위해 세차를 하거나, 심부름을 하거나, 시장에 들어온 트럭에서 짐을 내려주거나, 어떤 일이든 가리지 않고 했다. 늘 가난에 허덕이다보니 가끔은 하지 말아야 할 일에 손을 대기도 했다.

"엘 뽀르베니르 사람들은 뭐라고 부르지?" 루도비꼬가 그의 말을 끊었다. "리마 사람들은 리메뇨, 바호 엘 뿌엔떼 출신들은 바호 뽄띠노스라고 하잖아. 그럼 엘 뽀르베니르 사람들은?"

"빌어먹을! 지금 내가 하는 얘기 듣기나 하는 거야?" 이뽈리또는 화가 나서 버럭 소리를 질렀다.

"그럼, 듣고말고." 루도비꼬가 그의 어깨를 툭 치며 말했다. "갑자기 궁금해져서 물어본 거야. 미안해. 이야기 계속해보게."

그 동네에 가본 지도 무척 오래됐다네. 사실 그동안은 그곳 근처에도 안 갔지. 그러면서 그는 가슴에 손을 얹더군요, 나리. 그래도 엘 뽀르베니르는 여전히 내 마음속의 고향으로 남아 있어. 내가 권투를 시작한 곳도 바로 거기였고 말이야. 라 빠라다 시장에서 장사를 하는 할머니들을 많이 알았지. 지금도 라 빠라다 시장에 가면 나를 알아보는 분들이 좀 있을 걸세.

"그런데 말이야." 루도비꼬가 말했다. "자네 기분을 상하게 할 생각은 없지만, 그렇게 오랜 세월이 흘렀는데 누가 자네를 알아보겠어? 더군다나 엘 뽀르베니르는 가로등 상태가 엉망이라 자네 얼굴이 제대로 보이지도 않을걸. 거기 노는 놈들이 심심하면 가로등에 돌을 던져 깨버린다니까. 그러니 그런 일은 없을 거야, 이뽈리또."

이뽈리또는 고양이처럼 혀로 입술을 핥으면서 생각에 잠겨 있었다. 인디오 웨이터가 소금과 레몬을 갖다주었다. 루도비꼬는 혀끝에 소금을 뿌리고 입안에 레몬 반쪽의 즙을 짜 넣은 다음 잔을 비웠다. 그러곤 소리쳤다. 아! 이러니까 술맛이 좋아지는군! 이렇게 루도비꼬와 암브로시오가 화제를 다른 쪽으로 돌리려 해봤지만, 이뽈리또는 말없이 생각에 잠긴 채 바닥과 바만 멍하니 바라볼 뿐이었다.

"아냐." 그가 갑자기 소리쳤다. "누가 나를 알아보든 말든 그건 아무 상관도 없어. 그저 싸움질을 했다는 게 자꾸 신경 쓰인단 말이야."

"그러니까 그 이유가 뭐냔 말이야." 루도비꼬가 말했다. "가령 학생들도 아니고, 노파들에게 겁 좀 주었기로서니 그게 뭐 그리 대수라고. 고함 지르고 날뛰기밖에 더 했겠냐고! 이뽈리또, 좀 소란스럽게 했다고 누가 다치거나 하지는 않으니까 신경 쓰지 마."

"어렸을 때 내게 먹을 걸 주었던 할머니를 때렸으면 어떻겠냐고!" 갑자기 이뽈리또가 테이블을 주먹으로 내리치며 소리치더라고요. 이미 제정신이 아니었다니까요, 나리.

암브로시오와 루도비꼬는 그가 금방이라도 울음을 터뜨릴 것 같아 마음이 조마조마했다. 이봐, 친구, 어린 자네한테 먹을 걸 주었다면, 정말로 선량하고 정직한 분들이겠지. 한마디로 법 없이도 살 분들 말이야. 그런데 그런 분들이 어떻게 정치적인 소란에 휘말릴 수 있었겠어? 하지만 이뽈리또는 물러서려 하질 않았다. 그는 말도 안되는 소리라는 듯 고개를 절레절레 흔들었다.

"난 요즘 내키지 않는 일을 억지로 하고 있어." 마침내 그가 입을 열었다.

"좋아서 이 일을 하는 사람이 있을 것 같아?" 루도비꼬가 말했다.

"나는 괜찮던데." 암브로시오가 웃으며 말했다. "나는 편하고 좋더라고. 신기한 경험을 하는 것 같기도 하고 말이야."

"자네야 가끔 오니까 그렇지." 루도비꼬가 말했다. "평소엔 나리의 운전사 노릇이나 하면서 편하게 지내잖아. 자네한테야 노는 거나 마찬가지겠지. 하지만 머지않아 짱돌에 맞아 머리가 터질 날이올 테니 기다려봐. 나처럼 말이야."

"그러고 나서도 계속 이 일이 마음에 들지 한번 두고 보자고." 이뽈리또가 말했다.

다행히도 저한테는 아직 그런 일이 일어나지 않았습죠, 나리.

사람이 어쩌면 그리도 뻔뻔할 수가 있을까? 휴일이면 그녀는 보통 리몬시요에 사는 이모나 미로네스에 사는 로사리오 부인을 찾아갔다. 그곳에 가지 않는 날에는 같은 동네에 사는 안두비아와 마리아 —— 둘 다 하녀로 일하고 있었다 —— 를 만나 함께 외출하곤 했다. 혹시 그가 착각하고 있는 것 아닐까? 그녀가 일자리를 얻을 수 있도록 애를 써주었으니 지난 일은 다 잊었을 거라고 말이야. 세 사람은 함께 산책하거나 영화를 보러 다녔다. 어느 일요일에는 꼴리세오에 가서 민속 무용을 관람하기도 했다. 순순히 이야기를 들어주니까, 이제 자기를 용서한 거라고 생각한 건가? 어쩌다 까를로따와 함께 외출한 적도 있지만, 자주 나가지는 못했다. 그럴 때마다 씨물라가 어두워지기 전까지 자기 딸을 데리고 들어와야 한다고 눈치를 주는 바람에 마음 놓고 돌아다닐 수가 없었기 때문이다. 멍청한 놈 같으니. 그런 놈은 잘해줘봐야 아무 소용 없다니까. 외출할 때마다 씨물라가 얼마나 잔소리를 해대는지 아말리아와 까를로따는 돌아버릴 지경이었다. 그리고 돌아오면 이것저것 물어보는 통에 옷 갈아입을 정신도 없었다. 아말리아는 일요일에 그를 바람맞힐 생각이었다. 미라플로레스에서 여기까지 와봐야 아무 소용도 없을 거야. 얼마나 매정하게 굴어야 이 분이 풀릴까? 가엾은 까를로따. 씨물라는 그녀가 거리를 내다보지도 못하게 했다. 어릴 때부터 얼마나 교육을 철저히 시켰던지, 까를로따는 남자들만 봐도 흠칫 놀라기 일쑤였다. 한주 내내 아말리아는 그가 초조하게 자기를 기다리는 모습을 떠올렸다. 갑자기 화가 나서 부들부들 떨기도 하고 가끔은 실소를 터뜨리기도 했다. 안 올지도 몰라. 그날 그에게 꿈도 꾸지 말라고 딱 잘라서 말했으니까. 그러니 그도 나가봐야 소용없을 거라고 생각했을 거야. 토요일, 그녀는 오르뗀시아 부인한테 선물로 받은 반짝거리는 파란색 원피스를 꺼내 다림질했다. 내일 어디 가? 까를로따가 그녀에게 물었다. 응, 이모 댁에. 그러곤 거울을 보면서 스스로를 나무랐다. 이 멍청이, 너 내일 나갈 생각이야? 아니, 안 나갈 거야. 일요일, 그녀는 최근에 산 하이힐을 처음 신어보았다. 추첨에서 당첨되어 경품으로 받은 팔찌도 처음 차보았다. 나가기 전에 그녀는 입술에 립스틱을 발랐다. 점심도 먹는 둥 마는 둥 하고 재빨리 식탁을 치운 뒤, 그녀는 부인의 방으로 서둘러 올라갔다. 전신 거울에 비친 자신의 모습을 보기 위해서였다. 그녀는 곧장 베르똘로또로 가서 길을 건넜다. 하지만 꼬스따네라에 이르자 갑자기 화가 나고 온몸이 가렵기 시작했다. 저기 있잖아. 전차 정거장에서 내게 손을 흔들고 있어. 그녀는 그대로 돌아갈까 하다가, 일단 만나기는 하되 아무 말 없이 가만히 있는 게 어떨까 생각했다. 그는 갈색 양복과 하얀 와이셔츠 차림에 빨간색 넥타이를 맸고, 상의 주머니에는 손수건도 꽂혀 있었다.

"네가 나를 바람맞히지 않게 해달라고 기도했어." 암브로시오가 말했다. "나와줘서 얼마나 고마운지 몰라."

"전차 타려고 나온 거니까 착각하지 마." 그녀는 여전히 화가 가라앉지 않아 얼굴을 홱 돌리며 말했다. "이모 댁에 가는 길이라고."

"아, 그렇군." 암브로시오가 말했다. "그럼 같이 시내로 나가면 되겠네."

"한가지 잊은 게 있네." 빠레데스 소령이 말했다. "에스삐나가 자네 친구인 싸발라와 자주 만나더군."

"그건 신경 쓸 것 없어." 그가 말했다. "둘은 오래전부터 친구 사이였네. 에스삐나가 그의 회사에 군대 매점 납품권을 주었지."

"하지만 그 유력 인사의 행적에 몇가지 수상한 점이 있단 말이지." 빠레데스 소령이 말했다. "이따금씩 그의 뒤를 캐고 있거든. 그런데 가끔 아쁘라 쪽 거물들과 만나더군."

"아쁘라의 주요 인물들 덕분에 그가 많은 정보를 얻고 있지. 그리고 그 친구 덕분에 나도 많은 걸 알게 되고." 그가 말했다. "싸발라는 신경 쓰지 않아도 되니까 괜한 시간 낭비 말게나."

"나는 그자가 진정으로 정부에 충성하고 있는 것인지 확신이 서질 않는다고." 빠레데스 소령이 말했다. "아무래도 자기 사업을 위해 우리 편에 서 있는 것 같아. 순전히 자기 이익을 위해서 말이지."

"따지고 보면 우리 모두 무언가 이익을 얻으려고 지금의 체제와 함께하고 있는 셈 아닌가. 중요한 건, 싸발라 같은 친구들의 이해관계가 현 정부와 맞물려 있다는 점일세." 그가 미소 지으며 말을 이었다. "그건 그렇고, 까하마르까 건이나 한번 훑어볼 수 있겠나?"

빠레데스 소령이 고개를 끄덕였다. 그는 세대의 전화기 중 하나를 들어 부하에게 지시를 내렸다. 그러고는 한동안 생각에 잠겼다.

"처음엔 자네가 냉소적인 척 연기를 하는 줄 알았네." 소령이 말했다. "그런데 이제는 확신이 드는군. 까요, 자네는 그 어느 것도, 어느 누구도 믿지 않아."

"나한테 아무나 믿으라고 돈을 주는 게 아니라, 일을 하라고 주는 거니까." 그가 다시 미소 지었다. "그리고 아직까지는 그런대로 잘해내고 있지. 안 그런가?"

"자네 역시 이해관계 때문에 그 자리에 앉아 있는 거라면, 대통령께서 맡아달라고 한 직책은 왜 마다한 거지? 지금보다 수천배는 더 좋은 자린데 말이야.” 빠레데스 소령이 웃으며 말했다. “그런 걸 보면 역시 자넨 냉소주의자가 분명해. 물론 자네가 원하는 만큼은 아니지만 말이야.”

그는 웃음을 거두고 빠레데스 소령을 무표정하게 바라보았다.

“어쩌면 아무도 내게 준 적이 없는 기회를 자네 백부가 주었기 때문인지도 모르지.” 그가 어깨를 으쓱이며 말을 이었다. “어쩌면 지금 이 자리를 맡아 자네의 백부를 충실히 보좌할 만한 다른 적임자를 찾지 못했기 때문인지도 모르고. 아니면 그냥 이 자리가 마음에 들어서인지도 모르겠군.”

“대통령께서는 자네의 건강을 염려하고 계신다네. 그건 나도 마찬가지고.” 빠레데스 소령이 말했다. “지난 3년 사이 10년은 늙어버린 것 같구먼. 위궤양은 어떤가?”

“다 나았어.” 그가 말했다. “다행히 이젠 우유를 먹지 않아도 된다네.”

그는 손을 뻗어 책상 위에 놓여 있던 담배를 집었다. 그러곤 한 개비 꺼내 불을 붙이자마자 발작하듯 기침을 토해냈다.

“하루에 얼마나 피우는 거지?” 빠레데스 소령이 심각한 표정으로 물었다.

“두세갑 정도.” 그가 말했다. “게다가 나는 독한 담배만 피운다네. 자네가 피우는 그런 허접스러운 것 말고.”

“대체 무엇이 제일 먼저 자네를 끝장낼지 모르겠군.” 빠레데스 소령이 웃으며 말했다. “담배일지, 위궤양일지, 암페타민일지, 아쁘라 놈들일지, 아니면 쎄라노처럼 자네한테 원한을 품은 군인일지 말이야. 혹은 자네의 하렘이 될지도 모르겠군.”

그의 얼굴에 엷은 미소가 떠올랐다. 그때 문 두드리는 소리가 나더니, 콧수염을 짧게 기른 대위가 문서를 들고 들어왔다. 복사본을 가져왔습니다, 소령님. 빠레데스는 책상 위에 시내 도로 지도를 펼쳤다. 몇몇 교차로에 빨간색과 파란색 표시가 되어 있는가 하면, 두꺼운 검은색 실선이 이런저런 거리를 따라 지그재그로 이어지다가 어느 광장에서 끝나 있었다. 그들은 한동안 몸을 숙인 채 지도를 내려다보았다. 위험 지점, 빠레데스가 말했다. 그리고 주둔 지역, 이동 경로, 곧 개통 예정인 다리. 그는 담배를 피우면서 작은 수첩에 메모를 하고는 단조로운 목소리로 몇가지 질문을 했다. 그들은 다시 의자로 돌아와 앉았다.

"내일 현장 보안 실태 최종 점검차 리오스 대위와 함께 까하마르까로 갈 예정이네." 빠레데스 소령이 말했다. "우리 쪽은 아무런 문제도 없어. 철통같은 보안 태세를 갖추었으니 말이야. 자네 쪽은 어떤가?"

"보안 문제라면 전혀 걱정 없네." 그가 말했다. "그런데 좀 마음에 걸리는 게 있어."

"환영 행사 말인가?" 빠레데스 소령이 말했다. "무슨 불상사라도 일어날 것 같나?"

"상원 의원과 하원 의원들이 광장을 채우기로 약속을 했다네." 그가 말했다. "한데 그런 약속이라는 게 어떤지 자네도 잘 알고 있잖은가. 오후에 환영 행사 조직 위원회 측 사람들을 만나기로 했어. 오늘 리마로 오라고 했거든."

"어쨌든 대통령이 가면 대대적인 환영이 있어야 해. 그렇지 않으면 촌뜨기들 주제에 배은망덕하다고 욕을 먹어도 싸지." 빠레데스 소령이 말했다. "대통령께서 그런 자들을 위해 도로는 물론 다리까지 지어주셨는데 말이야. 기왕 말이 나왔으니 하는 얘긴데, 예전에는 까하마르까라는 곳이 있는지 누가 알기나 했냐고."

"까하마르까는 아쁘라 놈들의 소굴이었지." 그가 말했다. "우리가 지속적으로 소탕 작전을 벌이기는 했지만, 언제 무슨 일이 일어날지 모른다네."

"대통령께서는 이번 순방이 성황리에 치러지리라 생각하고 계셔." 빠레데스 소령이 말했다. "환영 행사에 4만 명 정도는 나오리라 예상하시더군. 물론 어떤 불상사도 없을 거라면서 말이네."

"그 정도는 나오겠지. 그리고 어떤 불상사도 일어나지 않을 테고." 그가 말했다. "나를 폭삭 늙게 만드는 건 위궤양이나 담배가 아니라, 이런 일이야."

그들은 인디오 웨이터에게 돈을 내고 밖으로 나왔다. 우리가 마당에 도착했을 때는 이미 회의가 시작된 상태더라고요, 나리. 로사노가 험악한 얼굴로 그들을 노려보면서 손가락으로 시계를 가리켰다. 거기에는 쉰여 명이 모여 있었고, 모두 민간인 복장이었다. 어떤 이들은 바보같이 입을 헤벌린 채 웃고 있었는데, 냄새가 얼마나 심한지 숨을 못 쉴 지경이었다. 이 친구는 정식 직원이고, 저 사람은 나처럼 임시직이지. 그리고 저기 저 사람도 정식 직원일세. 루도비꼬가 손으로 그들을 하나씩 가리키며 말했다. 배가 불룩 튀어나온 경찰서장이 더듬거리면서 이야기를 늘어놓고 있었다. 그는 무슨 이야기를 할 때마다 '그러니까 말하자면'이라는 말을 붙였다. 그러니까 말하자면 외곽 지역에는 기동타격대가 배치되어 있다는 얘깁니다. 그, 그러니까 마, 마, 말하자면 순찰차들도 있다는 거죠. 그러니까 말하자면 기, 기병대가 공장과 우, 우, 우리 안에 숨어 이, 있을 거란 말입니다. 루도비꼬와 저는 이거 되게 우, 우, 웃기네 하는 표정으로 서로를 쳐다보았습죠, 나리. 하지만 이뽈리또는 여전히 침통한 얼굴이었습니다요. 그때 갑자기 로사노 씨가 앞으로 나와 조용히 하고 잘 들으라며 소리치더군요.

"경찰이 직접 개입하는 일이 없도록 만드는 게 가장 중요합니다." 그가 말했다. "이는 베르무데스 님이 특별히 강조하신 점이기도 해요. 그리고 총을 쏘는 일이 없도록 해야 합니다."

"자네 들으라고 하는 소리야." 루도비꼬가 암브로시오에게 말했다. "나리한테 가서 자기 얘기 좀 잘 해달라는 거지."

"그러니까 말하자면 권총은 지급하지 않을 겁니다. 그 대신 고, 고, 곤봉하고 두, 두, 둔기를 나눠줄 테니까 그리 알고 있어요."

그러자 갑자기 여기저기서 수군거리기 시작하더니, 급기야는 볼멘소리가 터져 나오더구먼요. 불만이 폭발하기 일보 직전이었지만 그 누구도 선뜻 나서서 입을 열지는 못했습죠, 나리. 조용, 조용히! 서장이 소리치더군요. 그 문제를 영리하게 해결한 사람은 바로 로사노 씨였습니다요.

"한줌도 안되는 미친 여자들을 해산시키는 일에 여러분 같은 일류들한테 총알이 왜 필요하겠습니까? 상황이 악화되면, 그 즉시 기동타격대가 투입될 거예요." 현명하게 사태를 수습한 그는 내친김에 농담까지 했다. "혹시 겁나는 사람이 있으면 손 들어보세요." 아무도 손을 들지 않았다. "다행이군요. 손 든 사람이 있었다면, 마신 술값을 물어내야 했을 테니까요." 좌중에서 웃음이 터졌다. "자, 서장님, 그럼 계속하시죠."

"그, 그, 그러니까 다들 알았죠. 그럼 무기고에 가기 전에 서로 어, 얼, 얼굴을 확인해보라고요. 괜히 시, 시, 실수로 같은 편끼리 몽둥이질을 하지 않으려면 말입니다."

그 말에 다시 웃음이 터졌다. 그의 농담이 재미있어서라기보다는 예의에서 나온 웃음이었다. 그들은 무기고에 들어가서 수령증에 사인을 하고 곤봉과 채찍과 자전거 체인을 받았다. 마당으로 돌아오고 나서야, 그들은 한데 섞여 이야기를 나누기 시작했다. 어떤 이들은 술에 취해 혀가 꼬부라진 나머지 거의 말도 하지 못했다. 암브로시오도 그들 사이에 끼어 이야기를 나누었다. 어디서 왔어요? 제비뽑기로 온 거예요? 아닙니다, 나리. 우린 모두 자원해서 왔구먼요. 대부분은 여기 오는 댓가로 몇푼이라도 손에 쥐게 되어 좋아했지만, 앞으로 무슨 일이 일어날지 두려워하는 이들도 있었다. 그들은 삼삼오오 모여 담배를 피우며 농지거리를 주고받거나, 방금 받은 곤봉으로 서로 툭툭 치며 장난질을 쳤다. 6시가 될 무렵, 서장이 다시 나타나 버스가 와 있다고 알려주었다. 엘 뽀르베니르 광장에 이르자 그들 중 절반은 루도비꼬, 암브로시오와 함께 광장 한복판의 회전 그네 곁으로 이동했다. 이뽈리또는 나머지를 데리고 영화관 건물 옆으로 가서는 셋, 혹은 네개 조로 나누어 놀이 기구가 있는 곳으로 이동했다. 암브로시오와 루도비꼬는 회전 그네를 쳐다보았다. 여자들 치마 올라가는 걸 보려고 난리가 났겠군. 아닙니다요, 나리. 어두워서 잘 보이지도 않았구먼요. 다른 이들은 이딸리아식 빙수와 까모띠요[119]를 사 먹었다. 무리 중 두명은 아예 자기 술병을 가져와 관람차 옆에서 홀짝홀짝 들이켰다. 왠지 수상한 냄새가 나는데. 아무래도 로사노가 거짓 정보를 받은 것 같아. 루도비꼬가 말했다. 그들은 삼십분 넘게 그 자리를 지켰지만, 이상한 기

---

119 고구마로 만든 설탕 절임 과자.

미는 없었다.

전차에 탄 그들은 나란히 앉았다. 암브로시오가 차비를 냈지만, 그녀는 약속 장소에 나온 자신에게 너무 화가 나 그를 거들떠보지도 않았다. 뭘 그렇게 꽁하게 굴고 그래? 암브로시오가 말했다. 아말리아는 차창에 머리를 기댄 채 멍하니 밖을 내다보았다. 브라실 대로, 수많은 자동차들, 베베를리 극장이 보였다. 여자들은 고운 심성을 가지고 있지만 기억력이 나쁘지. 암브로시오가 말했다. 그런데 아말리아 넌 정반대야. 우리가 우연히 거리에서 만난 그날 말이야, 싼미겔에 하녀를 구하는 집이 있다고 너한테 귀띔해주었잖아. 그 정도면 정답게 나눈 대화 아니야? 하지만 그녀는 들은 체 만 체였다. 경찰병원과 오발로 데 막달레나 비에하 교차로가 그녀의 눈앞을 스쳐 지나갔다. 그리고 저번에 대문 앞에서 만났을 때도 얘기 잘 나누었잖아? 쌀레지오 학교와 볼로그네시 광장의 모습이 보였다. 아말리아, 혹시 다른 남자라도 생긴 거야? 그때 두 여자가 전차에 타더니 그들 바로 앞자리에 앉았다. 그다지 인상이 좋지 않은 두 여자는 자리에 앉자마자 뻔뻔스럽게 암브로시오를 쳐다보기 시작했다. 모처럼 둘이서 친한 친구처럼 함께 외출하자는데 뭐가 문제야? 이제 두 여자는 비웃듯이 그를 빤히 쳐다보며 시시덕거리기 시작했다. 바로 그 순간, 그녀는 그가 아니라 두 여자를 노려보면서 자기도 모르게 불쑥 말을 내뱉었다. 좋아, 우리 어디로 가는 거지? 그녀의 돌발적인 행동에 암브로시오는 깜짝 놀라 눈이 동그래지더니 머리를 긁적거리며 빙긋이 웃었다. 여자하고는. 암브로시오가 친구와 약속이 있었던 터라, 둘은 리마끄로 갔다. 암브로시오와 아말리아가 치끌라요 거리의 작은 식당에 들어갔을 때 그 친구 혼자서 치킨라이스를 먹고 있었다.

"내 애인이야, 루도비꼬." 암브로시오가 아말리아를 소개했다.

"아니에요." 아말리아가 단호하게 말했다. "우린 그냥 친구 사이예요."

"앉으세요." 루도비꼬가 말했다. "같이 맥주나 한잔 하시죠."

"아말리아, 루도비꼬와 나는 같이 까요 나리 밑에서 일했었어." 암브로시오가 말했다. "나는 나리의 차를 몰았고, 이 친구는 나리를 보살피느라 잠도 제대로 못 잤지. 안 그래, 루도비꼬?"

식당 안에는 남자들만 있었고 인상이 험악한 이들도 몇몇 눈에 띄었다. 아말리아는 이래저래 자리가 몹시 거북했다. 내가 여기서 뭘 하고 있는 거지? 그녀는 생각했다. 대체 왜 이렇게 멍청한 거야? 식당 안에 있던 남자들은 곁눈질로 그녀를 흘끔거리면서도, 아무도 말을 걸지는 않았다. 그녀와 함께 있던 덩치 둘에게 겁을 먹어서 그런지도 몰랐다. 사실 루도비꼬도 암브로시오만큼 키가 크고 힘도 장사였으니 그럴 만했다. 얼굴이 잔뜩 얽은데다 잇새가 벌어져 못생기기는 했지만 말이다. 두 남자가 다른 친구들의 안부를 물으며 이야기를 주거니 받거니 하는 동안 그녀는 점점 따분해졌다. 그런데 갑자기 루도비꼬가 테이블을 치며 소리쳤다. 맞아, 바로 그거야! 우리 아초 투우장에 갑시다. 공짜로 들어갈 수 있어요. 그는 정말로 그들을 그냥 들여보내주었다. 정문이 아니라 뒷골목을 통해서 들어갔기는 했지만 말이다. 투우장을 지키고 있던 경찰들은 그를 보자 친한 친구처럼 인사를 건넸다. 그들은 그림자가 드리워진 스탠드 위쪽에 자리를 잡았지만 그날따라 관중이 별로 없었기 때문에 두번째 경기가 시작될 무렵 네번째 열로 내려가서 앉았다. 그날 세명의 투우사가 출전했는데, 최고의 스타는 단연

코 싼따끄루스였다. 화려한 투우사복을 입은 흑인을 보니 아무래도 좀 낯설었다. 자네하고 같은 혈통이니 열심히 응원하라고. 루도비꼬가 암브로시오에게 농을 건넸다. 암브로시오는 화를 내기는커녕 오히려 웃으며 맞장구쳤다. 암, 그래야지. 더구나 용감하기까지 하니 말이야. 투우사는 정말 용감했다. 그는 성난 소를 바로 앞에 두고도 여유 있게 몸을 움직이는가 하면, 무릎을 꿇고 소에게 등을 보이기까지 했다. 그녀는 영화에서 말고는 투우를 본 적이 없던 터라 두 눈을 질끈 감았다. 황소가 말단 투우사를 쓰러뜨릴 때는 비명을 지르기도 했다. 삐까도르[120]들은 너무 잔인해. 아말리아가 혼잣말하듯 중얼거렸다. 하지만 싼따끄루스가 마지막으로 상대한 소가 쓰러졌을 땐 그녀도 암브로시오처럼 손수건을 꺼내 흔들어대며 소의 귀를 잘라주라고 소리쳤다.[121] 투우장을 나올 무렵, 그녀는 마치 신기한 것이라도 본 사람처럼 기분이 흡족했다. 그제야 그녀는 로사리오 부인을 도와 빨래를 널고 하숙생들이 마음에 들지 않는다며 투덜거리는 소리를 듣느라, 혹은 안두비아와 마리아를 따라 목적지도 없이 여기저기 기웃거리느라 이런 외출을 포기하는 것만큼 어리석은 짓도 없다는 생각이 들었다. 그들은 아초 투우장 입구에서 치차 모라다를 마셨다. 거기서 루도비꼬와 헤어진 두 사람은 빠세오 데 아구아스 공원 쪽으로 걸음을 옮기기 시작했다.

"투우는 재미있게 봤어?" 암브로시오가 물었다.

---

120 말을 탄 채 작대기 창으로 소의 등을 찔러 힘을 빼는 역할을 하는 투우사.
121 최종적으로 소를 죽이는 투우사인 마따도르가 멋진 공연을 펼치면 관객들의 호응도와 환호에 따라 심사 위원장은 죽은 소의 귀를 잘라주도록 판정을 내린다. 가장 용감한 투우사에게는 특별히 귀 두개를 주기도 한다.

"응." 아말리아가 대답했다. "하지만 말 못하는 동물들한테 너무 잔인한 거 아니야?"

"재미있었다면, 다음에 또 보러 가자고." 암브로시오가 말했다.

그녀는 꿈도 꾸지 말라고 쏘아붙이고 싶었지만 이내 마음을 고쳐먹고 입을 다물었다. 난 왜 이렇게 멍청한 거지. 그녀는 생각했다. 생각해보니 암브로시오와 만나 외출한지도 벌써 3년, 아니 4년이나 흘렀다. 갑자기 마음이 착잡해졌다. 이제 뭐 하고 싶어? 암브로시오가 물었다. 리몬시요의 이모 집에 갈까 생각 중이야. 요 몇년 동안 저 남자는 뭘 하고 지냈을까? 거긴 다음에 가면 되잖아. 암브로시오가 말했다. 그러지 말고, 같이 영화관에 가자고. 그들은 리마끄 지구에 있는 극장에 가서 해적 영화를 보았다. 불이 꺼지자 그녀의 눈에 뜨거운 눈물이 그렁그렁 맺히기 시작했다. 이 바보야. 뜨리니다드와 같이 영화 보러 가던 때 생각나? 미로네스에 살 적에 말은커녕 아무 생각도 하지 않고 며칠, 아니 몇달씩 빈둥거리며 지내던 것도 기억나? 아니, 오히려 그녀는 그보다 훨씬 전의 일도 생생하게 기억하고 있었다. 일요일마다 쑤르끼요에서 만났던 일은 물론 차고 옆의 작은 방에서 밤마다 밀회를 즐기던 것, 그 무렵 무슨 일이 있었는지도 훤히 기억하고 있었다. 그녀는 돌연 부아가 치밀었다. 영화 보다가 내 몸을 슬쩍 만지기만 해도 당장 할퀴어버릴 거야. 아니, 죽여버려야지. 하지만 암브로시오는 손 하나 꿈쩍하지 않았다. 극장 밖으로 나오자 암브로시오가 요기라도 하자고 했다. 그들은 이런저런 이야기를 나누면서 — 물론 지나간 일은 입 밖에 내지 않았다 — 아르마스 광장 쪽으로 걷기 시작했다. 전차를 기다리고 있는데, 그가 갑자기 그녀의 팔을 붙잡았다. 아말리아, 나는 네가 생각하는 그런 사람이 아니야. 아말리아, 너의 실제 모습은 네가 생각하는 것과 달라. 께따 양이 그랬었다. 네가 무엇을, 어떻게 하느냐에 따라 달라지는 거야. 가엾은 아말리아, 너만 보고 있으면 마음이 아프구나. 이거 봐, 그러지 않으면 당장 소리칠 거야. 아말리아가 말했다. 암브로시오는 그녀의 팔을 슬쩍 놓았다. 너하고 싸우고 싶지 않아, 아말리아. 다만 예전에 있었던 일은 다 잊어달라고 부탁하는 거야. 다 지난 일이야. 아말리아가 말했다. 그때 전차가 도착했다. 그들은 말없이 싼미겔까지 갔다. 그들이 까노네사스 정거장에 내렸을 때는 이미 날이 어두워져 있었다. 너한테는 다른 남자가 있었지. 그 섬유 공장 노동자 말이야. 암브로시오가 말했다. 하지만 나는 너 말고 아무 여자도 없었어. 잠시 후 집 모퉁이에 도착하자 그가 분노에 찬 목소리로 말했다. 아말리아, 너 때문에 그동안 마음이 얼마나 아팠는지 몰라. 하지만 그녀는 아무 대답도 없이 집으로 달려가버렸다. 대문 앞에 이르러 뒤를 돌아보니, 그는 길모퉁이에 꼼짝도 않고 서 있었다. 가지도 별로 없는 작은 나무 그림자에 몸을 반쯤 숨긴 채였다. 어떤 일이 있어도 흔들리지 않으리라 굳게 마음먹었건만, 안으로 들어서자마자 눈물이 앞을 가렸다. 그녀는 약해진 자신의 모습에 화가 치밀어 올랐다.

"꾸스꼬 지역 장교단의 동향은 어떤가?" 그가 물었다.

"진급자 명단이 의회에 제출되는 즉시 이디아께스 대령을 진급시키기로 되어 있네." 빠레데스 소령이 말했다. "장군으로 진급하면 더이상 꾸스꼬에 있을 수 없을 테니 말이야. 그가 빠지면 반란군 무리도 뿔뿔이 흩어지게 될 걸세. 거긴 아직 별다른 움직임이 없어. 그냥 만나서 이야기를 나누는 정도라네."

"이디아께스를 다른 곳으로 보내버린다고 문제가 해결되지는 않아." 그가 말했다. "사령관과 신참 대위들은 어떻게 하고? 그들을 왜 갈라놓지 않는지 이해가 안 가는군. 국방성 장관 말로는 이번 주에 인사이동이 시작된다고 했는데 말이야."

"장관한테 열번도 더 말했다네. 보고서를 보여준 것도 열번이 넘고." 빠레데스 소령이 말했다. "주변의 신망이 두터운 자들이다보니 조심스럽게 처리하고 싶어 하는 눈치야."

"그러니까 이번 문제는 대통령께서 직접 나서야 한다니까." 그가 말했다. "까하마르까 순방이 끝나면 제일 먼저 그 무리부터 소탕해야 한다고. 어쨌든 철저히 감시하고 있지?"

"물론이지." 빠레데스 소령이 말했다. "그들이 뭘 먹는지까지 훤히 꿰고 있다네."

"그들이 전혀 예상치 못한 순간 협상 테이블에 100만쏠을 올려놓으면, 꾸데따도 우리 손바닥 안에 있는 셈이나 마찬가지일 거야." 그가 말했다. "그런 다음 여기서 최대한 멀리 떨어진 부대로 보내버리는 거지."

"사실 이디아께스도 우리 정부에 빚진 게 많은 사람이야." 빠레데스 소령이 말했다. "자꾸 이런 일이 일어나다보니 대통령께서도 사람들한테 점점 환멸을 느끼는 눈치더군. 이디아께스가 장교들을 모아 반란을 모의하고 있다는 사실을 알면 또 얼마나 괴로워하시겠나."

"그들이 반란을 일으켰다는 소식을 듣는다면 마음이 더 찢어지시겠지." 그런 뒤 그는 자리에서 일어나 가방에서 서류를 꺼내 빠레데스 소령에게 건네주었다. "한번 훑어보게. 그리고 이자들에 관한 기록이 여기 있는지 확인해봐."

빠레데스는 문까지 그를 배웅했다가 그가 나가려는 순간 문득 그의 팔을 잡으며 말했다.

"아르헨띠나에서 일어난 그 사건 있잖나. 오늘 아침 신문에 난 것 말이야. 자네가 어떻게 그런 기사를 통과시켰나?"

"내가 통과시킨 게 아닐세." 그가 말했다. "그리고 아쁘라 놈들이 뻬루 대사관에 돌을 던진 건 우리한테 좋은 소식이지. 곧장 대통령께 보고를 드렸더니, 신문에 내라고 하시더군."

"그렇게 된 거로군." 빠레데스 소령이 말했다. "이곳 장교들은 그 기사를 읽고 아주 난리가 났다네."

"내가 무슨 수로 그 많은 일까지 다 신경 쓰겠나?" 그가 말했다. "내일 보세."

그러나 잠시 후, 이뽈리또가 그들에게 다가왔다. 아주 침통한 얼굴이었죠, 나리. 바로 거기 그들이 모여 있었구먼요. 대형 팻말하고, 하여간 모든 걸 들고 말입니다요. 골목길을 통해 광장으로 들어온 사람들은 처음에는 마치 구경꾼들처럼 천천히 그들이 있던 곳으로 움직였다. 네명은 빨간 글씨가 쓰인 팻말을 들고 있었고, 그 뒤를 한 무리의 사람들이 따라왔다. 저놈들이 주동자들이야. 루도비꼬가 말했다. 그들이 구호를 외치자, 나머지도 따라 했다. 시위대 행렬이 50미터 가량 길게 이어져 있었다. 놀이공원에서 놀던 이들도 그들을 보려고 가까이 다가오기 시작했다. 그들이, 특히 선두에 있던 이들이 구호를 외쳤지만, 무슨 소리인지 알아들을 수가 없었다. 죄다 노파하고 젊은 여자들, 애들뿐이로군. 남자들은 코빼기도 안 보이는구먼. 이뽈리또가 로사노의 말투를 흉내 내어 말했다. 땋은 머리, 치마, 모자들만 보이더라고요, 나리. 이백명이나 삼백명, 아니 사백명가량이 마침내 광장으로 쏟아져 들어오더라니까요.

"이거 완전히 버터 바른 빵이잖아?" 루도비꼬가 말했다.

"딱딱한 빵에 상한 버터를 발라놓은 꼴이지." 이뽈리또가 대꾸했다.

"우선 저들 한가운데로 파고들어서 둘로 갈라놓는 거야." 루도비꼬가 말했다. "우리가 앞쪽을 치고 들어갈 테니까, 네가 뒤쪽을 맡아."

"아무쪼록 꼬랑지가 대갈빡보다 말랑하면 좋겠는데 말이야." 제 딴에는 긴장감을 풀려고 그랬는지 이뽈리또가 농을 던지더라고요, 나리. 하지만 긴장은 풀리지 않았죠. 그는 옷깃을 올리고 자기 사람들을 모으러 갔다. 시위대 여자들이 광장을 한바퀴 도는 동안 그들은 바로 뒤에서, 그리고 여기저기 흩어져 그들을 따라갔다. 그들이 빙글빙글 돌아가는 관람차 앞에 이르렀을 때, 이뽈리또가 다시 나타났다. 생각해봤는데 아무래도 안되겠어. 여기서 벗어나고 싶어. 너를 좋아하긴 하지만, 사내새끼가 자존심이 있어야지. 루도비꼬가 말했다. 미리 경고하는데, 자꾸 계집애처럼 굴면 가만히 안 둘 거야. 그가 몸을 잡고 흔들자 이뽈리또는 정신이 바짝 드는지 눈을 부라리며 총알처럼 튀어 나가더라고요, 도련님. 그들은 다시 사람들을 모아 격한 언사로 그들을 선동하고 이어 모두 시위대 속으로 슬쩍 끼어들었다. 시위대 여자들은 관람차 옆에 모여 있었는데, 팻말을 든 이가 앞에 서서 여자들을 바라보고 있었다. 그 순간 갑자기 주동자들 중 하나가 연단 위로 뛰어오르더니 연설을 시작했고, 그러자 그 주변으로 사람들이 한꺼번에 몰려들면서 북새통을 이루었다. 관람차에서 흘러나오던 음악도 꺼졌지만 그녀가 무슨 말을 하는지 전혀 들리지 않았다. 그들은 그 틈을 이용해 박수를 치면서 안으로 파고들어갔다. 멍청한 년들, 길까지 터주는구먼. 루도비꼬가 말했다.

이뽈리또 일행은 그 반대쪽으로 슬쩍 끼어들었다. 그들은 박수를 치면서 주변에 있던 여자들과 포옹을 했다. 옳소! 지당한 말씀이야. 브라보! 그러자 몇몇 여자들이 재미있다는 듯이 그들을 쳐다보았고, 어떤 이들은 그들과 일일이 악수를 나누면서 말했다. 이리로 와요. 안으로 들어오세요. 우리를 지지해주는 분들이 이렇게 많다니 놀라울 따름이네요. 암브로시오와 루도비꼬는 어떤 일이 있어도 절대 떨어지면 안된다는 눈빛으로 서로를 바라보았다. 이미 쐐기처럼 시위대의 한가운데를 뚫고 들어가 이들을 둘로 나눈 터였다. 이제 그들은 곧바로 가지고 온 마뜨라까[122]와 호루라기를 꺼냈다. 이뽈리또 또는 확성기를 꺼내 소리쳤다. 저년, 당장 끌어내려! 오드리아 장군 만세! 민중의 적들을 죽이자! 그러자 곤봉과 채찍이 난무했다. 오드리아 만세! 삽시간에 난장판으로 변해버렸죠, 나리. 파괴 분자들이다! 연단에 있던 여자가 울부짖으며 소리 질렀지만 주변이 워낙 소란스러운 탓에 그 목소리는 거의 들리지 않았다. 암브로시오 주변에 있던 여자들도 비명을 지르며 사람들을 밀치기 시작했다. 당장 여기를 떠나요. 루도비꼬가 여자들에게 말했다. 여러분들은 저들의 선동에 놀아난 거라고. 그러니 어서 집으로들 돌아가요. 그런데 바로 그 순간, 어디선가 불쑥 나타난 손이 그를 덥석 잡았다. 손톱으로 내 목의 살갗을 벗겨내는 것 같더라니까. 나중에 루도비꼬가 그렇게 말하더라고요, 나리. 이어 곤봉과 자전거 체인, 그리고 귀싸대기와 주먹질이 여기저기서 난무하기 시작했다. 구름 떼처럼 몰려든 여자들은 울부짖으며 발길질로 맞섰다. 암브로시오와 루도비꼬는 함께 있었다. 하나가 미끄러지면 나머지가 옆에서 받쳐주고, 다른

---

122 막대기에 나무판자를 끼워 돌리면서 시끄러운 소리를 내는 기구로, 부활절에 주로 사용한다.

하나가 넘어지면 나머지가 일으켜 세웠다. 암탉들이 싸움닭으로 변해버렸네. 루도비꼬가 말했다. 멍청이 이뽈리또의 말이 맞았어. 어쨌거나 우리도 방어를 해야 했습죠, 나리. 그들은 여자들을 때려눕혔다. 하지만 땅바닥에서 죽은 듯이 꼼짝도 하지 않던 여자들이 그들의 발을 잡아 넘어뜨렸다. 그들은 발길질을 하고 팔짝 뛰면서 그 손길을 뿌리쳐야만 했다. 욕설이 사방에서 따발총처럼 쏟아졌다. 도저히 못 막겠어. 그들 중 누군가가 말했다. 어서 기동타격대를 불러! 빌어먹을, 그건 절대 안돼! 루도비꼬가 단호하게 말했다. 그들이 다시 시위대를 향해 돌진하자, 그 기세에 눌려 여자들이 뒷걸음질 치기 시작했다. 그 바람에 관람차 앞에 세워놓은 철책은 물론 사납게 달려들던 여자들까지 와르르 무너졌다. 몇몇 여자들은 엉금엉금 기어서 도망치기도 했다. 기세가 오른 그들은 오드리아 만세 대신에, 여자들에게 쌍년이니 갈보니 하면서 온갖 쌍욕을 퍼부어댔다. 마침내 시위대 선두가 사방으로 흩어져 도망치기 시작하자 추격이 한결 수월해졌다. 그들은 둘이서, 혹은 셋이서 여자를 하나씩 잡아 두들겨 팼고, 이어 또다른 여자를 붙잡아 마구잡이로 폭행을 가했다. 암브로시오와 루도비꼬는 땀에 흠뻑 젖은 여자들의 얼굴을 조롱하기도 했다. 그런데 바로 그 순간, 어디선가 총소리가 났습니다요, 나리. 빌어먹을! 어떤 쌍놈의 새끼가 총을 쐈어? 루도비꼬가 말하더군요. 그런데 그건 우리가 있던 곳이 아니라 뒤에서 난 소리였어요, 나리. 시위대 후미는 아직 흩어지지 않고 그대로 남아 있었거든요. 우리는 그들을 해산시키려고 거기로 냅다 달려갔습죠. 총을 쏜 놈은 쏠데비야라는 자였습니다요. 그런데 열명쯤 되는 여자들이 나를 구석으로 몰더니 내 눈깔을 뽑으려 하더라고요. 죽은 사람은 없었어요. 그냥 공중에 대고 총을 쏜 거니까 말입죠. 하지만 루도비꼬는 열이 올라 얼굴이 벌게져서는 소리를 질러댔다. 어떤 새끼가 너한테 권총을 줬지? 그러자 쏠데비야가 대답했다. 이 총은 경찰 것이 아니라 내 겁니다. 시끄러워, 인마! 루도비꼬가 말했다. 하여간 보고서를 올릴 거야. 그러면 보너스고 뭐고 없을 테니 그리 알고 있어. 놀이공원은 이내 텅 비었다. 관람차, 회전 그네, 로켓을 조작하던 기사들은 기계실 안에 숨어 벌벌 떨고 있었다. 움막으로 들어간 집시 여인들도 불안해하기는 마찬가지였다. 상황이 정리되고 인원을 점검해보니 한명이 없더라고요, 나리. 그런데 그 없어진 녀석이 훌쩍거리며 울고 있는 어떤 여자 옆에서 태평스레 잠을 자고 있더라니까요. 그 모습을 보고 다들 화가 나서 얼굴이 붉으락푸르락했죠. 너 이 새끼, 여기서 뭘 하고 있는 거야! 그러곤 녀석을 두들겨 팼습니다요. 놈의 이름은 이글레시아스로, 아야꾸초 출신이었죠. 녀석은 입술이 찢어져 피를 흘리면서도 몽유병자처럼 느릿느릿하게 일어나더군요. 왜 그래유? 뭔 일이래유? 이제 그만들 해. 루도비꼬가 여자를 때리던 자들에게 말했습죠. 다 끝났어. 우리는 광장 한편에 세워둔 버스에 올라탔어요. 모두들 피곤에 지친 듯 아무 말도 없었죠. 버스에서 내리고 나서야 담배를 피우며 서로의 얼굴을 쳐다봤어요. 여기가 아파 죽겠어. 그 말을 듣자 모두들 웃기 시작했죠. 일하다가 여기 할퀸 상처가 났다고 하면 마누라가 믿어주겠냐고 말이죠. 자, 다들 수고 많았어요. 로사노 씨가 말했어요. 맡은 바 임무를 다했으니, 이제 집으로 돌아가서 편히 쉬도록 해요. 그 무렵 저는 대체로 그런 일을 맡아서 했습니다요, 나리.

5

아말리아는 일주일 내내 멍하니 상념에 잠긴 채 시간을 보냈다. 뭘 그렇게 골똘히 생각하는 거야? 까를로따가 물었다. 씨뮬라는 저 아이가 무슨 짓을 저질렀기에 저러는지 궁금해하면서 은근히 즐기고 있었다. 오르뗀시아 부인도 그녀를 볼 때마다 한마디 하곤 했다. 왜 넋 나간 사람처럼 혼을 빼놓고 있어? 정신 좀 차려. 이제는 그를 떠올려도 화가 나지 않았다. 그리고 아무 생각 없이 그와 외출한 자신에 대해서도 더이상 분노가 치밀지 않았다. 분명 넌 그를 미워하는데도 자꾸 그의 모습을 떠올리고 있어. 왜 그러는지 그녀 자신도 갈피를 잡을 수가 없었다. 하지만 금세 같은 생각이 들었다. 넌 그를 싫어하는데도 자꾸 그를 생각하고 있다고. 도대체 왜 정신을 못 차리는 거야? 어느날 밤에는 일요일 외출하는 시간에 그가 전차 정거장에서 자기를 기다리고 있는 모습이 꿈에 나오기도 했다. 하지만 그주 일요일에는 까를로따와 씨뮬라가 세례성사에 가기로 되어 있어서, 아말리아는 토요일에 외출해야 했다. 어디를 가지? 그녀는 헤르뜨루디스를 만나러 가기로 했다. 못 본 지 몇달이나 됐으니 말이다. 아말리아는 퇴근 시간에 맞춰 제약회사로 갔다. 헤르뜨루디스는 함께 점심이나 먹자며 그녀를 자기 집으로 데려갔다. 매정한 년 같으니, 이게 얼마 만이야? 헤르뜨루디스가 말했다. 너를 찾으러 미로네스에 몇번이나 간 줄 알아? 그런데 로사리오 부인은 네가 어디서 일하는지도 모르더라고. 그건 그렇고, 요즘 어떻게 지내? 그녀는 암브로시오를 다시 만났다고 얘기할 뻔했지만, 이내 입을 다물었다. 전에도 헤르뜨루디스는 암브로시오 얘기만 나오면 입에 거품을 흥분하던 터라 가만히 있는 게 나을 것 같아서였다. 그들은 그다음 주 일요일에 만나기로 했다. 아말리아는 아직 해도 지기 전에 싼미겔로 돌아와 침대에 누웠다. 너한테 그런 몹쓸 짓을 했는데도 아직 그를 잊지 못하다니, 정신 나간 년. 그날밤 그녀는 뜨리니다드의 꿈을 꾸었다. 그는 그녀에게 욕설을 퍼붓더니 이내 얼굴이 창백해지면서 말했다. 네가 죽을 때까지 기다릴 거야. 까를로따와 씨물라는 일요일 아침 일찍 외출했고, 잠시 후에는 부인이 께따 양과 함께 나갔다. 그녀는 화장실 청소를 한 뒤 거실에 혼자 앉아 라디오를 들었다. 라디오에서는 경마 아니면 축구 얘기밖에 나오지 않았다. 그때 부엌문을 두드리는 소리가 났다. 바로 그였다.

"부인은 안 계셔?" 그는 파란색 운전사 제복 차림에 모자를 쓰고 있었다.

"너도 부인이 무서워?" 아말리아가 정색을 하고 말했다.

"페르민 나리가 심부름을 보냈는데, 시간이 좀 남아서 널 보러 온 거야." 그는 아무 말도 못들은 척 싱긋 웃으며 말했다. "길 앞에 차를 세워뒀는데, 혹시 오르뗀시아 부인이 알아볼까봐 걱정이라."

"페르민 나리가 더 무서워지려면 아직 멀었나보군." 아말리아가 말했다.

갑자기 얼굴에서 웃음기가 싹 가시더니, 그는 어쩔 줄 몰라 하며 풀 죽은 표정으로 그녀를 바라보았다. 그러고는 모자를 뒤로 숨기면서 다시 억지 미소를 지었다. 널 만나기 위해 혼날 각오로 여기 온 거라고. 그런데 아말리아, 네가 나를 이렇게 대하니 맥이 빠지잖아. 기왕의 그 일은 이미 지난 일이니 그만 잊어버리자고, 아말리아. 이제 와서 그걸 가지고 화를 내봤자 무슨 소용이 있겠어. 아말리아, 처음 만난 사이처럼 대해주면 안되겠어?

"나한테 했던 짓을 다시 하겠다는 거야?" 아말리아의 목소리가 가늘게 떨리고 있었다. "암브로시오, 꿈도 꾸지 마."

그는 그녀가 물러날 틈을 주지 않고 손목을 덥석 잡더니 깜박거리는 그녀의 눈을 빤히 쳐다보았다. 그렇다고 그녀를 껴안거나 그녀에게 가까이 다가온 것은 아니었다. 그저 한동안 묘한 표정을 지으며 그녀를 붙잡고 있다가 놓아주었다.

"섬유 공장에 다니는 남자가 있었든 말든, 그리고 내가 널 오랫동안 못 만났든, 넌 여전히 내 여자라고." 암브로시오가 거친 목소리로 말했다. 그 순간 아말리아는 심장이 멎는 듯했다. 그녀는 차라리 울어버릴까 생각했다. 차라리 울어버릴까봐. "굳이 확인하고 싶다면 분명히 말해주지. 난 예전과 다름없이 널 사랑하고 있어."

그는 다시 말없이 그녀를 바라보았다. 그녀는 슬슬 뒷걸음질을 쳐 문을 잠가버렸다. 문을 닫는 순간 그가 머뭇거리는 모습이 보였다. 하지만 잠시 후, 그는 모자를 쓰고 돌아갔다. 거실로 온 그녀는 창문 너머 길모퉁이를 돌아가는 그의 뒷모습을 바라보았다. 그녀는 라디오 곁에 앉아 손목을 어루만졌다. 더이상 화가 나지 않는다는 사실에 그녀는 적잖이 놀랐다. 지금도 변함없이 나를 사랑한다는 말이 사실일까? 아냐, 그럴 리 없어. 그건 거짓말이야. 혹시 우연히 거리에서 만난 그날 그녀에게 다시 사랑을 느낀 걸까? 밖은 쥐 죽은 듯 고요했다. 커튼이 드리운 창문으로 정원의 푸릇푸릇한 빛이 스며들었다. 하지만 진지한 목소리였어. 그녀는 라디오의 주파수를 이리저리 맞추면서 생각했다. 연속극이라도 하면 좋으련만. 돌리는 곳마다 경마와 축구 중계밖에 나오지 않았다.

"어디 가서 점심 먹고 와." 차가 싼마르띤 광장에 멈추자 그가 암브로시오에게 말했다. "한시간 반 뒤에 이리 오도록 하게."

그러곤 곧장 볼리바르 호텔의 바로 들어가 문 가까운 곳에 앉았다. 그는 진 한잔과 잉까 두갑을 주문했다. 옆 테이블에서는 남자 셋이 대화를 나누고 있었다. 그들끼리 나누는 시답잖은 농담이 이따금씩 들려왔다. 그는 담배를 피워 물고 창문을 내다보았다. 그가 술잔을 절반쯤 비웠을 때, 꼴메나 거리를 건너오는 그의 모습이 보였다.

"기다리게 해서 미안합니다." 페르민 씨가 말했다. "게임을 하다가 늦고 말았네요. 상원 의원 란다 씨 있지 않습니까? 그분이 주사위를 잡았다 하면 게임이 끝나질 않거든요. 더구나 올라베 농장의 파업이 해결된 덕에 란다 씨가 기분이 아주 좋아서 말입니다."

"그럼 끌룹 나시오날에서 오시는 길입니까?" 그가 말했다. "돈 많은 친구분들이 음모를 꾸미고 있지는 않습디까?"

"아직은 아닙니다." 페르민 씨가 웃으며 말했다. 그는 웨이터에게 잔을 가리키며 같은 걸로 갖다달라고 했다. "웬 기침을 그렇게 심하게 하세요? 감기라도 걸린 겁니까?"

"담배 때문이죠." 그가 다시 헛기침을 하면서 대답했다. "요즘은 어떻습니까? 말썽쟁이 아드님이 여전히 속을 썩나요?"

"치스빠스 말인가요?" 페르민 씨는 땅콩을 한움큼 집어 입에 넣고는 말을 이었다. "그 녀석도 이제 마음을 잡았는지 더이상 말썽을 피우지 않네요. 회사 생활도 잘하고 있고요. 요즘엔 둘째 녀석 때문에 걱정이랍니다."

"흥청망청 놀기라도 한다는 말입니까?" 그가 물었다.

"글쎄 녀석이 까똘리까를 놔두고 그 도떼기시장 같은 싼마르꼬스에 간다고 우기지 뭡니까." 페르민 씨는 짜증스러운 표정으로 술을 홀짝거렸다. "녀석이 이제 제법 머리가 굵었다고 말을 전혀 안 들어요. 게다가 뭐가 그리도 마음에 안 드는지 신부님이나 군인 얘기만 나오면 비난하기 바쁘답니다. 그럴 때마다 나나 제 엄마는 화가 나서 펄펄 뛰고 난리고요."

"젊을 때야 누구나 반항심이 생기기 마련이죠." 그가 말했다. "나도 그랬으니까요."

"그런데 나로서는 전혀 이해가 되지 않아요, 까요 씨." 페르민 씨는 심각한 표정을 지으며 말했다. "어렸을 때만 해도 정말 반듯한 아이였거든요. 학교에서 늘 최고 성적을 받았을 뿐 아니라 미사에 한번도 빠지지 않을 정도로 신앙심도 깊었으니까요. 그런데 지금은 믿음은커녕 매사 제멋대예요. 아마 조금 더 있으면 공산주의자입네 아나키스트입네 하고 나올 게 분명합니다."

"그렇다면 앞으로 내 속도 꽤나 썩이겠군요." 그가 빙긋이 웃었다. "하지만 보세요, 나한테 아들이 있다면 당연히 싼마르꼬스로 보낼 것 같아요. 물론 거기엔 마땅치 않은 점이 많지요. 그래도 싼마르꼬스야말로 우리나라 최고의 대학 아닙니까?"

"단지 싼마르꼬스 학생들이 정치에 관여하는 문제 때문에 그런 건 아니에요." 페르민 씨는 심란한 표정이었다. "학교 수준이 너무 낮아져서 걱정이죠. 예전의 싼마르꼬스가 아니란 말입니다. 더러운 촐로들의 집합소가 되어버렸다 이 말이에요. 우리 말라깽이 녀석이 그런 곳에서 어떤 놈들이랑 어울릴지 뻔하지 않습니까?"

그는 말없이 페르민 씨를 바라보았다. 순간 페르민 씨는 어찌할 바를 몰라 눈을 깜박이면서 시선을 내리깔았다.

"물론 촐로들을 무시한다거나 고깝게 여겨서 하는 말은 아니에요." 개자식, 말을 뱉고 보니 뜨끔한 모양이군. "정반대로 나는 늘 민주적인 입장을 고수해왔습니다. 나는 우리 싼띠아고가 자신에게 걸맞은 미래를 갖게 되기를 바랄 뿐이에요. 그리고 아시다시피, 우리나라에서는 모든 게 인맥에 의해 좌우되지 않습니까?"

그들은 잔을 모두 비운 뒤 다시 한잔씩 주문했다. 페르민 씨만 땅콩과 올리브 열매, 감자 칩을 집어먹었고 그는 술을 마시며 담배만 피웠다.

"신문을 보니 입찰 공고가 새로 난 것 같던데요. 빤아메리까나 하이웨이[123] 지선 구간 말입니다." 그가 말했다. "혹시 페르민 씨 회사도 이번 입찰에 참여합니까?"

"현재로서는 무립니다. 우린 빠까스마요 지역 도로 공사만으로도 벅차서요." 페르민 씨가 말했다. "옛말처럼 두마리 토끼를 잡으려다 한마리도 못 잡는 수가 있잖습니까. 제약회사에 시간을 많이 뺏기고 있어요. 더구나 최근에 장비 교체 작업도 시작했고요. 아무쪼록 건설 사업을 확대하기 전에 치스빠스 녀석이 얼른 일을 배워

---

123 미국 알래스카주에서 아르헨띠나 남단까지 남북 아메리카를 종단하는 국제 고속도로.

짐을 조금이나마 덜어주기만 바랄 뿐입니다."

두 사람은 요즘 유행하는 감기와 아쁘라주의자들이 부에노스아이레스 주재 뻬루 대사관에 돌을 던진 사건, 섬유 노조 파업 위협, 그리고 이번에 미니스커트가 유행할지, 아니면 긴 치마가 유행할지에 대해 술잔이 다 빌 때까지 이야기를 나누었다.

"이노센시아는 네가 무슨 음식을 가장 좋아하는지 다 기억한단다. 네게 참새우 추뻬[124] 요리를 해줬던 것도 말이지." 끌로도미로 삼촌이 그에게 눈을 찡긋했다. "사실 이제 저 아주머니도 나이가 들어서 그런지 요리 솜씨가 예전만 못해. 그래서 원래는 너를 데리고 나가서 식사를 하려고 했는데, 결국 이노센시아의 뜻에 따르기로 했단다. 이런 일로 그녀의 기분을 상하게 할 수는 없잖니."

끌로도미로 삼촌은 그의 잔에 베르무트를 따라주었다. 싼따베아뜨리스에 있는 삼촌의 아파트는 깨끗하고 정돈이 잘되어 있었지. 그리고 이노센시아도 참 좋은 분이었어, 싸발리따. 그녀는 어렸을 때부터 그의 아버지와 삼촌을 키우다시피 했고, 그래서인지 두 분한테 말을 놓았다. 언젠가는 네가 보는 앞에서 아버지의 귀를 잡아당기면서 이렇게 말하기도 했지. 페르민, 네가 형을 만나러 온 게 벌써 몇백년 만이구나. 끌로도미로 삼촌은 술을 한모금 마시고 입을 닦았다. 늘 그렇게 깔끔한 분이셨어. 항상 조끼를 갖춰 입었고, 셔츠의 칼라와 소매는 풀을 먹여 언제나 빳빳했지. 작지만 생기 넘치는 눈, 자그마하고 호리호리한 몸매, 그리고 억센 손. 그는 생각한다. 삼촌은 알고 있었을까? 앞으로 알게 될까? 싸발리따, 삼촌을

---

124 육즙에 고기나 생선, 해산물과 감자, 달걀, 고추, 토마토 등을 넣고 걸쭉하게 끓인 요리.

뵌 지도 벌써 몇달, 아니 몇년이나 흘렀는지 몰라. 자주 찾아뵈었어야 했는데 말이야. 지금이라도 가봐야 해.

"암브로시오, 끌로도미로 삼촌하고 아버지가 몇살 터울인지 알고 있나?" 싼띠아고가 묻는다.

"원래 나이 든 사람들한테는 나이를 물어보지 않는 법이야." 끌로도미로 삼촌이 웃으며 말했다. "다섯살 차이란다, 말라깽이야. 페르민이 올해로 쉰두살이지. 계산해보면 알겠지만, 나는 벌써 예순살이 다 되어가는구나."

"그런데 아버지가 형처럼 보인다고요." 싼띠아고가 말했다. "삼촌은 아직 청년 같은데 말이죠."

"젊어 보인다고 해주니 기분이 좋구나." 끌로도미로 삼촌이 웃으며 말했다. "아마 내가 독신으로 살아서 그런지도 몰라. 그건 그렇고, 부모님은 뵈러 갔었어?"

"아직 못 갔어요, 삼촌." 싼띠아고가 말했다. "하지만 곧 갈 거예요. 약속드릴게요, 삼촌."

"시간이 벌써 많이 지났구나, 말라깽이야. 너무 많이 지났어." 끌로도미로 삼촌이 영롱하게 맑은 눈으로 타이르듯이 그를 쳐다보았다. "몇달이나 됐지? 네달, 아니면 다섯달?"

"찾아뵈면 아마 난리가 날 거예요. 엄마는 나를 보자마자 당장 집으로 들어오라고 고래고래 소리를 지를 게 뻔하고요." 그는 생각한다. 집을 나온 지 이미 여섯달이나 지났을 때였지. "하지만 삼촌, 나는 절대 집으로 돌아가지 않을 거예요. 그 점에 대해서만큼은 부모님도 분명히 알고 계셔야 돼요."

"같은 도시에 살면서도 벌써 몇달째 부모님과 형제들을 만나지 않았잖니." 끌로도미로 삼촌은 믿을 수 없다는 듯이 고래를 절레절레 흔들었다. "만약 내 아들이 그랬다면 나는 당장에 찾으러 다녔을 게다. 회초리를 들어서라도 그다음 날 집으로 데려왔을 거야."

하지만 아버지는 너를 찾으러 다니지 않았어, 싸발리따. 그리고 회초리질을 하지도, 집으로 끌고 가지도 않았지. 아빠, 왜 그러지 않으셨죠?

"너한테 훈계하려는 게 아니야. 이제 너도 다 컸으니 말이다. 하지만 말라깽이야, 지금 네 행동은 바람직하다고 할 수 없어. 식구들을 놔두고 너 혼자 살겠다는 건 말도 안되는 소리야. 어쨌거나 네 부모마저 안 보겠다는 건 말이다, 말라깽이야, 그건 정말 안될 일이라고. 지금 너 때문에 네 엄마는 제정신이 아니야. 그리고 네 아버지도 수시로 나를 찾아와서 네가 어떻게 지내는지, 뭘 하고 사는지 물어본단다. 어깨를 축 늘어뜨린 채 맥없이 발걸음을 돌리는 네 아빠를 볼 때마다 나도 가슴이 미어지더구나."

"아빠가 굳이 나를 찾아낸다 해도 소용없어요." 쌴띠아고가 말했다. "마음만 먹으면 아빠야 백번이라도 내 멱살을 잡고 집으로 끌고 갈 수 있겠죠. 하지만 그래봐야 아무 소용 없을 거예요. 나도 백번 도망칠 테니까요."

"아빠는 네 마음을 모른다니까. 네가 어떤 생각으로 그러는지 잘 몰라." 끌로도미로 삼촌이 안타깝다는 듯이 말했다. "혹시 아빠가 너를 경찰에서 빼낸 것 때문에 화가 난 거니? 다른 녀석들과 감방에서 썩게 내버려두기를 바랐던 거야? 아빠는 네가 원하는 것이라면 뭐든지 다 들어주지 않았니? 떼떼보다, 아니 장남인 치스빠스보다 너를 더 자랑스럽게 여기지 않았어? 말라깽이야, 솔직하게 네 생각을 말해보렴. 갑자기 네 아빠한테 반기를 든 이유가 뭐지?"

"삼촌, 그건 말로 하기가 쉽지 않아요. 지금으로서는 집에 가지 않는 편이 좋을 것 같아요. 시간이 지나면 꼭 가볼게요. 약속해요, 삼촌."

"쓸데없는 소리 말고, 단도직입적으로 말해보자니까." 끌로도미로 삼촌이 말했다. "네가 『끄로니까』에서 계속 일하겠다는 걸 반대하지는 않을 거야. 페르민과 쏘일라는 혹시라도 네가 일하다가 학업을 포기할까봐 그걸 걱정하는 거란다. 네가 평생 남의 밑에서 일하는 꼴은 보기 싫다는 거지. 나처럼 말이다."

그는 쓴웃음을 지으며 다시 잔을 채웠다. 추뻬 요리가 다 되어가니까 조금만 기다려. 멀리서 이노쎈시아의 쉰 목소리가 들렸다. 끌로도미로 삼촌은 측은해하는 표정으로 고개를 저었다. 가엾은 아주머니. 말라깽이야, 이노쎈시아 아줌마는 이제 앞을 거의 못 본단다.

원 세상에! 그렇게 뻔뻔한 놈이 어디 있어! 돼먹지 못한 놈 같으니! 헤르뜨루디스 라마가 말했다. 너한테 그런 몹쓸 짓을 해놓고 다시 나타나? 생각만 해도 소름이 끼친다. 아말리아: 정말 끔찍한 일이지. 하지만 원래 그런 인간이야. 처음부터 그랬는걸. 헤르뜨루디스: 왜? 처음에 어땠는데? 얼마나 꾸물거리는지, 옆에서 보고 있으면 속이 다 터지는 줄 알았다니까. 무슨 일이건 손만 댔다 하면 이해할 수 없을 만큼 엉망으로 만들어놓고 말이야. 또 내가 있는 곳이면 부엌이든 방이든 마당이든 가리지 않고 들어오려고 온갖 핑계를 다 대곤 했어. 처음 만났을 때 그는 내게 일절 말을 걸지 않았어. 대신 요상한 눈빛으로 쳐다보기만 하더라고. 그런데 쏘일라 부인하고 도련님과 아가씨가 결국 수상한 낌새를 눈치챈 거야. 그때 얼마나 놀랐는지 몰라. 그가 용기를 내서 내게 말을 걸었던 건 그로부터 한참 지난 뒤의 일이었지. 헤르뜨루디스: 무슨 말을 하데? 젊디젊은 아가씨로군요. 얼굴에서 봄날처럼 화사한 빛이 나요. 이러지 뭐니? 그 말을 듣고 내 귀를 의심했다니까. 그게 나한테 처음 한 말이었으니까 말이야. 하지만 이내 마음을 가라앉혔지. 순수한 사람일 수도 있지만 어쩌면 뻔뻔스러워서 저런 말을 한 건지도 모른다는 생각이 들더라. 알고 보니 정말 낯이 두껍고, 그러면서도 겁이 굉장히 많더라고. 헤르뜨루디스, 그는 나보다도 사람들을 무서워했어. 다른 하녀들한테는 눈길 한번 주지 않으면서 나만 직접거리는데, 둘이 있다가 요리사나 다른 하녀가 나타나기만 하면 줄행랑을 치는 거야. 그러면서도 둘만 있을 땐 태도가 180도 달라졌지. 처음에는 말로 시시덕거리다가 결국 손으로 내 몸을 더듬으려고 했으니까. 헤르뜨루디스가 웃으며 물었다. 그래서 너는 어떻게 했는데? 그럴 때마다 그의 등짝을 때리곤 했어. 뺨을 때린 적도 한번 있고. 그럼 그가 뭐라고 했는 줄 알아? 네가 뭘 해도 나는 다 받아들일 각오가 되어 있어. 네가 나를 때려도, 그 손길이 키스처럼 달콤하게 느껴져. 글쎄 그런 거짓말을 해대는 거야, 헤르뜨루디스. 그뿐 아니라 그는 나와 외출하는 날을 맞추려고 갖은 수를 다 썼어. 그리고 우리 이모가 사는 곳까지 알아냈지 뭐야. 어느날 쑤르끼요에 사는 이모한테 갔는데 그가 그 집 앞에서 서성거리고 있더라니까. 아마 너는 창가에 숨어서 몰래 그를 살펴봤겠지. 설레는 마음으로 말이야. 헤르뜨루디스가 웃으며 말했다. 아냐, 그땐 정말 기분이 나빴어. 그래도 요리하는 아줌마와 한 하녀한테는 굉장히 잘 보였나봐. 그가 스쳐 지나가기만 해도 두 여자는 좋아서 어쩔 줄 모르더라고. 키도 크고, 힘도 세고, 너무 멋있다면서. 그가 파란색 옷을 입고 나타나기만 하면 둘은 온몸을 부들부들 떨면서 추잡스러운 말을 늘어놓기 일쑤였지. 하지만 나는 안 그랬어, 헤르뜨루디스.

내가 보기에는 다른 남자와 다를 바가 없었거든. 그의 외모 때문이 아니라면, 어쩌다가 그에게 넘어간 거지? 헤르뜨루디스가 물었다. 어쩌면 그가 내 침대에 종종 숨겨놓던 선물 때문이었는지도 몰라. 처음에는 나 몰래 앞치마 주머니에 조그만 상자를 넣어두었더라고. 나는 열어보지도 않고 그에게 돌려주었어. 하지만 나중에는, 나 참 못됐지, 헤르뜨루디스? 하여간 그다음부터는 선물을 받았는데, 그러다보니까 밤마다 오늘은 또 뭘 놓고 갔을까 궁금해지는 거야. 언제 방에 들어왔는지, 그는 언제나 담요 밑에 머리핀이나 팔찌, 아니면 손수건 같은 걸 숨겨놓고 갔어. 그러니까 넌 그때부터 이미 그에게 마음이 있었던 거구나. 헤르뜨루디스가 말했다. 아냐, 그땐 없었어. 그러던 어느날 쑤르끼요에 갔는데 이모가 안 계시더라고. 그런데 갑자기 그가 내 눈 앞에 나타난 거야. 난 그냥 밖으로 나와버렸어. 나도 참 얄밉지, 안 그래? 우린 길거리에서 아이스케이크를 먹으며 대화를 나눴어. 그다음 주 외출하는 날에는 같이 영화를 보러 갔고. 아, 거기로? 헤르뜨루디스가 물었다. 응. 그날 그는 나를 껴안고 키스를 했어. 그때부터 그런 걸 당연하다고 생각하는 것 같더라고. 당시 우린 둘 다 혼자였잖아. 그는 그 점을 이용하려고 했던 거야. 그때 내가 도망쳤어야 했는데. 그는 차고 옆에 붙어 있는 방에서 잤는데, 다른 일꾼들의 방보다 훨씬 컸을 뿐만 아니라 목욕탕도 딸려 있었어. 그러던 어느날 밤…… 그래, 뭐야? 무슨 일인데? 헤르뜨루디스가 궁금증을 참지 못하고 물었다. 나리와 부인이 외출하셨어. 떼떼 아가씨와 싼띠아고 도련님은 이미 잠자리에 들었고, 치스빠스 도련님은 제복을 입고 해군사관학교로 갔지. 그래서 뭔데? 무슨 일이냐고! 그런데 그가 나를, 아, 난 왜 이리 멍청한 짓만 골라 했는지 모르겠어, 나를 부르더라고. 그래서 바보같이 그의 방 안에 들어가고 말았다니까. 아, 그때 널 덮친 거로구나. 헤르 뜨루디스가 우스워 죽겠다는 듯이 배를 잡았다. 바로 거기서 말이 야. 나는 너무 무섭고 겁이 나서 그만 울고 말았어, 헤르뜨루디스. 그런데 그날밤 아말리아는 실망감이 들면서 모든 게 지긋지긋해지 기 시작했다. 그날밤따라 그가 그렇게 한심해 보이더라니까. 그러 자 헤르뜨루디스가 다시 배꼽을 잡고 웃기 시작했다. 하하! 아말리 아: 너 왜 그래? 그렇게 웃을 일이 아니라니까. 왜 그렇게 추잡스러 운 생각을 하는 거야? 네가 그러니까 괜히 내가 부끄럽잖니. 뭐가 그렇게 실망스럽고 지긋지긋해졌다는 건데? 헤르뜨루디스가 물 었다. 불을 끄고 침대에 함께 누워 있는데, 그가 뻔한 거짓말을 늘 어놓으면서 나를 애무하더라고. 나같이 고운 여자를 만나게 될 줄 은 꿈에도 상상하지 못했다면서 내게 키스를 했어. 그런데 바로 그 순간, 대문에서 말소리가 들리는 거야. 주인 나리와 부인이 돌아오 신 거지. 하필이면 그때 오실 게 뭐람. 생각해봐, 헤르뜨루디스. 내 가 거기서 그러고 있는 걸 그분들이 상상이나 하셨겠냐고! 그래서 어떻게 됐는데? 그의 손은 이미 땀으로 젖어 있었어. 어서 숨어! 어 서 숨으라니까! 하면서 나를 밀치더라. 침대 밑으로 들어가. 거기 서 꼼짝도 하지 마. 그때 난 너무 무서워서 하마터면 울 뻔했어. 그 렇게 덩치가 큰 남자가 말이야, 헤르뜨루디스, 조용히 해! 그러면 서 갑자기 두꺼비 같은 손으로 내 입을 틀어막더라니까. 내가 무슨 비명이라도 지르려고 했던 것처럼 말이야, 헤르뜨루디스. 주인 나 리와 부인이 정원을 가로 질러 집 안으로 들어가는 소리가 나고서 야 내 입에서 손을 떼더라고. 다 너를 위해서 그런 거야. 여기 있다 가 만에 하나 걸리기라도 하는 날에는 욕은 욕대로 먹고 결국 쫓겨 날 테니까. 그러니까 조심하는 수밖에 없어. 특히 쏘일라 부인은 워낙 엄격한 분이라. 그런데 헤르뜨루디스, 그다음 날 몰래 핏자국이 묻은 시트를 빨러 가는데, 자꾸 이상한 생각이 들더라. 슬프면서도 행복하고, 수치스럽다가도 자꾸 웃음이 나려고 하는 거야. 아, 그런데 왜 이런 얘기를 너한테 하는지 모르겠네. 헤르뜨루디스: 그거야 네가 뜨리니다드를 잊었기 때문이겠지, 이 계집애야. 아니면 암브로시오인지 뭔지 하는 놈한테 또다시 홀딱 빠졌거나. 안 그래, 아말리아?

"오늘 오전에 미국인들을 만났어요." 페르민 씨가 마침내 말했다. "또마 성인보다 더 까다롭더군요. 모든 권리를 보장해주었는데도 까요 씨와 반드시 면담을 해야겠다고 우기니, 거참."

"어쨌거나 수백만달러가 걸린 일이니까요." 그가 관대한 표정으로 말했다. "그렇게 안달하는 것도 무리는 아니죠."

"그 미국인들 하는 행동이 도무지 이해가 안돼요. 어떨 때 보면 어린애들 같지 않아요?" 페르민 씨는 아무렇지도 않은 듯 말했지만, 목소리에는 짜증이 역력하게 배어 있었다. "더군다나 반야만인이라니까요. 책상 위에 발을 올려놓질 않나, 양해도 구하지 않고 아무 데서나 양복 상의를 벗어대질 않나. 그렇다고 그들이 별 볼 일 없는 사람들도 아니잖아요. 다들 사회적으로나 경제적으로 존경받는 이들 같은데 말입니다. 그들 하는 짓을 보고 있으면 까레뇨[125]의 책을 한권씩 선물하고 싶은 생각이 다 든다니까요."

---

125 베네수엘라의 외교관이자 교육자인 마누엘 안또니오 까레뇨 무뇨스(Manuel Antonio Carreño Munóz)는 1853년 젊은 세대들에게 예의 바르고 고상한 품행을 가르치기 위해 출판한 『도시 생활과 예의범절 교범』(*Manual de urbanidad y buenas maneras*)으로 많은 명성을 얻었다. 이 책은 흔히 『까레뇨 교범』(*Manual de Carreño*)이라고도 불린다.

그는 유리창을 너머 꼴메나 거리를 오가는 전차를 내다보았다. 주변에 앉은 남자들은 쉴 새 없이 농담을 떠들어대고 있었다.

"어쨌든 만반의 준비를 해뒀습니다." 그가 서둘러 말했다. "어젯밤에 건설성 장관과 식사를 했거든요. 입찰 결과는 늦어도 월요일이나 화요일까지 관보를 통해 발표될 거예요. 친구들한테 계약을 따냈다고 알려주세요. 그래야 두발 쭉 뻗고 잘 수 있을 테니까요."

"친구라뇨. 그냥 파트너일 뿐인걸요." 페르민 씨가 웃으며 말했다. "까요 씨는 미국인들과 친해질 수 있을 것 같아요? 난 아무리 노력해도 그런 망나니들과는 마음이 맞지 않더군요, 까요 씨."

그는 아무 말 없이 담배를 피우면서 페르민 씨가 접시에서 땅콩을 한움큼 집어 먹고 잔을 들어 진을 들이켠 다음 냅킨으로 입술을 닦는 모습을 유심히 지켜보았다.

"정말로 주식 지분을 원하지 않는 겁니까?" 페르민 씨의 말이 떨어지기가 무섭게 그는 시선을 돌렸다. 그는 페르민 씨의 말보다 바로 앞에 있는 빈자리에 더 관심이 있는 듯했다. "그들이 나한테 까요 씨를 좀 설득해달라고 요구하고 있어요. 그리고 솔직히, 까요 씨가 왜 그 지분을 안 받으려고 하는지 나도 이해를 못하겠고요."

"그거야 난 사업에 문외한이니까요. 다른 이유는 없어요." 그가 말했다. "이미 말씀드렸다시피, 지난 20년 동안 사업을 해봤지만 한번도 재미를 못 봤거든요."

"무기명주식은 비밀이 철저히 보장되니까 이 세상에서 가장 안전한 지분 소유 방식인 셈이죠." 페르민 씨가 다정하게 미소 지었다. "가지고 있기 싫으면, 단기간에 두배의 가격으로 팔아도 되고요. 아무튼 그 지분을 받는 것이 부적절한 처신이라고 생각하진 마세요."

"오래전부터 뭐가 적절하고 부적절한 처신인지 잘 분간이 안되더군요." 그가 미소 지으며 말했다. "중요한 건 딱 한가지, 내게 어울리느냐죠."

"그 주식을 받는다고 해도 나랏돈은 한푼도 축나지 않아요. 다 그 망나니들 주머니에서 나가는 거지." 페르민 씨가 웃으며 말했다. "당신은 국가를 위해 헌신적으로 봉사했으니, 그 노고에 대해 당연히 보상을 받아야죠. 그 주식은 현금 10만쏠보다 더 큰 가치가 있답니다, 까요 씨."

"나는 검소한 사람입니다. 10만쏠이라니, 내겐 정말 엄청난 돈이에요." 그는 싱긋 웃으며 입을 열었지만 갑자기 발작하듯 기침이 터져 나오는 바람에 잠시 말을 중단해야 했다. "정 그렇다면 지분을 건설성 장관에게 넘기세요. 사업하는 사람이니 말이 잘 통할 겁니다. 나는 내가 감당할 수 있는 정도만 받겠어요. 페르민 씨, 고리대금업자였던 내 아버지가 늘 입버릇처럼 하던 말이죠. 그런 기질은 아버지한테 물려받았나봅니다."

"뭐, 사람마다 다르니까요." 페르민 씨는 어깨를 으쓱하며 말했다. "내가 예금을 담당하니까, 수표는 오늘 내로 준비될 겁니다."

그들은 웨이터가 다가와 잔과 메뉴를 치울 때까지 아무 말도 하지 않았다. 고기 수프랑 민어 요리 주게. 페르민 씨가 주문했다. 나는 스테이크와 쌜러드. 그도 주문했다. 웨이터가 테이블을 정리하는 동안, 그는 페르민 씨가 하는 말에 건성으로 귀를 기울였다. 그 달 치 『리더스 다이제스트』에 실린, 제대로 먹으면서 다이어트하는 방법에 대한 이야기였다.

"부모님은 한번도 삼촌을 집으로 초대하지 않았죠." 싼띠아고가 말했다. "게다가 자기들이 상전인 것처럼 삼촌을 대했고요."

"글쎄다. 그래도 네가 집을 나간 덕분에 자주 만나게 됐잖니." 끌로도미로 삼촌이 멋쩍게 웃으며 말했다. "물론 내가 보고 싶어서는 아니지만, 나를 찾아오는 경우가 요즘 부쩍 늘었어. 네 소식이라도 들을까 해서겠지. 페르민만이 아니라 쏘일라도 마찬가지야. 그동안은 어리석게도 형제끼리 너무 소원하게 지내왔잖니. 생각해보니, 이제부터라도 화목하게 지내라는 하늘의 계시 같아."

"그런데 아빠하곤 왜 그렇게 된 거예요, 삼촌?" 싼띠아고가 물었다. "그동안 우린 삼촌을 제대로 본 적도 없었잖아요."

"그건 쏘일리따[126]의 어리석음 때문이란다." 그때 삼촌은 마치 아름다움에 대해 얘기하는 것처럼 말했지. 그는 생각한다. 하긴 엄마는 우아하고 아름다운 것에 지나치게 집착했어. "말라깽이, 네 엄마의 과대망상 말이다. 물론 네 엄마가 아주 좋은 여자라는 건 잘 알고 있어. 어느 모로 보나 훌륭한 부인이지. 하지만 쏘일라는 언제나 우리 가족과 거리를 두려고 했단다. 그건 아마 우리가 가난뱅이인데다 좋은 가문도 아니기 때문이었을 거야. 페르민도 아마 그 영향을 받은 것 같고."

"삼촌이 그냥 두분을 용서해주세요." 산띠아고가 말했다. "사실 아빠가 평생 삼촌한테 무례하게 굴었어도, 삼촌은 그냥 내버려두셨죠."

"네 아빤 평범한 것을 지독히도 싫어하지." 끌로도미로 삼촌이 웃으며 말했다. "만약 우리가 예전처럼 사이좋게 지내면 나한테 물들 거라고 생각하는 모양이야. 페르민은 어릴 때부터 야심이 대단

<hr>

126 쏘일라의 애칭.

했단다. 자기는 훌륭한 사람이 될 거라고 언제나 입버릇처럼 말하더니, 결국 해냈지. 그를 함부로 비난해서는 안돼. 오히려 너는 아빠를 자랑스럽게 여겨야 한단다. 열심히 노력해서 마침내 능력을 발휘했으니 말이야. 쏘일리따의 가족이 나중에 더 도와주었을 수도 있지만, 결혼할 무렵에도 페르민은 이미 나이에 비해 꽤 높은 자리에 올라 있었어. 네 삼촌이 방꼬 데 끄레디또 은행 시골 지점에서 썩어가는 동안 말이다."

"삼촌은 늘 자기가 시시한 사람이라고 하시지만, 속으로는 절대 그렇게 생각하지 않는다는 거 알아요." 쌴띠아고가 말했다. "그건 나도 마찬가지고요. 비록 돈이 많지 않다고 해도, 삼촌은 마음만은 넉넉한 부자니까요."

"편안한 마음으로 산다고 꼭 행복한 건 아니란다." 끌로도미로 삼촌이 말했다. "네 아빠가 내 모습을 보고 몸서리를 칠 때마다 솔직히 억울한 마음이 들더구나. 하지만 이젠 그런 마음도 알 것 같아. 다시 곰곰이 생각해보면 난 살아오며 중요한 일을 한 적이 단한번도 없으니까 말이다. 직장과 집, 다시 직장과 집, 다람쥐 쳇바퀴 돌듯 늘 이 두군데만 왔다 갔다 했을 뿐이야. 대수롭지 않은 일과 판에 박힌 일상, 그게 전부였지. 아, 그렇다고 슬퍼할 필요는 없지만 말이야."

그때 이노센시아 할머니가 좁은 거실로 나왔다. 다 차려놓았으니까 어서들 오라고. 낡은 슬리퍼와 잔뜩 굽은 어깨에 걸친 숄. 아, 싸발리따. 안 그래도 왜소한 몸에 비해 너무 큰 앞치마와 쉰 목소리. 쌴띠아고의 자리에 놓인 추뻬 요리에서 김이 무럭무럭 올라오고 있었다. 하지만 그의 삼촌 자리에는 밀크 커피 한잔과 샌드위치 뿐이었다.

"나는 저녁을 늘 이렇게 먹는단다." 끌로도미로 삼촌이 말했다. "자, 식기 전에 어서 들어라."

사이사이 이노센시아 할머니가 와서 싼띠아고에게 물었다. 어때? 먹을 만해? 그러곤 손으로 그의 얼굴을 쓰다듬으며 말했다. 벌써 이렇게 컸구나. 어엿한 청년이 됐어. 할머니가 나가고 나면, 끌로도미로 삼촌은 눈을 찡긋하며 말했다. 가엾은 아줌마. 이노센시아 아줌마는 어릴 때부터 너를 참 예뻐하셨지. 하긴 모든 사람들한테 다 그러긴 했지만 말이야. 가엾은 아줌마.

"끌로도미로 삼촌은 왜 결혼을 안하시려는 걸까?" 싼띠아고가 중얼거리듯 말한다.

"평소 궁금해하던 걸 오늘밤에 다 물어보는구나." 끌로도미로 삼촌이 말했다. "그래. 나는 15년을 시골구석에서 보냈지. 그건 큰 실수였어. 하지만 그땐 그렇게 하는 게 은행에서 가장 빨리 크는 방법이라고 생각했단다. 그런 촌구석에 파묻혀 지내다보니 마음에 드는 여자를 만날 수가 없더구나."

"그렇게 놀랄 필요 없네. 삼촌이 결혼을 안했다고 해서 뭐가 잘못된 건 아니니까." 싼띠아고가 말한다. "좋은 집안에서도 이런 일이 종종 있으니까 말일세, 암브로시오."

"어쩌다 리마에 올라가면, 입장이 뒤바뀌었지. 이제는 내가 도시 여자들의 눈에 차지 않는 거야." 끌로도미로 삼촌은 허탈한 미소를 지었다. "은행에서 쫓겨난 다음, 나는 쥐꼬리만 한 봉급을 받고 정부에서 일하기 시작했어. 그러다 결국 노총각 신세를 면치 못한 거야. 싸발리따, 그렇다고 내가 좀생이처럼 신나는 일 한번 못 겪어봤다고 생각지는 말거라."

"조금만 기다려. 왜 벌써 일어나려고?" 방 안에서 이노센시아가 소리를 질렀다. "디저트 먹고 가야지."

"잘 보이지도 않고 들리지도 않는데 저렇게 하루 종일 일만 하시니." 끌로도미로 삼촌이 안타까운 듯 혀를 끌끌 차며 말했다. "이제 좀 쉬시게 하려고 몇번이나 젊은 여자를 데려왔는데 소용이 없었어. 그때마다 자기를 쫓아내려고 그러는 줄 알고 화를 버럭 내시는 거야. 워낙 황소고집이라 나도 두 손 다 들었어. 저러다 하늘나라로 곧장 가시게 생겼다, 말라깽이야."

너 미쳤니? 아말리아가 말했다. 난 그를 용서하지도 않았고, 그럴 생각도 없어. 그가 미워 죽겠다니까. 둘이 많이 싸웠니? 헤르뜨루디스가 물었다. 응, 조금. 그가 겁이 많아서 자꾸 다투게 되더라. 그렇지만 않았어도 우린 정말 사이좋게 잘 지냈을 텐데. 두 사람은 외출 날마다 만나서 함께 영화관에 가고 산책도 했다. 또 밤이면 그녀는 맨발로 정원을 건너가 한시간, 아니 두시간 동안 암브로시오와 함께 보냈다. 모든 것이 바라던 대로 되었고 다른 하녀들은 전혀 눈치채지 못했다. 헤르뜨루디스: 그에게 다른 여자가 있다는 사실은 언제 알게 된 거야? 어느날 아침, 아말리아는 그가 차를 닦으면서 치스빠스 도련님과 이야기를 나누고 있는 모습을 보았다. 아말리아는 세탁기에 빨랫감을 넣으며 곁눈질로 그를 흘끔흘끔 쳐다보았다. 그런데 갑자기 무슨 큰일이라도 당한 사람처럼 그의 얼굴에 당황한 빛이 역력했다. 어린 치스빠스 앞에서 어찌할 바를 몰라 쩔쩔매는 목소리가 들려왔다. 저 말입니까요, 도련님? 지금 무슨 말을 하는 겁니까요? 제가 그런 여자를 좋아하다니요? 설령 누가 그녀를 거저 준다고 해도요 도련님, 전 절대 안 받을 겁니다요. 그런데 헤르뜨루디스, 그는 내가 엿듣고 있다는 것을 알고 일부러 내가 있는 쪽을 손으로 가리키며 말하더라고. 아말리아는 당장이라도 빨래를 내팽개치고 달려가 그의 얼굴을 할퀴고 싶었다. 그날밤 그녀는 그에게 따지러 문간방으로 찾아갔다. 아침에 도련님과 하던 이야기 다 들었어. 대체 무슨 생각으로 그런 말을 한 거야? 그러면 적어도 내게 용서를 빌 줄 알았지. 그런데 그게 아니더라고, 헤르뜨루디스, 절대 아니더라니까. 나가, 당장 꺼져. 여기서 나가란 말이야. 헤르뜨루디스, 나는 너무 놀라 어둠속에서 멍하니 서 있기만 했어. 못 나가. 대체 나한테 왜 이러는 거지? 내가 당신한테 뭘 잘못했다고 이러는 거야? 그랬더니 그가 침대에서 벌떡 일어나서는 쾅 소리가 나도록 문을 닫는 거야. 진짜 화가 났더라고, 헤르뜨루디스. 눈이 아주 증오심으로 타오르고 있더라니까. 두렵고 분한 마음에 아말리아는 결국 울음을 터뜨리고 말았다. 네가 도련님한테 나를 두고 얘기한 거 못 들은 줄 알아? 게다가 이젠 나더러 나가라고? 대체 나한테 왜 이러는 거야! 도련님이 지금 의심하고 있잖아. 그러면서 내 어깨를 잡고는 악에 받쳐 소리를 지르더라고. 다시는 내 방에 들어오지 마! 그 말을 들으니까 다리에 힘이 쭉 빠지더라, 헤르뜨루디스. 다시는 여기 오지 말라고, 알았지? 당장 나가! 화가 나서 어쩔 줄 모르면서도, 그 사람 눈빛은 두려움에 떨고 있었어. 그러더니 갑자기 나를 벽으로 밀어붙이는 거야. 나리하고 부인 때문에 이러는 거 아니잖아. 변명할 생각 마. 그대로 가만히 당하고만 있을 수는 없어서 나도 따지고 들었어. 너, 다른 여자가 생긴 거지? 그러자 그가 나를 문 쪽으로 끌고 가더니 밖으로 밀어버리고는 문을 잠가버렸어. 다시는 오지 마, 알아들어? 그런데도 넌 그를 용서했을 뿐만 아니라 아직도 그를 사랑하잖아. 헤르뜨루디스가 말했다. 아말리아: 너 미쳤어? 그 남자 이름만 들어도 이가 갈리는데. 그런데 그 다른 여자는 대체 누구였어? 그건 나도 몰라. 본 적도 없고. 하여간 너무 창피하고 자존심이 상해 울면서 방으로 뛰어갔지. 그런데 방문을 너무 세게 닫는 바람에 요리하는 아줌마가 자다 깼던 모양이야. 아주머니가 오더니 왜 그러느냐고 묻기에 생리 때문이라고 둘러댔지. 그날이 올 때마다 통증이 너무 심해서 그런 거니까 신경 쓰지 말라고. 그럼 정말 그후로 그의 방에 안 간 거야? 가긴 왜 가. 그 방 근처에는 얼씬도 않았다니까. 물론 그가 내 기분을 풀어주려고 몇번이나 왔었어. 자초지종을 다 설명할 테니까 같이 나가자. 하지만 멀리 가지는 않고 골목길에서 만났지. 이 위선자, 겁쟁이, 거짓말쟁이, 망할 자식. 그런데 내 목소리가 높아지니까 흠칫 놀라면서 내빼더라고. 그때 애가 생기지 않아서 그나마 다행이네. 헤르뜨루디스가 말했다. 아말리아: 그러고 한참 동안 그와 한마디도 하지 않았어. 한참 동안 말이야. 그렇게 지내다 어느날 집 앞에서 우연히 만나게 된 거지. 가게에 갔다가 집으로 들어가는데, 그가 인사를 하더라고. 안녕! 그의 목소리가 들리기에 나는 아예 고개를 획 돌려버렸어. 그랬더니 그가 다시 부르는 거야. 이봐, 아말리아! 나는 귓가로 파리가 지나가기라도 한 것처럼 못 들은 체했지. 아니, 내 생각에는 그가 둘러대느라 한 얘기 같지 않은데. 정말로 너희 둘이 사귀다가 발각돼서 쫓겨날까봐 겁이 났던 거 아닐까? 암튼 딴 여자가 생긴 건 절대 아닌 것 같아. 아말리아: 정말 그렇게 생각하니? 보면 모르겠어? 정말 딴 여자가 생겼어봐. 오랜만에 길거리에서 만났는데 무엇하러 너한테 일자리를 소개해주겠니? 헤르뜨루디스가 말했다. 그가 너한테 거짓말을 했다면, 뭐하러 널 찾아다니고 데이트를 하자고 했겠어? 아마 지금까지 쭉 너를 사랑했던 것 같아. 네가 뜨리니다드과 사귀는 동안에도 마음속으로 너를 애타게 그리워했을 거야. 단 한순간도 널 잊지 못했을 거라고. 가슴을 치면서 자기가 저지른 일을 후회했을걸. 너 정말 그렇게 생각하니? 아말리아가 물었다. 정말이야?

"그런 생각을 가지고 있기 때문에 경제적으로 많은 손해를 보고 있는 겁니다." 페르민 씨가 말했다. "얼마 되지도 않는 돈에 만족한다는 건 말이 안돼요. 더구나 그 돈마저 은행에 묶어두고 있다니, 나로서는 납득이 되질 않는군요."

"페르민 씨는 어떻게 해서든 나를 사업의 세계로 끌어들이려고 안달이군요." 그가 미소 지으며 말했다. "고맙지만 사양하겠습니다, 페르민 씨. 사업이라면 이제 넌더리가 나는걸요. 두번 다시 손대지 않을 겁니다."

"2만이나 5만쏠 정도를 투자해서 세배 이상 뽑는 사람도 많아요." 페르민 씨가 말했다. "물론 정당하다고 할 수는 없을지 모르죠. 게다가 까요 씨는 국가의 중대한 일을 결정하는 분이니까요. 그건 그렇고, 언제쯤 투자할 생각인가요? 저번에 알려드린 네다섯가지 투자 건 말입니다. 다른 이들 같았으면 귀가 솔깃했을 텐데요."

그는 입가에 억지 미소를 지으며 이야기를 듣고 있었지만 지루해하는 눈치였다. 몇분 전에 웨이터가 내온 추라스꼬에는 손도 대지 않은 채였다.

"이미 설명했듯이……" 그는 손에 든 포크와 나이프를 물끄러미 내려다보았다. "현 정권이 끝나면 모든 책임을 뒤집어쓸 사람이 필요할 겁니다. 물론 내가 바로 그 사람이 될 거고요."

"그러니까 지금부터라도 미래를 확실하게 대비해둬야 하지 않겠습니까." 페르민 씨가 말했다.

"지금은 발톱을 숨기고 있지만 언젠가는 다들 나한테 덤벼들 겁니다. 그중에서도 현 정부 측 인사들이 제일 먼저 나를 물어뜯으려고 할 거예요." 그는 의기소침한 표정으로 고기와 샐러드를 바라보며 말을 이었다. "자기들만 깨끗한 척하려고 모든 허물을 내게 뒤집어씌우겠죠. 하여간 내가 이 나라에서 단 몇푼이라도 투자를 하려면 우선 바보 멍청이가 되어야 할 겁니다."

"저런! 오늘따라 너무 비관적이시네요." 페르민 씨가 수프 접시를 치우자 웨이터가 밀어 요리를 가지고 왔다. "하기야, 오드리아 정권이 머지않아 무너질 거라고 생각하는 사람이 적지 않으니까요."

"아직은 아닙니다." 그가 말했다. "하지만 세상에 영원한 정권은 없지요. 더구나 내가 무슨 야심을 가지고 있는 것도 아니고요. 현 정권이 끝나면, 나는 외국에 나가 조용히 살다가 죽을 겁니다."

그는 시계를 보더니 고기 몇조각을 입에 넣어 억지로 씹고는 광천수를 마셨다. 그런 뒤 웨이터를 불러 접시를 치우라고 했다.

"3시에 장관과 만나기로 했습니다. 그런데 벌써 2시 40분이네요. 더 할 얘기가 있습니까, 페르민 씨?"

페르민 씨는 커피 두잔을 시키고 담배에 불을 붙였다. 이어 그가 양복 안주머니에서 봉투 하나를 꺼내 테이블 위에 올려놓았다.

"이건 시간 날 때 한번 검토해주셨으면 합니다, 까요 씨. 토지 청구권인데, 바구아군[127]에 있는 땅이에요. 젊고 의욕과 활력이 넘치는 기술자들이 그 땅에서 소를 키우고 싶어 합니다. 그걸 보시면 아실 거예요. 여섯달 전쯤 농림성에 신청 서류를 제출했는데 아직 감감무소식이라는군요."

---

127 뻬루 북부 아마존에 있는 지역. 험준한 산과 울창한 계곡으로 이루어져 있다.

"신청 서류 번호는 적어두셨나요?" 그는 페르민 씨를 쳐다보지도 않은 채 봉투를 가방에 집어넣으며 물었다.

"서류 수속 개시 일자하고 경유 부서가 다 기록되어 있습니다." 페르민 씨가 말했다. "나 개인적으로는 그 사업과 아무 이해관계가 없어요. 다만 그들을 도와주고 싶어서 말씀드리는 겁니다. 아주 훌륭한 젊은이들이라서 말이죠."

"서류를 검토하기 전까지는 확답을 못 드리겠군요." 그가 말했다. "게다가 농림성 장관이 나를 아주 싫어해서 말입니다. 아무튼 나중에 결과를 알려드리죠."

"까요 씨가 어떤 조건을 제시하더라도 그 청년들은 다 수용할 겁니다." 페르민 씨가 말했다. "나야 그 친구들을 잘 아니까 어떻게든 부탁을 들어주고 싶지만, 얼굴도 모르는 이들 때문에 까요 씨까지 신경 쓰게 해서 면목이 없군요."

"천만에요." 그가 무표정한 얼굴로 말했다. "내게 신경 쓰이는 건 정부밖에 없습니다."

그들은 말없이 커피를 마셨다. 웨이터가 계산서를 가지고 오자 둘 모두 지갑을 꺼냈지만 결국 페르민 씨가 계산을 했다. 그들은 함께 싼마르띤 광장으로 나갔다.

"대통령의 까하마르까 순방 때문에 많이 바쁘겠군요." 페르민 씨가 말했다.

"네, 조금요. 말씀하신 일이 처리되는 대로 연락드리겠습니다." 그가 악수를 청하며 말했다. "내 차는 저기 있습니다. 그럼 안녕히 가세요, 페르민 씨."

차에 탄 그는 운전사에게 정부 청사로 가자고 했다. 빨리 몰게. 암브로시오는 싼마르띤 광장을 돌아 우니베르시따리오 공원을 향해 가다가 아방까이 대로 쪽으로 좌회전했다. 그는 페르민 씨가 건넨 봉투에서 서류를 꺼내 훑어보며 이따금씩 곁눈으로 암브로시오의 목덜미를 살폈다. 망할 자식, 제 아들이 더러운 쫄로들과 어울리는 게 싫다고? 그들에게 물들까봐 겁난다 이거지. 그래서 아레발로 란다 같은 자들, 심지어 자기 입으로 망나니라 부르는 미국 놈들도 집으로 초대하면서, 나는 한번도 오라 하지 않은 거로군. 그는 쓴웃음을 삼키며 주머니에서 알약 하나를 꺼내 침으로 삼켰다. 자기 아내하고 아이들만큼은 더러운 쫄로들한테 물들지 않게 하겠다 이거야.

"저녁 내내 네가 질문을 했으니, 이젠 내 차례야." 끌로도미로 삼촌이 말했다. "『끄로니까』 일은 할 만하니?"

"요즘에는 기사 작성법을 배우고 있어요." 싼띠아고가 말했다. "어떤 땐 너무 길다가도, 또 어떤 땐 너무 짧아요. 밤에 일하고 낮에 자는 건 어느정도 익숙해졌고요."

"네 아버지가 들으면 또 기겁을 하겠구나." 끌로도미로 삼촌이 말했다. "지금 네 아빠는 너 때문에 걱정이 태산이란다. 그렇게 불규칙적인 생활을 하다가는 언젠가 병이 날 거라고 말이야. 더구나 그러다 아예 학교를 때려치우지나 않을까 마음이 놓이지 않는 눈치더라고. 너 수업은 듣고 있다는 거 정말이냐?"

"아뇨, 거짓말이에요." 싼띠아고가 말했다. "집에서 나온 후로 학교에는 한번도 안 갔어요. 삼촌, 아빠한테는 비밀로 해주세요."

그러자 끌로도미로 삼촌은 충격을 받았는지 두 눈이 휘둥그레진 채 자리에서 미동도 하지 않더니 갑자기 정신 나간 사람처럼 작은 손을 이리저리 휘젓기 시작했다.

"이유는 묻지 마세요. 나도 왜 이러는지 모르겠으니까요." 싼띠아고가 말했다. "아빠가 나를 빼내줄 때 경찰서에 갇혀 있던 그 친구들과 마주치기 싫어서 그런 건지도 몰라요. 하지만 어떨 때는 그게 아닌 것 같기도 하고요. 어쨌거나 나는 법학이 싫어요. 아무리 생각해도 바보짓을 하는 것 같다고요. 나는 법이라는 것을 믿지 않아요, 삼촌. 그런데 학위는 따서 뭐하겠어요?"

"페르민의 말이 맞는구나. 내가 너한테 몹쓸 짓을 하고 말았어." 끌로도미로 삼촌이 힘없는 목소리로 말했다. "돈이 좀 생기니까 공부하기가 싫어진 거야."

"우리가 얼마나 받는지 바예호 씨가 얘기 안하시던가요?" 싼띠아고가 웃으며 말했다. "아니에요, 삼촌. 돈은 거의 못 받는 형편이라고요. 수업 들을 시간이 없는 것도 아니에요. 난 그저, 학교 캠퍼스를 돌아다니는 생각만 해도 속이 뒤집히는 것 같아요."

"그럼 평생 남의 밑에서 쥐꼬리만 한 월급이나 받고 살아도 괜찮다는 거냐?" 끌로도미로 삼촌이 걱정스러운 표정으로 물었다. "말라깽이야, 너같이 똑똑하고 공부를 좋아하는 아이가 왜 굳이 그런 길을 가겠다는 건지 모르겠구나."

"나는 똑똑하지도, 공부를 좋아하지도 않아요. 삼촌, 제발 아빠랑 똑같은 말 좀 하지 마세요." 싼띠아고가 말했다. "솔직히 말하면 나도 뭐가 뭔지 도무지 모르겠다고요. 내가 원하지 않는 게 뭔지는 잘 알아요. 하지만 어떻게 살면 좋을지 모르겠어요. 변호사가 되고 싶지는 않아요. 부자나 중요한 인물이 되고 싶은 마음도 없고요. 아무튼 쉰살이 된 내가 아버지나 그 친구들처럼 살고 있는 건 싫어요. 삼촌, 이해하시죠?"

"다른 건 모르겠지만, 네 정신이 나간 건 분명하구나." 끌로도미로 삼촌이 씁쓸한 표정으로 말했다. "애당초 바예호한테 전화하는 게 아니었는데, 정말 후회가 막심하다. 이 사달을 일으킨 장본인이 바로 나라니, 믿을 수가 없어."

"『끄로니까』에 들어가지 않았더라도 난 다른 일자리를 구했을 거예요." 싼띠아고가 말했다. "이렇게 하나 저렇게 하나 마찬가지였을 거라고요."

정말 그랬을까? 아니, 싸발리따. 어쩌면 상황이 완전히 달라졌을지도 모르지. 일이 이렇게 된 데에는 끌로도미로 삼촌에게도 조금은 책임이 있는 거야. 벌써 10시나 됐네요. 이제 가야겠어요. 그는 자리에서 일어났다.

"잠깐만. 네 엄마가 자주 물어보는 게 있는데, 그것만이라도 대답해다오." 끌로도미로 삼촌이 말했다. "네 엄마는 나를 보기만 하면 마치 심문하듯이 몰아붙인단다. 빨래는 누가 해주지? 그리고 단추가 떨어지면 누가 달아주니?"

"그런 건 하숙집 아주머니가 다 해줘요. 워낙 자상한 분이라 알아서 잘해주세요." 싼띠아고가 말했다. "그러니까 아무 걱정 마시라고 전해주세요."

"그럼 휴일에는 뭘 하지?" 끌로도미로 삼촌이 물었다. "누구를 만나니? 그리고 주로 어딜 가니? 여자 친구와 데이트하니? 네 엄마는 그런 걸 걱정하느라 밤잠을 설친다더라. 너 설마 어떤 계집애랑 사고라도 친 건 아니지?"

"아무 여자도 안 만나니까 엄마 좀 안심시켜드리세요." 싼띠아고가 웃으며 말했다. "얌전하게 잘 지내고 있으니 아무 걱정 마시라고요. 조만간 뵈러 갈 거예요. 정말이에요."

부엌으로 가보니 이노센시아 아주머니는 흔들의자에 앉아 잠들어 있었다. 끌로도미로 삼촌이 왜 거기서 자느냐고 나무라고는 싼띠아고와 함께 그녀를 부축해서 방으로 데리고 갔다. 이노센시아는 방으로 가는 동안에도 내내 꾸벅꾸벅 졸았다. 대문을 나서자 끌로도미로 삼촌이 싼띠아고를 꼭 껴안았다. 다음 월요일에 밥 먹으러 올 거지? 네, 삼촌. 그는 아레끼빠 대로에서 택시를 타고 싼마르띤 광장으로 갔다. 택시에서 내려 노르윈을 만나러 쎌라 바로 들어갔지만, 아직 오지 않은 모양이었다. 잠시 더 기다린 뒤 산띠아고는 그를 찾으러 히론 델 라 우니온 거리로 나갔다. 노르윈은 『쁘렌사』 정문 앞에서 『울띠마 오라』의 기자와 대화를 나누고 있었다.

"여기서 뭘 하고 있는 거야?" 싼띠아고가 말했다. "10시에 쎌라에서 만나기로 하지 않았어?"

"정말 더럽고 치사해서 기자 노릇도 못해먹겠네. 싸발리따, 너도 현실을 알아야 돼." 노르윈이 말했다. "아 글쎄, 편집부원들을 모두 밖으로 내보냈지 뭐야. 덕분에 나 혼자 지면을 다 메꿔야 했다고. 혁명이 일어난 모양이야. 또 무슨 정신 나간 짓인지 모르겠어. 참, 이 친구는 까스뗄라노라고 해. 우리 동료지."

"혁명이라고?" 싼띠아고가 물었다. "여기서?"

"꾸데따 시도가 있었지만 불발로 끝난 모양이에요." 까스뗄라노가 말했다. "에스삐나가 주도한 것 같아요. 전 내무성 장관요."

"아직 공식 성명은 나오지 않았어. 그런데 저 망할 놈들이 자세한 정보를 캐내 오라고 내 부하 직원들을 죄다 내보냈잖아." 노르윈이 말했다. "자, 이제 그 얘긴 그만하고, 어디 가서 한잔하자고."

"잠깐만, 궁금해서 그러는데……" 싼띠아고가 말했다. "나를 『끄로니까』에 좀 데려다줄 수 있을까?"

"지금 가면 일만 시킬 텐데. 그러면 밤을 꼬박 새워야 할 거라고." 노르윈이 말했다. "그러지 말고 어디서 한잔하다가 2시쯤 까를리또스를 만나러 가면 되잖아?"

"하지만 상황이 어떻게 돌아가는지 알고 싶어." 싼띠아고가 말했다. "어떤 소식이 들어왔는지도 궁금하고."

"구체적인 뉴스는 없어요. 그냥 떠도는 소문뿐이지." 까스뗄라노가 말했다. "오늘 오후에 갑자기 일제 검거가 시작됐어요. 들리는 말로는 꾸스꼬와 뚬베스에서 집중적으로 이루어졌다더군요. 그리고 같은 시각에 장관들도 대통령궁에 속속 모여드는 장면이 목격되었고요."

"그것 때문에 회사에서 편집국 직원을 모두 동원했다니까. 나가서 아무거나 물어 오라는 식이지." 노르윈이 말했다. "그래봐야 정부의 공식 성명 말고는 신문에 내지도 못할 텐데 말이야. 뻔히 알면서도 그런 짓을 한다고."

"쎌라는 나중에 가기로 하고, 오늘은 이본을 찾아가는 게 어때?" 까스뗄라노가 말했다.

"에스삐나 장군이 이번 사건에 연루되었다는 얘기는 누구한테 들었죠?" 싼띠아고가 물었다.

"좋아, 이본한테 가보자고. 거기서 까를리또스에게 연락해 약속 장소를 잡으면 되겠군." 노르윈이 말했다. "싸발리따, 꾸데따 음모에 대해서 알고 싶으면 『끄로니까』보다 그런 사창가로 가는 편이 훨씬 좋을 거야. 그건 그렇고, 꾸데따가 어떻게 되든 너하고 무슨 상관이지? 왜 정치에 그렇게 신경을 쓰고 그래?"

"그냥 궁금해서." 싼띠아고가 말했다. "다행히 수중에 40쏠 정도 있군. 이본한테 가려면 돈이 많이 들겠지."

"『끄로니까』에 다니는 사람이 그런 것까지 걱정할 필요는 없지요." 까스뗄라노가 웃으며 말했다. "거기 가서 베세리따 부하 직원이라고 하면 다 외상으로 그을 수 있다고요."

6

2주 내내 암브로시오는 쌘미겔에 나타나지 않았다. 하지만 그다음 주, 아말리아는 집 밖으로 나서다가 길모퉁이의 중국인 가게 앞에서 자기를 기다리고 있는 암브로시오를 발견했다. 아말리아, 짬을 내서 널 만나러 왔어. 그날 그들은 다투지 않았다. 오히려 화기애애한 분위기 속에서 대화를 나누었다. 그들은 일요일에 다시 만나기로 했다. 헤어지기 전에 그가 물었다. 못 본 사이에 많이 달라졌네. 어쩜 그렇게 사근사근하고 부드러워졌지?

정말이지 더 바랄 게 있을까? 너는 남자들이 혹할 만한 것을 다 갖추고 있다니까. 까를로따는 그녀에게 이렇게 말하곤 했다. 부인도 그녀를 볼 때마다 그 비슷한 우스갯소리를 했다. 동네 경찰관들은 그녀를 보면 늘 환한 미소를 지었고, 주인 나리의 운전사들도 그녀가 나타나면 힐끔힐끔 쳐다보기 바빴다. 심지어는 정원사, 식료품점 배달원, 그리고 신문 배달하는 꼬맹이들까지도 그녀에게 휘파람을 불어대곤 했다. 어쩌면 까를로따의 말이 사실일지도 몰라. 그녀는 집에서 일하다가도 부인의 방으로 올라가 요염한 눈빛으로 거울에 비친 자신의 모습을 바라보곤 했다. 그랬다. 그건 분명 사실이었다. 그사이 아말리아는 살도 적당히 올랐고, 자기에게 어울리는 옷을 입을 줄도 알게 되었다. 모두 부인 덕분이었다. 부인은 천사 같이 아름다운 마음씨를 가진 분이었다. 더이상 입지 않는 옷이 있으면 모두 아말리아에게 주었다. 옷을 줄 때도 아말리아의 기분이 상하지 않도록 최대한 상냥하게 말했다. 이 옷은 이제 내 몸에 안 맞네. 너 한번 입어볼래? 그러고서 잠시 후에는 어김없이 그녀에게 와 옷맵시를 고쳐주곤 했다. 여기는 조금 올려야겠네. 여기는 좀 줄이고. 이 술 장식은 네게 안 어울리는구나. 그뿐 아니라, 부인은 그녀를 볼 때마다 몸가짐을 단정히 하라고 일러주었다. 손톱에 때가 끼지 않도록 늘 신경 써야 해. 머리는 단정하게 빗어 넘기고, 일하기 전에 앞치마가 깨끗한지 늘 살펴봐. 여자가 자기를 가꿀 줄 모르면 아무짝에도 쓸모가 없으니까 말이야. 부인은 나를 하녀로 대하는 게 아니야. 그럴 때마다 아말리아는 생각했다. 부인은 마치 친구한테 하듯 내게 조언을 해주고 있어. 언젠가 부인은 그녀의 머리를 남자처럼 짧게 자르게 했다. 그리고 그녀의 얼굴에 여드름이 났을 땐 자기 크림을 가져와 손수 얼굴에 발라주기도 했다. 그러자 일주일 후에 여드름이 거짓말처럼 깨끗하게 사라졌다. 또 언젠가 그녀가 심한 치통을 앓자, 부인은 그녀를 막달레나에 있는 치과로 데려가 치료를 받게 해주기도 했다. 그랬는데도 월급에서 치료비를 제하지 않았다. 쏘일라 부인이 그녀를 그렇게 대해주었던 적이 있던가? 언제 그녀를 그렇게 걱정해준 적이 있던가? 오르뗀시아 부인 같은 분은 세상에 또 없었다. 모든 것이 청결하고, 여자들은 예쁘고, 남자들은 멋있을 것. 부인이 이 세상에서 가장 중요하게 여기는 것은 바로 그 세가지였다. 그녀가 어떤 이를 처음 알게 됐을 때 제일 궁금해하는 것은, 이 여자 예쁜가? 이 남자는 어떻게 생겼지? 이런 것이었다. 다른 건 몰라도 지저분하고 못생긴 것만큼은 절대 용납하지 않았다. 부인은 토끼처럼 앞니가 툭 튀어나왔다고 마끌로비아 부인을 얼마나 놀려댔는지 모른다. 구무시오 씨는 불룩 튀어나온 배 때문에, 빠께따라는 여자는 가짜 눈썹과 손톱, 또 수술한 가슴 때문에, 그리고 이본 부인은 너무 늙어서 놀림을 받았다. 부인과 께따 양은 만나기만 하면 이본 부인의 흉을 보느라 바빴다. 얼마나 염색을 해대는지 곧 대머리가 될 거라고. 너무 늙어서 점심 먹을 때마다 의치가 하나씩 빠진다지 뭐니. 주름 펴는 주사를 너무 많이 맞아서 이젠 완전히 쭈그렁바가지가 됐어. 부인과 께따 양으로부터 워낙 얘기를 많이 들은 탓에 아말리아도 이본 부인이 어떤 사람인지 궁금해질 정도였다. 그러던 어느날, 까를로따가 손가락을 누군가를 가리켰다. 저기 왔네. 께따 양과 같이 온 여자가 바로 이본 부인이야. 아말리아는 가까이서 보려고 밖으로 나갔다. 그들은 거실에 앉아 술을 마시고 있었다. 실제로 본 이본 부인은 그렇게 늙지도 추하지도 않았다. 그런데 왜 그렇게 흉을 본 거지? 우아한 외모부터 보석에 이르기까지, 저만하면 무엇 하나 빠질 데가 없는데. 그녀의 모든 것이 눈부시게 아름다웠다. 이본 부인이 떠나자 부인이 주방에 들어왔다. 저 할망구는 여기 온 적 없는 거야. 부인은 미소 띤 얼굴로 손가락질을 하며 그들에게 으름장을 놓았다. 만약 까요가 그 사실을 아는 날에는 셋 다 내 손에 죽을 줄 알아.

문턱에 들어서자 아르벨라에스의 모습이 보였다. 여전히 작은 얼굴에 수염으로 뒤덮인 광대뼈가 유난히 붉거져 보였고, 안경은 코끝에 걸쳐져 있었다.

"늦어서 미안합니다, 박사님." 불쌍한 친구 같으니! 당신 몸에 비해 책상이 너무 크잖아. "점심 약속이 있었거든요. 하여간 양해 부탁드립니다."

"무슨 말씀을요, 까요 씨. 시간 맞춰 오셨는데요." 아르벨라에스 박사가 억지 미소를 지으며 대답했다. "앉으시지요."

"보내주신 서류를 어제야 받았습니다. 좀더 일찍 왔어야 했는데, 어디 시간이 나야 말이죠." 그는 의자를 끌어다 앉으면서 무릎 위에 서류 가방을 얹었다. "요즘 대통령의 까하마르까 순방 때문에 정신이 하나도 없어서 그만."

아르벨라에스 박사는 근시가 있는지 안경 뒤에서 노려보듯이 눈을 가늘게 뜨고 고개를 끄덕였다.

"바로 그 문제에 대해서도 이야기를 좀 나누었으면 합니다, 까요 씨." 그는 불쾌감을 숨기려 하지 않으며 입꼬리를 비틀었다. "그저께 로사노한테 행사 준비 상황을 보고하라고 했더니, 까요 씨가 아무한테도 알려주지 말라고 엄명을 내렸다더군요."

"로사노, 이런 한심한 친구 같으니." 그가 안타깝다는 듯 혀를 끌끌 찼다. "어느 안전이라고 감히. 그런 놈은 버르장머리를 고쳐놔야 합니다. 물론 따끔하게 혼을 내주셨겠죠, 박사님?"

"아뇨, 야단도 못 쳤죠." 아르벨라에스 박사가 말했다. "너무 당황해서 그럴 정신도 없었어요."

"로사노, 좀 멍청해서 그렇지 써먹을 데가 많은 친구죠." 그가 빙긋이 웃으며 말을 이었다. "현장 보안 계획에 관해서는 현재 면밀한 검토 중에 있습니다, 박사님. 그런 문제로 괜히 신경 쓰실 필요 없어요. 준비되는 대로 모두 보고하도록 하겠습니다.”

그가 담배에 불을 붙이자, 아르벨라에스 박사가 재떨이를 건네주었다. 그는 책상 위에 놓인 달력과 백발의 여인이 세 젊은이들과 함께 환하게 웃고 있는 사진 사이에서 팔짱을 끼고 있는 박사를 심각한 표정으로 바라보았다.

“그래서, 서류는 살펴보셨나요, 까요 씨?”

“물론입니다, 박사님. 꼼꼼하게 읽어봤습니다.”

“그럼 까요 씨도 나와 같은 생각이겠군요.” 아르벨라에스 박사가 무뚝뚝하게 말했다.

“유감스럽지만 전 박사님과 견해가 좀 다릅니다.” 그는 말을 마치기도 전에 기침을 하고는 웅얼거리는 목소리로 간신히 양해를 구한 뒤, 다시 담배를 한모금 빨았다. “안보 관련 예산에는 절대로 손을 대서는 안됩니다. 나로서는 예산을 수백만쏠이나 삭감하는 계획을 도저히 받아들일 수가 없습니다. 박사님, 죄송합니다.”

그러자 아르벨라에스 박사가 자리에서 벌떡 일어났다. 그는 손으로 안경을 빙빙 돌리면서 책상 앞으로 몇걸음 걸어 나왔다.

“흠, 예상한 대로군요.” 초조하거나 화난 목소리는 아니었지만, 얼굴이 약간 창백해져 있었다. “하지만 까요 씨, 우리의 뜻은 확고합니다. 지금으로서는 노후화된 순찰차를 교체하는 일이 시급해요. 당장 따끄나와 모께구아 지역 경찰서부터 교체 작업을 시작해야 합니다. 거기 있는 순찰차들은 언제 멈춰 서버릴지 모르는 상황이에요. 사실 그런 일을 일일이 헤아리자면 수천건도 더 됩니다. 주지사와 군수들이 하루가 멀다 하고 전화를 걸거나 전보를 치는 바람에 돌아버릴 지경이라고요. 까요 씨라면 그 많은 돈을 어디서 구하겠습니까? 나는 마법사가 아니란 말입니다, 까요 씨. 기적이라도 일어나기를 바라란 말입니까?"

그는 심각한 표정을 지으며 고개를 끄덕였다. 아르벨라에스 박사는 안경을 이 손에서 저 손으로 넘기고 받으며 그의 앞에 와 멈추어 섰다.

"다른 예산에서 전용할 방법은 없을까요?" 그가 말했다. "재무성 장관이……"

"당신도 잘 알겠지만, 그는 우리한테 단 한푼도 더 줄 수 없다는 입장이에요." 아르벨라에스의 목소리가 갑자기 높아졌다. "국무회의를 할 때마다 내무성 예산이 너무 많다고 입버릇처럼 말하니까요. 그런데 까요 씨가 우리 예산의 거의 절반을 독차지하고 있다시피 하니……"

"박사님, 내가 혼자서 예산을 독차지하고 있다니요." 그가 웃으며 말했다. "안보를 철저히 하자면 돈이 많이 들어갈 수밖에 없습니다. 그런데 독차지라뇨? 만약 박사님이 안보 쪽 예산을 한푼이라도 줄이면, 우리로선 제대로 일을 하기가 불가능합니다. 정말 죄송합니다, 박사님. 제 입장도 좀 고려해주시시 바랍니다."

그뿐만 아니라 다른 자질구레한 일도 많이 있었습니다요, 나리. 그런 일들은 이 암브로시오가 아니라 그들이 했습죠. 오늘밤 모두 출동할 거니까 이뽈리또한테 연락해. 로사노가 말했다. 그러자 루도비꼬가 물었다. 그럼 나리, 관용차를 타고 가는 건가요? 아니, 고물 포드를 탈 거야. 나중에 그들이 제게 말해줬어요, 나리. 그렇게 해서 이 암브로시오도 다 알게 되었습죠. 놈들을 추적하고 어떤 집에 누가 들어가는지 일일이 기록할 것, 또 체포된 아쁘라 놈들을 체포해 아는 바를 모두 자백하도록 만들 것. 그들은 그런 일을 했었죠. 그런데 말씀드렸듯이, 이뽈리또가 이상해지기 시작한 게 바로 그 무렵부터였다고 합니다요, 나리. 아니면 루도비꼬가 그냥 꾸며낸 말인지도 모르지만요. 하여간 루도비꼬는 저녁에 로사노 나리의 집으로 가 고물 포드를 타고 이뽈리또를 데리러 갔다. 그들은 리알또 극장에서 범죄 영화를 본 다음, 9시 30분경 에스빠냐 대로에서 로사노를 기다렸다. 그렇게 매달 첫번째 월요일마다 그들은 로사노 나리를 따라 월부금을 타러 다녔습니다요, 나리. 일종의 상납금인데, 로사노 나리가 그렇게 불렀다고 하더군요. 여느 때와 마찬가지로 검은 안경을 쓰고 나타난 로사노는 뒷좌석에 몸을 잔뜩 웅크리고 앉았다. 그는 그들에게 담배를 권하면서 농담을 지껄였다. 난 로사노 나리하고 일하면 언제나 기분이 좋아지더라고. 나중에 이뽈리또는 그렇게 말했다. 그러자 루도비꼬는 이렇게 대꾸했다. 나리가 우리한테 일을 시키면 당연히 기분이 좋지. 사실 월부금이라는 건 로사노 나리가 리마에 있는 사창가하고 러브호텔[128]을 돌아다니면서 뜯어낸 돈이었습죠. 벼룩의 간을 빼먹는다는 게 바로 이런 경우를 두고 하는 말 아니겠습니까, 나리? 그들은 초시까 출구 쪽으로 나가 통닭을 파는 식당 뒤의 비밀 가옥에 도착했다. 네가 내려서 가봐. 로사노가 루도비꼬에게 말했다. 안 그러면 뻬레다가 적어도 한 시간은 나를 잡아놓고 수다를 떨 거라고. 그사이 난 이뽈리또를 데리고 드라이브나 하고 있을 테니까. 하여간 그는 아무도 모르게 그런 일을 하고 다녔습니다요, 나리. 까요 나리는 까맣게 모르고 있을 거라고 생각했죠. 그러나 나중에 루도비꼬가 저와 함께 일하게 되었을 때 까요 나리한테 잘 보이려고 그사이에 있었던 일을 모두 털

---

128 스페인어로 bulín은 남녀가 밀회를 즐길 수 있는 숙박업소를 말한다. 여기서는 러브호텔로 옮긴다.

어놓았는데, 까요 나리도 이미 다 알고 있더라는 거예요. 포드가 떠나자 루도비꼬는 그 자리에 선 채 차가 시야에서 사라질 때까지 기다린 뒤 사립문을 열었다. 거기에는 주차 등만 켠 차들이 길게 늘어서 있었다. 루도비꼬는 혹시 안에 있을지 모를 커플들의 얼굴이라도 보려고 자동차의 범퍼와 흙받기에 몸을 부딪쳐가면서 포스터가 붙어 있는 문을 향해 다가갔다. 그런데 나리, 로사노 나리는 왜 까요 나리가 아무것도 모를 거라고 생각했을까요? 그때 평소 알고 지내던 웨이터가 문을 열었다. 오셨군요. 잠깐만 기다리세요. 잠시 후 뻬레다가 나왔다. 이거 어떻게 된 거야? 로사노 씨는? 밖에 계시긴 한데 급한 일이 생겨서 저만 들어왔어요. 루도비꼬가 말했다. 꼭 드릴 말씀이 있는데. 뻬레다가 말했다. 아주 중요한 일이라서 말이야. 루도비꼬와 이뽈리또는 로사노 나리를 따라 월부금을 받으러 다니면서 차츰 리마의 밤 세계를 알게 되었습니요. 그들은 신이 나면 우린 밤의 황제야! 하고 떠들어대곤 했습죠. 나리, 그들이 얼마나 파렴치하게 살았는지 상상이 가시죠? 그들은 사립문으로 걸어가 포드가 오기를 기다렸다. 루도비꼬가 다시 운전대를 잡고, 뻬레다는 뒷문으로 탔다. 출발해, 로사노가 말했다. 여기 오래 있을 시간이 없단 말이야. 하지만 정신 못 차리고 주색에 빠진 놈은 이뽈리또였어요, 나리. 루도비꼬로 말하자면, 유난히도 야심이 큰 편이었고요. 조금이라도 더 높은 자리로 올라가려고 기를 썼으니까요. 언젠가 정식 직원이 되기 위해 호시탐탐 기회를 엿보고 있었죠. 루도비꼬는 고속도로로 들어섰다. 그는 운전하면서 힐끔힐끔 이뽈리또와 시선을 교환했다. 이뽈리또는, 뻬레다 저 자식 여기 왜 탄 거야? 하고 투덜거리는 눈치였다. 나중에 이뽈리또가 다 얘기해주더라고요. 좀더 빨리 달려. 시간이 없다니까. 로사노가 재촉했다. 그건 그렇고, 중요한 이야기가 있다면서. 그게 뭐야? 그러니까 나리, 왜 하필 나더러 돈을 뜯어내라고 하시는 겁니까? 이번 주에 아무개가 이곳에 나타났어요. 그가 어떤 여자를 데리고 왔다고요, 나리. 그러자 로사노가 대꾸했다. 자네가 뻬루에서 모르는 사람이 없다는 건 잘 알고 있으니까, 중요한 이야기가 뭔지나 어서 해보란 말이야. 여기에 있는 모든 사창가와 러브호텔이 경찰청에서 허가를 받아야 한다는 거 아시죠? 갑자기 뻬레다의 목소리가 바뀌자 루도비꼬와 이뽈리또는 어리둥절한 표정으로 서로의 얼굴을 멀뚱히 쳐다보았다. 그는 당장이라도 울음을 터뜨릴 것만 같았다. 이번 달에 고지서가 한가득 날아왔더라고요, 로사노 나리. 각종 납부금에 청구서며 할부금까지 말입니다요. 수중에 현금이 한푼도 없는데 이를 어쩌면 좋단 말입니까? 아예 이곳을 폐쇄시키든지, 허가가 취소되도록 내버려두든지, 아니면 벌금을 무는 수밖에 없어요. 도무지 뾰족한 수가 없단 말입니다, 나리. 로사노가 뭐라고 투덜거리자, 뻬레다는 온몸을 오들오들 떨었다. 하지만 로사노 나리, 저는 한번 한 약속은 꼭 지키는 놈입니다. 그러면서 그는 이미 지급기일이 지난 수표를 로사노 앞에 내놓았다. 우선 이거라도 받으시겠습니까, 로사노 나리? 그러자 루도비꼬와 이뽈리또는 속으로 생각했다. 이제 곧 불호령이 떨어지겠군. 천만에, 내가 그런 종이쪽지를 받을 사람처럼 보이나? 로사노가 차갑게 말했다. 앞으로 스물네시간 안에 해결해. 안 그러면 여기서 다 쫓겨날 줄 알라고. 루도비꼬, 차 세워. 뻬레다가 내릴 거니까. 그때 루도비꼬와 이뽈리또가 말했다. 나리, 저 친구가 신분증을 갱신해주겠다고 하면서 창녀들에게 금품을 요구했다고 합니다. 뻬레다는 돌아오는 내내 머리를 조아리며 변명을 늘어놓느라 바빴지만, 로사노는 입을 굳게 다문 채 아무 말도 하지 않았다.

스물네시간일세, 뻬레다. 일분도 늦으면 안되니까 알아서 해. 차가 멈추자 그가 말했다. 사내가 되어서는 왜 저렇게 쩨쩨하게 구는 거야? 정말 열받게 만드네. 루도비꼬와 이뽈리또는 속으로 투덜거렸다. 오늘밤 모처럼 기분 좀 내려고 했더니, 뻬레다 저놈 때문에 일이 다 틀어져버렸잖아. 괜히 와서 성질만 돋우고 갔구면. 그래서 까요 나리도 틈만 나면 이런 말을 했습죠. 로사노 저 친구 언젠가 경찰을 그만두고 나면 포주가 될 게 틀림없어. 솔직히 말하면 그게 로사노 나리의 천직이죠, 나리.

토요일 아침, 전화벨이 두번 울렸다. 부인이 나와 전화를 받았지만 이내 끊어졌다. 어떤 놈이 아침부터 장난 전화를 하는 거야. 부인이 말했다. 오후에 또다시 전화벨이 울렸다. 이번에는 아말리아가 받았다. 여보세요? 누구시죠? 마침내 암브로시오의 겁먹은 목소리가 수화기에서 흘러나왔다. 아침에 전화했던 사람이 너구나. 그녀가 웃으며 말했다. 주변에 아무도 없으니까 어서 말해. 이번 일요일에는 너랑 외출 못할 것 같아. 그다음 주도 마찬가지고. 페르민 나리를 모시고 앙꼰에 가야 하거든. 괜찮으니까 신경 쓰지 마, 아말리아가 말했다. 다음에 만나면 되지. 하지만 그녀는 왠지 서운한 마음이 들었다. 토요일, 아말리아는 이런저런 생각을 하느라 밤을 꼬박 새우고 말았다. 앙꼰에 간다는 말이 사실일까? 일요일, 그녀는 마리아와 안두비아와 외출을 했다. 그들은 레세르바 공원을 산책하면서 아이스크림을 사 먹고 잔디밭에 앉아 수다를 떨다가 군인들이 다가오는 바람에 황급히 자리를 떴다. 혹시 딴 여자랑 약속이 있는 거 아닐까? 그들은 아술 영화관에 갔다. 기분도 좋았지만, 무엇보다 셋이라서 마음이 든든했다. 그때 두 남자가 그들에게 접근해 영화표를 사주겠다고 했다. 혹시 지금 다른 극장에서 누군가와 영화를 보고 있는 건 아닐까? 영화가 절반쯤 지났을 때, 그들은 남자들을 놀려주기로 했다. 셋은 미리 짜고 아술 영화관 밖으로 도망쳤다. 뒤에서는 남자들이 화가 나서 소리를 지르며 쫓아오고 있었다. 야, 이 도둑들아! 우리 돈 물어내! 혹시 내가 만나기만 하면 자기의 나쁜 행실을 들추어내니까 나한테 싫증이 난 건가? 아말리아와 마리아와 안두비아는 한주 내내 그 남자들 얘기만 했다. 그러면서 서로서로 겁을 주기 시작했다. 우리를 잡으러 올지도 몰라. 지금쯤 우리가 어디에 사는지 다 알아냈을 거라고. 너부터 죽이러 올거야. 우리 다 죽이려고 할걸. 그런 이야기를 하면서 다 같이 배꼽을 잡고 웃다가도, 아말리아는 혼자 벌벌 떨면서 도망치듯 집으로 뛰어가곤 했다. 하지만 매일 밤만 되면 한가지 생각이 그녀의 머리를 떠나지 않았다. 혹시 더이상 나를 만나러 오지 않는 건 아닐까? 그다음 일요일, 그녀는 로사리오 부인을 만나러 미로네스로 갔다. 쎌레스떼가 어떤 남자와 달아났다가 사흘 만에 울상을 하고 혼자 돌아왔다고 했다. 얼마나 화가 났는지 저년 종아리에서 피가 철철 날 때까지 때렸다고 로사리오 부인은 말했다. 몸을 더럽히기라도 했으면 패 죽였을 거야. 저녁때까지 거기에 있다가 골목길을 나서려는데, 우울한 기분을 떨칠 수가 없었다. 악취를 풍기는 물웅덩이, 새까맣게 몰려다니는 파리 떼, 뼈만 앙상하게 남은 개들이 눈에 들어왔다. 뜨리니다드과 어린 아들이 세상을 떠났을 때 지저분한 이 골목에서 평생을 보내려고 했던 기억이 떠올라 그녀는 화들짝 놀랐다. 그날, 그녀는 동이 트기도 전에 잠에서 깼다. 그가 더이상 안 찾아온다고 한들 무슨 상관이야. 오히려 너한테 잘된 일이라고, 바보야. 하지만 그녀는 소리 없이 울고 있었다.

"까요 씨, 그렇다면 대통령께 말씀드리는 수밖에 없군요." 아르벨라에스 박사가 안경을 쓰면서 말했다. 셔츠의 빳빳한 소매에서 은으로 된 두개의 커프스단추가 반짝거렸다. "지금까지 까요 씨와 더할 나위 없이 좋은 관계를 유지해왔어요. 단 한번도 당신한테 해명을 요구하지 않았습니다. 보안총국이 내 결재를 받지 않고 일을 처리해도 모두 그냥 넘어갔지요. 하지만 장관은 바로 나라는 사실을, 그리고 당신은 내 지시를 따라야 할 의무가 있다는 점을 잊지 말기 바랍니다."

그는 바닥만 내려다보면서 고개를 끄덕였다. 갑자기 기침이 나오자 그는 급히 손수건으로 입을 가렸다가, 곧 모든 걸 체념한 듯 고개를 들었다.

"굳이 그러실 필요 없습니다. 괜히 대통령의 심기만 불편하게 할 테니까요." 그는 소심하게 중얼거리듯 말했다. "송구하게도 그 문제에 대해서는 이미 대통령께 말씀드렸습니다. 대통령의 재가도 받지 않고 내가 어떻게 감히 장관님의 요구를 거부할 수 있겠습니까."

아르벨라에스 박사가 치밀어오르는 모멸감을 삼키며 두 주먹을 꽉 쥐었다. 제자리에서 꼼짝도 하지 않은 채, 박사는 증오심과 분노로 이글이글 타오르는 눈빛으로 그를 노려보았다.

"그러니까 대통령과 이미 상의를 했다는 거군요." 장관의 턱과 입술이 부들부들 떨리고 있었다. 그는 떨리는 목소리로 말을 이었다. "물론 전부 당신의 관점에서 말씀드렸겠죠. 당연히 그랬을 테지요."

"박사님, 모든 걸 솔직히 말씀드리겠습니다." 그는 불쾌한 기색 없이 무심한 표정으로 말했다. "내가 보안총국에 있는 것은 다음

두가지 이유 때문입니다. 첫째, 장군님이 내게 이 자리를 맡아달라고 요청하셨기 때문입니다. 둘째, 내가 내건 조건을 장군님이 모두 수락하셨기 때문이에요. 내가 내건 조건은 업무에 필요한 예산을 내 마음대로 사용할 수 있어야 한다는 것과 대통령과 독대할 때를 제외하고는 그 누구에게도 업무를 보고하지 않겠는 것, 이 두가지였습니다. 내 말이 귀에 거슬리시겠지만, 양해해주시기 바랍니다. 사실 그대로 말씀드렸을 뿐이니까요.”

그는 대답을 기다리며 아르벨라에스 박사를 쳐다보았다. 그는 몸에 비해 머리가 큰 편이었다. 박사는 눈을 가늘게 뜨고 그의 얼굴을 하나하나 뜯어보더니, 입을 앙다물면서 억지 미소를 보였다.

“당신의 업무 능력을 의심하는 건 아닙니다. 까요 씨가 뛰어난 능력을 가지고 있다는 거야 자타가 공인하는 사실이니까요.” 입가에 미소를 머금은 채 짐짓 꾸며낸 목소리로 숨을 헐떡이며 말을 이어가는 동안에도, 박사는 그를 무섭게 노려보고 있었다. “하지만 그전에 해결해야 할 문제들이 있는데, 까요 씨가 나를 좀 도와줘야겠어요. 보안 관련 예산이 터무니없이 많으니 말입니다.”

“우리 업무에 소요되는 경비가 워낙 많다보니까 그런 겁니다.” 그가 말했다. “박사님, 그 점에 대해서라면 제가 분명하게 알려드리겠습니다.”

“까요 씨가 그 막대한 예산을 함부로 썼을 리 없지요.” 아르벨라에스 박사가 말했다. “단지……”

“우선 우리에게 충성하는 노동조합 지도부는 물론, 노동 현장과 대학, 그리고 행정부 내에서 활약하는 정보망 운영 비용.” 그는 가방에서 서류를 꺼내 책상 위에 올려놓으며 줄줄 읊어댔다. “또 각종 시위 및 행사 비용과 국내외에서 활동하는 반정부 단체의 활동에 대한 정보 수집 비용."

아르벨라에스 박사는 서류를 거들떠보지도 않았다. 그는 손으로 커프스단추를 어루만지며 작은 눈으로 그에게 시선을 고정한 채 그저 듣고 있었다.

"거기에 정부 조직 내에서 매일같이 등장하는 불만분자들, 즉 동료를 질투하는 자들과 성공을 위해 수단과 방법을 가리지 않는 자들에 대한 회유 비용." 그가 계속 말했다. "경찰봉만 휘두른다고 사회가 안정되는 건 아니죠, 박사님. 무엇보다 돈을 풀어야 일이 됩니다. 박사님 표정을 보니 내 말이 못마땅하신가보군요. 당연히 그러시겠죠. 그런 추잡스러운 일은 모두 박사님 모르게 내가 처리하고 있으니까요. 우선 이 서류부터 한번 훑어보시고 말씀해주시기 바랍니다. 우리 예산을 삭감할 경우, 국가 안보가 심각하게 위협받지 않을지 말입니다."

"로사노 씨가 사창가와 러브호텔 등을 돌아다니면서 돈을 뜯어내는데, 까요 나리가 왜 그냥 내버려뒀는지 아세요, 나리?" 암브로시오가 물었다.

일이 끝나기가 무섭게 로사노의 얼굴이 굳어졌다. 어째 이놈의 나라에서는 죄다 남의 머리 꼭대기에 기어오르려고 하는 거지? 뻬레다 저놈이 수표 이야기를 꺼낸 것만 해도 이번이 벌써 세번째라고. 루도비꼬와 이뽈리또는 입도 뻥긋 못하고 곁눈질로 서로의 눈치만 살피고 있었다. 젠장, 장사 하루 이틀 하나. 갑자기 왜 저러는 거야? 사람들 욕정을 이용해 큰돈을 챙기는 것으로 모자라 이제 나까지 갖고 놀려 들어? 어디 한번 해보자는 거야? 당장 내일부터 사창가고 러브호텔이고 다 법대로 할 테니까 어떻게 되나 보라고. 어차피 거긴 로스 끌라벨레스 도시계획 구역이라서 다 철거될 거야. 이제 곧 알게 될 테니까 두고 봐.

"루도비꼬, 너 여기서 내려." 로사노가 말했다. "가서 절름발이를 데려와."

"사창가와 러브호텔을 워낙 많이 들락거린 덕분에 로사노 씨는 그곳 사람들의 기막힌 삶을 훤히 꿰뚫고 있었습죠." 암브로시오가 말했다. "루도비꼬와 이뽈리또가 그러더라고요."

루도비꼬는 벽 쪽으로 뛰어갔다. 이제 길게 늘어선 차들은 더이상 보이지 않았다. 남아 있는 차들은 계속 동네를 빙빙 돌고 있다가 한 대가 빠져나오면 정문 앞에 차를 세운 뒤 전조등으로 신호를 보내고, 잠시 후 문이 열리면 안으로 들어갔다. 안쪽은 어두컴컴했다. 자동차의 그림자가 차고 안으로 어슬렁 들어왔다. 문틈으로 한 줄기 빛이 새어 들어 맥주를 나르는 웨이터들의 실루엣을 드러냈다.

"안녕하신가, 루도비꼬." 절름발이 멜레끼아스가 말했다. "맥주 한병 줄까?"

"아니, 고맙지만 시간이 없어서." 루도비꼬가 대답했다. "밖에서 그분이 기다리고 있네."

"그들이 정확히 무엇을 조사한 건지 전 잘 모르겠더라고요, 나리." 암브로시오가 말했다. "어떤 여자가 누구와 바람을 피웠는지, 아니면 어떤 남자 누구와 바람을 피웠는지, 아마 그런 일이었던 것 같습니다요."

멜레끼아스는 다리를 절룩거리며 벽으로 걸어와서는 윗도리를 벗더니 루도비꼬의 팔을 붙잡았다. 이봐, 루도비꼬. 빨리 갈 수 있도록 나를 좀 잡아주게. 언제나처럼 빤아메리까나 하이웨이 쪽으로 가는동안 멜레끼아스는 잠시도 말을 멈추지 않았다. 들으나 마나 한 뻔이야기 ─ 15년 동안 경찰에 근무한 이야기 ─ 였다. 루도비꼬, 나는 하찮은 심부름꾼이 아니라 정식 경찰관이었다네. 그러다 그 깡패 새끼들한테 칼로 다리를 찔리는 바람에 요 모양 요 꼴이 됐지 뭔가.

"하여간 그런 정보가 까요 나리에겐 큰 도움이 되었을 거구먼요. 그렇죠, 나리?" 암브로시오가 말했다. "그러다보면 손바닥 들여다보듯 사람들에 대해 훤히 알 것 아닙니까요. 안 그런가요?"

"멜레끼아스, 자넨 그 깡패들한테 고마워해야 한다고." 루도비꼬가 말했다. "그들 덕분에 이런 편한 일자리도 얻었잖나. 돈도 좀 만질 테고 말이야."

"무슨 소리야, 루도비꼬." 그들은 요란한 소리를 내며 빤아메리까나 하이웨이를 달리는 차들을 보았다. 하지만 고물 포드는 아직 보이지 않았다. "그때가 얼마나 그리운데. 나는 경찰에 내 모든 것을 바쳤다고. 하지만 어쩌겠나, 그게 인생인걸. 루도비꼬, 잘 알겠지만 자네가 원하기만 하면 여기가 자네 집이 될 수도 있어. 공짜 방에 공짜 서비스, 그리고 공짜 술에 이르기까지 다 누릴 수 있다니까, 루도비꼬. 아, 저기 차가 오는군."

"루도비꼬와 이뽈리또는 자기들이 사창가에서 얻어 넘긴 정보를 가지고 로사노 씨가 공갈 협박을 했다고 하더구먼요." 암브로시오가 말했다. "다시 말해서 소문이 나지 않게 해주겠다면서 돈을 뜯어냈다는 거죠. 그런 쪽 수완이라면 아주 도가 튼 사람이라니까요, 나리, 그렇지 않습니까요?"

"이봐 절름발이, 오늘 나쁜 소식을 가지고 오지는 않았겠지?" 로사노가 말했다. "내가 지금 기분이 안 좋아서 말이야."

"무슨 말씀을 그렇게 섭섭하게 하십니까?" 절름발이 멜레끼아스가 말했다. "여기 로사노 나리한테 드릴 봉투를 가지고 왔는데 말입니다. 안에 사장님의 안부 인사도 들어 있고요."

"다행이로군." 루도비꼬와 이뽈리또는 저 자식, 로사노 나리 앞에서는 완전히 고양이 앞의 쥐처럼 설설 기는구먼, 하고 히죽대면서 서로 눈빛을 교환했다. "그건 그렇고, 다른 문제는 어떻게 됐지, 절름발이? 그 작자가 여기 나타났던가?"

"네, 지난 금요일에 왔습니다." 절름발이 멜레끼아스가 말했다. "저번과 똑같은 차를 타고 왔던데요, 로사노 나리."

"좋아, 절름발이." 로사노가 말했다. "잘했어."

"그게 나쁜 짓이라고 생각했느냐굽쇼?" 암브로시오가 물었다. "글쎄요, 나리. 어떤 면에서는 그랬습죠. 하지만 경찰이고 정치고 간에 결코 깨끗한 건 없더라고요. 누구든 까요 나리 밑에서 일하다 보면 금방 알게 될 겁니다요, 나리."

"그런데 로사노 나리, 문제가 좀 생겼습니다." 루도비꼬와 이뽈리또: 또 일을 망쳤나보네. "아뇨, 아무리 그래도 제가 그 기계 조작법을 까먹었을 리가 있겠습니까. 나리가 보낸 그 친구가 완벽하게 설치해놓아서 내 손으로 스위치를 올리기까지 했는걸요."

"그럼 테이프는 어디 있어?" 로사노가 말했다. "사진은 어쨌고?"

"나리, 그게 말입니다요, 개새끼들이 그걸 집어삼켜버렸습니다." 루도비꼬와 이뽈리또는 서로를 쳐다보면서 입을 삐쭉 내밀고 어깨를 으쓱했다. "테이프 절반가량을 먹어버렸어요. 사진은 갈가리 찢어놓았고요. 아무도 못 만지도록 일부러 상자를 냉장고 저 위에 올려놓았거든요, 로사노 나리. 그런데 그놈의 개새끼들이……"

"됐어. 그만하게, 절름발이." 로사노가 불만스러운 목소리로 말했다. "자네는 얼간이라고도 할 수 없군. 그런 인간들과는 다른, 뭔가 말로 표현할 방법이 없는 인간이란 말이지. 개들이라고? 개새끼들이 그걸 먹어치웠다 이 말이야?"

"네, 황소만 한 개들이었습니다, 나리." 절름발이 멜레끼아스가 말했다. "우리 사장님이 데려온 놈들이죠. 얼마나 먹성이 좋은지, 눈에 띄는 대로 다 먹어치운다고요. 조심하지 않으면 사람 하나도 너끈히 집어삼킬 놈들입죠. 그건 그렇고 그 사람 또 오겠죠. 그러면……"

"당장 의사나 찾아가봐." 로사노가 말했다. "가서 치료를 받든가, 아니면 주사를 맞든가 하라고. 너같이 멍청한 놈은 치료를 받아야지, 안 그러면 무슨 짓을 저지를지 모르겠군. 개들이라니, 망할 놈 같으니. 개새끼들이 그걸 다 먹어치웠다 이거지. 잘 가게, 절름발이. 이러쿵저러쿵 변명하지 말고 내 앞에서 당장 사라져. 루도비꼬, 메이그스 대로 쪽으로 빠져."

"더군다나 로사노 나리만 돈을 챙긴 건 아니었습니다요." 암브로시오가 말했다. "까요 나리라고 달랐겠습니까요? 다만 그들과는 다른 방식으로 챙겼겠죠. 루도비꼬와 이뽈리또가 그러는데, 경찰에서 일하는 직원들은 누구랄 것 없이 모두 뇌물을 받아먹는답니다. 윗대가리부터 말단에 이르기까지 말입죠. 루도비꼬가 경찰 직원이 되려고 기를 쓰는 것도 바로 그 때문이었고요. 이 세상 사람들이 다 나리처럼 정직하고 청렴하다고 생각하시면 오산입니다요."

"이뽈리또, 이번엔 네가 가봐." 로사노가 말했다. "네가 어떤 사람인지 분명하게 보여주라고. 앞으로 놈들이 루도비꼬의 얼굴은 보기 힘들 테니까 말이야."

"로사노 나리, 그게 무슨 말씀입니까?" 루도비꼬가 눈이 휘둥그레저 물었다.

"어물쩍 넘어갈 생각 마. 네놈의 엉큼한 속을 내가 모를 줄 알았어?" 로사노가 말했다. "이제 베르무데스 나리 밑에서 일하게 됐으니 말이지. 네놈이 그렇게 바라던 대로 말이야. 안 그래?"

그다음 주 중반, 아말리아가 벽난로 선반을 닦고 있는데 현관 벨이 울렸다. 문을 여니 페르민 나리가 서 있었다. 아말리아는 다리가 후들후들 떨려 금방이라도 주저앉을 것만 같았다. 그녀는 간신히 정신을 차리고 더듬더듬 인사를 건넸다.

"까요 씨 계신가?" 그는 인사도 받지 않은 채 안으로 들어왔다. 그러는 동안 그녀에게는 눈길 한번 주지 않았다. "싸발라가 왔다고 전하게."

나를 못 알아보신 모양이야. 그녀는 놀라면서도 다른 한편으로는 섭섭한 마음이 들었다. 그 순간, 계단에 부인이 나타났다. 어서 오세요, 페르민 씨. 자리에 앉으세요. 까요 씨는 지금 오는 길이에요. 조금 전에 전화가 왔거든요. 우선 한잔 드릴까요? 아말리아는 그제야 문을 닫고 부엌으로 달려가 찬장 뒤에서 거실을 엿보았다. 시계를 보는 페르민 씨의 얼굴에 초조하면서도 당황한 기색이 역력했다. 부인이 그에게 위스키 한잔을 권했다. 까요가 웬일인지 모르겠네요. 시간만큼은 늘 정확하게 지키는 양반인데 말이죠. 그런데 제가 있는 게 불편하신가봐요. 부인이 살짝 웃으며 말했다. 화가 나려고 하네요. 저렇게 허물없는 말까지 할 정도로 친근한 사이인가보네. 아말리아는 적잖이 놀랐다. 그녀는 부엌 출입구로 나가 정원을 가로질러 갔다. 집에서 약간 떨어진 곳에 암브로시오가 서 있었다. 잔뜩 겁에 질린 표정이었다. 나리께서 너를 보신 거야? 뭐라고 하서?

"전혀 못 알아보시던데." 아말리아가 말했다. "내가 그 정도로 많이 변했나?"

"그렇다면 다행이야. 천만다행이라고." 암브로시오는 구사일생으로 살아나기라도 한 사람처럼 깊은 한숨을 내쉬면서도 여전히 마음이 놓이지 않는지 집 쪽으로 고개를 돌렸다.

"넌 늘 뭔가를 숨기려고 하는구나. 뭐가 그렇게 두려운 거야?" 아말리아가 말했다. "그래도 난 달라지려고 애를 많이 썼는데, 넌 예나 지금이나 변한 게 하나도 없잖아."

아말리아는 화가 난 게 아니라 장난이라는 걸 보여주느라 일부러 웃으면서 말했지만, 속으로는 그를 보고 히죽거리는 자신이 너무 미웠다. 이 바보야, 저 남자를 보니까 그렇게도 좋니? 암브로시오도 그제야 따라 웃으며 가슴을 쓸어내렸다. 휴! 하마터면 큰일 날 뻔했어, 아말리아. 그는 그녀에게 한발짝 다가서더니 갑자기 그녀의 손을 덥석 잡았다. 그럼 이번 일요일에 만날까? 오후 2시 전차 정거장에서 말이야. 좋아, 그럼 일요일에 봐.

"페르민 나리와 까요 나리가 다시 친해지면 좋겠어." 아말리아가 말했다. "그러면 페르민 나리가 자주 오실 거고, 언젠가는 나도 알아보시겠지."

"하지만 지금 상황은 그와 정반대야. 두분은 지금 사이가 틀어져서 원수가 되고 말았다고." 암브로시오가 말했다. "까요 나리가 페르민 나리의 사업을 거덜 내려고 해. 혁명을 일으키려고 했던 장군이 페르민 나리의 친구라서 그런가봐."

그가 그녀에게 이야기를 해주는 사이 까요 씨의 검은색 승용차가 길모퉁이를 돌아서고 있었다. 저기 차 온다. 얼른 뛰어가. 아말리아는 서둘러 집으로 들어갔다. 까를로따가 부엌에서 그녀를 기다리고 있었다. 궁금해서 견딜 수 없는 눈치였다. 너 저 나리의 운전사랑 아는 사이야? 둘이서 무슨 얘기를 그렇게 재밌게 나눈 거야? 저 남자가 너한테 뭐라고 하던? 그런데 그 남자 참 잘생겼더라, 안 그러니? 아말리아가 거짓말을 둘러대고 있는데, 부인이 그녀를 불렀다. 아말리아, 나리 서재에 이 쟁반 좀 갖다드려라. 그녀가 계단을 올라가는 동안, 컵과 재떨이가 쟁반 위에서 이리저리 흔들렸다. 그녀는 벌벌 떨면서 생각했다. 암브로시오, 그 얼간이한테서 옮았나? 왜 이렇게 겁이 나는 걸까? 나리가 나를 알아보시면 뭐라고 하지? 하지만 페르민 씨는 그녀를 알아보지 못했다. 아말리아를 힐끗 쳐다보더니 이내 다른 곳으로 시선을 돌리고는 의자에 앉은 채 초조한 듯 발로 바닥을 두드릴 뿐이었다. 그녀는 쟁반을 책상 위에 올려놓고서 곧장 방을 빠져나왔다. 그들은 삼십분가량 서재에 틀어박혀 있었다. 말다툼을 하는지 부엌까지 격한 목소리가 들려왔다. 이어 부인이 오더니 엿듣지 못하도록 아예 부엌문을 닫아버렸다. 창문으로 페르민 씨의 차가 떠나는 것을 본 아말리아는 쟁반을 치우기 위해 서재로 올라갔다. 부인과 까요 씨가 거실에서 대화를 나누고 있었다. 무슨 일인데 그렇게 고함을 지르고 그래? 부인이 묻자 까요 씨는 말했다. 배가 가라앉을 것 같으니까 저 쥐새끼가 도망치려고 하잖아. 물론 싫겠지만, 이젠 댓가를 치러야지. 페르민 나리더러 쥐새끼라니? 어떻게 저런 심한 말을 함부로 하는 거지? 자기보다 몇배는 더 점잖고 훌륭한 분인데. 아말리아는 속으로 생각했다. 나리를 질투하는 게 틀림없어. 그때 까를로따가 말했다. 어서 말해봐. 그 남자 누구야? 둘이서 무슨 얘기를 한 거야?

"나 역시 대통령의 지시에 따라 이 일을 하고 있는 입장입니다."
아르벨라에스 박사가 부드러워진 목소리로 말했다. 싸우지 말고
잘 지내자는 투였다. "그래서 이왕이면 긍정적인 성과를 내보려
고……"

"여기서 긍정적인 업무는 항상 박사님 차지지요." 그가 한마디
한마디에 힘을 주며 말했다. "나는 늘 지저분한 일만 맡고 말입니
다. 농담으로 한 말이니 오해하지는 마십시오, 박사님. 저야 박사님
이 시시콜콜한 경찰 업무까지 신경 쓰지 않도록 최선을 다하고 있
을 뿐이니까요."

"까요 씨, 당신을 기분 나쁘게 만들 생각은 없었어요." 아르벨라
에스 박사의 턱 끝은 이제 더이상 떨리지 않았다.

"박사님이 날 기분 나쁘게 하시다니요. 전혀 그렇지 않습니다."
그가 말했다. "내가 박사님이라도 보안 관련 예산을 삭감하려고 했
을 겁니다. 하지만 보안 업무를 책임지고 있는 입장에서는 도저히
받아들일 수가 없어요. 이 서류를 검토해보시면 박사님도 충분히
이해하실 겁니다."

아르벨라에스 박사는 서류철을 집어 그에게 다시 건넸다.

"이건 가지고 계세요. 내게 굳이 이런 걸 보여줄 필요는 없어요.
어쨌든 나는 까요 씨를 굳게 믿고 있으니까 말입니다." 박사는 입
을 살짝 벌려 억지웃음을 지었다. "그럼 어떻게 하면 노후화된 순
찰차를 교체하고 따끄나와 모께구아 경찰서 보수공사를 시작할 수
있을지, 한번 머리를 맞대고 대책을 강구해봅시다."

그들은 악수를 나누었다. 하지만 아르벨라에스 박사는 그를 배
웅하지도 않고 자리에 그대로 앉아 있었다. 그는 곧장 자기 사무실
로 갔다. 알시비아데스 박사가 그의 뒤를 따라 들어갔다.

"소령과 로사노 씨가 방금 왔다 갔습니다, 까요 국장님." 박사가 그에게 봉투 하나를 건넸다. "멕시꼬에서 또 안 좋은 소식이 온 모양입니다."

모두 두장이었는데, 타자기로 작성한 뒤 손으로 일일이 수정한 흔적에, 여백에는 깨알 같은 글씨가 빽빽이 적혀 있었다. 그가 천천히 문서를 읽어 내려가는 동안 알시비아데스 박사는 그에게 담뱃불을 붙여주었다.

"그러니까 이번 내란 음모 사건이 서서히 윤곽을 드러내고 있다는 얘기로군." 그는 넥타이를 느슨하게 풀고 문서를 반으로 접어 봉투에 다시 집어넣었다. "소령과 로사노가 안달을 낼 만큼 급한 일 같나?"

"뜨루히요와 치끌라요에서 아쁘라 지지자들의 집회가 있었답니다. 소령과 로사노는 그게 망명자 단체가 멕시꼬를 떠날 준비를 마쳤다는 정보와 모종의 관련이 있다고 보는 것 같습니다." 알시비아데스 박사가 말했다. "그래서 빠레데스 소령과 이야기를 나누려고 갔습니다."

"철새 같은 놈들이 제 발로 들어오면 얼마나 좋겠나. 한꺼번에 잡아들일 수 있을 테니까 말일세." 그가 하품을 하며 말했다. "하지만 그런 일은 없을 거야. 이번이 벌써 열번째, 아니 열한번째라고, 박사. 그사이 잊었나? 하여간 소령하고 로사노한테는 내일 보자고 알려주게. 서두를 것 없어."

"참, 까하마르까 사람들이 5시에 뵙기로 한 약속 확인차 전화했었습니다, 까요 국장님."

"알았네." 그는 서류 가방에서 봉투를 꺼내 박사에게 건네주었다. "그리고 이 일이 어떻게 되어가고 있는지 좀 알아봐주겠나? 바구아 토지 청구권일세. 박사가 직접 알아봐주게."

"내일 당장 알아보지요, 까요 국장님." 알시비아데스 박사가 서류를 훑어보면서 고개를 끄덕였다. "저런, 서명이 많이 빠져 있군요. 하여간 어떻게 되고 있는지 확인해보겠습니다, 까요 국장님."

"조만간 내란 거사 자금이 사라졌다는 소식이 들어올 걸세." 그는 시장과 로사노가 전달한 봉투를 물끄러미 내려다보며 빙긋이 웃었다. "좀 있으면 주모자들이 서로 배신자니 도둑놈이니 하며 헐뜯고 있다는 보고서가 올라올 거라고. 매번 같은 일만 생기니까 이제 박사도 지겹지 않은가?"

알시비아데스 박사는 조용히 미소 지으며 고개를 끄덕였다.

"나리가 왜 정직하고 청렴하다고 생각하냐고요?" 암브로시오가 말했다. "부탁인뎁쇼, 나리, 제발 어려운 질문 좀 하지 마시라니까요."

"로사노 나리, 그럼 정말 절 베르무데스 나리께 보내준다는 얘깁니까?" 루도비꼬가 물었다.

"아주 좋아서 넘어가는구먼." 로사노가 말했다. "암브로시오와 이번 일을 잘 해결하지 않았나?"

"그렇다고 로사노 나리가 싫어서 떠나려는 건 아닙니다. 정말이에요." 루도비꼬가 말했다. "사실 그 검둥이 녀석과 정이 많이 든 건 사실이죠. 아무 말이나 허물없이 터놓고 지내는 사이가 되었으니까요. 그런데 그 녀석이 저를 볼 때마다 그러는 거예요. 자리를 옮겨달라고 청해보라고요. 전 싫다고 그랬죠. 이놈이야 로사노 나리와 일할 때가 가장 행복하니까요. 그런데 아마 암브로시오 그놈이 결국에는 까요 나리께 말씀을 드린 모양입니다요, 나리."

"알았으니까 그만하게." 로사노가 웃음을 터뜨리며 말했다. "어찌 됐거나 승진을 한 셈이니 축하하네. 그리고 그동안 열심히 일했으니까 더 좋은 자리로 옮기고 싶은 마음이 드는 것도 당연하지."

"우선 나리께서 다른 사람들에 대해 말씀하는 것만 봐도 그렇습니다요." 암브로시오가 말했다. "설령 사람들이 까요 나리처럼 등을 돌려도 나리께서는 절대로 욕하는 법이 없으니까요. 하여간 나리는 다른 이들을 험담하지 않아요. 언제나 좋게만, 그리고 점잖게 말씀하시죠."

"안 그래도 베르무데스 나리를 만났을 때, 자네에 대해서 좋게 말씀드렸네." 로사노가 말했다. "어떤 일이든 맡기면 끝까지 최선을 다하는 용감한 친구라고 말이지. 그리고 검둥이가 드린 말씀이 모두 사실이라고도 말이야. 그러니까 앞으로 나를 실망시키지 않도록 해. 막말로 내가 루도비꼬는 쓸모없는 놈이니까 가까이 하지 마십시오, 이랬더라면 베르무데스 나리도 내 의견을 받아들였을 것 아닌가. 그러니까 네가 승진하게 된 건 다 나하고 그 검둥이 친구 덕분이라고."

"물론이죠, 로사노 나리." 루도비꼬가 말했다. "감사해서 어쩌죠? 이 은혜를 어떻게 갚아야 할지 모르겠습니다요, 나리. 진심이에요."

"그래그래." 로사노가 말했다. "가서 처신 똑바로 해. 알았지, 루도비꼬?"

"언제든 분부만 내리시면 제꺼덕 달려오겠습니다. 뭐든 시키는 대로 할 거예요, 로사노 나리."

"무엇보다 함부로 입을 놀리면 안돼." 로사노가 말했다. "내 얘기 잘 듣게. 자네는 나하고 포드 똥차를 타고 나간 적도 없고, 월부금 얘기 따윈 들어본 적도 없는 거야. 어디 가서 이 얘기만 안하면 내 은혜를 갚은 셈이야. 알겠어?"

"그런 말씀이라면 안하셔도 훤히 알고 있습니다, 로사노 나리." 루도비꼬가 말했다. "정말이라니까요. 그런 말씀은 안하셔도 됩니다. 이놈이 눈치 하나는 귀신같이 빠르니까 아무 걱정 마시라고요."

"언젠가 자네가 정식 직원이 되고 안되고는 말이야……" 로사노가 말했다. "전적으로 내게 달려 있다는 점을 명심하게."

"그리고 나리께서 사람들을 대하는 방식도 마찬가지죠." 암브로시오가 말했다. "언제나 기품이 넘치니까요. 또 사람들한테 도움이 되는 좋은 말씀만 해주시잖아요. 나리께서 다른 사람하고 얘기하는 걸 옆에서 듣고 있으면 귀에 아주 쏙쏙 들어온다니까요."

"아, 저기 이뽈리또하고 촐로 씨구에냐가 오는군." 로사노가 말했다.

그들은 포드 차에 탔다. 그런데 전근 얘기에 마음이 너무 들뜬 나머지 차를 엉뚱한 방향으로 몰았지 뭐야. 그가 나중에 암브로시오에게 말했다. 촐로 씨구에냐는 만날 때마다 늘 하는 이야기를 되풀이했다.

"수도관이 터져서 돈이 엄청 들었습니다, 로사노 나리. 더군다나 손님들은 갈수록 줄어서 죽을 맛이구먼요. 리마 남자들이 더이상 오입질을 안하는 모양이에요. 이러다 쫄딱 망하게 생겼다고요."

"그래? 장사가 그렇게 안되면, 내일 당장 문을 닫게 해도 크게 상관이 없겠군." 로사노가 말했다.

"아이고, 나리는 제가 월부금을 안 내려고 거짓말이라도 하는 줄 아시는가보네요." 촐로 씨구에냐가 따지듯 말했다. "절대 거짓말이 아니라니까요. 여기 있습니다요. 아시겠지만, 제 피 같은 돈이라고요. 로사노 나리와는 막역한 사이니까 솔직하게 제 고충을 털어놓는 거예요. 사정이 어떤지 좀 알아주십사 하고 말입죠."

　"나리께서 저를 대하시는 것만 봐도 그래요." 암브로시오가 말했다. "제 말을 들어주고, 뭔가를 물어볼 때도 그렇고요. 그리고 저랑 이야기를 할 때는 또 얼마나 자상하신지 모른다니까요. 나리께서는 이놈이 한 말이라면 뭐든 믿어주지 않습니까. 솔직히 말해, 나리 밑에서 일한 다음부터 제 인생이 완전히 바뀌었습니다요."

7

일요일, 아말리아는 한시간 동안이나 몸단장을 했다. 그날따라
얼마나 유난을 떨었는지, 평소 그렇게도 무덤덤하던 씨물라조차
그녀를 놀릴 정도였다. 맙소사, 외출한다고 생난리를 치는구면. 암
브로시오는 약속 시간보다 먼저 전차 정거장에 와서 기다리고 있
었다. 그가 만나자마자 손을 덥석 잡는 바람에 그녀는 엉겁결에 소
스라치며 외마디 소리를 지를 뻔했다. 그는 그녀를 만나 즐거운 듯
환하게 웃었다. 파란색 정장에 자기 이만큼이나 하얀 셔츠, 빨강고
하얀 물방울무늬가 그려진 짧은 넥타이. 아말리아, 너는 사람을 안
달 나게 만드는 데 재주가 있는 것 같아. 혹시라도 너한테 바람맞
을까봐 얼마나 불안했는지 알아? 그때 반쯤 빈 전차가 정거장으
로 다가왔다. 그녀가 자리에 앉기 전에 암브로시오는 주머니에서
손수건을 꺼내 의자의 먼지를 털어냈다. 본디 여왕님은 창가에 앉
는 법이지요. 그가 허리를 숙이며 말했다. 그런 말도 할 줄 알다니,

그사이 정말 많이 변했네. 그녀는 말했다. 얼마 전까지만 해도 너랑 나를 잡으러 올까봐 그렇게 겁내더니만 그때와는 전혀 딴판이잖아. 아말리아, 그래도 지난날을 떠올리면 지금도 가슴이 뜨거워진다니까. 차장이 손에 차표를 쥔 채 재미있다는 듯이 그들을 지켜보고 있었다. 그 시선이 거슬렸는지 암브로시오는 신경질을 부리며 그를 쫓아버렸다. 우리한테 더 받을 게 있어요? 왜 겁을 주고 그래? 아말리아가 말했다. 그러자 암브로시오가 대꾸했다. 지금만큼은 우리 사이에 아무도 끼어들지 못하게 할 거라고. 차장이든 섬유공장 노동자든 말이야. 그는 심각한 표정으로 그녀의 눈을 빤히 들여다보았다. 내가 못된 짓을 했어? 다른 여자랑 놀아나기라도 했냐고. 아말리아, 자기 여자를 버리고 다른 여자와 바람을 피웠다면 그건 나쁜 짓이겠지. 하지만 우리가 왜 싸웠는지 기억나? 네가 내 부탁을 이해하지 못했기 때문이잖아. 네가 그렇게 변덕만 부리지 않았더라도, 아니 자존심만 세우지 않았더라도 우리는 계속 만날 수 있었을 거야. 그가 그녀의 어깨에 팔을 얹으려고 하자, 그녀는 매몰차게 뿌리쳤다. 이거 봐. 하여간 네가 못되게 군 건 사실이야. 그러자 전차 안 여기저기에서 웃음소리가 터졌다. 그사이 전차는 발 디딜 틈도 없이 승객들로 꽉 들어차 있었다. 둘은 잠시 말없이 조용히 있다가 곧 화제를 바꾸었다. 같이 루도비꼬 만나러 가도 될까? 잠깐이면 돼. 말할 게 있어서 말이야. 그러고 나면 우리 둘뿐이니까 아말리아 네가 하자는 대로 할게. 그녀는 그날 까요 나리와 페르민 나리가 서재에서 다툰 이야기를 들려주었다. 헤어진 뒤에는 페르민 나리더러 쥐새끼라고 욕을 해대더라. 웃고 있네. 암브로시오가 말했다. 쥐새끼 같은 건 바로 그 사람이라고. 그렇게 친하게 지내더니만 이제 와서는 페르민 나리의 사업을 망하게 하려고 수작을 부리고 있으니 말이야. 그들은 시내에서 리마끄로 가는 버스를 탔다. 버스에서 내린 뒤에는 두어 블록을 함께 걸었다. 다 왔어, 아말리아. 여기가 치끌라요 거리야. 그녀는 그를 따라 안으로 들어갔다. 그런데 복도 끝에 이르자 그가 주머니에서 열쇠를 꺼내는 것이 눈에 띄었다.

"나를 바보로 아는 거야?" 아말리아가 그의 팔을 잡으며 말했다. "당신 친구는 여기 없잖아. 여기는 빈집이라고."

"루도비꼬는 곧 도착할 거야." 암브로시오가 말했다. "그동안 밀린 이야기나 나누면서 기다리자고."

"그럴 거라면 밖으로 나가. 걸으면서 얘기하면 되잖아?" 아말리아가 말했다. "하여간 나는 거기 안 들어갈 테니까 알아서 해."

그들은 진창으로 변한 안마당에서 다시 말다툼을 벌였다. 그러자 이리저리 뛰놀던 꼬마 녀석들이 재미있는 구경거리라도 생긴 듯 가만히 두 사람을 지켜보기 시작했다. 마침내 암브로시오가 문을 열더니 미소를 흘리며 단번에 그녀를 안으로 밀어 넣었다. 암브로시오가 불을 켤 때까지, 아말리아는 어둠의 아가리 속으로 점점 더 깊이 빨려드는 느낌이었다.

그는 5시 십오분 전에 사무실을 나섰다. 루도비꼬와 암브로시오는 이미 차에 타고 있었다. 꼴론 대로에 있는 끌룹 까하마르까로 가세. 차를 타고 가는 내내 그는 고개를 숙인 채 아무 말도 하지 않았다. 스르르 눈이 감기고 졸음이 몰려왔다. 루도비꼬는 끌룹 정문까지 그를 따라갔다. 까요 나리, 저도 들어갈까요? 아냐, 여기서 기다려. 그가 계단을 따라 올라가기 시작하는데, 갑자기 키가 크고 머리가 흰 사람의 모습이 층계참에 나타났다. 에레디아 상원 의원이었다. 그가 미소를 지으며 말했다. 에레디아 부인도 와 계시겠군요. 네, 같이 왔습니다. 상원 의원은 그에게 악수를 청했다. 뻬루에서 이렇게 시간을 잘 지키는 사람이 있다니 놀라울 따름이군요. 어서 들어오십시오. 회의는 리셉션 룸에서 진행됩니다. 불이 환하게 켜진 방의 고색창연한 벽에는 황금빛 테두리의 거울과 콧수염을 기른 노인들의 사진 등이 걸려 있었다. 사람들은 여기저기서 떼를 지어 웅성거리다가 그와 에레디아 상원 의원이 들어오자 갑자기 조용해졌다. 저런, 여자는 없구먼. 하원 의원들이 다가가 사람들에게 그를 소개하기 시작했다. 그는 그들과 차례대로 통성명을 하고 악수를 나누었다. 만나서 반갑습니다. 안녕하세요? 아, 저 여자가 에레디아 부인이로군. 오르뗀시아, 께따 아니면 마끌로비아? 어디선가 네, 분부대로 하겠습니다, 하는 소리가 들렸다. 반가워요. 그는 인사를 나누는 동안 사람들을 주의 깊게 살펴보았다. 단추가 달린 조끼와 풀을 먹여 빳빳한 칼라, 양복 주머니 밖으로 삐져나온 손수건이며 혈색 좋은 얼굴. 또 하얀 재킷 차림으로 술과 간단한 안줏거리를 부지런히 나르는 웨이터들. 오렌지에이드 한잔을 받아 든 그는 속으로 감탄을 금하지 못했다. 어쩌면 저렇게 고상할 수 있을까? 저 하얀 피부와 곱디고운 손 좀 봐. 하기야 저 여자는 평생 누군가를 부리면서 살았으니 저런 품행과 예절이 자연스레 몸에 배었겠지. 그는 생각했다. 저 여자에 비하면 께따는 피부도 까무잡잡한데다 교양도 없고 말투도 상스러워. 늘 누군가의 시중을 들고 기분을 맞추면서 사는 데 길들었으니 그럴 수밖에.

"괜찮다면 지금 시작하죠, 까요 씨." 에레디아 상원 의원이 말했다.

"네, 의원님." 저 여자와 께따라, 좋아. "그렇게 하시죠."

웨이터들이 의자를 정리하자 남자들은 삐스꼬 싸워 잔을 손에

든 채 자리에 앉았다. 대략 스무명 정도 될 듯싶었다. 그와 에레디아 상원은 그들을 마주 보고 앉았다. 자, 오늘 우리는 대통령님의 까하마르까 순방에 대한 좌담회를 위해 이 자리에 모였습니다. 상원 의원이 말했다. 까하마르까는 여기 모인 여러분들이 너무나도 사랑하는 도시죠. 그는 생각했다. 저 여자의 하녀라면? 그래, 그녀의 하녀야. 까하마르까 시민들이 특히 기뻐할 세가지 이유가 있습니다. 상원 의원이 말했다. 이곳에서가 아니라, 저 여자가 까하마르까에 가지고 있을지 모르는 농장 집에서 말이야. 우선 대통령님이 영광스럽게도 우리의 허름한 거처를 방문할 수도 있기 때문입니다. 상원 의원이 말했다. 곳곳에 낡은 가구가 들어차 있고, 회랑이 길게 이어진 농장 집 말이야. 남편이 상원에서 일을 보기 위해 수도에 가 있는 동안 그녀는 부드러운 비꾸냐[129] 카펫이 깔린 방에서 빈둥거리겠지. 그리고 새로 건설한 교량과 고속도로 구간 개통식에 대통령님이 직접 참석하실 예정이기 때문입니다. 상원 의원이 말했다. 집 안에는 그림들과 하인들이 득실거릴 거야. 하지만 저 여자가 제일 좋아하는 하녀는 께띠따겠지. 그녀의 께띠따. 에레디아 상원 의원이 자리에서 일어섰다. 무엇보다 이번 순방은 우리 지역과 나라 전체의 숙원 사업을 해결해주신 대통령님께 까하마르까 시민들이 감사의 뜻을 표할 수 있는 절호의 기회입니다. 박수를 치려는 듯 사람들이 의자를 들썩거리며 손을 들려는 순간, 상원 의원의 말이 이어졌다. 저 여자의 침대로 아침 식사를 가져다주고, 그녀가 은밀히 털어놓는 이야기를 듣고서 비밀을 지키는 여자가 바로 께띠따야. 그래서 본 환영 위원회는 다음과 같은 분들을 위원으로

---

[129] 남아메리카 안데스산맥에서 서식하는 야생 야마와 비슷한 동물.

임명했습니다. 그는 상원 의원이 호명한 사람들이 조용히 미소를 짓거나 얼굴을 붉히는 모습을 곁눈질로 살펴보았다. 이 회의의 목적은 대통령님 순방에 맞춰 정부가 잡아놓은 일정과 우리 환영 위원회가 준비한 계획을 적절하게 조정하는 것입니다. 상원 의원이 고개를 돌려 그를 바라보았다. 까요 씨, 까하마르까는 본디 인심이 아주 후하고 정이 많기로 소문난 고장이죠. 오드리아 대통령께서는 지금까지 이 나라를 이끌며 이룬 업적에 걸맞은 열렬한 환영을 받을 것입니다. 그는 자리에서 일어나지 않았다. 대신 희미한 미소를 지으며 감사의 뜻을 전했다. 성공적인 순방이 될 수 있도록 모든 노력을 아끼지 않은 에레디아 상원 의원님과 까하마르까 의회 대표단 여러분께 심심한 경의를 표하는 바입니다. 그 순간 저 안쪽의 펄럭이는 커튼 뒤에서 두 그림자가 어른거리더니 깃털 매트리스 위로 벌렁 몸을 던졌다. 좋은 의견을 교환하기 위해 친히 리마까지 와주신 위원회 여러분을 환영합니다. 터져 나오는 웃음을 참지 못하고 소리 죽여 키득거리는 소리가 그곳에서 흘러나왔다. 두 그림자는 커튼 뒤, 하얀 시트 위에서 서로 뒤엉켜 구르더니 결국 한덩어리가 되었다. 이 자리에 계신 신사 여러분, 저도 이번 순방이 성공리에 끝날 것을 확신합니다.

"갑자기 끼어들어 죄송합니다만," 하원 의원 싸라비아가 말했다. "우리 까하마르까가 오드리아 장군님을 맞이하기 위해 물심양면으로 지원을 아끼지 않으리라는 점을 알려드리고 싶습니다."

그는 조용히 미소 지으며 고개를 끄덕였다. 암, 그러겠지. 하지만 한가지 문제에 대해 이 자리에 참석하신 모든 분들의 고견을 듣고자 합니다. 싸라비아가 말했다. 이번 순방 때 대통령께서 아르마스 광장에서 연설하실 예정인데, 지금 그곳에서 소요 사태가 발생하고 있습니다. 물론 가장 이상적인 상황은, 그는 헛기침을 하며 목소리를 가다듬은 뒤 다시 입을 열었다. 시위가 벌어지더라도…… 이번에는 적절한 표현을 찾느라 잠시 말을 멈추었다. 대통령님께서 실망하지 않을 수준에서 끝나는 거겠지요. 이번 시위 사태는 전례 없이 확산될 것으로 보이던데요, 까요 씨. 상원 의원이 그의 말을 끊고 끼어들었다. 그러자 참석자들은 수긍하는 듯 고개를 끄덕이며 웅성거리기 시작했다. 그때 커튼 뒤에서 희미한 소리가 들렸다. 서로 몸을 비벼대는 소리와 부드러운 숨소리, 격렬하게 움직이는 침대 시트의 그림자. 또 서로를 간절하게 구하다 결국에는 하나가 되는 손과 입, 그리고 살갗.

싼띠아고 씨, 또다시 문을 두드리는 소리가 들렸다. 싼띠아고 씨. 그제야 눈을 뜬 그는 손으로 얼굴을 문지르면서 일어났다. 그는 아직 잠이 깨지 않아 눈을 가슴츠레하게 뜨고 문을 열러 갔다. 루시아 부인이었다.

"잠을 깨운 모양이네요. 미안해서 어쩌나. 그런데 라디오 들었어요? 무슨 일이 났는지 알고 있어요?" 그녀는 놀라서 휘둥그레진 눈을 하고는 더듬거리며 말했다. "아레끼빠에서 총파업이 일어나서 오드리아가 비상 군사 내각을 구성했대요. 이제 어떻게 되는 거죠, 싼띠아고 씨?"

"아무 일도 없을 거예요, 루시아 부인." 싼띠아고가 말했다. "총파업은 이틀 정도 지나면 끝날 거예요. 그리고 민족동맹 지도자들이 속속 돌아오면 다시 예전처럼 조용해질 테니까 걱정하지 마세요."[130]

---

130 1954년 정권의 제2인자이자 총리이던 쎄논 노리에가(Zenón Noriega) 장군이 내란 음모죄로 기소되어 미국으로 추방되고부터 뻬루에서는 오드리아 독재 체

"그런데 벌써 사상자가 여럿 발생했대요." 그녀의 두 눈이 반짝거렸다. 그때 부인의 표정은 마치 직접 사망자들의 숫자를 헤아리고 부상자들을 두 눈으로 확인한 사람 같았지. 그는 생각한다. "아레끼빠 극장에서요. 민족동맹이 회의를 하고 있는데, 오드리아 쪽 사람들이 난입하는 바람에 싸움이 벌어졌다나봐요. 그리고 경찰이 폭탄을 던졌대요. 『쁘렌사』에 나왔더라고요, 싼띠아고 씨. 사람들이 여럿 죽고 다쳤다고 말이에요. 그럼 혁명이 일어나게 되는 건가요, 싼띠아고 씨?"

"아니에요, 부인." 싼띠아고가 말했다. "그런데 왜 그렇게 겁을 내세요? 설령 혁명이 일어난다 해도, 부인한테는 아무 일 없을 텐데 말이에요."

"하지만 난 아쁘라 사람들이 다시 돌아오지 않았으면 싶은걸요." 루시아 부인이 잔뜩 겁먹은 표정으로 말했다. "혹시 그들이 오드리아 장군을 끌어내리려고 하는 게 아닐까요?"

"민족동맹은 아쁘라주의자들과 아무 관련도 없어요." 싼띠아고가 웃으며 말했다. "그들은 모두 갑부예요. 지금이야 저렇게 으르

제 몰락의 징후가 본격적으로 나타나기 시작했다. 1955년 7월 20일 『쁘렌사』의 기자들이 국가보안법 철폐, 선거법 개정, 정치범에 대한 대사면을 촉구하는 성명서를 발표하면서 민주화운동이 들불처럼 일어났고, 이후 '민족동맹'(Coalición Nacional)이 조직되었다. 1955년 아레끼빠 극장에서 전국 민족동맹 회의가 개최되었지만 정부 비밀요원들의 테러 공격으로 무산되면서 대중 시위가 본격화되어, 아레끼빠시는 총파업을 선언하고 당시 내무성 장관의 퇴진을 요구했다. 오드리아는 소요 사태를 진압하기 위해 군 병력을 파견하는 대신 시민들의 요구대로 장관을 사퇴시켰으니, 결국 아레끼빠의 총파업은 오드리아 정권의 몰락을 알리는 신호탄이었다. 그후, 전 대통령 호세 루이스 부스따만떼 이 리베로는 물론 아르만도 비야누에바 델 깜뽀, 라미로 쁘리알레 같은 아쁘라당 지도자들이 속속 귀국하기 시작했지만, 민족동맹은 대중들 속에 뿌리내리지 못한 채 표류하다 결국 1956년 선거를 맞이하게 되었다.

렁대고 싸우지만, 모두 오드리아의 옛 친구들이라고요. 어떤 면에서는 사촌들끼리 놀다가 티격태격 싸우는 셈이죠. 그리고, 아쁘라 주의자들이 돌아오건 말건, 왜 그렇게 신경을 쓰세요?"

"그거야 그들이 신을 믿지 않는 자들이니까 그렇죠. 더구나 그중 일부는 빨갱이들이고요." 루시아 부인이 말했다. "안 그래요?"

"아니에요, 부인. 그들은 무신론자도, 공산주의자들도 아니랍니다." 쌴띠아고가 말했다. "그들은 부인보다 더 보수적인 우파 사람들이에요. 부인보다 공산주의자들을 더 싫어한다고요. 어쨌든 부인, 너무 걱정하지 마세요. 어차피 그들은 당분간 돌아오지 않을 테니까요. 그리고 오드리아한테 아직 시간이 남아 있는걸요."

"내가 무슨 말을 해도 쌴띠아고 씨는 언제나 신소리로 받아넘기는군요." 루시아 부인이 말했다. "잠 깨워서 미안해요. 난 쌴띠아고 씨가 기자니까 더 많이 알고 있을 줄 알았죠. 점심은 곧 준비될 테니까 씻고 나오세요."

루시아 부인이 문을 닫고 나가자 쌴띠아고는 늘어지게 기지개를 켰다. 샤워를 하면서 그는 혼자 빙긋이 웃었다. 어두운 그림자들이 바랑꼬의 낡은 집 창문을 열고 들어오면 루시아 부인은 거의 울부짖다시피 하며 잠에서 깨어나겠지. 아쁘라 놈들이다! 두려움에 몸이 돌같이 굳은 채 야옹야옹 울어대는 고양이를 꼭 안고는 침입자들이 옷장과 트렁크와 서랍장을 열어 먼지가 뽀얗게 앉은 잡동사니와 좀이 슬어 구멍이 송송 난 숄이며 옷가지를 가져가는 모습을 숨죽이고 지켜볼 거야. 아쁘라 놈들, 무신론자 놈들, 공산주의자 놈들! 언제든 그들은 루시아 부인처럼 고상하고 조신한 사람들의 물건을 훔치러 돌아오겠지. 그는 생각한다. 가엾은 루시아 부인! 우리 엄마의 기준대로라면, 부인은 고상한 여인의 축에도 끼지 못해. 그런 걸 알면 부인은 뭐라고 할까? 그가 옷을 다 입었을 때 루시아 부인이 다시 왔다. 점심 차려놨어요. 점심이라고 해야 콩 수프뿐이었다. 감자 한덩어리가 초록빛 수프 속에서 허우적거리고 있었지. 그는 생각한다. 그리고 구두 밑창 같은 고기 한조각과 시들어빠진 채소가 다였어. 루시아 부인은 그걸 소고기 스튜라고 했지. 주방에는 시계 겸용 라디오가 틀어져 있었다. 루시아 부인은 검지를 입술에 댄 채 라디오에서 흘러나오는 소식을 듣고 있었다. 아레끼빠의 소요 사태로 인해 도시 전체가 마비 상태에 빠져 있습니다. 아레끼빠 광장에서는 시위가 벌어졌습니다. 민족동맹의 지도자들은 전날 시립 극장에서 일어난 심각한 사태의 책임자로 까요 베르무데스 장관을 지목하고 그의 사임을 재차 요구했습니다. 이에 정부는 시민들의 자제를 당부하며 사회의 혼란과 무질서를 더이상 용납하지 않을 것이라고 경고했습니다. 들었죠? 싼띠아고 씨?

"부인의 말이 맞는 것 같군요. 어쩌면 오드리아 정권이 몰락할 수도 있겠어요." 싼띠아고가 말했다. "예전 같으면 라디오에서 저런 뉴스를 내보내지도 못했을 텐데 말이죠."

"오드리아 대신 민족동맹이 권력을 잡으면, 세상이 좀 좋아지는 건가요?" 루시아 부인이 걱정스러운 표정으로 물었다.

"달라지지는 않을 겁니다. 아니면 더 나빠질 수도 있고요, 부인." 싼띠아고가 말했다. "어쨌든 군인들과 까요 베르무데스가 없으면 뭔가 분명히 달라지기는 하겠죠."

"또 농담조로 말을 하는군요." 루시아 부인이 말했다. "싼띠아고 씨는 정치조차 그다지 심각하게 여기지 않는 모양이네요."

"아버지가 민족동맹에 계셨을 때," 싼띠아고가 말한다. "자네는 거기 가담하지 않았나? 그러니까 민족동맹이 반오드리아 투쟁을 할 때 아버지를 도와드리지 않았어?"

"까요 나리는 물론 도련님 부친 아래에서 일할 때도 전 정치에는 일절 관여하지 않았습니다요, 도련님." 암브로시오가 말한다.

"이제 나가봐야겠어요." 싼띠아고가 말했다. "그럼 나중에 봬요, 부인."

그는 거리로 나갔다. 손바닥만 한 정원의 제라늄 꽃을 다시 피워낸 차가운 겨울 햇볕만이 그를 반갑게 맞이해주었다. 하숙집 앞에 차 한대가 주차되어 있었지만, 싼띠아고는 거들떠보지도 않은 채 그 옆을 지나쳤다. 그런데 그 순간, 차가 시동을 걸더니 뒤를 따라오는 게 느껴졌다. 그는 몸을 홱 돌려 차 안을 보았다. 잘 있었어, 말라깽이? 치스빠스가 운전석에서 미소 띤 얼굴로 그를 쳐다보고 있었다. 마치 장난을 치고 어딘가에 숨어 조마조마하게 지켜보는 어린아이 같은 표정이었다. 싼띠아고는 문을 열고 차에 탔다. 그러자 치스빠스가 그의 등을 두드리며 말했다. 인마, 내가 어떻게 너를 찾아냈는지 잘 봤냐? 치스빠스는 큰 소리로 껄껄 웃었지만 얼굴에는 왠지 불안한 기색이 감돌고 있었다. 귀신같이 찾아냈잖아.

"하숙집은 어떻게 알아낸 거야?" 싼띠아고가 물었다.

"만물박사, 머리는 뒀다가 어디에 쓰냐?" 치스빠스는 손가락으로 자기 머리를 가리키며 너털웃음을 터뜨렸다. 하지만 그러면서도 감정을 숨기지는 못했어. 그는 그때를 떠올린다. 형의 얼굴에는 초조한 빛이 역력했지. "시간이 걸리기는 했지만, 어쨌거나 말라깽이 너를 찾아냈다고."

베이지색 양복과 크림색 셔츠 차림에 옅은 초록색 넥타이를 맨 치스빠스는 얼굴에서 빛이 났을 뿐만 아니라 아주 건강하고 단단해 보였다. 싸발리따, 그 무렵 너는 셔츠 한장을 사흘 동안이나 입고 다녔지. 어디 그뿐이야? 구두는 한달간 닦지도 않았어. 게다가 양복은 쭈글쭈글 구겨지고 여기저기 얼룩이 묻어 있었으니 원.

"만물박사, 내가 널 어떻게 찾았는지 말해줄까? 사실 지난 며칠 밤『끄로니까』앞에서 진을 치고 지냈어. 엄마 아빠는 내가 매일 술이나 퍼먹고 다니는 줄 알지만, 나는 거기서 너를 기다리고 있었던 거야. 너의 뒤를 쫓으려고 말이야. 그러다 누군가 택시에서 내리는데 너인 줄 알고 쫓아간 적도 두번이나 있었다니까. 결국 어제 너를 발견한 거지. 네가 저 집으로 들어가는 것까지 봤다고. 그런데 말라깽이, 솔직히 말해 네 모습을 보는 순간 약간 걱정이 되더라."

"왜? 내가 돌이라도 던질까봐서?" 싼띠아고가 물었다.

"돌 때문이 아니라, 네가 반쯤 돈 게 아닌가 싶어서 말이야." 그가 얼굴을 붉히며 말했다. "넌 맛이 갔는데, 너를 이해해줄 사람은 아무도 없잖아. 젠장, 내가 알게 뭐람! 그래도 멀쩡하게 돌아다니는 걸 보니까 마음이 좀 놓이는구나."

방은 크지만 지저분했다. 낡고 얼룩진 벽은 이리저리 금이 가 있어 위태로워 보였다. 그리고 침대는 이불이 정돈되지 않은 채 잔뜩 어질러져 있었고, 벽에 박아놓은 못에는 남자 옷이 걸려 있었다. 병풍과 침대맡 테이블 위에 놓인 잉까 담배 한갑, 금이 간 세면대, 거울 따위가 아말리아의 눈에 들어왔다. 방에서는 오줌과 외양간 냄새가 났다. 아말리아는 자기가 울고 있다는 것을 깨달았다. 무엇 하러 나를 여기 데려온 걸까? 그녀는 혼잣말을 하듯 중얼거렸다. 아직도 거짓말을 밥 먹듯 하다니. 어찌나 조용조용히 말했는지, 자기도 무슨 소리인지 못 알아들을 정도였다. 친구를 만나러 가자고 해놓고 말이야. 또 나를 속이고 이용하려는 거야. 그러다 저번처럼 쫓아내겠지. 암브로시오는 흐트러진 침대 위에 걸터앉아 있었다. 아말리아가 눈물이 그렁그렁한 눈으로 그를 바라보자 그는 고개를 절레절레 흔들며 말했다. 넌 아무것도 몰라. 내 마음을 이해하지 못한다고. 왜 우는 거지? 그는 다정한 목소리로 물었다. 아까 널 밀었다고 그러는 거야? 침울하게 그녀를 바라보는 그의 얼굴에 후회하는 기색이 역력했다. 아말리아, 아까는 말이야, 들어가자는데 네가 계속 고집을 부리니까 나도 모르게 마음이 불안해서 그랬던 거야. 밖에서 소란을 피워봐야 무슨 좋은 일이 있겠어? 뭐 큰일이라도 난 줄 알고 이웃 사람들이 다 뛰어나오기밖에 더하겠냐고. 그리고 나중에 루도비꼬가 그 사실을 알았다면 뭐라고 했겠어? 그는 테이블 위에 있던 담배를 피워 물고 그녀를 유심히 살펴보기 시작했다. 그의 시선이 발과 무릎을 거쳐, 몸을 타고 천천히 위로 올라왔다. 그녀와 눈이 마주치자, 그는 다정한 미소를 보냈다. 그녀는 너무 부끄러워 얼굴이 화끈거렸다. 당신은 참 어리석은 여자야. 그 말에 진짜 화난 듯 그녀의 얼굴이 잔뜩 찌푸려졌다. 루도비꼬는 곧 도착할 거야, 아말리아. 그가 오면 용건만 얘기하고 우리는 나갈 테니까 걱정하지 마. 내가 지금 당신한테 뭐 잘못하는 거야? 아말리아: 잘못하지 않도록 조심하란 말이야. 아말리아, 여기 좀 앉아봐. 우리 잠깐 얘기 좀 하자. 하지만 그녀는 자리에 앉기는커녕 그에게 소리를 질렀다. 난 갈 테니까 당장 문 열어. 암브로시오: 섬유 공장에 다니던 그자의 집에 갔을 때도 그렇게 울었어? 그녀의 얼굴이 심하게 일그러졌다. 아말리아는 생각했다. 암브로시오는 그에게 심한 질투를 느끼고 있어. 그래서 저러는 거라고. 그렇게 생각하자 마음속에서 들끓던 분노가 서서히 가라앉는 것 같았다. 그 사람은 당신 같지 않았어. 그녀가 고개를 푹 숙인 채 말했다. 당신처럼 나를 부끄럽게 여기지 않았다고. 그가 당장 일어나서 뺨이라도 때리는 건 아닐까 그녀는 생각했다. 당신처럼 일자리를 잃을까봐 나를 밀어내지도 않았고. 자, 어서 일어나. 어서 한번 때려보라고. 그녀는 생각했다. 그 사람한테는 내가 가장 중요했어. 바보 같으니. 그녀는 생각했다. 넌 지금 그가 키스라도 해주기를 바라고 있잖아. 그는 입술을 실룩 였다. 당장이라도 두 눈이 튀어나올 것 같았다. 그가 담배꽁초를 방 바닥에 던지고 발로 밟아 뭉갰다. 그래도 아말리아는 자존심을 버 리지 않았다. 아말리아, 나를 두번 배신하는 일은 없겠지? 그는 그 녀의 얼굴을 뚫어지게 쳐다보았다. 그자가 죽지 않았더라면 내 손 으로 죽였을 거야, 아말리아. 이번에는 정말 무슨 일이라도 능히 저 지를 것만 같은 눈빛이었다. 암만해도 뭔 일이 날 것만 같았다. 예 상이 그대로 들어맞았다. 그는 자리를 박차고 일어났다. 그때 그 자 리에 있었던 사람이라면 누구라도 그랬겠지만, 그녀는 단호한 표 정을 지으며 다가오는 그를 그냥 지켜볼 수밖에 없었다. 그는 약 간 잠긴 목소리로 말했다. 너는 내 여자야, 앞으로도 그럴 거고. 그 녀는 그 자리에 얼어붙은 듯 꼼짝도 하지 않았다. 그가 갑자기 그 녀의 어깨를 잡았다. 그제야 정신이 든 아말리아는 있는 힘을 다해 그를 밀쳤다. 그는 비틀거리며 웃었다. 아말리아, 아말리아. 그러면 서 그는 다시 그녀를 붙잡으려고 했다. 그들은 한동안 방 안을 이 리저리 뛰어다니면서 서로를 밀치기도 하고 잡아끌기도 했다. 그 때 문이 벌컥 열리더니 루도비꼬가 들어왔다. 무슨 일인지 그의 얼 굴에는 근심이 가득했다.

그는 담뱃불을 끄자마자 다시 담배에 불을 붙이면서 다리를 꼬왔다. 이야기를 듣고 있던 사람들은 한마디도 놓치지 않으려고 귀를 쫑긋 세우고 있었다. 피곤에 찌든 자신의 목소리가 그의 귓전을 울렸다. 다들 아는 바와 같이 26일이 공휴일로 선포되었습니다. 행사 당일 학생들을 광장에 동원하라는 지침이 이미 각급 공립 및 사립 학교 교장들에게 하달되었습니다. 그래야 행사 참가자들이 늘어날 테니까요. 에레디아 부인은 큰 키와 백옥같이 하얀 피부에 진지하면서도 우아한 자태를 뽐내며 시청 발코니에서 집회 현장을 지켜보겠지. 같은 시간 그는 농장 집에서 하녀를 구슬리느라 여념이 없을 것이고. 께띠따, 1000쏠로 할까? 2000쏠, 아니면 3000쏠? 어쨌든, 그가 빙긋 웃자 모두들 따라서 미소를 지었다. 물론 대통령께서 어린 학생들을 상대로 연설을 하는 건 아니지만요. 하녀는 말하겠지. 좋아요, 그럼 3000쏠로 하죠. 여기서 잠깐만 기다리세요. 그녀는 아무도 보지 못하게 그를 병풍 뒤로 데려가 숨기리라. 공무원들도 당연히 행사에 참석할 겁니다. 하지만 그것으로 참가자 수가 크게 늘어나지는 않을 거예요. 그는 어두컴컴한 곳에 숨은 채 가만히 비꾸냐 카펫과 그림들, 그리고 침대 캐노피와 그 주변에 둘러쳐진 얇은 커튼을 보며 기다리고 있을 것이다. 그는 기침을 하면서 꼬았던 다리를 풀었다. 그밖에도 선전 단체들이 이미 조직되어 있습니다. 지역 언론사와 라디오방송국의 보도 기사는 물론, 확성기를 단 차량과 트럭들이 시내를 돌아다니면서 전단지와 유인물을 뿌리면 많은 사람들이 모여들 겁니다. 속으로 시간을 재면서 몸속의 뼈가 다 녹아내리는 기분이겠지. 식은땀이 등줄기를 타고 흘러내리는 순간 마침내 기척이 들리면, 저기 오는군, 그녀가 오고 있어. 그는 몸을 앞으로 기울이며, 겸손하면서도 다정한 눈빛으로 그 자리에 모인 사람들을 바라보았다. 까하마르까가 농업의 중심지인 이상, 환영 행사 참가자들은 대부분 농장에서 이동해 올 것으로 예상됩니다. 따라서 환영 대회가 성공리에 치러지느냐 여부는 여기 계신 신사 여러분들에게 달려 있습니다. 그는 천천히 다가오는 그녀를 지켜볼 것이다. 큰 키에 백옥같이 하얀 피부를 가진 그녀가 진지하면서도 우아한 자태를 뽐내며 비꾸냐 카펫 위를 사뿐사뿐 걸어 들어오는 모습을. 오늘따라 왜 이리 피곤할까? 그러면서 그녀는 께띠따를 부르겠지. 오, 께띠따. 까요 씨, 말씀 중에 대단히 죄송합니다만, 에레디아 상원 의원이 말했다. 환영 위원회의 의장이자 까하마르까 농업계를 대표하는 레미히오 쌀디바르 씨가 행사에 관해 한가지 드릴 말씀이 있다고 합니다. 그는 둘째 열에서 한 남자가 일어나는 것을 보았다. 커다란 몸집에 개미처럼 가무잡잡한 피부, 턱살이 쳐져 답답해 보이는 얼굴. 그리고 께띠따가 들어오면 그녀는 께띠따에게 말할 것이다. 피곤해 죽겠어. 자고 싶으니까나 좀 도와줘. 말이 떨어지기가 무섭게 께띠따는 그녀를 도와 천천히 옷을 벗길 것이다. 그 모습을 보며 그는 몸에 난 모든 구멍에서 불길이 치솟는 것을, 수백만개도 넘는 피부의 미세한 구멍이 뜨거운 욕망을 분출하기 시작하는 것을 느끼리라. 우선 이 자리에 계신 모든 분들, 특히 베르무데스 씨께 용서를 구하는 바입니다. 레미히오 쌀디바르 씨가 목을 가다듬으면서 말했다. 내가 주로 몸을 쓰는 사람이라 말이 어눌해요. 그러니까 뿔가[131] 에레디아만큼 언변이 좋지 못하다는 말씀이죠. 그의 말이 끝나기가 무섭게 상원 의원이 폭소를 터뜨리자 좌중에서도 웃음이 터졌다. 그는 입을 벌린 채 얼굴을 찌푸렸다. 이어 그의 눈앞에 잊을 수 없는 광경이 펼쳐질 것

---

131 스페인어로 '벼룩'이라는 뜻인데, 여기서는 에레디아 상원 의원의 별명으로 보인다.

이다. 백옥같이 하얀 맨살을 드러낸 채 진지하고도 우아한 자태를 뽐내면서 꼼짝도 않는 그녀의 모습. 께띠따는 그 앞에 무릎을 꿇고 앉아 조심스럽게 그녀의 스타킹을 벗겨주리라. 레미히오 쌀디바르 씨가 자신의 어눌함에 대해 일장 연설을 늘어놓자 모두들 웃음으로 화답하면서 외쳤다. 레미히오, 이제 그만 본론으로 들어갑시다. 까하마르까 이야기 말이오, 레미히오 씨. 천천히 스타킹을 말아 내리는 동안 그는 크고 까무잡잡하고 거칠기 짝이 없는 하녀의 손을 지켜볼 테고, 그녀의 손이 점점 더 아래로 내려갈수록 그녀의 희디흰 다리가 드러날 것이다. 레미히오 쌀디바르 씨가 갑자기 진지한 표정을 지으며 말했다. 단도직입적으로 말해서, 전혀 걱정하실 필요가 없다는 말씀을 베르무데스 씨에게 드리고 싶습니다. 우리도 어떻게 하면 좋을지 생각에 생각을 거듭하고 토론한 끝에 필요한 모든 조치를 강구했으니까요. 이제 그녀는 침대에 누울 테고, 그는 얇은 망사 커튼 뒤에 누워 있는 여인의 희디흰 살결과 완벽한 몸을 살짝 엿볼 것이다. 그리고 그녀의 목소리도 들리겠지. 께따, 너도 이리 오렴. 옷 다 벗고 이리 와, 께띠따. 더군다나 학생이고 공무원이고 굳이 행사에 동원할 필요도 없어요. 데리고 와봐야 광장에 다 들어가지도 못할 테니까요, 베르무데스 씨. 차라리 학생들은 계속 공부하고, 공무원들도 하던 일을 하는 편이 나을 겁니다. 께띠따가 옷을 하나씩 벗을 때마다 그녀는 성화를 부릴 것이다. 빨리 좀 해. 왜 그렇게 꾸물대는 거야? 그러면서 크고 검은, 단단하고 탄력이 넘치고 육감적인 그녀의 육체를 지켜볼 것이다. 께띠따가 몸을 움츠려 블라우스를 벗는 동안에도 그녀는 발을 구르며 재촉하리라. 빨리 해, 어서. 그 바람에 비꾸냐 카펫 위로 구두가 소리 없이 떨어질 것이다. 레미히오 쌀디바르 씨는 연설을 하는 내내 힘이 넘쳤다. 환영 행사에 누가 참가하느냐는 정부가 아니라 우리가 결정할 겁니다. 까하마르까 사람들은 대통령께서 우리 고장에 대해 좋은 인상을 갖고 떠나시기를 바랄 뿐입니다. 옷을 다 벗은 께띠따는 침대로 뛰어가 몸을 날려 긴 팔을 뻗어 커튼을 젖히고, 뜨겁게 달아오른 그 커다란 몸을 침대 시트 위로 내던지리라. 아무쪼록 베르무데스 씨도 이 점을 명심해주시기 바라는 바입니다. 여태까지의 경쾌한 목소리와 시골 사람 특유의 거친 듯한 태도는 온데간데없이, 그는 갑자기 엄숙하면서도 거만한 목소리를 내며 근엄한 자세로 연설을 이어갔다. 우리 주의 농민들은 너 나 할 것 없이 환영 행사 준비에 적극 협조해왔습니다. 그뿐 아니라 상업과 전문 직종 종사자들 또한 도움을 아끼지 않았다는 점을 명심해주시기 바랍니다. 그러면 그는 병풍 뒤에서 나와 천천히 침대로 다가갈 것이다. 그의 몸속에서는 욕정이 불같이 뜨겁게 타오르고 있을 것이다. 침대에 이르러 얇은 커튼 속을 들여다보는 순간, 그의 심장은 터져버리기 직전이리라. 한가지 알아두실 점은, 우리가 광장에 4만명 정도는 너끈히 집어넣을 수 있다는 겁니다. 물론 그 이상은 좀 무리겠지만 말입니다. 그의 눈앞에서 두 여인은 부둥켜안고 서로의 향기를 맡으며 애무를 나눌 테고, 끈적한 땀으로 젖은 채 거친 숨소리를 내면서 뒤엉킬 것이다. 레미히오 쌀디바르 씨는 잠시 말을 멈추고 담배와 성냥을 찾았다. 옆에 있던 아스뻴꾸에따가 재빨리 담배에 불을 붙여주었다. 간단히 말해서, 인력 동원에는 아무 문제가 없습니다. 그런 것은 아예 문제가 되지 않는다고요, 베르무데스 씨. 골치 아픈 건, 사람들을 수송하는 문제입니다. 전에도 뿔가 에레디아한테 말한 적이 있는데요. 좌중이 웃음을 터뜨렸고 그는 다시금 자기도 모르게 입을 벌린 채 미간을 찌푸렸다. 아무리 머리를 짜내도 사람들을 농장에서 광장으로 이동시키고, 또 나중에 도로 데려다주는 데 필요한 트럭을 구할 수가 없다 이 말입니다. 레미히오 쌀디바르 씨가 담배 연기를 뿜어내자 그의 얼굴이 뿌옇게 흐려졌다. 스무대쯤 되는 버스와 트럭을 계약했습니다만, 아직 태부족입니다. 그는 의자에 앉은 채 몸을 앞으로 기울였다. 그런 문제라면 전혀 걱정하실 필요가 없습니다, 쌀디바르 씨. 여러분에게 필요한 게 있다면 뭐든 제공할 테니까요. 까무잡잡한 손과 새하얀 손, 두꺼운 입술과 얇은 입술, 거칠거칠하지만 크게 부풀어 오른 젖꼭지와 앙증맞지만 수정처럼 맑고 부드러운 젖꼭지, 구릿빛 허벅지와 파란 핏줄이 훤히 드러나 보일 정도로 투명한 허벅지, 그리고 빳빳한 검은색 머리와 금발의 곱슬머리. 군사령부에서 여러분이 필요한 만큼 트럭을 지원할 겁니다, 쌀디바르 씨. 쌀디바르: 거참 듣던 중 반가운 소리군요, 베르무데스 씨. 안 그래도 그렇게 해달라고 부탁드리려던 참이었는데. 수송 수단만 충분히 확보된다면, 광장을 가득 메우고도 남을 거예요. 아마 까하마르까 역사상 유례없는 사건이 될 겁니다. 그: 물론이죠, 쌀디바르 씨. 여러분이 원하는데 그 정도는 당연히 해드려야죠. 하지만 지금 이 자리에서 한가지 더 말씀드릴 것이 있습니다.

"형이 너무 놀라게 해서 화낼 시간도 없었잖아." 싼띠아고가 말했다.

"아버지가 몸을 숨기셨어." 치스빠스가 갑자기 심각한 표정을 지으며 말했다. "사실은 뽀뻬예네 아빠가 자기 농장으로 데려가셨어. 그걸 알려주려고 찾아온 거야."

"숨어 계시다고?" 산띠아고는 놀라 눈이 휘둥그레졌다. "아레끼빠 소요 사태 때문에 그런 거야?"

"한달 전부터 베르무데스 그 개자식이 우리 집을 감시하더라고." 치스빠스가 말했다. "사복형사들이 밤낮 가리지 않고 아버지를 미행하는 거야. 그래서 뽀뻬예가 아버지를 몰래 차에 태우고 빠져나갔지. 아직까지는 아레발로 씨네 농장까지 뒤질 생각을 못하겠지만, 혹시나 해서 말해주는 거야. 앞으로 또 무슨 일이 일어날지 모르니까."

"끌로도미로 삼촌한테 들었어. 아빠가 베르무데스와 싸우고 나서 민족동맹에 가담했다고 말이야." 싼띠아고가 말했다. "하지만 일이 이렇게까지 커진 줄은 까맣게 모르고 있었어."

"아레끼빠에서 무슨 일이 일어났는지 너도 알잖아." 치스빠스가 말했다. "아레끼빠 사람들은 완강하게 버티고 있어. 베르무데스가 사임할 때까지 총파업을 계속하겠다는 입장이야. 어쨌든 이번 일로 그 자식은 쫓겨나게 될 거라고, 빌어먹을 자식. 아버지가 그런 집회에 나간다고 생각해봐. 상상이 돼? 아레발로 씨도 가지 말라고 마지막까지 설득했었나보더라고."

"그런데 도무지 이해가 안 가." 싼띠아고가 말했다. "그럼 뽀뻬예네 아버지도 오드리아와 갈라섰다는 말이야? 그분은 상원에서 오드리아파의 우두머리잖아?"

"공식적으로야 그렇지." 치스빠스가 말했다. "하지만 속으로는 그런 똥개 같은 놈들한테 진절머리가 나 있었나 보더라고. 결국 곪은 것이 터진 셈이지. 다행히도 아버지한테 잘 대해주셔. 너보다 훨씬 더, 만물박사. 아버지가 이런 고초를 겪고 있는데, 너는 단 한번도 찾아뵙지 않았잖아."

"혹시 편찮으셨던 거야?" 싼띠아고가 말했다. "끌로도미로 삼촌은 그런 말씀……"

"편찮으신 건 아니지만, 언제 무슨 일을 당할지 모르는 상황이라고."치스빠스가 말했다. "넌 아버지를 속이고 가출한 이후로 무슨 일이 일어났는지 전혀 모르고 있었던 거야? 까요 베르무데스 그 개새끼가 에스삐나 내란 음모 사건에 아버지를 엮어 넣었다고. 이참에 아버지를 끝장내려고 작정한 거지."

"아, 그래. 맞아."싼띠아고가 말했다. "끌로도미로 삼촌한테서 아버지 제약회사의 군대 매점 납품권이 취소되었다는 얘기는 들었어."

"그게 다가 아니야. 가장 큰 타격을 받은 건 건설회사지."치스빠스가 말했다. "저들이 다시 우리의 자금줄을 막고 있어. 모든 당좌거래를 정지시켜놓는 바람에 요새는 계속 어음으로 대금을 지불하는 수밖에 없다고. 그런 짓을 해놓고도, 일정대로 공사를 마무리 짓지 못하면 계약 위반으로 소송을 걸겠다고 협박을 하지 뭐야. 하여간 아버지를 망하게 하려고 죽기 살기로 덤벼드는 거지. 그렇지만 아버지도 그렇게 호락호락한 상대는 아니야. 그 정도 협박에 그냥 무너질 분이 아니라고. 투사로서의 진면목을 유감없이 드러내시더라고. 그래서 민족동맹에 가담하신 거고……"

"난 아버지가 정부에 등을 돌린 것이 차라리 잘됐다는 생각이 들어."싼띠아고가 말했다. "게다가 형도 이제 더이상 오드리아를 지지하지 않을 테니까 말이야."

"우리 집이 쫄딱 망하게 돼서 기쁘다는 거냐?"치스빠스가 웃으며 말했다.

"엄마는 어떻게 지내셔? 그리고 떼떼는?"싼띠아고가 물었다. "끌로도미로 삼촌 말로는 떼떼가 뽀뻬예와 사귄다던데, 그게 정말이야?"

"네가 집을 나가는 바람에 제일 신난 건 끌로도미로 삼촌이란다." 치스빠스가 웃었다. "네 소식을 알려준다는 핑계로 일주일에 세번씩 집에 불쑥 나타난다니까. 그래, 떼떼는 요즘 주근깨 녀석과 사귀고 있어. 이젠 집에서도 전처럼 엄하게 단속하지는 않아. 토요일마다 그 녀석과 외출해서 저녁 식사를 해도 좋다는 허락도 떨어졌고. 내가 보기엔 언젠가 둘이 결혼할 것 같아."

"그렇게 되면 엄마가 좋아하시겠네." 싼띠아고가 말했다. "떼떼가 태어났을 때부터 둘을 짝지어주려고 했으니까 말이야."

"그건 그렇고, 말 좀 해봐." 치스빠스가 말했다. 즐거워 보이려고 애를 썼지만 얼굴이 붉어져 있었다. "너 언제까지 그러고 살 생각이야? 대체 언제쯤 집에 돌아올 거냐고."

"치스빠스 형, 나 다시는 집에 돌아가지 않을 거야." 싼띠아고가 말했다. "우리 다른 얘기 하는 게 좋겠어, 형."

"다시는 돌아오지 않겠다니, 그게 무슨 소리야?" 그때 형은 일부러 놀란 척했지, 싸발리따. 자기는 절대로 그 말을 믿을 수 없다는 걸 네게 보여주려고 말이야. "엄마 아빠가 너한테 무슨 큰 잘못을 저질렀다고 그러는 거야? 제발 정신 좀 차려."

"이 문제로 더이상 형과 다투고 싶지 않아." 싼띠아고가 말했다. "대신 내 부탁 하나만 들어줘. 초리요스로 나를 좀 데려다주면 좋겠는데. 직장 동료를 만나서 같이 취재를 나가기로 했거든."

"나도 너하고 싸우려고 온 게 아니야. 하지만 네 마음을 알아주는 사람이 지금 아무도 없잖니." 치스빠스가 말했다. "아침부터 밤까지 아무에게도 속내를 드러내지 않고 혼자서만 다니고 있잖아. 자꾸 사람을 피하려고만 하고, 또 식구들을 만나면 괜히 트집을 잡아 싸우기나 하고 말이야. 그러는데 어떻게 사람들이 너를 이해해 주겠어?"

"내 마음은 몰라줘도 되니까 어서 초리요스에 데려다줘. 이러다 늦겠어." 싼띠아고가 말했다. "형은 시간 괜찮아?"

"알았어." 치스빠스가 말했다. "좋아, 만물박사. 데려다줄게."

그는 차의 시동을 걸고 라디오를 켰다. 아레끼파 총파업 사태 소식을 전하는 아나운서의 목소리가 흘러나오고 있었다.

"미안해. 방해하고 싶지는 않은데, 옷을 좀 꺼내야 해서. 지금 출장을 떠나야 해." 루도비꼬는 마치 무덤에 끌려가기라도 하는 양 침통한 표정과 목소리로 말했다. "안녕하세요, 아말리아?"

그 방에 살면서 질리도록 본 물건이라도 되는 것처럼 루도비꼬는 그녀를 거들떠보지도 않았다. 아말리아는 그 순간 치밀어오르는 수치심으로 입술을 꼭 깨물었다. 루도비꼬는 무릎을 꿇고 침대 밑에서 여행 가방을 꺼내더니 벽에 걸려 있던 옷가지들을 가방 안에 주섬주섬 집어넣기 시작했다. 이것 봐, 너한테 신경도 안 쓰잖아, 이 바보야. 네가 여기 올 거라는 걸 다 알고 있었던 게 틀림없어. 엉큼한 마음을 품고 암브로시오가 미리 방을 빌린 거라고. 여기서 둘이 만나기로 했다는 말은 새빨간 거짓말이야. 루도비꼬는 지나가는 길에 잠시 들른 것뿐이라고 했다. 암브로시오는 어딘가 어색해 보였다. 그는 침대에 걸터앉아 담배를 피우면서, 가방에 셔츠와 양말을 집어넣는 루도비꼬를 물끄러미 바라보고 있었다.

"이리 오라고 했다가는, 또 좀 있으면 저리 가라 하고. 한순간도 가만히 내버려두질 않는다니까." 루도비꼬가 혼잣말로 투덜거렸다. "사는 게 왜 이 모양이지?"

"어디로 가는데?" 암브로시오가 물었다.

"아레끼빠에." 루도비꼬가 중얼거렸다. "민족동맹 쪽 사람들이 거기서 대규모 반정부 시위를 벌일 모양인가봐. 아무래도 뭔 일이 터질 것 같아. 잘 몰라서 그렇지, 산악 지방에 사는 사람들은 우리하고 다르거든. 작은 시위로 시작되더라도 거기선 결국 혁명으로 번지고 만다니까."

러닝셔츠를 가방에 내동댕이친 그는 진절머리가 난다는 듯 깊은 한숨을 내쉬었다. 암브로시오가 아말리아를 향해 힐끔 눈짓을 건넸지만, 그녀는 고개를 획 돌려버렸다.

"하긴 넌 팔짱 끼고 앉아서 구경하니까 웃음이 나오겠지." 루도비꼬가 말했다. "너는 이런 일을 이미 다 겪었으니까 말이야. 게다가 우리가 경찰에서 일하는 자들이라는 건 생각하기조차 싫을 테고. 암브로시오, 지금 내가 네 입장이라면 얼마나 좋을까."

"이봐, 너무 심각하게 생각하지 말라고." 암브로시오가 말했다.

"너도 쉬는 날 나와봐, 기분이 어떻겠는가. 비행기가 5시에 출발한대." 그는 눈살을 잔뜩 찌푸린 얼굴로 다시 암브로시오와 아말리아를 쳐다보았다. "일이 얼마나 오래 걸릴지, 또 거기서 무슨 일어날지 누가 알겠어."

"아무 일도 없을 거야. 더구나 너도 아레끼빠가 어떤 곳인지 잘 알잖아." 암브로시오가 말했다. "그냥 여행 가는 셈 쳐, 루도비꼬. 이뽈리또도 같이 가?"

"응." 루도비꼬가 여행 가방을 닫으면서 말했다. "아, 차라리 까요 나리 밑에서 일할 때가 훨씬 편했지. 보직이 바뀐 게 죽는 날까지 한이 될 것 같아."

"하지만 그건 순전히 네 탓이야." 암브로시오가 웃으며 말했다.

"쉴 시간도 없다고 늘 투덜대던 게 누군데? 자리를 옮겨달라고 한 건 너랑 이뽈리또였잖아."

"자, 그럼 편히 있다 가." 루도비꼬가 말했다. 아말리아는 눈을 어디다 두어야 할지 몰랐다. "열쇠는 가지고 있다가 나갈 때 까르멘 부인한테 맡겨줘. 참, 부인은 현관에 있어."

그는 문간에 서서 서글픈 웃음을 지으며 두 사람에게 작별 인사를 건네고 나갔다. 그 순간 아말리아는 분노로 온몸이 끓어오르는 듯했다. 제자리에 서 있다 천천히 다가오던 암브로시오도 그녀의 표정을 보고서는 화들짝 놀라며 급히 걸음을 멈추었다.

"저 사람은 내가 여기 있다는 걸 알고 있었어. 나를 보고서도 전혀 놀라지 않았다고." 그녀는 손을 내두르며 매서운 눈으로 그를 노려보았다. "저 사람을 기다린다는 건 새빨간 거짓말이었지? 엉큼한 생각을 하고 이 방을 빌렸을 테니까……"

"저 친구야 놀랄 게 없지. 네가 내 아내라고 했으니까 말이야." 암브로시오가 말했다. "아내랑 같이 와 있는 게, 뭐가 문제겠어?"

"나는 네 아내가 아니야. 그런 적도 없고." 아말리아가 앙칼지게 쏘아붙였다. "하여간 그를 기다린다는 건 거짓말이었잖아. 분명히 딴마음을 품고 이 방을 빌린 거고……"

"루도비꼬는 내게 형제나 다름없어. 그리고 여기는 내 집이나 마찬가지고." 암브로시오가 말했다. "바보 같은 생각 마. 여기서는 내가 하고 싶은 대로 할 수 있어."

"하지만 저 사람은 내가 부끄러움도 모르는 여자라고 생각할 게 틀림없어. 그러니까 악수를 청하기는커녕 거들떠보지도 않은 거지. 저 사람은 분명히……"

"내 질투심이 얼마나 심한지 아니까 악수를 청하지 않은 거야."

암브로시오가 말했다. "내가 화낼까봐 당신을 쳐다보지도 않은 거라고. 바보같이 굴지 마, 아말리아."

　웨이터가 물잔을 들고 나타나는 바람에 그는 잠시 말을 멈추어야 했다. 그는 물 한모금을 마시더니 곧바로 기침을 했다. 우선 정부는 여러 모로 어려운 여건 속에서도 이번 순방이 성대하게 치러질 수 있도록 모든 노력을 아끼지 않는 까하마르까 시민들, 특히 환영 위원회 여러분들에게 심심한 감사를 표하는 바입니다. 마침내 그가 마음을 먹자, 둘러쳐진 커튼 너머 여인들의 모습이 빠르게 바뀌었다. 하지만 이런 일을 하자면 당연히 돈이 적잖이 들어가는 법이죠. 안 그래도 대통령 순방 환영 행사를 준비하느라 시간도 많이 뺏기고 신경 쓸 일도 많은 텐데, 여러분의 주머니까지 털어서야 되겠습니까. 갑자기 좌중이 쥐 죽은 듯 고요해졌다. 모두가 숨을 죽이고 있었다. 그를 빤히 쳐다보는 눈동자에서는 호기심과 의심이 아른대고 있었다. 그녀와 오르뗀시아, 그녀와 마끌로비아, 그녀와 까르민차, 그리고 그녀와 치나. 그는 가볍게 얼굴을 찡그리며 다시 기침을 했다. 그래서 여러분의 부담을 조금이라도 줄일 수 있도록 환영 위원회 측에 금일봉을 전달하라는 정부의 지시를 받았습니다. 그 순간 레미히오 쌀디바르 씨가 자리에서 벌떡 일어났다. 다시 그녀와 오르뗀시아. 잠깐만요, 베르무데스 씨. 침대 시트, 커튼과 한데 뒤엉킨 두 여인의 살갗, 휘감겼다가 풀리는 검은 머리, 그는 정액처럼 미지근하고 끈적한 침이 입에 고이는 것을 느꼈다. 위원회가 구성되었을 때, 주지사는 환영 행사 비용의 충당을 위해 정부에 지원을 요청하겠다고 밝혔습니다. 레미히오 쌀디바르 씨의 태도는 당당하면서도 거만해 보였다. 당시 우리는 주지사의 제안을 단호하게 거절했습니다. 그러자 그의 말에 맞장구를 치듯 회의장 곳곳에서 수군거리는 소리가 나기 시작했다. 그들의 얼굴에 시골 사람 특유의 강한 자존심이 드러났다. 그는 다시 입을 벌린 채 눈살을 찌푸렸다. 하지만 쌀디바르 씨, 농장에서 사람들을 동원하려면 돈이 많이 들 겁니다. 물론 여러분의 돈으로 연회와 환영 행사의 비용을 치르는 것은 괜찮습니다만, 기타 비용까지 부담하는 건 무리예요. 그러자 회의장 여기저기서 사람들이 술렁거리기 시작했고, 일부는 손을 휘휘 내저으며 그의 말에 거부감을 나타내기도 했다. 레미히오 쌀디바르 씨는 거만하게 두 팔을 벌렸다. 우리는 한푼도 받지 않을 겁니다. 내 눈에 흙이 들어가기 전까지는 말이죠. 다른 거라면 몰라도 대통령의 환영 행사만큼은 우리 돈으로 치를 겁니다. 그건 만장일치로 결정된 사안입니다. 지금까지 우리가 마련한 자금만으로도 충분하다고요. 우리 까하마르까는 어떤 도움도 필요 없다는 것을 분명하게 밝히는 바입니다. 우리 힘만으로도 오드리아 장군님을 충분히 모실 수 있어요. 이상입니다. 그가 고개를 끄덕이며 자리에서 일어섰다. 그 형체들은 연기처럼 천천히 흩어지고 있었다. 그렇다면 그 문제에 대해서는 더 말씀드리지 않겠습니다. 여러분의 기분을 상하게 하고 싶지는 않으니까요. 다만 여러분이 보여주신 숭고한 정신과 후한 인심에 대해 대통령님을 대신해서 깊은 감사를 드리는 바입니다. 말을 마치자 웨이터들이 간식과 음료를 들고 회의장 안으로 밀려드는 바람에 나갈 수가 없었다. 그는 하는 수 없이 사람들과 섞여 오렌지에이드를 마시고, 인상을 찌푸리면서도 농담을 나누었다. 베르무데스 씨, 까하마르까 사람들이 어떤지 아시려면 말이죠, 레미히오 쌀디바르 씨는 흰머리에 코가 엄청나게 큰 남자를 그의 앞으로 데려왔다. 여기, 라누사 박사입니다. 사비를 들여 깃발 1만 5000개를 주문한 분이죠. 그뿐 아니라, 베르무데스 씨, 이분은 다른 이들과 똑같이 우리 위원회 기금에 기부도 했어요. 아, 그렇다고 라누스 박사가 자기 농장 앞으로 고속도로를 내달라고 청탁할 생각으로 그랬다고는 생각지 마세요. 그러자 아스뻴꾸에따 하원 의원이 웃음을 터뜨렸다. 그 말을 듣고 있던 주변의 사람들이 박수를 보내자, 라누사 박사도 겸연쩍게 웃었다. 아, 까하마르까식 말투가 바로 이런 거로군요. 하여간 까하마르까 사람들은 듣던 대로 통이 크고 시원시원하네요. 자신의 목소리가 들려왔다. 그렇다니까요. 베르무데스 씨는 가서서 발 뻗고 편히 주무시면 됩니다. 그의 맥주잔 뒤편에서 멘디에따 하원 의원의 반짝거리는 눈이 어른거렸다. 우리가 대통령님을 어떻게 맞이할지는 두고 보면 알게 될 겁니다. 그는 시계를 힐끔 내려다보았다. 시간이 벌써 이렇게 됐나? 죄송하지만 이제 그만 가봐야 할 것 같습니다. 그는 많은 이들과 일일이 악수를 나누었다. 곧 뵙도록 하죠. 만나서 반가웠습니다. 에레디아 상원 의원과 멘디에따 하원 의원이 계단까지 그를 배웅했다. 거기에는 덩치가 작고 가무잡잡한 피부에 수염을 덥수룩하게 기른 남자가 공손한 태도로 그를 기다리고 있었다. 까요 씨, 저는 엔지니어 라마입니다. 그는 곰곰이 생각했다. 자리를 달라는 건가, 천거를 받으려는 속셈인가? 그도 아니면 나하고 무슨 거래라도 하자는 건가? 환영 위원회 위원이자, 우리 주에서 손꼽히는 농업 기사죠, 베르무데스 씨. 만나서 반갑습니다. 그런데 무슨 일인지요? 제게 조카가 하나 있는데, 불쑥 이런 말씀을 드려 죄송합니다만, 그 아이의 엄마가 정신 나간 사람처럼 하도 고집을 부려서 그만. 그는 미소를 지으며 그를 안심시키고는 주머니에서 수첩을 꺼냈다. 그 청년한테 무슨 일이 생긴 거죠? 없는 살림에 무리해서 뜨루히요 대학에 보냈더니만, 못된 것만 배웠지 뭡니까? 전에는 정치에 전혀 관심이 없던 아이였는데, 거기서 나쁜 녀석들한테 물이 든 것 같아요. 잘 알겠습니다, 기사님. 개인적으로 알아볼 테니 그 아이의 이름부터 알려주시죠. 지금 뜨루히요에 갇혀 있나요, 아니면 리마에 있습니까? 그는 계단을 걸어 내려왔다. 꼴론 대로의 가로등 불빛이 이미 환하게 켜져 있었다. 암브로시오와 루도비꼬가 정문 앞에서 담배를 피우며 이야기를 나누고 있다가 그를 보자 담배를 던져버렸다. 싼미겔로 가세.

“첫번째 교차로에서 우회전하면 돼.” 싼띠아고가 손으로 가리켰다. “저기, 오래된 노란 집 있지? 맞아, 여기야.”

그는 차에서 내리자마자 현관 벨을 눌렀다. 문을 빼꼼 열고 안을 들여다보니 까를리또스가 파자마 바지에 타월을 어깨에 두른 채 층계참에 서 있었다. 금방 내려갈 테니까 잠깐만 기다려, 싸발리따. 싼띠아고는 차로 돌아왔다.

“치스빠스 형, 바쁘면 먼저 가. 우린 까야오까지 택시 타고 가면 되니까. 다른 건 몰라도 교통비는 『끄로니까』에서 나오거든.”

“아니, 괜찮아. 거기까지 데려다줄게.” 치스빠스가 말했다. “조만간 다시 볼 수 있는 거지? 떼떼가 너를 얼마나 보고 싶어 하는데. 다음에 만날 땐 떼떼도 데려올 수 있을 거야. 너 아직도 떼떼한테 화가 안 풀린 거야?”

“아냐, 그럴 리가 있나.” 싼띠아고가 말했다. “나는 아무도 원망하지 않아. 엄마 아빠도 물론이고. 하여간 조만간 두 분을 찾아뵐 테니까 걱정하지 마. 다만 내가 계속 혼자 살 수 있도록 해주신다면 더 바랄 게 없겠어. 이젠 엄마 아빠도 현실을 받아들이실 때가 됐잖아."

"너도 잘 알겠지만, 그건 쉽지 않을 거야." 치스빠스가 말했다. "네가 집을 나간 뒤로 얼마나 힘들어하시는지 몰라. 만물박사, 이쯤에서 생각을 바꾸는 게 어때?"

하지만 그 순간 까를리또스가 나타나는 바람에 두 사람의 대화는 중단되었다. 까를리또스는 어리둥절한 표정으로 차와 치스빠스의 얼굴을 번갈아 보았다. 싼띠아고가 문을 열어주었다. 어서 타. 여기는 우리 형이야. 까야오까지 태워준대. 어서 타요. 치스빠스가 말했다. 이 차는 세 사람이 타도 넉넉하니까. 그는 차의 시동을 걸고 출발했다. 차가 전찻길을 따라가는 동안 세 사람은 아무 말도 하지 않았다. 치스빠스가 담배를 건네자 까를리또스는 우리를 흘끔거렸지. 그는 생각한다. 그러곤 니켈 도금이 된 계기판과 반짝거리는 좌석 커버, 그리고 치스빠스가 정성스레 꾸며놓은 차 안을 이리저리 두리번거렸어.

"이거 새 차인지 몰랐지?" 치스빠스가 물었다.

"응, 전혀 몰랐네." 싼띠아고가 말했다. "그럼 아빠가 타시던 뷰익은 판 거야?"

"아니, 이건 내 차야." 치스빠스가 손톱에 입김을 불며 말했다. "할부로 샀는데 한달도 안됐어. 그건 그렇고, 까야오에는 무슨 일로 가는 거지?"

"관세청장 취재하러 가는 길이야." 싼띠아고가 말했다. "우리 둘이서 밀수 사건에 관해 특집 기사를 쓰고 있거든."

"그래? 재미있겠네." 그러고서 잠시 후 치스빠스가 다시 입을 열었다. "네가 신문사에 들어가고부터 우리 집은 매일 『끄로니까』만 사 보는 거 알고 있니? 그런데 네가 어떤 기사를 썼는지 모르겠더라고. 기사를 썼으면 이름을 넣지 그래? 그래야 이름이 알려질 것 아냐."

그때 까를리또스가 놀라면서도 놀리는 듯한 눈길로 너를 바라보았지, 싸발리따. 그 바람에 너는 기분이 상했고 말이야. 치스빠스는 바랑꼬와 미라플로레스를 지나 빠르도 대로로 꺾어진 다음, 꼬스따네라 고속도로에 진입했다. 그들은 길고 거북한 침묵 속에서 드문드문 이야기를 나누었다. 그나마 치스빠스와 싼띠아고만 입을 열 뿐, 까를리또스는 여전히 흥미로워하면서도 비웃는 듯한 표정을 지으며 곁눈질로 그들을 살폈다.

"언론사에서 일하면 굉장히 재미있을 것 같아." 치스빠스가 말했다. "하지만 나는 죽었다 깨어나도 못하겠지. 편지 한장 제대로 못 쓰는데 기사를 어떻게 쓰겠어. 하지만 싼띠아고, 너는 딱 기자 체질이라니까."

뻬리끼또가 어깨에 카메라를 걸치고 관세청 정문 앞에서 두 사람을 기다리고 있었다. 조금 앞에는 신문사 취재 차량이 세워져 있었다.

"며칠 내로 아까 그 시간에 다시 들를게." 치스빠스가 말했다. "떼떼 데려와도 괜찮겠지?"

"그래." 싼띠아고가 말했다. "데려다줘서 고마워, 치스빠스 형."

치스빠스는 할 말이 있는지 입을 약간 벌린 채 머뭇거렸지만, 끝내 아무 말도 않고 손만 흔들었다. 두 사람은 진창으로 변한 포도舖道에 서서 멀어져가는 차를 지켜보았다.

"진짜 자네 형이야?" 까를리또스는 믿을 수 없다는 표정을 지으며 고개를 저었다. "집에 돈이 엄청 많은가보네?"

"형이 그러는데, 지금 파산 직전이래." 싼띠아고가 말했다.

"난 파산 직전의 상태라도 되면 좋겠다." 까를리또스가 말했다.

"왜 그렇게 꾸물거리는 거야. 삼십분이나 기다렸잖아." 뻬리끼또가 투덜거렸다. "참, 소식 들었어? 아레끼빠 소요 사태 때문에 비상 군사 내각이 출범했다는군. 결국 아레끼빠 사람들이 베르무데스를 쫓아낸 거지. 이로써 오드리아 정권도 끝장난 셈이야."

"좋아하기엔 일러." 까를리또스가 말했다. "오드리아의 종말은 또다른 무언가가 시작될 거라는 의미니까. 그게 뭘까?"

8

그다음 일요일 오후 2시, 암브로시오는 그녀를 만나 영화관에 갔다. 그러곤 아르마스 광장 부근에서 론체[132]를 먹은 뒤 함께 산책을 했다. 오늘이 바로 그날일 거야. 그녀는 생각했다. 오늘 벌어질 가능성이 높아. 이따금씩 그의 눈치를 힐끗 살펴도 그가 전혀 반응하지 않자 그녀는 그 역시 같은 생각을 하고 있다는 것을 알아차렸다. 프란시스꼬 삐사로 대로변에 근사한 식당이 하나 있어. 날이 어두워지자 암브로시오가 말했다. 뻬루 음식과 중국 음식을 다 먹을 수 있는 곳이지. 그들은 얼마나 많이 먹고 마셔댔는지 걷기조차 힘들었다. 이 근처에 댄스홀이 있어. 암브로시오가 말했다. 가서 구경이나 하자. 댄스홀이라고 해봐야 철로 뒤에 세워놓은 써커스 텐트에 불과했다. 널빤지로 만든 무대 위에는 오케스트라가 자리 잡

---

132 뻬루에서 가벼운 식사와 함께 마시는 차나 커피를 이르는 말.

고 있었고, 사람들이 춤을 추다 진흙탕에 빠지지 않도록 바닥에는 거적을 깔아놓았다. 암브로시오는 종이컵에 맥주를 담으러 수시로 들락날락했다. 천막 안은 춤추러 온 사람들로 발 디딜 틈이 없었다. 나와서 춤을 추는 커플들도 너무 비좁아 제자리에서 폴짝거릴 뿐이었다. 그러다 가끔 시비가 붙기도 했지만, 그때마다 힘센 남자 둘이 나타나 사내들을 떼어놓거나 끌고 나갔기 때문에 난투극으로 번지지는 않았다. 아, 점점 취하는 것 같아. 아말리아는 속으로 중얼거렸다. 하지만 몸에 열이 오르자 오히려 정신이 알딸딸해지면서 기분이 좋았고, 마음도 홀가분해졌다. 그녀는 갑자기 그를 끌고 춤추는 곳으로 갔다. 둘은 서로 끌어안은 채 커플들 속으로 섞여들었다. 음악은 멈출 줄 모르고 이어졌다. 암브로시오는 그녀를 꽉 껴안고 춤을 추다가, 이따금씩 술에 취한 남자가 그녀와 부딪치면 그를 확 밀쳐내곤 했다. 암브로시오가 그녀의 목에 키스를 했다. 지금 이 순간 이 모든 일이 꿈결처럼 아득하게만 느껴져. 그 말을 듣자 아말리아가 깔깔대며 웃었다. 그런데 순간 그녀의 눈앞이 빙빙 돌기 시작했다. 쓰러지지 않으려고 그녀는 암브로시오를 꽉 붙잡았다. 어지러워. 그가 웃으면서 자기를 끌고 가는가 싶더니 어느새 길거리로 나와 있었다. 찬바람이 얼굴에 닿자 정신이 약간 돌아왔다. 그녀는 그의 팔을 잡고 걸었다. 그의 손이 허리에 닿는 것이 느껴졌다. 그녀가 말했다. 무슨 속셈으로 내게 술을 먹였는지 다 알아. 하지만 기분이 좋으니까 상관없어. 그런데 지금 어디 가는 거지? 길이 푹 꺼진 듯이 보였다. 내가 어디로 가는지도 모르겠네. 비몽사몽간에 루도비꼬의 작은 방이 어렴풋이 보였다. 그녀는 암브로시오를 꽉 끌어안고는 바짝 달라붙어 그의 입술을 간절히 찾았다. 그녀가 말했다. 암브로시오, 네가 정말 미워. 왜 나한테 그렇게 못되게 굴었냐고. 지금 그의 눈앞에 있는 아말리아는 평소와 전혀 다른 여자 같았다. 그가 그녀의 옷을 벗기고 침대에 눕히는 동안 그녀는 가만히 있었다. 그녀는 생각했다. 무엇 때문에 우는 거야, 이 멍청이. 이윽고 그가 억센 팔로 그녀를 감싸면서 몸을 포갰다. 그의 몸이 너무 무겁게 짓누르는 바람에 온몸이 부서지고 숨이 막혀 질식할 것만 같았다. 그녀는 더이상 웃음도 눈물도 나오지 않았다. 대신 저 멀리 지나가는 뜨리니다드의 얼굴이 희미하게 보였다. 갑자기 누군가 그녀를 흔들어 깨웠다. 그녀는 눈을 떴다. 방 안에는 이미 불이 켜져 있었다. 서둘러, 암브로시오가 다급한 목소리로 말했다. 어서 옷부터 입어. 지금 몇시야? 새벽 4시야. 머리가 무겁고 온몸이 욱신거렸다. 이를 어째? 부인이 뭐라고 하실까? 암브로시오가 그녀에게 블라우스와 스타킹, 그리고 구두를 건네주었다. 그녀는 그를 쳐다보지도 않고 허둥지둥 옷을 주워 입었다. 거리에는 인적이 없었다. 얼굴을 스치는 차가운 바람도 이제는 불쾌하기만 했다. 그녀가 몸을 기대자 암브로시오는 그녀를 꼭 안아주었다. 이모가 편찮으셔서 곁을 지켜야 했다고 해야겠다. 그녀는 생각했다. 아니, 반대로 내가 몸이 안 좋아서 이모가 못 나가게 했다고 할까? 암브로시오가 이따금씩 그녀의 머리를 부드럽게 쓰다듬어줄 뿐, 두 사람은 아무 말도 하지 않았다. 건물 꼭대기 너머로부터 푸르스름한 새벽빛이 스며들기 시작할 무렵 버스가 도착했다. 그들이 싼마르띤 광장에 내릴 무렵에는 이미 날이 훤히 밝아 있었다. 신문팔이 소년들이 새로 나온 신문 뭉치를 겨드랑이에 낀 채 건물들 사이를 바삐 돌아다니고 있었다. 암브로시오는 전차 정거장까지 그녀를 바래다주었다. 암브로시오, 또 저번처럼 되지는 않겠지? 이번에는 잘해줄 자신 있지? 넌 내 여자야, 암브로시오가 말했다. 아말리아, 사랑해.

그녀는 전차가 올 때까지 그의 품에 안긴 채 가만히 있었다. 그녀는 차창에서 손을 흔들며 그를 물끄러미 바라보았다. 전차가 달리기 시작하자 그의 모습이 점점 더 작아져갔다.

차는 꼴론 대로를 따라가다가 볼로그네시 광장을 돌아 브라실 대로로 접어들었다. 곳곳에서 교통 체증이 심했던데다 신호에 자주 걸리는 바람에 막달레나까지 가는 데 삼십분이 넘게 지체되었다. 브라실 대로를 벗어나자 차는 인적 없이 어두운 거리를 빠르게 달리기 시작하더니, 몇분도 채 지나지 않아 쌴미겔에 도착했다. 졸려 죽겠군. 오늘은 일찍 자야겠어. 차가 나타나자 골목을 지키고 있던 경찰관들이 인사를 했다. 그가 집에 들어가보니 하녀는 저녁을 차리고 있었다. 그는 계단을 올라가려다 말고 거실과 식당을 훑어보았다. 꽃병에는 새 꽃이 꽂혀 있었고, 식탁 위에서는 식기류와 유리잔이 반짝거렸다. 집 안이 모두 깔끔하게 정돈되어 있었다. 그는 양복을 벗고 노크도 없이 침실로 들어갔다. 오르뗀시아가 화장대 거울을 보며 화장을 하고 있었다.

"란다가 온다고 했더니 께따는 오기 싫다네." 그녀는 거울을 보며 그에게 미소 지었다. 그는 침대를 향해 양복을 던져 시트의 용머리를 덮어버렸다. "란다라는 이름만 들어도 하품부터 하는 아이니까. 늙다리들이 오면, 께따는 당신을 위해서 그들의 동태를 하나하나 살펴야 한다고. 그러니까 걔를 봐서라도 어쩌다 한번은 젊고 잘생긴 남자들을 초대해줘."

"운전사들이 배고플 테니까 먹을 것 좀 주라고 해." 그가 넥타이를 풀며 말했다. "나는 목욕이나 해야겠어. 참, 물 한잔만 가져다주겠어?"

욕실로 들어간 그는 뜨거운 물을 틀고 문도 닫지 않은 채 옷을 벗기 시작했다. 그러고는 제자리에 서서 욕조 물이 차오르며 방에 김이 자욱하게 서리는 모습을 지켜보았다. 오르뗀시아가 하녀에게 물을 가져오라고 시키는 소리가 들렸다. 잠시 후, 물잔을 들고 욕실로 들어오는 그녀의 모습이 보였다. 그는 알약을 하나 삼켰다.

　"술 한잔 줘?" 그녀가 문간에 서서 물었다.

　"목욕하고 나서. 깨끗한 옷 좀 꺼내줘."

　그는 욕조에 들어가 몸을 쭉 뻗어 머리만 물 밖으로 내놓고는 물이 서서히 식어갈 때까지 미동도 하지 않았다. 욕조에서 나와서는 몸에 비누칠을 한 뒤 찬물로 샤워를 했다. 그러곤 머리를 빗고 아무것도 걸치지 않은 채 침실로 갔다. 용의 등 위에 깨끗한 셔츠와 속옷, 그리고 양말이 가지런히 놓여 있었다. 천천히 옷을 입던 그는 재떨이에서 타고 있던 담배를 집어 한모금 길게 빨았다. 얼마 후, 그는 책상에 앉아 로사노와 대통령궁, 그리고 차끌라까요에 차례로 전화를 걸었다. 거실로 내려가니 께따가 벌써 와 있었다. 가슴이 깊이 파인 검은색 드레스 차림에 쪽진 머리를 하고 있어서 평소보다 나이가 들어 보였다. 께따와 오르뗀시아는 레코드를 틀어놓은 채 손에 위스키 잔을 들고 소파에 앉아 있었다.

　루도비꼬가 이노스뜨라사의 자리에 들어온 뒤로 분위기가 좀 좋아졌다. 왜일까? 이노스뜨라사는 답답하고 지루한 반면, 루도비꼬는 성격이 모난 데 없이 원만했기 때문이다. 그런데 루도비꼬가 까요 나리의 운전사 노릇을 하면서 가장 힘들어했던 것은 로사노 나리 밑에서 일할 때보다 잡일이 많아서가 아니었습니다요. 그렇다고 규칙적인 일과가 없다거나 언제 어디로 가야 할지 모르는 상태라 늘 대기하고 있어야 해서도 아니었고요. 그저 잠을 제대로 잘 수 없었기 때문이구먼요, 나리. 가령 까요 나리를 싼미겔로 모시고 가면 다음 날 아침까지 차 안에서 기다려야 했거든요. 그러고 있다 보면 엉덩이가 짓무른다고요. 게다가 뜬눈으로 밤을 꼬박 새우는 건 또 얼마나 힘든지 모릅니다요. 지루하고 피곤하다는 게 뭔지, 이 제 자네도 곧 알게 될 거야. 루도비꼬가 처음으로 출근하던 날, 암 브로시오는 그렇게 말했다. 그러곤 작은 집을 바라보며 말을 이었 다. 여기가 바로 베르무데스 나리의 작은 마님이 사는 곳이야. 그 러니까 나리께서 가끔 잠자리를 하는 곳이라고. 그래도 루도비꼬 하고 있으면 이야기라도 나눌 수 있어서 다행이었죠. 이노스뜨라 사는, 이야기는커녕 미라처럼 몸을 잔뜩 웅크리고 잠만 잤으니까 요. 루도비꼬하고 있을 땐 둘이 정원 담에 기대어 앉아 있곤 했어 요. 그러면서도 루도비꼬는 만약을 대비해 거리를 계속 살폈고요. 까요 나리가 집에 들어간 뒤 안에서 무슨 소리라도 나면, 루도비꼬 는 안에서 무슨 일이 벌어지고 있는지 상상하면서 저를 웃기곤 했 습니다요. 지금쯤 둘이서 술을 마시고 있을 거야. 그때 위층의 불이 켜지면 음흉한 웃음을 지으며 말하는 거예요. 자, 이제 드디어 뜨거 운 밤이 시작되는군. 가끔 골목을 지키던 경찰들이 오면 넷이서 담 배를 피우면서 이야기를 나누곤 했습죠. 그중 하나는 한때 앙까시 에서 가수를 했다더라고요. 목소리가 참 좋았습다요, 나리. 「인형 같이 예쁜 여인」이 그의 애창곡이었죠. 당장 직업을 바꾸라니까 뭘 꾸물거리는 거야. 다들 그를 볼 때마다 입버릇처럼 말하곤 했어요. 그러다 자정이 되면 지루해지기 시작했어요. 지겹다기보다는, 절 망감에 사로잡히기 일쑤였죠. 시간이 빨리 가지 않으니 그럴 수밖 에요. 오로지 루도비꼬만 계속 지껄여댔습니다요. 이야기라고 해봐야 늘 음담패설뿐이었지만요. 특히나 이뽈리또에 얽힌 지저분한 이야기만 떠들어댔습니다요. 이왕 말이 나왔으니 말인뎁쇼, 이뽈리또는 정말 변태 같은 놈이긴 했구먼요, 나리. 우리 까요 나리는 지금쯤 저기서 재미를 보고 계시겠군. 루도비꼬는 발코니를 가리키며 말하곤 했어요. 그러곤 입맛을 다시면서 그랬죠. 나는 말이야 눈만 감으면 이것저것이 다 보인다고. 그리고 나면, 이런 추접스러운 말씀을 드려 죄송하구먼요 나리, 하여간 그리고 나면 우리 넷은 발정난 짐승처럼 당장이라도 사창가로 달려가고 싶은 마음뿐이었죠. 특히 루도비꼬는 부인 얘기를 하면서 그랬어요. 오늘 오전에 까요 나리를 모시러 왔을 때 부인을 봤거든. 와, 진짜 죽여줘. 가운만 걸치고 있더라고. 야 인마, 정말이야. 핑크색 비단 가운이 어찌나 얇던지 속이 다 비칠 정도였다고. 그리고 중국 슬리퍼를 신고서 나오는데, 눈에서 빛이 나더라니까. 부인이 한번 쳐다보기만 해도 까무러칠 거야. 두번 쳐다보면 아마 나사로처럼 병든 거지꼴이 되고, 세번 쳐다보면 다시 까무러칠 거라고. 그러다 네번째로 눈이 마주치면 살아나는 거지. 정말 웃기는 놈이에요, 나리. 그 녀석이 말한 부인은 물론 오르뗀시아 부인입죠, 나리.

문으로 헐레벌떡 뛰어 들어가는 순간, 그녀는 마침 빵을 사러 나온 까를로따와 마주쳤다. 대체 무슨 일이야? 지금껏 어디 있었어? 뭐 하다 이 시간에 온 거야? 리몬시요의 이모 댁에 갔다가 깜박 잠이 들었지 뭐야. 요새 좀 편찮으시거든. 부인은 뭐라고 안 그러셔? 혹시 화나신 건 아니니? 둘은 함께 빵집으로 갔다. 네가 있는지 없는지도 몰라. 밤새 잠도 안 자고 아레끼빠 사태 뉴스만 듣더라니까. 아말리아는 그제야 안심이 되었다. 아레끼빠에서 혁명이 일어났다는데, 넌 몰랐니? 까를로따가 신이 난 듯 말했다. 그런데 부인이 평소답지 않게 불안해하니까 우리도 덜컥 겁이 나더라고. 그래서 나도 엄마하고 새벽 2시까지 부엌에서 라디오를 들었어. 아레끼빠에서 대체 무슨 일이 일어났는데? 파업이 일어나고, 여기저기서 시위가 벌어지고, 하여간 난리도 아닌가봐. 그리고 이제는 우리 나리를 쫓아내라고 하나보더라고. 누구? 까요 나리 말이야? 응, 부인이 나리의 행방을 백방으로 수소문했는데 결국 찾지 못했다. 그래서 밤새도록 께따 양과 통화하면서 온갖 욕을 다 퍼부어대더라고. 많이 사서 집에 보관해두시는 게 좋을 거예요. 빵집의 중국인이 말했다. 혹시 내일 여기도 혁명이 일어나면 가게 문을 못 열 테니까요. 아말리아와 까를로따는 수군거리며 가게를 나섰다. 어떻게 되는 거지? 그런데 그곳 사람들은 왜 우리 나리를 쫓아내려고 하는 거야, 까를로따? 어제 부인이 화가 머리끝까지 나서 그러는데, 나리가 너무 너그러워서 그런다더라. 그때 까를로따가 갑자기 아말리아의 팔을 낚아채더니 그녀의 눈을 빤히 들여다보았다. 이모 집에 갔다는 얘기는 아무래도 거짓말 같아. 너 어젯밤에 남자하고 있었지? 네 얼굴에 그렇게 써 있다고. 남자는 무슨 남자? 바보야, 얼마 전부터 이모가 편찮으시다고 말했잖아. 아말리아는 심각한 표정으로 까를로따를 쳐다보았다. 하지만 속으로 왠지 근질근질한 느낌이 들기도 했고, 너무 웃겨서 가슴속이 화끈 달아오르기도 했다. 그들이 집에 들어가자 씨물라는 몹시 불안한 표정으로 거실에서 라디오를 듣고 있었다. 아말리아는 방으로 들어가 재빠르게 샤워를 했다. 어젯밤 일에 대해 아무도 묻지 않으면 좋으련만. 아침을 먹고 침실을 정리하러 계단을 올라가는데, 시계 겸용 라디오 속 아나운서의 목소리가 문틈으로 흘러나왔다. 부인은 침대에 걸터앉아 담배를 피우고 있었다. 뭔가를 골똘히 생각하는지, 아말리아가 아침 인사를 건넸는데도 아무 대답이 없었다. 아레끼빠에서 사회불안을 야기하고 체제 전복을 꾀하는 불순분자들의 책동에 대해 정부는 지금까지 인내심을 가지고 대처해왔습니다. 라디오의 아나운서가 말했다. 이제 근로자들은 일터로, 학생들은 학교로 돌아가야 합니다. 그 순간 아말리아는 부인과 눈이 마주쳤다. 부인은 아말리아가 들어온 것을 그제야 알아차린 듯 휘둥그레진 눈으로 그녀를 쳐다보았다. 신문은 가져왔니? 당장 나가서 사 와. 네 부인, 지금 당장 갔다 오겠습니다. 그녀는 가슴을 쓸어내리며 방에서 뛰어나왔다. 전혀 눈치를 못 채셨나봐. 그녀는 씨물라한테서 돈을 타 길모퉁이에 있는 신문 가판대로 달려갔다. 그건 그렇고 부인의 얼굴이 핏기 하나 없이 창백하게 질린 걸 보면 무슨 일이 일어나도 단단히 일어난 모양이야. 그녀가 들어오자마자 부인은 침대에서 벌떡 일어나 신문을 빼앗아 훑어보기 시작했다. 주방으로 내려온 그녀는 씨물라에게 물었다. 혁명이 성공할까요? 그럼 사람들이 오드리아를 쫓아내는 건가요? 씨물라는 어깨를 으쓱이며 대답했다. 그 사람들이 쫓아내려는 건 바로 주인 나리란다. 다들 우리 주인 나리를 미워하니까. 잠시 후 부인이 계단으로 내려오는 소리가 들려 그녀와 까를로따는 주방으로 뛰어갔다. 여보세요? 여보세요? 께따니? 신문에는 아무것도 안 나왔어. 나 간밤에 한숨도 못 잤어. 그러더니 부인은 화가 난 듯 『쁘렌사』를 바닥에 내동댕이쳤다. 이제는 이 망할 자식들까지 까요더러 사임하라고 난리를 친다고. 그이가 한창 잘나갈 때는 굽신굽신하더니만, 배가 기울었다 싶으니까 잽싸게 등을 돌려버리는 거지. 아니, 어떻게 이럴 수가 있어, 께띠따? 그녀가 험한 말을 쏟아내자 아말리아와 까를로따는 놀라 서로의 얼굴을 멀뚱히 바라보았다. 아냐, 께띠따. 오기는커녕 전화 한통 없어. 아, 가없은 까요. 하기야 이 난리 통에 무슨 정신이 있겠어. 어쩌면 아레끼빠로 갔는지도 몰라. 마음 같아서는 다 총으로 갈겨버리면 좋겠어. 그래야 다시는 그런 멍청한 짓들을 안할 거 아니니, 께띠따.

"요즘 이본이 정부를 엄청 욕하고 다닌대. 심지어는 당신 험담까지 한다던데." 오르뗀시아가 말했다.

"아무튼 이본하고 있을 땐 말조심해야 돼. 내가 자기 뒷말이나 하고 다니는 걸 알면 나를 죽이려고 할 테니까." 께따가 말했다. "아무튼 그 흉악한 여자하고 척지기는 싫으니까."

그는 그녀들 앞을 지나 바 쪽으로 갔다. 잔에 위스키를 따르고 얼음 두개를 넣은 뒤 자리에 앉았다. 제복을 차려입은 하녀들이 식탁 주위를 부지런히 오가고 있었다. 운전사들에게 먹을 것 가져다줬어? 네, 나리. 그들이 대답했다. 목욕을 하니 졸음이 몰려왔다. 희뿌연 연기 사이로 오르뗀시아와 께따의 모습이 보였다. 둘은 소파에 나란히 앉아 뭐라고 떠들어대며 웃고 있었지만, 무슨 말인지 제대로 들리지 않았다. 그래, 그 늙은 여자가 무슨 말을 하고 다닌다는 거지?

"그 여자가 까요 씨 험담하는 소리를 들은 건 이번이 처음이에요." 께따가 말했다. "여태까지는 네 이야기만 나오면 칭찬 일색이었거든."

"로베르띠또한테 그러더래. 로사노가 자기한테서 뜯어낸 돈을 당신하고 나눈다고 말이야." 오르뗀시아가 말했다. "기가 막혀서. 하필 리마에서 남의 말 하기 좋아하는 걸로 소문난 사람한테 그런 얘길 할게 뭐람."

"앞으로도 계속 그런 식으로 돈을 뜯기면 머지 않아 은퇴해서 조용히 살아가겠네." 께따가 까르르 웃었다.

그는 입을 벌린 채 얼굴을 찌푸렸다. 이 세상 여자들이 모두 벙어리라면 얼마나 좋을까. 그래서 자기들끼리 손짓 발짓으로만 이야기를 나눈다면 말이야. 께따가 짭짤한 막대 과자를 집으려고 몸을 숙이는 순간, 드레스 앞섶이 처지면서 가슴골이 훤히 드러났다.

"얘, 너 지금 우리 그이를 유혹하는 거니?" 오르뗀시아가 그녀의 등을 찰싹 때렸다. "그나저나, 그 노인네가 오면 제발 옷깃 좀 잘 여미고 있으라고."

"이 정도 가지고 란다가 꿈쩍이나 하겠니?" 이번에는 께따가 그녀의 등을 때렸다. "정말이지 이제 그 영감도 은퇴해서 점잖게 살 때가 됐는데."

둘이 킬킬 거리며 수다를 떠는 동안 그는 조용히 술을 마시면서 듣고 있었다. 늘 같은 농담에 늘 같은 화제. 당신 그거 알고 있었어? 이본과 로베르띠또가 연인 사이였대! 란다가 올 시간이 다 된 것 같았다. 내일 아침 해가 뜨면, 여느 때와 마찬가지로 손님 뒤치다꺼리나 하다가 밤을 보낸 기분이 들겠지. 오르뗀시아가 레코드를 바꾸기 위해 자리에서 일어났다. 께따는 다시 잔에 술을 채웠다. 매일 기계처럼 반복되는 생활이 너무 단조롭게만 느껴졌다. 그들이 다시 위스키를 마시는 사이 대문 앞에서 차 소리가 들려왔다.

그래도 루도비꼬가 그런 헛소리를 하는 덕분에 기다리는 시간이 덜 지루하긴 했습니다요, 나리. 그녀의 앙증맞은 입과 빨간 입술, 반짝반짝 빛나는 치아와 장미 향기를 풍기는 몸. 하여간 부인은 시체가 무덤에서 벌떡 일어날 정도로 아름다운 몸매를 가지고 있다니까. 하긴, 그렇다보니 까요 나리도 부인에게 빠져 정신을 못 차리는 것 같았습니다요, 나리. 그런데 루도비꼬는 막상 부인 앞에만 가면 까요 나리가 무서워 감히 쳐다볼 엄두도 못 내더라고요. 그럼 자네도 그랬나? 저는 안 그랬습니다요. 사실 암브로시오는 루도비꼬의 얘기를 들으며 웃기만 할 뿐, 자기 입으로는 부인에 관해 일절 말을 하지 않았다. 더구나 그는 부인이 하늘에서 내려온 선녀라고 생각하지도 않았다. 그의 머릿속은 온통 하루 푹 자고 싶다는 생각뿐이었다. 다른 여자들 말입니까요, 나리? 께따 양도 별 대수롭지 않게 여겼냐굽쇼? 당연하죠, 나리. 물론 예쁘긴 했구먼요. 하지만 워낙 살인적인 일정으로 하루하루를 보내다보니까 여자 생각은 할 틈도 없었죠. 그냥 하루 날 잡아서 그동안 밀린 잠을 보충하고 싶은 생각뿐이었구먼요. 그런데 루도비꼬는 좀 달랐어요. 까요 나리 밑에서 일하고부터 자기가 아주 중요한 인물이 된 양 여기기 시작했습죠. 그러면서 이런 말을 입버릇처럼 하더라고요. 난 머지않아 정식 직원으로 발령받을 거야. 그동안 임시직이라고 나를 무시하고 깔보던 놈들 모두 내 앞에서 무릎 꿇고 빌게 만들어주겠어. 루도비꼬의 삶에 목표가 있었다면 바로 그것뿐이었습죠, 나리. 함께 차 안에서 밤을 새울 때, 부인에 대한 말을 꺼내지 않으면 만날 그 얘기만 했다니까요. 정식 직원이 되기만 하면 월급과 배지가 나올 거고, 휴가도 갈 수 있어. 그리고 어디를 가든 대접받게 될 테고. 다들 나한테 이런저런 일을 부탁하느라 머리를 숙이고 찾아오겠지. 저요? 아뇨, 전 아닙니다요. 이 암브로시오는 절대 경찰이 되고 싶지는 않았구먼요, 나리. 귀찮은 일이 너무 많기도 하지만, 대기하는 업무가 너무 지루했거든요. 담배를 피우며 쓸데없는 이야기를 하다가 새벽 1~2시만 되면 눈꺼풀이 저절로 감기죠. 더구나 추운 겨울밤을 지새우는 것이 가장 고역이었습니다요. 그렇게 밤을 보내고 동이 트자마자 일어나 정원의 수도꼭지에서 나오는 물로 얼굴을 씻으면 하녀들이 빵을 사러 나오고, 거리에 첫차들이 보이기 시작했죠. 짙은 풀 냄새가 코로 스며들 때면 그래도 한결 마음이 놓였습죠. 이제 조금만 있으면 까요 나리가 나올 테니까요. 나도 팔자가 펴서 남들처럼 평범하게 살 수만 있다면 얼마나 좋을까, 저는 틈날 때마다 그런 생각을 하곤 했지요. 그래도 나리 덕분에 팔자가 좋아져서 이젠 편하게 살고 있습니다요, 나리.

부인은 오전 내내 목욕 가운만 걸친 채 줄담배를 피우며 라디오 뉴스를 듣다가 점심 대신 진한 커피만 마시고 택시를 불러 나갔다. 부인이 떠난 직후, 까를로따와 씨물라도 밖으로 나갔다. 아말리아는 옷도 벗지 않은 채 침대에 벌렁 누웠다. 너무나 피곤해서 눈이 자꾸만 감겼다. 그러다 정신을 차렸을 때는 이미 어두운 밤이었다. 그녀는 겨우 몸을 추스르고 일어나 앉아서 꿈을 기억해내려고 애를 썼다. 분명 그에 관한 꿈이었는데 어떤 내용이었는지 도통 생각이 나질 않네. 그저 꿈이 계속되기를, 어떤 일이 있어도 꿈에서 깨어나지 않기를 간절히 바라던 것만 떠오를 뿐이야. 그 꿈이 어지간히도 마음에 들었던 모양이로구나, 이 바보야. 그녀가 세수를 하고 있는데 갑자기 욕실 문이 벌컥 열렸다. 아말리아, 아말리아, 혁명이 일어났어. 까를로따가 튀어나올 것만 같은 눈을 하고는 말했다. 무슨 일이야? 대체 뭘 보고 왔기에 그러는 거야? 총과 기관총을 든 경찰들이랑, 아말리아, 군인들이 사방에 쫙 깔렸다고. 아말리아는 머리를 빗고 앞치마를 둘렀다. 까를로따는 어쩔 줄 몰라 발을 동동 굴렀다. 어디서? 대체 무슨 일이야? 우니베르시따리오 공원이야,

아말리아. 엄마하고 버스에서 내렸는데, 시위대가 그곳을 점거하고 있는 거야. 청년들과 젊은 여자들이 플래카드를 들고 격렬하게 구호를 외치더라고. 자유, 자유, 아-레-끼-빠, 아-레-끼-빠, 베르무데스는 물러나라, 이러면서 말이지. 엄마랑 나는 시위대를 멍하니 바라만 보고 있었어. 족히 수백, 아니 수천 명은 되어 보이더라고. 그런데 갑자기 경찰이 들이닥치는 거야. 시위 진압용 물 대포와 트럭, 지프차 같은 것들이 시위대를 둘러싸더라고. 꼴메나 거리가 금세 매캐한 연기로 가득 찼어. 이어서 물 대포가 물을 뿜어댔는데, 시위대는 사방으로 흩어지면서도 구호를 외치고 경찰을 향해 돌을 던지기 시작하는 거야. 그때 어디선가 기병대가 등장했어. 엄마랑 나도 바로 그곳에 있었어, 아말리아. 영문도 모른 채 시위에 휩쓸리고 만 거야. 우린 어느 건물 현관에서 부둥켜안은 채 기도를 했어. 최루가스 때문에 정신을 차릴 수가 없더라고. 눈물을 흘리면서 계속 재채기를 했지. 그런데도 청년들은 오드리아에게 죽음을! 하고 외치면서 행진하더라니까. 우리는 벌벌 떨면서 경찰들이 학생들을 무자비하게 구타하는 장면과 학생들이 던진 돌이 경찰들 머리 위로 비 오듯 쏟아지는 모습을 지켜봤어. 왜 저러는 거지? 대체 어쩌려고 저러는 거야? 우리는 라디오를 들으러 돌아왔어. 오는 내내 엄마는 최루가스 때문에 눈을 제대로 못 뜨면서도 내내 성호를 그으며 기도를 하더라고. 하느님, 부디 우리가 무사히 여기를 벗어나게 해주소서. 하지만 라디오에서는 시위에 관해 일언반구도 없지 뭐야. 다이얼을 이리저리 돌려봤지만 광고와 음악, 무엇이든 물어보세요나 전화 상담 프로그램만 나오더라니까.

11시경, 부인이 께따 양의 흰색 차에서 내리는 모습이 보였다. 차는 부인을 내려준 뒤 곧장 출발했다. 부인은 의외로 차분한 모습이었다. 시간이 늦었는데 다들 안 자고 뭐하는 거야? 씨물라: 라디오를 듣고 있었는데, 혁명 얘기는 일절 나오지 않네요, 부인. 혁명 좋아하시네. 그제야 아말리아는 부인이 약간 취해 있다는 것을 알아차렸다. 이제 다 해결됐으니까 걱정하지 말라고. 하지만 부인, 저희가 두 눈으로 똑똑히 봤다니까요, 까를로따가 나서며 말했다. 시위대하고 경찰, 하여간 죄다 봤어요. 부인: 바보 같은 소리 집어치워. 겁낼 것 없다니까. 아까 나리와 통화했어. 지금 소요 사태를 일으킨 주동자들을 색출하고 있다니까 내일이면 아레끼빠도 평온을 되찾을 거야. 그건 그렇고, 배가 고파 죽겠네. 씨물라는 부인에게 주려고 추라스꼬를 만들었다. 다행히 나리는 언제나처럼 차분하더라고. 부인이 말했다. 그래서 나도 더이상 그 사람 걱정은 안하려고. 아말리아는 식탁을 치우자마자 자러 갔다. 자, 너도 과거를 잊고 새 출발을 하게 됐구나, 이 바보야. 암브로시오와 화해했으니까 말이야. 갑자기 온몸이 나른하니, 긴장이 풀리는 기분이었다. 앞으로 그와 어떻게 지내게 될까? 전처럼 자주 싸우게 되는 건 아닐까? 어쨌든 친구의 방에는 절대 가지 않을 생각이었다. 암브로시오는 일요일마다 그녀와 함께 지내려고 그 방을 빌릴 게 뻔했지만. 앞으로 무슨 일이 있어도 너는 잘 헤쳐나갈 거야. 그럼 까를로따한테만 말할까? 안돼. 아무리 털어놓고 싶어도 헤르뜨루디스를 만날 때까지는 참아야 해.

란다는 평소와 달리 눈이 벌게져서는 큰 소리로 떠들어대며 나타났다. 얼마나 많이 마시고 왔는지, 말할 때마다 입에서 술 냄새가 확확 풍겼다. 그러나 안에 들어오자마자, 그는 무슨 일인지 슬픈 표정을 지었다. 잠깐만 있다 가도 될까요? 정말 미안합니다. 몸을 숙여 오르뗀시아의 손에 입을 맞춘 그는 께따 양을 보며 자기 뺨에 입을 맞춰달라고 청했다. 그것도 여자 목소리를 흉내 내면서 말이다. 그러곤 두 여인 사이에 놓인 의자에 털썩 앉으며 말했다. 그러고 보니 내가 장미꽃 두송이 사이에 난 가시 같군요, 까요 씨. 반쯤 벗어진 머리에, 불룩 나온 배가 감춰질 정도로 잘 만든 회색 양복과 진홍색 넥타이 차림을 한 란다는 어김없이 오르뗀시아와 께따에게 치근거렸다. 그는 란다를 보며 돈만 있으면 귀신도 부릴 수 있다는 말을 새삼 실감했다.

"오전 9시에 개발 위원회 회의가 열린답니다, 까요 씨. 오전 9시라뇨!" 그 순간 란다의 얼굴이 우스꽝스럽게 일그러졌다. "내 주치의가 적어도 여덟시간은 자야 한다고 했는데 말입니다."

"소문을 듣자 하니, 상원 의원님……" 께따가 그에게 위스키 잔을 건네며 말했다. "사모님한테 꽉 잡혀 사신다면서요?"

그러자 란다는 잔을 들어 건배를 제안했다. 내 곁에 있는 두분의 미인과 까요 씨를 위해서! 그는 술을 쭉 들이켜더니 입맛을 다시면서 껄껄 웃기 시작했다.

"내가 어디에 얽매이는 것을 원체 싫어하는 사람이다보니, 결혼의 굴레를 견디기가 참 어렵답니다." 그가 큰 소리로 외쳤다. "물론 아내를 무척이나 아끼고 사랑하죠. 하지만 난 무엇보다 내가 원하는 대로 놀 수 있는 자유를 지키고 싶다고요. 그것이 내 삶에서 가장 중요하니까 말입니다. 다행히 아내도 내 마음을 잘 이해해주는 편이에요. 결혼 생활 30년 동안 내게 바가지를 긁은 적이 단 한번도 없으니까요. 질투는 상상도 못할 일이고요, 까요 씨."

"그럼 의원님은 여태 자유를 만끽하면서 사셨겠네요? 하고 싶은 대로 다 하면서 말이죠." 오르뗀시아가 말했다. "상원 의원님, 가장 최근에 유혹한 여자 얘기나 들려주세요."

"그보다는 정부를 조롱하는 농담이나 들려드리죠. 방금 끌롭에서 들은 이야기에요." 란다가 말했다. "자, 까요 씨가 들으면 안되니까 이리 가까이 오세요."

란다가 재미있어 죽겠다는 듯이 너털웃음을 터뜨리자 께따와 오르뗀시아도 덩달아 배꼽을 잡았다. 잠자코 듣고 있던 그도 재치 있는 농담이라고 추켜세웠지만, 입을 반쯤 벌리고 얼굴을 살짝 찡그린 채였다. 자, 오늘 상원 의원님이 바빠서 일찍 가셔야 한다니까 지금 저녁을 먹는 게 좋겠어요. 오르뗀시아가 주방으로 가자 께따도 그 뒤를 따라갔다. 자, 까요 씨, 건배합시다. 네, 상원 의원님, 건배.

"께따는 날이 갈수록 예뻐지는군요." 란다가 말했다. "오르뗀시아는 말할 것도 없고요, 까요 씨."

"위원회에서 신속히 결정을 내려주신 데 대해 깊이 감사드립니다." 그가 말했다. "정오쯤 싸발라 씨에게 소식을 전했습니다. 의원님이 안 계셨더라면, 그 양키 놈들은 절대 입찰을 따내지 못했을 거예요."

"별말씀을 다 하십니다. 감사를 드려야 할 사람은 오히려 저인걸요. 올라베 농장 건이 해결되도록 손을 써주셨는데, 이 정도 가지고 뭘……" 란다가 손사래를 치며 말을 이었다. "친구 좋다는 게 뭡니까? 어려울 때일수록 서로 돕고 사는 게 진정한 우정이죠."

그는 란다의 정신이 딴 데 가 있는 것을 눈치챘다. 아까부터 그의 시선은 줄곧 엉덩이를 요란스레 흔들며 오가는 께따에게 향해 있었다. 식사 자리에서 사업이나 정치 얘기는 절대 금물이에요. 그는 란다 옆자리에 앉아 곁눈질로 그를 관찰했다. 란다가 별안간 눈을 깜박이더니 고개를 숙여 께따의 목에 얼른 입을 맞추었다. 그의 뺨은 붉게 물들어 있었다. 일찍 일어서기커녕 계속 죽치고 앉아 거짓말만 늘어놓을 기세였다. 그리고 술에 취해 새벽 3~4시쯤 께 따를 집으로 데려다준다고 할 게 뻔했다. 그는 아무런 망설임 없이 그녀의 몸에 손을 갖다 댔다. 그 순간 그녀의 두 눈은 개구리눈처럼 튀어나올 것 같았다. 너 때문에 이놈이 흥분해서 어쩔 줄 모르잖아. 오늘도 날밤을 새우게 생겼군. 이게 다 너 때문이라고. 돈은 달라는 대로 다 줄게. 자, 다들 식탁으로 오세요. 오르뗀시아가 말했다. 그는 여전히 불같이 뜨거운 자신의 남성을 께따의 허벅지 사이에 천천히 밀어붙이고 있었다. 잔뜩 달아오른 육체가 움직이면서 찌걱거리는 소리가 났다. 돈은 달라는 대로 준다니까. 식사하는 동안 와인을 한잔 두잔 들이켜던 란다는 술기운이 오르는지 줄곧 혼자서 떠들어댔다. 떠도는 소문과 이야기, 그리고 농담과 추파. 께따와 오르뗀시아는 그에게 질문을 던져 대답을 듣거나 그가 무슨 말을 할 때마다 감탄을 연발했고, 그러면 그는 흐뭇한 미소를 짓곤 했다. 그러다 모두 자리에서 일어나자 란다는 깜짝 놀란 듯 어리둥절한 표정으로 말했다. 께따 양과 오르뗀시아 부인이 내가 가져온 아바나산 궐련을 피우면 좋겠는데. 일어설 마음이 없는 모양이었다. 그러나 갑자기 시계를 흘끔 보자마자 그의 얼굴에서 웃음기가 싹 가셨다. 벌써 12시 30분이군. 발걸음이 영 떨어지지 않지만 그만 가봐야겠어. 그는 오르뗀시아의 손에 입을 맞춘 뒤 께따와 진한 키스를 나누려고 했다. 하지만 그녀는 얼굴을 돌리며 뺨을 내밀었다. 그는 대문까지 란다를 배웅했다.

9

 누군가 그녀를 흔들어 깨웠다. 어서 일어나. 밖에서 널 기다리고
있다고. 그녀는 살며시 눈을 떴다. 저번에 왔던 나리의 운전사 말이
야. 장난기 섞인 까를로따의 얼굴이 보였다. 저기 골목 어귀에서 너
를 기다리고 있다니까. 그녀는 황급히 옷을 주워 입었다. 너 일요일
에 그 남자 만나지 않았니? 그녀는 말없이 머리를 빗었다. 그래서
집에 안 들어왔던 것 아니야? 까를로따가 낄낄거리며 질문을 퍼부
어대도 그녀는 멍하니 듣고만 있었다. 그녀는 빵 바구니를 들고 밖
으로 나갔다. 까를로따의 말대로 암브로시오가 길모퉁이에서 기다
리고 있었다. 여기 아무 일 없었어? 그가 다짜고짜 그녀의 팔을 붙
잡고 물었다. 들키면 안되니까 빨리 좀 걸어. 네가 어찌 됐을까봐
걱정돼서 죽는 줄 알았다고, 아말리아. 그녀는 갑자기 걸음을 멈추
고 그를 바라보았다. 대체 무슨 일인데? 무엇 때문에 그렇게 안절
부절못하는 거야? 하지만 그는 더 빨리 걸으라고 그녀를 채근했다.

그럼 까요 나리가 쫓겨난 걸 아직 몰랐다는 거야? 지금 무슨 헛소리를 하는 거야? 아말리아가 말했다. 어젯밤에 부인이 다 잘 해결됐다고 그랬는데. 암브로시오: 아냐, 그게 아니라니까. 어젯밤에 까요 나리뿐만 아니라 장관들이 다 쫓겨났다고. 비상 군사 내각이 들어섰어. 부인은 아무것도 모르고 있는 거야? 응, 아직 모르시는 것 같아. 지금 자고 있을걸. 가엾은 부인, 무슨 변고가 일어났는 줄도 모르고 저렇게 자고 있다니. 이번에는 그녀가 암브로시오의 팔을 잡았다. 그럼 주인 나리는 이제 어떻게 되는 거야? 글쎄, 그걸 누가 알겠어. 하지만 장관 자리에서 물러났으니 이미 많은 변화가 일어난 셈이지. 아말리아는 혼자서 빵집 안으로 들어가며 생각했다. 저 사람은 겁이 나는데도 너를 찾아왔어. 왜냐하면 너를 정말로 사랑하니까. 가게에서 나오자마자 그녀는 그의 팔을 붙잡았다. 그런데 갑자기 싼미겔에는 웬일이야? 페르민 나리께는 뭐라고 하고 왔어? 페르민 나리는 안전한 곳으로 피신하셨어. 그동안 잡혀갈까봐 안절부절못하셨거든. 그전부터 경찰이 집 주변을 감시했으니까 그럴 만도 했지. 지금은 시골에 계셔. 그러고서 암브로시오는 말을 이었다. 그래도 난 지금이 더 행복해. 나리가 피신해 있는 동안 우리는 더 자주 만날 수 있잖아. 그는 그녀를 차고 쪽으로 끌고 갔다. 여기 있으면 아무도 못 볼 거야. 그가 가까이 다가가 그녀를 꼭 껴안았다. 아말리아는 그의 귀에 무언가를 말하려고 발돋움을 했다. 정말 나한테 무슨 일이 일어날까봐 걱정한 거야? 그럼. 그의 웃음소리가 들렸다. 그가 곁에 있으니 이제 그녀의 마음도 든든해졌다. 아말리아: 비 온 뒤에 땅이 굳는다고, 우리 사이도 예전보다 더 좋아지겠지? 더이상 다툴 일도 없을 거고. 그렇지? 암브로시오: 물론이지. 이젠 더이상 그럴 일 없을 거야. 그는 골목 어귀까지 그녀를 바래다주었다. 그러고는 헤어지기 전에 그녀에게 당부했다. 만약 그 여자들이 나를 봤으면 거짓말을 섞어서 그럴싸하게 꾸며내라고. 가령 나리가 심부름을 보내서 왔다든지, 아니면 나하고 잘 모르는 사이라든지 하면서 말이야.

그는 란다가 차에 시동을 걸 때까지 기다리다가 집으로 돌아왔다. 오르뗀시아는 구두를 벗고 바에 몸을 기댄 채 콧노래를 흥얼거리고 있었다. 저 노인네가 가니까 속이 다 후련하네. 께따가 소파에 앉아서 말했다. 그도 자리에 앉아 테이블 위에 놓인 위스키 잔을 들었다. 그러곤 제자리에서 춤을 추고 있던 오르뗀시아를 바라보며 천천히 술을 마셨다. 그는 잔을 비운 뒤 시계를 보고 자리에서 일어섰다. 나도 그만 가봐야겠군. 그가 침실로 올라가는 사이, 오르뗀시아도 노래를 멈추고 그를 따라 올라갔다. 께따가 그 모습을 보고 빙긋 웃었다. 좀더 있으면 안돼? 오르뗀시아가 뒤로 바싹 다가와서는 그의 팔을 붙잡곤 약간 취했지만 애교 섞인 목소리로 말을 이었다. 이번 주에는 한번밖에 못 봤잖아. 살림에 보태 써. 그는 화장대 위에 지폐 몇장을 놓으며 말했다. 그리고 오늘은 안돼. 아침 일찍부터 할 일이 태산이라서 말이야. 그가 뒤를 돌아보자, 사랑스럽고도 천진한 표정을 짓고 있던 오르뗀시아의 눈에 눈물이 그렁그렁했다. 그는 부드러운 미소를 지어 보이며 그녀의 뺨을 정답게 쓰다듬었다. 요즘 대통령 순방 때문에 너무 바빠서 그래. 어쩌면 내일 다시 올지도 몰라. 그는 가방을 들고 계단으로 내려갔다. 오르뗀시아는 그의 팔에 매달리다시피 해서는 발정 난 고양이처럼 가르랑 소리를 냈다. 술에 취했는지 그녀는 몸을 제대로 가누지 못하고 비틀거렸다. 께따는 커다란 소파에 대자로 누워 반쯤 찬 술잔을 허공에서 흔들고 있었다. 그는 슬쩍 고개를 돌려 비웃듯이 둘을 쳐다보는 께따의 눈을 바라보았다. 오르뗀시아는 그를 놓아주고 비틀거리며 아래로 달려가더니 소파 위에 몸을 던져 벌렁 누웠다.

"저이가 떠나려고 해, 께띠따." 그녀는 짐짓 울상을 지으면서 달콤하고도 우스꽝스러운 목소리로 말했다. "더이상 나를 사랑하지 않나봐."

"신경 쓰지 마." 께따는 몸을 기울이더니 팔을 벌리면서 오르뗀시아를 껴안아 주었다. "갈 테면 가라지 뭐. 오늘은 내가 너를 위로해줄 테니까."

도발적인 웃음소리에 이어 께따의 품에 안기는 오르뗀시아의 모습이 그의 눈에 들어왔다. 그는 생각했다. 언제나 똑같군. 웃으면서 나와 신경전을 벌이다가도 일부러 지는 척 둘이 비좁은 소파에서 뒹굴지. 그가 지켜보는 가운데 두 여자는 쪽쪽거리며 입을 맞추었다. 그러고는 자지러지게 웃으면서 떨어졌다가, 사지를 서로 감아대며 다시 한 몸이 되었다. 그는 마지막 계단에서 담배를 피우며 두 여인을 바라보고 있었다. 입가에 잔잔한 미소가 번졌지만, 곧 눈에서 잠시 곤욕스러운 주저의 빛이 떠오르는가 싶더니 가슴속에 응어리진 분노가 갑자기 용솟음치기 시작했다. 마침내 그는 자포자기의 심정으로 가방을 바닥에 내던지고 의자에 털썩 주저앉았다.

"그가 적어도 여덟시간은 자야 된다느니, 개발 위원회 회의가 열린다느니 운운한 것은 다 거짓말이라고." 그는 자신이 혼잣말로 중얼거리고 있다는 것도 알아차리지 못한 채 생각을 이었다. "지금쯤 클럽에서 도박하느라 정신없겠지. 여기서 더 놀고 싶었겠지만, 제 버릇 개 줄까."

그들은 서로 간지럼을 태우며 일부러 큰 소리를 지르는가 하면,

귀에 대고 뭐라고 속삭이면서 온몸을 부르르 떨기도 했다. 손으로 때려가며 낯부끄러운 짓을 하다가 소파 가장자리까지 밀려났지만 아래로 떨어지지는 않았다. 그들은 웃음을 그치지 않고 서로 밀치다가도 다시 껴안으면서 소파 위를 이리저리 헤매고 다녔다. 그는 얼굴을 찌푸린 채 반쯤 감은 시선을 두 여인에게서 시선을 떼지 않았다. 그렇지만 긴장의 끈을 늦춘 것은 아니었다. 입안이 바싹 말라 꺼끌꺼끌한 느낌이 들었다.

"도무지 이해가 안 가는 건……" 그는 자신의 생각을 입 밖으로 내 중얼거렸다. "란다처럼 돈이 많은 자가 어쩌다 그런 나쁜 버릇이 들었냐는 거야. 어리석기 짝이 없는 일이라고. 그런 자가 대체 무슨 이유로 도박에 손을 대는 거지? 더 많이 갖고 싶어서? 아니면 가진 걸 다 탕진하고 싶어서? 하기야, 이 세상에서 현실에 만족하는 이는 아무도 없으니까. 항상 모자라거나 넘치거나, 둘 중 하나지."

"저이 좀 봐. 혼자서 계속 중얼거리고 있어." 오르뗀시아가 께따의 목덜미에서 얼굴을 들며 손으로 그를 가리켰다. "미쳤나봐. 간다던 사람이 가지도 않고. 얘, 좀 보라니까."

"술 한잔 따라줘." 힘없이 말하는 그의 얼굴에는 체념의 빛이 역력했다. "당신 둘 때문에 나는 결국 파멸하고 말 거야."

오르뗀시아는 미소를 띤 채 무어라고 중얼거리면서 바 쪽으로 비틀비틀 걸어갔다. 그는 께따를 쳐다보며 눈으로 부엌을 가리켰다. 거기 문 닫아. 하녀들이 아직 깨어 있을지 모르니까. 오르뗀시아가 위스키 잔을 내밀며 그의 무릎에 앉았다. 그는 술을 들이켰다. 하지만 삼키지 않고 입안에 머금은 채, 눈을 지그시 감고 술맛을 음미했다. 그 순간 그녀가 맨살을 드러낸 팔로 그의 목을 감고 머리를 부드럽게 쓰다듬으며 입을 귀에 바싹 붙여 횡설수설하기 시작했다. 까이또[133], 당신 참 몹쓸 사람이야. 까이또, 참 못된 사람이라고. 목에서 불이 나는 듯했지만 견딜 만했다. 아니, 오히려 짜릿한 쾌감마저 느껴졌다. 그는 깊은 한숨을 내쉬며 오르뗀시아를 밀쳐내고는 자리에서 일어나 그녀들에게 눈길 한번 주지 않고 계단을 올라갔다. 별안간 모습을 드러내 뒤를 덮쳐 사람을 쓰러뜨리는 유령. 그날밤, 란다는 물론 그들 모두에게 그런 일이 벌어졌던 것인지도 모른다. 그는 침실로 들어갔지만 불을 켜지 않았다. 손을 더듬대며 화장대 의자까지 간 그는 자신의 입에서 흘러나오는 짧은 웃음소리를 들었다. 그는 넥타이를 풀고, 양복을 벗고, 의자에 앉았다. 에레디아 부인이 아래 와 있어. 그녀가 곧 올라올 거야. 그는 무표정한 얼굴로 꼼짝도 않고 그녀를 기다렸다.

"항상 시간에 쫓겨서 걱정인가?" 싼띠아고가 말한다. "걱정하지 말게. 내 친구가 그런 문제를 확실하게 해결할 수 있는 방법을 알려주었거든, 암브로시오."

"여기 그대로 있는 게 좋겠어." 치스빠스가 말했다. "저긴 다들 술에 취해 있잖아. 지금 차에서 내리면 저들이 떼떼한테 뭔 소리를 할지 몰라. 그러면 싸움이 붙을 게 뻔하고."

"그럼 차를 좀 가까이 붙여봐." 떼떼가 말했다. "어쨌거나 춤추는 걸 보고 싶단 말이야."

치스빠스가 차를 보도 가까이 붙인 덕에 그들은 자리에 앉은 채 엘 나시오날에서 춤을 추고 있는 커플들의 어깨와 얼굴을 구경할 수 있었다. 드럼과 마라까스, 그리고 트럼펫 소리가 웅장하게 울려

---

133 까요의 애칭.

퍼지면서 사회자가 리마에서 최고로 열정적인 오케스트라를 소개했다. 음악이 멈추자 등 뒤에서 바닷소리가 들려왔다. 몸을 돌리니 엘 말레꼰 방파제의 난간 너머로 파도가 부딪치며 일으키는 하얀 거품이 어렴풋이 보였다. 라 에라두라 해변의 레스또랑과 바 앞에는 주차된 자동차들이 길게 이어져 있었다. 그날따라 밤하늘의 별이 유난히 반짝였고 공기도 시원하게 느껴졌다.

"이렇게 몰래 만나니까 너무 좋다." 떼떼가 환하게 웃으며 말했다. "여태 엄마 아빠 때문에 못해본 것도 다 할 수 있을 것 같아. 오빠들은 안 그래?"

"아빠도 가끔 밤에 이곳으로 드라이브를 나오시곤 해." 치스빠스가 말했다. "여기서 우리 셋이 놀다가 아빠한테 걸리면 되게 웃기겠다."

"우리끼리만 작은오빠랑 만난 걸 알면 아빠 손에 작살날걸." 떼떼가 말했다.

"그럴 리가. 돌아온 탕아를 보고 감정이 복받쳐 눈물을 흘리시겠지." 치스빠스가 말했다.

"내 말이 믿기지 않겠지만, 나는 언제라도 집으로 한번 찾아뵐 생각이야." 싼띠아고가 말했다. "부모님에게 미리 알리지 않고 말이야. 어쩌면 다음 주에 갈지도 몰라."

"물론 나야 오빠를 믿지. 벌써 몇달 전부터 같은 말만 해서 탈이지만." 떼떼의 얼굴이 환하게 빛났다. "그래, 그거야! 좋은 생각이 났어. 오빠, 그러지 말고 지금 당장 우리하고 같이 집에 가자. 그래서 엄마 아빠하고 화해하는 게 어때?"

"오늘은 안돼. 며칠 있다가." 싼띠아고가 말했다. "그리고 같이 가기는 싫어. 기왕이면 혼자 찾아뵙고 싶어. 그래야 서로 끌어안고 눈물 콧물 짜면서 청승 떠는 일이 없을 것 아냐."

"넌 절대 집에 안 올 거야. 왜 그런지 말해줄까?" 차스빠쓰가 말했다. "넌 아빠가 하숙집으로 찾아가서 뭔지 몰라도 아무튼 너한테 용서를 빌고, 제발 집으로 돌아오라며 통사정을 할 때까지 기다리는 거라고."

"맞아. 오빠 그 망할 베르무데스 자식이 아빠 뒤를 쫓을 때도 코빼기도 안 비쳤잖아. 그렇다고 아빠 생신이라고 전화를 하기나 했나." 떼떼가 뾰로통한 얼굴로 말했다. "그런 걸 보면 만물박사 오빠도 참 지독해."

"행여나 아빠가 너 때문에 눈물을 흘린다고 생각한다면 그건 큰 오산이야." 치스빠스가 말했다. "너는 별 이유도 없이 집을 나간 거라고. 그러니 엄마 아빠가 너를 원망스러워하는 것도 당연하지. 정말 무릎 꿇고 용서를 빌어야 할 사람은 아빠가 아니라 너라니까, 멍청한 놈아."

"언제까지 같은 얘기만 할 거야?" 싼띠아고가 말했다. "이제 다른 얘기 좀 하자. 떼떼, 넌 뽀뻬예하고 언제 결혼할 생각이니?"

"무슨 뚱딴지같은 소릴 하는 거야?" 떼떼가 쏘아붙였다. "내가 왜 걔랑 결혼을 해? 우린 그냥 친구 사이라고."

"제산제制酸劑하고 매주 섹스 한번이면 되네, 싸발리따." 까를리또스가 말했다. "일단 배 속이 편안하고, 매일 그게 잘 서기만 한다면 무슨 걱정이 있겠어? 근심 없이 사는 데 이만큼 확실한 방법도 없다고, 싸발리따."

집에 들어서자마자 까를로따가 곤혹스러운 표정으로 말했다. 큰일 났어. 주인 나리가 장관 자리를 그만두셨대. 방금 라디오에서 그러더라고. 나리가 계시던 자리에 군인이 들어왔다나봐. 아, 그래? 아말리아는 빵을 바구니에 담으면서 대수롭지 않다는 투로 대꾸했다. 부인은 어때? 노발대발하고 난리지 뭐. 방금 전에 엄마가 신문을 가지고 올라갔는데, 부인이 악을 쓰며 욕하는 소리가 여기까지 들리더라니까. 아말리아는 커피와 오렌지 주스, 그리고 토스트를 쟁반에 담아 부인의 방으로 올라갔다. 시계 겸용 라디오의 째깍거리는 소리가 계단에서도 들렸다. 신문이 헝클어진 침대 여기저기에 흩어져 있었고, 부인은 옷을 반만 걸친 채 여느 때처럼 인사를 건네기는커녕 잔뜩 화가 난 목소리로 커피만 놓고 가라고 했다. 커피 잔을 내려놓자 부인은 한모금 마시더니 잔을 도로 쟁반 위에 올려놓았다. 아말리아는 부인이 커피를 마실 수 있도록 옷장에서 욕실로, 또 화장대로 부인의 뒤를 졸졸 따라다녔다. 옷을 입는 부인의 손이 파르르 떨리고, 실낱같은 눈썹이 살짝 찡그려졌다. 온몸은 바들바들 떨리고 있었다. 부인의 목소리가 들렸다. 배은망덕한 놈들 같으니. 그이가 밤잠 설치면서 애를 쓰지 않았더라면 오드리아는 물론 그 주변에 있던 도둑놈들도 이미 옛날에 자리에서 쫓겨났을 거라고. 은혜를 원수로 갚아도 유분수지, 이제 와서 그이를 쳐내? 그이 없이 그 돼먹지 못한 놈들이 어떻게 되나 한번 두고 보자고. 손이 어찌나 떨리는지, 부인은 립스틱을 떨어뜨리는가 하면 커피도 두번이나 엎질렀다. 그이 없이는 한달도 못 버틸걸. 부인은 화장을 마치기도 전에 방에서 나가 택시를 부르고는, 차가 오기를 기다리는 동안 입술을 깨물고 있다가 갑자기 욕설을 퍼붓기 시작했다. 부인이 나가자마자 씨물라는 라디오를 켰다. 그들도 어찌할 바를 몰라 하루 종일 라디오 뉴스만 들었다. 아나운서가 비상 군사 내각 명단과 신임 장관들의 약력을 소개했다. 하지만 어떤 뉴스에도 주인 나리의 이름은 나오지 않았다. 해 질 녘, 라디오나시오날에서 아레끼빠의 총파업이 끝났다는 소식이 흘러나왔다. 그다음 날부터 각급 학교와 대학, 그리고 일반 상점들도 정상화될 것이라고 했다. 뉴스를 듣는 순간 아말리아는 암브로시오의 친구가 떠올랐다. 그 사람도 거기에 간다고 했지. 어쩌면 갔다가 사람들한테 맞아 죽었을지도 몰라. 씨물라와 까를로따가 뉴스에 대해 이야기를 나누는 동안 아말리아는 가만히 듣고만 있었다. 그러다 딴생각을 하기도 하고, 암브로시오를 떠올리기도 했다. 많이 놀랐을 거야, 무서워하면서도 여기까지 왔었지. 왜냐하면, 그 사람은…… 정부에서 물러났으니까 이제 더이상 여기 안 오실지도 몰라. 까를로따가 말했다. 씨물라: 그건 그렇다 치고, 우리 앞날도 큰일이로구나. 아말리아는 생각했다. 그 친구가 정말 변고를 당했으면 방을 빌리기도 어렵지 않을까? 우리 둘이서 오붓한 시간을 보내기 딱 좋았는데. 암브로시오가 다른 방을 빌릴지도 몰라. 그래, 불행을 기회로 삼으면 되지 뭐. 부인은 저녁 늦게 집에 돌아왔다. 께따 양, 그리고 루시 양과 함께였다. 씨물라가 저녁을 차리는 동안 그들은 거실에 앉아 있었다. 아말리아는 께따와 루시가 부인을 위로하는 소리에 귀를 기울였다. 파업을 끝내려고 잠시 물러나게 한 것뿐이야. 두고 봐, 나리는 집에서 계속 업무를 볼 테니까. 아주 강한 분이잖니. 그동안 오드리아가 나리한테 얼마나 많이 의존했는지 너도 잘 알잖아. 하지만 전화 한통도 없는걸. 부인이 거실을 서성거리며 힘없는 목소리로 말했다. 무슨 소리야. 지금쯤 대책 회의를 하느라 정신이 없을 거라고. 곧 연락이 올 테니까 기다려봐. 어쩌면 오늘밤에 여기 올지도 몰라. 심각한 표정으로 위스키를 홀짝이던 그들은 식탁에 앉자 언제 그랬냐는 듯 웃고 떠들기 바빴다. 자정이 되자 루시 양이 먼저 떠났다.

먼저 오르뗀시아가 조용히 들어왔다. 그는 문턱에서 우물쭈물 망설이는 그녀의 실루엣을, 이어 어둠속에서 손을 이리저리 더듬으면서 스탠드를 켜는 모습을 보았다. 위로 불쑥 솟은 검은색 침대보가 맞은편에 있던 거울에 비쳤다. 이내 모습을 드러낸 용의 꼬불꼬불한 꼬리가 화장대 거울에 생기를 불어넣었다. 오르뗀시아가 입속말로 무언가를 웅얼거리는 소리가 들려왔다. 불행 중 다행이야. 그나마 천만다행이라니까. 그녀는 몸의 균형을 잃지 않으려 애쓰며 그가 있는 쪽으로 다가왔다. 어두운 구석으로 들어서자 조금 전까지 멍하던 표정이 그녀의 얼굴에서 싹 사라졌다. 그 여자는? 그 여자는 갔어? 불안한 듯 떨리는 그의 목소리가 들리자 그녀는 갑자기 걸음을 멈추었다. 오르뗀시아의 실루엣은 그를 외면한 채 침대를 향해 갈지자로 비틀거리며 걸어가 마침내 침대 위에 힘없이 쓰러졌다. 스탠드 불빛이 침대를 희미하게 비추고 있었다. 그녀는 손을 들어 올리더니 문을 가리켰다. 그는 그쪽으로 고개를 돌렸다. 어느새 께따가 소리도 없이 방 안에 들어와 있었다. 길쭉하면서도 풍만한 몸매와 붉은빛이 도는 머리카락, 도발적인 자세. 그때 오르뗀시아의 목소리가 들렸다. 그이는 나하고 어울리기 싫은가봐, 께따따. 너만 찾고 있잖아. 하긴 원래부터 저 사람은 나를 대수롭게 여기지 않았어. 이따금씩 안부나 묻는 정도였지. 저 여자들의 입을 막아버릴 수만 있다면 얼마나 좋을까. 그는 상상했다. 가위를 잡고 단번에 삭둑 잘라버리자 혀 두개가 바닥으로 떨어졌다. 붉은빛의 납작한 혀는 카펫을 벌겋게 물들이며 그의 발치에서 괴로운 듯 뒤틀렸다. 그는 어두컴컴한 곳에 웅크린 채 그 모습을 떠올리며 조용히 미소를 지었다. 분부를 기다리듯 문간에 버티고 서 있던 께따도 얼굴에 웃음을 띠며 말했다. 나도 까요인지 뭔지 하는 인간과 어울리고 싶지 않다고, 계집애야. 저 사람은 가기 싫다는 거야? 안 가겠대? 가라고 해. 우리한테는 필요 없으니까 말이야. 그는 조바심에 가슴을 태우며 생각했다. 술에 취한 것 같지는 않은데. 그래, 정신이 말짱하다고. 그녀는 기억이 희미해져 혹시라도 자기 대사를 전부 까먹을까봐 기계적으로 천천히 읽듯이 되뇌는 삼류 배우처럼 말했다. 들어오시죠, 에레디아 부인. 그가 중얼거렸다. 그 목소리에는 크나큰 실망감과 왠지 모를 분노가 배어 있었다. 그는 짐짓 불안한 기색을 드러내며 천천히 다가오는 그녀를 보았다. 그때 오르뗀시아의 목소리가 들렸다. 들었어? 너 그 여자 아니, 께띠따? 께따는 그가 숨어 있는 구석은 쳐다보지도 않은 채 오르뗀시아 곁에 앉아 있었다. 그는 한숨을 내쉬었다. 우린 그 남자 필요 없잖아. 안 그래? 그러니까 그 여자한테 가라고 해. 왜 모르는 척하는 거지? 왜 저런 말을 하는 걸까? 삭둑. 그는 얼굴을 움직이지 않고 침대에서 옷장 거울로, 그리고 벽에 붙은 거울에서 침대로 눈만 돌렸다. 갑자기 온몸이 딱딱하게 굳어버리는 느낌이었다. 언제든 의자 쿠션에서 못이 튀어나오기라도 할 것처럼 그는 잔뜩 긴장하고 있었다. 오르뗀시아와 께따가 애무를 나누면서 서로의 옷을 하나씩 벗기기 시작했다. 하지만 그 몸놀림이 너무도 격정적이라, 진심인지 장난인지 분간이 되지 않았다. 가령 포옹할 때만 해도 행동이 지나치게 빠르거나 느렸을 뿐만 아니라, 과장스러워 보일 정도로 꽉 껴안는 식이었다. 입술을 덮칠 때도 너무나 급작스럽고 격렬해서 부자연스러워 보였다. 당장 저 두 년을 죽여버릴 거야, 할 수만 있다면 죽여버리고 싶어. 하지만 그들은 웃기는커녕, 잔뜩 상기된 표정이었다. 두 사람은 반쯤 벌거벗은 서로의 몸을 꼭 껴안은 채 침대 위에 누웠다. 마침내 두 여인이 아무 말 없이 입을 맞추면서 느릿느릿 몸을 비비기 시작하자 그의 가슴속에 끓어오르던 분노도 차츰 가라앉는 듯했다. 그의 손은 땀으로 끈적끈적하게 젖었고, 쓴 침이 자꾸 입안에 고였다. 화장대 거울 속에 갇힌 두 여인은 이제 조용히, 한 손으로 브래지어의 후크를 풀면서 다른 손은 속치마 안으로 집어넣고는 무릎을 사타구니 사이로 부드럽게 밀어 넣었다. 그는 긴장하며 팔꿈치를 의자 팔걸이에 괸 채 기다렸다. 그녀들은 웃지 않았다. 그의 존재를 아예 잊어버렸는지, 어두운 구석 쪽으로 고개를 돌리지도 않았다. 그는 침을 꼴깍 삼켰다. 그들의 정신은 말짱한 것 같았다. 갑자기 침대 위에서 놀라운 장면이 펼쳐지기 시작했다. 바지런하고 재빠르면서도 빈틈없이 움직이는 그녀들의 모습을 하나도 놓치지 않기 위해 그의 두 눈은 거울에서 또다른 거울로, 그리고 침대로 빠르게 움직였다. 두 여자는 브래지어 어깨끈을 풀고 스타킹을 말아서 내린 다음 서로의 팬티를 벗겨주었다. 따뜻한 눈길로 서로를 바라보며 도와줄 뿐 아무런 말도 없었다. 속옷이 하나둘씩 바닥의 카펫으로 떨어지면서, 두 여인의 몸이 뿜어내는 뜨거운 열기와 가슴 터질 듯한 흥분이 그가 있던 구석까지 파도처럼 밀려왔다. 두 여인은 이미 실오라기 하나 걸치지 않은 알몸이었다. 그는 무릎을 꿇고 있던 께따가 오르뗀시아의 몸 위로 부드럽게 쓰러지는 모습을 지켜보았다. 까무잡잡한 께따의 몸이 오르뗀시아를 완전히 덮어버렸다. 그는 천장에서 침대로, 그리고 옷장으로 고개를 두리번거리며 더 자세히 살폈다. 짙게 드리운 그림자 아래 오르뗀시아의 모습이 드문드문 눈에 들어왔다. 하얀 엉덩이와 가슴의 일부, 백옥같이 흰 발과 발꿈치, 그리고 께따가 몸을 흔들기 시작하자 헝클어진 빨간 머리카락 사이로 언뜻 비치는 검은 머리. 그는 두 여인이 내쉬는 한숨과 거친 숨소리를, 그리고 침대의 용수철이 삐걱거리는 소리를 들었다. 오르뗀시아가 엉켜 있던 다리를 풀어 들어 올리더니 께따의 다리 위로 살포시 포갰다. 그녀의 하얀 살갗에서 눈부신 광채가 흘러나왔다. 이제는 그들의 몸에서 풍기는 향기와 체취가 코끝에서 느껴졌다. 허리와 엉덩이만 원을 그리며 깊숙이 움직일 뿐, 두 몸의 윗부분은 하나로 붙여놓은 듯 꼼짝도 하지 않았다. 그는 콧구멍을 벌름거렸지만, 그래도 숨이 가빴다. 눈을 떴다 감았다 하면서 입으로 힘껏 공기를 들이마셨다. 어디선가 비릿한 피와 고름 냄새, 썩은 고기 냄새가 코를 찌르는 것 같았다. 그때 무슨 소리가 들려 그는 그쪽으로 고개를 돌렸다. 등을 돌리고 앉은 께따 앞에서 웅크리고 있는 오르뗀시아의 아담하고 하얀 몸이 보였다. 그녀는 천천히 앞으로 몸을 수그렸다. 이어 반쯤 벌어진 채 축축하게 젖은 입술이 께따의 거무스름한 가랑이 사이로 들어가기 시작했다. 곧 그녀의 입술이 시야에서 사라지고, 지그시 감은 눈도 께따의 검은 음모에 가려 거의 보이지 않게 되었다. 그는 떨리는 손으로 셔츠의 단추를 풀고 벗어 던졌다. 이어 바지를 벗어 허겁지겁 혁대를 빼냈다. 그는 혁대를 들고 침대 쪽으로 다가갔다. 아무 생각 없이, 어둠에 싸인 구석만 바라보면서 걸어갔다. 그는 혁대로 침대를 한번 내리쳤다. 그 소리에 놀란 두 여인이 고개를 쳐들더니 혁대를 쥐고 있는 그를 손으로 힘껏 끌어당겼다. 두 여자의 입에서 욕설이 터져 나오자 그는 혼자서 껄껄 웃었다. 그는 자신에게 달려드는 여인들의 몸을 갈라놓으려고 했다. 걷잡을 수 없는 혼란의 소용돌이 속에서 두 여자는 땀으로 뒤범벅이 된 그의 몸을 밀치고 짓눌렀다. 심장이 쿵쿵 뛰는 소리가 그의 귓전을 울렸다. 그 순간, 갑

584

자기 무언가에 한대 맞기라도 한 것처럼 관자놀이에 찌르는 듯한 통증이 느껴졌다. 그는 깊은 숨을 몰아쉬며 한동안 꼼짝도 하지 않았다. 이어 몸을 빼내 그녀들에게서 떨어져 나오자 수치심과 분노가 목구멍까지 치밀었다. 그는 눈을 감은 채 자리에 누워 있었다. 졸음이 쏟아지는 와중에도 두 여자가 다시 거친 숨소리를 내며 몸을 비벼대는 것을 어렴풋하게나마 느낄 수 있었다. 마침내 간신히 몸을 일으켰지만, 머릿속이 빙빙 돌았다. 그는 뒤도 돌아보지 않고 곧장 욕실로 갔다. 잠 좀 자야겠어.

"치스빠스 형은 언제 결혼할 거야?" 싼띠아고가 물었다.
그때 웨이터가 차로 다가오더니 창문에 쟁반을 놓았다. 치스빠스는 떼떼의 잔에 코카콜라를, 자기들의 잔에는 맥주를 따랐다.
"나도 빨리 했으면 하는데, 지금 당장은 일 때문에 어려울 것 같아." 그가 입으로 거품을 불어내면서 대답했다. "베르무데스 때문에 우리는 거의 파산 직전까지 갔다고. 다행히 최근에 와서야 회사 사정이 차츰 호전되기 시작했어. 당장 처리해야 할 일이 산더미 같은데 아빠한테 다 맡겨놓을 수는 없잖아. 벌써 몇년째 휴가도 못 가고 있어. 어디든지 훌쩍 떠나고 싶지만 어쩔 수 있나. 하여간 좀 참았다가 신혼여행 때 원 없이 다 가볼 생각이야. 적어도 다섯 나라는 갈 거라고."
"정작 신혼여행을 가면 다른 일로 바빠서 구경할 시간도 없을걸." 싼띠아고가 말했다.
"코흘리개 앞에서 못하는 말이 없어." 치스빠스가 말했다.
"떼떼, 까리라는 그 여자 말이야, 네가 보기에 어떤 것 같데? 나는 얘기만 들었지 직접 보질 못해서." 싼띠아고가 물었다.

"그냥 뜨뜻미지근하더라고." 떼떼가 웃으며 말했다. "라 뿐따 출신이라 그런지 통 속을 알 수가 없어. 입을 열어야 알든 말든 할 것 아냐."

"정말 좋은 여자야. 너희들하고도 마음이 잘 맞을걸." 치스빠스가 말했다. "조만간 소개해줄 테니까 기다려, 만물박사. 마음 같아서는 한번 데려오고 싶어도 그게 말이지…… 너 정말 모르겠어? 네가 바보 같은 짓을 하는 바람에 일이 이렇게 됐다는 거 말이야."

"내가 집을 나갔다는 걸 까리도 알아?" 싼띠아고가 말했다. "대체 뭐라고 한 건데?"

"우리 집에 반쯤 정신 나간 놈이 하나 있다고 했지." 치스빠스가 말했다. "아빠랑 대판 싸우고 집을 뛰쳐나갔다고 말이야. 떼떼랑 나랑 몰래 너를 만난다는 말도 못했어. 우리 집에 놀러 왔다가 불쑥 얘기해버리면 안되니까."

"오빠는 늘 우리한테 이것저것 물어보기만 하지, 정작 자기 얘기는 하나도 안하더라." 떼떼가 말했다. "그게 말이나 돼?"

"얜 항상 이상한 짓만 골라 하잖아. 하지만 만물박사, 아무리 그래도 나한테는 안 통할걸." 치스빠스가 말했다. "정 네 얘기가 하기 싫다면 관둬. 더이상 안 물어볼 테니까."

"그래도 난 오빠가 어떻게 지내는지 궁금해 죽겠어." 떼떼가 말했다. "자, 만물박사 오빠, 어서 말 좀 해봐."

"네가 하는 일이라고 해야, 하숙집에서 신문사로 갔다가 신문사에서 하숙집에 돌아오는 것밖에 더 있어? 대체 싼마르꼬스에 갈 시간이 어디 있다는 거야?" 치스빠스가 말했다. "너한테 이런저런 얘기를 많이 들었다만, 학교에 다닌다는 건 분명 거짓말이야."

"오빠 여자 친구 있어?" 떼떼가 물었다. "설마 여자는 거들떠보지도 않는다고 대답하려는 건 아니지?"

"앤 말이야, 자기가 다른 사람들이랑 다르다는 걸 보여줄 수만 있다면 흑인이나 중국 여자, 아니면 인디오 여자와도 기꺼이 결혼할걸." 치스빠스가 웃었다. "두고 봐, 떼떼."

"아니면 만나는 친구 얘기라도 해줘." 떼떼가 말했다. "참, 오빠 친구들은 지금도 공산주의자야?"

"공산주의자였지만, 지금은 다들 술주정뱅이로 변했지." 치스빠스가 웃으며 말했다. "이 녀석 친구 중에 초리요스에 사는 녀석이 하나 있는데, 인상만 보면 프론똔 형무소에서 갓 출소한 것 같다고. 얼굴도 험악한데다 몸에서 냄새가 얼마나 나는지, 가까이 있다보니 속에 있는 게 다 올라오려고 하더라니까."

"기자 일이 적성이 안 맞으면, 뭐랄까, 그냥 아빠와 화해하고 함께 일하는 게 어때?" 떼떼가 말했다.

"사업에 손을 대느니 차라리 기자 생활을 계속하는 게 나아." 싼띠아고가 말했다. "그러는 게 치스빠스 형한테도 좋을 것 같고."

"변호사도 싫다, 사업도 싫다. 그럼 오빤 돈을 못 벌 것 아냐." 떼떼가 말했다.

"솔직히 말하면 돈을 벌기가 싫어." 싼띠아고가 말했다. "더군다나 굳이 돈을 벌어야 할 이유도 없고. 치스빠스 형과 네가 갑부잖아. 그러니까 앞으로 내가 돈이 궁하면, 둘이서 조금씩 보태주면 될 것 아니야."

"듣자듣자 하니까 별소리를 다하는구나." 치스빠스가 말했다. "돈 벌려고 애쓰는 사람들을 왜 그렇게 못마땅하게 여기는 거지?"

"아냐, 형. 난 그저 돈 벌기가 싫을 뿐이야." 싼띠아고가 말했다.

"하긴 그렇게 살 수만 있다면 더 바랄 게 뭐 있겠니?" 치스빠스가 말했다.

"이제 그만 싸우고, 우리 닭고기부터 먹자." 떼떼가 말했다. "배고파 죽겠어."

다음 날 아침 아말리아는 씨물라보다 먼저 잠에서 깼다. 주방의 시계는 6시를 가리키고 있었지만 날은 훤히 밝아 있었다. 날씨는 그다지 춥지 않았다. 그녀는 방을 쓸고 차분하게 이부자리를 정리했다. 여느 때와 마찬가지로 샤워 물이 얼마나 따뜻해졌는지 발을 내밀어 확인한 다음 물줄기 속으로 조금씩 들어갔다. 그녀는 미소를 지은 채 몸에 비누칠을 하면서 부인이 했던 말을 떠올렸다. 발하고 젖꼭지, 그리고 엉덩이도 구석구석 문질러. 욕실 밖으로 나오자, 아침을 준비하던 씨물라가 까를로따를 깨우라고 시켰다. 아침을 먹은 다음 그녀는 7시 30분에 신문을 사러 나갔다. 그날따라 가판대에 있던 꼬마 녀석이 유난스레 집적거렸다. 평소 같았으면 따끔하게 혼내주었겠지만, 그녀는 꾹 참고 아이와 시시덕거리며 농담을 주고받았다. 기분이 좋았다. 이제 일요일까지 사흘밖에 남지 않았다. 오늘 일찍 깨워달라고 하셨어. 씨물라가 말했다. 지금 당장 아침 올려다 드리렴. 계단을 올라가던 중, 신문에 실린 사진이 그녀의 눈에 들어왔다. 그녀는 방문을 여러번 두드렸다. 한참 지난 뒤에야 부인의 졸린 목소리가 문틈으로 새어 나왔다. 뭐야? 그녀는 안으로 들어가면서 말했다. 『쁘렌사』에 주인 나리의 사진이 나왔어요, 부인. 어스름 속 침대 위에는 두명이 누워 있었다. 그중 하나가 몸을 일으키며 침대맡 테이블의 램프를 켰다. 부인은 헝클어진 머리를 뒤로 젖히고는 아말리아가 쟁반을 의자에 올려 침대 옆으로 옮기는 사이 신문을 훑어보았다. 커튼 젖힐까요, 부인? 하지만 부인에게선 아무 대답도 없었다. 그녀는 눈을 깜박거리면서 신문만 뚫어지게 보고 있었다. 그러더니 고개를 돌리지도 않은 채, 손을 뻗어 옆에서 자고 있던 께따를 흔들어 깨웠다.

"왜 그래?" 께따는 침대 시트를 머리 위로 끌어당기며 귀찮다는 듯이 대꾸했다. "잠 좀 자게 내버려둬. 아직 한밤중인데 왜 이러는 거야."

"그이가 떠났어, 께따." 부인은 놀란 눈을 신문에 고정한 채 온몸을 부들부들 떨었다. "그이가 도망쳤다고. 달아났다니까."

그제야 자리에서 일어난 께따는 두 손으로 부은 눈을 비벼대고는 몸을 숙여 신문을 살폈다. 두 여자가 저렇게 침대에 함께 누워 있는 걸 보면 아말리아는 언제나 얼굴이 화끈 달아올랐다.

"브라질로 갔대." 부인은 얼빠진 목소리로 같은 말을 되풀이했다. "여기 오기는커녕 전화 한통 없이 말이야. 나한테 한마디 말도 없이 달아났다고, 께따."

아말리아는 잔에 커피를 따르면서 신문을 훔쳐보려고 했지만, 부인의 검은 머리와 께따의 빨간 머리에 가려 아무것도 보이지 않았다. 한마디 말도 없이 떠나다니, 이게 대체 무슨 일이지?

"너무 황급히 떠나느라 연락을 못했을 거야." 께따가 시트로 가슴을 가리며 말했다. "조금 있으면 너한테 비행기표를 보내줄 테니까 기다려봐. 분명 편지를 남겼을 거야."

감정이 격해진 나머지 부인의 얼굴이 흉하게 일그러졌다. 입술이 경련을 일으키듯 파르르 떨리는가 싶더니, 들고 있던 신문을 구기기 시작했다. 께따, 세상에 이런 나쁜 놈이 다 있니? 아무리 급해도 그렇지, 어떻게 전화는커녕 돈 한푼 남기지 않고 떠날 수가 있어? 말을 채 마치기도 전에 부인은 흐느껴 울기 시작했다. 아말리아는 조용히 몸을 돌려 방에서 빠져나왔다. 울지 마, 애. 방문을 닫는 순간 께따의 목소리가 들렸다. 아말리아는 씨뮬라와 까를로따에게 그 소식을 전하려고 계단을 뛰어 내려왔다.

입을 헹군 다음, 그는 온몸을 구석구석 닦고 화장수를 적신 수건으로 머리를 문질렀다. 느릿느릿하게 옷을 입었지만 여전히 머리가 멍하고 귓속에서 윙 소리가 들렸다. 그는 다시 침실로 갔다. 두 여인은 시트를 덮고 있었다. 방 안에 어둠이 짙게 깔려 있었지만 그들의 헝클어진 머리와 쾌락에 풀린 얼굴에 덕지덕지 묻어 있는 루주며 마스카라 자국, 그리고 졸음이 쏟아지는지 반쯤 풀린 눈이 분명하게 보였다. 께따는 자려는지 몸을 웅크렸고, 오르뗀시아는 그를 쳐다보고 있었다.

"여기서 안 자고 가게?" 그녀가 희미한 목소리로 심드렁하게 물었다.

"잘 데가 없잖아." 그가 문간에 서서 말했다. 그러곤 방을 나서기 전에 그녀에게 미소를 지어 보였다. "어쩌면 내일 다시 들를지도 몰라."

그는 서둘러 계단을 내려가 거실 양탄자 위에 던져놓았던 가방을 들고 거리로 나갔다. 루도비꼬와 암브로시오는 정원 담벼락에 앉아 경찰과 담소를 나누고 있다가 그를 보자마자 입을 다물고 자리에서 벌떡 일어났다.

"수고 많네." 그가 경찰들에게 2리브라를 쥐여주며 중얼거리듯 말했다. "밤새 추위에 떨었을 텐데, 이걸로 요기라도 하게나."

그는 그들의 얼굴의 핀 웃음꽃을 보면서, 또 고맙다는 말을 수차례 들으면서 차에 탔다. 치끌라요까로 가지. 그는 등받이에 머리를 기대고 양복 깃을 올리며 앞 창문을 닫으라고 했다. 그러고는 뒷자리에서 꼼짝도 않은 채 암브로시오와 루도비꼬가 두런두런 나누는 이야기 소리를 들었다. 이따금씩 눈을 뜰 때마다 익숙한 거리와 광장, 어둠에 잠긴 거리의 모습이 보였다. 머릿속에서는 계속 윙윙 소리가 울려댔다. 차가 멈추자 두개의 서치라이트가 그 위로 눈부신 빛을 쏟아부었다. 누군가 명령을 내리고 그에게 인사를 건네는 소리가 들렸다. 그의 두 눈에 정문을 여는 초병들의 실루엣이 희미하게 어른거렸다. 내일은 몇시에 올까요, 까요 나리? 암브로시오가 물었다. 9시. 암브로시오와 루도비꼬의 목소리가 등 뒤에서 희미하게 들려왔다. 집 앞에 멈춰 서서 뒤를 돌아보니 차고의 문을 열고 있는 이들의 모습이 어렴풋하게 보였다. 그는 잠시 책상에 앉아 수첩에 내일 할 일을 메모했다. 이어 주방에 가서 유리잔에 얼음물을 채운 뒤 느릿느릿 침실로 올라갔다. 손에 든 유리잔이 가늘게 떨리는 것 같았다. 수면제는 욕실 선반, 면도기 바로 옆에 있었다. 그는 두알을 삼키고 물을 쭉 들이켰다. 짙은 어둠속에서 그는 시계태엽을 감고, 자명종을 오전 8시 30분에 맞추어놓았다. 그러곤 침대 시트를 턱까지 끌어당겼다. 하녀가 커튼 치는 것을 잊은 바람에, 반짝이는 작은 별들이 총총히 박힌 네모난 밤하늘이 보였다. 평소 약을 먹으면 십분 혹은 십오분 후에는 잠이 들곤 했다. 오늘 그가 잠자리에 든 것은 3시 40분, 그리고 그가 잠든 순간 자명종 시계의 야광 바늘은 3시 45분을 가리키고 있었다. 결국 약을 먹고 고작 오분 정도 깨어 있었던 셈이다.

고전의 새로운 기준, 창비세계문학

오늘날 우리는 인간의 존엄과 개성이 매몰되어가는 시대를 살고 있다. 물질만능과 승자독식을 강요하는 자본주의가 전지구적으로 확산되면서 현대사회는 더 황폐해지고 삶의 질은 크게 훼손되었다. 경제성장만이 최고의 선으로 인정되고 상업주의에 물든 문화소비가 삶을 지배할수록 문학은 점점 더 변방으로 밀려나고 있다. 삶의 본질을 성찰하는 문학의 자리가 위축되는 세계에서는 가진 자와 못 가진 자 할 것 없이 모두가 불행할 수밖에 없다.

이 시대야말로 인간답게 산다는 것의 의미가 무엇인지 근본적인 화두를 다시 던지고 사유의 모험을 떠나야 할 때다. 우리는 그 여정에 반드시 필요한 벗과 스승이 다름 아닌 세계문학의 고전이라는 점을 강조한다. 고전에는 다양한 전통과 문화를 쌓아올린 공동체의 경험이 녹아들어 있고, 세계와 존재에 대한 탁월한 개인들의 치열한 탐색이 기록되어 있으며, 새로운 세상을 꿈꾸는 아름다운 도전과 눈물이 아로새겨 있기 때문이다. 이 무궁무진한 상상력의 보고이자 살아 있는 문화유산을 되새길 때만 개인의 일상에서 참다운 인간적 가치를 실현하고 근대적 삶의 의미와 한계를 성찰하는 지혜를 얻을 수 있을 것이다.

'창비세계문학'은 이러한 문제의식에서 출발한다. 세계문학의 참의미를 되새겨 '지금 여기'의 관점으로 우리의 정전을 재구성해야 할 필요성이 그 어느 때보다 절실하다. '정전'이란 본디 고정된 목록으로 존재하는 것이 아니라 그때그때 주어진 처소에서 새롭게 재구성됨으로써 생명을 이어가는 것이다. 우리는 먼저 전세계 문학들의 다양성과 차이를 존중하면서 국가와 민족, 언어의 경계를 넘어 보편적 가치에 기여할 수 있는 가능성에 주목하고자 한다. 근대를 깊이 성찰한 서양문학뿐 아니라 아시아와 라틴아메리카, 중동과 아프리카 등 비서구권 문학의 성취를 발굴하고 재평가하는 것 역시 세계문학의 지형도를 다시 그리려는 창비의 필수적인 작업이 될 것이다.

여러 전집들이 나와 있는 세계문학 시장에서 '창비세계문학'은 세계문학 독서의 새로운 기준이 되고자 한다. 참신하고 폭넓으면서도 엄정한 기획, 원작의 의도와 문체를 살려내는 적확하고 충실한 번역, 그리고 완성도 높은 책의 품질이 그 기초이다. 독서시장을 왜곡하는 값싼 유행과 상업주의에 맞서 문학정신을 굳건히 세우며, 안팎의 조언과 비판에 귀 기울이고 독자들과 꾸준히 소통하면서 진정 이 시대가 요구하는 세계문학이 무엇인지 되묻고 갱신해나갈 것이다.

1966년 계간 『창작과비평』을 창간한 이래 한국문학을 풍성하게 하고 민족문학과 세계문학 담론을 주도해온 창비가 오직 좋은 책으로 독자와 함께해왔듯, '창비세계문학' 역시 그러한 항심을 지켜나갈 것이다. '창비세계문학'이 다른 시공간에서 우리와 닮은 삶을 만나게 해주고, 가보지 못한 길을 걷게 하며, 그 길 끝에서 새로운 길을 열어주기를 소망한다. 또한 무한경쟁에 내몰린 젊은이와 청소년들에게 삶의 소중함과 기쁨을 일깨워주기를 바란다. 목록을 쌓아갈수록 '창비세계문학'이 독자들의 사랑으로 무르익고 그 감동이 세대를 넘나들며 이어진다면 더없는 보람이겠다.

2012년 가을
창비세계문학 기획위원회
김현균 서은혜 석영중 이욱연 임홍배 정혜용 한기욱

창비세계문학 79

까떼드랄 주점에서의 대화 1

초판 1쇄 발행 / 2020년 4월 20일

지은이 / 마리오 바르가스 요사
옮긴이 / 엄지영
펴낸이 / 강일우
책임편집 / 오규원 홍상희
조판 / 전은옥
펴낸곳 / (주)창비
등록 / 1986년 8월 5일 제85호
주소 / 10881 경기도 파주시 회동길 184
전화 / 031-955-3333
팩시밀리 / 영업 031-955-3399 편집 031-955-3400
홈페이지 / www.changbi.com
전자우편 / lit@changbi.com

한국어판 ⓒ (주)창비 2020
ISBN 978-89-364-6478-3 03870